世界经典名著悦读

蒙田随笔全集（上）

Les Essais de Michel de Montaigne

（法）蒙　田◎著
范　蒂◎编译

北方妇女儿童出版社

图书在版编目（CIP）数据

蒙田随笔全集／（法）蒙田著；范蒂编译. -- 长春：北方妇女儿童出版社，2018.4
（世界经典名著悦读）
ISBN 978-7-5585-1429-6

Ⅰ.①蒙… Ⅱ.①蒙… ②范… Ⅲ.①随笔-作品集-法国-中世纪 Ⅳ.①I565.63

中国版本图书馆 CIP 数据核字（2017）第 167110 号

出 版 人　刘　刚
封面设计　刘　铮
责任编辑　张晓峰
开　　本　155mm×220mm　1/16
印　　张　58
字　　数　950 千字
印　　刷　三河市同力彩印有限公司
版　　次　2018 年 4 月第 1 版
印　　次　2018 年 4 月第 1 次印刷

出　　版　北方妇女儿童出版社
发　　行　北方妇女儿童出版社
地　　址　长春市人民大街 4646 号
邮　　编　130021
电　　话　编辑部：0431-86037512
　　　　　发行部：0431-85640624

定　　价　88.00 元（全二册）

前　言

《蒙田随笔全集》是法国人文主义作家米歇尔·德·蒙田创作的随笔集。米歇尔·德·蒙田（1533—1592），文艺复兴时期法国思想家、作家、怀疑论者。其座右铭是“我知道什么呢”。年轻时在图卢兹大学攻读法律，后曾在波尔多法院任职十余年，当过国王的侍从，亲历战争，游历欧洲各地，还两次当选波尔多市市长。阅历广博，思路开阔，行文无拘无束，其散文对培根、莎士比亚等影响颇大。《蒙田随笔全集》一书内容包罗万象，融书本知识和生活经验于一体，是16世纪各种知识的总汇，有“生活的哲学”之称。该书与《培根人生论》《帕斯卡尔思想录》一起，被誉为欧洲近代哲理散文三大经典。

在16世纪后半叶的法国，文艺复兴思潮和宗教改革运动都已走过了一段相当长的路程。特别是宗教改革运动发展异常迅猛。1570年，38岁的蒙田由于种种原因，从公共生活中抽身而去。在他隐退后的1572年，发生了残酷的圣巴托罗缪节大屠杀，三千多名新教徒失去生命，其后，类似的事件不断发生，全国大约有两万多名新教徒被杀。第一次宗教战争发生在1562年，蒙田当时29岁，30年之后，当这位人文主义思想大师在1592年逝世时，这场冲突才刚刚接近尾声。这种境况给蒙田的心灵带来非常大的震撼，极度的悲伤孕育着痛苦的思索，他决定让悲伤的感情流诸笔端。《蒙田随笔全集》就是在此背景下产生的。盛年隐退的蒙田值此家国丧乱之际，感到极度失望，开始撰写随笔。

蒙田的《随笔集》三卷本作于 1572 年至 1592 年间，其中前两卷于 1580 年出版。之后经过修改和增补后再版，1587 年第 3 卷在巴黎出版。直到逝世前，他还在为新版《随笔集》不断充实内容。

本书主要包括以下三个方面内容：1. 作者所感觉的自我。2. 他所体会的人类的生活方式和思想感情。3. 他所理解的现实世界。全书共 107 章，涉及日常生活、传统习俗、人生哲理等内容。作者以对人类感情的冷峻观察和对西方文化的冷静研究，引用许多古希腊、古罗马作家的论述，萃取各种思想和各种知识的精华，对自已的经历与思想的转变作了大量的描写与剖析，最终使该作品成为 16 世纪融百家思想的总汇。

《蒙田随笔全集》中体现了人文主义以“人”为本的思想：在一切形式中，最美的形式是人的形式；人的价值应以“本身的品质为标准”。蒙田希望通过《蒙田随笔全集》把“人”的本来面目、“人”的能力限度通过“我”表现出来。“我”即“人性”，蒙田把人性看作最崇高、最神圣的概念。

《蒙田随笔全集》贯穿了蒙田情感的起伏与变化。作者对当时的一系列敏感事件都小心翼翼地轻描淡写，表现出一种温和与超然的态度。蒙田以博学著称。他对随笔体裁运用娴熟，开创了近代法国随笔式散文之先河。他的语言平易通畅，不加雕饰，文章写得亲切活泼、妙趣横生。全书充满了作者对人类感情的冷静观察。作者采用单线条的咏叹与勾勒，陈述自已对于自身个体、人类生活方式与现实世界等重大问题的思考，循序渐进地将读者引入一泓恬淡清澈的湖水之中。

目　录

卷　一

卷　二

卷 三

卷　一

1　论殊途同归

被激怒的人一旦有报复的机会，就会毫不留情地对付激怒他们的人，通常使他们息怒的办法是百依百顺，唤起同情和恻隐之心，但是采取与之完全相反的做法——以勇敢以及坚忍不拔面对，有时候也能够可以获得同样的效果。

威尔士亲王爱德华，曾经长时间统治过我们国家的吉耶纳地区，他的声望以及财富都显赫一时。里摩日人以前严重地冒犯过他。当他用武力夺取里摩日城的时候，肆意地诛戮城民，一点也不为人民的哭救还有惊恐无主的妇女儿童的下跪求饶因此而停止屠杀，一直逼到城腹；直到他挺进城里目睹三位法国绅士孤立无援地抵抗他的胜利之师，他才下命令左右罢手。他赞美以及敬重这种高贵的行为，怒火也渐渐平息。他饶恕里摩日全城的居民，正是从赦免这三位绅士开始的。

斯坎德培，也就是埃庇鲁斯的君王，曾经追赶一名麾下士兵，准备将其处死。士兵开始表现得十分谦恭，哀求王子饶了他的性命，但还不能够平息君王怒火的情况下，于是铤而走险，手里握着宝剑，等待着跟他拼杀。他的主人对属下的那一种果断决心立即心生敬意，怒气没有了，而且宽恕了他的罪过。没有见过王子的非凡力量和勇气的人，也许会把这个例子作另外的解释。

康拉德三世在围困拜恩的盖尔弗公爵的时候，不管对方如何卑躬屈膝，都不同意继续让步，只准许和公爵一起被围困的绅士们的夫人携带自己的随身物品步行出城，以此来保全她们的贞节。然而那一些具有崇高心灵的夫人，毅然背起丈夫和孩子出了城，而且还连同公爵在内，全部背在肩上出城。她们勇敢的真情行为，使得康拉德皇帝顿生喜色，脸上挂着泪花，他与公爵的不共戴天之仇随之泯灭，从此以礼相待公爵和他的家族。

两种方法都非常吸引我，因为我有一个惊人的弱点，就是容易怜悯和宽容。我自己甚至认为，在同情人以及敬重人这两方面，我经常理所当然地倾向于前者；虽然斯多葛派的禁欲主义者们把那些恻隐之心当作是一种罪过。他们主张救助受苦的人，而不是感动和分担痛苦。

我现在要说，以下的这些例子好像更有说服力，我们能够从中看出，当事者的灵魂在面对软硬两种不同态度的挑战，是怎样不让分毫于前者，而且为后者所折服的。我们或许能够这样认为，由于同情而生怜悯之心，这是那些随和、宽厚以及柔弱气质的表现，妇人、孩童以及市井民众经常被这种情感所左右；但是无视眼泪和乞求，拜服于英勇无畏的神圣形象面前，这是强健的、不屈不挠的、热爱并崇尚男子气概的人的所为。但是对于那一些不够豁达大度的人而言，惊诧以及赞佩也能够收到相同的效果。而且以底比斯人民为例：他们对重罪法庭指控那一些任期届满但是不去职的将领，因此佩罗皮达在指控面前只是一味屈服。苦苦哀求，多方为自己辩护，到最后总算保全了自己的性命；恰恰与之相反，伊巴密浓达最后居然走上了法庭，堂堂正正地讲述自己的所作所为，而且骄矜而又自负地指责了控告他的人，这让那些百姓改变原来的看法。他无意控制选举用的白球黑球，议会散会的时候，处处是对伊巴密浓达勇敢精神的颂扬声音。

老德尼斯经过艰苦卓绝的奋斗，攻占了雷吉奥姆城，俘虏了那些与城共存亡的一个将领菲通——那是一位特别了不起的正人君子。老德尼斯想狠狠地报复一下以示警戒，达到以儆效尤的目的。开始，他对菲通说他于前一天已经将他的儿子还有满门亲族投入水中淹死。菲通对此仅仅回答说，他们的这一天的时间比自己过得快乐得多。接着，他命令人将菲通身上穿的衣服剥去，而且叫刽子手押着他沿着街道示众，一边用鞭子无情地残忍地抽打，一边用恶言恶语咒骂他。然而菲通一直浑身勇气，不仅一点也不惧怕，反倒是面色十分镇静地大声说，他是为了光荣并且体面的事业，是为了不让自己的国家落入暴君之手而去牺牲的。而且他威胁说，上天的惩罚将可能降到暴君的身上。老德尼斯从自己那些士兵们的目光中所看到的，他们不仅没有被顽强的败兵之将所激怒，反而是对他们的统帅以及其胜利的蔑视，他们明显被菲通的超群的那种人格所打动，甚至到了反戈相向的地步，产生了一种从狱吏手中把菲通抢救出去的可能性。因此他下命令停止酷刑折磨，偷偷地把菲通抛进海里淹死了。

确实，人是一种特别虚浮、矛盾和变化无常的东西。想要对人做出一种恒定不变以及整齐划一的评价并不是一件易事。譬如说庞培毅然赦免曾经叫他特别愤怒的马梅尔丹城的所有居民，就是由于有一个叫泽农的市民自己愿意独自一个人承担关于公众的罪过，只求独自接受惩罚，不恳求其他。庞培十分赞赏泽农的那些崇高德行。关于苏拉手下败将佩鲁斯城主也使用过一样的办法希望解救全城，但是，其他人都没有获得任何好处。

有一个人与我在前面举的例子截然不同，他就是最大胆，对战败者十分宽容的亚历山大。他历尽千辛万苦攻克了加沙城，遇到了守城将领名字叫作贝蒂斯。在那时候围城的过程当中，他就听说过贝蒂斯的英勇精神。

在这场攻城战中，他亲身证实了这个人具有骁勇善战的非凡品质。当他的部队到处逃散的时候，仅仅剩下他一人，而且武器毁坏、遍体伤口鲜血外涌，他依旧只身奋战于从那些四面八方围攻他的马其顿士兵当中。亚历山大深感为胜利所付出的沉重代价，除了其他的高昂代价之外，他自己还有两处受伤。他因此十分愤怒地对自己的敌人说："贝蒂斯，你一定不得好死，你将要受到为战俘设置的各种各样的酷刑。"

面对威胁的时候，贝蒂斯不仅神色镇定自若，甚至显示出傲慢无礼的神态，沉默不语。眼看对方高傲而且又顽固的沉默，亚历山大心里想道："他曾经屈膝过吗？他曾经求饶过吗？我非要打破你的沉默不可，即使掏不出你的话，也至少要使你痛苦呻吟。"因此他的愤恨一下子变成了盛怒，下命令刺穿贝蒂斯的脚，并且将他绑在一辆战车上，使他自己肢体分裂，那样活活地被拉死了。

或许是因为亚历山大对勇敢行为已经习以为常，因此就不放在眼里了？所以把它看轻了抑或是他过于看重自己的勇敢，却无法忍受别人表现出同样的勇气，一看到就生嫉妒怨恨之心？或者是由于天生的急躁冲动使他没有办法容纳对手？确实，假如他能够紧勒怒火的缰绳，那么应该相信，其实他在夺取以及劫掠底比斯城的时候早就已经这么做了。

在那个时候，亚历山大亲历了众多丧失自卫能力的勇士死于刀剑下面。在那场争夺战之中，被杀的人有六千之多，而且没有一个逃跑或求饶，然而没有任何人逃遁或者是告饶；而且恰恰相反的是，满街满巷到处都是迎战得胜敌人的人们：他们故意挑起格斗，寻觅光荣死去的机会。人们从来没有见过遍体鳞伤的战场败军，在奄奄一息之际仍然想着报仇，拿起绝望的武器以敌人的性命来抵偿自己的牺牲。当亚历山大自己面对这一悲壮场景没有一丁点怜悯之心，一整天的屠杀仍不能够减弱他自己的心头之恨。这次大屠杀延续到城里的居民流尽最后一滴血，到最后仅仅只是剩下的三万手无寸铁的老弱妇孺，最后沦为被驱使的奴隶。

2 论悲伤

我是最不受这种情感控制的人，因为我对这种情感既不喜欢而且也不欣赏。虽然人们决意对它另眼相看，而且给它饰以智慧，美德和良知的华丽外衣。这是多么荒谬而愚蠢的矫饰啊！意大利人比较有道理，人们却能准确地称之为邪恶。由于它天生有害，总是使人感到百无聊赖，爱慕虚荣，胆小怕事，自私自利以及卑鄙无耻。因此斯多葛派对这种情感明令禁止。

但是据说有位埃及国王，普萨梅尼图斯，不幸战败并且被波斯国王康比泽俘虏后，看到一起被俘的女儿衣衫褴褛，提着水桶被波斯人差遣去汲水，在去打水的路上从他面前经过，他的属下和朋友们见到这种景象都围着他不停地伤感，全都落泪。然而他自己却已经矗立在那里，两眼直直地看着地面，一言不发。看见自己的儿子就要被敌人拉去法场立即处死，他依旧无动于衷。一直到最后他在那些战俘中间发现一个自己的亲信并且也是朋友的时候，他才开始捶胸顿足，表现出极度的痛苦。这种情形可以和我们最近见到的一位亲王相比较：当他在特朗特得知他自己的长兄，也就是全部家族的支柱和骄傲遇害的噩耗后，稍后又知道他的二哥，全家一起希望的另一寄托人也跟着离开人世时，他竟然以其惊人的毅力抵制住了这两个那么大的打击。但是，几天之后，他的一名部下不幸身亡，他却再也不能承受这新一次的打击，陷入特别深的痛苦和悲伤中。所以就有人说他这差不多是被最后的一击给摧垮的。事实是，这是因为他的心里已经装满痛苦，再多一点点就冲破了抵抗力的堤坝，我们能够用同样的方法解释前面所说的例子，当康比泽问普萨梅尼图斯："为什么对于子女的不幸那么的无动于衷，但是对朋友的落难反而那么痛哭流涕？"他回答说："那是由于最后的悲伤能够用眼泪进行发泄出来，而对原来的前两次的打击所带来的那种痛苦却是难以用语言来宣泄的。”

谈论这个题目，我忽然想起有一位古代画家的创作，与这个十分的相似。这位画家曾经画伊菲革涅亚。献艺仪式的时候，按照当时在场的人们对那一位无辜的美少女的关心程度以此来描绘他们自己不一样的悲伤，画家殚精竭虑。但是当画少女的父亲的时候，父亲的脸被藏了起来，仿佛任何表情都不足以体现他的悲痛。这也可以解释为什么诗人们要虚构那些出尼俄伯。那一位相继痛失七儿七女的不幸的母亲，来表达过度悲伤之后的萎靡以及麻木，以至于居然让她最后化为顽石。

> 被那一种悲痛所凝结。
>
> ——奥维德

确实，痛苦的力量达至极点的时候，必然让人魂飞魄散，不能够自由行动，就像是骤然得知一个噩耗，我们会觉得周身麻木，而且四肢瘫软。动弹不得。但是当悲痛融为恸哭以及泪水以后，我们的魂魄会不受约束地远离我们而去，以此得以排解然后释放，感到放松以及慰藉。

> 痛苦到最后终于得以宣泄。
>
> ——维吉尔

在弗迪南国王和匈牙利国王的遗孀于布达在那附近作战的过程当中，德军将领雷萨利亚克发现战场上抬回来了其中的一具尸体，大家全部都亲眼目睹了那一位烈士在战场上英勇奋战的出色表现，德军将领萨利亚克感到可惜，并且对他的牺牲特别的痛惜。他在惋惜之余像常人一样对士兵的身世感到好奇，他也希望认出死者是哪一个人，等到卸去盔甲，最后才认出原来是他自己的儿子。在众人的恸哭声中，只有将军一句话也不说。矗立在那里紧紧凝视着儿子的尸首，直至心中的悲苦突然凝固了他的“生命力”，以至于让他停止了呼吸，最后直挺挺地一下子倒在了地上。

说得那种出热度的火，
可以说得出的热情。
假如他可以说出爱得欲火中烧，
那同时也就说明也仅仅不过是星火一点，
一定非常柔弱，而且愁绪绵绵，深情默默。

——彼特拉克

想表达难以忍受的相思之苦的恋人们是这么说的：

当我见到你，
我立刻就慌乱不迭，
热浪涌遍我的全身，
我的耳朵嗡嗡作响，
我的眼前一团漆黑；
你的出现，顿时扰乱了我的灵魂。

——卡图卢斯

因此说，在突发激情和最冲动的时候，就如同熊熊的烈火一样，是不可以将那一种强烈感情表露出来的。由于在那会儿，我们的心灵已因为千般思绪因此而不堪重负，身体也居然因为万种渴盼变得颓唐衰弱不堪。因而，爱人们有时候会被各种无端的眩晕以及乏力所袭击，即便在梦想就快要成真的那种幸福时刻，感情也会由于激情过度因此而走向其另一端，暂时的被冷却冻结住了。能够品味和接受的感情都是普通的感情。

轻微的烦恼唠叨不休，真正的烦恼默不作声。

——赛涅卡

意外的好消息同样使我们喜出望外：

当我随特洛伊军队一起前行到她面前的时候，

她一下子神情呆滞，
惊惶失措，
恐惧万分，
顿时昏倒在地，
很长一段时间都不能言语。

——维吉尔

有个罗马女人因为看到自己的儿子从坎尼战场上面挫败而归了，因为极度的喜悦而命丧黄泉的这样的例子之外，另外还有索福克勒斯以及暴君狄奥尼修斯也全部都死于极度的兴奋，塔尔瓦在科西嘉因获悉自己被因为罗马元老院授予他的荣誉称号的喜讯因此结果发高烧死了。并且这个世纪也有许多类似这样的例子。莱昂十世教皇在获知他一直渴盼的攻克米兰的消息时，顿时欣喜若狂，一直发烧，最后离开人世。还有一个更加著名的例子证明人类的这个弱点，古人知道：辩证法大师名字叫作狄奥多罗斯，在他的学校以及众目睽睽之下因为没能够解答出人们提出的问题而感觉到羞愧难当，在当场就告别人世。

我不大容易激动。我天生不很敏感，而且因为日复一日的推理而变得更加粗笨、更加死板。

3 情感驱使我们去追求自己的未来

有人斥责人类不停地追求未来，认为这完全是一种无从着手的事情，他们教诲我们要紧紧抓住眼前利益，而且安于现状，好像未来的事根本就没有办法把握，甚至相比过去更加难以驾驭。这些人一句话道明了人类最最普遍的错误，假如他们能够把我们的本性为继续不断完善自我这样来驱使我们做的事称作是谬误的话；人的天性赋予我们注重行动多于那些意识的假象，就像它赋予我们其余的假象一样。我们从来不安于现状，总是一直追求未来。恐惧、欲望、希望把我们抛向未来，用将来的事情，甚至用我们身后的事情，因此而对未来的甚至我们早就已经不在的未来的事却特别的感兴趣。“忧虑未来的人是令人可悲的。”

在柏拉图的书里经常引用这个意味深长的警句："去做你自己的那些事，应该有自知之明"，这一句格言的每一个部分都很好地概括了我们的责任，而且两部分之间又相互包含。当一个人要去做自己的那些事情的时候，就会发现他最先要做的便是需要认识自我，知道自己该做什么。等到他有了自知之明之后，就不可能会去多管闲事，最先是需要会自尊自爱，而且自修其身；他拒绝无谓的忙碌，无益的思想和判断。不会想不应该想的，说不应该说的。"就像疯子一样，你叫他做他想做的事情，他会不高兴；智者对现时的东西感到心满意足，绝不会嫌自己。"伊壁鸠鲁不需要智者去预测并且操心未来。

在针对死者的众多法律中间，我觉得"就是君主们的是非功过在死后必受审查。就算他们不能主宰 法律，起码有着和法律平起平坐的地位。"这一条也特别有道理。他们即便不是法律的主人，同样也是法律 的伙伴；法律不能够触 及他们的生命，但可以影响他们以及其继承者的声誉：声誉对我们而言比生命更加重要。这是一种我们的惯例，遵照这一惯例的那些民族将会大有裨益，那些抱怨别人把他们跟恶君一起相提并论的明君都希望能够有这样的制约。我们应该尊重和服从所有的国王，因为事关他们的职责，但是，尊重和热爱一样，完全取决于他们的德和才。从政治角度来说，当他们需要我们自己来支持他们行使职权的时候，我们能够耐心地忍受他们的那些不称职的行为，掩饰他们的那些恶习，需要使用忠告帮助他们完成那些无足轻重的事情。但是这种君臣关系如果不复存在，我们就根本没有理由拒绝对司法部门十分自由表达我们内心的真实想法；特别是不能够抹杀那一些忠臣的功劳，他们深谙君主的缺陷，依旧忠心耿耿，而且任劳任怨。至于有人出于私人的 情谊，只顾一己之见赞成纪念一个应受谴责的国王，他们是以自己的评价损害公众的评价。提图斯一李维常见说得很对，在君主政体下培养出来的人，说起话来总是充满了空洞、炫耀和毫无价值的东西，他们无一不把自己的国王抬高到德才兼备至高无上的地位。

我们可以不同意以下两位士兵具有很崇高的心灵，他们当面顶撞尼禄的问题。其中的一个被尼禄问及为什么要伤害他时答道："我以前崇拜你，由于你那时候值得敬爱，但是在你犯下杀父罪、放火罪，变成小丑和车夫以后，我恨你是你罪有应得。"另一个被问到为何想弑他时回答："由于我找不出其他的办法来制止你干坏事。"可是尼禄死之后，他的专横跋扈以及荒淫无度便立即遭到万夫鞭挞，并且将永远为后世的人唾弃，关于这个，哪个智力正常的人能否认呢？

斯巴达国的那种治理方式是特别纯洁的，但是我不喜欢那其中的虚伪礼仪：国王驾崩，不管其政绩如何，所有的盟友，所有的奴隶，男人和女人，大家聚集在一起，纷纷划破自己的额头以示悲痛，声泪俱下地表示，他们自己的国王，不论生前为人如何，全部是最好的君主，并且因此为他们的那些行为歌功颂德，把距离他们最近的国王抬到顶峰。梭伦曾说，没有人可以在生前断言自己幸福，唯有依次生活过而且是已经死亡的人，才可能称得上幸福，即便声名狼藉，即便后代受苦；关于这个，亚里士多德提出了自己的质疑，就像他对其余的任何事情提出质疑一样。在我们自己还活着的时候，总是故意去做那些让自己愉快的事；但是如果失去存在，我们跟世界就没有任何联系了。所以，应该对梭伦说，只有在离开人世以后才能幸福，所以人是永远不会幸福的。

> 一个人很难彻底放弃和拒绝生命，
> 任何人都对自己身后寄予希望；
> 不能够离开以及抛弃，
> 死亡袭击的那些身躯。
>
> ——卢克莱修

贝特朗·迪曾经在围攻朗贡城堡的时候阵亡。朗贡城堡的位置在奥弗涅的布伊城的周围，困守堡垒的人随后投降，并且把城堡的钥匙放在了死者的遗体上。

巴泰勒米·达勒维亚纳曾经是威尼斯军队的一位将领，在布雷西亚那场战役当中为国捐躯他的遗体要经过敌人领土维罗纳才可以运回威尼斯。部队的大部分官兵赞成向维罗那居民申请安全过境的通行证。可是，泰奥多尔·特里伏斯持反对意见，觉得应该强行过境，就算是决一死战。他说：“一个生前不怕敌人的人，怎么可以在死后却给人留下害怕敌人的印象。”

的确，还有一个相似的故事，按照希腊的法律：谁要跟敌人索取自己人的遗体给予安葬，那么谁就是自动放弃了胜利，也就不能够再陈列战绩。对于接受请求的人来说也等于是赢了一仗。尼基亚斯正是这样失掉对科林斯人的绝对优势的。恰恰相反的是，阿格西劳斯二世对彼俄提亚人本来没有多大获胜希望，却因此占了上风。

上述行为并不奇怪，由于我们总是一直希望把我们的存在延续到自己的生命之后，也不承认老天爷的眷顾将一直陪我们进入坟墓，而且不会离开我们的遗骸，这样的事情就真的太奇怪了。历史上像这种的例子有很多，所以，我在此无须赘述。英格兰那位国王爱德华一世曾经和爱尔兰国王罗伯特进行了长时间的战争，他是一位经常获胜的国王，事业很辉煌；但是，在他临死之前，他居然强迫儿子发誓，保证在他死后用沸水煮他的遗体，把皮肉和骨头分开，将皮肉埋葬，把骨骼保存好，每次和苏格兰人打仗都要带着它们上战场，和部队一起出征。好像胜利肯定和他的肢体相关。

让·齐斯卡曾替威克利夫的那些错误的辩护因此震惊整个波西米亚。他要求人们在他死后把他的皮剥下来做一面大鼓，在打仗的时候抬上战场，认为这样能够鼓舞他的部队继续接着打胜仗，似乎他在亲自督战。有一些印第安人在和西班牙人作战的时候，就把他们某一个将领的骸骨带着，期待能得到将领活着时同样的运气。在这个世界上还有一些部族抬着英勇阵亡的人参战，以求好运和激励士气。

上面所说的例子涉及的仅仅是在死之后保留生前业绩所带来的那些声誉。我们下面要举的这个例子还表现了一种行动的力量。巴亚尔将军的故事可以表明这一点。他知道自己被火枪击中负了致命伤，别人劝他撤离火线，他回答说，他绝不背对着敌人死去，他继续战斗直到精疲力竭，最后实在是坚持不住并且就快要从马上摔下时，还吩咐他的司厨长把他平放在一棵树下面，可是一定要面对敌人，就如同他生前做的那样。

我要补充在这方面毫不逊色的另一个例子。西班牙国王腓力二世的曾祖父西米连一世不仅仅品德高尚，而且相貌英俊。但是，在他的性格特点之中有一个和别的君王大相径庭的地方：为了迅速处理重大的文案，别人的宝座都有一个便筒椅，他则绝不允许侍从接近他的私事，不准他们走进厕所看他方便。就如同处女不愿向医生或者他人暴露习惯上应当隐蔽的部位。我这人尽管说话有些放肆，但是却天生害羞。除非是迫不得已的时候或是十分强烈的感官刺激，我从来不在别人面前显示我习惯上不宜暴露的身体部位和行为。我这样是因为我觉得这种约束对人，特别是对于从事我这种职业的人，是特别合适的。可是，马克西米连一世居然迷信到在遗嘱中特别叮咛在他死的时候给他穿上衬裤。听说，他甚至还在遗嘱中追加了一条：帮他穿裤子的人必须蒙上眼睛。居鲁士大帝二世曾经对他的子女做出规定，在他死了之后，不允许他们或者别人看见和接触他的身体。我以为那是因为他笃信宗教的原因。他们非常可贵的品质之一是一生都致力于传播关心和崇敬宗教的信念。

一位亲王曾经给我讲过关于我的一位姻亲的故事，一个在和平时期和战争时期都非常有名的人，我听了觉得十分不愉快。因为当他年老的时候在临终前，忍受着结石痛的折磨，把最后的光阴用来精心布置怎样使他的葬礼办得体面并且隆重，他还再三恳求在最后时刻来看他的朋友，请他举家前来参加葬礼，还用许多例子和理由说明，对他这样有地位的人来说，这件事可非同小可。当他获得了亲王的许诺并且按照自己的意志布置完殡礼仪式之后，他才安详地与世长辞了。我很少见到这样固执的虚荣心。

还有另外一种做法与这个恰恰相反，就是在最后时刻仍然在为计算殡葬的支出操心和烦恼，甚至想到采取特别的鲜见的节俭手段。这种做法也有很多的例子。我遇到过有人赞赏这种性格，赞赏李必达饬令不允许其继承人照惯例为他举办丧事。甚至包括微不足道的花费以及欲望都要避免，难道这是节制以及俭朴的表现吗？这是一种偷懒而且十分廉价的改革。如果需要在这方面有什么规定，那我同意每个人都能够决定自己的命运形式，不论是对葬礼，或者还是对生活中的其他行为。哲学家卢贡曾经十分明智地叮咛朋友，把他的遗体埋在他们觉得最合适的地方。而葬礼，不仅不要浪费，也不需要吝啬。关于这件事情，我一律听凭习俗，相信我开始托付此事的人所做的决定。西塞罗说过："如果事关我们自己，完全可以淡然处之；如果事关家人，就千万马虎不得。"圣奥古斯丁十分圣洁地跟一位信徒说："葬礼的操心还有排场，以及墓地的讲究，更多的是对活人的一种安慰，并不是对已经逝去的人的保佑"。苏格拉底在他临终的时候，当克里托问他想怎样安葬的时候，他回答道："随您的便吧。"

如果这么做还不够的话，我觉得洒脱的做法就是，模仿有一些人生前就已经享受过的坟茔的等级以及排场，在大理石像上看得见自己死后的模样。善于漠然地享受还有满足自己的感官，活着的时候能够想象自己死时的样子，岂不是一件十分令人开心的事情！雅典将领曾经在阿基努塞群岛附近的一场海战中把斯巴达人打败了。那一场战役，在希腊人进行的海战中可以称得上是最有争议而且最漂亮的了。希腊人前所未有地投入了最大的兵力。但是，那些将领在胜利之后，他们利用战争法则提供的机会乘胜追击，没有停下来收集并埋葬阵亡的战友。他们因为这个而被雅典人民一点也不留情、既无人道而且也不公正地处死了，并且都不愿意听一下他们的辩护词。每当我回忆这件事情的时候，便简直对所有的民主都恨之入骨，虽然它代表的是自然还有公道。但是狄奥默东的做法让这一处决变得更让人觉得憎恶。狄奥默东正是其中一位被处决的将领，在政治还有军事上都享有崇高的威望。他在听完对他们的判决之后上前去讲话。那会儿现场的听众鸦雀无声，他没有为自己辩护，也没有批驳这个残酷而明显错误的判决，相反却表达了应该保护法官的愿望。祈祷诸神不要由于法官判决的不公平而惩罚他们；他又把他以及他的伙伴们为感谢显赫的命运女神而许的愿告诉大家，担心因为没有还愿所以使得诸神迁怒于雅典人民。接着，他没有说别的话，毫不犹豫地慷慨就义了。

在几年之后，命运以同样的方式惩罚了雅典人。雅典海军统帅卡布里亚斯在那克索斯岛上和斯巴达海军上将波利斯进行的那场战斗中曾经占上风，但是他为了避免承受上述不幸，居然失去了明显已经到手的胜利果实：为了不放弃漂浮在海上的那些战友的尸体，因此便让敌军从海上安全逃离而且反过来收拾雅典人，随后又为这个不合时宜的迷信行为付出了沉重的代价：

> 你希望知道你死之后在哪里吗？
> 你要去还没有出生的人的地方。
>
> ——塞涅卡

> 以下的话使一个失去灵魂的身躯逐渐恢复了宁静：但愿摆脱生命以及痛苦的躯体，不再有坟墓和栖息地。
>
> ——西塞罗

大自然同样地让我们看到，某一些失去生命的东西好像跟生命还存在有某一种神秘的关系。地窖里的酒是按照葡萄季节的变化因此而改变味道的。据说，野味的肉按照活肉的定律在腌缸里改变着状态和味道。

4 当心中缺乏真实目标时，灵魂如何迁怒于假对象

我们当中的一位贵族患上了很严重的风湿症。医生催促他完全戒食咸肉，他总是十分幽默地对医生回答说，在疼痛难忍的时候，他必须想有个可以迁怒出气的对象。因此他便喊叫着，时不时地咒骂起香肠、卤牛舌或是火腿来，然后他感觉轻松舒畅多了。确实，正如我们举手打人，如果打不到目标，即便击不中对象然后打在了空中，手也会感觉疼痛；基于这个同样的道理，假如人们希望看到称心悦目的景致，就不能够让视线撒向茫然若失的空中，在一个适当的距离上衬托它。

就像狂风失去森林的阻挡，
必然在旷野中消失得无影无踪。

——卢卡努斯

同样的道理，受震撼因此处于激动中的心灵，假如失去目标，差不多也会晕头转向，因此，必须有一样东西，供它依靠，供它表现自己。普卢塔克在谈及那些疼爱长尾猴和小狗的人时说，我们心中的爱由于没有正当的对象，与其白白浪费，宁愿选择自许一个假想以及无聊的寄托物，也不愿意自己一个人白白地打发日子。我们还看见受情绪左右的灵魂在建立虚构虚假的对象时宁可出错，甚至背弃自己的信仰，也不愿毫无作为。

动物也因为此道而愚蠢。狂怒的野兽会攻击弄伤它们的石头和铁器，甚至会由于痛苦而使得自己咬自己，以此来达到泄愤之目的：

受到伤害的帕诺尼母熊更凶猛，
怒吼声中滚动着带血的伤口，
朝着随着它旋转的投枪进攻。

——卢卡努斯

当不幸忽然之间降临到我们头上的时候，我们会寻找各种各样的原因，不是这样吗？当我们竭尽全力想宣泄的时候，有哪种办法不能够采用？并不是你猛扯自己的金色头发或者重击自己的白皙胸脯，就能够痛悼你那饮弹而亡的至亲至爱兄弟：你应当另觅他处倾泻自己的情感。李维在说到西班牙的罗马军队失去了两兄弟、两位伟大的统帅，也就是他们的两位兄弟的时候说："大家全部当场痛哭失声，每个人猛捶头颅。"这是经常有的习惯。但是哲学家比翁不是曾经诙谐地打趣过一位国王吗？说他在悲痛难过中胡乱地揪扯自己的头发，"是不是觉得秃头就能够减轻忧伤呢？"因为输钱而愤愤不平，赌鬼咀嚼和咽下纸牌，没命地吞下满盒子骰子，这都是我们见过的吧？泽尔士国王鞭笞赫莱斯蓬地区的海峡，给海峡加上镣铐，并让众人使用污言秽语诅咒它，而且还给阿托斯山下了一封战书；居鲁士王横渡冉岱斯河的时候曾心怀恐惧，因此他命令全军停下来几天，以此来向冉岱斯河报仇雪恨，他让人拆毁了一所美丽的房子，因为他母亲在房子里有一段不愉快的经历。

我年轻的时候听老百姓传说，邻国的国王被上帝用棍子打了一顿，因此他立誓复仇，命令他的臣民十年的时间当中不准向上帝祈祷，还有不准跟上帝说话，凡是他在位一天，就不允许臣民信仰上帝。这些缺点是互有关联的，事实上这种行为较多地来自于自高自大，而不是因为愚蠢。这两种恶习一直是相伴而行的。不论它们来自自负的因素要超过愚蠢的方面。

奥古斯都皇帝由于受到海上暴风雨的袭击，他从此对抗海神，在偌大的竞技场上，居然将海神像从其他的神像中清除出去，把这作为报复。还有一件在任何时候都不可原谅的事：当瓦鲁斯在德国被击败了之后，奥古斯都在狂怒以及绝望中一边用头撞击墙壁，还一边大声喊叫："瓦鲁斯，你把我的军队还给我！"因为他们做的事甚于疯狂，因为他们的行为亵渎神灵，那些迁怒于神或者"命运"的人，似乎它们有听觉可以感受到我们的轰击似的。这就像是色雷斯人，每当天空雷电轰鸣的时候，他们就顿生怨恨，朝着苍天乱箭齐射，以此来逼迫上天就范，重新恢复理智。但是，就像普卢塔克在自己作品中引用一位古代诗人的话那样：

切勿因世事生气，
它们不会搭理我们的任何烦忧。

但是，我们怎么咒骂自己思想的放纵都不过分。

5 被围的要塞司令必须出寨谈判

罗马执政官吕西尤斯·马尔西尤斯在跟马其顿国王佩尔塞战争的时候，为了赢得必要的时间整顿军队，向对方提出和解建议。国王上当受骗，稀里糊涂地过了几天，给了敌人特别充裕的时间来重整旗鼓，到了最后，国王赢得的是灭顶之灾。但是，元老院的议员们回想起前人的行为，没有不谴责这种跟传统风格相违背的做法。他们认为，罗马人的传统是凭借他们自己的勇敢无畏的精神打击敌人，而不是靠着耍阴谋诡计，他们从来不采取突袭或者是夜袭的手段，从来不佯装逃跑或者突然反击。他们只在宣战以后才发动进攻，而且往往通知敌方战斗的地点和时间。

按照上述精神，他们把那个叛徒医生送回给了庇吕斯，把那个可恶的小学教师交给了法莱里的居民①。这是罗马真正的战争方式，绝非狡猾的希腊方式和奸诈的迦太基方式，凭借力量取胜远远不如靠计谋取胜光彩。

骗术能够立竿见影，然而，真正觉得自己战败的人，是那些知道自己不是因为中计或运气不佳而失败的人，而是那些被对方英勇无畏的气概压倒，在两军对垒还有正大光明的常规的战争中而战败的人。通过这些心地善良的人的论述，我们能够十分清楚地看到他们特别不赞成这句美丽的格言：

> ……计谋或者是勇敢，对付敌人还需要什么选择吗？
>
> ——维吉尔

博里布说过，阿该亚人在战争中深恶痛绝任何一种欺骗手段，认为只有击垮敌人的心理才是真正的胜利。“一个可敬的睿智的人必须懂得，唯一真正的胜利是光明正大和体面地赢得的胜利。”（弗劳路斯）另外还有人说：

---

① 医生答应毒死伊庇鲁斯国王皮洛士，校长出卖法利斯克的贵族学子，把他人交给罗马人。

假如命运，就是世事的主宰，把王位留给你或者是我，请以勇气证明我们将不辱使命。

在台尔那特王国里，在那些被我们轻蔑地称为野蛮的民族里，习俗要求要先宣战之后才可以开战，并且必须详细地列明清楚准备要使用的战争手段：使用什么样的手段，以及投入多少兵力，需要使用哪些工事，还有使用哪些进攻性以及防御性武器，诸如此类等等。然后，假如敌人不让步，不愿意之间达成和议，他们还为自己尽量保留了很多大肆勒索的权利，他们觉得必须光明磊落，绝对不落下被人指责借叛变、奸诈以及利用阴谋诡计来夺取胜利的口实。

古代的佛罗伦萨人拒绝通过突然袭击的办法来谋取利益，所以他们在调动军队之前的一个月的时间内就会通知敌方，并且不停地敲钟示警，那个示警的钟还有一个专门的名字，叫玛尔蒂乃拉钟。

对于处事并不那么严谨的我们而言，我们认为谁在战争中得益谁就是胜利者。我们不拒绝里桑德尔的谋略，如果虎皮不足以解决问题，就得补上一块狐狸皮，最普通的攻其不备的方法便是实行具体的实践。应该记住，当头儿的在任何时候都应该特别警觉，特别是在谈判以及签订和约的时候。因为这个原因，有一条当代军人都挂在嘴上的行为准则，被围困的要塞绝不能让司令亲自出寨谈判。在我们祖祖辈辈世代生活的那个年代里，抗击纳索伯爵，守卫穆松城堡的德·蒙莫尔还有德·拉西尼两位大人以前曾经因为这个原因受到责备。

但是，即使如此，只要安全和优势得到保证，亲自出马也是可以原谅的，例如在德·莱斯居大人的请求下，吉·德·朗贡伯爵就曾经离开他一直据守的雷吉奥城（这些是杜拜莱的说法，吉夏尔丹说出城谈判的是他本人）。他与城堡保持着很近的距离，在谈判过程中曾发生过一次意外的冲突，德·莱斯居大人带来的队伍完全处于劣势的形势之下（所以亚历山大·特里维尔斯在冲突中被杀），甚至出于从安全方面的考虑，当伯爵做出正式保证之后，为了不遭遇不测跟随伯爵一起进了城。

昂蒂戈诺斯把诺拉城包围起来，提出要求要欧姆奈斯出城对话，经过多次交涉，围城者指明欧姆奈斯必须要出城，因为自己最伟大最有力。欧姆奈斯十分庄严地回答说："只要我宝剑在手，我绝不认为有人比我更加伟大。"在昂蒂戈诺斯允许把他的亲侄儿普托莱梅送过来做人质之前，他绝对不允许出城。

但是，也有人光凭进攻者的口头承诺，无惊无险地出了城。香槟省的亨利·德·沃骑士能够作证：他被英国人包围在高迈锡的城堡里面，指挥围战的巴泰勒米·德·波纳在外围将大部分城堡建筑破坏了，到了最后只需放一把火就能够彻底解决在废墟中顽抗的士兵，他下了命令说亨利·德·沃骑士出来谈判。亨利·德·沃带着三名战友跟着他一起出来了，然后，骑士亲眼目睹了无可挽回的事实，感觉到必须服从敌人的要求，否则就没有出路，他迫于无奈带着队伍投降了。到了最后，把炸药点着，木头柱子倒下去了，城堡完全被摧毁了。

我很容易轻信别人的话。可是，假如别人觉得我轻信是由于绝望以及缺乏勇气，让人认为不是出于自觉还有相信别人的品格，我就不很轻信了。

6 谈判时刻充满凶险

最近一段时间内，我注意到邻近米西当要塞一役中，那些被我们的军队驱逐的人还有他们这一派的其他的人，他们大喊大叫，指责我们背信弃义，因为双方正在谈判签约的时候，我们发动了突然袭击，粉碎了他们的企图。好像只有上世纪才可能出现这类的事。

但是，正如我先前所说，我们的处事方式已经完全离开了从前的规则，在约束性的大印最后盖上之前，任何人都不可以相信对方；有时候这样还是不够。一座城市在优惠慷慨的条件下面投降，并且让对方士兵乘胜可以自由出入，完全以为凯旋的军队会乐意遵守协议，类似于这样的主意总是通常吉凶难料。

罗马的大法官伊米利厄斯·勒日吕尝试用武力占领弗凯亚，在城市居民英勇无比的抵抗下，他的企图久久不能得逞，最后双方达成协议，他承认福塞的居民是罗马人的朋友，他作为盟友进入他们的城市，使他们完全消除了恐惧感，不做任何关于敌对的行动。为了让入城的仪式显得威风凛凛，因此他带了大军开了进去；然而不管他怎样使用权力都无法约束那批士兵，他亲眼看见了城市的大部分地区遭受清洗，贪婪和报复压倒了他的权威和遵守军事纪律的责任。

克里昂米尼曾经说过，在战争中不论对敌人做出什么程度的伤害，全部都高于公义，并且不被公义限制，神是这样，人也是这样。他和阿尔戈斯人互相约定好一起休战七天，到了第三天夜里的时候，他趁敌人熟睡之际发动了突然袭击，将他们杀死了，诡称休战条款里面并没有谈到黑夜。但是，诸神惩罚了这种自以为聪明的背信弃义的行为。

卡西利努城就是在谈判中试图给居民安全的时候被人偷袭的，这还是由正直的将领率领纪律严明的罗马部队时候发生的事。由于这不是说在任何时机以及场合，我们不可以像利用敌人的胆怯一样利用敌人的愚蠢。没错，战争中自然而然有许多不讲道理并且又言之有理的特权，“但愿任何人也不要处心积虑去利用他人的无知。”（西塞罗）这样一条规则实际上是不存在的。

然而色诺芬用他的圣明的居鲁士大帝二世的言论还有丰功伟绩，加以发挥这些特权，这让我十分惊讶；他虽然是这方面极具分量的理论家，十分杰出的将领，并且还是苏格拉底门下的哲学家，可是我不能够同意他不分事理不分场合的宽容态度。

多比尼王爷将加普亚城围困，在一场剧烈鏖战之后，守将法布里齐奥·科洛纳大人从堡垒的高处和下面谈判，他的手下因此放松了防卫，我们的人趁这个时候乘机袭取，破城后捣毁城内的一切。我们还记得在不久之前，在伊伏瓦城，朱利安·罗梅罗大人十分冒失地出城和陆军统帅谈判，回去的时候看到城市已经被占领。我们再举一些别的例子：奥塔维亚诺·弗雷戈斯在我们的保护之下统治着热那亚城，佩凯尔侯爵将热那亚包围了，为了我们撤离的时候不至于没有酬赏，因此双方进行了一场讨论，讨论的进展到了最后的阶段，几乎已经可以达成协议，可是西班牙人偷偷溜进城里把这座城市当成了完全的战利品。到了后来在布里埃纳伯爵驻守的巴尔地区利尼城，被查理五世御驾亲征全部包围了，伯爵的副官贝特耶出城进行谈判，谈判还在进行的时候城市就被攻占了。所以有人说：

不管什么时代战胜总是光荣的，
不论是靠运气或者还是靠诡计。

——阿里奥斯托

然而哲学家克里西波斯应该不会同意这个观点，我也一样。因为他说过，抢着快跑的那些人，应该集中全身力量放在速度上；用手拉住对手，或者用脚去绊倒对手，都是不允许的。

那位伟大的亚历山大更加的慷慨豁达，波吕佩贡建议他利用夜色攻击波斯国王大流士，他说："绝对不这样，偷袭取胜不是我会做的事。""我宁可埋怨运气不济，也不愿意因为胜利而感到脸红。"（昆图斯·库提尤斯）

他不愿意在奥罗岱逃跑的时候把他打倒，
也不愿意从背后施放冷箭，
他把他追上，彼此面对面较量，
不用暗算的手段但是用力量战胜他。

——维吉尔

7 让意愿来决定我们的行动

人们经常说，人一死之后就可以解脱全部的责任。我知道有些人对这句话作了十分极端的解释。英国国王亨利七世以及马克西米利安皇帝的儿子，如果说得恭敬一点就是夏尔一坎特皇帝的父亲堂·菲利普，他们达成一项协议。根据协议，菲利普出逃之后藏身在荷兰①，白玫瑰家族的苏富克公爵则交给亨利七世，这样做的条件就是亨利七世答应绝对不伤害公爵的性命，然而，他临终前立下遗嘱，命令儿子在他走后处死公爵。

最近这段时间，阿尔伯公爵在布鲁塞尔让我们见识了一出悲剧，当事人是霍恩和埃格蒙两位伯爵，其中有许多值得注意的事情，尤其是在埃格蒙伯爵发誓的担保之下，霍恩伯爵向阿尔伯公爵投降了，然而，埃格蒙伯爵恳求先把自己处死，愿意以死抵偿生前对霍恩伯爵应当尽但是没有尽到的义务。好像死亡并没有解除前者（英国国王）的承诺，后者（埃格蒙伯

① 1455—1485年，英国宫廷发生内讧，一方是约克王族，以白玫瑰为标志，一方是兰开斯特王族，以红玫瑰为标志，最终亨利七世所属的红玫瑰集团获胜。

爵）尽管没有死但是尽到了责任。我们应当言而有信，可是没有办法超越自己的力量以及手段。他们的理由是能不能够实践承诺完全不在我们能够控制的范围之内，在我们能力范围之内的只有意志，关于人的责任的种种规则，不用说是建基于意志之上的。因此，埃格蒙伯爵用心灵以及意志来担保他的承诺，尽管实践承诺的能力依然不在他的手里，没有疑问的是，虽然他在霍恩伯爵之后还继续活着，人们是不应该追究他的责任的。可是，英国国王却故意不守承诺，不能够因为在死之后才实现他不诚实的意图因而得到原谅，这比希罗多特所说的泥水匠好不了多少，他一辈子都在忠实地为埃及国王保守金银财宝的秘密，临死的时候把秘密告诉了孩子。

我看见同时代的好多人，认识到自己霸占了别人的财富，也准备通过遗嘱在死后向人赔礼道歉。然而，他们不做任何一件实事，既不为一件原本十分紧迫的事情立下一个时间的期限，也不准备以极微小的遗憾和代价去纠正他们的错误。他们真的应当作一做他们应该做的事情。付出愈是艰难愈是尴尬，赔罪也愈是应该愈是值得。悔过需要你承担起自责的重负。

有些人做得比这儿更差，他们把怀恨在心中埋藏了一辈子，而且把它变成此生最后的遗愿。在激怒受害者的同时，他们表现出毫不在乎自己的名誉，毫不在乎永远留下的坏名声。而且他们更不在乎自己的良心，不明白在尊重死亡的同时应当消除仇恨，而是将心底的仇恨一直延续到他们的后代。把案子拖到没有办法知道怎样审理的时候，像这样的法官是多么不公正啊。

假如能够做到，我会小心处理，这样才不会在死的时候说一些生前不曾公开说过的话。

8　论无所事事

我们看见未经开垦的土地，如果土质肥沃富饶，必定长满了数不胜数的野草和害草，如果要将它们利用起来，为我们所服务，就必须播上种子。有一些妇女独自生出一大堆丑陋的生命，为了培养良好和正常的一代，必须为她们注入另外的种子。人的思想也是一样。假如不让大脑有事可做，有一些制约，它就会在想象的旷野中任意驰骋，有的时候就会迷失方向。

当水在青铜盆里颤动的时候，
反射出阳光或者是月光，
光线四射，穿过空气，
直抵富丽堂皇的穹顶。

——维吉尔

骚动的心灵产生的如果不是疯狂，那么就是梦幻。
就像病人做梦，
丛生出种种幻觉。

——贺拉斯

思想如果没有明确的目标那么就会迷失方向。就如同有人说的，无处不在就等同于无处所在一样。

马克西姆，无处不在，即无处所在。

——塞涅克

最近这段时间我一直退隐在家中，打算尽量好好休息，不管别的任何事情以度余生，我觉得，如果想善待自己的头脑，最好是让它充分闲适地与自己对话，停顿下来，幽闭起来。我希望这样做脑子应该会更加运转自如，随着时间的变化，会愈发坚强，愈发成熟。但是我发现事与愿违。

大脑如果无所事事，那么就会胡思乱想。

——卢卡努

它就如同脱缰的野马一样，每天都有想不完的事，要比给大脑一件事思考的时候还要多想一百倍；我脑海里丛生出种种的幻觉，重重叠叠的，而且杂乱无章。为了方便静观它们的荒谬和怪异，我开始把它们记录下来，希望随着时间的推移让自己倍感羞愧。

9 论撒谎

没有人比我更不适合谈论记性这回事。因为我身上没有一点迹象可以用来表明我有好的记忆力，恐怕在世界上找不出第二个像我这样记性如此差的人。我的其他能力也很平庸很一般，但是记性差却是与众不同的，却是绝乎仅有，凤毛麟角的，应该因此声名大噪才是。

虽然我的记性不好是与生俱来的——柏拉图出于需要的目的，不无道理地把记忆称作是有权有势的女神——但是，因为在我的家乡，人们说一个人没有智慧，就说他没有一点记性，因此，每当我抱怨自己记性不好的时候，大家就会责怪我，而且怀疑我，似乎我在指责自己是个傻瓜一样。他们不觉得记性和智慧是有区别的两码事。这样一来，我的问题就更严重了。他们的指责完全是在伤害我，因为，刚好相反的是，经验告诉我们一个道理，良好的记忆力以及低弱的判断力二者之间是相辅相成的。除此之外，他们异口同声一起指责我的毛病，这表明他们无情无义，而我一直是友善待人，所以，他们这样做其实也是在伤害我。他们责备我有毛病，意思是说我忘恩负义。从攻击我的记性牵连到我的情感，把一个自然的缺点变成了一个良心的缺点。他们指责我忘了这样或者那样的请求以及承诺，忘记了朋友们，指责我从来不记得为了朋友应当说些什么，或者是做些什么，或者应当隐瞒些什么。诚然，我很健忘，但是疏忽朋友交代的事情，我是不干的。人们可以觉得我这是无能的表现，但是不要把这种无能当作恶意，因为我生性从来不会戏弄人。

基于这么一个事实，我为我的记性不好感到自慰。首先，这一缺点可以帮助我克服在我身上有可能会产生的另一个比这更加严重的缺点，这个缺点就是名利欲望，因为对于一些热衷社交的人而言，记性不好是一个不可以忍受的缺点。其次，大自然向前发展的许多例子说明，随着记忆力的减退，其他能力会得到加强；如果别人独特的看法得助于记忆因此而留在我脑海里，那么跟大家一样的是，我的思想以及判断力会容易受别人的影响，而不能够将自己的才干发挥出来；再次，我的讲话更加短小精悍了，记忆库比较容易储存非发明创造的具体材料。如果我的记性好，我就可能会对我的朋友们喋喋不休因而震聋他们的耳朵，就能够借题发挥我的这一才能，让我的言辞变得十分热烈而且又极具吸引力。如果那样的话就太不幸了。我曾经在我的几个知心朋友那里验证过这个：他们愈是回想出事情的所有细节，他们的叙述就愈是冗长拉杂，就算故事十分精彩，也会因此而变得一点都不精彩；如果故事本身并不好，那你会抱怨他们记性太好，或者抱怨他们判断力有问题。如果开始讲起来，那么把话头收住或中间打断是很难的。一匹马若可以干净利落地停住脚步，这就非同一般了。甚至当我看到有些说话不爱拉扯的人的时候，如果说起来，也是想停下来也停不下来。他们希望找一个适当的时机结束谈话，会讲一些废话、拖拖拉拉，好像虚弱得走不动了一样。老年人对这种则更可怕，他们还记着那些已经遥远的事，但是忘了他们重复无数遍的了。我曾经看见过，原本是十分有意思的故事，但是被一个绅士叙述起来，就全部变得索然寡味，因为在座的人的耳朵已经被灌了上百次了。我为我的记性差感到安慰的第二个理由是，借用一位古人的话来说，我很少记得以前曾经受到的凌辱，不然的话，我就必须雇一个专门提醒台词的人了，就如同波斯国王大流士一样，为了不遗忘雅典人对他的侮辱，他下令吃每一餐饭，都得派一名年轻侍从在他的耳边反复说三遍："陛下，千万要记住雅典人啊。"当我重读我以前读过的书卷，再次去那些我去过的地方，我总是会像第一次那样感到新鲜惊奇。

有一些人说，觉得自己记性不好的人，不要想撒谎，这样的说法是很有道理的。我了解到，语法学家对说假话以及撒谎是作区别的。他们说过，说假话指的是把本身是假的事情说成是真的；但是撒谎一词源于拉丁语（我们的法语就源于拉丁语），这个词本身的定义包含有违背良知的意思，所以只涉及那些言与心违的人。我所谈论的就是这种人。但是，这些人要么捏造主要的或者是全部的事情，要么就是将真实的内容掩饰甚至歪曲。当他们常常在同一件事上掩饰甚至歪曲的时候，就难以保证不露马脚，这是因为事实真相第一个进入记忆，通过感觉和认知的渠道在记忆中留下印记，而且根深蒂固，它就会常常出现在我们的想象中，将基石不稳的虚构驱逐出去，而那些最开始已经习得的情节，每次都会慢慢潜入我们的脑海，使它无法忘记有些错误或变质的东西是后来加上的。而关于那些纯粹捏造的东西，由于没有相反的印象来戳穿他们的虚假，于是他们就认为对自己的胡编乱造能够高枕无忧。然而，还是这种编造，因为它没有真实性，令人无法把握，加上编造得不是那么确定，就很容易逃离记忆。我常常碰到像这样的人。十分可笑的是，那些人说话十分擅长随机应变，很善于讨上司的喜欢。他们希望把信义和良知服从于千变万化的情况，因此他们说话也得随机应变，关于同一件事，他们一会儿说那是灰色，可是一会儿又说成黄色；对这个人是这个说法，对那个人是那个说法。假如他们偶然将他们好几次自相矛盾的话当作战利品拿出来作为比较，这一杰出的本领最后会有怎样的命运结局呢？他们不仅仅会因一时间的不慎而常常陷入尴尬的境地，由于要记住对同一事物编造出来的种种形式，那该有多好的记性！我见过许多同时代的人，他们羡慕这种美好的本领，但是他们不知道即使美名远扬，那也是徒有虚名。

实际上，撒谎是一种应该得到诅咒的恶习。我们之所以是人，我们之所以能够互相联系，全在于我们有说话的能力。假如我们对撒谎的危害以及丑恶有足够的认识，对它就会比对其他的罪恶更加的不留情。我发现，人们常常会因为孩子们无辜而不合时宜的过错从而惩罚他们，会由于他们冒失的，但不会造成任何印象以及后果的行为而折磨他们。在我看来，只有欺骗这件事，更糟糕的是执迷不悟，才是我们需要时时刻刻防止萌芽和滋长的缺点。这两种缺点伴随着孩子们的成长而发展。让人吃惊的是，一旦你的舌头沾上了骗人的习惯，要想摆脱就成为不可能的事情了。所以，我们经常看见，一些其实是非常诚实的人，如果撒了谎，他们就会一撒到底，而且再也摆脱不了。我有一位十分称职的裁缝伙计，我从来没有听到过他说实话，即使说真话有好处他也不说。

如果谎言和真理一样，仅仅只有一副面孔，我们还能够跟它相处得好一些；因为如果那样我们能够毫不犹豫地从反面理解撒谎者的话。但是，谎言本身却有千百副面孔，有无边无际的活动范围。

毕达哥拉斯派的善恶观是这样一种观点，善是清楚而确定的，恶是模糊的不确定的。上千条路都背离目标，唯有一条通往那里。当然，假如用无耻的一本正经的谎言来避开一个明显的十分严重的危险，我不敢肯定自己是否可以不说谎。

有一位神父曾经说过，宁可跟熟悉的狗相伴，也不愿意与操不同语言的人为伍。“所以，陌生人常常不被人当人相待。”在社交的过程中，谎言比沉默更让人难以接受。

弗朗索瓦一世能够夸耀自己曾经把米兰公爵的使者，能言善辩的弗朗西斯克·塔韦纳驳得瞠目结舌，而且走投无路。塔韦纳是受他的主子米兰公爵的派遣，因为一件后果严重的事来向法国国王亲自道歉的。事情的经过是这样的。弗朗索瓦一世不久之前被逐出意大利，可是他希望同意大利，甚至和米兰公爵领地继续保持着和睦相处的关系，所以，他决定派一绅士，也就是实质上的使节到公爵身边，然而表面上假装不是因公，而是在处理私人的商业事务。米兰公爵弗朗索瓦·斯福扎以及查理五世皇帝的侄女、丹麦国王的女儿，洛林的遗产继承人商谈婚事，所以比以往任何时候都要更加的依赖查理五世；以便不让自己的利益受到损害，他不能够让皇帝发现他和法国人有任何接触或者是来往。法国国王把这一神圣的使命交给了王家的那位马厩总管，米兰人梅维伊。这个人带着秘密国书还有作掩护用的给公爵的引荐信到达了米兰。但是，他在公爵身边待的时间太长了，查理五世发现了一些什么，结果自然可以想象得到：公爵借口一件杀人案，在半夜三更把梅维伊的头砍了，案子在两天的时间里匆匆审结。法国国王跟全部基督徒国王以及米兰公爵本人发函询问缘由，为了这个，弗朗西斯克，塔韦纳阁下早就已经准备好了一份跟事实完全不同的长篇推理。他在国王早朝的时候叙述了很多差不多可以令人信服的理由，以此作为使者被杀的根据。他称，他的主人只知道梅维伊是一个普通的贵族，只有私人身份，来米兰只是为了处理商务，甚至不承认知道他为国王服务，也不知道国王认识他，所以，更加的谈不上把他当作使节看待。弗朗索瓦一世对他提出很多疑问以及异议，每一步都紧逼，到了最后逼他回答是不是在晚上偷偷将法国使节处死的。这个时候，弗朗西斯克狼狈极了，不得不如实回答说，为国王陛下着想，如果在白天行刑公爵会很后悔的。大家能够想象，他在法国国王鼻子底下不能够自圆其说，是怎样被驳得体无完肤的。

尤里乌斯二世教皇为了达到煽动英国国王反对弗朗索瓦一世[①]的目的，把一名特使给他派去了。当使者陈述完他的使命之后，英王在他的答词中提到，要和这么强大的国王作战，准备工作是非常难做的，他甚至还提出了几条理由。大使莫名其妙地接着说，他也考虑过，而且也对教皇讲过这些问题。这一不恰当的回答，跟他促使英王马上对法作战的使命是背道而驰的。这样一来，反倒让英王从中发现蛛丝马迹，随后更证实了自己的怀

---

① 据《七星文库·蒙田全集》注释，应为路易十二。

疑：这位大使偏向于法国国王。他将这件事情通告教皇，因此使者全部的财产充公，并且还差一点丧失性命。

10 论说话快与慢

人不是天生就有各种才能。

——拉博埃西

因此我们看到，有的人天生就有好口才，他们能说会道，就如同大家说的出口成章，不管遇上什么样的场合都能够应付裕如；另外一些人说起话来慢条斯理，总要等想好了考虑好了才说出口来。女士要运动还有健美，总是依据她们自身的特长制定规程，相同的是假如我在这两种不同的口才特点方面提出看法，我认为在我们这个时代里，嘴巴是布道师以及律师的主要谋生手段，说话慢的适合于做布道师，说话快的适合于做律师。因为布道工作允许他有充足的时间准备讲稿，并且又毫不间断地循着思路把话说完；但是给予律师发挥口才的机会在任何时候都可能是一种抗辩，对方出其不意的回答往往令他转移话题，于是，他必须立即采取新的行动方向。

克莱芒教皇和弗朗索瓦一世在马赛会面的时候，发生了相反的事例。普瓦耶先生一生都从事律师职业，享有很大的盛誉，主要负责在教皇面前致辞；他用了很长的一段时间捉摸推敲，甚至有人说演讲的稿子是在巴黎准备好后才带去的；可是致辞那天，教皇害怕讲话中别有什么冒犯在座的各国亲王的使者，叮嘱国王说一些他觉得此时此地最合适说的一些话。然而恰恰与普瓦耶先生精心准备的内容完全不同。所以他的讲稿变得毫无用处，他必须另起炉灶。可是他感觉自己无法完成，所以也就由杜贝莱主教大人代劳了。

做律师比做布道师要困难得多，但是大家认为——我自己也是这个意见——称职的律师要比称职的布道师容易找，至少在法国这个国家是这样的。

那些看起来比较善于思考的人动作十分敏捷灵活，但是善于判断的人动作往往缓慢沉着。有的人没有时间提前做准备就一言不发，有的人即使有了时间却不能说得更有条理，上面说的这两种人都同样不正常。有的人说塞维吕斯·卡西乌斯即席发言会更加的精彩，他这个才能是与生俱来的，不仅仅是勤奋，台下愈是捣乱，他愈是慷慨激昂，他的对手都害怕刺激他，担心他发怒的时候更加能言善辩。

我凭自己的经验知道，这类天性通常不会在事前深思熟虑。如果不能尽情地自由地向前走，结果就会毫无建树。我们觉得有的作品艰难深奥，可以看得出是夜以继日、呕心沥血完成的。可是另一方面，针对自己的工作患得患失，以及心灵上过于紧张束缚，也可能会挫伤、阻碍甚至是损害这份天性，就像铺天盖地而来的洪水最后挤进了狭窄的通道，因此奔泻而过。

我上面说的这种天性，有可能会出现这样的情况，它不可以受到强烈情欲的刺激和震撼就如同卡西乌斯的怒火（因为这感情会过于激烈），它需要的并不是激怒，相反而是诱发，需要现成的或偶然的外力来加热和启动。如果没有这一切，那么就只会无精打采，拖沓慵懒。外力是它的生命和魅力所在。

我不能很好地控制和支配自己。偶然因素会更加容易左右我。用心思，还有动脑筋，不等到机会与伙伴的出现、甚至自己声音的变化那样使我会更有主意。

假如对并无价值的东西也进行比较的话，结论应该是我说的话比我写的书更有意义。

我就是遇上这样的情况：假如冥思苦想找不到要说的话，信手拈来往往反而表达得更加传神。书写时候会出现一些妙句（我的意思是，在别人看来十分平凡，对我自己却是已够捉摸。不要提那些客套话了，各人说话各有不同的力量）。抓不住中心之后，压根儿不知道在说些什么，常常还是旁人在我之前明白我的意思。我如果把这种情况下写的这些话删去，全篇就会一点儿也不剩下。幸好白天有的时候，我写的东西和中午的太阳比起来还要明白，使我对目前的犹豫感到惊讶。

11 论预兆

对于箴语，确实是在耶稣基督降世之前很久，便已经开始失信于民：因为我们看见西塞罗苦苦思考它们之所以衰落的原因，以下的这几句话就是他的："为什么一直到现在，而且很久很久以来，刁勒非（Delphe）再也不发箴言了，一直到今日，结果是人们不再重视它们？"但是其他种种预言，发自那些祭神的动物的脏腑（柏拉图以为这些动物的脏腑的天然组织有几分是为这用途而设的），鸡怎么顿脚，小鸟怎么飞行，"我们相信有一些禽鸟专为宣示未来而生的"。（西塞罗）雷鸣电闪，河中的漩涡，"占卜洞悉众多事物，占卦预知很多事物，箴语，先知，梦还有异迹又告知许多事物"（西塞罗），还有其他古代赖以取决公事和私事之体咎的，全部被我们的宗教废除了。尽管我们当中还有星相巫觋等流行，我们的天性中毫无意识的好奇心的显著例证之一，就是耗费我们的光阴去预卜未来的事物，仿佛在了解现实方面已经无事可做了似的：

> 为什么，那沃林比的王啊，难道你要，
> 在人类的痛楚之上还添上这凄惶？
> 为什么用如此残酷的预兆，
> 预示他们未来的灾殃？
> 还是把凡夫的眼睛蒙住吧，
> 使他们在恐惧中依旧不绝希望。
>
> ——鲁建

> "必将发生的事情，就算知道了也是没用的，因为徒自苦恼只是一件很悲哀的事。"（西塞罗）——不管怎样，占卜的权威已经大为减削了。

因此我觉得莎吕斯（Salusse）的伯爵法兰夏的伊子特别可惜。他那时候统率法兰夏王在阿尔帕山外的大兵，备受宫廷宠信，甚至连他的哥哥被充公的领地也归还他了。没有什么倒戈的理由，并且并非出自心愿，到后来才证实他是受了当时那有利于夏勒第五而不利于我们的种种美好的预言（特别是意大利，在那里像这种愚蠢的预言是如此的流行，在罗马竟然大宗的款项为了我们的倾覆因此孤注）的过度的惊吓，刚开始常常在亲信中叹息法兰西王权和共同战斗的朋友们即将面临不可避免的灾难，最后终于背叛倒戈起来，结果就是他大受损失，不管如何星移斗转。但是他对于这事的举措实在如同陷于各种情欲的人。因为，既然有城池以及大兵在握，而且安东尼·特·列夫（AntoinedcLcvc）所统率的敌军又距离他仅仅一步之遥，再加上我们对他没有一点猜忌，他本应该有更大的能力。因为他尽管背叛，但是我们并不损失人马及城池，除了弗山（Fossan）之外，并且还是经历了一场血战才丢掉的。

神用那乌黑的夜，
来遮掩着那条未来的路，
嘲笑那些不安分守己的凡人
因为焦虑自苦，
他就成为自己的主人。
并且把毕生快乐欢欣，
假如他可以每晚安然，
对自己说道："我又过了一天。
明天就任神让乌云覆盖天空

或者是把清光普照乾坤。"（贺拉斯）相反的是，那些相信上面这句话的人却错了："这是他们的原因：因为之前有预兆。所以有神明，那么既然有神明，所以就有预兆。"（西塞罗）巴古微乌（Pacuvius）却聪明得多：

那些不求教于他们自己的心，
而仅仅求教于禽言兽语的人，
不妨听听他们怎么说，
信不信则另当别论。

关于著名的托斯卡纳（Toscana）人的预言的来历是这样的，有一个农夫锄地，锄到深处的时候发现了达则（Tages），这个半神半人长一副孩子脸，但是具有长者的智慧。邻近的居民赶快走去看，因此他的言语和知识，以及包含着这法术的原理和方法，便全部被收集保存了几个世纪，这种技艺的产生和发展全都是无稽之谈。

我宁愿掷骰来处理我的事。也不愿相信这样的幻梦。

真的在所有国度，人们都给命运留下一部分权威。柏拉图在他所描画的那个理想国里，让命运裁决很多重要的事情，其中的一件就是婚姻要由善良的公民共同抽签取决。他如此强调命运的选择，甚至还主张从这种结合所生的孩子需要在国内教养，出生于不好的家庭的孩子应该被赶出国门。但是假如这些被摒弃的长大时侥幸有成材的希望，人们能够把他们召回去，而放逐那些被留在国内一直到成年还没有什么希望的。

我曾经遇到过许多人研究和注释他们的历书，把那些历书当作各种事物的权威来征引。他们可以预料的事是这么多，当然有真有假："一个整天在射箭的人，哪个不会有时命中呢?"（西塞罗）但是我却不因为他们有时候命中而看得起他们。如果在他们的欺骗中有规则有实话，他们的预言或许会更加可靠。更何况一直以来没有人留意他们的误算。尽管那是无数和常有，但是他们的偶然命中却正是因为罕有、非常以及不经而得人信仰。狄亚哥拉士（Diagoras）。他的别号无神者，有一天在山穆达拉司（Samothrace）寺里有一个人指着那些沉船之后得救的人的名字和图像对他说："好，你不相信神明跟人事有涉，关于这许多由神恩得救的，怎样解说呢?""事实却是，"他说道，"那些溺死的人并没有留下形象在这里，而且肯定人数更多。"

西塞罗说在很多承认神明的哲学家当中，仅仅只有色诺芬·哥罗风尼（XenophenColophonnes）试图根绝任何形式的占卜。因此就不奇怪我们常见许多国王花费他们的光阴（有时并且于他们自己有害）在这些子虚上面了。

我特别希望可以亲眼看见这两个异迹：一个是加拉比（Calabros）的方丈约翰的书，能够预言所有未来的教皇的姓名以及相貌；另外一个是里雍（Leon）皇帝的书，能够预言希腊历代皇帝以及尊长。

但是这个却是我自己亲眼目睹的：在社会秩序十分混乱的时候，人民遭受到厄运的打击，十分轻率投身于各种迷信，对着上天寻求关于他们的灾难的远古的恫吓以及原因。他们的议题在现时特别受人欢迎，我可以说（这是一个锐利并且十分空闲的头脑的消遣）那些擅长于解释这些玄机的人不管是在什么书里都能够找到他们自己所想要找到的东西。但是特别使他们比较容易从事的是那种预言式的谵语的模糊、模棱两可和古怪，它们的著者原本就不给他们任何明确的意思，这样以便后世能够随他们的幻想妄加注解。

指引苏格拉底的精灵，在我看来，就是某一种意志的冲动，还没有等到他的理性允许便呈现给他。在一颗修养如此深的灵魂，经过智慧和道德的反复修炼，也许连这种率性，虽然是偶然，但是也是良善并且值得听从的罢。每个人在他内心全部都是这种骚动的影像。我以前也有过，我放任它们推移对于我是这样地有益和顺利，可以说这与神的启示有着某种关系吧。

12 论坚定

果断和坚定的准则没有规定我们不应尽力而为，保护自己不受天灾人祸的伤害，也没有不准我们害怕这些事情的突然发生。相反的是，所以那些光明正大保护自己不受侵犯的手段不仅仅是允许的，还应当予以赞扬的。讲究坚定不移，主要原因是耐性忍受那些对此无可奈何的不幸，以此利用身体的灵活，来挥舞手中的武器，只要能够保障我们不受攻击，那么都是好的。

很多好战的民族在战斗中还把逃跑当作是一种主要的战略战术，他们背对敌人，比面对敌人冒更大的危险。

土耳其人还或多或少的留了这种做法。

柏拉图笔下的苏格拉底就曾经嘲笑拉凯斯，他把“坚定”的意思定义为“面对敌人坚守阵地”。他说：“怎么，空出一点地方打击敌人也是怯懦吗?”他还引出荷马怎样颂扬埃涅阿斯的逃跑战术。到后来拉凯斯改正错误，答应斯基泰工兵，最后在骑兵中全部采用这个战术；苏格拉底又对他提出斯巴达步兵的例子，斯巴达这个民族特别擅长守住阵地战斗，但是在普拉德战役打响的第一天，因为攻不破波斯人的方阵，所以想办法把兵力分散往后退，使敌人相信他们开始逃跑，这样诱使对方走出方阵赶上前来追赶。用这样的办法他们才取得了胜利。

说到斯基泰人，有人说大流士要去征服他们的时候，他对斯基泰国王有诸多指责，说他一味后退和逃避。安达蒂尔苏斯——这是他自称——对此回答道，这不仅不是怕他，并且也不是怕其他活人，然而这是他的民族行军的方式，他们没有种了庄稼的土地，没有需要保卫的城市和家园，不用害怕敌人因此加以利用；假如他真的急于跟他打仗，那就让他走近来看看他们祖先的葬身之地，他也能够对他们聊上几句。

然而在炮战中，人正处在大炮射程的范围之内，这在战争进行的时候经常有的事，让他在炮弹落地开花之前躲躲闪闪就显得不妥当了，炮弹的威力以及速度使我没有办法避开。许多人因为举了举手或者低了低头便成了战友们的笑料。

查理五世入侵普罗旺斯向我们进攻的时候，瓜斯特侯爵到阿尔城去侦察，他利用一座磨坊做掩护朝前挺进，一不小心暴露了自己。博纳瓦以及驻阿让的司法总管两位大人发现，他们那时候正在竞技场的舞台上散步。他们指给炮兵指挥德·维利埃大人看侯爵，他立即架起轻型长炮瞄准，如果不是侯爵看到有人装弹药，而且还滚在地上，想必身上就要中弹了。

相同的是在好几年前，洛伦佐·德·美第奇，乌尔比诺公爵，卡特琳·德·美第奇王太后的父亲，围困意大利的要塞蒙多尔夫，这是位于维卡利亚地区的一座要塞，发现有人正在给一座瞄准他的大炮点火，并且扑倒在地帮了他的大忙。否则的话这枚炮弹不只是在他头上擦过，而是可能会打中他的腹部。

说句实话，我不相信这些动作是经过思考的结果，事情发生的那么突然，您如何评断瞄准的高低呢？还不如相信惊慌中需要靠命运帮忙，因为在下一次相同的动作会让他们躲过炮弹或者是挨上炮弹。

假如没有一点预料时枪声忽然在耳边响起，我会禁不住浑身一颤；我曾经见过比我勇敢得多的人也会这样。

即便是斯多葛派人也不认为他们贤人的灵魂可以承受最开始突如其来的幻影怪象，觉得他们听到比如说晴天霹雳或者说是坍塌巨响，会因此吓得脸色苍白、肢体抽筋，所有这些都是生理本能。其他的情感也一样，只要他的观点不受影响，只要他的理论根基不受损害和篡改，只要他在内心不接受恐惧和痛苦。对于那些不是贤人来说，第一种反应是相同的，第二种反应却是有所不同了。因为激情留下的印象对于他而言不是停留在表面，而是深入到内心深处，毒害并且腐蚀他的理智。头脑按照感情做出判断，亦步亦趋。从这位斯多葛贤人的这句话能够充分理解他的心态：

> 他的心坚如钢铁，热泪依旧流淌。
>
> ——维吉尔

这一位逍遥派贤人也不免受到干扰，可是他会加以节制。

13 国王们待客的礼仪

这并不是个没有丝毫意义的话题，它应当在这部有拼凑之嫌的作品中占有一定的位置。按照我们通常的习俗，跟一个与你同等地位的人，尤其是当一个要人通知你要登门访问的时候，如果不能在家恭候，你就大大地失礼了。对于这个问题，纳瓦尔王后玛格丽特还特别提出；假如一个贵族出门迎候一个来访的客人（这是最经常有的事），那并不是斯文的行为，不论来客的身份怎样高贵；你应该在家里等候，这样才显得更尊重更礼貌，即使怕他迷路也不必出门迎接，只需在他离开的时候送一送就行了。

我这个人经常会忘记这样或者是那样的繁文缛节，我在家里把所有的虚套浮礼全部都取消了。有的人对我的做法十分生气。宁可怠慢他一次，也好过每天都怠慢我自己吧，那可是经常不断的麻烦啊。假如硬要把这些无所谓的烦琐礼节带到自己的家中来，那又为何要想法躲避宫廷礼仪的束缚呢？在种种待客礼节的行为中，下面的这一条好像是一种大家公认的习惯，提前到会成了小人物们应尽的义务，因为姗姗来迟的更多是头面人物的特权。但是，当克莱芒七世教皇和弗朗索瓦一世国王在马赛会晤的时候，国王吩咐好了十分必要的准备工作之后就立即离开了马赛，当他返回来见教皇之前，让教皇进城之后休息两三天的时间。当克莱芒七世教皇跟查理五世国王去布洛涅会晤的时候，国王也设法让教皇第一个进城，然后他才到达。听说，这是君王们常常采用的待客礼节，即便让最尊贵者先到已经确定的会晤地点，甚至比接待他的主人都先到场。人们是这样理解的：这种礼节上的安排是为了让人看到，是属下晋见上头，是他们求见他，而不是相反。

不仅仅每个国家，并且每个城市都有它们自己的特殊礼节，就算是每个行业都是如此。关于礼节，我从小时候就受过良好的教育，接着又长期生活在那些教养有素的人们中间，所以没有可能不熟知法国的礼仪，而且也不会不严格予以遵守。我喜欢遵守这些规矩，而且并不担心我的生活因此受到束缚。依照礼节的某些形式行事确实是令人感到痛苦。只需要人们是有选择地而不是无端地忘掉某些形式，我觉得这也不算丧失风雅。我经常发现，很多的人由于过分拘泥于礼节，最后反而有失礼节，因为过分讲究客套，因此反而使人心生腻烦。

总之，研究礼貌的学问是一门非常有用的学问。像优雅和美丽一样，它是与人结交与人亲近的融合剂。因此，它就为我们打开了向他人学习的大门，同时也敞开了开发还有显示我们自身榜样作用的门户，假如我们有值得别人学习还有仿效的长处的话。

14 是祸是福多仅凭个人之见解

古希腊有一句格言，烦扰人的是对事物的看法，而非事物本身。假如在任何情况下都能够绝对地确定这是事实，关于改善人的可悲地位真的是有莫大的好处。所以，假如我们的祸患仅仅只是由于判断能力的毛病所导致的，那么我们差不多就有理由藐视它们，或者能够从好的方面去理解它们。如果事情托付给我们处理，我们为什么不能做主，牢牢地掌握它？为什么不能够把它变得对我们有利呢？那些被我们称之为恶和烦扰的事情，假如从它们的本身来说并不是恶和烦扰，假如仅仅只是由于我们想象的结果，那么我们就能够有权改变它。在能够选择，又没有人强迫我们的情况下，我们往往不可理喻地疯狂地支持给我们造成无穷烦恼的决定，给疾病、贫苦还有鄙视一种十分酸腐的坏味道，尽管我们也能够给它们正面的评价。命运仅仅只是提供原料，应当让我们给它一个形状。或者是我们通常称之为恶的东西本身并不恶，或者说是不论它怎么样，我们可以有能力赋予它另一种味道以及另一种面貌。这样到头来都是一回事，到现在来看一看以上说法是不是站得住脚。

我们畏惧这些事情，如果它们的本质擅自闯入我们心里，它对所有的人应当是一样的。是否应该有区别的。由于大家都是人，不管程度的差异，他们接受以及判断事物的工具是一样的。可是，我们对这些事物有各种各样的见解，清楚地表明事物进入我们心里是双方认同的结果，有的人能够接纳它们，保留它们真正的本质，然而大多数的其他人在心里赋予了它们新的与此相反的本质。

> 我们把那些死亡、贫穷以及苦痛当作是主要的敌人。
>
> ——卢卡努

但是，有人把死亡叫作最恐怖的事，岂不知也有人把它叫作人生苦难的唯一避风港，大自然对此的最高赏赐，以及自由的唯一依靠，对付祸患的常用还有速效的良药？有的人胆战心惊，惶惶不可终日地等待死亡，也有的人承受死亡比承受生命更加的容易。

有的人抱怨死亡太容易：

> 死亡啊，但愿你不要夺走懦夫的生命，唯有勇武才可以把你赐予人类！
>
> ——吕西安

暂时把那些勇敢而且高傲的人放在一边。代奥多尔用这样回答来威吓要杀死他的利齐马克：“如果你有斑蝥的本事，你将成就一大壮举。”实际上，绝大部分哲学家以及有意抢先，或者加快并且帮助自己的死亡。

我们见过很多赴死的平民百姓——不是一般的死，而是夹杂着羞辱，有时伴随着严刑拷打——表现出坚定而且从容不迫的态度，有的人因为顽固不化，有的人却是因为天生的思想简单，总而言之看不出跟平常的时候有任何的改变。他们安置家庭事务，他们恳求朋友援助，他们唱歌，表达自己的主张，跟老百姓一块儿聊天，有的时候还穿插一两句笑话，他们举杯祝亲朋好友身体健康，就像苏格拉底一样。其中的一个人被押去刑场，提出要求避开某某马路，因为担忧哪一个店主出来抓住他的领子，要求他偿还一笔陈年旧债。另外一个人吩咐行刑人不要碰他的喉咙，那是因为他怕痒，担心忍不住会大笑起来。还有另外的一个人，听神父说他当天晚上将和耶稣基督共进晚餐，于是那人回答说："您自己一个人去吧，我必须要守斋。"还有一个人在死之前要求喝酒，因为行刑人先喝了一口，那人说他不想喝了，害怕喝了以后会得梅毒。大家都听过庇卡底人的故事，他走上断头台之后，有人把一个女人介绍给了他（我们的法律有时候准许这种事的），说如果他肯娶她为妻的话就可以保全性命。他十分仔细地看了看，看出来她走路有点瘸，于是便说："你们把我捆起来，捆起来吧。那个女人是个跛子。"听说，在丹麦有一个被判砍头的犯人，有的人向他提出了相同的条件，他同样也拒绝了，因为介绍给他的女子双颊下垂、鼻子太尖。在图鲁兹有一位侍从被控告为异端罪，唯一的一个理由就是他与他的主人，跟他一起坐牢的大学生信仰是一样的，他宁愿死也不相信他的主人会有差错。我们曾经还读到很多有关阿拉斯城居民的故事，那些故事说是路易十一国王占领该城，城中很多老百姓宁可被绞死，也不愿意呼喊"国王万岁"的口号。

到现在那尔辛格王国仍然保持着一个传统，教士的妻子不得不为丈夫陪葬。其他的那些妇女就随丈夫火葬，她们不仅仅坚决地服从命运，并且还全部心甘情愿。当他们已故的国王被焚烧的时候，那个国王的后妃、嬖妾、侍从仆役，全部都高高兴兴地跑向火堆，接着纵身一跳，似乎陪着主人共赴黄泉对他们来说是一种荣耀。

甚至于卑贱的小丑，到了大难临头的一刻都不忘讲肮脏的笑话。在行刑人的剧烈摇摆下，绞刑架上的犯人忽然之间大叫起来："命运啊！"这是他平常的口头禅。有一个人就快要断气了，身子躺在火炉旁边的草垫子上，医生询问他哪里不舒服，那个人回答说："在凳子以及火炉中间。"接着，神父为他敷临终的圣油，找他因病而蜷缩抽搐的双脚，他说："您从我的腿摸下去就可以找到了。"对鼓励他恳求上帝保佑的人，他问道："谁去见上帝呀？"对方于是回答说："一会儿之后您就去了。"他立刻回应说："如果可以明天去就好啦。"对方这时候又说："反正您很快去了，您到那里之后去求他吧。"到最后他说了一句："还是让我自己去求吧。"

在最近的米兰战争中，敌我双方反复争夺城市的控制权，老百姓难以承受命运的反复变化，最后终于下定死的决心，我听父亲说有人曾经数过，一共起码有二十五位一家之长在一个星期的时间里自杀身亡。被勃鲁都斯围困的克桑多斯城和上述事件差不多完全一样，男人、女人和儿童纷纷跳下城墙，谁都想一死了之，没有人愿意苟且偷生，勃鲁都斯十分不容易地才救下了小部分人的性命。

所有激烈的见解都希望以生命为代价得到人们的认同。在米提亚战争的期间内，希腊人发出的第一条誓言正是宁死保卫自己的法律，绝不接受波斯人的法律。在土耳其人和希腊人的那场战争中，我们目睹多少人宁愿壮烈牺牲，也不情愿放弃洗礼前的割礼？这是在所有宗教里都能够见到的一个例子。

卡斯蒂利亚的国王把犹太人逐出国门，葡萄牙国王约翰愿意帮助犹太人离开这个国家，但是他的条件是每个人必须付八埃居，而且在规定的时间之前完成撤离的任务。约翰答应提供船只将所有的犹太人全部送去非洲。他们规定的日子到了——按照规定过了这个日子，不遵守合约的那些将终身成为奴隶——到达码头的船只不仅少而且又小，登船的人更是受到船员粗暴和恶劣的对待，除了非人的待遇，他们还被故意地滞留在海上。一时间被赶去船头，一时间又被赶去船尾，直到自带的食物全部都吃完，船员又强迫他们用很长时间用高价购买食粮，一直到把他们彻底搜刮干净，仅仅剩下身上穿的一件衬衣，船只才可以抵达非洲的海岸。有关非人待遇的消息传到仍在港口等待的人中间，大部分人决定沦为奴隶：在其中的一部分人表面上假装改变了信仰。埃马纽埃尔登上王位之后，最开始是宣布犹太人重获自由，然后又改变主意，吩咐他们限期离境，并且给他们指定了三个港口。当代一个最好的历史学家奥佐里尤斯主教曾经说，由于恩准他们自由的措施未能使他们皈依基督，埃马纽埃尔知道这些犹太人既不能像水手一样以抢掠为生，又不想舍弃优裕的生活，去一个未知的陌生的地区。但是，眼看着希望又要落空，同时看见他们个个都决心离开，他在原来承诺提供的三个港口里削减了两个，以为拖长离岸时间和增加旅途麻烦可以使一部分人改变主意，或者可以把他们集中在一个地方，更容易执行他原先制订的计划。

他下令十四岁以下的儿童离开父母亲，把他们送去一个看不到碰不着的地方，在那里接受他们的宗教教育。据说，这个计划制造了一个极其恐怖的场面，父母和孩子之间天生的亲情，还有他们对历来的信仰的虔诚，都使他们抵制这个粗暴的命令。父亲母亲纷纷自杀，特别残忍的景象是，他们出于爱怜先把孩子推下水井，使孩子免受法律的管束。

不管怎么样，到了预先规定的期限，很多人在没有办法的情况下也只能束手就范。有人成了基督徒，对他们和他们后代的信仰，即使在百年后的今天，虽然习惯和岁月比任何压迫更具说服力，也只有少数葡萄牙人真正抱有信心。西塞罗说：“不仅我们的将军，甚至我们一支一支完整的军队，多少次表现出万死不辞的气概啊”。

我曾有一位不顾一切想死的好朋友，他心里深藏着真正的死的愿望，他有种种的理由，我怎么都说服不了他，死的机会出现在他的面前，头上戴着荣誉的光环，他义无反顾地如饥似渴地迎了上去。我们有好几个同时代的例子，其中还包括孩子，因为某个小小的困难就自寻了短见。一位古人是这么说的：“如果连怯懦选择的避难所都害怕，我们还有什么不怕的吗?”如果在此列一个长长的名单，不分男女、不分贵贱、不分派别，把所有在幸运的年代里坚定地等待死亡，或者主动寻找死亡，不仅仅是为了逃避人生中的祸患，也包括因为活得不想活了，或者希望去别处寻找更好的生活环境的人通通登记上去，我想这样的名单可能长得永远写不完。人数之多，恐怕罗列一个怕死者的名单会更实际一点。我只说一件事。

有一天，刮大风下大雨，哲学家庇隆坐在一条船上，对周围一个个惊恐万状的人——他用这个例子鼓励他们——他指着毫不在乎狂风暴雨的公猪。我们十分高兴地拥有理性，因这种长处而把自己当作万物的主宰和统治者。但是，我们敢说这种理性其实是一种烦扰吗？如果因为认识事物而失去无知状态中的心安和宁静，如果它使我们的遭遇连庇隆的猪都不如，这种认识又有什么用呢？上天为我们的最高利益着想赋予我们智慧，难道我们要用它反对大自然的意图，反对万物的普遍秩序，来彻底毁坏我们吗？现实要求每个人使用自己的工具和手段去争取自己的利益。好吧，有人会对我说，就算您的规则适用于死亡吧，但是您怎么看待贫困呢？阿里斯迪普、依埃罗尼姆和大部分智者都认为病痛是最大的不幸，您又怎么看呢？口头上否认的人，事实上是承认的。珀西多尼奥斯突患大病，痛苦异常，恰好庞培前去拜访，并且因为挑选了这么一个不恰当的时间来听他讲哲学深表歉意，珀西多尼奥斯回答说：“但愿上帝不要让我疼痛到不能论述和谈论哲学!”接着，他滔滔不绝地讲起了蔑视苦痛的题目。然而，病痛仍在肆虐，在不停地折磨着他。说着，他喊了起来：“病痛啊，你白费力气了，我绝不会说你是一种祸患。”

人们一直称道的这个故事，究竟对蔑视病痛有什么意义呢？哲学家只是咬文嚼字而已，如果他此时不为病痛所动，为什么要中断谈话呢？为什么不叫它是祸患就是一桩了不起的事呢？这里不完全是想象，还有我们的见解。这里，可靠的知识发挥着作用。我们的感官是判断事物的法官：

如果感官不真实可信，那么理性也是一个骗子。

——卢克莱修

我们能让皮肤相信鞭子在为它挠痒吗？能让舌头相信芦荟的味道像格拉弗葡萄酒吗？庇隆的小公猪肯定是支持我们的。它在死亡面前确实镇定自若，但是，如果有人打它，它会大喊大叫，四处逃窜。

大自然的普遍法则存在于天底下所有的生命体里，存在于疼痛使人战栗的现象之中，我们能违反这个法则吗？如果你敲打树木，好像树木都会发出呻吟。死亡只是瞬间的事情，所以，只有通过思索才能感觉得到：

或者它已经过去，或者它即将来到，它本身没有即时性。

——拉博埃西

死亡制造的痛苦远不及等待死亡的痛苦。

——奥维德

千种动物，千种人，死亡的威胁尚未到达，他们就已经死了。实际上，我们所说的害怕死亡，主要是害怕死亡带来的痛苦，是害怕通常所见的死亡的前奏。

如果说死亡是祸，那是因为死亡之后发生的事。

——奥古斯丁

有一位教皇是这么说的：

我能够说得更加确实一点，事情不论是出现在死亡之前，抑或是发生在死亡之后，其实都不属于死亡。我们仅仅只是找了一个错误的借口。我凭经验发现，多半因为我们无法承担死亡的概念，这样才使我们不能承受痛苦，由于痛苦向我们发出死亡的威胁，这样更加使我们双倍的感觉难以承受。但是，在如此突然、如此不可避免、如此无情的事情面前，由于理智谴责怯懦，于是我们便找了这个更加可以原谅的借口。

所有不涉及其他的危险，仅仅只是带来苦痛的祸事，我们都可以说它们没有危险。牙痛或者是风湿痛，不论如何难以忍受，因为它们不会造成死亡。有哪个人把它们当成大病了？现在，我们完全可以确认这个事实，我们在死亡之中所感受到的主要是病痛。相同的是，贫困的令人可怕之处，是它将我们抛入饥渴、寒冷、暑热、熬夜，等等的痛苦之中。

因此，我们仅仅需要与病痛打交道就行了。我绝对同意，这是我们遇到的所有事情中最坏的，由于我是世界上最憎恨病痛，可以逃避就逃避的人，所以幸好上帝保佑，我到现在为止没有与它打过多少交道。但是，我们有能力，即使不是消灭它，起码可以通过耐心把它的危害降到最低，尽管身体也许受到影响，但是至少可以维持灵魂以及理智的健康。

假如我们无能为力的话，那么谁还相信道德、英勇、力量、崇高以及决心？假如没有病痛让我们来挑战，所有这些品质到哪儿还有用武之地？

> 美德常常渴望危险的考验。
>
> ——塞内克

如果不需要睡在地上过夜，如果不需要穿戴全副盔甲忍受中午的酷热，并且不需要以马肉或者是驴肉充饥，不需要看到自己变成敌人砍杀的那个对象，不需要眼睁睁地看着从自己的骨头里取出铅弹，更不需要我们来忍受缝合、烧灼以及探查伤口的苦楚，那么我们所希望的出人头地从何而来呢？我们不应该逃避坏事和病痛，我们应该像智者所说的一样行动起来，在相同的好事中间，我们最需要做的是那些最困难的事情。“因为，幸福并不在轻浮的快乐以及享受，不在于欢笑以及游戏当中：人们通常以坚定和一贯的品格在悲痛之中享受幸福。”（西塞罗）

由于这个原因，我们的祖宗没有办法相信冒着战争固有的危险，凭借武力赢得胜利，比不上依靠智谋和诡计稳妥地取胜：

> 如果责任的代价愈大，那么愈是具有魅力。
>
> ——卢甘

除此之外，能够让我们安慰的是，假如痛苦非常剧烈，它当然不会持久的："如果延续的时间很长，痛苦的程度必定轻微。"（西塞罗）假如你真正感觉到痛苦，那么，你就不会感觉太长的时间。痛苦会自行结束，或者是会结束你。不论如何，这两种情况的结果都一样。如果你忍受不下去，它就会压倒你。"请你记住，死亡会结束大的痛苦，小的痛苦总是一直断断续续的，我们能够控制中等的痛苦。所以说，我们能够承受小的痛苦，如果痛苦无法忍受，我们可以走下舞台，离开令人不快的生命。"（西塞罗）

我们不能够承受痛苦，是由于我们不习惯捕捉那些可以获得精神满足的关键点，我们对于精神，对于左右我们的状态以及行为唯一的最高的主宰缺乏充足的信任。身体的动作以及姿势是一样的，仅仅只是程度上有差异。灵魂是变化的，它会呈现不同的形式，把身体的感受或者发生的其他事情集中到自己这里，简化成自己的状态。因此，不得不研究它，没有办法认识它，激起它最大限度的动力。不管任何的理性，或者是任何规定，以及任何力量，都不能够改变它的倾向还有选择。在它所掌握的那些千千万万的生存方式里，找出一个真正能够让我们心安并且自卫的方式吧。如果这样，我们不仅仅能够免受任何伤害，而且只要它愿意，即使受伤和生病，我们也可以得到满足和安慰。

它可以不区别地利用一切事物。错误、梦幻为它提供一些有益的帮助，对它而言还是一种非常好的材料，能够保障我们，使我们心满意足。

可以看出，思想的利刃可以刺激我们的苦痛还有快乐。用鼻圈来拴住思想的畜生，把它们自由、自然，因而几乎是单一的感觉留给身体，从它们一致的反应上可以发现这一点。假如我们不扰乱属于肢体的裁判权，能够相信我们会更加的舒服，大自然赋予了肢体正确并且有节制的气质来面对快乐或者是苦痛。这肯定是正确的，因为所有的人都一样，所有的人都有共同的感觉。可是，既然我们已经摆脱了这些规则，让我们的思想任意地四处游荡，那么就让我们互相帮助吧，起码使它们朝着最有利的方向发展。

柏拉图担忧我们陷入痛苦以及快乐之中因此而不能自拔，由于这种状态把灵魂还有身体联系得过于紧密。我的做法恰恰相反，我把它们完全解开，把它们全部分开。

正如敌人看见我们溃退就会更加疯狂地追赶，当痛苦看见我们在它的重压下发抖的时候，痛苦也会趾高气扬：但是在一个坚决抵抗的人面前，痛苦最终也会变得比较收敛。必须针锋相对，挺直腰杆。假如转身逃跑的话，我们只能自取灭亡，遭到灭顶之灾。如果我们越把腰挺直，身体就会越压不垮，灵魂也是如此。

我们还是来说说像我这类腰杆子不那么硬的人的例子吧。我们可以从中发现，痛苦犹如放在纸上的宝石，由于纸的颜色不同，宝石有时显得比较鲜艳，有时显得比较暗淡，痛苦在我们心里所占据的位置，实际上是我们自己给它的。圣·奥古斯丁说过："他们愈是让自己沉湎于痛苦，他们就愈是感觉痛苦。"外科医生的一刀比在激战中敌人砍的十刀还要疼。医生们，而且甚至还包括神，都认为分娩是非常疼痛的事，我们往往举行多种多样的仪式来完成这个过程，然而也有一些种族的人对此一点也不在意。斯巴达的妇女就不用说了；就说在步兵队里的瑞士女人吧，她们跟在自己丈夫的身后东奔西跑，除了那挂在脖子上的小孩昨天的时候还在肚子里以外，那些妇女在分娩前后有什么变化吗？还有那些我们非常瞧不起的假埃及女人，她们亲自为刚刚出生的孩子洗澡，自己跳进离家最近的小河里洗澡。有多少女人不让外人看见怀在腹中或者是已经出生的孩子，在这里只举一个例子，罗马贵族萨比努斯的贤妻，她为别人着想所有的一切，自己强忍疼痛生下了一对双胞胎，一个人无依无靠，毫无怨言，一声不哼。斯巴达的一个普通男孩偷了一只狐狸（我们担忧他会受到惩罚，可是，斯巴达人担心因为出了个小偷因此而丢脸），于是把它藏在大衣底下，宁可让它咬肚子也不愿暴露目标。另外还有一个人在祭礼上上香的时候，一块火炭掉进了他的袖子，为了不耽误仪式的进行，他一直忍着，直到最后炭火烧穿他的骨头。我们还知道许许多多的例子，按照他们所接受的教育，为了证明自己如何勇敢，可以忍受鞭打，至死都面不改色。西塞罗也曾经见过小孩子一起集体打斗，并且拳打脚踢，互相撕咬对方，打昏过去之后也不承认失败。"习以为常不能够改变天性，由于天性从来没有被征服过。然而，我们通常用软弱、逸乐、闲适、怠惰、懒散腐蚀了我们的心灵。我们用错误的见解和坏习惯把它给毁了。"（西塞罗）

大家都知道斯卡沃拉的故事，他一个人偷偷潜入敌营，准备杀死敌军的首领，但是结果阴谋败露，为了用一个更加让人无法相信的方法继续行动，以此来减轻祖国所受的苦难，他对珀尔塞纳（这是他企图杀掉的国王）坦白了他自己行刺的图谋，并且说在军营里还有许多像他这样的罗马人，他们都是他的同谋。以便证明他说的不是假话，他叫人端来一个火盆，眼睁睁看着炭火烧烤他的手臂——他坚持一直忍着——一直到敌人都看得心惊胆战，命令人来取走火盆。还有另外一个例子，有人在开刀的时候仍旧舍不得放下正在阅读的书本，这如何说呢？有些人根本不把别人的伤害放在眼里，并且嗤之以鼻，因此更加激起那些刽子手的残忍。想出种种新花样对他加倍地严刑拷打，到最后竟然因祸得福，这又如何说呢？可是，这里说的是一位哲学家。是啊！恺撒的一名普通的格斗士一直微笑着让人探查和切割伤口。“那个无足轻重的格斗士什么时候叫唤过？他什么时候曾经改变过面色？哪个人在对抗中或倒下时露出了胆怯？谁摔倒在地上，在等待致命的一击时扭转了脑袋？”（西塞罗）

在上面说的这些男人的例子之外，还有一些女人的例子。哪个没有听说过在巴黎有个女人为了使自己的皮肤变得细腻嫩滑，活生生地让人揭了一层旧皮？为了让自己说话的声音变得更加甜蜜而且更加富有磁性，或者是为了使满口牙齿排列得更加整齐，有些人竟然拔去原来健康的牙齿。这一类不管不顾痛苦的例子还少吗？有什么她们做不了的事啊？为了增加哪怕是一点点的美貌，有什么是她们不敢做的吗？

她们仔细地拔掉白头发，把皱纹去掉，然后重新塑造一张新的面孔。（蒂卜尔）

我曾经看见有人吞食沙子、烟灰，想尽办法彻底地伤害自己的胃，他们这样做目的仅仅是为了获得白皙的皮肤。为了像西班牙女人一样苗条修长，她们用各种办法勒紧身子，而且还在皮肉上掐出深深的印记，有什么他们不能够承受啊？有时候即便是因此丧命也在所不惜。

在现在这个时代有一种十分常见的现象，许多民族的人都有意地自残自伤，为的是博取对方的信任。我们的国王举过一些他在波兰的时候亲眼目睹的特别突出的例子。我知道在法国有一些人模仿这种行为，我还亲眼目睹过一个姑娘为了证明她的承诺是如何地认真，也为了证明她自己始终不渝，她取下头上戴的簪子，朝着手臂上狠狠地扎了四五下，她的手臂被扎破了，顿时血流如注。一些土耳其人为了对贵妇人表示忠诚，甚至不惜剜去身上的一块肉，而且又为了永志不忘，他们立刻取火烧灼伤口，以达到止血并且留下瘢痕的目的，烧灼的时间之长让人惊心动魄。见过的人把它记录下来，而且誓言绝非弄虚作假。而且更有甚者，仅仅只为赚取十个阿司普，每天都有人在手臂上或者是在臀部划出深深的伤口。

我十分高兴，我们接触最多的那些典型人物都近在咫尺：基督教国家对我们提供了十分充足的例子。有许多人愿意以神圣的领路人为榜样，背起沉重的十字架。我们从一个特别值得信任的证人的口中得知，圣路易国王一辈子一直都穿着粗毛衣，一直到临终前神父告诉他不用穿了为止，每到礼拜五的时候，他都请求神父用五条铁链击打他的肩膀，为此还专门准备了一个放链子的盒子。

吉耶纳的最后的一位公爵叫作纪尧姆，就是那个把公爵拱手让给了法国以及英国的阿利埃诺尔的父亲，为了赎罪，他在生命的最后的十多年里身穿一件教袍，教袍下面是从不脱下的一身盔甲。安茹的伯爵富尔克在到耶路撒冷的一路上，脖子上一直系着一根绳索，吩咐两名仆人在耶稣基督的墓前用一根鞭子不停地抽打他。还有，每年复活节前的星期五，许多地方的大批男女扭打在一起，他们互相撕扯皮肉，一直到裂肤露骨，难道我们没有发现那种情景吗？上面所说的情形是我所常见的，也并不觉得有什么不可思议的地方。听说（因为他们都戴着面具）其中有人为了赚得金钱，硬是强忍疼痛以突出他人的信仰，这种疼痛特别难以忍受，因为虔敬的刺棒毕竟比贪婪更具威力。

坎土斯·马克西姆斯把担任执政官的儿子埋葬，马利尤斯·卡东负责埋葬做大法官的儿子，吕西尤斯·保吕斯在短短的几天的时间内埋葬了两个儿子，面色十分平静，一点没有悲痛的痕迹。我在《当年今日》里开玩笑地谈到一个人嘲弄神的正义和公道，由于他的三个长大成人的孩子在同一天的时间内暴死，能够相信他遭受到了多大的打击，但是，他差不多把这件事当成了是上天的恩赐接受下来了。而我呢，我也丢失了两三位尚在襁褓之中的儿女，虽说多少感到惋惜，却也没有过分地哀伤。可是，这种出人意料的事故令人肝肠断绝。我知道有很多悲痛的理由，然而，如果身临其境，我会不以为然，有些事确实令人不堪回首，毕竟也忍受下来了。当然，假如要我公开来夸耀这一点，我也许还是会脸红的。“人们因此得以明白一个道理，悲痛并不是自然而然产生的后果，反而是观念产生的结果。”（西塞罗）

观念是一种十分强大的元素，胆大包天，没有限度。亚历山大以及恺撒渴求动乱和困难的局面，有哪个人以同样的渴望追求安全以及平静了吗？西塔尔塞斯的父亲忒莱斯经常这么说，在没有仗可打的时候，他觉得自己和马夫简直毫无区别。

卡东在担任执政官期间，为了确保某一些西班牙城市的控制权，禁止所有的居民携带武器，很多的人因此自杀了：“野性的人民感觉没有武器就没有办法生存。”（李维）不知有多少人离开平静温馨的生活，远离家乡，远离朋友，宁可去无法居住的荒野里过艰险的日子；很多的人投身卑鄙下流、低贱无耻、遭受世人所鄙弃的境地，到了最后竟然至于乐在其中，乐而忘返！最近这段时间在米兰去世的红衣大主教波洛梅，尽管位高权重，而且富甲一方，意大利的民风以及他风华正茂的年纪，这些全部都诱使他过一种骄奢淫逸的日子，然而，他始终保持严肃刻苦的生活习惯，不论是严冬还是酷夏都穿同一件教袍，睡的全部是草垫。除了履行职务之外，他一直坚持不懈地学习，在看的书本的旁边放着一点面包以及清水：这是他平常一日三餐所吃的全部东西，还有他度过的全部时间。我认识一些人，他们主动戴绿帽子以换取好处和晋升，尽管更多的人一听见戴绿帽子这几个字便立刻感觉毛骨悚然了。就假如视觉不是最必需的官能，至少能够给我们带来很多的愉悦，然而，我们最喜欢最有用的器官似乎是用于生殖的部分。可是，很多人恨之入骨，仅仅只是因为它们实在太可爱，他们没有办法拒绝接受，由于这部分器官太重要太有价值。挖了眼睛的人通常也是这样想眼睛的。

普通而且健全的男人把儿孙满堂当作是一种最大的幸福；我和另外一些人，我们以为没有孩子同样地幸福。

有的人问塔莱斯为什么不结婚，他回答说那是因为他不愿意留下后代。

观念往往确定事物的价值，这在很多的例子中可以发现，我们对待这些事物不仅仅只是为了估量其价值，而且以此来反思我们自己。我们不管它们的品质和用处，仅仅考虑必须花多少代价才能占有它们。似乎这是属于它们的本质的一部分。我们所谈论到的事物的本身价值，并不是它们带给我们什么，反而是我们赋予它本身的东西。我由此想起来我们在开销方面是特别节省的。负担有大小之分，开销的大小也由负担的大小而定。我们的观念不会让它无谓地乱跑。购买仅仅能够给宝石一个价钱，困难以及品德，痛苦以及虔诚，苦口以及良药，其中的关系也是一个道理。

某些人为了达到贫困的目的因此把钱撒进大海，同时无数的人在那里捕捞财富。伊壁鸠鲁说，做富人其实并不是一种解脱，而是把一种困难变成了另一种困难。实际上，产生吝啬的不是贫穷而是富有。我想谈谈这方面的一些经验。

我从童年之后有过三种经历。最开始的一种历时二十年，我的生活依赖不稳定的资源，依赖别人的安排还有帮助，没有任何的账目清单，没有任何的收支预算。我愉快地花钱，从不担心，花不花钱全凭“运气”的好坏。我从未这么舒服过。从未有哪个朋友故意把钱袋收藏起来，由于我给自己定下了一条比其他任何东西都重要的规矩，说好什么时候还钱就必须什么时候还，绝对不可以拖欠——但是他们无数次地为我延期，因为他们看见我在努力满足他们的要求，反过来看，我展现的是一种带有欺骗性的节俭和正直。我从心里面感觉到还钱是一种享受，就如同卸下肩上的重负一样，重新抬起头来一样，就像是做了一件十分正义的可以让别人高兴的事情一样；内心里有一种油然而生的满足感。我把不得不讨价还价以及不得不计算的支出排除在外，假如找不到其他人替我做这件事，我就会厚着脸皮不讲道理尽所有的可能拖延，因为我的脾气和说话方式都不适合这种讨论。我最讨厌的事情就是讨价还价。讨价还价纯粹是尔虞我诈，而且厚颜无耻：在争论以及出尔反尔一个钟头之后，仅仅为了区区几分钱的出入，双方全都放弃原来的承诺以及誓言。所以，我每次借钱都处于劣势，因为我没有当面争辩的勇气，假如过后写信再次提出要求——写信其实是不起什么作用的，仅仅只能够给对方拒绝提供机会。我宁愿依靠星相来确定我的需要——以便更加自由地——并不是依靠先见之明以及我的判断能力。

大部分优秀的管理者觉得生活不安定是一件可怕的事情，但是他们没有预料到，第一，很大一部分人都是这样生活的。很多有头有脸的人放弃了他们原本实实在拥有的东西，到现在还每天在这么做，为了寻求国王和“命运”的恩宠？在自己的财富之外又负了一百万金币的债，恺撒才变成恺撒。很多的商人出卖房屋，把钱寄到印度群岛，接着才开始发家的啊！

> 翻越过波涛滚滚的怒海！
>
> ——加图尔

在那些缺乏虔敬之心的年代里，我们有成千上万的修道院，修道院里面的人过着十分舒适的日子，每一天等着上天施舍饭桌上的食粮。

另外，他们所预想不到的是所谓的安定实际上不比偶然具有更多的确定性以及可靠性。我发现，就算年金超过了两千埃居，贫穷依然与我形影不离。因为，命运能够在我们的财富上打开成百上千的通向贫穷的缺口，最好的和最差的“运气”之间其实不存在任何的界限，财富是玻璃做的。所以它发光，所以它碎裂。

——普劫柳斯

并且，所有的防御以及堤坝都不堪一击，我还注意到因为种种的原因，贫困一样普遍地存在于腰缠万贯的人以及那些囊空如洗的人身上，或许，光是贫困可能还不那么麻烦，如果它与财富为伴的话可能会更加让人挠头。财富通常更多地来自好的管理，并不是来自好的收入："每个人都是创造财富的工匠。"（萨吕斯忒）一个日子过得不舒服，一个为金钱问题所以烦恼，迫于无奈四处奔波的富人，我觉得他比一个普通的穷人更加不幸。"被财富包围起来的贫穷是贫穷当中的贫穷。"（塞内克）

最伟大富足的国王，常常都受制于极端的贫困以及需要。因为，还有什么比这儿更加极端的事情能够促使他们变成暴君以及抢夺臣民财产的强盗吗?

我自身的第二个经历是有钱：由于我锲而不舍，相对于我的地位而言，我很快积存了很多钱。我觉得，我们所拥有的仅仅只是超出日常开支的钱，还没有进账的钱是不可以算的，不论这笔收入多么的肯定。为什么？我是这样来想的，假如碰到意外的不幸怎么办？因为这些虚妄以及危险的想象，我总是坚持留有余地的做法，虽然有时候略显多余，一直不断地做出机敏巧妙的安排以对付任何的不测事件。我还懂得怎样回答那些要我相信此类事件防不胜防的人，我的保留态度并不针对所有的人，但是，它起码是针对某些人，或者说很大一部分的人。在这个过程当中不可以不令人如坐针毡。我自已有一个秘密，我这个人就是有胆量说自己的事，可是 说到钱，我就不得不说假话，就如同有些人明明有钱但是却偏偏装穷，明明是穷人但是却要打肿脸充胖子，不让他们的良心去老老实实地证明他们到底有多少钱一样。多么可笑甚至是可耻的谨慎啊。

要去旅行吗？我好像总是觉得自己没有带够钱。可是，如果带的钱越多，心里反而越是害怕：有时候担心路上不安全，有时担心运送行李的人不可靠，就好像我认识的许多人一样，假如一时半刻找不到挑夫，心里边就放不下来。假如把珠宝盒留在家里呢？有多少怀疑以及烦人的想法可能会充斥我的脑袋啊，更加糟糕的是，这些事还没法跟人说！我的思想老是转不过弯来。总而言之，看管好钱往往比赚钱更加辛苦。我虽然没有——体验这些苦事，可是，为了避免发生上面所说的这种情形，我也确实是费了很多心思。我并没有得到多少好处，或者说是一点没有：假如说我有更多的手段花钱，我会同样地感到难办，就好像如毕翁所说，你如果去拔人家的头发，他的头发即使再多，也肯定会像秃子一样生气，但是如果你习惯下来，满脑子装的东西都是金子，金子也就不再听你使唤了，你有可能不敢耗费你的金子了。就好像是一座大楼，碰一碰就会瞬间彻底倒塌一样。非得被掐住了脖子，万不得已才会动用它。我之前决定买几头猎犬并且还卖掉一匹马，与后来从钱包里拿一点钱出来比起来要爽快得多了，并且不觉得有丝毫的可惜。可是，危险在于我们没有办法为这种欲望设定十分准确的限制（因为我们感觉自己做的都是好事），无法为节俭确定一个标准。人们总是不断地扩大自己拥有的财富，从一个数量再增加到另外一个数量，一直到像吝啬鬼一样失去了自己享受财富的乐趣，把享受财富变成了看守财富，而不再使用财富。

依照这种对待财富的做法，即使最有财富的人就成了负责保卫城门以及城墙的人。我个人的看法是，有钱人全部都是吝啬鬼。

柏拉图曾经这样来排列人的财富：健康、美丽、力量、钱财。柏拉图说，钱财不是盲目的，相反，当它被智慧照耀的时候是非常明智的。

小德尼在上面说的这个问题上表现得十分有风度：有的人向他报告，一个锡拉库萨人埋了一笔财宝在地下。小德尼于是吩咐那人把东西拿来，那人答应了，然而他偷偷地留下一部分，然后跑去了另一座城市，从此不再有攒钱的兴趣，开始过起自由自在的生活。在知道这个消息后，小德尼把他上缴的东西还给了他，并且告诉那人说，十分高兴可以物归原主，因为他明白了如何花钱。

我的第二种经历维持了几年的时间。不知道是哪个善良的精灵像解救锡拉库萨人一样把我从中解救了出来，让我把我自己的全部积蓄花光散尽，一次尤其破费的旅行为我带来的乐趣取代了我自己原来那些愚蠢的观念。我因此掉进了第三种生活经历（我谈论是我的感受），这肯定是一种更加愉快更加有规律的生活，就是说一种量入为出的生活：有时支出在先，有时收入在先，然而很少的时候放任自己。我生活态度是过一天算一天，仅仅只要能够应付当前以及一般的需要便会觉得十分满足。而至于特殊的需要，哪怕是给你全世界的资源都是不足以应付的。等待“命运”有一天把我们装备起来和它斗争，这样一种想法是十分愚蠢的。我们应当拿起自己的武器跟命运做斗争。在意外得来的武器在关键时刻一定会出卖你。我自己也储蓄钱，那是为了应付即将而来的花费，不是为了买田置地——买了田地也用不着，仅仅只是为了买快乐。“不贪财其实是一种财富，没有购物的癖好其实是一种收入。”（西塞罗）我不害怕缺少财富，同时也没有为自己增加财富的欲望：“财富的果实在于丰富，丰富的标准是满足。”（西塞罗）我尤其庆幸，这种变化可以发生在一般人十分自然地倾向于悭吝的年岁，使我能够摆脱老人们的通病，人类的愚蠢中最为可笑的愚蠢。

费罗拉斯曾经面临着两类“运气”，发现财富的增长不是吃饭、喝水、睡觉、拥抱妻子等欲望的增长，但是另一方面，他跟我一样深切地感受到肩上不可推卸的管理财富的重担，因此决定满足一位十分贫苦的年轻人的愿望，把自己数目巨大的一笔财产统统送给了这位忠实的、孜孜不倦地追求着财富的朋友，不仅仅这样，他还把主子西琉斯的慷慨赐予，以及日复一日的战争所积累的全部钱财也给了他，但是这样做的条件是这位朋友必须负责他的生活，待他如客人如朋友，让他体体面面地有饭吃。他们从此之后便这么快乐地生活在一起，彼此对地位的改变都十分满意。我自己也由衷地期望模仿他们这种做法。

相同的是，我还需要大大地赞扬一位高级神职人员的命运，他是那样的简朴地放下钱袋、收入以及支出，把这些事务交给这个或那个仆人，这样的日子过了好多年，他变得就像是一个外人一样完全不理会这些家务事了。相信别人的善良，是我们自己本身善良的重要标志，所以，神十分乐意而且支持这么做。谈论到这位高级神职人员，我看不到在管理家务方面有谁比他更高明更合理。十分恰当地调节自己的需要，使财富可以满足自己的需要，使得财富的分配以及获取不影响从事更加适合于自己、更加的平静、更符合自己心愿的其他所有的活动，因此这个人就有福了。

所以说，富裕或者是贫困全部在于各人的见解。财富，以及荣耀还有健康，其美好以及欢愉的程度，也要看拥有它们的人的态度如何。境遇的好坏全部凭当事人的感觉。幸福的人，不仅是别人感觉他幸福，更是相信自己幸福的人。关于这个问题，信仰因此才具有其现实性以及真实性。

“运气”对我们而言不好也不坏：它只是给我们原料以及种子，我们的灵魂比运气更强大，能够随心所欲地改变以及利用它，我们的灵魂才是唯一的原因，唯一可以决定我们幸与不幸的主人。

从外部环境补充进来的东西往往呈现内部组织的颜色以及味道，它的形式就像不是服装的热量让身体变得温暖，而是因为它们可以保存并维持身体的热量。如果让冰冷的身体穿上衣服，它所保存以及维持的依旧是冰冷的身体，冰和雪就是如此这样保存的。

明显的是，学习对于懒汉而言，戒酒对于酒鬼而言，全部都是一种折磨，相同的是，节俭对于一个花天酒地的人而言差不多如同酷刑，而锻炼对于一个弱不禁风或懒散的人甚至比拷打还要难受：相类似的事情还有很多。事情本身并不那么令人痛苦和那么困难，是我们自己虚弱和胆怯使它们变成痛苦和困难。以便判断伟大而且高尚的事物，不得不有一颗伟大而且高尚的心。如果不这样，我们就可能会把我们自己的缺点强加于所有的事物本身之上。划船的桨在水里看上去是弯的。重要的不仅是看到事物，而是怎么去看它。

再补充一句：在那么多劝人蔑视死亡以及承受痛苦的理据中间，为什么不找一条可以有效地说服我们自己的呢？在那么多可以说服别人的思想之中，为什么不找一种最适合自己的性格，又能够说服自己的呢？倘若受不了药性猛烈的药来根除病痛。至少可以用缓解药来止止痛吧。谈论到痛苦就如同说到享乐，有一类十分肤浅的女人之见主导着我们的想法。能够说，我们因为它所以弄得丧失意志，而且萎靡不振。我们甚至连被蜜蜂蜇一下都会大呼小叫。归根结底一句话，必须懂得控制自己。(西塞罗)

总而言之，人们不可能因为过分夸大病痛以及人性的弱点而摆脱哲学所说的规范。因为，我们强迫哲学做出了以下不可以辩驳的答案：“假如生活在不幸之中是一件很坏的事情，那么，起码没有任何力量迫使你生活在不幸之中。”

倘若他没有错，他就不会长期地生活在痛苦中间。

一个不仅没有勇气承受死亡，而且也没有勇气承受生命的人。一个不仅仅不愿意反抗，而且也不愿意逃跑的人，别人能怎么帮他呢？

15　没有理由死守阵地者必须惩办

像其他的美德一样，英勇也有限度；一旦超越了界线，就必须走上了罪恶的道路；假如不知道克制，就可能会从勇敢变成鲁莽、固执、疯狂，如果到了那时就难以自拔。

基于以上考虑，就诞生了一条战争时期使用的惯例，哪个人固守一座从军事观点来说没有办法防御的阵地，就必须惩办，甚至是处死。否则的话，如果谁都希望不受惩罚，岂非最不堪一击的要塞也将成为阻挡大部队前进的绊脚石。

在帕维亚围城的那段时间，德·蒙莫朗西陆军统帅接受命令跨过提契诺河，进驻到圣安东尼的郊区，但是被一座桥头堡挡住了去路，守兵全部负隅顽抗，攻下后里面的人全部被吊死。后来发生了同样的事情，他陪同王储出兵越过阿尔卑斯山的时候，攻下了维拉诺城堡，但是城堡里面的人都在士兵的狂怒下全部被分尸，除此之外守将以及旗手也被他下令吊死或者是绞死，都是因为一样的理由。

马丁·杜·贝莱统帅担任都灵总督的时候，也在这个地方做一样的事情。S 波尼将军以及他的手下人在城被攻破之后全部都惨遭屠杀。何况判断一个地方的强弱必须先估计和比较攻击力的大小，因此有的人下定决心抵抗两座轻型长炮是非常有道理的，可是去抵抗三十门大炮那简直就是发疯；还得考虑进攻者的身份、名气、威望，这样就有可能造成天平向这一方倾斜带来的危险。

当然还可能会遇上以下这样的情况，围城者对自己以及掌握的兵力有一些自视甚高，在他们看来，天底下竟然有人敢于和他们分庭抗礼，简直不可思议，只需要哪个地方遇到抵抗就举起大刀；只需要兵力不变就可以为所欲为。东方国家的那位君主还有他们现在位的那位继承者，不仅自豪而且高傲，还蛮不讲理，在敦促投降的通牒中处处充满这样的威胁。

在葡萄牙人攻击印度之前占领的地区里，他们发现不少国家共同遵守着一条普遍的不可侵犯的规则，那就是凡是一旦被国王或者是总督亲自征服的敌人，全部都不给予以赎身以及宽恕的考虑。

所以，第一要尽可能避免落入这种以你为敌、耀武扬威而且全身武装的审判官手里。

16 论对懦夫行为的惩罚

以前听到一位亲王，十分杰出的将领说过，不应以意志薄弱罪判处士兵死刑。他在用餐的时候听到德·韦尔万领主一案，后者因为献出布洛涅所以判处死刑。

因为人性的软弱造成的错误跟居心不善造成的错误，这两者之间有巨大的差别，这样说确实是非常有道理的。恶意的地方是我们有心鼓动自己违背天性所形成的一些理智规则。但是关于软弱，不妨也可以拿天性来做些自我辩护，说是因为它而导致我们这样的不完美以及缺陷。以至于许多人认为只有做有违良心的事才应受到责备。这一条规则，使一部分人最后达成这样的看法，不赞成对异教徒以及无信仰者使用极刑，一样认为律师以及法官不需要承担无知渎职的责任。

对于临阵脱逃，可以肯定有一种普遍认同的惩戒办法，就是当众羞辱。听说这条规则最开始是由一个名叫夏隆达斯的法学家提出的，在他提出这条规则以前，希腊法律用死的方式来处分临阵脱逃的人。夏隆达斯仅仅只是惩罚那些人穿了妇女服装站在广场中央示众三天，期待他们羞愧之后恢复勇气，以便今后继续使用他们。“与其选择让男人血流在地上，还不如让他把血流到脸上。”（德尔图良）

同样，从前罗马的法律好像也规定处死逃跑者。由于据阿来亚努斯·马塞里努斯的叙述来看，在帕提亚战役当中，有十名士兵冲锋的时候转身往相反的方向跑，朱利安皇帝开始是把他们逐出军队，到后来听他说根据自古以来的法律判处他们死刑。但是另一次，有人犯了跟这儿一样的罪过，他仅仅只是处分他们同囚徒一起待在辎重部队。罗马人对这场在卡尼战役中逃跑的士兵，以及在同一场战争中跟执政官法尔维乌斯吃败仗的士兵，即便惩罚再严厉也不至于把他们处死。

但是有一件事情是不得不提防的，羞辱让他们没有颜面，有人无动于衷，也有人会心生敌意。

在我们祖辈生活的那个时代，弗朗杰领主，以前当过德·夏蒂永元帅的副官，听从德·夏巴纳元帅的派遣，将杜·吕德大人取代担任富恩塔拉比亚总督。他将富恩塔拉比亚拱手让给了西班牙人，因此被废除贵族称号，他以及他的后代全部都贬为平民，必须交纳人头税，禁止加入军队。这一十分严厉的判决是在里昂执行的。到后来的时候纳索伯爵带军开进吉兹时，城里的全体贵族受到了同样的惩罚；然后其他相同的事也是这样处理。

但是，不管是无知的缘故，还是再明显不过的意志薄弱的缘故，只要贪生怕死便成了恶意和居心叵测的证据，足以说明当事人狡猾以及恶意，并且按着这个来定罪。

17 几位使节的共同特点

与人交流总可以有所得益（这是世界上最好的学校之一），我在外出的时候采用这样的方法，想方设法把要谈论的话题引到对方最熟悉的那件事物上去。

让水手与我们只谈风，
农夫说耕牛，士兵说受伤，
牧民谈论羊群。

——意大利民谣

然而一般的情形恰恰相反，有些人宁愿选择妄谈他人的职业，但却不是谈论自己的职业，以为这么做可以获得新的声望。阿基达默斯对柏利安得的指责就可以作为证明，说他愿意舍弃良医的美名，而甘愿当一个平庸的诗人。

再看看恺撒，他长篇大论，要我们明白他在筑桥造机器方面的发明，相比起来，谈论到他的职业军人生涯，以及如何指挥民兵骁勇善战的时候，则十分的含蓄。他的战绩其实足以证明他是一个优秀的将才，他却想让人知道他是一位杰出的发明家，这可以说完全是另外的一种才能。

有一位从事法律工作的人，前些天由人陪着一起去参观一家事务所，里面堆满了许许多多与专业相关和不相关的书籍，但是他对此却没有找任何机会说几句。但是却针对拴在事务所螺旋楼梯口的一个屏障设施，却一直在那里信口开河夸夸其谈；数百名的将官士兵即使每天见到都从来不发表议论，也不觉得有什么碍眼的地方。

老狄奥尼修斯是一位杰出的军事首领，与他的地位比起来十分相称。他特别刻意向人推荐说他自己主要是一位诗人，实际上他对诗歌一窍不通。

慢牛想要马鞍，小马却想要犁头。

——贺拉斯

如果你这么做，你将永远一事无成。

所以，不得不让建筑师、画家以及鞋匠等等，全部都各司其职。在这里谈论到阅读历史书——那是每个人都会涉猎的——我自己的习惯是开始关注作者是谁。假如是专职的文人，我主要学习他们的风格和语言。假如是医生，我更愿意听他们谈论谈论天气温度、亲王的健康状况还有体伤与疾病；假如是法学家，应该抓住法庭辩论、法律、政治机构等事物；假如是神学家，那就是教会事务、教廷书刊检查制以及赦免、婚姻之类的；假如是朝臣，那就是一些风俗与礼仪；假如是军人，我会特别注意他们的任务，尤其是他们亲身经历的英勇事迹；假如是外交官，那应该是折冲樽俎以及手段运用。

朗杰领主特别精通这些事情，我就特别注意他关于往事的叙述，如果换了别人写这些事我就会把过去忽略掉，他最开始谈到查理五世在罗马红衣主教会议上的十分出色的发言，还有我们的使节马孔红衣主教以及杜维利领主全部都在场；那一次他针对我们法国说了很多难听的话。其中主要的有：如果他的军官、士兵和臣民的忠诚和作战能力比不上国王的人，他立即把自己捆绑起来，请求国王宽恕（这话听起来似乎他真的是有这个意思，因为他在后来与这儿相同的话也说过两三次）。

除此之外，他还向国王发出挑战，只穿单衣在船上用短剑和匕首决斗。那位朗杰领主接着继续说，这两位使臣迅速把一份报告给国王呈递上去，把大部分的事情经过隐瞒了，前面的两条内容甚至根本都不提。这样一位人物，在这样一个庄重的会议上，发出一份这样严重的警告，一位使节竟然有如此大的权力，能够不需要向国王呈报，这让我感到很吃惊。我觉得臣子的职责就是真实地完整地反映事实，将整理、判断和选择的权力交给主人。

由于对他歪曲或者隐瞒真情，是担心他做出不应该做的事，或者是促使他采取一些不利的对策；但是让人不了解自己所负责的事务，我觉得这是有权发号施令的人做的事，不应该属于受权者，反而应该属于监护人或者是导师所有；不属于那些不仅在权柄上，而且在审慎以及计谋上都应该自认为低下的人。不管怎样，我在处理自己的小事的时候，也不希望别人这样子为我服务。

我们总喜欢找个什么样的借口不听从指挥或者是滥用一些权力。每个人生性爱好自由以及权力，因此对上司来说，来自为他效力的人的最为宝贵的帮助，莫过于他们自然的简单的服从。

选择性地服从，但不是根据纪律去服从，这样可能会造成指挥不当。P. 克拉苏被罗马人看作是五次逢凶化吉的福将，在亚细亚担任执政官的时候，写了一封信给一位希腊工程师，他在雅典的时候看到两根桅杆，接到命令让他把一根粗的桅杆运去，装在炮台的设施上。那位工程师用科学当作依据而自作聪明，擅自下了决定做出另外一种选择，根据他的学识和技术来推断，带了那根使用起来更加方便的细桅杆前去。克拉苏十分耐心地听完他的陈述，下命令给他狠狠的一顿鞭打，对他来说，服从纪律比工程本身重要得多。

但是另一方面，我们也可以这样考虑，这种强制性的服从只是针对事前明确发布的命令而言的。使臣肩负的责任更加的广泛，在很多场合不得不用自己的才干来驾驭。他们不仅仅是执行君王的意图，也需要通过自己的看法来帮助君王形成并且提出他们每个人自己的意图。我从前见过肩负指挥责任的人受到严厉的斥责，因为他们一字不差地执行国王的命令，而不是根据在身边发生的事情做出相应的改变。

擅长领会的人还指责波斯国王他们的做法，他们给手下那些将官的指示具体而微，不给予他们任何回旋的余地，遇上一点小事情都需要跟国王重新请示；在如此辽阔的帝国之内，像是这样的耽误通常对事情造成十分惨重的损失。

克拉苏写信给一位行家，说到那根桅杆的用途，不就是想和他讨论讨论，请他发表一点个人的看法吗？

18　论恐惧

我吓得心惊肉跳，毛骨悚然，
话语噎在喉咙里说不出来。

——维吉尔

我不像有一些认为的那样是探索人类本性的学者，针对人为什么恐惧所知甚微。不管怎么样，这是一种很奇特的情感。按照医生的说法，没有任何的情感可能会比恐惧更加让我们手足无措。实际上，我看见许多人因恐惧而发疯，就算是最沉着镇静的人，一旦恐惧起来也会感到心慌意乱。在这里我不谈凡夫俗子，他们一会儿担心老祖宗可能裹着白尸布从坟茔中走了出来，一会儿又担心可能会撞见魑魅魍魉。按照常理说恐惧在士兵中间不应该有多少地位，然而，他们不经常因为恐惧所以把羊群当作胸甲骑兵，把芦苇以及竹子当成是执矛的骑士，把朋友当成是敌人，而且还把白十字架当成是红十字架吗？

德·波旁先生在攻打罗马的时候，有一位守卫圣皮埃尔镇的旗兵，每当他一听到警报就害怕的像是丢了魂一样，他通过废墟下的一个窟窿往外爬，手里举着军旗朝着敌人直冲过去，心里还以为自己在往罗马城里跑呢；波旁先生以为是城里面的人跑出来迎接挑战了，就允许他的队伍赶快排好阵势，做好准备反击；当那旗兵一见德·波旁先生的队伍的时候，立刻恍然大悟，连忙转过身，在野地里跑了大约三百多米，重新钻进了刚才爬过的窟窿。当我们的圣波尔镇被比尔伯爵还有迪勒先生攻克的时候，朱伊尔司令官的步兵连也同样遭到相同的厄运，由于他们吓破了胆，连人带旗从城墙上的一个枪眼跳了下去，结果被攻城的人撕成了碎片。就在这一次围城的过程当中，有一位贵族被吓得魂飞魄散，当他从缺口逃跑的时候，居然在没有一处受伤的情况下倒地立刻毙命，这种被吓死的例子实在是值得回忆。

恐惧有时候会同时侵袭一大群人。在日耳曼库斯跟德国人的一次战争的过程中，两只大部队全部吓得惊慌失措，他们各自从所占据的地方逃跑，跑到了原来由对方占据的地方。

有时，恐惧似乎会给我们脚跟上面插上一双翅膀，有时又会给我们自己的双脚钉上钉子，让我们一点都不能动弹。举泰奥菲尔皇帝当作例子。泰奥菲尔和亚加雷纳人打仗的时候，在一次战役中战败了，仿佛五雷轰顶，连逃跑不逃跑都不知道了："害怕得连逃命也想不清楚了！"这样一直到他的一位主将马尼埃尔来使劲拽他摇他，就像是要把他从沉睡中唤醒一样，跟他说："假如您不跟我走，我就把您杀了，因为宁可您丢了性命，也好过让您当俘虏丢了帝国。"他这时候才惊醒。

恐惧在让我们丧失捍卫责任以及荣誉的勇气之后，为了捍卫它自己的利益，又会让我们变得一点都不畏惧，因此来显示它的最后威力。在桑普罗尼奥斯执政罗马的时候，在输于汉尼拔的第一场比较正规的战役中，一支以万人计的步兵队惊恐万状，想表现怯懦都没有了去处，反而朝着敌军主力所在的地方直冲过去，用尽全力拼杀，突出重围，其中杀死的迦太基人不计其数，以一次光荣辉煌的胜利，将逃跑的耻辱洗刷了。我最恐惧的东西，就是恐惧。

所以，恐惧的威力可以说是超过其他的任何情感。

还有什么可以比庞培的朋友们在他船上亲眼目睹一场大屠杀时候的痛苦更加的强烈而且更真实的情感呢？但是，当埃及帆船靠近的时候，他们恐惧地忘掉了痛苦，连忙催促水手加快划桨的速度，抓紧时间赶快逃跑，从那里一直逃到推罗，才恢复了镇静，回忆起刚才的损失，尽情地哀嚎和痛哭起来。刚刚，那威力更强烈的情感——就是恐惧把他们的眼泪以及哀伤全部挡住了。

那时候恐惧从我的心中掳走了，
我的全部勇气。

——西塞罗

那一些在战斗中受伤的人，哪怕满身是血，第二天同样又会被送往战场。可是对那些把敌人想象得特别可怕的人，可千万别让他们去面对敌人。时刻害怕失去财富、害怕放逐、害怕奴役的人，生活在数不尽的烦恼之中，不仅食不甘味，而且夜不成寐；但是那些穷汉、流亡者以及农奴却往往活得和别人一样的开心快乐。多少人受不了恐惧的刺激，纷纷上吊、跳河、坠楼，告诉我们恐惧实在比死亡更讨厌更难忍。

希腊人觉得还有一种恐惧，不是理性失误所导致的，没有明显的理由，完全来自上天的冲动。通常整个民族，整支部队全部被这种恐惧俘虏。迦太基就曾经被这种恐惧所笼罩，全国陷入一片恐慌。处处都是恐怖的叫喊声。居民们似乎听到了警报一样，全部都从屋里跑出来，大家互相搏斗，互相伤害以及残杀，仿佛是敌人攻进城了一样。一阵混乱以及嘈杂。直到通过祈祷和祭礼平息了诸神的愤怒之后才恢复正常。希腊人把这称作是潘引起的惊惧。

19 人到死之后才能够被评定是否幸福

我们每个人都应当等待最后的那一天：
因为是不是幸福只有等到在死了被埋掉之后方能断定。
——奥维德

说到这个题目，小孩子都知道克罗伊斯国王的故事：居鲁士曾经被罗伊斯国王投进大狱并且判了死刑，就当他在被处死之前，他大声叫道："噢！梭伦！梭伦！"国王听说了这件事情之后，便立刻派人去询问这话是什么意思。居鲁士回答说他一直到现在才终于理解了梭伦在从前对他的警告是什么：人啊！不论这辈子被幸运之神有多少的眷顾，在看见他生命的最后一天之前，都不能说自己幸运一生。这样说的原因在于，人世有很多的坎坷，风云变幻而且是难以预测的，就算是一件极微小的事情也很有可能导致命运在转瞬之间就突然发生变化。所以当一个人对阿格西劳斯称"波斯王真是太幸福了，年纪轻轻就如此有权有势，而且统治着如此之大的一个国家"的话的时候，阿格西劳斯对此的回答却是这样的："确实是很幸福，然而普里阿摩斯在他这个年纪的时候，也是特别的幸福呢。"那马其顿的王侯们，伟大的亚历山大的继承人，变成了罗马的木匠和书记员；西西里国的暴君成为格林多的学究；那个以前曾经打败过无数敌人，而且统治过大半个世界的那位征服者现在却向埃及国王手下那些卑微的小官那样摇尾乞怜，难道庞培这个伟大而且崇高的名字就值得那多活的五六个月的时间吗？在我们父辈生活的年代里，米兰的第十位公爵名叫吕多维科·斯福尔扎以前长时间地统治过意大利，但是却不幸被路易斯六世囚禁在洛什城的一个铁笼子里，十年后死于狱中，度过了一生中最凄惨的日子。世界上那位最漂亮的王后——苏格兰的玛丽王后、欧洲那位最伟大的国王的遗孀。不是刚刚掉了脑袋吗？死得那么的不值得而且又是死在那么残忍的手段之下！这样的例子可以说是不计其数，就像是狂风暴雨专门和高楼上的塔尖过不去，仿佛天上的神灵也嫉妒世间的伟人：

冥冥之中有一种力量，
把玩着权威的法西斯以及残暴的战斧，
从而来操控人类。

——卢克莱修

有时候，“命运”好像专门窥视着我们生命的最后一天，目的是显示他的威力无比，就在片刻之间把她一直所积攒的所有力量全部投掷过来，让我们伴随着拉贝里尤斯一起高叫：

我活了这不该活的一天啊！

从这个意义上来说，接受梭伦的忠告更加的有道理；但是，因为他是哲学家，面对于哲学家们来说，“命运”的青睐和舍弃无所谓幸运和不幸，功名利禄也仅仅只是浮尘的虚饰。我觉得他对于幸福的理解仅仅只是站在一个更加高的角度，但是不是指生命的本身，他所指的幸福应当是指人要有一颗宁静而且满足的心，要用一种平和的心去面对人生，应当坚守自己那个坚毅、果断以及自信的灵魂。不能够十分轻易地去评价一个人，除非是初次见面的时候那个人就处在他生命的最后的一刻，没有疑问这是人生最为艰难的时刻。如果在其他任何的时候，都避免不了有伪装以及掩饰。或者美丽的哲学推理只是摆摆样子，或者天灾人祸没有给我们切肤之痛的考验，使我们能够保持若无其事的外表。但是当死亡真的来袭的时候，再也没有办法伪装，我们必须说真话、良心发现了、将灵魂深处洗涤了，把人性最真实的一面终于呈现出来。

我们只有此时才发出肺腑之言，
把一切伪装脱掉，
做一个纯粹的人。

——卢克莱修

为什么我们一生的行为都需要靠着这最后的一天来检验以及审判？古人说：“这是大家掌权的一天，是大家审判的一天，而且是审判我们大家一辈子的一天！”我把一生的所得全部交给死亡去接受检验：因为到那个时候，大家将看到我说的漂亮话到底出于嘴巴还是出于内心。我了解有许多人由于死亡因此获得了永远的殊荣或者是永远的恶名。庞培的岳父在去世的时候，人们去除了关于对他一辈子的偏见。有人询问伊巴密浓达，在他自还有和布里亚斯以及伊菲克拉斯三个人中，他对谁的评价最高，伊巴密浓达的回答是："这个问题要等到我们离开人世之后才能够回答。"确实，评价一个人而不考虑他在最后时刻的光荣和伟大，实在是很不全面。

上帝做事情似乎总是依照他自己的意愿。我曾经认识的三个人，也是我觉得最可憎最卑鄙无耻的三个人，他们的行为简直令人作呕，而且声名狼藉，但是他们的结果却反而是寿终正寝，而且死得安静，甚至完全可以说是死得十分圆满。有一些人死得英勇，或者是死得幸运，尽管死亡将前进之绳割断，但是往往就在死的那一瞬间将生命一下子升华到制高点，在我看来，如此光荣的死亡尽管壮志未酬也非常值得了。他不需要费力去做完所有的事情从而达到人生的目的地，而且还得到了比他之前设想的还要更加高远的成就，他用他自己的死亡圆满了一生所一直向往的荣誉以及胜利。在评价别人的一生时，我总要看看他是怎么走到生命的尽头的；但是对于我自己，我则是希望能够死得其所，也就是安静宁和地离开这个人世。

20 探究哲理就等于学习死亡

西塞罗曾经说，论哲学不为其他，只是为死亡作准备而已。因为研究以及沉思从某种意义上说可以使我们的心灵从躯体脱离，心灵一直忙忙碌碌的，但是跟躯体没有一点关系，这有点像是在学习死亡的经过，和死亡十分相似；世上的全部智慧和所有的思维都以此为终点，告诉我们不要害怕死亡。确实，理性要么就是漠不关心的，要么就是应该满足我们为唯一的目标。总之，它温情的工作全是为了让我们活得开心，一如《圣经》所说的活得自在。所以，世界上那些形形色色的思想，虽然采用的方法不一样，都全部一致地认为快乐是我们最后的目标，要不然，它们一出笼的时候就会被撵走了。如果有人以困苦和不快为人生目标，还有谁愿意听信他的话吗？

关于这个问题，不同哲学派别之间的分歧都成了口舌之争。"连忙跳过这样无聊的诡辩”过分的固执以及纠缠往往是与如此神圣的职业一点都不相符的。可是，不论人们扮演什么样子的角色，他们总是在演自己。不管哲学家怎么说，我们在道德方面追求的终极目的是快乐。“快感”一词听起来让人十分不舒服，但是我却喜欢用它来刺激大家的耳朵。假如说快感即极度的快乐以及满足，那勇敢可能会比其他任何的东西都更加能给人以快感。这种快乐愈是健硕、强大、结实、阳刚，它愈是给人以满足。我们应当把勇敢称作是快乐，而不像以前那样称作是力量，因为快乐这个名称听起来更可爱，更美妙，而且更自然。另一种比较低级的快乐，用上这个美好的字眼只是一种巧合，而不是因为它特别地适合。在我看来，那种低级的快感远远不如勇敢纯洁，它有很多的困难以及不便。那些是昙花一现的快乐，需要熬夜、挨饿、辛劳、流血流汗，特别是各种各样令人伤心的痛苦，想要得到满足无异于在受罪。所以千万别认为，这些困难能够作为那些低级快感的刺激物或者是佐料，就像在自然界里对立的事物相辅相成一样；也绝对不要说，困难有可能会使勇敢垂头丧气，让人没有办法接近，而且望而却步，相反的是，种种困难只能使我们享受到更神圣、更完美、更高贵、更刺激和更强烈的快乐。有一些人得到的快乐跟付出的代价最后相互抵消，既不明晓了解它的可爱之处，也不了解它的用途，他就不配得到快乐。人们反反复复对我们说，追求快乐的道路困难重重，需要付出艰辛，虽然享受起来其乐无穷，这难道不是说，快乐其实从来也不是乐事吗？他们觉得人类从来也没有任何的办法来获得这种快乐，那么最好的办法也仅仅满足于期望和接近欢乐，并不能真正地拥有它。但是，他们不知道的是错了，涉及于我们所知的全部快乐，这原本就是件十分愉快的事。行动的价值可以从跟它相关事物的质量上明显地体现出来，这是与事物本质相一致的一个部分。在勇敢上面闪烁的幸福以及无上快乐将它的条条通道填满了，从第一个入口到最后的栅栏。但是，勇敢的丰功以及伟绩主要是十分蔑视死亡，它使人生多了一份宁静，使人生的滋味变得纯粹和可爱，不然的话，其他所有的快乐全部都会暗淡无光。所以，全部的规则都在蔑视死亡上面相遇汇合起来。它们共同一致地带动我们蔑视痛苦、贫穷和人生必定遭遇的种种天灾人祸，但是这同不怕死根本不是一回事。关于痛苦之类的不幸其实并不是必然的（大多数人一生都不用受苦，也有许多人没有体验过病痛，那位音乐大师色诺菲吕斯活了一百零六岁，但是却从没有生过病）；最后实在不行，假如我们愿意的话，可以以死了解所有的事情，这样所有的烦恼便可以结束。但是，死亡是不可避免的。

> 我们有一个共同的归宿；我们每个人的签子都在摇动的签筒里；它或迟或早会跑出来，把我们送上不归的小船。
>
> ——贺拉斯

因此，如果我们害怕的话，它就成了永久烦扰我们、永远无法舒解的问题。它会随时随地找到我们，好像来到一个令人怀疑的地方。我们会不停地东张西望："这是永远悬挂在坦塔罗斯头上的巨石。"（西塞罗）

我们的法院常常下达在犯罪现场处决罪犯的命令：在押解犯人赴刑场的路上，让他们看看美丽的房子，也可以让他们美美地吃一餐：

> 精美的西西里佳肴全无味道，鸟儿的鸣叫和竖琴的和音令他无法入睡。
>
> ——贺拉斯

你想他们能高兴吗？此行的目的地一再出现在眼前，不会改变和削弱他们对美好事物的兴趣吗？

> 他打听走哪一条路，掐着指头算日子，用走过的路计算自己还有多长的性命，心里是挥之不去地等着他的酷刑。
>
> ——克洛迪安

死亡是我们的目的地，是我们既定的目标：如果害怕，那还怎么心平气和地往前走？一般人的办法是不去想它。但是，要多么愚昧无知才能做到如此盲目啊？那得用驴尾巴套住驴脑袋才行。

> 他想倒退着往前走。
>
> ——卢克莱修

所以，人们往往受骗上当，这没有什么奇怪的。一旦提到死。大部分人马上在胸前画十字，好像听到了魔鬼的名字一样，心惊胆战，而且惶恐不安。

目前就操心那么遥远的事，是不是显得有一些荒唐？这到底是什么样子的荒唐！青年人和老年人离弃生命的情形是一样的。任何人死的时候跟他出生的时候没有两样。即便是再衰老的人，只需要看见前面有玛土撒拉，谁不以为自己还可以活上二十年。再者，你这样可怜的傻瓜，有谁给你规定死期了？但是别相信医生的胡言乱语！仔细地看一看事实吧。根据事物的一般进程来考虑，你活到现在了，已经受够恩宠的了。你已经超过一般常人的寿命。实际上，算算在你认识的人中间有多少个不到你这个年纪就已经去世了，肯定比到这个岁数的时候还活着的要多。甚至连那些功成名就光宗耀祖的人，你不妨也可以数一数，我能够保证，三十五岁之前要比三十五岁后去世的多很多。耶稣——基督的一生可以说是贵为楷模，然而，他在三十三岁的时候就献出了生命。亚历山大是凡人中间最伟大的人，仅仅因为他也是人，也死于这个年纪。

死神究竟在哪里等待着我们，这是十分难确定的，我们需要随时随地恭候它的光临。对死亡的事前思考也是对自由的思考。哪个学会了死亡，谁就可能不再有被奴役的心灵，就可以无视一切束缚以及强制。谁真正明白生命被剥夺不是一件坏事，那么谁就可以泰然对待生活中的所有的事情。

我不断地对自己重复这句老话：“未来的一天有可能发生的事情，今天同样也可能发生。”的确，意外或者是危险几乎不可能使我们就那样靠近死亡。然而，假如我们想一想，即便这个最为威胁我们生命的意外是不存在的，那么尚有成千上万个的意外很有可能降临我们头上，我们就可能会感到，不管是精力充沛还是病入膏肓，不管在海上还是在家中，不管在战场上还是在和平环境里，它们都一样地近在咫尺。一个人不可能会比另一个人更加的脆弱。也不可能会对未来更加的有把握。

死亡能够解除所有的痛苦，为死亡犯愁是何其的愚蠢！

你的全部经历都窃取自生命，都以生命为代价。你的生命一直坚持不懈地营造的就是死亡。你在活着的时候就在死亡中了，因为当你不再活着的时候，其实已经是死后了。

或者，你更加喜欢活过之后才死。然而你活着的时候就是个要死的人。死亡对奄奄一息者的伤害远比对死人的伤害严重，更加的激烈，也同样更本质。

你如果已从生命中得益，已经心满意足，那么就高高兴兴地离开吧。

> 为什么不酒足饭饱了才离开生命呢？
>
> ——卢克莱修

如果你没有充分利用人生，让生命的时光白白溜走了，那么失去生命又有什么关系呢？干吗还要眷恋呢？

> 为什么要延长将白白浪费，必将完全无益地消失的时日呢？
>
> ——卢克莱修

生命本身无所谓好与坏，是好是坏其实全在你自己的手中。

你活了一天的时间，就什么都见到了。一天和无数天没有区别。不可能再有别的光明以及黑夜。太阳，月亮，星星，世界的布局曾经照耀过你的祖宗，同时还将沐浴你的子孙。

你的生命不论什么时候结束，总是一直完整无缺的。生命的用处不在于时间，而在于如何使用。有的人活得很长的时间，但是差不多没活过。在你活着的时候，一定要好好地生活。你活得够不够，决定于您的意志，并不在于你活的年头。你曾经认为，你一直坚持不懈地前往的地方，难道永远也走不到吗？但是，哪一条路没有出口呢？

世界上万物不是都跟你同步吗？很多东西不是和你在一起衰老吗？千万个人、千万头野兽、千万种其他的造物和您在同一时刻死亡。

第一个哲学家泰勒斯明白了这样一个道理：生和死是一样的，不能偏爱。所以，当泰勒斯被询问到他为什么不死的时候，他十分聪明地回答说：“因为生和死是一回事啊。”

21 论想象的力量

学问家曾经说：“丰富的想象力可以创造事件。”我感觉自己是一个具有巨大想象力的人。每个人都可能会撞到它，有人会被它撞翻在地。它所施加的压力能够使我受伤。我的对策是逃避，而不是对抗。我把自己想象只和健康快乐的那些人生活在一起。看到别人受苦的时候，我就如同身受，我的感觉往往与当事者一模一样。有一些人不停地咳嗽会让我的肺部以及喉咙感觉发痒。在我们看望病人的时候，如果是责任所系，我的情绪就不如去看望平时不甚注意不甚重视的人。我可能会染上我感兴趣的疾病，并且久治不愈。放任或者鼓励想象力使人变得狂热甚至死亡，我认为其实并不奇怪。西蒙·托马是一位很著名的医生，记得我们有一天在一位年老而富有的肺病患者家里邂逅：医生跟病者讨论着进行治疗的方法，谈论说其中一个方法是患者应当努力让我喜欢并且要和他交朋友，如果他能够多看看我清新纯真的面孔，能够多想想我洋溢着青春的快乐以及活力，如果他能够充分地感觉到我的健康，他的身体状况就会大大好转。可是他忘记了说一句，我的健康也很有可能因此而恶化。

加律斯·维比尤斯研究精神病的本质以及演变，为此殚思竭虑，反而偏离了正确的判断，一错再错下去而且无法回头。他能够夸耀自己是一个使用智慧的办法变成的一个傻瓜。有人受到惊吓，没等屠夫动手就先死了。有一些人被除下蒙眼的布条，法官正在宣读特赦令，然而，他在想象力的作用下面其实已经直挺挺地死在那个断头台上了。在想象力的打击下，我们周身冒汗，浑身发抖，面色十分的苍白，满脸红彤彤的，我们倒在床上觉得自己的身体也在随之颤动，有时候直至断气为止。与此同时请注意，沸腾的青春活力也可能会突然猛烈地爆发，让你在睡梦之中满足爱欲。

> 所以常常会发生这样的事情，仿佛动作已经完成，精液喷射而出，把衣服弄脏了。
>
> ——卢克莱修

在晚上睡觉的时候头上本来还是好好的，到了半夜却看着它长出了犄角儿，这件事情发生在意大利国王西布斯的身上，虽说并不新鲜，但还是值得记一记：国王在当天观看斗牛比赛的时候，情绪十分的高涨，但是回宫之后却整夜梦见牛角，想象的力量真的使他的额头长出了角。克雷祖斯的儿子一生下来就发现是个哑巴，但是那激动的情绪竟然使他说话了，斯特拉托尼丝的美丽容貌萦回脑海，昂提绪斯竟因为这样发起了高烧。普里纳说亲眼目睹了吕西尤斯·考西蒂尤斯在婚礼上面由女人变成男人的奇事。蓬塔努斯等人也同样讲述过在上几个世纪在意大利发生的类似的变性事例：因为本人的强烈愿望：

> 伊菲丝到最后终于如愿以偿了，从一个女儿身最后变成了男孩。
>
> ——奥维德

当我经过维特里—勒—弗朗索瓦的时候，见到索瓦松主教提到的一个叫日耳曼的人，使我能够亲眼证实那个人的性别，当地的居民大家都曾经见过他，而且都认识他，而且知道他在二十二岁之前是一个姑娘，他的名字叫玛丽。他满脸长着胡子，长相看起来十分的老成，没有结婚。他说过，他的四肢出现男性特征是因为经常用力跳跃的缘故。现在当地的那些姑娘们还流传着一支歌，互相提醒走的步子不要太大，不然就会像玛丽·日耳曼一样变成一个男孩子。这种事情常常出现，实际上没有什么值得奇怪的，确实，想象力有着某种影响力，但是它与此类事件还有着一种更持久更有力的联系，与其反反复复地思想并且陷入同样的渴望当中，还不如一劳永逸地把男性的私处直接安在女孩子身上算了。

某一些人把达戈贝尔国王以及圣徒弗朗索瓦的伤疤归结为想象的力量。听说，在想象力的催化作用之下，人的身体能够原地拔起。塞尔斯曾经提到过一位教士，在苦思冥想的时候，他的身体可以在长时间里保持不呼吸无感觉的状态。圣·奥古斯丁还曾经提到了另一个人，只需要听到有人哀叹或者是抱怨，他就会突然昏厥，仿佛灵魂出窍，任凭你怎么喊他推他刺他烧他都起不了作用，这样一直到他自己慢慢醒来。他说他隐隐约约听到有人曾经说话，说话的声音非常遥远，他还感觉到烫伤和撞伤引起的疼痛。能够肯定的是，他那时候并没有硬着头皮去抵制疼痛，因为他在这段时间里既没有脉搏也没有呼吸。

十分有可能的是，人们信任奇迹、异象、巫术，以及各种十分奇特的事物，主要原因是强大的想象力，对普通老百姓软弱的心灵影响特别大的想象力。只需要使他们深信不疑，他们就能够看见世界上本来看不见的东西。

我也同意下面的看法，新婚男子不举是一件让人特别尴尬的事情，而且成为众人的唯一谈资，实际上那只是顾虑以及担心害怕的结果。我自己以前有这方面的经验，有一个人，就如同担保我自己一样，我担保他身体绝对不虚弱，也不相信什么魇魔法术，有一次听朋友讲述在最该使劲的时候却使不出劲来的故事，而且那天他刚刚处于同样的场合之中，朋友的那个故事十分沉重地打击了他的想象力，使他落到了同样的下场。从那件事以后，他便常常发作毛病，那个讨厌的回忆紧紧抓住他不放，十分残暴地压迫着他。到了最后，他寻找到一个以毒攻毒的方法，就是承认并大声地把自己患的病说出来，于是紧张的心情得到缓解，由于发病既然是意料中的事，那么它造成的麻烦也就自然降到了最低，心理负担也因此变小了。当他可以自由选择，思想得到解放和松弛，身体处于正常的状况，这样他就有可能脱胎换骨，然后用一个全新的身体来体会，出其不意地抓住并且取代原来的身体，这时候他的病也就可以说是完全治愈了。

一旦有能力的话，你将永远持有这种能力，除非是真的感觉虚弱不堪。

因为强烈的欲望以及忧虑做法是不是恰当，我们的心情会异常紧张，如果在这种情况下做这种事，才应当担心发生这样的不幸，尤其是好机会出乎意料地突然出现的时候，往往使我们一时慌乱无所适从。我以前认识的一个人，他使用的办法是让一个已经在别处尽兴的女人来平抑他的欲火，此人年事已高，能力不低，但是也远远不如当年了。另外有一个人，有个朋友保证他不受巫术的侵扰。我就来谈论一下这是怎么一回事吧。我有一位深交的公爵朋友，出身名门望族，娶了一位美丽的太太，以前追求她并想跟她结婚的男子也同时来出席她的婚礼，这让满堂的亲朋好友感觉人为不安，尤其是他的亲戚、主持婚礼的老妇人，他的婚礼在她家里举行，她最担忧那人会施展巫术，这是那位老妇人告诉我的。我说我有办法，请她放心。我的行李箱里刚好有一枚金币，那枚金币上面刻着神像，能够防止中暑以及可以治疗头疼。方法是把金币放在颅缝上面，金币上缝着一条用来固定的带子，在带子的两头在下巴那个地方打结。其实是和我们所说的蠢事几乎一样的蠢办法。这是雅克·佩尔蒂埃送给我的一件十分奇怪的礼物。我想可以拿来试一试。于是，我对公爵说他可能会像别人一样遇到麻烦，而且很有可能有人在暗中对他施行魔法，然而他可以放心大胆地去睡，我保证尽全力对付，一定使出我的浑身解数来为他化险为夷。唯一的条件是他必须以人格担保保守秘密，他只需要在夜里仆人送夜宵的时候，假如情况不妙，就想办法给我做一个暗号。他一下子垂头丧气，太多的胡思乱想使得他精神恍惚，在无意之中对我做了手势。我于是叫他起床，要他装作把我们赶出去的样子，并且要脱下我的睡袍（我们俩身材差不多一般高）穿在他自己的身上，并且接着照着我的指示做下面的事情：我们走出房间以后，他要去厕所小便，读三遍祈祷词，而且还要做几个动作。每读一遍的时候，他就把我交给他的绳子在身上绕上一圈，十分小心地系紧挂在腰上的金币，刻着神像的一面要朝里。做完这些事情之后，系紧带子不要让金币松开以及移动以后，他就能够放心地回去做他那些想做的事情，然而不要忘记把我的睡袍扔回床上，而且要把两个人都盖住。所有这些装腔作势的行为的主要的后果是让我们深信不疑，这么怪诞的方法肯定是以某种深奥的学问来作为理论根据的。它的虚幻性使其愈显重要和受人尊重。总而言之，能够肯定的是，我的法宝对暗病比对中暑似乎更加的有效，它推动你，而不是抑制你。一种突如其来和奇怪的冲动促使我做出这件事，它跟我的本性相去甚远。关于那些故弄玄虚和欺骗的行为，我持一种反对的态度，我讨厌玩弄手段，不仅游戏是这样的，牟利也是这样的。即便事情原本是干净的，手段却沾满了污点。

埃及国王阿玛齐斯娶希腊的一位美女拉奥狄丝为妻。他对妻子关怀备至，却无法享受床第之乐，甚至差点儿到了威胁要杀死妻子的那种地步，在他看来这是妖术在作怪。于是想象力产生种种的奇迹，他一下子想到了宗教，因此向维纳斯许愿并且保证，结果在举行祭礼献上牺牲之后的第一夜便如愿以偿了。

现在来谈论一下女人，她们不应当是皱着眉头的，用寻衅或者是逃避的态度对待我们，在我们自己欲火燃烧的时候泼冷水，这么做是错误的。毕达哥拉斯的儿媳曾经说，女人跟男人睡觉，应当脱下短裙放下羞怯，接着穿上衣服恢复矜持。因为受到种种惊扰，进攻者很容易失去勇气。一个人假如感到自己受了羞辱（初次接触时候才会有这种感觉，因为这时候的交往更激动更强烈，也正因为如此，一般人也特别害怕功亏一篑），出师不利，以后如果有机会就愈是迫不及待，也更加心有余悸。

新郎和新娘有足够的时间，没有准备好就不应该仓促行事。在熙熙攘攘以及极其兴奋的洞房花烛夜的时候，宁可一旁静观其事也不要盲目的行动，应当等待另一个机会，另一个有利的时机，更加亲密并且更加平静的时机，以免初试失败而不安，并且因此而绝望，以后后患无穷。在完全拥有对方之前，耐心的丈夫应该通过甜言蜜语，不要因为自尊心而一味地相信自己，需要一直不断地做出尝试和出击。要知道肢体天生顺从灵魂的人，只需小心控制想象力就行了。

我们有理由说明一点，身体的下半部分完全是不受管教的，当我们并不需要它的时候，它往往不识时务地介入我们的生活，在我们最需要和它打交道的时候，它又会不识时务地变得突然软弱无力，它不仅桀骜不驯，而且猛烈地对抗意志力的权威，十分顽固地拒绝心和手的祈求。但是，当人们齐声斥责它造反，搜集证据谴责它的时候，假如它贿赂我并且请我为它辩护的话，我可能会把责任推给身体的其他部分，怀疑它们可能会挑起争吵，阴谋鼓动人们起来反对它，恶毒地让它独自承担所有的错误，完全是由于它们嫉妒它的重要以及美妙的功能。因此，请大家仔细地想一想，这难道仅仅只是身体的某个部分经常拒绝我们的指挥吗？难道只是身体的某个部分与我们的意志作对吗？身体的每个部分其实都有自己的情感，或者是兴奋或者是沉静，这难道需要我们自己同意吗？我们没有意识的表情多少次暴露出我们自己暗藏的思想，把它暴露在大家面前。我们的下半身充满活力，我们的心脏、肺部和脉搏在不知不觉之中激动起来，之所以这样原因都是一样的。我们看见赏心悦目的东西的时候，心里会不由自主地地燃起激动的火焰。这样的反映难道只有张弛有律的肌肉以及血管不需要我们说明意愿和思想吗？我们无法命令头发竖起来，无法命令皮肤因为欲望或害怕而起鸡皮疙瘩。我们的手经常伸去我们不叫它伸去的地方。舌头僵硬起来，到时候就说不出话来了。在贫困的揭不开锅的时候，我们会十分自觉地压抑自己的食欲，但是，吃喝的愿望仍然会刺激相关的身体部位，跟上面说的那另一种的欲望其实完全不相上下，它一样随时置我们自己于不顾，不讲任何的理由。清理肠胃的器官有它们自己松弛和紧张的规律，并不理会或者是反对我们的想法，就好像那些帮助我们的肾减轻负担的器官一样。为了证明意志力是全能的，圣·奥古斯丁举出了一个例子作为分析，说他以前曾经见过一个人，撅起屁股自己想放多少个屁就可以放多少个，为他的著作作注解的维瓦斯用那时候的另一个例子举证，说那人放屁也可以像朗诵诗歌一样做到抑扬顿挫，上面所说的事实并不能够说明我们的下身也能够服从意志力的摆布。因为，有哪个人能够在通常的情况下做出比这儿更不得体更放荡的事啊？我在这里多说一句：我认识一个非常不安分、脾气极坏的人，他迫使主人背负着持续不变的责任，并且不间断地放了四十年的屁，到最后死于此道了。

可是，一旦说到我们的意志，我们指责意志享有过多的权利，由于它既无规则又拂人意，说它背叛以及暴乱实际上不为过！我们要它做的事，它都十分乐意去做吗？它不是常常做一些我们禁止它去做，而且明显地危害我们的事吗？同时，它完全顺从理智做出的结论吗？在最后，我要替我的客户来说一句公道话，希望大家能够认真考虑一下，它跟身体的其他部分有着一种不可分割而且不可区分的共同利益，但是，人们却只是一味地责难它，从身体各部位的本质中可以见到，那些不实之词跟它们的共同利益其实根本扯不上任何的关系。由此可见那些指控者的敌意以及非法。不管怎么样，大自然高声宣布律师和法官的争辩和判决全部无效，它将继续我行我素，做一件合理而且正确的事情，把那些与众不同的特权赐予我们的下半身，凡人唯一不朽的事业的实践者。因为这个原因，苏格拉底觉得传宗接代是神圣的工作，爱是一种永恒的欲望，其本身是一种不朽的天性。

在想象力的催化作用下，有一个人趁机留下了他的瘰疬，但是他的同伴把瘰疬带回了西班牙。[①] 因此，遇到相同的事情，人们都习惯性地要求精神随时有所准备。假如不是为了借助想象力的作用而去弥补药剂被夸大的效力，为什么医生往往总是首先争取得到病人的信任，做出种种虚假的承诺？他们知道在医界有一位高手写下过这样的话，有一些病人一看到药的时候就会自动痊愈。

上面所说的这种随心所欲的事情刚好也给我遇上了，先父的家庭药师经常给我讲故事，他是一位很普通的人，出生在一个不尚虚荣不善作假的国家——瑞士，他跟我说，在图鲁兹的时候有一个相识很长时间的商人，那个人周身是病，常常肾绞痛发作，而且常常需要灌肠，遇到什么病，他就请他的医生开什么药。药送来以后，他按老规矩办事一丝不苟：反复试试是不是太烫。他躺上床之后，仰面朝天那样躺着，所有的准备工作全部都已就绪，其中唯一不做的事情就是打针。药师在完成上面所说的这个过程之后便告辞了。病人躺在床上，好像已经灌了肠一样，在感觉上跟真正灌了肠的人是一样地舒坦。假如医生觉得效果不够好，就会多给他开两三

① 据说法国国王有治病的天赋，自从弗朗索瓦一世在马德里遭到囚禁，患瘰疬的西班牙人越过比利牛斯山让法国国王抚摩治病。

剂相同的药。我的证人发誓说，为了节省一些开销（因为他就像是真的收到药一样要付钱的），病人的妻子有好几次试着在药里面仅仅只是放清水，结果显示有假，达不到应有的效果，于是便用回了原来的药。

有一个女人觉得自己在吃面包的时候误吞了一枚别针进去，大喊大叫，浑身感到难受，说她感觉喉咙里疼得不行，就像是别针卡在那里了。然而，从外表看既没有肿，也没有其他迹象。一个十分精明的男人判断这仅仅只是臆造，是她自己的意念在作怪，很有可能是她在吞咽的时候被一小块面包哽了一下，他设法让她呕吐，偷偷地在呕吐物里扔下一只弯了的别针。那女人自己以为已经把那枚吞下去的别针吐出来，心中悬着的石头一下子落了地。我知道有一位绅士，在家里款待几个好朋友，在经过三四天以后，他开玩笑一样吹嘘说（由于事实上并无此事）。他请他的朋友吃了一顿用猫肉做的肉酱：其中一位小姐听了以后大惊失色，立刻上吐下泻，并且同时伴发高烧，救都救不回来了。动物和我们一样也是受想象力的控制。狗就是一个很好的证明，它们在失去主人以后会忧郁而死。我们注意到它们乱吠乱叫，梦游一样地到处乱走，马儿也是如此，我们看见它们高声嘶鸣，不断挣扎。

然而，所有这一切都能够归结到一个事实，精神跟肉体之间是互相交流的，关系特别的密切。有时候，想象力不仅作用于自己的身体，而且作用于别人的身体，当然这又是另一回事。一个人如果把病传染给另一个人。就像是我们在瘟疫、梅毒和眼疾等传染病中所见的一样：

> 看着那双得病的眼睛，你的眼睛也会得病，许多疾病都是这样在人与人之间传播的。
>
> ——奥维德

相同的是，那些受强烈震动的想象力也同样会射出利箭伤人。谈论到斯基泰女人，古人相信假如谁冒犯她们，她们的目光就足以射杀那人。乌龟以及鸵鸟用目光能够孵蛋，这些说明它们的眼睛可以具有某种射精的功能。另外，据说巫师的眼睛极具进攻性和毒性，我不知道是哪只眼睛慑服了可爱的小羊羔。（维吉尔）

在我看来巫师绝不可靠。不论如何，我们凭借着经验知道女人对肚子里的孩子可以进行胎教，把她们想象的记号留在孩子身上，证据便是那个生下黑孩子的女人。[①] 有人曾经向波希米亚国王夏尔皇帝献上了一位来自比萨地区的女孩，那位女孩满身长毛，既直且硬，据说她母亲怀上她的时候，床头挂着一幅圣徒约翰·巴蒂斯特的画像。动物也是如此，例如雅各布的羊羔，[②] 山上被雪染白的山鸡和野兔。

最近这段时间，有人注意到我家的猫窥视着停在树梢的一只小鸟。到了后来它们紧紧地对视着彼此。最后，小鸟像死了一样掉在猫爪前面，或者它被自己的想象吓坏了，也或者是小猫的眼睛有着某种特别强大的吸引力。喜欢猎鹰的人应该听说过一位猎鹰教练的故事，他双眼紧盯空中的猎鹰，打赌说单凭目光可以把它叫回身边。听说，他真的做到了。我列举这些故事，我当然是因为信赖故事的作者。

感想是我本人发的，它们都建立在理性的而非经验的证据之上，谁都可以加进自己的例子，没有例子可以加进去的人也相信这样的例子确实是存在的，因为世界上的事情确实太纷纭复杂。

要是觉得我的评论不好，谁都可以取代我做出自己的评论。

在我论述人的性格以及精神行为的研究过程中，只要能够接受，我可以把来自寓言的例子也能够当作真实的事例。发生或没有发生，发生在巴黎或在罗马，发生在约翰身上或者是彼也尔的身上，始终都仅仅只是人的能力的表现，这是这篇文章给我的一个有益的启示。理解并拿来为我所用，不管是虚的还是实的。故事当然有不同的版本，但是我总是先用那最少见而且是最难忘的一个。有些作者以讲述发生了的事情为目的。我的目的，假如我真的能够做到的话，是谈谈那些很有可能发生的事情。没有相似性而去假设相似性，理所当然，这在学校里是完全允许的。但是我不这么做，我在这方面十分严格地遵守历史的真实性。我从我的所闻所做以及所说的事情里举出一些例子，绝对不允许任何的改动，哪怕是最细微最次要的情节。我的良心不允许我做一些任何丝毫的篡改，我的学问是不是允许我这么做，我自己不知道。针对这一点，我有时候会想，让一位神学家，一位哲学家，或者是一位思想以及智慧一样出类拔萃，并且十分严谨的人来写历史究竟是不是合适的。他们如何担保自己说的话就一定是老百姓说的话？如何保证他们说出了那些不相识的人的思想，怎么让人相信他

---

① 传说一位白人公主生下了一个黑人小孩，被控与人通奸，希腊医生希波克拉底解释说这是公主床边放了一张黑人肖像画日常看到所致，遂得赦免。

② 参见《圣经·创世纪》第三十章。

们的推测？就算是一些在不同的场合发生在他们眼前的那些事情，假如法官要求他们在宣誓后作证，他们一般都会拒绝的啊。他们不会试着为任何人的意图负责，不管他们之间的关系多么亲密。在我看来，和写现在的事情不一样，写过去的事情风险通常会比较小一些，由于作家仅仅只需反映已知的事实。有人请我写年轻时的事情，觉得我看待往事不会像别人那样冲动，而且能够更贴近一些，由于我有机会接近各种党派的头头。可是他们没有告诉大家，哪怕是让我像萨吕斯忒一样名垂青史，我也不会费这个精神（由于我与责任、勤奋、坚持是不共戴天的仇敌），并且洋洋万言并不是我自己的风格（我经常由于气促而停笔，我不讲究布局，不讲究起承，还不如一个不懂表达缺乏词汇，连最平常的事情都说不好的小孩子。因此，我满足于说一些我常常会说的事情，做一些我自己力所能及的事情。假如我写一个不得不写下去的题目，我的进度很有可能比那孩子还要慢）。我是那么的随心所欲，即使按照我自己的标准，按照那些合乎理性的标准，我发表的看法都很有可能会不合法，并且会受到惩罚。普卢塔克或许想告诉我们，如果文章里所有的例子在每一点上都真实无误，那么，这篇文章肯定不是他写的，然而，要是对后人有益，并且有一天能够照亮我们的美德之路，这才应该是他的作品。和药不一样，从前的事情不管你怎么说都是没有危险的。

22　此得益，彼受损

雅典人狄马德斯指责一出售殡仪用品的市民有罪，说他谋取不义之财，而且死的人越多，他赚的钱也越多。这一说法不免有失偏颇，由于他的获利并没有损害他人，不然的话，总是按此理论，任何获利的行为都将受到谴责。

商人生意兴隆是因为年轻人的挥霍，农民生存需要靠粮食的价格昂贵，建筑师谋生需要靠房屋倒塌，司法人员存在的理由就在于人们的诉讼以及纠纷，神职人员的尊严和职权也靠死人和罪孽。古希腊戏剧作家菲莱蒙以前说过，医生们全部都不希望别人甚至自己的朋友可以身体健康，士兵们全部都不希望本土太平，诸如此类，不胜枚举。更加可怕的是，假如人人都探测一下自己的心灵，我们就能够发现我们心中孕育以及产生的愿望大部分都是以损害他人为前提的。

我的这种想法是经过深思熟虑之后产生的，由于在这个问题上大自然肯定不会违背它的普遍规律。自然学家们认为，一个物种的诞生、发育和成长，必然造成另一个物种的衰落和腐败。

事物如果改变性质，
过去的存在就会即刻消失。

——卢克莱修

23 论习惯[①]及既定的法律不易改变

在我看来，第一个编造以下故事的人，肯定想到了习惯的力量。这个故事叙述一个村妇有一头牛，那头牛一出世，那个妇女就把它抱在怀里轻抚，而且天天坚持，习惯成自然，等那头牛长大后，她依旧要把它抱在怀里。实际上，习惯是一个粗暴和阴险的教师。它在我们心里慢慢地悄悄地树立权威，刚开始温和而谦恭，但是时间一久，就会深深扎根，很快便暴露出疯狂和专制的真面目，我们从此再也没有自由，甚至是不敢抬头看它一眼。我们看到习惯的时候常常违反自然规律。“在所有的事上，习惯总是特别有效的主人。”

我一直相信柏拉图在他的《理想国》中所作的关于洞穴的譬喻。我也相信为了维护权威而放弃常规疗法的医生，还有那位反复锻炼自己的胃使之能够吸纳毒药的国王。根据艾伯特的记载，有一个女孩曾经习惯以蜘蛛为食。

在新印度那个地方，人们注意到有许多民族，他们生活在各种不同的地区。那里的人们以蜘蛛为食，他们大量捕捉昆虫，甚至饲养昆虫，同时他们也吃蚱蜢、蚂蚁、蜥蜴、蝙蝠；缺粮的时候，一只蟾蜍常常可卖六个埃居。他们拿来煮熟了再加上各种作料。在那个地方，还有一些民族认

① 法语 coutume 一词，包含“习惯”与“习俗”之意，此篇也兼含两意。

为，我们吃的种种肉类可能会把人毒死。“习惯的力量非常大。猎人能够在雪地里过夜，能够忍受山上的烈日。当拳斗士被铁皮手套击中的时候，甚至连哼都不哼一声。”

要是我们好好想一想——而这正是我们平常会有的感受——习惯怎样使我们的感官变得驽钝不敏起来，那么，就知道这些外国的例子并不奇怪。我们不用去了解生活在尼罗河大瀑布附近的居民有什么样的感觉，也不用打听哲学家对天上的音乐有什么样的看法；那一些坚固的天体在运行的过程中轻轻碰撞和摩擦，从而发出一种奇妙而且十分悦耳的声音，天体和着这奇妙、和谐、抑扬顿挫的音乐婆娑起舞；可是，声音即使再大，人的耳朵已经因为麻木而感觉不到，就像是尼罗河畔的居民对巨大的瀑布声已经变得习以为常一样。马蹄铁匠、磨坊主、枪炮匠，如果像我们一样会被噪音震聋耳朵，那他们也就无法生存了。我之所以佩戴用花做成的项链，目的是是为了愉悦我的鼻子，但如果是连戴三天，我就可能久闻不知其香了。更奇怪的是，虽然发生长时间的间隔和中断，习惯同样会对我们的感官产生作用，比如说住在钟楼附近的人就是如此的。我住在家里的塔楼上，每天天亮和傍晚的时候，一口大钟都会敲响诵圣母经的钟声，那听起来喧闹的钟声震得钟楼也胆战心惊，刚开始几天我无法忍受，但是不久就习惯了，听起来再也不感到那么的刺耳，睡觉的时候也吵不醒了。

柏拉图批评一个玩骰子的孩子。那孩子对他回答说：“你因为这点小事就训我。”柏拉图对他反驳道：“习惯可不是小事。”

我注意到，我们身上所存在的最大的恶习是从小养成的，我们的教育常常主要是掌握在乳母手中。当母亲看到自己的孩子拧鸡的脖子，或者是打伤狗或猫的时候，做母亲的竟然觉着好玩。另外还有的父亲愚蠢之极，看见儿子毫无道理地殴打打不还手的农民或仆人，竟然认为儿子是一块从军的好材料，看到他用狡诈手段欺骗或者是愚弄同伴的时候，会认为是光辉的业绩。但是，这些行为却撒下了残忍、暴虐和无耻的种子和根基，上面说的这些缺点在那时候就已萌芽，在此之后，在习惯的魔掌中间茁壮成长。因为孩子年幼或者是事情不大就原谅他们的不好的倾向，是一种非常危险的教育。第一点，这其实是天性在说话，它那时候的声音与其说尖细，倒不如说纯净而且洪亮。其次一点，欺骗的丑恶性其实并不在于金币以及别针之间有差别，而在于欺骗本身。关于这个有两种结论，一是：“既然他在别针上可以弄虚作假，那么为什么在金币上就不会呢？”另一个是："只不过是骗针的小事，也不会去做骗金的勾当的。"我觉得前一种结论比后一种要正确得多。应当认真教导孩子憎恨他自己的本质上的恶习，必须教会他们认识其丑恶的本质，不仅在行动上，更重要的是在心里避之唯恐不及，不论恶习如何伪装，心里闪一下念头都是让人十分憎恶的。我从小时候就培养自己走正路，憎恶在童年的游戏中作弊和耍花招（不得不指出，孩子们做的游戏通常不是单纯的游戏，应当看作他们最严肃的行动），因此，就算是无谓的娱乐活动，我都出自内心地非常自然地厌恶欺骗。我和妻子、女儿一起玩牌的时候，赢她们或者是输给她们对于我而言都无所谓，就如同在玩真的一样，两个辅币的输赢我同样地对待。我的眼睛是无处不在的，这样督促我自己安分守己，没有任何东西比我更严厉地监督我自己，或者说我尊重自己甚于任何东西。

最近这段时间，一个南特来到我的家里，那个人身材矮小，天生没有胳膊，但是运用自如的双脚完全代替了双手，可以说他简直忘记了双脚本来的功能。并且，他称自己的脚为手，他用脚切面包，而且给枪装上子弹后射击，不仅如此，还给针穿线，缝衣，写字，脱帽致敬，梳头，打扑克，以及玩骰子等等，和别人一样灵巧地洗牌。我付他钱的时候（他靠表演来谋生），他用脚拿钱就像我们用手一样。还有一个人，那是一个孩子，他用自己的双手舞剑，又使用脖子——因为手正忙着——夹住一根长矛在舞动着，把剑以及长矛抛向空中之后再接住，然后又扔标枪，他甩起鞭子来声音响亮，敢和法国任何一位车把式比试高下。

习惯在我们思想上没有任何的阻拦，从它给我们的奇特印象中就可以更好地看出它所发生的效果。它影响我们的见解和信仰，几乎无所不能。难道还有什么别的看法能够比习惯灌输的看法更加的离奇，更加的怪诞的吗？（把宗教赤裸裸的欺骗排除在外，有多少伟大的民族，以及多少自命不凡的人物全部都沉迷于宗教，它们常常是不受人的理性控制的，所以，在没有神恩特别指点的情形下，人们迷失其中还是比较可以原谅的。）西塞罗曾经发出过这样的感叹，在我看来不无道理："自然科学家的任务就是观察并且探索大自然，如果他必须找满脑子习俗想法的人来见证真理，如此做难道不觉得惭愧吗？"

在我看来，大凡人都可以想象出来的事，即使再古怪和疯狂，也能够在生活中找到具体的例子，所以，也总能够建立在推理的基础上，有的地方的人背对对方表示敬意，绝不双目直视被赞扬的人。还有一些国家，当国王吐痰的时候，宫中最受宠的妃子会伸手去接。在另外一个国家里，国王身边那些最重要的显贵们弯腰去拣国王扔下的一些垃圾，然后装在他们自己的手绢里。

在此顺便讲个故事。有一个名叫弗朗索瓦的绅士，总是喜欢用手擤鼻涕，这跟我们通常的习惯格格不入。这个人以爱开玩笑因此闻名遐迩，他总是为自己竭力辩护，询问我这种肮脏的排泄物有什么特权，要我们不断地用精致美丽的手绢去侍候它，甚至是还要把擤了鼻涕的脏手帕小心翼翼地包好之后放在自己的身上。他接着说，用手帕擦鼻涕或许比随地擤鼻涕更加的可憎，更加的令人恶心，但是其他脏物也是随地扔的嘛。我觉得他讲的并不完全没有道理，但习惯使人看不到事情的怪异之处，如果讲的是其他国家的事，那么我们一定会觉得丑恶无比。

奇迹的存在是因为我们对大自然的无知，而不是因为大自然本身的状态。习惯常常使我们的判断力变得驽钝不敏。那些蛮人于我们而言一点也不比我们于他们更加的怪诞，也没有任何值得惊讶的理由。如果读一读下面的例子，把自己的亲身经历跟这些事例做一个正确的比较，我们都会承认这是事实。人的理性本来是一种天赋的染料，他们的重量差不多等于我们所有观念以及习俗的总和，不论是什么形式的观念以及习俗，都能够找到对应的理性：不管是内容还是形式，全部都无穷无尽。以下我就来举些例子。有一个地方，任何人和国王说话都得经人传递，当然王后王子和公主不在此列。在某一个国家中，处女通常露出阴部，但是已婚妇女却把阴部小心遮住；另一个地方的一种习俗跟这个类似，那里，贞洁在婚后才受重视，因为女孩子在婚前可以自由地为男子献身，如果怀孕，并且如果是她们愿意，就可以使用专门的药堕胎。还有一个地方，倘若是商人结婚，所有应邀来参加婚礼的那些商人先于新郎跟新娘睡觉，睡觉的人愈多，新娘就愈是有面子，越被认为是坚强而且能耐；官吏以及贵族或者是其他人结婚也一样，但是农民或者是下等人除外，仅仅只有老爷才能这样做；当然，在结婚的时候也少不了严格地叮嘱一番相互忠诚的话语。在有的地方有男妓院，两个男人之间甚至能够结婚；妻子随夫出征的时候，不仅仅是参与打仗，而且还指挥作战。在有的地方，不仅在鼻子上、嘴唇上、面颊上、脚踝上戴着戒指，并且还将沉甸甸的金环穿在奶头和臀部上。有一些地方的人吃饭时候，在大腿、阴囊以及脚掌上擦指头。有一些地方的继承权不传子女，而是传兄弟以及侄儿；还有的一些地方只有侄子才有继承权，但是不可以继承王位。有一些地方规定某一些高级法官可以管理公共财产，完全负责集体耕作土地，按需分配产品。有一些地方孩子死了之后人们痛哭流涕，但是老人死了之后却额手称庆。还有一些地方十来对夫妇同卧一间屋里。有的地方丈夫暴死的女人可以再婚，别的女人不行。有一些地方女性特别受歧视，女的一出生之后就被杀死，需要的时候，就从邻国买来一些妇女。有的地方丈夫可以休妻，不需任何理由，而妇女不管什么理由都没有这个权利。有的地方如果妻子不育，丈夫就有权利将她们卖掉。有的地方人死了之后尸体煮熟再被捣成粥状，把它们掺在酒中喝掉。有的地方最受欢迎的丧葬方法是让狗吃掉尸体，在另外一些地方是让鸟吃掉。有些地方的人信任幸福的灵魂自由自在地生活在美妙的花园里，享受各种各样的消遣活动，我们能够听到他们的回声。有的地方在水中打仗的时候，一边游泳一边准确地拉弓射箭。有的地方以耸肩和低头的姿势表示服从，在走进王宫的时候必须脱鞋。有的地方那些负责看管修女的太监没有鼻子和嘴巴，避免修艾爱上他们；神甫为了同神灵交往以及获得神谕因此把双目戳瞎。在有的地方，每个人都把自己喜欢的东西奉为神灵，猎手信奉的神是狮子以及狐狸，而渔夫则是某一种鱼，人类的每个行动或者是嗜好都有偶像；太阳、月亮和大地是最主要的神，起誓的方式是手按大地，双眼直视太阳；那里的人吃生肉或者生鱼。有的地方作重大宣誓的时候，就用一位在生前德高望重的死者的名字，把手放在那位死者的坟墓上。有的地方国王送给封臣们的新年礼物通常是火。当使节把火种送来的时候，原来家里用的火都必须熄火。封臣的子民们都可以来取新火回家，不然的话就是犯渎君罪。有的地方假如国王自行退位，以便可以把自己全部献给宗教（这是经常有的事），他的第一继承人也必须这么做，把治国的任务交给第三继承人。有的国家的统治形式是根据事务的要求因而灵活多变，必要的时候可以废黜国王，让那些德高望重者取而代之管理国家，有时候把政权交给公社。在有些地方，男人和女人以同样的方式行割礼和洗礼。在有的地方，要是士兵在一次或者是几次战斗中取下七名敌人的首级奉献给国王，将被赐予贵族封号。有的地方认为灵魂会死亡，这样的看法绝无仅有，而且愚昧无知。有的地方女人分娩的时候神色不惧，而且一声不哼。有的地方妇女裹着铜绑腿，如果有虱子咬，一定以牙还牙，同样地用嘴巴咬死虱子；在她们把自己的童贞献给国王之前（假如国王要她们的话），她们是不敢嫁人。有的地方向人致意的时候先用手指头触一触地，然后指向天空。在有些地方，男人把货物顶在头上，女人则使用肩膀；女人站着可以小便，但是男人却蹲着。有的地方如果要向人表示友谊，就会送去自己的血，如果是表示尊敬，就会给他们焚香，以及敬奉神祇。有的地方不仅四代之内的血亲不得结婚，甚至四代之外也不允许。有的地方的孩子吃奶到四岁，每每到十二岁，如果第一天就给孩子吃奶通常被认为有生命危险。有的地方父亲专管惩罚男孩，母亲专管惩罚女孩，惩罚的方法是捆住孩子的脚，倒吊起来烟熏。有的地方女人实行割礼。有的地方不管什么草都食用，除非那些草气味大，这是鉴别草可不可以吃的唯一办法。有的地方屋里不论什么都敞开着，房屋即使再富丽堂皇也没有门窗，而且箱子是不锁的，与别处相比，小偷在这里要受到双倍的处罚。有一些地方的人像无尾猕猴一般，用牙齿可以咬死虱子，看见用指甲掐虱子觉得十分吓人。有的地方人们一辈子不剪头发和指甲；有些地方则只剪右手的指甲，但是左手的指甲任其生长。还有一些地方，右边的头发任其生长，但是左边的头发则需要剃光，然而在周围的省份，有的是在前面留发，有的则是在后面留发，必须剃光另外半个头的头发。有的地方父亲通常把子女，丈夫把妻子租赁给客人作乐。有一些地方儿子能够光明正大地和自己的母亲生孩子，父亲可以和女儿或者儿子发生肉体关系，聚会狂欢的时候，能够互相出借孩子。

在这里，人们常常以人肉为食，在那里，杀掉年迈的父亲以尽孝心；这里，孩子尚在娘胎里的时候，父亲就已经做好了安排，决定留下来抚养成人，还是抛弃或者杀掉，在那里，年纪大一点的丈夫把妻子租借给年轻人享用；还有一些地方女人通常为男人们共有，并无罪恶之说，哪怕是在有的国家，妇女的裙边上挂着一缕缕引以为荣的缨子，其数目就是和她们发生过关系的男人的数目。习惯而且还创造了一个女儿国，让她们拿起武器，然后训练军队，跟敌人打仗吗全部哲学都没有办法让最睿智者装进脑袋的东西，习惯不是凭借自己独家的法令，而是让最粗俗的人掌握了吗？我们知道在一些地方，不仅举国上下蔑视死亡，而且大肆庆祝，在那里的时候，孩子们到了七岁的时候就要受鞭笞之苦，一直到被打死，但是却要脸不变色心不跳；在那里，财富受到鄙视，即便是最贫穷的人也不屑于伸手去捡装满金币的钱包。有些地区十分丰饶富足，最普通最可口的东西还是面包、蔬菜以及水。

习惯并不是同样在希腊的希俄斯岛上创造了奇迹吗？那里在七百年的

时间内，没有发生过一件女子失身的事情。

总的来说，按照我的想象，习惯没有什么不能做的，简直是无所不能。听说，品达罗斯称习惯是世界的王后以及皇后，实在是言之有理。

有一个人遇见一个人在打父亲，那一个打父亲的人回答说，这是他自己家的惯例，他的父亲也是这样打他的祖父，而且他的祖父也这样打他的曾祖父。他还指着自己的儿子说："他到我这样年纪的时候也会打我的。"

那一位父亲被儿子在大街上拖来拽去地走，而且备受虐待，父亲还教他走到什么地方必须停下来，因为他当年打父亲就是在那里停手的，在那里是他们家的孩子们虐待父亲的世袭界限。亚里士多德曾经说，有一些女人扯头发，咬指甲，吃煤炭吃泥土，不仅仅是出于习惯，而且也是一种怪癖；男人喜欢跟男人交往，不仅是出于习惯，而且也是本性使然。

以前，克里特岛人想诅咒某人的时候，就会请求诸神让他染上某种坏习惯。

然而，习惯通常最主要效果就是攫住并且蚕食我们，如果进入我们身上，就可能把我们紧紧抓住，并且深深扎根下来，为它的法令说理并且争辩。实际上，因为我们在吃奶的时候已经吸收了世袭的规定，我们第一次看到的世界就是这般面孔。我们好像就是生来就为了照习惯办事。那一些在我们的周围颇有市场、又通过父辈的精液浸润我们的灵魂，就像是普遍而且自然的思想。

于是发生了这样的情况，即我们相信离开习俗就是离开理智，一般说来，这是非常不合理的，假如人人都像我们一样研究自己，听到一个正确的意见，而且马上看看它在什么地方与自己直接有关，这样他就会发现，这句格言与其说是一些机智而且诙谐的话，倒不如说是对成见的猛烈鞭挞。但是，人们接受真理的意见和教训似乎是为了告诫人民，反而倒不是规箴自己，所以不是用它们来指导自己的行动，而仅仅只是装进记忆中，这种做法是特别愚蠢而且是绝对无用的。最后言归正传，我们继续来谈习俗至高无上的力量吧。

受自由以及自主思想培育的人民，觉得所有的统治形式都是可怕的，而且是违背自然的。习惯于君主制的人民通常也是一样。不管命运为他们的改变提供了多大的方便，但是当他们费了九牛二虎之力摆脱了某个君主的讨厌统治的时候，就会迫不及待地换上另一个主子，由于他们不能下定决心憎恨君主统治。

波斯国大流士一世询问几个希腊人，要有什么条件他们才接受印度人吃掉长辈尸体的习俗（这是印度人通常的习俗，觉得把死人装进他们的腹中是最好的归宿），希腊人对此回答说，不论是给什么，他们也绝对不会这样做。大流士一世又试着劝说印度人放弃自己的做法，要他们接受希腊人火化先人的习俗，印度人对此的反应则更加的强烈。每个人都这样，由于习惯因此使我们看不到事物的真面目：

> 任何伟大以及令人赞叹的东西，
> 都会慢慢变得平淡无奇。
>
> ——卢克莱修

以前，每当我需要阐述一个我们早就已经接受的权威看法的时候时，我们不想用法律和训诫的形式颁布，而是追本溯源进行探究，而且寻根究底，我就会发现以上的看法根基并不牢，所以一想到我需要说服别人，结果却是自己开始厌恶了。

柏拉图为了消除在他那个时代盛行的那种违情悖理的爱情，因此号召公众舆论针对之抨击，让每个人对诗口诛笔伐，在他看来这种做法简直就是灵丹妙药。通过这个处方，女儿不再吸引父亲，最英俊的兄弟不再吸引同胞姐妹，甚至就连堤厄斯忒斯、俄狄浦斯以及马卡勒斯的神话，也用让人十分愉快的歌声，把有益的信仰注入孩子们年轻的头脑。

贞操的确是一种美德，它的好处人所共知，但是从本性上来探讨廉耻心是非常困难的一件事情，比如用习俗、规律以及格言来阐述就要简单容易得多。它根本的和普遍的原因很难彻底查清，我们的前辈在经历的同时予以积累，甚至是一些不敢触及的，一上来就成了习俗的卫道士，而且还自高自大，洋洋得意的那些只顾追溯事情本源的人错得更厉害，他们必须满足于奇谈怪论，就像是克里西波斯在他作品的很多地方，散布对各种形式的乱伦不必要太重视的观点。如果有人想摆脱习俗强加的偏见，那么他就可能会发现，很多毅然决然接受的东西，依靠的只是白发苍苍和满脸皱纹的习惯。可是，这张面具如果一旦撕掉，事物就会恢复它们真实和理性，他就可能觉得自己的判断似乎被彻底推翻，但是却回到了更可靠的状态。作为例子，我想问一句，还有什么可以比一个民族盲从某一些习惯更加荒唐的事呢？他们的各种私人事务、婚姻、赠予、遗嘱、买卖都必须按照他根本看不懂的规则办理，那一些规矩不是用他们的语言撰写以及出版的，所以，他们必须购买解释和用法说明书。那一些规矩并不是建立在伊索克拉底的高见之上的：这一位雄辩家建议国王将运输和贸易自由化，免税，使其有利可图，假如他们争吵起来，就可能对他们课以沉重的税金；那一些规矩却是建立在一种十分可怕的见解上面的。情理能够买卖，法律能够作为商品交流。我十分幸运，由于据我们历史学家记载，第一个反对查理曼大帝企图把拉丁和神圣罗马帝国的法律强加在我们的头上，正是一位加斯科尼绅士，而其还是我的老乡。在一个国家里面，法官的职位能够用钱购买，审判的结果可以现金交易，没钱就得不到公义，所有这些全部都成了合法的习惯，还有什么能够比这更加野蛮的做法呢？司法权拥有这么重要的商品，因此在一个组织严谨的社会里形成一个第四等级，那是由于掌管诉讼的人组成的等级，以及早已存在的教士、贵族还有平民这三个等级平分秋色。这第四个等级操纵诉讼、负责法律，绝对地掌握财产和生杀大权，这样形成了一个独立于贵族的阶层，所以就有了双重法律：一个管名誉，一个管正义，这两者在很多方面格格不入，荣誉的法律斥责忍受，正义的法律斥责复仇。从尚武的职责来说，哪个人忍受侮辱，就可能会名誉扫地，但是从公民的职责说，报仇的人将招来极刑（因为荣誉受损而诉诸法律，可能会有损脸面，然而要是不求助法律而私下报仇，就可能会受到法律的制裁以及惩罚）。这两个如此不同的主体却只有一个领袖，但是却各司截然不同的职责：其中一个掌管和平，另外的一个掌握战争；其中一个有利益，另外的一个有荣誉；其中一个管知识，另一个管军事；其中一个重口才，另外一个重行动；其中一个讲正义，另外一个讲德行；其中一个管理智，另一个管力量；其中一个穿长袍，另外的一个生就穿短袍。

至于像衣着一类无关紧要的东西，如果有人要恢复它的真正用途（衣着的优雅以及得体盖出于此），我就特别会给他举方帽的例子。我觉得，这种帽子看起来太丑陋了，上面一条长长的打褶丝绒带，看起来就像是一根尾巴挂在女人的头上，外面加五颜六色的附属物，还有一个形状酷似我们都不好意思叫出名字的身体部位的无用的装饰物，但是我们却把它展示在众人面前，上述看法并没有让任何一个聪明人随波逐流；所以，我反而认为，所有与众不同的式样与其说出于完全真正的理智，还不如说是野心勃勃的疯狂或做作。在我看来有智慧的人应该在心里远离人群，保持自由判断事物的能力，但是表面上应当完全遵循被认可的习俗。公众社会根本不需要我们的思想，而至于其他的，比如说必须让我们的行动、工作、社会地位和我们自身的生活服从社会，并且符合普遍的观念，就好像那位善良而伟大的苏格拉底拒绝违背法官的判决从而去寻求拯救自己生命的办法一样，就算是法官的判决极不正确，特别不公道。由于每个人都必须遵守他所在国家的法律，是一条十分普遍的规则和法律：

> 应当服从国家的法律。
>
> ——克里斯平

在下面我要谈另一个看法。不论哪个公认的法令，改变之后有没有明显的好处，这是特别值得怀疑的。更何况，即便是有好处，改变起来很不容易，由于因为一个政治结构就像一座由不同材料建成的大楼，材料之间连接得如此紧密，只需要牵一发就会动全身。希腊的一位立法者卡隆达斯规定，哪个人想取缔一项旧法令，或者是确立一项新法令，都必须脖子上套着绳索面对老百姓，如果新法令遭到反对，他就立刻被绞死。斯巴达的立法者利库尔戈斯用尽他的一生，让斯巴达民众保证绝不违犯他下达的任何命令。弗里尼斯增加了两根弦给齐特拉琴，然而斯巴达的法官没有想一想这两根弦是否会使音乐更和谐悦耳，就已经十分粗暴地把它们砍断了。仅仅因为那两根弦破坏了旧的习惯，就应当受到制裁。这就是马赛法院前那把锈迹斑斑的正义之剑的意义所在。

我不喜欢改革，不论它们以什么样子的面目出现。我如此说是有道理的，由于我看到过改革的破坏性作用。多年来压得我们喘不过气来的这个新事物，尽管不能说一切都是它干的，但是完全有理由可以说，所有都是因为它导致的，即使在没有它或者在违背它原意的情况下，它也继续制造着灾难和废墟。所有都归罪于这次改革：

> 唉！我这简直就是自食其果。
>
> ——奥维德

颠覆国家的人，往往也是最先被倒塌的墙垣吞没的人。挑起混乱的人常常得不到果实，他们把水搞浑，往往得益的是别人。君主政体里面的内部结构，这一座老朽的大厦，如果由于改革因此而分崩离析，将为类似的破坏大开方便之门。一位古人以前说过，君权从山顶跌至半山腰甚至比从中间跌入山谷要难得多。

然而，假如说创新者更有破坏性，那么，效法者①则更加恶劣，因为他们明明感觉到并惩罚过前者的罪过，却还要步其后尘。假如说这些效仿者即使在做坏事的时候，也有一些体面可言的话，那么就是他们把改革的荣誉以及尝试的勇气归功于前者。

各种新的政治混乱，都从这种原始的丰富源泉中成功地汲取形式和榜样，来搞乱我们有序的社会。我们的法律原本是为了医治这一项最大的顽疾的，但是它却让我们看到它在教唆人们种种的坏事，或者是在为种种坏事辩解。就好像修昔底德对他那时候的国内战争中间所描述的那样，为了宽容公众的那些恶习，居然使用上一个和缓的新名词，以此来掩饰它们真正的名字。但是，这是为了重塑我们的意识以及信念。“理由是诚实的。”可是，为变革提供最好的理由是特别危险的：“对旧制度的任何改革不管怎样不值得称赞。”但是，坦白地说，如果因为强调自己的意见，以至于不惜推翻社会和平以建立自己的权威，更不惜在自己的国家里推翻维护太平的公共秩序，最后导致只有内战和动乱才会造成的种种灾难以及一些伤风败俗。鼓励这么多确定无疑而且众所周知的恶行，来打倒有争论和值得商榷的错误，这么做不是失算吗？还有比这些违背自己的意识以及认识更坏的坏事吗？

元老院为了解决它和民众之间关于宗教职责上的看法上面的分歧，居然根据米提亚战争中神谕对德尔斐民众的回答，抛出如此的借口：“保护神殿是神的事情，但是却不是他们的事，诸神将用心阻止发生亵渎崇拜的事情。”德尔斐民众害怕波斯人入侵，因此便询问上帝怎样处置阿波罗神殿中的圣物，是把它藏起来还是把它带走。神告诉他们不要挪动任何东西，仅仅只要他们照管好自己就可以了。

天主教有各种极其公正而且实用的标志，但是最明显的标志就是它细心地告诫人们要服从权威和维护统治方式。上帝的智慧给我们树立了伟大

① 创新者指清教徒，效法者指联盟中的死硬派天主教徒。

崇高的榜样：上帝在拯救人类并且引导人类光荣战胜死神以及罪恶的时候，从来没有想过要摆脱我们现有的政治秩序，仅仅只是让陈规陋俗盲目而且不公正地制约这一崇高而且有益的事业保持继续前进，任由无数宠爱的选民无辜地流血，承受时间的损失使这个无价的果实成熟起来。

有的人因为按照本国的旧习陈规，还有的人则致力于引导并且改变那些习俗，这两种行为之间相差甚远。因循守旧者通常拿平淡、服从以及为人师表作借口。不管做什么，都不可能是坏事，至多也就是倒霉。“在经过千锤百炼之后而保存下来的光辉而古老的文化面前，哪个人能无动于衷?”

再次，伊索克拉底也曾经说过，比不上过火更合适。那些赞成改革的人其实步履维艰，由于他们在对旧习陈规进行鉴别以及改革的时候，不得不多多地使用判断力，识别那些他要否定的东西的缺陷，他要引入的东西的优点。这一十分平常的看法，但是坚定了我的信念，即便是在最鲁莽的青年时代，我也能够控制自己的言行。我不愿意把这么一个沉重的担子压在自己身上，因为这样重要的学问负责任。在平常，即便是我所学知识中的最简单易懂的东西，我也没有胆量贸然做出判断，尽管大胆谈出自己的看法并不损于我学到的知识，今天面对这么重要的学问，我更没有胆量判断了。在我看来，让家喻户晓以及那些一成不变的民法、神法听凭个人随心所欲以及变化无常的奇想，我觉得这是很不公平的。由于个人的看法仅仅只是个人的裁判。所有的政权对于民法不敢为的，针对神法千万也别这样做。从理性上来说，人类跟民法关系要更密切，然而神法却是民法法官那位至高无上的仲裁人。所以，最聪明的法官都服务于解释和推广公认的习惯，而不是改变以及革新。有的时候，上帝常常会越过那些他所强迫我们遵守的规则，但是这并不等于免除。这是上帝才有的壮举，我们不应该模仿，而是应该赞美。上帝的诸如此类的壮举，是一些打着特别记号的事例，像奇迹一样，以证实其全能的权威远在我们的地位和力量之上；尝试着仿效上帝的壮举，不仅仅是神经错乱，而且是亵渎神明。我们应该心怀崇敬地注视这些奇迹，而不应当效法。这是上帝的而并不是我们的职责。

古罗马雄辩家科达恰如其分地断言：“在宗教方面，我心中的权威是科伦卡尼乌斯、西庇阿、斯凯沃拉，但是却不相信哲学家芝诺、克莱安西斯或者是克里斯波斯。”

在当前的宗教斗争当中，有千百篇文章可以被去掉和替换，它们都是洋洋洒洒和深奥的大文章，只有上帝知道有多少人可以吹嘘自己完全明白争论双方的理由和基本论点。如果是数量问题，那么这个数量对我们很有可能不构成威胁。然而，其他人到哪里去了？他们可以投到哪派麾下？改革派用的药以及其他劣药或者服用不当的药一样没有任何的效果。他们的药本来是想净化我们的体液，结果却惹起冲突，使体液变得兴奋并且活跃，不仅仅如此，而且那药还会留在我们体内。那药十分软弱无力，不仅仅不能净化我们，而且相反却削弱了我们的体质，以至于我们不能将其排泄出来，不得不长期忍受它给我们体内带来的痛苦。

但是，偶然性总是常常凌驾于我们的原则之上，而且会向我们指明那些迫切要做的事，所以，法律必须做出某些让步。

当我们抵制强行而入的那些改革，并且不让它发展壮大的时候，那种以克制以及合法手段对付放开手脚、不达目的决不罢休、为争取胜利而无法无天的人，是一种十分危险的屈从或者说是软弱。“相信那些背信弃义者，等同于引狼入室。”一个正常运转的国家，它通常的法规不可能将这些意外防止，它们最开始需要一支由执法人员组成的队伍，人人都遵守和服从法律。所有合法的手段是一种冷静、沉着和受限制的行为，面对卑鄙而且疯狂的做法，会感觉到无可奈何。

到现在为止仍有人指责屋大维和小卡图，说上面这两位举足轻重的人物分别在苏拉以及恺撒发动的内战当中，因为不肯牺牲法律改变现状而使国家蒙受了极大的痛苦。实际上，在这些没有办法忍受的最后时刻，与其选择固守法律，任凭暴力兴风作浪，为非作歹，倒不如选择灵活机动，暂且不遵奉法律。这样做或许是更明智的做法。既然法律做不到它想做的事情，那就不如让它做它能够做的事情吧。这并不是史无前例：阿格西劳斯二世就曾经命令法律沉睡一天一夜，亚历山大一世则将日历当中的某一天稍稍作了变动，还有一个人曾经把六月变成第二个五月。甚至连一贯恪守法律的斯巴达人，遇到实际的情况的时候，也会做一些灵活处理。比如说，法律明文海军司令不得连选连任，但是国家事务又需要他得继续担任那个职位，因此斯巴达人便任命一个名字叫作阿拉库斯的人为海军司令，而让他去担任海军总监。同样一个巧妙的做法，他们的一名使节被派往雅典，要求雅典统帅伯里克利改变一项法令，但是伯里克利对他说，法令如果刻在书板上，就不能够再抹去，那使者机灵地劝他可以把牌子翻过来，因为法律没有禁止这样做。希腊的一位哲学家普鲁塔克称赞菲洛皮门天生就是个指挥者，不仅仅善于依据法律指挥部队，而且在国家事务需要的时候，他还会巧妙地摆布法律。

24 相同的建议产生不同的结果

法国伟大的布道神甫雅克·阿米奥，有一天给我讲了这个故事，他在故事里大赞特赞我们的一位亲王①（他货真价实是我们的，尽管他原籍在国外）。在鲁昂围城的那段时间内（一五六二年）最开始发生骚乱，该那位亲王得到王太后的警告说有一个人阴谋杀害他，告诉他谁在实施这个阴谋，他是昂儒或者是曼恩的一位贵族，因为这项任务平常出入亲王府非常勤。

亲这位亲王不动声色，也没有向任何人透露这个消息，可是第二天在圣卡特琳山上散步的时候，一枚炮弹就从这里射向鲁昂——这是我们围城的那段时间——他身边是上面说过的那位赈济大臣还有另一位神父，远远地看见那个被人揭发的贵族，便差人把他叫了过来。当他走到面前的时候，那位亲王看到他内心十分恐慌的样子，亲王看见他脸色发白，浑身哆嗦，于是就对他这样说："某某阁下，您应该已经猜到我要您过来做什么，您自己的脸上都摆着呢。您不需要瞒我什么，由于您的任务我早就已经听说了。如果您企图隐瞒的话，只会把事情弄得更糟糕。这里面的所有关节（包括这场阴谋中最为机密部分的来龙去脉）您自己都知道；给我把这项计划的前前后后所有的全部说出来，您不要耽误了自己的性命。"

这个可怜的家伙走投无路，确信阴谋已经败露（由于一切都是由一个同谋向王太后告的密），唯有双手合十，向那位亲王告饶求恕，他还想要跪到亲王脚下，然而亲王挡住了他，接着这样说："过来，我做过什么事情对不起您了？我对您的家里人有什么不共戴天的仇恨吗？我认识您还不到三个星期的时间，是什么原因促使您想要我的命呢？"那位贵族声音颤抖地回答说，他没有任何私人的意图，只是出于党派的整体利益，有人曾经劝说他接受这么一个虔诚可嘉的仇杀行动，不管用什么样的方法去给他

---

① 指弗朗索瓦·德·吉兹公爵，他是洛林家族成员，当时洛林尚未归入法国版图。

们的宗教铲除一个十分强大的敌人。亲王然后又说："既然这样，那么我来让您看看我支持的宗教比您信仰的那个宗教不知道要温和多少。您的宗教也不听听我的想法，就要您来杀我，虽然我根本没有任何伤害您的地方。但是我的宗教却嘱咐我原谅您，尽管十分清楚您没有任何理由就会杀我。那么去吧，从这里离开，您不要让我再在这里看到您。如果您是个聪明人，那么从今之后做事找几个光明磊落的顾问。"

奥古斯都皇帝在高卢的时候，得到别人的密告说柳希厄斯·秦那那时候正在密谋反对他。他决定报复，因为这事要在第二天召集他的那些朋友商议，然而当天夜里他一直辗转不安，考虑到他必须处死一位望族的青年、庞培的侄子。他一方面长吁短叹，一方面说了许多自相矛盾的话："怎么呢，人家可能会说我自己整天提心吊胆，但是却让要杀我的凶手逍遥法外？我经历过数百场战争，不仅在陆上打，而且还在海上打，到现在保留下了这颗头颅，但是他对它攻击了以后就可以一走了事吗？在我建立起普世和平以后，他却杀了我去祭神，这难道就可以宽恕了吗？"由于这场阴谋要求在他祭祀的时候把他干掉。

沉默了一会儿以后，他又提高嗓门责备自己："有那么多的人想要你死，你又为何活着？你又为什么要没完没了地复仇和施虐？你的性命值得为做不完的坏事保存下去吗？"他的妻子利维娅注意到他焦虑不安，因此对他说："想不想听一听女人的忠告？学医生是如何做的，当经常用的方子不起作用，他们会试试截然相反的方法。你手段十分严酷，到现在为止还没有见效，萨尔维迪努斯谋反之后接着是李必达，而李必达后是穆雷纳，穆雷纳之后是凯庇奥，凯庇奥之后是埃格纳提乌斯。你就试一下吧，看看用和气宽容的方法能不能成功。秦那已经认罪了，那么就宽恕他，从今往后他不会伤害你，会称赞你的光荣。"

奥古斯都很高兴找到了一位心心相通的律师，他谢过妻子，取消跟他的朋友的议事会，下命令叫秦那单独前来见他。把其他的人全部都请出房间，给秦那一个座位让他坐下，这样对他说："秦那，我首先要求你平心静气地听我说，不要打断我的话，我会给你留出充足的时间回答。秦那，你明白你是我从敌营中带过来的。你这样做不只是与我为敌，而且从身世来讲也是我的敌人，我还是给了你一条生路，我把你的财产全部还给你，让你的生活得安逸舒适，甚至连得胜者也羡慕你这位失败者得到的境遇。你跟我要求大祭司一职，我就把它给了你，我拒绝了许多人，他们的父亲可都是跟我出生入死的战友啊，你欠了我这么多的恩情，但是你却密谋要暗杀我。”

秦那听了之后大叫，说他头脑里从来没有出现过这样的恶念。奥古斯都继续说：“秦那，你没有遵守你的诺言；你刚刚向我保证不会打断我的话。是的，你曾经密谋要暗杀我，在某地，某天，在某个战役，采用某个方式。”看到对方被他的揭露弄得大惊失色，而且不再说话，这并不是遵守不说话的诺言，而是良心这会儿正在受拷问。奥古斯都又接着说：“你为什么要这样做？你难道想当皇帝吗？假如只有我在阻挡你得到帝国，国家大事真是太糟糕了。你都保护不了自己的家，最近一段时间还把官司输给了一个普通公民。怎么呢，你除了暗算皇帝之外难道就没有其他事可做了吗？如果只有我一个人在阻碍你实现你的愿望，我就立刻认输。你觉得波勒斯、法比乌斯、科萨人和塞尔维利乌斯人可能容忍你吗？还有另外一大批贵族，不仅仅门第高贵，而且德高望重，他们可能容忍你吗？”还说了很多其他的话后（因为他独自说了整整两个小时的时间），对他说：“你走吧，秦那，我第一次不杀你的时候，你是我的敌人，这次我不杀你，你是一个不讲信义和谋反弑君的东西，但愿从今往后我们开始产生友谊；看看咱们两人哪个更讲信义，究竟是我这个饶了你一命的人，还是你这个捡了一条命的人。”

他说了这些话就跟他分手了。过了一些时间，国王任命他为执政官，还责怪他不敢开口向他要。从此之后他们成了生死之交，而且成了他唯一的财产继承人。

这件事发生在奥古斯都四十岁的时候，再也没有见过别的反对他的阴谋活动，他的宽容得到了公正的回报。但然而我们的亲王的遭遇就不一样了。他的宽宏大量没能够使他日后不落入诸如此类的背叛者的罗网①。人类的智慧实在是一样空洞无物和没有意义的东西，命运能够透过我们所有这些计划、忠告以及预防从而去左右事件。

医生治病有方，我们说他们运气好，仿佛他们的医术根基不牢，基础薄弱没有办法支撑，救死扶伤还需要凭借运气帮忙。医学有用或者是无用那是各人各看，我全部都相信。因为，谢天谢地，我们从来不会一直和它打交道。我这个人有一些与众不同，催促我赶快服药，要他们起码等我恢

① 指弗朗索瓦1563年2月28日，在奥尔良城前遭暗杀。

复了力气和健康再说，等到我可以支撑汤药的猛烈药性和危险吧。我让自然充分发挥作用，想象自然会长出利爪以及尖齿，去抵挡病魔的袭击，以此来防止身体组织瓦解。当自然跟病魔短兵相接的时候，我不上前去帮忙，担心非但没有帮助它，反而帮了它的对手，甚至给它招来新的一些麻烦。

因此我说不仅是医学，还包括许多更可靠的技艺也需要幸运。诗情灵感涌来的时候使诗人们诗兴大发，一发而不可收，我们为何不能归之于他的运气呢？既然他自己本人也承认这些神来之笔似乎超越他的才情，来自身外之物，并不是他本人所能够加以控制的。那些雄辩家谈论到慷慨激昂之外，内容常常越出原先的构思，连他们自己甚至也无能为力。

绘画也是一样，有时也发生画笔不受画家操纵的情形，出现一些超出其构思和技巧，令画家本人都惊讶和震撼的画面。然而在所有这些艺术作品中，表现得最为幸运的要数在于含有的灵气以及神韵，不仅仅是创作者没有意识到的，而且还有可能是他从来没有见过的。有鉴赏力的读者常常可以在别人的著作中发现作者有意无意造就的生花妙笔，也使作品的意义以及形象会更加的丰富。

而关于在军事战役中，每个人看到幸运是如何在起作用的。就是在我们的建议以及商讨的过程中，必然掺杂着偶然性和运气；由于我们的智慧能做的其实并没什么了不起；它愈是敏感活跃，本质上包含的弱点愈多，就愈是怀疑自己的能力。

我赞成苏拉的看法。在我自己对几场辉煌的战役深入研究之后，我看到——我认为是如此的——似乎发现那些指挥战争的人只是为了问心无愧而挣扎和思考的，战斗的关键问题全部都听任运气的安排没有任何根据的乐观，也有十分莫名其妙的愤怒，这样促使大家采取了表面看起来似乎最没有根据的决议，也使勇气超出理性的膨胀。因此有很多古代名将，为了让人相信那些鲁莽的建议，跟他的部属说他们得到了某种神启、某种先兆和预言

每件事物都有不一样的特点以及境况，要看清并且选择其中最有利的去做实在是没有办法，于是我们又感到不安和提心吊胆。当所有的考虑都对我们不合适的时候，通常最可靠的方法在我来看，就是采取最诚实以及最正义的做法；既然不知道哪一条路最近，最保险的就是一条直路走下去；在我上面所提出的那两个例子，没有任何的疑问，那个曾经受到冒犯

的人给予原谅，这比采取其他任何的做法更为高尚慷慨。假如第一例的那个人遭遇了不幸，我们也不应该责怪他的善意。他如果采取相反的做法，是不是能够逃过命运的安排，也是不一定的；如果那样做了，他也失去了做大好事情的荣耀。

我们在历史书里见到许多惶惶不可终日的人，很多人赶在针对他们的阴谋实施以前进行报复以及大施酷刑。但是我很少见到有效的例子，那么多罗马皇帝可以用来证明。处于类似危险之中的人，不应该对自己的力量和警觉期望过高。由于要提防的敌人常常就是我们身边假仁假义的朋友，如果要识破这样的面具，就需要看清我们左右辅弼的意图以及城府，真是不太容易！

雇用一些外国人当自己的卫队，身边即使永远不缺武装警卫，是起不了什么作用的。哪个人要是不怕自己丢命，谁就可以掌握别人的性命。还有日日夜夜疑神疑鬼，使亲王对其他任何人都不放心，这在他肯定也是一种可怕的折磨。

狄翁听说卡利普斯正伺机谋害他的性命以后，本来不想去打听消息，说他不仅仅要防敌人，而且又要防朋友，身处如此这般的惨境，他说宁可去死，也不愿意这样子生活下去。亚历山大在行动上更加激烈，更加的强硬。帕尔梅尼奥写过的一封信告诉他，他的那位最亲信的医生菲利浦受了大流士的贿赂准备要用毒药毒死他；他把那封信交给菲利浦看的同时喝下了医生递给他的药。这是否在表明这个决心：假如朋友要杀他，他答应他们这样去做？这位君王是一个什么都不怕的孤胆英雄；但是我不知道在他的生命中还有没有比这更坚定的行动，如此丰富地表现出他的风采。

那一些大臣劝君王对人严加防范；表面看起来是劝他们注意安全，实际上是主张让他们垮台和蒙羞。高尚的事没有一件不是冒着风险去做的。我知道一位君主，天生勇武好战和敢作敢为，每天有人进谗言要他相信：他要和自己人抱成一团，绝对不能够跟宿敌和解，跟人疏远，不管别人作什么承诺或者看上去多么有用，不要相信比自己强的人。

我还知道另一位，他听取了与这儿完全相反的意见，意想不到地改善了自己的地位。他们渴望得到荣耀，因而在必要的时候表现出无穷的胆量，不管是穿民服还是穿戎装，不管是在书房还是在兵营，不管是举手还是垂手，都能够干得一样的漂亮。谨小而且慎微，多疑而且猜忌，这些是做大事的死敌。

大西庇阿，因为贯彻争取西法克斯的意图，离开部队，放弃尚未彻底征服的西班牙，带了两艘普通的战船去往非洲，来到敌方的土地上，面对着一位强大、信奉异教的野蛮人国王，并没有签信约，而且没有扣留一个人质，他的安全全部依靠他本人的巨大的勇气以及他的幸运、他针对自己崇高期望做出的承诺："我们表达的信任一定会有真诚的回报。"（李维）

如果一个人雄心勃勃，希望扬名天下，不得不反过来做到不能够引起他人猜疑，也不能够让自己多疑。担心以及多疑会引起伤害，最后招致攻击。我们的一位最多疑的国王①需要为自己的事业打基础，主要主动把自己的性命放在了敌人的手里，显示出他完全信任敌人，希望敌人同样地信任自己。但是面对军营中发生的武装叛乱，恺撒仅仅只是拿出威严的神态以及说出各种十分傲慢的言辞；他对自己以及自己的命运是那样的信任，不害怕把它交给一支骚动和反叛的军队。

他挺立在山丘上面，目空一切，
没有一点畏惧，反而使别人产生敬畏之心。

——卢卡努

千真万确的是，只有那些在可能发生的死亡和苦难面前毫不动摇的人，通常才会表现出这种完全的，而且天真的强大自信。因为哪怕是丝毫的摇摆、犹豫和怀疑，这对于促成一个重大的和解会议是没有任何益处的。为了赢得别人的心以及意愿，俯就还有信任是良策。只需要在自由和并非迫不得已的情况下去做到这些就可以了。在如此这种的环境下，大家就会带着一种坦然而且纯洁的信任，至少脸上没有怀疑的神情。

我小时候见过一位贵族，他领导着一座大城市，愤怒的市民们发动了叛乱。为了平息这场方兴未艾的动乱，他下定决心走出他所在的安全营地，来到那些暴民中间；结果他倒霉了，死得很惨。我不认为他走出去有什么不对，然而平时大家谈到他的时候总是责备他，似乎他选择了一条屈从于软弱的道路，希望以依顺而不是引导，用诉求而并不是训诫来平息民愤。我认为，严厉而不粗暴，加上安全，信任，以及符合身份、职务和尊

① 指路易十一。

严的军事指挥，他完全可以做得更好，起码可以更有面子和更合规矩。

做什么事情也不要指望激动的狂兽讲人道以及温情；他们更容易接受的是敬畏以及恐惧。而且我还要责备他的是，既然他下了这个在我看来勇敢多于鲁莽的决心，采用以弱对强的方法，而且不穿铠甲，投入到那片已经失去理智的汹涌人潮中，应当对所有的全部都逆来顺受，而且又不失自己的身份；然而他在认清楚危险之后泄了气，随后又改变了态度，而且畏缩不前，开始卑躬谄媚，一时间变得惊慌失措，声音以及眼神里充满害怕还有悔恨。他还准备一溜了事，结果反而惹恼了民众，并且招来了杀身之祸。

有一次大家提到举行一次各兵种武装大检阅的事（这实际上是秘密复仇的理想之地，要做的话哪儿都没有这里顺利），各种各样的迹象表明，负责检阅的主要人物也许会有大麻烦[①]。这件事情非同寻常，还可能会有严重后果，因此大家提出各种方案。我的意见是无论如何不能让人看到任何担心的迹象，我们必须参加检阅，而且必须昂首阔步，神色镇定，不要删去任何关于阅兵的内容（其余人的意见主要针对这点），反而要他们通知士兵不要爱惜弹药，向观众致敬的时候把礼炮放得好听欢快一些。这对于那些饱受怀疑的部队来说是一种礼遇，因此推动双方有益的彼此信任。

朱利乌斯·恺撒所做的，我觉得是一条在当时的环境下最好的道路。最开始他试图以宽容以及仁慈赢得敌人的爱戴，有人向他报告说是有密谋，他听到之后仅仅只是淡淡说一声他已经知道了；接着，他很聪明地等待可能发生的事情，既不害怕，也不惊慌，安心等待着事态的发展，让自己听任神以及命运的安排，当他被人暗杀的时候也一定处于这样一种状态。

一个外国人到处宣称，假如叙古拉的僭主狄奥尼修斯能够给他一大笔钱，他就可以传给他一个方法，准确无误地察觉并且发现他的臣民针对他在搞什么样的阴谋诡计。狄奥尼修斯知悉此事之后，把那人叫到身边，要求他说出对自己的安全来说必不可少的秘密。那个外国人对他说，这门法术实际上不是别的，就仅仅只是给他一大笔钱，并且向外界放风说从他那里学到了一种奇特的法术。

狄奥尼修斯认为这是个十分聪明的创意，因此赏给他六百埃居。给一

① 指1858年在波尔多举行的一次阅兵，当时蒙田第二次任市长，大家担心神圣联盟成员瓦亚克暴动。

个陌生人付了如此大的一笔款子，那就不应当不是学到了一种十分有用的本领，这个广为传播的故事可以对敌人造成一种震慑力。君主得到关于有人图谋他们生命的情报，往往明智地公之于众，让人觉得他们消息灵通，要是有什么风吹草动他们不会不知道。

雅典的公爵不久前在佛罗伦萨建立暴政时做了不少蠢事，其中最著名的要数下面这件事。雅典人当时正在密谋反对他，其中一个参与者名字叫作马代奥·迪·莫罗佐，首先给他发出第一声警告，但是他却下命令把他杀了，抹杀上面所说的事实，不愿让人知道城里竟有人无法忍受他的正确统治。

这让我想起曾经读到的一个罗马人的故事，他是一个显贵，在逃避三头政治的暴政的过程当中，全靠足智多谋屡次逃过追捕者的掌心。有一天，负责捉拿他的骑兵队从他藏身的荆棘丛旁经过，差点儿就发现他了。然而他在这个时刻，想到自己长时间以来为了逃脱官府的天罗地网，到处东躲西藏，这种的生活实在缺少乐趣，与其这样永远处于惊魂不安的状态之中，倒不如一劳永逸地脱离出去，他于是大声呼叫骑兵，说出他一直以来的藏身之地，听任别人千刀万剐，他们跟他双方都不需要再相互折磨了。

呼叫敌人，这是一个相当大胆的决定。但是我相信，整天那样提心吊胆，面对一个没有办法走出的困境，还不如采用那个做法。然而，既然我们在这种情况之下所能采取的措施充满不安和不确定性，那么就不妨镇定自若地戒备所有可能发生的坏事，假如发生没有预料到的好事多少也是安慰了。

25 论学究气

伴随着年岁增长，我发现这种看法很有道理，“最有学问不等于是有智慧”。可是我依旧不明白，为什么一个知识渊博的人却缺乏敏锐活跃的思想，反而一个没有文化的粗人不加以任何的修饰，心里却容纳着世上最优秀的人所拥有的推理和判断力。

我非常想说，植物会由于太多的水而溺死，灯油太多了会使油灯熄灭，一样的道理，人的思想会因为饱学装满纷繁杂乱的东西，弄得自己动弹不得，必将无法挣脱束缚，在沉重的负担下屈膝弯腰。但是也有与这相反的情况，我们的思想越是充实，那么就越开豁。在古代能够找到这样的例子，有一些伟大的统治者、杰出的将领以及谋士，同时也是学问渊博的人。

亚里士多德以前说，有人把泰勒斯、阿那克萨哥拉还有他们的同类称作哲士，但是不是聪明人，因为他们不甚关注最有用的事物。我分辨不出这两个词有怎样的差别，再次，我觉得这丝毫不能够用来为我的哲学家们辩解；看到这些人满足于低微和缺吃少穿的命运，我们似乎更有理由说他们“既愚蠢又莽撞”。

我要放弃要说的这一个理由。在我看来，宁可把这个弊病归咎于他们对待学问的方法不正确。依据现行的教育方式，假如说学生和先生虽然饱学书本，但是却并不聪明能干，这是实在是不足为奇。我们的父辈花钱让我们接受教育，仅仅只是关心让我们的脑袋装满知识，但是关于判断能力和道德，很少提及！有人经过，你对民众高喊：“看！那是一个学者！”另外的一个人又喊：“看！那是一个好人！”民众的目光和敬意，始终停留在前面那个人的身上，需要等到第三个人喊道：“看，那一个人满腹经纶！”我们才可能乐于打听：“他是懂希腊文还是懂得拉丁文？他是写诗还是写散文？”但是，他是不是变好了，或者变得深思熟虑了，这个根本的问题被撇在一边了。应当打听谁知道得更精，而不是哪个人知道得更多。

我们仅仅只是注重让记忆装得满满的，但是却让理解力还有意识一片空白。我们通常的学究，就如鸟儿出去寻找食物，把找到的谷粒放进嘴里，未及细细品尝就把它送进了雏鸟的嘴里；我们从书本中采集知识，仅仅只是把它们挂在嘴边，而且仅仅为了吐出来喂学生。

在我身上也出现这样的蠢事，实在令人瞠目结舌。我写随笔的时候，大多数时候不也是如此做的吗？我从书本中间到处搜集我所喜欢的警句名言，不是为了保存它们，因为我没有地方可以保存它们，而是为了把它们搬到这本书里；它们出现在我的作品中，就如同在它们原来的地方一样，全部都不是我自己的东西：我相信，我们仅仅只是可能靠现在的知识，而不是过去的知识，更不是未来的知识。

现在十分糟糕的是，那些学究的学生还有孩子们也不吸收知识，所以，那些用知识口耳相传，唯一的目的是用来炫耀，做与人交谈的话题，用来编成故事，就好像是一枚毫无意义的钱币，除了计数还有投掷外，再没有其他的什么用处。

“他们学会了和别人说话，但是不会和自己说话”“并不在于会说话，而在于会管理”

大自然为了展示在其统治下没有其他的野蛮的东西，往往让艺术不发达的民族产生最艺术的精神作品。在我探讨的这个题目里，可以用上一则加斯科尼的一条谚语：“吹芦笛不困难，但是首先要学会摆弄指头。”这一条出自一首芦笛小曲的谚语可以说是微言大义！

我们仅仅会说：“西塞罗是这么讲的；这是柏拉图的道德观；这一句是亚里士多德的原话。”但是我们自己说什么呢？我们斥责什么？我们需要做什么？鹦鹉都会这样子学舌。所说的鹦鹉学舌的做法，使我想起那个有钱的罗马人，他花了特别多的钱，寻觅到好几位各精通一门学问的人，让他们从来不离左右，如此这般，每当他和朋友聚会，有机会就这事那事发表意见的时候，他们就能够代替他交谈，按照各人的能力，随时随刻准备引经据典，这人引用一段论据，那人引用荷马的一句诗；他认为这都是他的学问，只是暂存在手下的脑袋里罢了，就像是有些人的才智存在于他们豪华的书房里一样。

我知道一个人，当我问他知道什么的时候，他要我拿一本书给他，然后指着书回答我的问题，假如他不马上查词典，弄明白什么是疥疮，或者什么是屁股，他是没有胆量对我说他屁股上长了疥疮的。

我们仅仅只会死记硬背别人的看法还有学识，仅此而已。我们应该拿过来变成自己的东西。我们就像是书中讲到的那个取火者：那个人需要火取暖，就连忙上邻居家借火，发现邻居家里有一堆旺火，他就停了下来取暖，却把取火回家的事给忘了。肚子里全部塞满了食物，假如不进行消化，而且不把它们转化为养料，那么就不能够用它们来强身健体，那么装满了肚子又有什么用呢？我们好好想一想，卢库卢斯没有任何关于打仗的经验，仅仅只是通过读书变成了伟大的将领，难道能够相信他是跟我们一样学习的吗？

我们往往总是扶着别人的胳膊走路，渐渐地丧失自己的力量。想要为不怕死找一些道理来武装自己吗？那么就去向塞涅卡借。我想安慰自己或者安慰别人吗？那么就问西塞罗去借。如果我们有过训练，就能够自己想出安慰的话来了。我一点都不喜欢那种靠模仿和乞讨得来的能力即便我们能够凭借别人的知识成为学者，我们却只能以自己的智慧变成聪明人。

假如我们的思想不健康，判断力不怎么正常，我宁可让学生花时间去打球，起码可以让他的身体变得更加灵巧。看他学了十五、六年的时间之后从学校回来的样子，居然什么也不会做。你在他身上见到的全部优势，只是他的拉丁文和希腊文使他变得更加自负和傲慢。他本来应当让思想满载而归，但是却只带回来浮肿的心灵，并不是变得充实，反而是变得虚肿。

这些教书的老师，就像是柏拉图对他们的同类——诡辩派哲学家所说的一样，是在所有的人中保证要最有益于人类社会的人，但是，在所有的民众中，就数他们不仅不能够像木匠或者是泥瓦匠那样，把别人委托的事情做好，反而只会做坏，而且做坏了，还需要别人付报酬。

不应该仅仅把知识绑在心灵上，而应该把它融人心灵里，不应该用来浇洒思想，而是应该用来给它染色；如果不改变它，如果不改进它的不完善，那倒不如任其自然好了。如果拥有知识，但是却没有本事，不知道怎样使用——那么还不如什么都没有学——那样的知识就好像是一把危险的剑，这把剑会给它的主人带来麻烦还有伤害。

如果它不能教我们正确思想正确做事，那是多么可惜啊！“自从出现了有学问的人之后，就再也没有出现正直的人了。”

由于学问在不是用来使没有思想的人变得有思想，无法让瞎子看见东西。学问的责任不在于为瞎子提供视力，而是教育他，规范他的行为，使他用自己的腿和脚健步向前。学问好比一剂良药，可是任何良药都可能变质，能够保持时间的长短要看药瓶的质量。如果视力好不一定视力正，结果是见善而不行善，看见知识而不利用知识。柏拉图在他的著作《理想国》里谈到的主要原则，就是按照每个公民的天性分配工作。天生无所不能，无所不为。跛子不适合做体力工作，心灵的跛子不适合做动脑筋的工作；杂种以及庸人没有资格研究哲学。当我们看到一个人鞋穿得不好的时候，就可能说那不是鞋匠才怪呢。同样，似乎经验也告诉我们，医生往往不能受到最好的医疗，神学家往往更少忏悔，学者往往更少智慧。

以前，希俄斯岛的阿里斯顿说得很好，哲学家们贻误后学，由于大部分人不善于从这样的说教中获得利于他们发展的东西，因此这种说教如果不能产生好的效果，就必然会产生坏的结果。

26 论对孩子的教育

——致迪安娜·居松伯爵夫人

我从未见过因为儿子是癞痢头或者驼背，父亲就拒不承认他是自己的儿子。倒不是由于他对儿子特别钟爱，之所以看不到这个缺陷’而是不论如何这是他的儿子。我也是一样的。我比任何人都清楚，我这些文章不过只是一个在孩提时代已经品尝了最表层知识的人所说的一些梦话。这些知识构成了一个笼统而不完整的印象，所有的都知道一点，但是所有的都不全面，完全是一种法国式的。总而言之，我知道有一门医学，一门法学，一门分为四个部分的数学，我还粗略地知道学习这些知识的目的。但是我还知道，知识常常都希望服务于我们的生活。然而，我一直都是浅尝辄止，没有专心研究现代知识之父亚里士多德，也没有坚持不懈地研究其他学科。没有哪一门学科我能够说出个一二三，任何一个中级班的孩子都能够认为自己比我有学问。至少，他们觉得，我是没有能力出题目考他们基本课程的。倘若有人强迫我出题目，我只好勉强出几个一般性的题目，据此来判断他们天生的判断力：这样一门课程，他们什么都不知道，就像是我对他们的课程一无所知一样。

除了普鲁塔克以及塞涅卡之外，我没有再接触过其他的可靠的书本。我一直不停地从这两人的书中采撷搜集，就像是达那伊得斯们不停地往无底水槽注水一般。我把从中汲取的那些东西记在纸上，却几乎没有什么东西装进自己的头脑。

历史是我所擅长的，我对诗歌也一样情有独钟。就像是克莱安西斯说的，声音挤在喇叭狭窄的管子中间，出来的时候就更尖更响，我觉得思想也一样，被挤压在狭窄的喇叭管子里的声音释放出来时更为尖锐强烈。但是关于我本人的天赋才能——这也是我随笔中间所研究的内容——我觉得它们在重力下压弯了。我的观念还有看法仅仅只是摸索着前进，一路犹犹豫豫，而且摇摇晃晃，脚步趔趄。即便我尽了最大的能力走得远一些，我也丝毫不满意；我能看到更远的地方，但是却模模糊糊，云雾缭绕，难以辨别。我态度十分淡然，一点也不做作，自己想到什么就说什么，仅仅只用我的直觉说话；假如像经常发生的一样，我偶然在优秀作家那里碰到我也阐述过的同样话题，比如说不久前我在普鲁塔克的作品中也注意到了他对想象力的论述，跟这些人比起来，我发现自己是如此软弱无力，如此微不足道，禁不住自怜自轻起来。但是我仍旧会禁不住得意，由于我的看法跟他们不谋而合，或者说至少我远远地跟在他们后头，同意他们的看法。除此之外，我还可以辨认出在他们和我之间的巨大差距，这不是每个人都能够做到的。但是，虽然我的看法软弱无力，而且粗俗卑微，我还是希望让它们保留我原来写的样子，就像它们生成时那样，不加粉饰，也不在和他们进行比较发现缺点时加以弥补。要跟这些人并肩而行，必须有坚实的腰板。本世纪有一些作家轻率从事，在他们毫没有任何价值的作品中，常常遍布从古代作家那里抄袭来的完整的篇章段落，他们自鸣得意，但效果却适得其反，由于抄来的和他们自己的不啻寸木岑楼，而且差异悬殊，因此反而使得他们自己的东西显得苍白无力，一下子相形见绌，导致得不偿失。

这是两种截然对立的观念。哲学家克里西波斯曾经在他的著作中，不仅仅是插入其他作家整段的引语，而且是整部作品，他甚至还把欧里庇得斯的《美狄亚》放进了他的一部著作中。阿波罗多罗斯因以前说，如果不把别人的东西引进来，作品就会变得苍白。跟这儿相反，在伊壁鸠鲁留给后人的三百卷作品当中，其中找不到一条别人的引语。

有一天我偶然读到一篇这类的文章。那一些法文句子缺乏生气、枯燥干巴、空洞无物，读起来觉得无精打采，而且索然无味。读了很长一段时间之后，我感到很厌倦，忽然之间遇到一段精彩纷呈、高雅丰富到极致的文字。如果我能够觉得坡度平缓，上坡感觉比较缓慢，那倒也算了，但这是悬崖峭壁，刚刚读了六句，就感觉是在飞向另一个世界。所以，我也就发现了刚才爬出了一个深渊，从那之后再也不想下去了，在那里我才发现我刚刚走出的是一个低洼、深邃的谷底，再也没有勇气了。如果我用这些精美的段落来丰富自己的一个论述，那么就会使我的其他论述相形见绌。

批评他人身上与我一样的错误，和批评我身上他人也犯过的同样错误之间并没有什么矛盾，我常常会这样去做。关于错误，就应当随时随地给予指责，让它们没有任何的藏身之地。但是我深深明白，要多大的胆量我才能够同我抄袭的东西平起平坐，与它们并肩前行，还不得不大胆地期望蒙蔽评论家的眼睛，不被人发现我是在抄袭。这应该归功于我的想象力以及能力，同时也由于我特别用心。更何况，我一般绝对不同那些先驱者短兵相接，反而是反复给予轻微的打击。我绝不和那些古代的先驱们肉搏，而是多次给予他们轻微的小小的打击。即便我决定肉搏一场，我也绝对不会做的。

要是我能势均力敌地同他们较量，我就可以算得上是一个有学问的人了，因为我所引用的正是他们最强的东西。

我注意到有些人穿戴着别人的盔甲甚至连手指头都不想露出来，就好像是相同学科的人特别容易做到的那样，借助古人的想法，到处拼凑修补，安排自己的计划。那一些人想把古人的思想掩饰成自己的思想，自己产生不了什么价值的东西，因此便用别人那一些有价值的思想来标榜自己，这首先是不公正和卑鄙的做法；同时，十分愚蠢的是，他们仅仅只是满足于用欺世盗名的方式来赢得那些平庸之辈无知的赞同，仅仅在识别力强的人面前斯文扫地，博学者对借他人学识装点自己的人嗤之以鼻，然而只有来自他们的赞许才举足轻重。于我而言，没有什么比这种抄袭更加不愿做的事了。我不引用别人所说的，除非是为了更好地表达自己。这里不谈论编著，这些作品原本就是为把别人的东西汇编到一起出版的。除了古人之外，我发现当今也有聪明人在这么干，其中有一位名字叫卡皮鲁普斯。这是一些很有思想的人，比如说利普修斯编著的《政治》就是一部博学而且艰巨的作品。

我想表达的是，不管什么，不论是怎么荒唐的看法，我都没有打算加以掩饰，就像是我的一张秃顶灰发肖像，画家很有可能照我的脸画了下来，没有修饰得更加的完美。由于那也是我的性格以及看法，我把这些表现出来是因为我就这么认为，而不是因为值得这么认为。我仅仅只是为了暴露自己，但是今天的自己，假如新的学习能够使我改变的话，明天很有可能是另一个样子。我没有足够的权威让别人相信和期望，我感觉自己要做到教育别人还太浅薄。

一位曾经读过我的《论学究气》的人，有一天在我家里跟我说，我应该针对孩子的教育问题发挥一下。但是，夫人，假如说我有这方面的才能的话，那么最好是用来献给您即将出世的小男孩（您是如此的高贵，头胎不可能不是男孩）。由于我一直以来都是您忠诚的奴仆，那么我就有义务祝愿您万事如意，再者，我曾促成你们完婚，我有权关注你们即将到来的事业的成长和繁荣。但是，话必须要说回来，教育以及扶养孩子是人类最重要而且也是最困难的一门学问。

就像是种田，播种以前的耕作方式既明确又简单，播种也一样，然而播下的种子一旦有了生命，就有各种各样抚育的方式，会遇到很多种的困难；对人同样如此，播种无须过多的技巧，但是一旦他们出世，就需要培养以及教育他们，给予他们无微不至的关怀，为他们鞍前马后，而且忙忙碌碌，担惊受怕。

人在幼年的时候所表现出来的爱好还很稚嫩模糊，前途未卜，因此很难做出可靠的判断。

你看西门、地米斯托克利还有其他的很多人，他们的行为跟自己的本性相差太远的距离。熊和狗的后代总是一直显示它们天生以来的癖性，但是人一旦掺入习俗、成见和法规，就很容易改变并伪装自己。

然而，强迫孩子做一些超越他们本性的事，是特别困难的。经常有人用很多的时间，孜孜不倦于培养孩子做那些他们勉为其难的事，由于选错了路，到最后徒劳无功。可是，既然教育他们这么困难，我的意见是，应该一直引导他们去做最好最有益的事情，但是不要过分致力于猜测并且预料他们的发展。甚至就连柏拉图在他的《理想国》中，好像也给予孩子们很多的权力。

夫人，知识是重要的装饰，也是帮助人类的神奇工具，特别是对于您这样特别富贵而且特别有教养的人。老实说，知识在地位卑微的人手中没有任何用武之地。知识更为值得骄傲的作用是提供了指导战争、指挥民众、维护国王或外族友谊的方法，还不如说能为引导战争、指挥人民或者是赢得某亲王或某国家的友谊助一臂之力。夫人，您出身书香名门之家（到现在我们还保存着你们的祖先富瓦克斯伯爵的文稿，您跟您的丈夫都是他的后代；您的叔父弗朗索瓦·德·康达勒伯爵每天勤于写作，他的作品可以使您家族的贵族身份流芳百世），您曾经品尝过教育的甜头，我相信您不会忘记所受的教育，所以，关于这个问题，我仅仅只是想对您谈一点看法，是跟习惯性的做法格格不入的，这就是我很有可能为您做的一切。

选择什么样的人去做您儿子的家庭教师，这决定着他受教育的效果。家庭教师的责任涉及其他很多的方面，但是我不谈论这些，因为我对此提供不出有价值的东西。在这篇文章中，我希望可以给那位教师一些忠告，他越是觉得有道理，就会更加的相信我。对于贵族家庭的孩子来说，学习知识不是为了获利（这个目的并不是卑贱浅陋，不值得缪斯女神垂青以及恩宠，再次，是否有利益，这取决于别人，跟自己没有关系），也不是为了让外界得益，而是为了让自己受益，把自己的内心装饰起来；并不是为了培养有学问的人，而是为了造就一些能干的人。所以，我希望可以多多注意给孩子物色一个有头脑而不是满腹经纶的家教，两者如果能够兼得则更好，如果不能，那宁可求道德高尚，判断力强，也不需要选一个光有学问的人。我希望他能够采用新的方式来教育孩子。

人们一直不停地往我们耳朵里灌东西，好像在往漏斗里倾倒，我们的任务呢，就是重复人家跟我们说过的话。我希望您孩子的老师能够改变一下做法，走马上任的时候，就要按照孩子的智力，对他进行考验，教他独自欣赏、选择和识别事物，有时候领着他前进，有时候则让他自己披荆斩棘。老师不应当一个人想，一个人讲，希望他听听学生说什么。苏格拉底以及后来的阿凯西劳斯就首先让学生讲，接着他们再说。“教师的权威大部分时间并不利于学生学习。”

教师最好让学生在他面前小跑，以便判断他的速度，决定如何放慢速度以适应学生的程度。假如师生的速度不相适应，事情就可能变得很糟糕。擅长辨别学生的速度，用正确的速度与其步调一致，是我所知道的艰巨任务中最为艰难的一个。一个高尚而且有眼力的人，就要擅长屈尊俯就于孩子的步伐，并且对之加以引导。于我而言，上坡比下坡步子更加的稳健，更加的踏实。

往往，不论学生的能力以及习惯多么不同，课程以及方法却千篇一律，所以，不足为怪，在一大群孩子当中，只能偶尔有两三个能从他们的教学中真正获益的。

教师不仅仅要求学生说得出学过哪一些词，而且还要讲得出它们的意思以及它们的实质，在评价成效时，不是依据他们记住了多少知识，而是看他会不会生活。学生在刚刚学到新的知识之后，老师应该遵照柏拉图的教学法，让学生自己举一反三，反反复复一直实践，看他是不是真正掌握，而且真正变为自己可以用的东西。如果吞进的食物照样吐出，是生吞活剥、消化不良的表现。肠胃假如不改变吞进之物的外表以及形状，那可以说是没有进行工作。

我们的思想徒劳无益地听凭别人的想法摆布，受到别人权威教育的奴役和束缚。我们脖子上像是被套了根绳索一样，因此也就感觉步履沉重，失去了活力以及自由。“他们不能够做到自己支配自己。”我在意大利的比萨市曾经私访过一位十分有学问的人，但是他过于信奉亚里士多德，以致他的信条只概括为，衡量一个学说的可靠性以及真实性，需要看它是不是符合亚里士多德的学说，不然的话就是异想天开、虚无缥缈的想法。他觉得亚里士多德见多识广，而且他的学说包罗万象。他这个信条最后被解释歪了，致使他长期受到罗马宗教裁判所的查究，陷入困境，不得自拔。

教师应该让学生把所有的知识进行筛选，而不是专横而且徒劳地让他记住所有的一切，那么，亚里士多德所说的那些原则，也和斯多葛派和伊壁鸠鲁派的原则相同，对他来说就不是单纯的原则了。而是让教师提出各种看法让他们加以评判，那么，他能够区别就会作区别，不能够区别也会提出怀疑。

我喜欢怀疑的程度不亚于肯定。

——但丁

因为学生如果能通过自己的判断而接受色诺芬和柏拉图的观点，那么这些观点就不再是他们的，而变为自己的了。那些跟在别人后头的人实际上什么也没跟。他将会一无所获，而且可以说他其实什么也不想获得。“我们不在国王的统治之下，每个人都有支配自己的权利。”学生至少应该知道自己了解了什么。应当学会运用那些哲学家的观点，而不是死死记住他们的教条。如果他们愿意，可以完全忘记他们掌握的东西出自何处，但应该把它们真正变成自己的东西。真理以及理性是大家共同拥有的，不分哪个人先说哪个人后说，也不顾及是柏拉图说的，或者还是我说的，因为他和我一样都弄懂了这些真理和道理。蜜蜂向东或者向西采撷花粉，但是酿成的蜜却是它们自己所拥有的，就不再是花朵或者是花蕊了；同样，学生从人家那里借来的东西，经过加工整理做成一篇完全属于自己的作品，那就是他自己的看法。他接受的教育，他的工作以及学习，都是为了最后可以形成自己的看法。

他们可以把从何处得到的帮助隐藏起来，只展示自己由此形成的结果。一般抄袭和借用的人，只是炫耀他们建造的房屋，以及他们购得的物品，而并不是从别人那里汲取的东西。通常法官收受的礼品，你是看不到的，你只是看见他为他的孩子们赢得了姻亲还有荣誉。任何人都不会将自己的收入划归为公家，只是会将获得的财物据为己有。

通过学习的过程，我们变得更完美，更聪明了。这就是学习的收获。

埃庇卡摩斯说，只有理解力看得着，听得到，它利用所有的一切，支配所有的一切，影响并且君临一切：其他事物都眼瞎耳聋，没有灵魂。自然的道理，因为我们不给理解力以行动自由，它于是变得唯唯诺诺，而且畏首畏尾。哪个曾让自己的学生就西塞罗这个或者是那个格言的修辞以及语法谈论过自己的看法？大家常常把那些知识统统贴在记忆里，犹如神谕一般，一个字母而且一个音节都构成事物所有的要旨。死背下来的不等于知道，因为自己支配的是人家给予并保留在自己记忆中的东西。真正掌握的东西，就应该会使用，没有必要注意老师，没有必要看着书本。通过死背书本得来的才能，是让人感觉遗憾的才能。但愿这种才能只是拿来作为装饰，并不是作为基础。这是柏拉图的观点，他说，坚定、信念以及真诚是真正的哲学，其他另有所图的知识，无非拿来充充门面。

我反而希望帕瓦罗、蓬佩这些当代英俊的舞蹈家教我们跳跃的时候，可以不要叫我们离开位置，而是让我们看他们示范动作，就如那些老师想培养出我们的智慧却不让我们动脑筋；我宁愿人们在教我们骑马、掷标枪、操琴或练声的时候，不用让我们练习，就像是我们的老师教我们正确判断以及善于辞令的时候，却不让我们去判断和开口一样。但是，在学习舞蹈诸如此类东西的时候，我们面前的所有一切都可以作为重要的教科书：那些侍从的邪恶，那些仆人的愚蠢，餐桌上的谈话都是学习的新内容。

所以，与人交往特别适合这种学习的。还有就是周游列国，不是像法国贵族的方式，仅仅只是关注圣罗通达万神殿的台阶有多少个；利维亚小姐的短衬裤有多么的华丽，也不是像其他一些人那样，仅仅只是关注尼禄在某废墟雕像上的脸孔比他在某金币上的脸孔更长或者是更宽，而是应该带回那些国家的特长和生活方式，利用别人的智慧来完善我们的大脑。我希望在孩子年幼时就带他们到处走一走，为了一举两得，能够先从语言相差很大的邻国开始，由于如果不极早训练孩子的舌头，等到孩子长大了就很难学好外语。

除此之外，人们往往认为，孩子受教育的时候，应当远离父母，这种天然的慈爱会让父母变得过于心慈手软，即便是最有理智的父母也会如此。他们也不忍心惩罚自己孩子的过错，不愿意看到对孩子的教育太过粗暴，或者是太受规矩束缚，以及太冒风险。他们不能看着孩子操练归来汗流浃背，而且满身尘土，无法忍受他们受热挨冻，看不得他们骑在烈马上，手持无锋剑跟那些严厉的教练搏斗，或者是第一次拿火枪。教育孩子没有别的办法：如果谁想使孩子有出息，那么就不应该在青少年时期对孩子们姑息迁就，而应该去挑战医学规律：

让他在野外生活，担惊受怕。

——贺拉斯

不仅仅要锤炼他们的心灵，而且还要锻炼他们的肌肉。心灵如果无肌肉支撑，如果两项功能都交给它单独去承担，它也会过于劳累。我自己就深有体会。我身体一向娇弱敏感，心灵要作很大的努力，才能够承受身体的压力。我常常在书中发现，我的那些老师们在谈论高尚以及勇敢的时候，常常赞赏钢筋铁骨之躯。我见到一些男人、女人和孩子生就一副结实腰板，对他们来说，即使挨一顿棍打，也像是被手指头弹一下，可以一声不吭，而且眉不皱。竞技者跟哲学家比赛谁更有耐力，更多的是体力而不是心灵。然而习惯于耐劳就是习惯于受苦：“劳动能够磨出耐痛的茧子。”必须锻炼孩子吃苦耐劳，只有这样，他们才能够忍受脱臼、肠绞痛、烧伤、坐牢以及酷刑。很难断定他们不会遭受牢狱和酷刑之苦，有的时候，好人也可能会像坏人那样坐牢以及被拷打。我们必须经得住考验。有些人目无法律，对正人君子都会以皮鞭相加，用绳索悬吊。

再者，老师对孩子的权威应当是至高无上的，假使父母在场，就会受到中断以及妨碍。除此之外，在我看来，孩子受到父母的溺爱，知道自己家族富有高贵，对他们这个年龄的教育来说不能说没有危害。

在培养交往能力的时候，每当我发现有一个缺点：我们总是想尽办法显示自己，处处兜售自己的货色，并不是去了解别人，去获取新鲜知识。沉默以及谦逊有利于跟人交往。等您的孩子有了才华的时候，我们需要教育他不要露才扬己；当听到别人的胡言乱语的时候，不能够怒形于色，因为批评那些不合自己胃口的东西会让人家讨厌，以为你没有礼貌。应当教育孩子时刻注意自身修养，自己不愿意做的事情，如果别人做了也不用责怪，没有必要同习俗格格不入。“不卖弄不盛气凌人者为贤者。”必须教育孩子应该有礼貌，不应该好为人师，不应该小小年纪就野心勃勃，为了让别人另眼相看就显示自己比别人聪明，用指责别人还有标新立异来捞取名声。只有伟大诗人才适合运用非同寻常的诗歌手法，同样只有伟大杰出的人物才可以突破旧俗，标新立异。“即便曾经有个苏格拉底以及亚里斯提卜远离了习惯还有传统，人们也不能够步其后尘，他们才华十分出众，而且超凡脱俗，因此就能独树一帜。”应该教会孩子只有在碰到和他势均力敌的对手时才理论或者辩论，即便有这个机会，也不应该把所有的招数都全部展示出来，而只是需要使用对他最有利的。应该教会他擅长选择自己的论据，说理必须切中要害，所以也就应该言简意赅。还要教育他们要学会认输，一旦发现真理，就该缴械投降，不论真理是出自对方之手，或者还是由自己的看法而稍加修改而成。由于他登台演讲，目的并不是为了说一些规定的台词。他不该去从事用纯粹的现金出卖改变观点的自由的职业，承认人家在相互欺骗。“他不是必须为规定的思想观点辩护。”

如果他老师的性格跟我的性格一致，他就能够让他立志效忠君王，披肝沥胆，而且无所畏惧。可是，这一效忠范围仅仅限于履行公务，需要让他打消别的念头。一个人如果被雇用收买，他的见解会失去公正，言不由衷，或者背负轻率和忘恩负义的指责。

为侍臣者只可以言君王所言，想君王所想的东西，这是他的唯一权利以及意愿；君王从上万的臣民中挑选了他，而且亲自调教。这种恩宠和利益，令他利令智昏，他也就做不到直言不讳了。但是，我们注意到，这些人的语言往往不同于其他阶层人的语言，他们说话听起来缺少诚意。

要让孩子的言谈闪烁着良知和道德，只以理性为指导。教他明白，当他发现自己的论说有不对的时候，即便旁人还没有发现，也应该公开承认，这是诚实以及判断力强的表现，而诚实以及判断力正是他觅求的重要品质；还应该要他明白，坚持和否认自己的错误这种行为方式，往往表现在最为平庸之辈的身上；他应该明白，修改自己的看法，改正自己的错误，而且可以中途放弃一个错误的决定，这是十分难得而且可贵的品质，是哲学家的难能可贵的优秀品质。

应该告诉孩子，和别人在一起的时候，应该眼观四路，耳听八方，由于我发现最重要的位置常常被平庸之辈占据，庭宇豪华不等于才能过人。

当坐在餐桌上方的人大谈某一挂毯怎么的华丽，以及马尔维细亚酒有怎么的美味的时候，我听到了另一端响起了风趣的谈话。

他想要判断每种人的能力：放牛人，泥瓦工，以及过路人。应当把所有的一切都调动起来，取众人之所长，因为在家务治理当中一切都是有用的，就算是别人的愚蠢还有缺点，对他也不是没有教育意义。通过观察每个人的举止以及风度，就会在他身上产生对得体风度的羡慕和对恶劣举止的蔑视。

应当培养他探询所有一切的好奇心，周围所有奇特的东西，他都需要看个明白：哪怕是一幢房子、一眼泉水，一个人，抑或古战场、恺撒或者是查理曼的通道：

> 什么样子的土地会结冰，什么样子的土地烈日下尘土飞扬，
> 什么样的风能把帆船吹向意大利。
>
> ——普鲁佩斯

他将知晓这个或者是那个君王的习惯、才能以及联姻。这些东西学起来也并不是没有趣味，而且也特别有用。

在与人交往的过程中，我觉得也包括，而且主要包括我们靠书籍的记载才能认识的人物。他将通过历史书本同那些最杰出世纪的最伟大人物进行交往。这种的学习或许是会徒劳无益，但是也可能硕果累累，这些都取决于人们的意愿。就像是柏拉图所说的，这是斯巴达人唯一一种珍视的学习。如果孩子阅读普鲁塔克的《名人传》难道不会获益吗？然而，为师者不要忘记了自己的责任，不应该让学生死记硬背迦太基灭亡的日期，但是却忽略汉尼拔和西庇阿的品行，不要仅仅只是让学生记住马塞卢斯的阵亡之地而不知为什么他死在那里。老师不仅仅要教学生历史故事，而且更要教会学生怎样判断。我认为，这是我们大脑需要尤其专注的内容。我在李维那里读到许多别人没有读到的东西，但是普鲁塔克从中感觉到的很多东西，那些是我却没有感觉到，或许作者本人也没有感觉到那些。有一些人进行的是纯粹的语法研究，对另外一些人来说，学习历史就是进行哲学分析，从这里能够发现人类本性最深奥的部分。在普鲁塔克的著作当中，有很多论述博大精深，而且颇值得大家知道，由于在我看来，他是这一类作品的一代宗师。但是也有很多论述仅仅只是蜻蜓点水，仅仅只是为愿意研

究的人指点一些方向，但是也有许多问题只是触及皮毛，只是指出了我们喜欢研究的人要研究的方向，有时候仅仅只是满足于触及一个问题的最要害的地方。应当把那些议题从中抽出来，进行详细阐述。拉博埃西的著作《甘愿受奴役》，就是按照普鲁塔克的一句话写成的，既是亚洲的居民只屈从于一个人，因为他们连一个单音节词“不”都不会说。而且，普鲁塔克还从那个人的生平中选出一件小事或者是一句话作为论说的题目，但是它们好像不能算作一个议题。遗憾的是，智慧博学的人都喜欢简明扼要，这可能会使他们赢得声誉，但是我们这样做，就不一定有这样的效果。普鲁塔克宁可我们称赞他洞察是非，而不是称赞他学识渊博，宁愿让我们对他感兴趣，而不是厌倦他。他明白，关于好事，人们总是说很多，亚历山德里达就曾经一言中的，斥责那位过分赞扬斯巴达法官的人：“啊！你这个外乡人，你以不应当用的方式，说了应当说的话。”身材细长的人填满充塞物充肥，头脑空空的人废话连篇夸大其词。

人通过接触世界来提高自己的判断力，这样让自己对事物洞若观火。我们每个人都囿于自己的目光，目光十分的短浅，仅仅只是看见鼻子底下的事。有人询问苏格拉底是哪个地方的人，他不说：“雅典人”，而是回答：“世界人。”他比我们有更加丰富深湛的想象力，将宇宙看作是自己的故乡，把自己的知识倾注整个人类，而且热爱全人类，与全人类进行交往，不像我们仅仅只是注意眼皮底下的事。我家乡的葡萄园冻冰的时候，我的神甫得出结论说这是上帝降怒到人类，而且断言，野蛮民族因为这个而口燥唇焦。看到我们内战汹汹的情势，哪个人不叫嚷天下已大乱，我的神甫得出结论说这是上帝降怒到人类？他们怎么也不想想，比这更坏的事情常常有发生，可是在世界的多少地方，人们依旧生活得快快乐乐。但是我呢，虽然战争肆无忌惮，而且为所欲为，还是惊讶地看到它温和又无力的一面。有的人即使头上挨了冰雹，就觉得风暴席卷了半个地球。萨瓦人亨利·埃蒂安纳说，如果那位愚蠢的法国国王擅长理财，他就能够成为他的公爵的膳食总管了。埃蒂安纳想象不出来还有比他的主人公爵先生更伟大的人。我们大家都可能在不知不觉之间犯类似的错误，它可能会造成严重的后果以及损失。但是谁能想象犹如在油画上表现出的我们大自然母亲的伟大面容，至高无上的尊贵形象；从我们这位母亲的脸上可以观察到瞬间万变的千姿百态，而且可以从中发现，不仅仅是我们自己，甚至整个王国都像是一个精美无比的圆点，我们才能够对事物的大小做出一种正确无误的判断。

在这个大千世界里，好比是一面镜子，我们应当对镜自照，这样才能正确地认识自己；还有人加以分门别类，以各种形式为其增添色彩。总而言之，我但愿世界是我学生的教科书。它能够包容形形色色的特性、宗派、见解、看法、法律以及习俗，能教会我们正确判断自己的行为，教会我们通过自己的判断辨别它的缺陷和先天不足，这样的教育非常重要。面对着国家历尽沧桑，以及命运多舛，这教诲我们懂得我们自己的命运不会有什么奇迹发生。看到多少英名、胜利以及征服全部淹没在遗忘中，但是如果我们自己觉得抓十个轻骑兵，领了一个鸡舍样的已经证实败下阵来的据点，就希望名垂千史，那么就会发现这个想法是多么的滑稽。看到多少外国对本国的奢华情况引以为自豪，有多少宫廷对自身的威严感到自豪，我们的视力就会受到种种锻炼，就能够一眼不眨地逼视我们自己的光彩夺目的那些豪华。数以百万的先人埋葬地下，鼓励我们勇气十足，不惧怕到另外一个世界里去寻求良师益友。同样的例证不一而足。

毕达哥拉斯曾经说，人生就好像是庞大而繁杂的奥林匹克运动会。有的人在运动会里运动身体，为了可以在比赛中争得荣誉，另一些人为了带去商品出售赚钱。还有一些人——他们不是最坏的——仅仅只是袖手旁观每件事怎样进行，为何这样进行，观察别人怎样生活，以便做出判断并通过对比来调整自己的生活。

所有有用的哲学观点都将会完全适合于上面所说的例子。哲学就好像规则，是人类行为不得不涉及的。必须告诉孩子：

> 我们能够渴望什么，
> 艰辛赚来的钱干什么用，
> 在什么情况下适合为祖国和家庭献身，
> 上帝希望你成为怎样的人，
> 他为你确定了什么样子的角色，
> 我们为何存在，为何出生。
>
> ——佩尔西乌斯

而且还要告诉孩子，何谓知之，何谓不知，什么是学习的目的，什么是英勇无畏、克制忍耐和公道正义；雄心以及贪婪、奴役以及服从、放纵以及自由之间区别在哪里；什么是判断真正满足的标志；对于死亡、痛苦以及耻辱，害怕到什么程度才是不为过的。

以及如何避免或者是忍受痛苦；

——维吉尔

应该告诉他什么样的力量推动我们行动，我们身上各种不同动作的缘由。由于我觉得，为了达到培养孩子的判断力的目的，首先应当对他灌输对他的习惯以及意识能够起决定作用的东西，教诲他认识自己，教他活得有意义，死得有价值。而关于七种自由艺术，应当从使我们自由的艺术开始。

所说的这七种艺术，犹如其他许多东西有助于我们的生活一样，以某种方式，对训练和实践我们的生活很有益处。但是应该选择对我们的生活以及职业直接有用的一种艺术。

如果我们善于把生命的从属物限制在一种正确而且自然的范围内，那么我们就可能会发现，在那些通用的科学当中，其中最优秀的部分是不通用的，即便是在我们使用的知识里，也有一些广泛而隐秘的无用的知识，最好的做法就是撇之一旁，按照苏格拉底的教导，把我们的学习范围界定在实用性内。

要想成为智人，那么就行动吧。
迟迟不能认真生活的人，就像
等河水退完之后才有胆量过河的乡下人，
但是河水却是永不干涸的。

——贺拉斯

在孩子们知道自己是什么样子的星相之前，就教会他们星座的学问以及第八球体的运转，教孩子们学会了解：

双鱼座、激情闪烁的狮子座，

西方海中的摩羯座有怎样的力量。

——普鲁佩斯

这么做是非常愚蠢的：

昴宿星座、牛郎星座，
与我有何相干？

——阿那克里翁

阿那克西米尼在给他自己的学生毕达哥拉斯的一封信中这样写道："我双眼看到的都是死亡和奴役，如何能够沉湎于研究星座的秘密？"（由于那时候，波斯国王正在磨刀霍霍，需要对他的国家发动战争），每个人都应该这样说："我被野心、贪婪、鲁莽以及迷信彻底打败，更何况生活中还有其他很多的敌人，我还有可能去考虑天体的运动吗？"

当我们教会了孩子怎样使自己变得更加聪明以及更加的优秀之后，就能够教他逻辑学、物理学、几何学以及修辞学了。此时对他即将选择的学科，由于自身已经具备判断力，会很快掌握透彻。授课方式有时候可以通过闲谈的方式，有时候则讲解书本的方式；老师能够让他阅读跟他的课程有关的作者的一些选段，也能够详细讲解精神实质。如果孩子不能深刻理解书本，找到其中精彩的思想，老师就可以有目的地给他选些作家，按照不同需要提供不同材料，发给他的那些学生。哪个人可以怀疑，这种授课方法跟加扎的方法比起来是更容易更自然呢？加扎授课的时候，全部讲些晦涩难懂、乏味无趣的语法规则，词语空洞枯燥，无一可取，没有任何东西对思想有启发。但是采用我说的这种方法，有的是能够理解并且吸收的东西。这样结出的果子肯定硕大无比，而且也更加的成熟。

让人觉得惊讶的是，在我们生活的这个时代，事情竟然会这样，即便是十分有头脑的人，也觉得哲学是一个空洞而且虚幻的字眼，无论从事实上还是从公众舆论上看，哲学不仅无用处而且没有价值。在我看来，这是由于似是而非的诡辩往往堵塞了哲学各条通道之缘故。把哲学描绘成一副眉头紧锁、满脸愁容和恐怖可畏的可怕样子，让孩子没有办法接受，这样子的做法是大错特错的。谁给它戴上了这样一副苍白而可恶的虚假面具？

没有比哲学更愉快和轻松的了，我几乎说它喜欢逗乐了。它仅仅只是劝诫人们快快乐乐地生活。在它那儿，愁眉苦脸根本就没有立足之地。语法学家德米特里在得尔福斯神殿碰到了一群坐在一起的哲学家，他对这些人说："难道是我搞错了？看你们一副平静愉快的样子，根本不像是在热烈辩论。"听他这样问，其中有一位哲学家，迈加拉人赫拉克利翁回答他说："仅仅只有研究动词 βάλλω 的将来时是不是有两个 λ，或者是比较级 χεῖρου 和 βελτιου 以及最高级 χεῖριδτου 和 βελτιδτου 怎样派生的人，才需要紧锁双眉讨论。哲学议题一直都是让研究者感到趣味盎然，而且其乐无穷，而不是愁眉不展，忧心忡忡。"

身体感觉不适，能够感到心灵的不安，
但是也可以猜出心灵的快乐，
由于两种状态都会反映在脸上。

——尤维纳利斯

头脑中装有哲学就可以通过精神健康使自己的身体也健康起来，应当用精神的健康来促进自己身体的健康。心灵应当让安详以及快乐显露在外部，用自己的模子来塑造自己身体的举止，使身体显得雍容高雅，轻捷活泼，神态稳重而有礼。精神健康最为显著的标志，那么就是永远快快乐乐，就好像是月球上的物体，总是一直心神恬然。是三段论而不是哲学本身使奴仆身上沾满泥浆或烟灰满身。那些人仅仅只是用耳朵来学习哲学。难道不是吗？哲学相信能够平息人们内心的风暴，教会人们渴望欢笑，但是不是通过某一个假想的本轮，而是通过自然而且具体的推理。哲学以美德为宗旨，它并不像学校所说的，被安放在崎岖陡峭的山巅，难以接近。相反的是，那一些跟美德打过交道的人，觉得它栖身于肥沃丰饶以及百花盛开的平原上，从那里它可以纵观脚下的所有事物。但是，假如人们熟悉道路，依然能从绿树成荫、长满奇葩异草的道路到达那个地方，那是十分愉快的一件事，山坡舒缓而且平坦，就好像是通往天穹的道路。那美德简直是至高无上，而且美丽威严，含情脉脉的样子，并且富有情趣，勇敢坚强，它与尖刻、忧郁、害怕和约束为敌，它以自己的本性为指导，跟运气还有快乐为朋友。但是那些人因为没有接触过美德，而且孤陋寡闻，所以把它想象成愚蠢悲伤、吵吵闹闹、阴阴沉沉、咄咄逼人的面孔，威逼利诱，把美德置于高山顶上，而且离群索居，四周荆棘丛生，这种凭空想象出来的形象让人感觉茫然不知所措。

老师不仅仅应该教学生热爱美德胜于尊重美德，而且还应该，甚至更需要教他崇尚爱情，让美德还有爱情充满他自己的意愿，他就会对他说，诗人写诗往往总是遵循一般普遍的特征，把爱情作为诗歌永恒的主题，奥林匹斯山的诸神更愿意把汗水洒在通往维纳斯但是并不是雅典娜的道路上。当孩子开始意识到自我的时候，就把布拉达曼或昂热利克[①]介绍给孩子当情妇：一个美若天仙，生性活泼，典雅高贵，非男子却有阳刚之气；另一个的美是一种有气无力的，不仅矫揉造作，而且娇娇滴滴，特别不自然；有一个穿男孩衣衫，戴着一副闪光高顶盔，另外一个穿女孩服装，戴着一个有珍珠的无边软帽；假如他作的选择跟弗里吉亚那位女人气很足的牧羊人[②]刚好相反，那么他会认为自己的爱情有阳刚之气。老师将教导他上新的一课，让他明白，真正美德的价值以及高贵的地方，在于简单、实用而且愉快，实践的过程简直没什么困难，无论是孩子还是大人，头脑简单还是聪明过人，都有可能掌握。美德采用的手段往往是给以规定，而不是强制的手段。它的第一个宠儿苏格拉底自己有意放弃强制的做法，取而代之的是自自然然的，轻轻松松的，慢慢地获得美德。它就像一位母亲，用自己乳汁去哺育人类的快乐：美德使快乐合情合理，也使它们变得肯定而纯净。如果节制快乐，美德就会艰难地维持快乐，总是审视着快乐；假如它把拒绝不接受的快乐去掉，就可能会使我们对剩下的更加感兴趣；它把我们人类本性所需的快乐全都留给我们，特别的充裕，我们可以尽情享受慈母一样的关怀，直至腻烦，否则就是厌倦（或许我们不愿意说控制饮食是快乐的敌人，它使饮者没有醉便休，食者胃未反酸便开始停止咀嚼，淫荡者未患秃发症便决定洗手不干）。如果美德缺乏通常的好运，它会回避或者放弃这种运气，另外造一个完全属于它自己的命运，不再是那种摇摇摆摆，变化不定的。它十分擅长成为富豪、强者以及有学问的人，睡在用麝香熏过的那种床垫上。它热爱生活，热爱美丽、荣耀和健康。但是它所特有的使命，就是比较擅长合法地使用这些财富，也擅长随时失去它

---

① 意大利诗人阿里奥斯托《愤怒的罗兰》中两位性格相反的女主角。

② 指希腊神话中的帕里斯，特洛伊王子。

们：这种使命与其说艰难，还不如说崇高。如果不具备这项使命，整个人生就会变得一反常态，混乱不已并且丑陋之极，也就仅仅只有暗礁、荆棘以及畸形的怪物。假如这个学生十分特别，特别喜欢听老师讲一些奇闻轶事，更喜欢听奇闻怪事而不是听讲述一次美好的旅行或者谈些明智的话题；假如他的伙伴们听到咚咚的战鼓声之后便感觉热血沸腾，而他却情不自禁无法抵制住街头艺人的诱惑，转过身去看他们的表演；假如他觉得风尘仆仆从战场凯旋，不如从网球场和舞会归来更有意思，更心安理得；假如是这样，我对此也没有别的办法，不如由老师趁早在没有证人的情况下捏紧他的脖子，或者是让他到城里去做糕点，就算他是公爵的儿子，由于按照柏拉图的教导，孩子将来有可能在社会上谋职，不应该靠父亲的财产，而是应该靠自己的本事。

既然哲学教会了我们生活的学问，既然人们在童年的时候，跟在其他任何的时代一样，可以从中得到好处，那么，为什么不让孩子们学习呢？

> 黏土不仅软而且湿，应当赶快行动，
> 让那轻快的轮子转动起来把它加工成形。
>
> ——佩尔西乌斯

人生已逝之时人们才教我们如何生活，很多的学生还没有学到亚里士多德关于节欲的课程，就已经染上了梅毒。西塞罗曾经说，即便他能活两次，也不会浪费时间去研究那些抒情诗人的作品。而我感觉那些哲学诡辩家比想象中的还要可悲和无用，我们的孩子没有那么充足的时间，他们只是在十五六岁之前接受教育，在这儿之后就投身于行动了。如此短的时间，应该使他们学习必须学习的东西。其他的知识不要教得太滥了，把辩证法当中那些烦琐晦涩的东西拿掉，诡辩论没有办法改善我们的生存。应当选择那些简单的哲学论述，而且要选得合理恰当：它们应该比薄伽丘叙述的故事更加容易接受。孩子在离开他的奶妈时就能听懂哲学，这比学习读书写字要强得多。哲学不仅仅有适合老叟的论述，而且有适合孩童的道理。

我同意普鲁塔克的看法。他说，亚里士多德在教导他的大弟子亚历山大的时候，不怎么注重三段论或者是几何定律而是教育他有关道德、英勇、高尚、节欲的训诫以及无所惧怕的自信。等到亚历山大把所有的完全掌握之后，在他还没有成年时，亚里士多德就派他去征服全世界，仅仅只是给他三万步兵、四千匹马和四万两千埃居。普鲁塔克说，关于其他艺术还有学科，亚历山大自己也怀着深深的敬意，称赞它们十分优秀，十分高雅，可是，依据他的兴趣，他不会轻易产生将他们付诸实践的欲望。

> 年轻以及年老的，请在中间选择那些可靠的规则，
> 领取给予那些风烛残年的生活费。
>
> ——佩尔西乌斯

伊壁鸠鲁在给迈尼瑟斯的信中这样开头："但愿童孺不要哲学，耆老不要厌倦哲学。"这好像是在说，假如不这样做，不仅仅是还没有，就是再也没有机会成功地生活。

要让他受到哲学教育，我并不希望把孩子囚禁起来，不愿意把他交给一个性情忧郁，而且喜怒无常的老师看管。我不愿意腐蚀他幼小的心灵，让他跟其他的孩子一样，每天学习十四、五个小时的时间，像脚夫那样受尽折磨，心力交瘁。如果他性格孤僻或者是阴郁，太过于埋头于书本，而且人们明明知道他这样做太不审慎但是却还姑息迁就，我觉得这非常不合适，这可能会使孩子对社交生活以及更好的消遣一点都不感兴趣。我看到我们这个时代有多少人因为盲目贪求知识而变得呆笨，卡涅阿德斯埋头于书本中间，弄得自己神魂颠倒，居然连刮胡子以及剪指甲都没有工夫顾及。我也不愿意别人粗野的言行举止影响他那高贵的习惯。法国人的谨慎在以前是大家都知道的，开花特别早，可惜的是虎头蛇尾，很难持久。实际上，就算是现在，我们依旧看到，法国的孩子是特别优秀的，但是通常，他们会辜负大人对他们的期望，一旦他们长大成人，就失去了原有的高贵。我以前听到某些有识之士说，人们把自己的孩子送进学校，虽然学校多如牛毛，但是他们培养出来的孩子笨头笨脑。

而我们的孩子，仅仅一间书房、一座花园、餐桌、睡床、孤独的一人、有人相伴、不管清晨还是傍晚，每一分秒都适宜拿来学习，所有的地方都是他学习的场所，由于哲学是他的主要课程，而哲学的独特禀赋就在于是无处不在的，这样就有利于培养他良好的判断力以及行为习惯。有一

次在宴会上，有一个人请雄辩家伊索克拉底谈谈他的辩论艺术，伊索克拉底的回答，到现在谁都认为很有道理：“现在来讲我擅长做的事情不是时候，现在这个时候该做的，我却不会做。”因为人们在宴会上相聚目的是为了说说笑笑，以及品尝美肴珍馐，所以这时候向他们介绍怎样用雄辩术进行演讲或者是争辩，这明显有一些不伦不类，确实极不协调，谈论许多其他事情还是可以的。然而，哲学有一部分内容常常涉及人及其职务以及职责，所有的哲人全部都一致认为，为了言谈可以温文尔雅，不应当拒绝在筵席上和娱乐时候使用哲学。柏拉图把哲学请到了他自己的宴会上，虽然这里涉及的是哲学最高贵最有用的论述，但是我们看到它如何在适当的时机和地点以轻松协调的方式取悦了在场的人：

哲学对于富人和穷人都有用，
不管是孩童和老叟，哪个人忘了哲学他就要吃苦头。

——贺拉斯

因此，毫无疑问，我们的孩子不会像其他孩子那样无所事事。然而，就像是在画廊里徜徉，走的路比到指定地点多三倍的距离，但是却不会感到疲惫一样的道理，我们的课程似乎是遇到什么就讲什么，不分时间和地点而有什么不同，完全融合在我们的行动中，在不知不觉中进行。甚至连游戏和活动，比如说跑步、格斗、音乐、跳舞、打猎、驭马、操练武器等等，也会是学习的重要内容。我希望培养孩子在众人当中举止高雅，行为得体，处事灵活时，也要打造孩子的灵魂。我们造就的不仅仅一个心灵，或者是一个躯体，更是一个人，不应该把心灵和躯体二者分离开来。就像是柏拉图所说的，不应该只训练其中一个而忽视了另外的一个，应该将它们同等的对待，就像驾在同一辕木上的两匹马。从柏拉图这句话中我们可以感觉到，柏拉图并没有给予自己身体锻炼更多的时间以及关注，反而认为心灵以及身体同样重要，而不该发生相反的情况。

除此之外，对孩子的教育应当不仅仅严厉而且要温和，并不是依照习惯的做法，不该鼓励孩子进入搏击般的学习，实际上，这样做只会让他们感到恐怖和残酷。

我不赞成采用暴力以及强制的做法。我觉得没有比暴力以及强制更会使孩子智力衰退甚至是晕头转向了。如果你想让孩子惧怕羞耻和惩罚，就不要让自己变得冷酷无情，而要让他经受得住热汗和寒冷，经受得起狂风以及烈日，蔑视所有的危险；教导他在衣、食、住方面全部都不挑三拣四，而且对什么都可以适应。但愿你的孩子不是一个漂亮柔弱，而是一个茁壮活泼的小男孩。我始终都这么思考和判断，不论在我孩提时代，还是在我成人以及老年的时候。然而，我最为不满的是我们绝大部分学校的管理方式。如果能多一点宽容，那么孩子受的危害或许可以少一点。学校简直就是一座不折不扣的囚禁孩子的监狱。人们往往惩罚孩子，一直到他孩子们神态失常。您不妨去学校看一看：你只会听到孩子的求饶声和先生沉浸于愤怒的叫喊声。孩子们显得是那样的娇弱胆怯，为了激发孩子们的求知欲望，那些先生却手握柳条鞭，板着一张可怕的面孔，强迫孩子们埋头读书，这是什么样子的做法呀？这难道不是一种特别不公正，而且特别危险的吗？关于这个问题，我还能够引用昆体良的一些看法：他清楚地发现，他明确指出这种专横的教育方式只能带来严重的负面效果，尤其是采用体罚的办法。据说他们的教室本该铺满鲜花以及绿叶，而不是铺满鲜血淋淋的柳条鞭！我希望让教室里可以充满欢乐，洋溢着花神以及贤惠女神的欢笑，就好像哲学家斯珀西普斯在他的学校里所做的那样。我会使孩子受益的地方也成为他们玩耍的地方。有助于孩子的食物应该用糖水浸渍，但是有害的食物则应当充满苦味。

让人觉得诧异的是，柏拉图在他的那些法律篇中，特别关注他那座城市孩子的欢乐嬉戏，关于他们的赛跑、竞技、唱歌、跳舞都做了十分详尽的阐述，他说道，古时候是让阿波罗、缪斯和密涅瓦来领导并且掌管这些活动的。

柏拉图谈及体操规则的时候，大大的加以发挥，扩展到上千条款；至于文学研究，却简直没有提及，好像就为了音乐才向人们推荐诗歌的。

我们的习惯以及举止，应当避免所有古怪和特殊，由于那是丑恶可怕的，可能会妨碍我们跟社会交往。

亚历山大的膳食总管得莫丰在黑暗中会常常出汗，阳光下反而会瑟瑟发抖。关于得莫丰的这种体质，任何人不会感到惊奇呢？有人闻到苹果的味道，就像是遭到了火枪射击，连忙逃之夭夭，有的人看见老鼠就大惊失色，有的人见到奶油就想吐，见到羽毛床垫就心神不宁，就好像是日耳曼库斯见不得雄鸡，也听不得它们歌唱的声音。或许这里面有什么神秘的特性，但是依我看，只要及早注意，是会克服的。我的一些毛病就是在受教育之后才开始矫正的，当然花费了很大一番工夫，到了现在，除了啤酒之外，我吃什么都觉得津津有味。所以，趁身体还可以塑造的时候，应该让它适应所有的方式和习惯。希望人们能够控制意愿和欲望，十分大胆地培养年轻人适应各种各样的生活，必要的时候，甚至让他过一下那种纵乐不规的生活。要按照习俗来训练他。他应该凡事都能干，不要只喜欢做好事。卡利斯提尼斯因不愿和主子亚历山大一起狂饮而失宠，对他的做法，连哲学家也不敢恭维。我们的年轻孩子应该和他的君主一起嬉戏，寻欢作乐。我希望就算是在纵乐的时候，他也应该精力充沛，而且泼辣果断，比他的同伴显得略胜一筹。如果他停止做坏事，也不是因为乏力，更不是因为缺乏能力，而是因为自己不想做。“不希望做坏事和不会做之间有天壤之别。”

我想向一位贵族表敬意，他在法国完全不花天酒地，一点都不放荡，我询问他，当他被那位国王派往德国，面对着那些善饮的德国人，曾经好几次因为公务需要而喝得酩酊大醉过？他回答我说他遵守入乡随俗，曾经喝醉过三次，而且还一一作了叙述。一些人，因为不擅饮酒，当他们不得不和那个国家打交道时，便陷入种种尴尬。我经常不胜钦佩地注意到，亚西比德有十分卓越的本领，擅长随遇而安，而且能够适应各种习俗，不担心伤害自己的身体：一会儿比波斯人还要奢华侈靡，一会儿比斯巴达人还要刻苦朴素；在爱奥尼亚的时候，他曾经纸醉金迷，而且荒淫无度，在斯巴达的时候却节欲缩食，改变了自己一直以来的习惯：

在阿里斯蒂普的眼中，
所有的衣着、状况、命运全部都是美好的。

——贺拉斯

我也希望这样培养我的学生，
假如他衣衫褴褛时并不着急，
穿破的衣服不急不躁，
穿好的也可以适应，
我会对他十分赞叹。

——贺拉斯

这就是我自己的忠告。所有付诸实践的人比那些只知不做的人受益更多。逐渐明白了就会听进去；如果听进去了，你也就明白了。

在柏拉图的那场对话中，有一个人曾经说："但愿哲学不是学习许多的东西，并不是探讨艺术。"

> 生活的艺术是所有艺术中最重要的，
> 获得这门艺术只要通过行动而不必通过研究。
>
> ——西塞罗

弗里阿斯的君主莱昂问赫拉克利德斯·本都库斯从事什么学科以及艺术，后者回答说："我既不懂艺术也不通晓什么学科，但我是个哲学家。"

有人曾经指责第欧根尼不懂得哲学但是却干预哲学，他说："不懂得则干预得更好。"

赫格西亚斯请第欧根尼给他读一本什么书，他回答道："您真搞笑，您选了真实而且自然的并不是画出来的无花果，那您为何不选自然而且真实的并不是那种写出来的书呢?"

学生不必用劲去背诵他将要实践的课程，他可以在行动中反复实践这些课程。应当在行动中去复习已经学过的东西。我们将观察他行动是不是小心谨慎，行为是不是善良公正，言语是不是优雅和有见地，生病的时候是否刚强，游戏中是否有谦和力，享乐时是否节制，鱼、肉、酒、水的口味上是不是讲究，理财上是不是井井有条：

> 把学问当作一种生活的准则，而并不是炫耀的目标，
> 擅长听从自己，服从自己的那些原则。
>
> ——西塞罗

人生是一面镜子，可以真实折射出我们的思想。

有的人询问泽克斯达姆斯，斯巴达人为什么不把授勋敕令记录在案让那些年轻人阅读，他回答他说："因为他们想让年轻人习惯于行动而不是口头。"等到我们这个孩子到了十五六岁的时候，您就把他以及学堂里喜欢炫耀拉丁文的学生比较一下：那一些学生花了同样多的时间仅仅只是学

习口才！世界上全部都是喋喋不休的废话，我从来没见过有人说话比应当说的少，而我们的半部人生都是在说话中度过的。我们迫于无奈用四五年时间听别人念一念单词，把这些句子凑成大篇文章；再用一样多的时间学写一些大篇文章，把文章十分均匀地分成四五个部分；至少还需要用五年的时间，要学会把词迅速排列组合进行诡辩。我们还是把这种事情让给专门从事这种职业的人来做吧。

有一次，我去奥尔良的时候，在克莱里这边的平原上面，邂逅了又两个艺术学院的教授，他们之间相距五十来米，全部是到波尔多来的。在他们身后不远的地方，我注意到有一群人，那位主人走在前面，是那位已故拉罗希什·富科伯爵先生。我的一位随从上前向走在前面的那位教师打听站在他后面的那位绅士到底是谁，那教授由于没有看见身后居然还有一群人，因此十分风趣地回答："他不是一位绅士，而是一位语法学家，我是一位逻辑学家。"但是，我们要培养的刚好并不是语法学家或者是逻辑学家，需要培养的是一位绅士。让那些专家们消耗他们的时间去吧，我们另外有事要做。但愿我们的学生脑袋里面装满知识，话语就应该会源源而来，假如话语不愿意跟来，那么他就到处带着它们。我常常听见有人以不擅长表达为自己辩护，似乎满腹经纶仅仅只是因为缺乏口才，没有办法表达出来。这其实是故弄玄虚。您明白我是如何看的吗？这是由于他们的想法还没有成形，还处在犹豫之中，理不清自己脑袋里到底想的是什么，所以也就表达不出来了：甚至连他们自己都不懂得自己。看那些人在说自己的想法的时候就有点儿结巴，你就能够判断出，他就如同生孩子还没有到分娩阶段，正在怀孕阶段，还在用舌头去舔那还没有成形的物质。而我，我始终认为，而这也正是大师苏格拉底的教诲：凡是那些思路活跃清晰的，肯定可以把所想的表达出来，用土话也能说清楚，即便是个哑巴，也能用表情替代：

> 谈谈熟悉的议题，话语肯定源源不竭。
>
> ——贺拉斯

就像塞涅卡富有诗意地在他的散文中说："事物抓住了它的实质，词语就肯定会自然而来。"但是西塞罗则说："事物往往带出词语。"我们的孩子没有必要懂得连词、名词，也没有必要懂语法；他的仆人和小桥上的卖鱼婆也不懂这些，但是，假如您想跟他们交谈，他们就会谈得很好，用起语法规则来很有可能得心应手，可以跟法国最好的文科学生相媲美。孩子不懂得修辞学，也不会在前言中对忠诚的读者哗众取宠，而且他也不需要知道这些东西。确实，所有漂亮的描绘，都可能会在朴实无华的真实面前显得黯然失色。

华丽的辞藻仅仅只能够取悦于庸人，由于庸人消化不了更加坚实的食物，就像是塔西佗笔下的那个阿佩尔所十分清楚地证明的那样。萨摩斯岛的使者来到觐见斯巴达王克莱奥梅尼，准备好一篇漂亮而冗长的发言，鼓动他去攻打自家的暴君波利克拉特斯·克莱奥梅尼十分认真地聆听他们演说，接着回答："你们的开场白我已经记不明白了，因此中间的也忘了，而关于结尾，我一点也不想做。"我觉得他的回答简直是精彩无比，那么几个夸夸其谈的使者一下子尴尬得无地自容。

还有一个人是如何说的呢？典人准备从两个建筑师里选出一个负责一所大型建筑。其中的第一个装模作样，一出场之后就来了个十分漂亮精彩的演说，把他对这份工作的考虑完完整整地阐述了一遍，想从公众那里博得好评。但是另一个仅仅只说了三句话："雅典的所有先生们，前面那位所说的，正是我将来会做的。"

西塞罗一直能言善辩，很多人都加以赞赏，但是小加图却付之一笑，他说："只不过是个可笑的执政官罢了。"一个有用的警句或者是妙语，不论是先说还是后说，总是十分适宜的。即便是放前放后都不合适，就那警句本身而言也是好的。有的人只要韵律好就能做出好诗，关于这个我不敢苟同。假如孩子希望加长一个短音节，那么就让他加长好了，我们有的是充足的时间；只要他的作品思想独特，思维和判断力都很到位，我觉得他就是一位好的诗人，然而并不是一位好的韵文作者：

> 他趣味不仅高雅而且细腻，但是诗文佶屈聱牙。
>
> ——贺拉斯

> 贺拉斯说，应该让诗歌丢弃拼合和格律：
> 去掉节律以及音步，改变它们的词序，
> 将第一个词移到最后的位置，
> 诗人就在被分散的肢体中。
>
> ——贺拉斯

他坚持不懈，写出来的诗会特别漂亮。米南德同意写一出喜剧，可是他却迟迟没有动手，而交稿日期快到了，大家都指责他，但是他却回答说：“我已经准备好了，仅仅只差往里面加一些诗句了。”他已经胸有成竹，因此对剩下的事就不怎么重视了。自从龙沙和杜贝莱使法国诗享有很大的盛名以来，我没有见过一个学生不是小小年纪就夸夸其谈，像那些大诗人一样会掌握节律的。“声音洪亮，但是内容空洞。”对庸人而言，诗人从来没有像现在这样的多。他们不费吹灰之力就掌握了表现韵律，然而，在模仿龙沙丰富的描写以及杜贝莱微妙的思想的时候，就完全无能为力了。

诚然，如果有人用三段论那样烦琐的诡辩伎俩来折磨我们的孩子，比如说：吃火腿会口渴，喝水能解渴，所以吃火腿就能解渴，那简直是在开玩笑。遇到这样的情况，他应当怎么办？他应当作的就是闭目塞听。这样做比有所反应更加的巧妙。

他应当借鉴亚里斯提卜里面那句反诡辩的玩笑话：“既然我被捆着感觉很不舒服，那么为什么不松开呢？”有人建议克里西波斯采用诡辩言辞去攻击克莱安西斯，他的回答却是：“你去跟那些孩子们玩那些把戏吧，不要把一个成年人的严肃思考引入这些鬼把戏。”假如那些愚蠢的诡辩，那些称之为“晦涩难懂、难以捉摸的诡辩”，是希望让孩子相信一个谎言，那是非常危险的；但是如果面对诡辩他毫无反应，只是付之一笑，那我看不出为何不让他接触这些东西。有一些人简直是愚蠢之极，仅仅只是为了追求一个漂亮的字眼，就偏离正道一里路的距离。“或者，不是选择词汇去作文章，而是离题万里，去找那些让词汇适应的内容。”塞涅卡则说：“有一些人为了用上他们喜欢的一个词，不惜谈论那些他们原本不希望谈的题目。”但是我宁可弯曲一个漂亮的警句将它缝到我的身上，也不愿意扭转自己辩论的思路去寻找那些警句。相反的是，言语恰恰应该为主题服务，紧紧跟着主题，假如法语中再也找不到合适的词，那么但愿在加斯科尼方言中能找到。我希望内容高于一切，一个人听完说话以后，充斥头脑的是内容并不是一些词汇。不管是写在纸上的还是嘴里说的，我都喜欢那些朴素自然的语言，不仅简短有力，而且饶有趣味，而不是那样精雕细琢，十分的生硬苦涩：

仅仅只有给人以震惊的文体才算是好的文体。

——卢卡努这样的语言可能很难理解，但是并不无聊，而且不矫揉造作、杂乱无章、缺乏条理以及扭扭捏捏；每个字都是实实在在；那不是一种学究式的、布道式的、律师式的语言，那样的是士兵式的，就像是苏埃托尼乌斯称尤里乌斯·恺撒的语言为士兵的语言一样，虽然我并不明白他为什么这样称谓。

我曾经很高兴模仿年轻人潇洒的穿着方式：他们的大衣斜披着，披风随意地搭在一只肩上，一只袜子就那样松松垮垮，这表现了异域风情倨傲自负的样子，没有去考虑衣着得体的问题。但我认为这种风度用到语言形式上会更加的适得其所。对于弄臣而言，所有矫揉造作都是讨人厌的，特别是在快乐以及自由方面。而在每一个君主政体国家里，每一位宫内侍从都必须按照弄臣的方式训练他们的言谈举止。因而，我们稍稍转向自然，稍微蔑视矫揉造作，是完全没有错误的。

我一点也不喜欢布上的针线以及线头看得清清楚楚的，就像在一个美丽的躯体上能看出骨头和血管。“真话是应该简单的，没有一点矫饰。”

“除非是想装模作样，不然谁会讲话小心翼翼？”

当雄辩吸引我们倾心于它的时候，就会损害事物。

用一点也不实用的奇装异服来引人注目，那是一种胆怯的行为；相同的是，追求一些新奇的句子以及那些鲜为人知的词汇，也是因为一种幼稚而且迂腐的奢望。但愿我仅仅只使用巴黎菜市场上的语言。语法学家阿里斯托芬就不精于此道，他试着模仿伊壁鸠鲁的用词简单的方式，同意雄辩术的目的仅仅只是为了让语言可以明快。模仿说话其实并不困难，因此大众会立刻跟上；模仿和判断个人的思想就没那么容易了。很大一部分的读者由于找到了一样的衣袍，就错误地觉得拥有一样的身材。

力量和强壮不能相互借用；首饰和大衣却可以借来借去。

在跟我过从甚密的人中间，大部分人说话就像我的《随笔集》，但我不知道他们是否也这样思想。

雅典人（据柏拉图说）注重丰富而优雅的表达，斯巴达人则特别注意简明扼要，克里特人注重观念的丰富甚于语言，后面所说的那一种人是最好的。芝诺声称他有两种类型的弟子，一类被他称作是语史学家，对学习知识特别的感兴趣，这是他所宠爱的学生；另一类只喜好美丽的辞藻，他们特别注意的是语言。这并不是说善于辞令不是一件好事，仅仅只是没有善行来得好。我生气的是我们的一生的时间全部都浪费在学习讲话上面。我希望首先弄懂我的语言，然后再学习邻国的语言，用这些语言和人经常打交道。希腊语以及拉丁语毫无疑问是漂亮和伟大的语言，但是学习它们太费工夫了。我这里准备介绍一种方法，比习惯的做法要更加的省事，我自己亲身实践过。有意者不妨试一试。

我自己的先父曾经尽最大努力作过各种各样的探索，从聪明以及博学的人中，寻找一种十分优秀的教育形式，发现了通行的种种弊病：有人对他说我们花长时间来学习古罗马以及古希腊人不费吹灰之力就能够学会的拉丁语还有希腊语，是我们不能够达到他们那种高尚心灵以及渊博知识的唯一原因。我并不认为那是唯一的理由。不管怎样，我父亲最后还是找到了办法：我还在吃奶的时候，还没有开口讲话之前，他就把我交给了一个不懂得法语、但是精通拉丁语的德国人。后来他成为名医死在法国。我父亲还特意把他请过来，当时是高薪聘用，整天的时间都把我抱在怀里。我父亲还另外请了两个学识低于那个德国人的家教跟着我，以此来减轻那个德国人的负担。他们跟我讲话仅仅只用拉丁语。而至于家里其他的人，有一个不可以违背的规矩：我父亲他本人，还有我的母亲、仆人以及侍女，陪我玩耍的时候，每个人都尽量学会用拉丁语和我说话。令人惊异的是，每个人都可以从中受益匪浅。我父母学到了充足的拉丁语，能够听得懂，必要的时候还可以跟人交谈，那几个侍候我的佣人也一样。简而言之，我们的拉丁语化影响到我们的村寨，因此某些手工业者以及工具的拉丁语名称在那里生了根，而且一直沿用至今。而我，现在都六岁了，听到的法语或者是佩里戈尔方言不比阿拉伯语多。因此，没有方法，没有语法，没有严格的教学规范，没有教鞭和眼泪，我就可能学会了拉丁语，而且同我学校老师的拉丁语一样地纯，因为我不可能将它同其他的那些语言混淆，而且也不可能讲得变样。如果做一篇翻译练习，照学校的方式给材料的话，那么给别人的是法语的，交给我的却是一篇使用蹩脚拉丁语写的文章，于是我就把它改成地道的拉丁语。我的那位家庭教师，就是那位著有《论罗马人民集会》的尼古拉·格鲁奇，评述了亚里士多德的纪尧姆·盖朗特，苏格兰大诗人乔治。布卡南，被意大利以及法国公认为在当代是最优秀雄辩家的马克·安托尼·米雷，他们常常对我说，我小的时候，拉丁语如此熟练，信手拈来，甚至连他们都不敢和我交流。布卡南到后来跟随已故德·布里萨克元帅先生，我见到他的时候，他对我说道，他之后写关于孩子的教育问题，需要拿我作例子。那个时候，他是那位德布里萨克伯爵的家庭教师，这位伯爵到后来表现得十分的骁勇顽强。

而关于希腊语，我几乎一窍不通，父亲决定通过教学的方法教我，但是采纳新办法，将教学寓于游戏和练习中间。我们把词的变格像球那般到处扔来扔去，就好像有些人通过下棋来学习数学以及几何。因为有人建议我的父亲在教我尝试知识和责任的时候，不得不让我自己有这个欲望，要在和风细雨以及自由自在的环境当中培育我的心灵，而不可以用严厉以及束缚的手段。有些人觉得，清晨硬叫醒他们或者突然猛地把他们从睡梦中惊醒（他们睡觉比我们沉），这样可能会扰乱孩子娇嫩的脑子，我父亲听信了这个迷信之后，每天到早晨用乐器声音将我唤醒，我身边从来没有间断过给我演奏的人。

这一例子足足可以判断以后的成果，足以抬高一位好父亲的聪明智慧和爱心的价值；假如说作了很多细致卓绝的耕作，但是却没有相等的收获，那么就不是他的过错了。造成这一结果有两个原因。一是底子薄，底气不足。虽然我身体结实茁壮，但是我生性柔顺随和，总是一直无精打采地样子，而且还有气无力，人们没有办法使我摆脱无所事事的那种状态，除非是叫我去玩耍。只要我看到，就看得很透彻，在天性懒惰的情况下，我孕育着一种超过我年龄的十分大胆的想法。我的思维就像是蜗牛行步，仅仅只是跟着别人的指挥棒转一样；我的领悟力似乎是姗姗来迟；除此之外，我的记忆力极差。如果因为上述理由，我父亲到最后没有获得任何有价值的成果，那就丝毫不奇怪了。第二个原因就是，我父亲特别担心他精心营造的成果功亏一篑，他就像有病乱投医一样的，到了最后也随波逐流，学那一些傻瓜的做法，当那些从意大利带回来的并且给予他启蒙教育的人离开他身边之后，父亲屈从了习俗，在我六岁左右时就把我送进了居耶纳中学。这所学校那时候办得欣欣向荣，是法国最好的一所中等学府。在那个地方，他依旧有可能给我额外的照管，为我挑选了十分充裕的辅导老师，对我其他的方面的教育也特别关心，那时他为我采纳的好几种做法都违背校方的规定。但是这毕竟是学校。我的拉丁语的情况越来越糟糕下，因为失去了说的习惯，我于是就不用它了。这一新型的教育方式，仅仅只为我派了一次用场：我一上来之后直接跟读高级班，当我 13 岁离开学校的时候，算是完成了人家所说的“课程”，其实那些东西对我现在来说毫无价值。

我第一次对书本感觉有兴趣，是源自奥维德的那本《变化》。那时候我有七八岁，我避开所有的一切乐趣，只埋头于读这些故事；更何况拉丁语是我的母语，并且这是我所知的最容易的书，就内容来说，最适合我这个年纪的孩子了。其他的孩子都津津乐读的很多乱七八糟的书，比如说《湖中的朗斯洛》《阿马迪斯》《波尔多的于翁》，我不只是不知道书名，更不知道内容，由于我选书是十分严格的。因为读了奥维德的寓言，我在学习其他规定课程的时候，更加显得无精打采。更有趣的是，我刚刚遇到了一位豁达的辅导老师，他知道灵活处事，对于我的行为和其他离谱的事情，总是睁一只眼闭一只眼。我一口气连着又读了维吉尔的《埃涅阿斯记》，另外还有泰伦提乌斯、普劳图斯以及意大利的喜剧，我被那种十分美妙的主题深深吸引。假如那位老师愚蠢到禁止我这么读书，我觉得我从学校带回来的只有对书本的憎恶，就像是我们的贵族子弟一般所处的那种状况。他做得十分巧妙，装作什么也没看见，仅仅只是让我偷偷地贪读这些书，这样就更加刺激了我阅读时候的那种强烈愿望，而对于其他规定的课程而言，只是温和地让我尽到职责就可以了。我父亲给我选择家庭教师时，主要看重那些人温厚随和的性格，因此，我的毛病也就是倦怠懒惰。危险其实不在于我做坏事，反而是无所事事。没有人预言我会变坏，只是变为无用之辈，没有人预言我会变得腐败堕落，只是游手好闲。

我感到事实就好像人们所预料的。我耳畔总是一直响起这样的埋怨："没有任何事情做；对朋友以及亲戚冷漠无情，对公众事务也是如此，太自我。"最最不公正的人不说："为何拿了？为何他没付钱？"而说："为何他不免除债务？为何他不给予？"

人们希望我像这样一味地只是付出，关于这个我没有意见。但是不公正的是特别严格地要求我做不该做的，而不要求他们做自己该做的。当我为别人效劳的时候，那是我自己的意愿在起作用；我天性不善于被动做好事，因此我这样做更应该受到称赞。我绝对不放弃我的权利或者是债权。那些越是我自己的财产，我反而越能够自由支配。然而如果我是想为自己的行为锦上添花的那种人，我可能会有力地驳斥这些指责，我可能会对有些人说，我对他们的冒犯还不足够多，我还能够走得更远些。

但是，这时候，我的心灵依旧独善其身，围绕它所可能熟悉的事物，会有十分坚定的冲动以及正确而且坦率的看法，它自己将它们消化，而决不和别人分享这样的感受。同样的道理，我相信我的心灵绝对不可能屈从于武力以及暴力。

我在努力融入我所扮演的各种角色的时候，是否应该夸一下我小时候就有的那种能力：神态自信，声调抑扬，行为灵活呢？因为我还没有到该这样的年龄。

刚刚满十二岁。

——维吉尔

我就在布卡南、格朗特以及米雷的拉丁语悲剧中扮演主角的角色。那一些悲剧曾经在居耶纳中学演出过这部戏。安德烈·戈维亚校长在这方面没有什么可以比拟，堪称全法国最棒的校长，就像是他在行使职务的其他方面所表现的行为那样。大家把我看作行家里手。我十分赞成贵族子弟演戏，这对他们来说是一种娱乐。我发现我们的君主以后也亲自满怀敬仰和赞叹，效仿我们的某些古人。

在希腊那个地方。有身份的人是被批准以演戏为职业的：“他（谋反罗马的安德拉内多尔）向悲剧演员亚里斯顿透露了那个计划。后者出身高贵又富有，他的职业对他没有一点损害，由于演戏在希腊并不是一种见不得人的职业。”

我一直都是觉得，谴责这种消遣的人说话是不礼貌的，拒绝有才能的演员才能够进入我们的城市，剥夺民众这一公共娱乐，这种做法是特别不公正的。良好的管理要精心召集民众参加集体活动和娱乐活动，和要他们参与严肃的宗教仪式一样，这样就可以增进人与人之间的交往以及友谊，再次，还有什么样子的娱乐活动，会比民众每个人都参加，甚至还包括行政长官在旁监视的消遣更规矩？我甚至觉得明智的做法是，行政长官和君主自己掏钱，有时带着情感和爱心赏赐给民众团体，这显示了慈父一样的深情和关怀。在那些人口稠密的城市，应当有专供演出这些节目的公共场所，也能够有一些比这里更坏的秘密的娱乐活动。

最后言归正传。唯有这样，才能够刺激孩子们读书的欲望以及热情，不然的话，培养出来的仅仅只不过是驮着书本的蠢材，用鞭子抽打他们，让他们管好装满知识的口袋。知识应当跟我们合二为一，而不仅仅只是我们的房客，这才是十分正确的做法。

27 仅凭个人浅见去判断真伪，那是狂妄

把轻信和言听计从归为天真和无知，或许并没有什么依据。由于从前似乎听说过，“相信”就像是心灵上的一道痕迹，如果心灵愈软愈松，那么愈易留下印记。“增加的砝码必定使天平倾斜，显而易见的事实会牵动头脑。”（西塞罗）

心灵愈空就可能愈没有分量，每当有论点压上去，那么就会轻易下沉。所以，孩子、民众、妇女和病人，他们特别容易被耳朵牵着走。然而另一方面，也是一种十分愚蠢的自大狂，对所有的一切不易信以为真的事都要轻蔑地斥之为胡说的。这是那些自以为判断能力超常的人通常犯的错误。我以前就是这样。当我听说死人还魂、卜算未来、蛊惑以及巫术的时候，或者我无法理解的故事：

> 梦魇、魔法、奇迹以及女巫，
> 黑夜幽灵，帖萨里亚鬼故事。
>
> ——贺拉斯

我就觉得被这些荒唐事愚弄的人可怜又可悲。现在我认为自己那时候至少也同样值得可怜。并不是后来的经历使我的见解超过最开始的轻信（这跟我的好奇心没有关系），但是理智让我明白，武断地将一件事斥之为虚假和不可能，这就是在头脑里面对上帝的意志以及大自然母亲的威力预设了一定的限度和界线。把这些纳入到我们自己有限的能力以及知识范围之内，难道不是天大的愚笨。

如果把我们的理智所不能及的事物通通称之为奇迹和违背自然，那么会有多少怪事以及奇迹一直不断地出现在我们眼前？思考一下我们穿过了多少迷雾才认识了大部分在我们智力范围之内的事物，进行了多少的摸索过程才认识到的：当然我们还是会觉得，这肯定是习以为常的，并不是知识的增多，才使得我们不再感觉到事物的奇异性。

今日每个人都见多识广，
没有人再愿意抬头去看那光明的殿堂。

——卢克莱修

这些事物如果初次显现在眼前，我们会认为它们跟其他事一样的神奇，甚至更加的神奇。

它们如果在今天向凡人显示，
突然地出现在凡人的眼前，
还是会被当作是比什么都神奇，
任何东西都没有它那么不可思议。

——卢克莱修

没有见过河的人第一次见到河流，他想这就是大海吧。但是在我们看那却是最大的东西，我们会肯定它们是大自然同类物中间的巨无霸。

实际上河流本身的大小与否并不重要，没见过更大的人觉得源远流长。

一棵树，一个人，也是一样的道理。不管哪个种类，
比较大的看来总是显得硕大无比。

——卢克莱修

“眼睛看成习惯的东西，思想也可能会习以为常；思想不再对常见的东西感到奇怪，寻找其中的原因。”（西塞罗）

事物的新奇往往要比事物的大小，更加容易引动我们去寻找原因。

我们应该怀着崇敬之意去评价大自然的无穷威力，同时进一步承认自身的无知。世上有很多事情得到可信赖的人的证实但都让人觉得难以相信，假如我们不可以信服，起码应该把它们放在一边。由于判定它们绝对没有可能，这是一个十分鲁莽的预测，自己觉得能够确定极限在哪里。如果我们真的懂得不可能和不常见的区别，“那些违背自然规律的东西”与“不同于平常看法的东西”之间的差别，不仅仅不轻易相信而且也不轻易不信，他们就可能会遵循古希腊七贤之一开伦提出的“物无多余”的法。

在傅华萨的那本《闻见录》中读到，驻贝亚恩的弗瓦伯爵在卡斯提尔国王胡安在朱贝罗特战败后第二天的时间内，就获得消息，但是其中获悉的方式却让人付之一笑；在编年史中所说的事情也一样，霍诺里厄斯教皇在菲利普·奥古斯都国王在芒特逝世的那一天，就下了命令在意大利全境举行国葬，这些事件我们也不会相信，因为证人或许还不够权威，因此令我们把他们的话当作是依据。难道不是这样的么？

假如说普鲁塔克，除了援引古代所列举的那几个例子以外，还说他通过可靠的渠道得知，在图密善的时代，安东尼乌斯在德国战败的消息在当天的时间内就早已经传开了，但是隔了好几天的时间才在罗马公布。恺撒也说消息往往走在事件前面，难道我们也要说，这些人和我们一样缺乏洞察力，所以跟着民众一起受骗吗？当大普林尼高兴运用他的判断力的时候，还有什么比它更加的细致、清晰、敏锐而且更不掺杂虚荣。对他的高深学问暂且不加以谈论，我觉得这还在其次。在判断以及学问方面，我们究竟在哪方面胜过他？然而，任何哪个小学生都能够用谎言来说服他，教训他大自然如何如何地前进。

布歇在书中曾经说到圣美拉里的圣物显灵的时候，我们读过也就罢了；他毕竟声誉不算高，我们还可以任意驳斥。但是我觉得，一概否定同类的事情似乎也过于放肆。那位伟大的圣奥古斯丁证明说自己在米兰亲眼目睹一个盲童在圣杰尔瓦斯以及圣普罗泰修斯的圣物前完全恢复了视力。在迦太基，一位刚行了洗礼的女人为另一个女人画十字，于是治愈了她的癌症。圣奥古斯丁的那位亲信赫斯珀里乌斯，用了基督圣墓上的一块土，于是把闹得他家鸡犬不宁的精灵赶走了。这块土到了后来送到了教廷，把一个瘫子突然之间治好了。一名妇人在巡游队伍中用花束扫了一下圣埃蒂安的遗骸盒，又抹了一下失明多年的眼睛，以此重见光明；还有很多的圣迹，他都说是亲眼目睹过的。

对他以及他请来作证的两位教廷主教奥雷利乌斯还有马克西米努斯，我们有什么可以指责的吗？说他们是因为无知，或者是头脑简单，还有轻易相信，还是居心不良以及蒙骗别人？在我们生活的这个世纪，还有哪个人会那么不惧怕难为情，说自己在美德以及善心，在知识、判断力和智力方面一较高下吗？“他们不需要提出任何理由，仅仅凭威望就可以把我说服。”（西塞罗）

蔑视我们想象不到的事物，除了自身荒谬绝伦的轻率之外，还是一种胆大妄为的表现，危险而后果严重。由于，按照自以为是的理解，你给真理以及谎言划定了一条界线；接着可能还有比你已经否认的更加奇妙的事物。一定要你相信不可，你又必须舍弃这些界限了。关于我们的良心，在目前我们所处的宗教纷争之中，带来了如此多混乱的，我觉得莫过于天主教徒放弃关于他们自己的信仰。当他们抛下那些正在争论的议题然后留给对方去继续的时候，他们还觉得自己做得特别克制，特别识大体。

然而，他们看不到开始让步和后退便极大地有利于攻击你的人，仅仅只会是鼓励他得寸进尺，除了这个之外，他们选择的那些没有什么关系的议题实际上是特别重要的问题。要么完全彻底地服从我们教廷政策的权威，或者完全地摆脱教会。不应由我们来决定服从教会到什么程度。

另外，我由于尝试过才有胆量说这样的话。以前我利用这种自由曾经做出过一些个人的选择与分类，对某一些看来空洞或奇异的教规阳奉阴违。到了后来和一些有识之士谈论过，我发现这些事情其实有着实质的相当坚实的基础，仅仅只是愚蠢与无知才使我们薄此厚彼不给予一样的尊重。我们为什么不想一想我们在做出判断的时候感到多少矛盾？很多的东西在过去被我们当作是金科玉律，但是在今天成了无稽之谈？自负和好奇是灵魂的两大害。追求新奇使我们处处伸出鼻子，贪图虚名又使得我们对所有的都武断和妄下结论。

28　论友爱

观察我请来的画工的工作程序，心中油然而生一股想模仿他的念头。他选择在墙壁中央那个最佳的部位画上一幅画以此来施展他的才华；周围的空白上他画满怪物，这全部都是一些荒诞不经的图案，用各种奇形怪状来表现出画的魅力。那么我在这里所写的东西，其实还不是一些身子长着不同的肢体、不同的形状，全凭偶然的顺序和比例拼凑，没有比例的妖魔鬼怪么？

美女的身躯上面却长着一条鱼尾巴。

——贺拉斯

我继续追慕我这位画家所经历的第二阶段，但是在另一点上，在他最优秀的一点上就跟不上他了。由于还没有达到那个工力，敢去按照艺术的法则试着去画一幅内容丰富而且手法精致的画。我想起了去借重艾蒂安·德·拉博埃西的一篇文章，这样使我这部作品的其余的部分可以得以沾光。这篇论文他起名为《自愿奴役》；不知道这个题目的人后来给它取了一个更恰当的名字《反对独夫》。那个时候他少年气盛，写成了一篇评论文，论文中间提倡自由抨击暴君。长久以来，这篇文章在具有大智慧的人中间传阅，并且获得很高的评价，由于这是一部非常好的作品，内容特别地丰富。

但是这还不能称得上是他最好的作品。当他到了一个更加成熟的年龄之后，我熟识了他；他在年龄上已经增长不少，如果他像我一样执意将自己的思想写下来，我们就能够读到许多稀世佳作，但是使我们特别接近古代的荣誉，由于在天赋方面我还没看见过谁能够与他匹敌，然而他身后留下的正是这篇论文，而且还是偶然留下的，我还相信稿子散落以后他自己再也没有见识过；还有的就是由于我们的内战因而出名的元月敕令的回忆录，也很有可能在之后会在哪里可以找到出版的地方。

这是我所能找到的他的全部著作。他在病笃的时候立下遗嘱，充满了爱心的嘱咐，除了我已经请人出版的那几本论文集以外，还让我继承了他的藏书室以及文稿。我对这篇论文怀着一种特殊的感激之情，因为它是把我们连接在一起的纽带。在认识他之前很久的一段时间，已经见过那部书，这使得我第一次听说他的名字，就这样开始了我们之间日益深厚的友谊，似乎这算得上是上帝的安排，它是那么全面那么完美，可以肯定这是极为少见的友谊，男人之间特别是绝无仅有的。需要建立这样的友谊首先得需要多少机缘，三百年的时间可以遇见这么一次已经是鸿运高照了。

我们走向交往的过程，不是别的什么，似乎完全是受天性的驱使。亚里士多德称优秀立法者关心友谊的程度要多于正义。但是，完美相聚的最高点和基本点是友谊。一般说来，由欲念或者是利益，公共需要或者是个人需要建立和维持的所有的交往都不十分的高尚美好；在友谊中间掺入了友谊之外的其他因素、目的以及期望，而且谈不上什么友谊。

自古以来有以下这四种情谊：血缘的、社交的、待客的以及男女情爱，不管是单独或者是合在一起，都可能达不到这样的友谊。

子女对待他们的父辈，更多的是一种尊敬。沟通建立友谊，他们之间因为差别太大所以不可能存在交流，交流也很有可能妨害亲情的责任。亲人们内心的想法不是全都可以和子女沟通的，不然的话会过于随便有失体统；另外还有规劝以及指正是友谊的第一要素，子女对父辈特别难做到这一点。

从前有过一些民族，按照习俗孩子杀死自己的父亲；另外还有一些民族，父亲可以杀子，目的都是为了避免相互间可能产生的障碍，从自然规律上来说一方的存在往往取决于另一方的毁灭。古时候有些哲学家往往唾弃这种天然习俗，能够以亚里斯卜提为证明。有的人逼着他说，那个孩子是他自己生的，应当对他们有亲情，他朝地上吐了一口痰，说这口痰同样出自他的身体，然而我们身上也可能会生虱子以及小虫。另外还有一个证人，普鲁塔克规劝他跟他的兄弟进行和解，但是他回答说："我不可能因跟他出自同一个洞里而对此特别地重视。"

兄弟是一个美好的称谓，充满了亲情，我们在这个称谓之下团结一致。然而财产究竟分与不分，一个富但是另外一个穷，这都可能会大大损害并且疏远上面说的兄弟情谊。兄弟并行同速沿同一条小路向前进，磕磕碰碰和互相顶撞是常有的事。除此之外，志趣往往是相投的，脾性默契可以促使产生这些真正而且美好的友谊，为什么会一定存在于兄弟之间呢？父子的性格很有可能截然不同，兄弟也会一样。这是我儿子，这是我父亲，但是他粗野无礼、凶恶或者愚蠢。另外还有，自然法则以及义务需要我们保持这种友好的关系，我的选择以及自由意志也就更少。情感和友谊得不到真正属于自己的果实，我们的自由意志也一样。

这并不是我在这方面没有体验到所有可能有的一些感情。我有个特别好的父亲，一直到风烛残年却依旧宽容之至。我的家庭从父亲到儿子都声誉卓著，是一个兄弟和睦堪称模范的家庭。

> 谁都可以知道我爱兄弟就像是父辈。
>
> ——贺拉斯

尽管对女人的感情也常常是出自我们的选择，但没有办法与之相比，也不属于相同的一类。我承认情欲的火焰更加旺盛，更加炽烈，而且更加灼人。

女神往往也了解我们，
在爱情的焦虑中加入了甘与苦。

——卡图鲁斯

然而这种火焰来得急所以去得快，波动没有规律，蹿得一会儿高一会低的，仅仅只是存在于我们心房的一隅。在友谊当中，有一种普遍的无处不在的热情，一种均衡和缓持久平静的热情，一种甜蜜和细腻、绝无苦涩和刺激的热情。在爱情中间还有另外的一件事，那么就是我们得不到的时候反而有一种疯狂的欲望：

就像是猎人追逐野兔，
不顾寒冷，不顾酷暑，跋山涉水，
即使捕获了也不再在意，
逃跑了但是也死不甘心。

——阿里奥斯托

爱情进入友爱结束的那个阶段之后，就是说不再意志投合的时候，爱情渐渐会消退，而且会厌倦。肉欲的目的是十分容易满足的，爱情也会因为它享受到了而失去。相反，我们愈是渴望友谊也愈是享受友谊，它在享受中升华，坚持，增长，因为友谊是精神上的东西，灵魂在实践友谊之中愈发变得高雅。

在这样一种完美的友爱之下，也曾经有飘忽的感情在我心里面停留下来，更不用提到那位拉博埃西，他在那些诗篇中间已经作了太多的表白。所以这两种情欲我都有过，彼此之间并不互相排斥，可是两者之间也不能够相比：友谊昂首阔步地向前进，十分鄙夷地看着爱情那么远地在底下踮着脚走路。

关于婚姻，这简直是一个交易的市场，唯有入市是自由的（期限受到约束以及强制，绝不是我们的意愿所能够支配的），这个市场的运作通常别有目的，这中间需要清理千百种外来的各种纠纷，处理不好的话，联系就可能会切断，热情之路就可能会转方向。但是友爱除了友爱本身之外，没有任何交易和商业的成分。

这种神圣的友爱是靠默契以及交流相互滋养的，坦白说，女人资质十分平庸，一般达不到这样的默契以及交流的程度；她们的心不够坚强，承受不了这种长时间亲密结合的压力。当然了，假如没有这个，假如能够建立这样一种串联自由以及自愿，不仅仅心灵得到完全彻底的享受，身体也同样会参与结合，整个人全部身心地投入，这样就能够肯定友爱会更加的丰富更加的完满。可是还没有例子说明女性可以达到这一点，古代的学派共同地把它排斥在友谊之外了。

另外一种狎昵的希腊式爱情也十分自然地为我们的习俗所不容纳。那种喜欢在习惯上情人之间的年纪差别非常大，宠幸程度当然也就不一样，也不符合我们这里所要求的那种情投意合以及和谐一致："这种友好的爱情，到底算什么东西呢？为何一个丑的年轻人；一个美丽的老头儿就没有人爱?"（西塞罗）当我对于这种情况这样说的时候，我觉得柏拉图学院提到的情景也没有对我加以否定。维纳斯的儿子在情人心中挑起疯狂的冲动，这一种没有节制的热情剧烈澎湃，造成所有鲁莽行为，同时也为他们所容许的；然而这种初恋仅仅只是建立在以身体生殖当成是假象的一种外表上。这在精神上是很不可能的，精神表现是隐藏起来的，它还仅仅只是刚刚诞生，处于一种萌芽的前期。

品行低端的人有了迷恋之后，他就会用财富、送礼、高官厚禄等等利诱手段来引诱对方，这是被柏拉图派所一直唾弃的。心灵高尚的人一旦有了迷恋之后，采用的手段也常常会是高尚的：哲学的教训，尊重宗教的教育，遵守纪律，为国捐躯，勇敢，智慧，正义的榜样。爱的人特别用心修饰自己的灵魂，使自己的灵魂显得美丽高雅，能够被对方接受，身体已经慢慢失去风采，渴望用精神交流建立一个更加密切而且长久的联络。

当这种追求达到成熟之后，那时候被爱的人通过一种精神美的媒介来传递，心中孕育对那种精神的欲望。（他们其实并不要求爱的人在追求爱的时候显得从容慎重，而是要求被爱的人在这方面做得仔细，而且一丝不苟，被爱的人才需要判断难以认识难以发现的内在美。）精神美是主要的部分，但是肉体美是次要的，而且是偶然的；这恰恰是爱的人的反面。因为这个原因，他们更加喜欢被爱的人，证明诸神也更喜欢被爱的人，大声斥责诗人埃斯库罗斯在阿喀琉斯以及帕特洛克罗斯的恋爱过程中间，把爱的人这样一个角色给了阿喀琉斯，让这个年纪轻轻的小伙子当上了希腊的第一美男子的角色。

相互达成一致之后，友谊中间最有价值的核心部分就开始发挥作用，占据着主导地位，为我们带来了对私人和集体生活都十分有用的结果。这也正是接受这种习俗的国家的力量所在，公正以及自由的主要捍卫者。阿莫狄乌斯和阿里斯托吉顿彼此之间健康的爱就是很好的一个证明。他们把它称之为神圣和非凡的结合。与他们而言，暴君的残暴以及民众的懦弱才让它充满敌意的情绪。

最后，我们支持这个学派的努力，只限于说这种爱最后将演变为友谊，这和斯多葛派对爱的定义其实也并不相违："我们被一个人的美丽所吸引的时候，爱就是需要获得他的友谊的一种尝试的行为。"（西塞罗）我现在继续描述友谊，说得更公正和更恰当一些："当性格以及年龄达到一种成熟与稳定的时候，才能够对友谊做出一种完整的判断。"（西塞罗）

到现在为止，平常所说的朋友以及友谊，只不过是出于某种环境或某种功利的需要，把我们的心连接在一起的亲密关系。但是我说的这种友谊，则是两个人心灵彼此之间密切交流，而且完全地融为一体，感觉不出来是两颗心灵缝合在一起。假如有人逼着我说出我为何会爱他，我认为不能够表达，所以只能够回答："因为我爱的是他，因为爱他的是我。"

除了我理解还有我能够给予明确说明的东西之外，促成他跟我成为知心朋友的还有我说不清楚的那种缘分。我们在相遇之前因为听别人谈起对方，就在寻找对方，我相信这里面似乎有什么样子的天意。我们听到名字之后就开始拥抱了。

偶然之间在城里的一次大集会上，我们第一次相遇，就已经互有好感，熟悉和离不开对方，我们的关系已经密不可分了。他创作了一首十分杰出的拉丁讽刺诗歌，后来那首诗歌发表了出来。那首诗中对我们相认没有多长时间就心领神会，如此迅速而且默契无间，都作了一种辩解性质的说明。这一关系是那么短促，而且开始得那么晚，由于我们两人都渐渐靠近了而立之年，他甚至还比我长几岁，不能够再让时光虚度，依据正常慢悠悠的交友的模式，事前要有很长一段时间进行小心翼翼的交谈。

我们的友谊只有一种理想的模式，就是它自己的模式，它只能和自己进行比较。这不是一种十分特殊的因素，而且也不是两种、三种、四种，或者说是一千种；而是全部这一切混合之后形成的精髓，我也说不清楚是什么，它抓住我的全部愿望，延长并深入他的愿望；它也控制了他的所有意志，带着它陷进并且消失在我的意志中间，怀着一样的饥渴，一样的激情。我所说的消失，是一种真正意义的消失，属于我们自己的什么东西都没有留下，我们毫不保留自己的东西，不管是他的还是我的。

罗马执政官依法对提比略。格拉库斯定了罪以后，追捕所有跟他有过密切接触的人；当列里乌斯在执政官面前询问盖乌斯·布洛修斯（格拉库斯的最重要的朋友），他自己乐意为朋友做什么事情时，布洛修斯回答说："做一切可能做的事情。"

"什么是任何什么事？"他又问到，"如果他命令你必须放火烧掉我们的神庙呢？"

"他绝对不会命令我做这种类型的事。"布洛修斯反驳说道。

"万一他这么命令呢？"莱利乌斯又接着追问了一句。

"我肯定会服从命令的。"他回答说。

史书上记载，假如他真的是格拉库斯的密友，他就没有必要在最后大胆表白去刺激执政官，他不应当放弃他对格拉库斯的意愿的信任感。但是，斥责这是一句具有煽动性回答的人，没有领会到这中间有什么样子的奥秘，而且没有料到他实际上对格拉库斯的意愿能够做什么，明白做什么，全部都了如指掌。他们是公民，更是朋友，他们的友情超过了对国家的爱与仇，超过了野心和骚动。他们完全可以情投意合，也可以完全掌握彼此之间的脾气性情的缰绳，凭借美德以及理性行为来操纵这辆马车（就如同不装上这个是不可以驾驭的），所以布洛修斯的回答简直是恰到好处。

如果他们的行动不一致，按我的标准来衡量，他们就成不了朋友，他们也不会同意自己的做法。关于这个，我的回答肯定不会比他更好。假如有人问我："如果你想杀女儿，你会杀吗？"我唯有同意。这其实并没有证明我赞成这样做，仅仅只是我绝对不怀疑我的意愿，同样不会怀疑这么一位朋友的意愿。我对我的那些朋友的意图以及判断是深信不疑的，所有人说任何理由都不可能推翻我自己的信念。他的所有行动不管以什么面目出现在我面前的时候，我都不会不立刻找到它的动机。我们的灵魂齐步前进，我们的灵魂热烈地尊重对方，推诚相见，肝胆相照，我不仅仅了解他的心灵就像是了解自己的心灵一样，而且还更加愿意相信他超过相信我自己。

但愿不要把一般人之间的非常普通友谊归于我这一类；我关于这些友谊，哪怕其中最好的友谊，也像是别人有相同的认识。可是我劝人们不要混淆友谊的不同规则，否则的话就会出错。身处在上面所说的四种友谊中，必须缰绳在手，而且谨慎小心。情谊不是那种可以密切得能够让人没有必要担心疏远。开伦曾经说，“爱他的时候想着有一天会恨他，恨他的时候想着有一天可能会爱他。”这句格言在优越和至高的友谊中是十分糟糕的，用在那种普通平常的友谊上则是十分清醒而且有益的；关于它们，不得不引用亚里士多德的那句经典的老话：“我的朋友啊，朋友恐怕是没有的！”

帮忙和做好事可以维系友谊，在崇高的人际关系中则不值一提。原因是这可能会混淆我们的意愿。我心目中的友谊——不论斯多葛派如何说——并不因为我给人家危难的时候帮了忙因此有所增加，就像是我为自己服务的时候也不会对自己表示任何的感激，同样，由于朋友之间的团结是至诚的团结，他们不再感觉到这是一种责任，而关于恩情、尽责、感激、请求、道谢还有这类区分你我以及包含差别的用词，在他们彼此之间遭到憎恨还有驱逐。他们的所有的一切全部都是共有的：愿望、思想、判断、财富、女人、孩子、荣誉和生命都和谐一致，按照亚里士多德的特别恰当的定义，他们会成为一个双身子灵魂，因此也不可能给予对方什么或者是借用对方什么。

上面那些道理说明为什么立法者，为了把婚姻尊崇为是想象中多少带有一些神圣意义的结合，因此禁止夫妻之间会有什么样子的馈赠，目的是想说明一切财产本来就属于夫妇二人，他们之间根本不存在分割和分配财产的问题。假如说在我谈论的友谊中一个人可以给另一个什么，这应当是接受好处的人跟他的同伴表示一种感激。因为，大家都在努力地为对方做好事，提供材料和机会的人也就突现其慷慨的一面，他满足他的朋友去处于他的位子而且做他最渴望做的事。在哲学家第欧根尼缺少钱花的时候，他不说是向朋友借钱，而是说跟他们讨钱。为了说明这类事情实际上是怎样做的，我列举出一个古代的例子，简直是匪夷所思。

科林斯人欧达米达斯还有两个朋友，西希昂人卡里塞努斯跟科林斯人阿雷特斯。他们的两位朋友相当富有，但是他自己非常穷，临死之前立下了那样的遗嘱：“我遗赠给阿雷特斯，请他解决我母亲的吃饭问题并且负担她老年的生活；给卡里塞努斯的就是把我的女儿出嫁以及赠给她尽量丰富的嫁妆；假如两位被遗赠人中有一人先逝世，我要在世的那个人继承我给他的这份遗赠。”

最先读到这份遗嘱的人无不觉得可笑，但是，他的继承人得知消息以后满心欢喜地接受了这份遗嘱。其中的一位，卡里塞努斯在五天的时间之后也过世，就让阿雷特斯替代作为继承人。他十分周到地赡养这位母亲，从自己的五塔兰财产中间中分出两塔兰半给自己的那位独生女作为她的嫁妆，还有另外两塔兰半给欧达米达斯的女儿做嫁妆，他为她们在同一天举行了婚礼。

这个例子差不多是完美的，除了有一种情况之外，那就是他有不止一个朋友。由于我说的这种完美友谊是难以分割的，每个人都把自己所有的给了对方，再也留不下什么东西给别人。相反的是，他会觉得很抱歉，不能一分为二、一分为三或一分为四，自己一个人没有好几个心灵、好几个意志，全部都奉献给一个对象。通常的友谊是能够分享的；能够爱这一位相貌漂亮，爱另外一位性格随和，再爱另一位慷慨大方，有的慈爱就像是父辈，有的情谊就好像是兄弟，以及其他的种种情形；然而这个友谊占有以及支配着我们的心灵，是不可以一分为二的。假如两人在同一时候要求你帮助，你怎么解决呢？假如他们要求你做两件截然相反的事，你如何安排呢？假如有件事一人需要你保守秘密，但是另一人又十分有必要知道，你如何应付呢？

具有排他性和超越性的友谊可以免除其他的义务，我发誓不向别人说的秘密，我不需要假惺惺就能够透露给的另一个人就是我。两个人同心同德已是十分了不起的奇迹，有的人称三个人是同心同德，这是因为不明白这种友谊高不可攀。凡是有可以比拟的东西就不是很雅致的。有人设想，两个人，我可以平等地爱他们，他们也互相爱对方，绝对也不亚于我十分爱他们。那是他把那种唯一、统一的友谊庸俗化成了大众眼中的友爱。但是那种友谊就算是走遍全世界也是不容易觅到的。

这个故事的下文特别符合我刚刚说的：欧达米达斯在需要的时候向朋友求助，当作是对他们的好意以及恩惠。他请他们继承他的慷慨，把做恩人的方法教给他们。没有任何疑问，他做的事情要比阿雷特斯做的事更显现友谊的力量。总之，对于一个没有亲身体会的人来说，这是十分难想象其威力的。特别令我称道不已的是那位士兵对居鲁士一世做出的回答，士兵的马刚刚在比赛中获奖，国王询问他那匹马准备卖多少钱，是否愿意去交换一个王国，那个士兵说："肯定不愿意，陛下，但是要是我找到一个值得交心的人，我十分乐意换来跟他做朋友。"

他说得很对："如果我找到"；由于要找泛泛之交的人有的是这样的。

然而我说的那种，遇事商量需要推心置腹，没有一点的保留，各种动机都必须绝对地清楚和可靠。

人跟人的关系只需要顾及一头的时候，因此大家也仅仅只是防止这一头出现任何的不足之处。我的医生和律师信什么教与我有什么关系。他们十分好意给了我的服务以及这层考虑全部都扯不到一起去。我跟那些为我做事的人的主仆关系也是一样的。说到仆人，我很少问他是不是清白纯洁，我要了解他是否勤劳。我担忧赶驴的不是赌钱，反而是笨手笨脚，担忧厨师的不是爱骂人，反而是做不好菜。我不会出去跟大家说应该做什么——出头说的人已经够多了——我只管自己所做的事。

> 我如此做，你能够按你的方法做。
>
> ——泰伦提乌斯

我和爱说笑以及那些不拘谨的人在餐桌上不拘礼节。在床上，我把美丽放在善良前面；在交谈的过程中，最开始是能干，就算是不婉转。其他的事情也这样。

就像是阿格西劳斯，被人撞见了骑着一根棍子和他的孩子在玩的时候，要求遇到的人什么都不要对此发表任何意见，等他自己当了父亲之后，觉得心里也有这样一份父爱，会促使他对这个行动做出一种公共的评判。对于那些尝试过我说的那种友谊的人，我也希望听我说话的人经历过我所说的事情。可是深知这样一种友谊实在是少有的，跟当下那种常见的友谊天差地远，并不期望会找到一个公正的法官。由于古代给我们留下的文献当中，谈到这个题目的时候我觉得跟我所说的那种感情比较起来十分无力。关于这一点，事实超过了哲学家的名言：

> 对隽智者来说，什么都及不上一位好友。
>
> ——贺拉斯

古人米南德曾经说，哪怕是遇见朋友影子的人也是有福了。他自然有理由如此说，特别是这话他是有感而发的。假如我回顾一生，说句实话，感谢上帝，除了失去这么一位朋友，我的日子过得还愉快和宽裕，没有忧虑，心境十分愉悦，满足于自然最基本的需要，也不考虑其他的；我需要说的是，假如把这样的生活和我与那位朋友怡然相伴的那四年的时间相比，那就只能算是烟云，只是黑暗和无聊。自从失去他的那天开始：

这一天永远让我伤心思念，
(神啊，这难道是你们的旨意！)

——贺拉斯

从此之后我过得无精打采；人生的乐趣非但不能使我得到安慰，反而使我更加怀念失去的朋友。我们每个人为整体的一半，我觉得我像是偷去了他的一份。

从今往后再也不追求快乐，
既然他已经不在与我分享生活。

——泰伦提乌斯

我已经是那么习惯于到哪里都是以第二个身份自居，感到自己只剩下生命的一半。

啊！如果命运夺去了我的半个灵魂，
另外的半个我留在这里做什么用？
既然它对我已经不再可亲，勉强地图存。
那天为何使我们同时沉沦！

——贺拉斯

不管做什么想什么，我都在想念他，如他一样——他也一定在想念我。他在学问以及品德方面超过我何止千里，相同的是尽友谊之责的时候也是如此。

为何要为我的悲悼脸红？

为何痛哭我的知友不能放声？

——贺拉斯

兄弟，因为失去你，我是多么不幸啊！
伴随着你而去的还有这些欢乐，
那是你的温情友谊所带给我的温情！
你走了，我的幸福也因此随之破碎，我的兄弟，
随着你走了，两个人的灵魂一起葬入坟里。
你的死击碎了我的幸福
勤读的悠闲以及思索的乐趣。
我再也不能够跟你说话，或者是听你说话？
甚至是比我生命还亲的，兄弟啊，
起码，我将永远地爱你？

——卡图鲁斯

然而让我们听听这个十六岁少年到底在说些什么。

由于我发现这部作品到了后来被人怀着不良意图出版了，那一些人企图制造一些混乱，改变一下政策，一点也不在乎这是不是有利于局势的改进。他们还把自己写的其他的文章夹在了里面，我因此放弃了把它收入本书的想法。为了使作者的名声不至于在对他的思想行动还不足够熟悉的人中间受到什么影响，我告诉他们这篇论文仅仅只是他少年时代撰写的一篇习作，是一个平平常常、在其他书里老生常谈的题目，在各种书籍里成千上万处出现。

我一点也不怀疑他对自己写的东西是相信的，由于他做事特别认真，就是在游戏的时候也不说谎。我还了解如果他自己来选择，他宁愿出生在威尼斯也不愿意是在萨尔拉；这是非常有道理的。然而他的脑海中深深地印着另一句格言，就是服从和严格地遵守他的出生地的法律。任何一个公民也不比不上他那么奉公守法，那么热心地促成国家的安宁，敌视时局的动荡和改革。他仅仅只会运用自己的力量去消除那些动乱，但是不会去推波助澜。他的思想是依据前几个世纪的模式从而形成的。

因此，我准备用另一篇文章，来代替这部严肃的著作，也同样是在那

个年代写的，但是相比之下更加轻松活泼。

29 艾蒂安·德·拉博埃西的二十九首十四行诗歌

——致德·格拉蒙夫人、吉桑伯爵夫人

夫人，我在此向您献上的诗没有一首是我作的，至于我的拙作不是您都已经有了，就是我再找不出一篇值得您一读的了。不管人们在哪里读到这些诗句，诗的前面都能冠上您的名字，承蒙高贵的科丽桑德·当杜安可以指教，使得作品增辉不少。

把这部诗集献给我的夫人，我觉得是非常合适的，因为在法国很少有女性能比您更好地评价这些诗，比您更适当地利用这些诗。还有您天生就有一副好嗓子，不仅音域宽广，而且音色丰富，百万人中也特别难以看见，因此，也没有人能像您给诗歌增添那么多生气和活力。[①]

夫人，我觉得这些诗篇值得您珍爱，您肯定会同意我的看法，加斯科涅还没创作过比这儿更有创意而且更优雅的诗篇，可以证明还有更丰富多彩的大手笔。在此之前我出版过他的诗，就是题献给您的至亲德·弗瓦先生，到现在您不用为仅仅只有其中一部分而妒羡了。这二十九首诗其中有一种我说不出来得更加强烈的激情热火，作者写这些诗的时候年轻气盛，渴望着美丽和崇高的爱情，所有的这一切有朝一日我一定会在夫人耳边细说。

他的其余的诗篇都是以后求婚的时候为了博取妻子的欢心因此而写的，都已经透露出我说不清楚的做丈夫的矜持。有人觉得诗绝不适合用作是打情骂俏的题材，我完全同意他们的看法。

这些诗另行收录。[②]

---

① 16世纪，法国诗歌可以吟唱。

② 据说蒙田生前出版的版本都附有这些十四行诗。

30 论节制

我们身上似乎有邪气，本来是美丽的好东西，我们在触摸的时候就不会有美好的感觉。美德是一件好事，假如我们怀着一种过分急切强烈的欲望去努力抓住它的时候，就可能会变成一件坏事。有人说美德不能够过分，因为过分的美德不再是美德，他们一起玩起了文字游戏：

追求美德过了头之后，
理智的人可能变成疯子，正常的人可能变成痴子。

——贺拉斯

这是一条十分微妙的哲理。我们可能太要美德，在正当的行动中走上极端。那一句圣言是用来纠正刚才所说的这个偏颇的：“不需要看自己过于所当看的……要看的是不是合乎中道。”（《新约·罗马书》）

我以前遇到过一位大人物，为了显得虔诚的样子，超出一般同类人的所有的做法，到最后反而坏了教会的名声。①

我喜欢性情中允而且平和。过分，就是做一件好事情，即便是没有冒犯我，也让人惊讶，不知怎么说的好。波萨尼亚斯的母亲是第一个开始控告的，率先置儿子于死地；那位独裁者波斯图缪斯，因为儿子年少气盛，私自领先冲出兵阵，十分成功地扑向敌人，但是却下命令把他处死。对此我首先的感觉是不可思议，其次才想到对与错。我并不怎么喜欢向人推荐，同时也不要求模仿这样一个野蛮、代价昂贵的美德。

弓箭手仅仅只有一箭就打过了靶子，就好像是打不到靶子一样，完全都是没有命中。迎头撞上强光以及瞬间跌入黑暗，一样叫我眼睛发花。柏拉图笔下的加里克莱说十分极端的哲学是特别有害的，提出建议说不要陷入太深，不要超出实效的界限；节制的哲学让人感觉愉悦方便，否则的话会使人变得野蛮恶毒，蔑视大家的宗教以及法律，敌视人际交往以及大众

① 指法王亨利三世，为表虔诚，加入鞭笞派教派，引起希克斯图斯五世教皇的嘲笑。

娱乐，不能够参加任何政治管理，对人对己而言都没有一点帮助，最后落到只能任人掌掴的地步。他说的全部都是实话，由于哲学走上极端可能会束缚我们天生的爽直，让我们钻进了一个牛角尖，偏离自然铺成的美好平直的道路。

我们对妻子的爱一直是天经地义的，然而神学还是不放过需要加以约束以及限制。我好像以前在圣多马的著作里读到过，他认为必须完全禁止近亲结婚，其中有一条的理由是这很有可能导致对这样一位妻子的爱不加以节制。由于丈夫按理应当全心全意爱她，到现在又加上了一份亲情，没有任何疑问，这一种亲上加亲可能会让丈夫毫无疑问地离开理性的栅栏。

男人的道德规范，就像是神学与哲学，渗透到所有的领域。没有一件私人以及秘密的行为，能够逃过它们的视线以及管辖。批评它们恣意妄为的人简直就是少不更事。那些女人，交的时候什么部位都可以让人看，要脱衣就医的时候则羞得不愿暴露。因此从科学的角度出发，我想告诉丈夫们一件事，任何人如果是热情太旺盛了，不加以节制，就算是跟妻子行房事也是应当排斥的。这也可能会像在私通中使得人误入歧途，放浪，甚至是纵欲过度。初尝禁果之后迷恋肉欲而不能够克制，不仅仅是不正派，而且十分有害。起码她们从别人那里学会了不惧怕难为情。实际上我们需要时她们总是能够满足的。在这方面我仅仅只是听其自然，而且简单行事。

婚姻是神圣的信仰上的联系；因此从中得到的乐趣也应该是节制严肃，而且还带点古板。这应当完全是一种谨慎而且有意识的肉欲。由于它的主要目的仅仅只是传宗接代，所以有人心里在想，如果他不希望有这样的果实的时候，还有当她们过了妊娠年龄或者是已经怀孕的时候，是否还允许寻求她们的怀抱。依据柏拉图的说法，这是形同杀人的罪行。有一些民族，特别是穆斯林憎恶跟怀孕女子做爱，也有很多不跟月经期女子同房。叙利亚王后齐诺比娅仅仅只是为了受孕才接受她的丈夫；一旦事成，她在整个怀孕期间都会将他拒之门外，再要受孕的时候才让他有权利进入房内；真的是婚姻的崇高好榜样。

柏拉图还从一位好女色但是贫穷诗人那里听来这个故事。朱庇特有一天欲火难熬的时候要跟妻子行房事，没等到妻子上床，他就把她按在了地板上，兴头上根本忘了他刚才在天庭跟各位神做出的重大决定，还夸奖说他真干得过足了瘾，就好像是第一回背着他们的父母夺去她童贞的那次。

波斯国王带了后妃一起出席宴会，但是，到了饭饱酒酣非得发泄一下肉欲的时候，就让她们退出不用再作陪了，而是招来那些他们不需要尊重的女人纵情作乐。

寻欢作乐，以及宠幸赐赏，并不是每个人都有份的。伊巴密浓达下命令把一个误入歧途的男子关进了监狱，佩洛庇达跟他求情，要求放任他自由；他不同意，但是却把青年给了那位也为他求情的本家的姑娘，说这个情能够放给一个情人，但是不配放给一位将军。

索福克勒斯在宫署里面陪同伯里克利，偶然之间遇见一名美少年从那里经过，对伯里克利说："多英俊的小伙啊！"伯里克利对他说道："对别人很有可能是好事，但是对行省总督却不是，他不仅仅手要干净，眼睛也应该干干净净。"

罗马皇帝埃利乌斯。维勒斯，当皇后埋怨他宠幸其他女人的时候，他说他有一个内心的原因，因为婚姻关系到名誉和尊严，并不是搞风流韵事的。我们古代一些宗教著作家们赞扬一个离弃丈夫的女人，由于不愿意陪同丈夫荒淫无度，因此把他赶出了家门。总而言之，任何一种行乐不管怎样正当，放任不加以节制不得不受到谴责。

坦白说，人不是一种不幸的动物吗？他恰恰凭天性有能力去享受唯一完全纯然的乐趣，又连忙辛辛苦苦用理智去压制住这个乐趣；如果不是处心积虑自添烦恼的话，他的命运也不至于这么悲惨：

> 我们都在十分巧妙地增加自己命运的不幸程度。
>
> ——普罗佩提乌斯

人的智慧在十分愚蠢地卖弄自己的聪明，想尽办法去删减属于我们的情欲的数目以及快乐。就像是它十分勤奋地施展所有的诡计去粉饰我们所经历的痛苦，以此来麻木我们的感情。如果我是教派的头头，我一定另辟蹊径，找一条更自然的道路，说实话也就是方便纯洁，我也因此很有可能足够坚强去做到适可而止。

尽管我们精神以及肉体方面的医生，似乎是经过串通密谋一样找不到治愈的道路以及身体与精神的良药，但是却会巧妙地利用知识为我们掩饰、美化和减轻痛苦一样。节前守夜、斋戒、穿粗毛麻衣、远地单独流放禁闭，而且笞杖、终身监禁，以及其他刑罚，都是因为这个目的因此引进的，只需要它们是真正的苦刑，让人痛彻心扉就足够了。

有一个加里奥就遇到过这样的事，他一个人被送到莱斯博斯岛上一直流放，罗马人听说他在那里优哉游哉，施加在他身上的刑罚但是却被他用来过得十分愉快；这样罗马改变了决定把他召回，在家里跟妻子一起生活，下了命令他待在那里，让他觉得这是他们强加到上面的一种刑罚。

由于对于斋戒可以增强体质、轻松感觉的人，吃鱼比吃肉更加有胃口的人，结果，禁食和吃鱼就不再是治病的办法。就如同在医学上，把药吃得特别津津有味的人，药对他而言是不起作用的。苦药难咽因此才对他们的病情十分有帮助。针对用惯大黄的体质，使用大黄简直就是糟蹋。不得不使用触动胃的药才能够治愈胃病；在这一点上，不存在互相排斥才能克服对方的普遍规律，也就是以毒攻毒的办法。

这种看法和古代的那样一则记载倒有很多相同的地方，考虑到以屠杀生灵来祭祀天地，这是所有宗教大都普遍信奉的仪式。近在我们的祖先生活的时代，穆拉德二世攻占科林斯地峡的时候，杀了六百个年轻的希腊人祭拜其父亲的亡灵，让所有的这些血补赎死者生前的罪孽。在我们生活的这个时代发现的新大陆，与我们的大陆比较起来还是一块纯洁的处女地，这样的做法也到处存在。他们崇拜的偶像全都喝人血，各种残忍的例子不胜枚举。有活活被烧死的，也有烤到半生不熟再拉出火堆然后剖腹掏心的。同时还有把人甚至包括一些妇女，活活地被剥皮，而且鲜血淋漓的拿来穿在身上，或者是给别人做面具。

当然，坚强不屈的例子也不少见。由于这些可怜的人牲——一般是老人、妇女和孩子——几天前自己主动要求施恩，让自己充当牺牲，跟着在场的那些人唱歌跳舞一起走上祭台。墨西哥国王的使臣们跟费南特·科尔特斯大谈论他们君王的伟大，谈着他有三十位封臣，每一位封臣能够召集数十万名战士，他住在天底下最美丽最坚固的城堡里，他们还说他每年向诸神祭献五万名牺牲者。他们谈论的也是事实，他跟邻近的那些大民族一直不断开战，不仅仅是锻炼自己民族的青年，更加重要是抓获战俘去做人牲。此外，在一个小镇上，为了欢迎这一位科尔特斯，他们一次就杀了上五十个人牲。

这件事我还没有说完呢。有一些被他打败的民族专程送来准备做牺牲的人，以表示友好并承认他的宗主地位，使臣向他献上一共三件礼物，并且还说："大王，给您的这里是五名奴隶；你如果是一个威武的神，平常的时候吃的是血与肉，那么就把他们吃了，我们还将陆陆续续给你送来；你如果是一个慈悲的神，这里是香柱以及羽毛；你如果是一个人，请你享用这些禽鸟和水果。”

31 论食人部落

伊庇鲁斯国王皮洛士参加看过罗马人派过来迎战他的军队的部署后，进入意大利的时候说：“我不明白这些是怎样的野蛮人（希腊如此称呼所有的外族），但是，我所见的这支军队的阵容绝不野蛮。”希腊人在对弗拉米尼率领进入他们国家的军队的时候也说过一样的话。腓力从一座小山头发现了普布利乌斯·苏尔比修斯·加尔巴所指挥的罗马军队，在他国家的驻兵营秩序井然，也如此评价。这些说明，不得不防止自己轻信世俗之见，我们应该理性地评价任何人，不应该人云亦云。

我跟一位老朋友长久地来往，他在本世纪的时候发现的另外一块大陆上生活了十一二年的时间，维尔盖尼翁在那里登陆之后给那里取名为“南极法兰西”。发现这片广袤的土地看来意义十分重大。我不知道我是不是能保证从今往后不会再有这样地发现了，由于那么多位比我们都要重要的大人物这一次都错了。我担心的是我们志大才疏，我们的能力够不着我们的好奇心。不管什么我们都要拥抱，但是抱着的仅仅只是一阵风。

柏拉图曾经引述梭伦的话，说他以前在埃及塞依斯城听一位祭司说，在洪水泛滥之前海上有一个巨大的岛，名字叫阿特兰蒂斯，刚好直接正对着直布罗陀海峡的入口，它的面积比亚非两洲总和甚至还要大。据说岛上的国王不仅拥有该岛本身，而且还曾经把这座岛屿扩展到过内陆大批的土地上，向东到非洲埃及，向北至欧洲托斯卡纳，还准备跨入亚洲，把从地中海沿岸直至黑海海湾的所有民族占领；为了实现这个计划，他们从西班牙、高卢、意大利穿过，一直到达希腊，在那里有雅典人支持他们。然而不久以后，雅典人以及他们自己还有他们的岛屿全部都被洪水淹没。看来，洪水酿成的巨大天灾确实为有人居住的地方带来了天翻地覆的变化，就好像是有人说是海水分离了西西里岛以及意大利。

天崩地裂使地球分成了几块，据说
原来这几大洲全部都是连成一片的。

——维吉尔

塞浦路斯跟叙利亚被分离开了，埃维厄岛跟维奥蒂亚陆地也被分离了，此同时，大海又用淤泥和沙子填满了海沟，把原本分开的陆地连成了一片，

这片长久荒芜，只能够行舟的沼泽地
养育如此多的城市，承受如此沉重的铁犁。

——贺拉斯

但是，没有什么迹象表明这个岛就是我们所发现的新世界。由于它那时差不多跟西班牙接壤；但是现在两者之间相差一千两百多里的距离，洪水简直要把它推移到那么远的距离，洪水的威力是不可思议的。再次，现代人的远航几乎已经证实，那个新世界不是一个岛，这里而是一片广袤的陆地，一边跟东印度，一边又跟两极底下的陆地连接起来；或许有断裂的地方，都是特别小的海峡或者低地，并不足以把它称之为岛屿。

在上面所说的那些地层里面，就如同在我们的身体内一样，似乎也有运动，有的地层是自然的，有的地层是发烧引起的，在我本人的家乡多尔多涅那条河，我想起那条河当年朝着右岸倾势而下，二十年的时间内漫流到很多的地方，使好多幢房子的地基出现了问题，我觉得这是不能够轻视的变动，由于它如果一直以这个速度流动，从今往后也不停止，那么地球的面目就会彻底地发生改变。然而河流经常会改道，有时在左岸溢出，有时在右岸溢出，有时也比较克制。

暂且不谈论突发的洪水，这里面的原因我们已经略知一二。我的弟弟是达尔萨克领主，在梅多克海边发现他的田地被大海吐出的沙子淹没了，有一些房顶还露在外面。他的地产一下子变成了一个贫瘠的牧场，因此收入也相应减少。当地的居民说，近年以来，大海朝他们逼近的速度之快，已经使他们失去了四法里的土地。那些沙子是海的先行官，能够看到那些流动的沙丘，在领先海水半里地的距离步步进逼。

古代的时候还有三则文献记载了上面所说的这个发现，它出现在亚里士多德的书里，假如那部小书《旷古奇闻》真的是出自他的手笔的话。他在书中写道一些迦太基人走出直布罗陀海峡，然后横渡大西洋，行驶了很长一段时间，到了最后寻得了一座物产十分丰富的大岛，那里森林密布，而且河流宽深，远离全部的陆地。他们以及其他人被肥沃的土地和丰富的出产所吸引，带着家眷前来准备定居。迦太基的领主发现他们国内人口在慢慢减少，于是正式颁布禁令，任何人都不可以再迁往那里，违者将处以死刑，他们还驱逐已经移居岛上的人，据说担心他们一代代在那里繁衍生息，最后可能取代他们，因此损害他们的地位。亚里士多德说的这座岛其实并不符合我们所知的新大陆的情况。

我在文章开头部分说的那个人老实单纯，这种性格的人说的证词不可能会是假的，由于思想灵活的人往往好奇心非常大，发现到的东西也就更多，然而他们还诸多评论，为了强调他们的解释并说服别人，禁不住会对历史做了稍微地改动，他们绝对不会向你说出事物的本来面目，他们眼中发现了什么总是故意要把它偏向一点或者是遮盖一点。为了增加他们的评论的可信度并且吸引你，他们会很自然地捏造材料，甚至是夸张渲染。

所以一定是一个特别忠厚的人，或者是特别单纯的人，他想象不出东西胡编，而且也不会把一件胡编的事说成像真的一样，而且也不乱用什么道理。我的朋友就是这样的一个人，他多次介绍我认识旅途上结交的水手和商人。因此我十分满意他提供的情况，也就不再去打听那些宇宙学家是如何说的了。

我们需要地形学家专门给我们讲述他们以前去过的地方。然而，他们看到过巴勒斯坦，这一点胜过我们，所以他们推而广之，想象自己有特权叙述世界其他地方的新闻。我需要的是各人写各人自己知道的东西，自己知道多少就写多少，不仅仅这方面是这样，在其他方面也是这样。由于一个人可以对某条河流某个水源的本质有特殊的认识和体验，对于其余的东西就仅仅只是一般知识而已。但是他为了让人过去走一走这块弹丸之地，所以却着手描写地球全貌。很多的弊端都是从这个毛病慢慢而来的。

我们现在言归正传，根据别人告诉我的事实，除非把不符合自己习俗的东西称之为野蛮，除非大家把那些不合自己习俗的东西称作是野蛮罢了；就好像事实上，我们所说的真理还有理性，它们的标准也仅仅只是借鉴我们所处的那个国家的主张以及习俗而已。那里历来有完美的宗教，完美的管理，完美无比的物尽其用。但是他们都是野蛮的，就如同我们把天然环境中按照自身规律成长的果子称作是野生的一样。

实际上，应当称为野蛮的，反倒是被我们的方法扭曲了本质、偏离了正常秩序的人。在前面我们所说的那一些人身上，真正的、有益的而且天然的美德以及特性更加强烈活跃；在后面所说的那部分人身上，已经失去这些美德和特性了，反而去迎合恶俗的情趣，甚至是追求欢乐。

生长在那些地域中的野生水果，味和口感都绝对地一流，绝对不比我们的逊色，完全符合我们自己高尚的口味。那些人工创造会超过伟大万能的大自然母亲，这是特别没有道理的。我们把我们的发明强加在大自然美丽和丰富的杰作之上，结果是完全地扼杀大自然。如果那里还依旧闪烁着大自然的纯洁光芒，能够使我们那一些虚妄低俗的装饰黯然失色，让我们一下子汗颜无地。

> 自然成长的常春藤往往更茁壮，
> 独自长在人迹罕至地方的野草莓树更美丽，
> 不讲技巧的鸟儿歌声更悦耳。
>
> ——普罗佩提乌斯

我们费了很大工夫也造不出小鸟的窝，包括它的结构、美丽外形和实用性；同样也编不出小蜘蛛的网。柏拉图说过，世间万物全部都是大自然、机缘或者是人工制造的；那些最大最美的全部都是大自然还有机缘制造的，但是靠技艺只能产生最渺小最不完善的东西。

这些民族在我看来在这个意义上是野蛮的，就是还没有受到人的思想的干扰，还没有脱离原始的淳朴。自然法则还没有受到人类法则的严重破坏，还指挥着他们的行动。可是令我感到非常遗憾的是，以前那些比我们有更强判断力的人存在的时候，为什么就没及早认识他们，发现他们的纯洁？我还遗憾的是利库尔戈斯以及柏拉图没有听说他们，因为，我似乎凭经验感觉到，诗人们美化黄金时代，描绘出一幅幅绚丽的图画，想象出人类幸福生活的美好情景，而且还超越那些哲学的构思以及期望。他们不能想象我们在实际上见到的如此纯洁质朴的真性情，同样也不相信我们的社会仅仅只要依靠一些人为的智巧以及协调就能够维持的。

我希望对柏拉图说，这是一个没有任何商业行为的国家，而且不识文字，还不懂数目，同时没有宫名，也没有政治特权；没有仆人，不存在财富和贫穷；也没有合同，还没有继承，也没有分割，劳动都十分清闲，对人不管亲与非亲全部一律尊重；也没有衣服和农业，而且没有矿业，也不酿酒，不种小麦。甚至连表达谎言、背叛、隐瞒、贪婪、嫉妒、恶意、原谅等意义的词汇都不存在。他觉得他所想象的共和国距离如此完美的境界有多远："各位神创造的新人。"（塞涅卡）

最开始是大自然给他们定下了这些规则。

——维吉尔

除此之外，他们生活的地方气候宜人，温度适中；按照证人对我说的，特别少看到人生病，而且还向我保证从来没有见过有人寒战，或者是生眼病，或者是牙齿不全以及老态龙钟。他们沿着海居住，在海后面有高山为屏障，在大海和高山之间大约有一百法里宽的平地，鱼与肉都特别丰富，跟我们这里的截然不同，仅仅只需要煮一下就食用，而且没有其他作料。第一个外来的人骑了一匹马进去，尽管之前已经多次与当地人打过交道，他那样的坐姿引起他们特别大的恐慌，在把他认出之前就用箭立刻射死了。

他们的房屋特别长，能够住两三百人，用好几块大树的树皮盖成，其中一头固定在地，到了顶部时候就相互支撑不倒，就像是我们的大谷仓，屋顶垂到地面同时当作墙壁。他们那里有的木材特别硬，可以用来切东西，做刀剑或者是烤肉架。他们睡觉的床是用棉布做成的，把它们悬挂在房顶上，犹如我们船上用的床，各人睡各人的床，因为在他们那里实行夫妻分床睡觉。他们日出的时候即起，起来之后立即进餐，每一天就只吃这一顿。吃饭的时候不喝东西，就像是苏伊达斯词典①说的那一些东方民族，用餐以外然后喝水。他们在一天之中多次大量地喝水。

他们饮用的饮料是用一种根须熬成的，颜色就好比是我们的波尔多红葡萄酒。他们仅仅只喝温热的。这种饮料能保存两至三天，味道有点辣，

① 拜占庭时代的一部专门研究异教文化的词典。

不会上头，可以养胃，开始不习惯的人喝了会腹泻。但是喝惯的人觉得特别爽口。他们吃的食物不是面包，而是一种就像是浸过的芫荽根的白颜色食物。我以前品尝过，味道甜甜的，淡淡的。

他们白天的时候跳舞。一些青年带了弓箭去打猎。有一部分妇女则忙着给他们温一下饮料，这是妇女们的主要工作。每天早上在吃饭之前，通常会有一位老人对全屋所有的人训诫，从其中一头走到另外另一头，嘴里连续好几次重复同样的话，一直到走完一圈（由于这些房子大约有一百步长）。他只提醒两件事：一件事情是英勇杀敌，另外一件事情是温柔待妻。他们也从不忘记表达自己的感激之情，在歌中歌唱给他们温暖和调制饮料的女人。在很多的地方，就算是在我家里，也能够看到他们的床、绳子、剑、打斗的时候使用的木护腕、其中一头开孔的大棍子，跳舞的号死后用它的声音不停地打节拍。他们剃光全身的毛发，比我们刮得要干净得多，用的是那种木头或者是石头做的剃刀。他们信仰灵魂永生，那些与神一样崇高的灵魂住在太阳升起的地方；而那些受诅咒的灵魂则住在西方。

他们另外还有一些我说不出名分的祭司以及占卜师，我不太清楚这些人的面目，祭司和预言者很少和老百姓见面，因为他们都住在山里。每次他们一到的时候，很多村子（我谈论的一座粮仓，也就相当于是一个村子，它们中间相隔约为法国一里地）举行特别庄严隆重的大集会。这位占卜师当着所有的村民讲话，劝告他们做善事尽责任。然而他们全部伦理仅仅只是包括这两条：一是英勇作战，一是热爱妻子。占卜师为他们预测他们的未来以及他们应对后会有怎样的结果，引导他们去打仗或者告诉他们如何避免战争。然而当遇上他的预言不准的时候，事情的发展往往跟他的预言不符，那个时候他要是被大家逮住就可能会千刀万剐，被指控为伪师。因为这个原因，占卜师出了差错以后，人们就再也见不到他了。

预言术其实是神的恩赐，所以胡说八道是一个不得不惩罚的欺骗行为。在斯基泰人中间，占卜师说话如果不灵验，用铁镣铐锁住手脚然后点燃车上的柴草将他活活烧死。那些管理凡人凡事的人，做了什么事总是还能够原谅。可是另一些人在我们面前一直自诩拥有我们无法认知的非凡力量的人，是否应该对他们言而无信，明敢欺骗却严惩不贷呢？

他们曾经和高山后边、内陆地带的一些民族发生过战争，他们赤身裸体地出发，只有弓弩或像我们的长矛一样磨得十分锋利的木剑。他们作战的坚定信念令人吃惊，不到死伤流血的程度决不收兵，由于他们从来不明白什么是溃败以及害怕。大家把他杀死的敌人首级当作是一种战利品，然后挂在自己的房屋门口。对待俘虏，关押的时间内只要自己能想到的就尽量予以优待，过了一段时间以后，主人把认识的朋友召集起来，他把一根绳子系在那个俘虏的臂上，他拿住其中的一头，隔开几步远的距离，担心被他袭击，然后把另一条手臂也按照一样的方式交给他的挚友，他们两个人当着大家的面，用一把剑把俘虏活活砍死。过后，他们烧烤俘虏的肉，大家一起享用，同时还留下几块送给几位缺席的朋友。以前斯基泰人这样做的时候，大家认为是为了果腹，这是一种极端的复仇方式。

事情之所以这样，那是因为看到葡萄牙人跟他们的敌人联盟起来，在抓获敌人以后用另一种方法把他们处死，那种方法就是把俘虏埋在土里，露出上身，然后用箭射俘虏，最后才把俘虏吊死。由于他们认为从另一个世界来的那一些人，在他们的邻国散播了很多的作恶的鬼主意，关于要阴谋搞诡计方面要胜过他们很多筹，即使有机会的时候也不会不报复，而且比他们更加的厉害，因此他们开始放弃古老的方法而仿效葡萄牙人了。

我们注意到这种行为简直是骇人听闻，我觉得这特别不应该，但是我还是真心认为不应该的是我们在评论人家的错误的时候，我们对自己的错误视而不见。我觉得吃活人比吃死人更加的野蛮，把一个依然还有感觉的身体活活地千刀万剐，甚至还一片片烧烤，让狗还有公猪活活地咬他啃他(这个我们不仅仅在书本中读到，而且甚至还亲眼看到，至今记忆犹新，而且并不是发生在宿敌中间，我们的邻居和同胞之手，糟糕的是还拿虔诚和信仰做挡箭牌)，比他死了之后再烤再吃更加的野蛮。

斯多葛派首领克里西波斯以及芝诺，的确曾经认为在我们需要的时候把尸体当作食物充饥，这样其实并没有什么不好。我们的祖先也是这么做的，被恺撒围困在阿历克西亚城中的时候，为了忍住因为围城而带来的饥荒，下定决心食用老人、妇女以及其他在战争中那些无用的人的肉体。

听说加斯科涅人吃人肉，
以延年益寿。

——朿维纳利斯

医生并不害怕为了我们的健康，把尸体用于各种各样的用途，不管是内用还是外用。谈论到原谅我们平常常犯的这些错误，比如说背叛、奸邪、暴戾、残忍，那个时候看法就会特别的不一致。

我们能够称这些民族野蛮，但是如果从理性的规则来看，当然不要从我们的规则来看，虽然我们从哪个方面说都比他们更加野蛮。他们的战争高尚而且慷慨，也可一样得到人类通病的溢美之词。他们彼此之间的战争，他们打仗的唯一目的只是表现英雄气概。他们当然不会为了征服新土地而发动战争，由于他们享受着这天赐而来的富饶，无须付出劳动和辛苦就可以大量地拥有必需品，物质那么充裕根本不用去扩展边界。

他们也明白幸福所在，大自然给予他们多少，也就是他们希望得到的多少。超过他们所需要的也仅仅只是多余的。如果年龄相同，他们互相称呼“兄弟”，但是老人是大家的父亲。他们让他们共同的继承者完全掌握他们的未分的所有财产，也没有什么特殊权利，仅仅只是大自然在土地上的出产物归于它的创造物。

如果邻国的人翻山越岭发起进攻并且取得胜利，胜利者的收获也仅仅是荣誉，就是继续做一个勇武美德的主人，由于战败者的财产对他们毫无用处，因此班师回到自己的家园，那里什么必需品全部都有，还不缺少这样一份大智慧，那就是会幸福快乐地享受自身的处境，再也没有别的要求。这些人反过来也是按照这种方式做的。他们不向那些俘虏索要赎金，只要求他们坦白交代，承认失败。

但是整个一个世纪，每一个俘虏都是宁可死，也不愿意在态度以及语言上收敛那种不能够战胜的豪气。没有任何一个俘虏不是宁愿被杀被吃，也不愿意讨饶要求不死。他们没有一点顾及地虐待俘虏，为了让他们感觉保命重要，他们对俘虏大谈特谈人难临头可能受到的残忍处罚，同时还砍断四肢，把它们送上人肉宴吃掉。做这所有的唯一的目的就是从他们嘴里说出一些讨饶的软话，或者是引起他们希望逃跑的想法，以此可以神气地认为自己把他们吓着了，以此来逼得他们丑态毕露。但是如果仔细理解，正确的结论是这才叫真正的胜利：

战败的敌人终于承认对方赢了，
这时候才确立了胜负。

——克劳迪乌斯

匈牙利人向来骁勇善战，并不乘着胜绩把敌人逼得走投无路。只要敌军承认失败，他们就给予自由，不再虐待，也不要赎金，最多只是要他保证从那个时候起不再用武力以及他们为敌。

我们在敌人身上占了不管有多少的优势，其实这些优势不是我们的，只是一些假的优势。拳头大的胳臂及粗细，这仅仅只是脚夫的需要，并不是美德的需要。身手灵活其实是一种死板的以及肉体的能力；绊倒敌人，阳光照射使敌人一时眼花，这是运气；剑术高明，这样就可以算作是一种技艺，有时候懦夫、草包也能够掌握。人的声望以及价值在于心气还有意志；这才可以算得上是真正的荣誉所在；英勇在于它的坚实性，不在于手和脚，而在于心和脑；勇，并不存在于你的马匹以及武器的价值上，反而是在我们自身的价值上。那一个人倒下了，但是还英勇不屈，“如果他摔倒了，就是跪着也将继续战斗。”（塞涅卡）死亡迫在眉睫的人反而不丧失一点信心；气息奄奄的时候还瞪着一种轻蔑的目光注视着敌人；他不是被我们击败的而是被命运击败的；他死了，但是没有被征服。

最勇敢的人常常命运多舛。

也有的失败虽败犹荣。萨拉米斯、普拉提亚、迈卡莱以及西西里，这四场性质相近的取得胜利的战争，也是阳光下面难得看到的辉煌战果，然而它们的荣耀即便加在一起，也特别难跟列奥尼达斯国王还有他的士兵在温泉关壮烈牺牲时候相比。

在战斗中如果哪一个的求胜心能够比得上伊斯科拉斯将军的求败心更加的豪放，而且更加引以为荣呢？有谁用尽智慧和心计找死，而不是求生？他接受命令守卫伯罗奔尼撒的某一处峡谷，以此去抵挡阿加迪亚人。因为地形不利，而且兵力悬殊，觉得自己没有可能完成这个艰巨的任务，于是决定与敌人对阵的一切兵力一定要留在原地不动；另一点，如果不履行职责将有损于个人的英名和灵魂，有损于斯巴达人的光荣，他并不走两个极端，而是采取以下的折中方法。把部队中间的青年精兵保存下之后来送回后方以防备以后可以为国报效，同时保卫社稷；其他的人如果牺牲了也损失不大，他留下来和他们一起同守隘口，以死的方式相抵抗，以这部分人的牺牲换取敌人付出的最沉重的代价。

事实果然是这样的，阿加迪亚人从四面八方聚集起来把他们团团围住，经过一场激战，把他以及他的部下全部都用剑刺死。假如要给胜利者竖立丰碑，不是更应当献给那一些失败者吗？真正的胜利者的角色在于战斗，不是保命；勇敢者的荣誉在于痛击敌人，而不在于殴打敌人。

我们再回头来说一下我们的故事，要让那些俘虏认输绝不容易，在做出了一切努力之后，在将他们扣押的两三个月里，他们不仅不认输，相反还表现出轻松愉快的姿态，还不断地催促监守快快给他们给予考验；他们甚至向监守挑战、谩骂、侮辱，还责怪他们胆小，甚至是数落他们以前几次战役中间全部是他们手下败将。

我手里还有另外一名俘虏所创作的一首歌，那首歌唱的就是这类嘲讽：让他们一起来吧，把我的身体做他们的晚餐；不要忘了他们吃的同时也有自己的老爷以及老爹，这些人全部都被他吞下肚里当作是养料。他说："你们这一群可怜的疯子，这一些肌肉、筋络、血全部都是你们自己的，难道你们认不出这里面甚至还有你们祖辈的五脏六腑吗？请仔细尝尝吧，你们将尝到你们自己的血和肉的味道。"

说到这一类事没有一点点的野蛮成分。有的人说到他们在临死之前被押到刑场的执行那些情景，他们对着那些施刑者吐口水，表示轻蔑的态度。实说实话，他们在咽气之前一直在对抗敌人，用言语和行动向敌人挑战。按照我们的标准来说，这些人的确是很野蛮；由于，要么就是他们存心野蛮，要么就是我们自己野蛮，二者必居其一。他们的表现以及我们的表现之间竟然差距这么大。

那里的男人娶好几个老婆，谁勇敢，谁名气大，谁的老婆就多。他们的婚姻中有一件好事特别值得称赞，那就是他们的妻子醋性大发，常常不许我们去接受其他任何一个女人的好意，但是他们的妻子一样妒忌的时候却是帮助他们去获取那样的好意。她们关心丈夫的名誉，把它看得高于一切，因此也就处心积虑去结交尽量多的友伴，这同样也是丈夫的美德的一种外在标志。

我们的女人会叹为奇迹，其实不是，这仅仅只是婚姻中的固有美德，并且是最高美德。在《圣经》当中，亚伯拉罕的妻子就是撒拉，雅各的妻子利亚以及拉结，都把她们最美丽的婢女献给自己的丈夫。利维娅为了满足奥古斯都的欲望宁愿做出任何的牺牲。德尤塔鲁斯国王的妻子也就是斯特拉托妮凯，不仅将自己贴身的侍女给了丈夫，而且细心照料他们的几个孩子，并且全力支持他们继承父亲的王权。

假如大家就此觉得，这所有的一切都是因为在习俗上那样简单卑恭地服从，是古老习俗压迫的结果，并且没有什么道理，如果不提出自己的看法，那么也是头脑笨得没有其他主意，这样的话实在非常有必要请他们不要太自满了。除了我刚才提到的一首战歌外，我还有一首歌，那是一首情歌，开头部分是这样的：

“赤链蛇，别游啦；别游啦，赤链蛇，让我的姐姐按照你的花样做一根一样漂亮的大缎带，我要把它送给我的心上人，你的美丽以及花斑叫她看了非常中意，也能够永久存在下去。”

这第一段是歌词中的叠句。我现在常常和诗歌打交道，所以有资格说在这个精神产品里没有任何野蛮的地方，反而倒是十足的阿那克里翁式的抒情风韵。他们的语言还是一种十分温和的语言，发声特别悦耳，词尾的部分接近希腊语。

他们中间有三个人到过鲁昂，当然，他们完全不知道了解大洋彼岸的腐败有一天将使他们付出代价；不知道这般的交往会不会使他们国破身亡；我自己猜想他们的败落已经有相当长的一段时期了，那一些可怜虫因为追求新鲜事物而受骗，离开他们那温馨的天地，到达我们鲁昂这里来看看：来的时候正值老国王查理九世还在城里。国王和他们谈了很长一段时间，给他们看了看我们的礼仪，我们的排场，美丽城市的外表。

接着有一人询问了他们的看法，要明白他们最欣赏的是什么。他们答了三件事，第三件事我给忘了，因此感到特别的遗憾，然而另外的两件还记得特别的清楚。他们说最开始觉得奇怪的是在国王身边居然围着如此多的身材魁梧、留胡子而且还持武器的大汉（他们似乎说的是卫队中的瑞士兵），而且对一个小孩子唯唯诺诺，他们不明白为什么不从这些人中间挑选一个人出来指挥军队。

第二件事情（他们的语言中流传有一种说法，把人类分为这一半、那一半），他们注意到在我们中间有的人所有的东西全部都有，而且多得满满实实，但是另外“一半”却在前者的门前乞讨，这些人饥饿贫穷，骨瘦如柴，还觉得诧异的是这一半人饥寒交迫，竟然可以忍受这样的不公平，不去掐住那些人的脖子或者是放火烧了他们的房子。

我和其中一个人谈了很长的时间，但是，我的翻译十分差劲，愚蠢得根本不懂我的想法，使我没有能够谈得很尽兴。我询问他地位崇高能够得到什么样的好处（由于这是一位武官，我们的水手称呼他是王），他告诉我说，好处就是打仗的时候必须冲在最前面；询问到他率领多少人，他指了一下那一块空地，表达的意思是这块地能够容得下多少人那么就是多少人，这差不多有四五千人。不打仗的时候他的特权也就结束了；他说还有一点权威，当他去视察下属的村庄的时候，人们会为他在树林的草丛中辟出一条小路，让他能够得以顺利通过。

所有的这一切都已经不错的了：难道不是吗，由于他们不穿裤子的啊！

32 神意不需深究

实施骗术的真正场所，实现骗术的真正根基，在于我们不认识的事物。最先新奇本身叫人肃然起敬；接下来这些内容非一般的人理智所能够理解，因此也就让大家无从反驳。所以，柏拉图说，谈论神的本质甚至比谈人的本质更加容易讨巧满足，听众的无知为我们提供了美好和宽广的发挥余地，使我们得以完全自由地运用晦涩难懂的方法。

这样形成如此的局面，愈是鲜为人知的事反而愈有人深信不疑，愈是那些胡说八道的人反而愈装得煞有介事，比如说那些炼丹的、相命的、辨真伪的、看手相的以及看病的诸如此类的人（贺拉斯）。本人斗胆，还要在其中加入一大堆人，例如解释神意的方士、术士，他们对每一件意外的事情都可以说得出原因，还能够看出来人间万物不可理解的命理中到底含有哪些神旨秘密。虽然事件的多样性和不断出现的偏差逼得他们一退再退，左支右绌，但是他们还是一直不停地追逐这颗金球，仅仅只是用同一支笔画出白昼以及黑夜。

如果在一个印第安民族，那么有这种可嘉的祭礼，在某一件事上或者是战斗中失利的时候，他们就当着民众向他们的太阳神要求宽恕，就像做错了事一样，把他们的判断和理由告诉神，让神对他们审判并且说理。

对于一名基督徒而言，信仰万物全部都来自上帝，所有的都出自他神圣的，以及是不可知的智慧，并且怀着一种感激的心情接受所有的就够了，但是不管事物以什么面目出现，只需从好的方面去考虑。然而我觉得这种做法不是很妥，怎么能够以我们自己的行为事业顺利以及兴旺来坚信并且支持我们自己的宗教呢。我们的信仰有足够多的其他的基础，无须通过具体事件赋予它权威性。由于老百姓已经听惯了这类头头是道，而且听了又称心如意的理论，当事与愿违。并且损及自己的利益的时候，就很有可能会动摇虔诚信仰。

在我们所进行的宗教战争中出现过这种情形，在拉罗什拉贝伊战争中占了上风的那些人，大规模地庆祝这场偶然取得的胜利，把这次好运称作是上帝对他们一派的肯定态度。然而不允在蒙孔都和雅尔纳克两地全部失利，并且又推说是父的鞭策以及惩罚，如果不是他们钳制了老百姓的思想，那么这样做特别容易让他们觉得，这样岂不是从同一个口袋能够取出两种粮食，全部凭一张嘴吹热以及吹冷。最好还是把这件事情的真正依据全部告诉他们吧。

最近几个月，按照奥地利的唐·胡安指挥下，联合舰队对土耳其人进行了一场十分漂亮的大胜仗；然而上帝也特别高兴有好几次让我们看到自己吃过相类似的败仗。

总之，用我们的秤来称神的事情又不出现偏差，这样一种生硬的做法肯定会使神的旨意遭受到损害。异端的主要领袖名字叫作阿里乌斯以及他的伪教皇利奥，在不同的时间里面反而遭受特别相像的惨死（两人都因为肚子疼离开辩论会场去了厕所，然后都在厕所里突然毙命）；如果有人需要给这件事找个理由，借那时候的情景夸张为神的报复，那么也应当加上埃利奥加伯勒斯皇帝之死，他是在一间小室内被杀的。然而这能够证明什么呢？艾里尼厄斯也遭受到相同的命运。

上帝要告诉我们，在这个世界的幸与不幸之外，好人应该有其他东西能够期望，坏人有其他东西需要担心害怕，所有这些全部都在他的掌握之中，主会根据看不到的天命来安排，这样不让我们愚蠢地图谋私利。那些想凭人的头脑取巧的人是不可靠的。他们贪多最后必失，而且劳而无功。圣奥古斯丁和对手争论的时候举了一个很好的例子。这是一场由记忆的武器，反而并不是由理智的武器来决定胜负的一场冲突。

太阳想要给我们多少光辉，我们就应当心满意足地接受多少的光辉；如果谁抬起头想从太阳里得到更多的光明，他的自负将受惩罚，阳光将刺瞎他的眼睛。

天意岂是谁可以知晓？命数岂是谁可以猜透？

——《所罗门智训》

33 不惜一死以此来逃避逸乐

我看到过大多数古训在这点上是完全一致的：如果生命中的苦难多于欢乐，这时候生命就该终结了；活下去的话仅仅只有遭罪与受苦，那是一种违反自然法则的做法，就像是这些古希腊谚言说的：

或者平静地活着，或者安乐地死去。

生活累人的时候，就要想到死。

活得辛苦还不如死得干脆。

荣誉、财富、地位以及其他的那些我们称作是福气的种种恩宠以及好处，在理智似乎没有办法说服我们把它们放弃，而且不要去承受这份新的重担的时候，居然不惜去死来求得摆脱，我从未见过有谁规定或实践过这种要求，一直到我偶然间读到了塞涅卡的那一段话为止。他劝说皇帝身边一位有权有势的重臣名字叫作卢西里乌斯，劝他改变淫逸豪华的生活，放弃追名逐利的野心，可以退居山林，从此过平静超脱的生活。卢西里乌斯关于这个建议提出一些困难，塞涅卡于是就对他说："我的意见是，你应该离开这种生活，或者说是放弃人生；我建议你采取一种最最温和的方法，逐渐解开但并不是切断你打的死结，除非是你解开不了，那么就把它切断。任何人，不管多么胆小，都宁可摇摇晃晃也不情愿摔倒在地上。"

我原来以为这个劝诫特别符合斯多葛的苦行主义，但是没有想到的是出自伊壁鸠鲁，他在给伊多梅纽斯的一封信中说过完全一样的话。

我甚至还想起在我们这些人中间有过相类似的做法，只是多了一份基督徒的温和。普瓦蒂埃的主教也就是圣奚拉里，是埃里厄斯异端邪说的那个死敌，在叙利亚的时候听到报告说，他的那一位独生女儿网布拉，被他跟随她的母亲留在国内，被当地一位最有名望的贵族追着求婚，因为她受过非常良好的教育，美丽、富有，而且正当如花似玉的年纪。

（我们看到）他是如此这样写给女儿的，要他女儿对对方提出的荣华富贵全部都不要放在心上；他在旅途中的时候已经为她物色到一门地位更加崇高的亲事，是一位具有另一种权势以及气度的丈夫，他将送给她价值不可估量的锦衣罗袍和金银珠宝，那些东西的价值是没有办法计算的。他的意图是让他女儿对世俗的享受全部都不感兴趣，而是全身心奉献给上帝；但是，为了实现这个目的，他觉得最快捷最可靠的途径是死亡。因此他日夜许愿、祈祷，以此来恳求上帝早早让他女儿离开尘世，可以召到神的身边去，到最后天遂人愿，由于他回家以后女儿不久之后也就过世，他的喜悦溢于言表。

很显然，这人做得比别人过分，最开始就采取这样的办法，在别人最多仅仅只是一番附加的心愿而已，这终究还是他的独生女儿。

然而我还是要说一说这个故事的结尾，虽然原本不打算这样做。圣奚拉里的妻子得知女儿如何按照他的意图和心愿死去，她离开这个世界比继续留在这里要幸福得多，因此关于天堂的永福产生一种强烈的向往，并且竭力恳求丈夫也为她这样做。上帝在他们两个人共同的祈祷下，不久把她也叫到了自己的身边，这样的丧事简直是皆大欢喜，非同一般。

34 命运以及理智常常相遇在一条道上

命运的行动多变，没有定规，反复无常。这不也是在清楚无误地伸张正义吗？瓦朗蒂努瓦公爵恺撒·波齐亚下定决心要毒死科尔内托的红衣主教阿德里安，他的父亲亚历山大六世教皇跟他一起到梵蒂冈吃晚饭。公爵在赴宴之前先送去一瓶下了毒药的葡萄酒给那位膳司总管，叮嘱他好好看管。教皇的儿子先到，他要求喝酒，膳司总管觉得这应该是瓶好酒，于是就交给他就是给教皇喝的，然后就倒了一杯敬教皇；公爵本人刚好在上点心的时候赶到，自己以为他的那瓶酒还没有开过，也跟着喝了一杯；这样父亲瞬间立即暴死，儿子长时间地受病痛折磨，最后死于另一桩不测事件，而且更加凄惨。

有的时候命运似乎是有意跟我们作对。德斯特雷领主是旺多姆殿下的一位军旗手，里克领主是阿尔斯霍特公爵的一位随从副官，虽然党派不同，但是同样都是在追求封凯泽尔领主的妹妹（在前线相邻的两支部队之间常常有这样的事），里克领主求婚成功了；可在举行婚礼的那天，在入洞房之前，新郎为了在新娘面前逞强，离家到了圣奥梅尔附近还跟人交了手，交手的过程中间德斯特雷领主占了上风，然后把他捉了当俘虏；为了能够摆足威风，德斯特雷强迫那位夫人：

> 离开她的年轻郎君的怀抱，
> 让一个冬天接着又一个冬天，
> 在漫漫长夜的时候烧尽了他们的烈火。
>
> ——卡图鲁斯

竟然亲自来向他求情，然后把他的俘虏客客气气还给她；他这么做了，因为法国贵族从不拒绝贵妇人的任何请求。

君士坦丁（一世），也就是海伦娜的儿子，自己创立了君士坦丁帝国；很多个世纪之后，又是另外一个君士坦丁（十一世），同样也是海伦娜的儿子，把君士坦丁帝国断送了。这不像是十分巧妙的命运安排吗？

有时候，命运可以和我们的奇迹相媲美。我们明白克洛维斯国王围困昂古莱姆的时候，城墙自个儿坍塌，就像是有神助一样。布歇援引某一位作者的话，虔诚者罗伯特二世国王在围城的时候，悄悄离开前线溜回到奥尔良反而去庆祝圣埃尼昂节，正当他在弥撒中做祷告的时候，围城的城墙就一下子不攻自破了。这和我们在米兰战争中发生的事刚好是相反的。朗佐统帅在替我们包围阿罗纳城时，命令人在一堵大墙下面埋炸药。但是，炸药爆炸以后，那一截城墙飞了起来，接着又完完整整地落在了原地，被困的人依旧还是安然无恙。

有的时候，命运还擅长治病。费雷斯的亚逊胸口长了一个脓疮，医生们已经放弃治疗，他自己一心要摆脱折磨就算是死了也甘心，在一次战役中间奋不顾身冲进敌阵，他被刺刀刺穿身子，刚好伤在病患处，一下子脓疮破裂，全部治愈了。

命运在艺术技艺方面曾经不是还超过画家普罗托盖纳斯吗？画家画了一头倦怠无力的狗，对每一个部分都很满意，然而就是狗嘴里的口水画得不合自己的心意，对自己的画因此发起了脾气，于是拿起一块沾满各种颜料的海绵朝它全部扔了过去。想要把它都擦掉；但也是“命中注定”，海绵恰好落在小狗的嘴巴上，做出了画家无论如何都无法达到的效果。

有的时候，命运其实并不是在指导我们，而且改正我们吗？英格兰伊莎贝尔女王曾经率领一支军队去支援儿子反对她自己的丈夫，想要从泽兰回到王国内；她如果是按原计划抵达港口肯定完了，敌人全部都在那里等着她；但是，命运违背她的意愿把她送去了安全的地方。那一位古人，拿起石头准备要砸狗，但是却砸死了自己的老娘，不是特别有理由念一念这句诗吗？

命运往往比我们更有主意。

——米南德

蒂莫利昂在西西里岛阿德拉暂时居住，伊塞特召集了两名士兵要杀他。他们把动手的时间定在祭礼上。他们混在那些人群中，正在互相之间发信号趁机会下手的时候，突然之间来了第三个人，在其中一位的头上用手中的剑狠狠砍了一剑，立即死在地上，但是却自己拔腿就跑。另一个士兵以为阴谋败露，赶紧逃到神龛附近躲了起来，同意把一切全部都招供出来以此要求宽恕。

正当他在交代阴谋过程的时候，那第三个人被大家当成是谋杀犯抓住了，一路推推搡搡地穿过人群到达蒂莫利昂和会上的那些显贵面前。他请求饶恕，说他杀了杀害父亲的凶手完全是正义的行为，他运气来得刚刚好，在现场就有人证明他的父亲的确是在利恩泰奈人的城里给那一个他报了仇的人杀死的。他因为这一件巧事得到了一大笔赏金，不仅报了父亲的仇，而且救了西西里父母官的一命。命运在精密度上超过了人类智慧的标准。

最后列举的一个例子。在这件事上还不是准确说明了命运总是一直倾向于那些善良与赤诚之心吗？伊格纳蒂乌斯父子曾经被罗马三执政期间放逐，下定决心做出惊人之举，甚至把自己的生命毁于那对父子俩之手，而且也不让暴政者得逞施加酷刑；他们手执利剑面对面朝对方冲过去。命运指挥着他们手里的剑头，两把剑都立刻夺去他们的生命，为了赞美如此美好的父子情谊，同时还让他们有力气从洞穿的身子里面抽出鲜血淋漓的手臂以及宝剑，彼此之间紧紧拥抱再也一动不动，刽子手没有办法把他们分离，因此只得一下子割下两个人的头颅，两具尸体始终被崇高的纽带连接在一起，他们的伤口也合在一起，深情地吮吸着对方的鲜血和残余的生命。

35 谈谈我们治理方面的一项缺陷

我已经失去的父亲尽管只是凭经验还有本性行事，但他却是一个有明白无误的判断力的人。他曾经对我说，他很想在城里设立一个机构，公布一个固定的地方，如果有人需要办什么事情，那么就可以去那里让一位因为这个目的而设的官员记载下他们要做的事，例如说我想卖珍珠，我要买珍珠；某一个人要找伴去巴黎；有人寻找具有某种技艺的仆人，某某却刚好在寻找主家；某人希望找个工人等等。每个人都可以根据自己的需要要这或者是需要那。似乎这个为我们提供消息的办法可以为公共关系带来不可小觑的好处，由于人们互相间随时随刻都有需要，互相之间不能够沟通会让人感到特别的不便。

我曾经听说，有两位学识渊博特别杰出的人物，由于没有足够的食物充饥所以在我们的眼皮底下死去了：李流士·格雷戈里乌斯。吉拉尔都斯死在意大利那里，塞巴斯蒂亚努斯·加斯塔里奥死在德国那里，这简直是本世纪的奇耻大辱。我相信，如果知道的话，很多人都会伸出援手，愿意向他们提供很好的生活条件，或者是帮助他们摆脱眼前的困境。这个世界并没有完全堕落，我还了解到有这么一个人，他会特别热切地希望，他的家人能够交给他所有支配的财产，只要命运继续让他享有这些财富，能够用来保障那一些具有某一种特长的而且罕见的杰出人物的生活。这些人有时候极端不幸，至少也会落到那样的地步：仅仅只是由于缺乏非常好的沟通，生活的需要便得他们感觉不到满足。

在治家方面，我知道父亲的做法很值得赞赏，但是却根本没有照办。那种安排就是：除了那本应该由财产管理人管的，以及记录着没有必要由公证人经手的支出，还有购物等这类零星账目的记录簿之外，他还让负责替他抄抄写写的那个人弄了一张大纸，上面记上家中发生的全部值得注意的事，日复一日，把值得记录的家族历史记下来。那时候逐渐抹去人们对历史的记忆的时候，能够感到这历史很有趣味，它常常会十分及时地为我们带来很多的方便，比如说：某一件事在什么时候开始？在什么时候结束？有哪一些人带着扈从从这里经过？一共有多少人留下来过？我们的旅行、外出、结婚以及死亡、获得了什么样子的消息或者是坏消息，以及主要仆人的更替等诸如此类的烦琐事情。这是一种十分古老的习惯，我认为每个人的家里都可以这么做。我觉得自己十分愚蠢因而没有身体力行。

36 谈谈衣着习惯

不论我打算往哪里去，总是要碰上衣着方面的麻烦，不管我们去干什么，它总要一直妨碍我们。我在过去的这个寒冷季节里，我在思考，最近发现的每一个种族那一丝不挂的习惯到底是因为——我们谈论起印第安人以及摩尔人的时候就是这样说的——气温高所以没有办法而养成的习惯呢，还是他们生来如此?《圣经》里一段说过，世间的所有的一切都受着一样法则的支配。因此凡是有悟性的人，他们在研究这些法则的时候——其中不得不分清到底是自然法则还是人为自己编造的法则——总是顺应宇宙的秩序，那是没有可能弄虚作假的。到了现在，在其他的生物身上，保护自己生命的全部应有尽有，唯有我们是残次品，不借助外界的帮助就没有办法保护我们自己，这简直是不可思议。因此我相信和树木等植物一样，动物和一切有生命的东西都天生地具备自我保护的足够能力，使自己免受恶劣天气的伤害：

> 所以差不多所有的东西身上都有皮、发，盖有甲壳、胼胝或者是外皮。
>
> ——卢克莱修

那么我们以前原来也是有的。但是，我们就如同那些用人造的亮光破坏了日光的人一样，用一些外借的本领破坏了我们自己与生俱来的本领。有一点是特别明显的，那就是衣服将我们可能做到的变成了不可能做到的。因为，那些完全不知道衣服为何物的民族，有一些跟我们差不多是同在一片蓝天下。并且，我们的眼睛、嘴巴、鼻子还有耳朵这些身体差不多是人体最娇弱的部分恰恰是终日暴露在外的；我们的农夫以及祖先胸部还有腹部也是裸露的。假如我们生来就仅仅只有短裙或者是短裤穿，那么大自然无疑就会给我们现在一直饱受四季凌虐的部位罩上一层和我们的指头以及脚底一样的更加厚实的皮肤。

这为何显得让人觉得难以置信呢？我和我家乡的某一个农民在衣着上面的差异，我认为要大大超过他和完全不穿衣服之间的距离。

有很多的人，特别是在土耳其，由于信仰而裸身。

不知道是谁曾经看到一名乞丐，冬天的时候穿着衬衣，但是跟一个貂皮裹到耳朵的人一样特别的有精神，于是问他怎么能够抵御寒冷。“您哪，我的先生”，那位乞丐回答说，“您自己的面孔上什么东西也没罩呀；但是我呢，我遍身都是面孔。”意大利人谈论起过佛罗伦萨公爵的那位小丑，好像是这么说的：公爵询问他的小丑，穿得这样的单薄，怎么可以忍受连他都无法忍受的寒冷，那个小丑说：“因为我把我所有的衣服都穿上了，您也穿上您所有的衣服，这样您就不会比我冷了。”马西尼萨国王一直到耄耋之年，不管冷天还是打雷下雨，从来不愿意戴上帽子。听说塞维吕斯皇帝也同样。

希罗多德曾经说，在埃及人跟波斯人的那场战争中，他跟别人都曾经注意到，在战场里面死去的人，但埃及人的头盖骨明显比波斯人的坚硬。由于波斯人从小到大总戴帽子，大了之后又用布裹头；埃及人从小到大就剃发，而且从来不裹头戴帽。

阿格西劳斯国王从小到老一直都是冬夏穿一样的衣服。苏埃东尼说，恺撒总是一直走在队伍的最前面，常常是徒步而行，不管阳光暴晒还是大雨倾盆，从来不戴帽子。听说汉尼拔也是一样：

> 那时候，他总是一直光着脑袋，任那大雨倾盆，而且天降洪流于山。
>
> ——西流斯·伊塔利库斯

有一个威尼斯人在佩古王国待过很长一段时间，到了最近才从那里回来，他在那里写道，在那个地方，男男女女全部都打赤脚，就像是骑在马上也一样，全身的所有部分却都裹得严严实实的。

柏拉图想了一个绝妙的主意，他建议，从全身的健康这个角度出发，人的脚以及头，除了大自然早就已经造就的东西之外，我们不应再添加任何东西。

那位继我国国王之后接着被波兰人推选为国王的人[①]真的是本世纪的一位最最伟大的亲王了，他一直不戴手套，外出的时候也从不更换戴在王冠下的睡帽，哪怕是冬天，也不管刮风下雨。

因为我自己不愿意解扣敞怀，所以致使我周围的农夫也认为这样做特别不好意思。瓦罗则坚定，人们在上帝以及法官的面前下命令脱帽与其说是为了表示一种敬意，还不如说出发点是保障我们的健康，让我们强壮地抵御恶劣天气的祸害。

既然现在已经是冷天，而且我们法国人又习惯穿许多颜色的衣服（我是一个例外，由于我跟父亲一样只穿黑的或者是白的），另外再补充一点。军事长官名字叫作马丁·杜贝莱说，他在一次出征卢森堡的时候，见过特别厉害的冰冻，军需品中的酒居然需要用大小斧子砍劈，按着重量单位分给那些士兵，放在篮子里让士兵带走。奥维德几乎也这样说过：

酒在坛外依旧保持坛子的形状，

它不再是液体的饮料，大家喝的是硬邦邦的冰块。

墨奥提沼地入海口已经被冻得严严实实，就像是在同一个位置，米特拉达梯的副手最开始是在那里同陆上的敌人开仗而且已经战胜了他们，第二年夏天，他又打赢了一场海战。

罗马人在普莱桑斯附近跟迦太基人作战的时候有个特别大的不利，他们冲向敌人的时候冷得一下子血液凝固，而且四肢发僵。但是汉尼拔在整个营地里燃起篝火，士兵被烤得暖烘烘的，并且按队为单位分发油脂给那些士兵涂抹，这样使得他们的神经更加灵活，使得毛孔堵塞抗住气流，因为当时刮着的冰冷的风。

希腊人从巴比伦朝着他们的国家撤退，因一路上所遭受的艰难困苦而十分有名。在这次撤退的过程中，他们在亚美尼亚的山途中遇到了一场大雪，不知道自己身在何处，也不知道路在哪里。他们特别快就被人包围，一天一夜没吃没喝，大部分牲口也已死亡。他们当中，有一部分人死了，有一部分人被雪以及雪的反光弄瞎了眼睛，有一些人累成了残废，还有的人尽管神智完全清醒但是却被冻僵不能动弹。

---

① 指法王亨利三世，1573年当选为波兰国王，不久又继承查理九世的王位，当上法国国王。

亚历山大见过一个国家，人们在冬天的时候把果树埋入地下以防冻害。

谈到衣着的问题，墨西哥国王一天之内可以换四次衣服，他的那些旧衣服一直以来被用来布施或者是赏赐因此决不重穿。同样，厨房和餐室用的锅碗瓢盆也从来不用第二次。

37 谈小加图

我自己这个人没有那样一种以己度人的通病，所以，我十分容易相信与我自己的情况不一样的事情。我非常相信别人有着和我不同的品质。我坚信存在并且想象过成千上万种不同的生活方式。我与众不同的地方在于，更容易于接受的是人的差异反而并不是雷同。我会随时随刻抛开我的地位以及准则，并不攀比联系，反而像量体裁衣一样只就人的本身的标准去衡量别人。我不是禁欲者，但是，我真心诚意地接纳斐扬派和嘉布遣会的禁欲做法，认为他们的生活方式非常的不错。我自己还在想象，我如果能够像他们那样也是很不错的。

我真的爱他们，正因为他们和我不同，我也更加尊重他们。我尤其希望，人家可以逐个地单独评价我们，同时也希望不要按照共同的模式来描述我自己这个个人。

我自己的文弱一点也不影响我对待别人的力量以及精力应该抱有的看法。“有一些人只称赞自己有很大的把握仿效的事情”。在泥淖中爬行的我，自然知道某些英雄的心灵比天高，是我永远不可企及的。对我而言，具备一种正常的判断力——就算判断的结果并不见得很正常——起码可以将这项首要的能力一直保持下去，使得它不受任何的损害，这是特别的重要的。当双腿软弱无力的时候，还要求具有坚强的意志力，确实难能可贵。在我们自己生活的这个世纪里面，至少在我们这里，是那样的让人没有办法忍受，不要说按道德的要求办事，甚至就连这样做的想法完全都没有。道德二字好像成了只有小学生们才挂在嘴上的口头语：

道德乃是空洞字眼，就像是林中的圣木，

他们就是如此想的。

——贺拉斯

他们不得不为它争光，就算他们没有办法理解山。

——西塞罗

它变成了挂在房间里或者挂在嘴上的一个装饰，或者是成了像耳环一样挂在嘴巴上的一种装饰物。

现今那些符合道德的行为已经没有办法辨认了：有的看起来感觉很像，但是实质上却不是。由于我们常常出于利益、荣誉、惧怕、习惯还有其他诸如此类的不正常的一些原因，都可能会产生这种看起来似乎是有德的行为。我们现在表现的有一些行为，比如说义、勇、高尚之类，是由于对他人的尊重，同时也为照顾这一些行为在公众面前所展示的形象，也能够称之为德。可是就实践者本人而言，根本就算不上什么德，因为他另有目的，是另一种动机在驱使他。但是德行仅仅只承认仅仅由它自己所引发为它而产生的行为。

在波底达亚的那场大的战役中，波萨尼亚斯指挥的希腊人作战最后战胜了马多尼奥以及波斯人，最后胜利者按照自己的一贯做法，在最后评功的时候把战争中的超卓表现奖颁给了斯巴达人。斯巴达人特别懂得怎样看待到底是有德还是无德，当他们裁定哪个人在战斗中表现最好的时候，他们注意到阿里斯多德姆表现得最为勇敢。但是他们没有把奖项颁发给他。由于他之所以非常勇敢，那是因为他希望洗刷他在泰莫皮尔山峡战斗中间所遭受的指责，希望要通过英勇牺牲的行为去掩盖他以前的耻辱。

我们的判断力仍然很不正常，随着道德的败坏而走着下坡路。我发现，现今很大部分人都在自作聪明地抹杀古人那些美好而且高尚的行为，替他们做出一种十分卑劣的解释，编造种种一点意思都没有的理由和动机。

太微妙了！你们告诉我一件最优秀最纯洁的事，我也能够给它按上五十种不良的企图。遇上那一种故意去胡编乱造的人，上帝知道我们的企图会有多少种不相同的样子！他们自作聪明地进行各种各样的诽谤，与其说他们是怀有恶意，那么倒不如说是笨拙以及粗鲁。

人们花气力放肆地贬低那些名人，我则更愿意花同样的气力去突出他们的成就。那些被圣贤们全部一致推举为世人榜样的那些稀有人物，我将一点也不犹豫地尽我所能抓住各种机会来做出解释，以此可以为他们恢复名誉。但是，必须相信我们的思想能力（和表达能力）远远达不到他们的高度。描绘最美好的德行乃是君子的一种责任，并且当我们在特别神圣的形象的激励下满怀热情的时候，我们也是能够做到的。那些倒行逆施者的一些所作所为，并不是出于恶意，便是出于我刚刚谈到的仅仅只是相信自己可以办到的事情这样一个毛病，或者如我所想，因为他们的目光不够锐利不够清晰，不足于想象最开始那纯洁德性的辉煌，也不打算这样做。普鲁塔克说过，在他生活的那个时代，有一些人将小加图的死归结于是因为对恺撒的畏惧。他为此义愤填膺，特别有道理。由此能够推断，把小加图的死归因于是那些野心的人会让他愤怒到什么样子的程度。这些人多愚蠢！小加图如果不是为了荣誉的话，原本完全可以带着屈辱去完成那些美好而且崇高的义举的。这个人是真正的标兵，上天选择他并通过他告诉我们，人的美德和精神力量可以达到何等的高度。

但是，这里我不打算探讨这个内容是不是丰富的论点。我只希望把五位古罗马诗人称赞加图的那些佳句放在一起让它们可以比个高低，这不仅对加图有好处，而且也是有利于这几位诗人。在这一点上，受过良好教育的孩子将会发现，和其他诗人在一起的，开始两位有气无力；第三位要更加厉害一些，但是用力过度以至于泄了气；至于到了那里，他大约还差一两个技巧级才能够到那第四位，这个时候他会佩服得合上自己的双掌。到达最后一位，也是抛离他人的第一位。这差距任何人的智慧都没有办法填补，他会感觉特别的吃惊而且感动。最为奇怪的是，我们的诗人要大大多于那些评诗以及解诗的人。创作诗歌比理解诗歌更容易。按照那种通俗的尺度衡量，诗歌是可以用规则并且理智评价得了的。谁以坚定和冷静的目光辨别出诗歌的美，他所见的美便无异于灿烂的闪电。诗的美不能够靠人的判断力来识别的，它可能会剥夺并且毁损我们的判断力。激情一直鼓舞着那些善于洞悉诗歌美的人，同时又使另外的一些人在听其讲解以及背诵的时候能够受到感染，正如磁铁不仅可以吸一根针，而且还可以把吸引另一根针的力量传给它。这在戏剧中可以看得更明白，诗的神圣的灵感最开始是激起诗人愤怒、悲伤、仇恨、冲动等等诗歌欲激发的感情，接着呢，它又通过诗人自己去打动那些演员，然后就是再通过演员去打动大部分的观众。这就是在磁力的作用下连起来的一根一根小针。从我幼年的时候起，诗歌就深深打动我，让我激动不已。但是这种在我心中与生俱来的特别的强烈地感受着不同的形式的不同的影响。那些形式并不因为表面上的不同因此而分高雅或者是流俗（由于它们总是每一种里面最高雅的）：首先是快活和巧妙的流畅性；其次是细腻和高雅的敏锐性；最后是成熟和坚定的力量。很多例子更能说明问题，比如：奥维德、卢卡努、维吉尔。以下就是我们的诗人在竞技场上所表现的情形：

其中的一位这样说道：

> 只要加图活着，那么就比恺撒伟大。
>
> ——马提维尔

另外一位这样说道：

> 加图啊，战胜了死亡之后便所向无敌。
>
> ——马尼利乌斯

第三位在谈及恺撒与庞培间的内战的时候这样说道：

> 诸神选择了胜利者的事业，
> 但是失败者的事业却有着加图的支持。
>
> ——卢卡努

第四位在赞扬恺撒，这样说道：

> 全世界都已经屈服，
> 除了那个顽固不化的加图之外。
>
> ——贺拉斯

合唱队的大师，他在罗列了伟大的罗马人的名字之后，到了最后这样写道；

那个对他们发号施令的加图。

——维吉尔

38 我们为什么为同一事物又哭又笑

我们在历史书里读到，安提柯由于他的儿子献上刚刚在战场上砍下的敌人皮罗斯国王的头颅因此对儿子特别的不满，甚至还跟他痛哭流涕。勒内·德洛林公爵在打败查理。勃艮第公爵以后曾经真诚地哀哭对方的死，甚至在葬礼上为他戴了孝。在奥雷那场战役中，蒙福尔伯爵战胜了一直跟他争夺布列塔尼公爵宝座的那个对手查理。德布鲁瓦以后，那位胜利者看到奄奄一息的敌人，突然间表现出极度的悲哀。我们没有必要为这一切发出突然而来的惊叫：

就是如此，
我们的心灵以一会儿高兴一会儿忧郁的面孔，
掩饰心灵深处截然相反的两种感情。

——彼特拉克

史书中有过记载，有的人在将庞培的头颅献给恺撒的时候，仿佛看见了一件丑陋和恶心的东西，连忙转过脸去。他们之间以前有一个长时间的结盟，一起管理公共事务，一起经历大大小小的各种事件，互相扶持，关系密切，因此，我们绝对不能像下面这位诗人那样觉得这种举动是虚伪以及造作：

他因为自己安然得岳父之位而庆幸，
强挤出来的那些泪水还有嘴上的哀叹，
掩饰不住他内心真实的快活。

——卢卡努

由于，虽然我们的大部分行动在事实上只是假象和伪装，尽管有时候也确实会有这样的事情：

> 那些财产继承人的哭泣实际上是被掩盖起来的欢笑。
>
> ——西鲁斯

但是不论怎么说，评论这些事件的同时，必须考虑我们的心常常受到正反两种情绪的骚扰。犹如我们躯体中一样，听说我们心里也一直聚集着很多种相反的气质，在这其中，任凭我们心灵变化常常起支配作用的自然是主要的，但是，他并没有达到统率所有的程度。由于内心活动的多变和灵活，那些暂时处于下风的想法并非就一定不能扭转颓势，发起短暂的攻击。因此，我们发现，不仅仅只是那些天真而且烂漫的孩子仅仅只是凭本性行事，为了同样一件事同时又哭又笑，就算是我们这些成年人，就算是如愿以偿地外出旅行，在同家人和朋友告别的时候，他心里会没有一丝微微颤动的感觉。即便是他没有真正的掉泪，那么在他上马离去的时候，他的脸上最起码会写满忧郁以及不快。

不管有怎样高尚的爱温暖着那些大家闺秀的心，人们还总是得硬把她从自己父母的脖颈上夺下来以便可以交给她的夫君，也不管那位善良的终身伴侣怎么说：

> 新娘们难道可能会讨厌维纳斯？
> 那么还是她们用虚假的哭泣去骗得父母的欢心，
> 在洞房前面假装泪流满襟？
> 请各位神明为我作证，
> 这绝望以及这眼泪，两种都是虚假的！
>
> ——卡图卢斯

因此，当一个不共戴天的仇人死掉的时候，有人还会感到惋惜，那么也就不足为奇了。

当我痛骂仆人的时候，我用尽全力去骂他，我的诅咒是完全真实的，并不是装模作样的。但是当怒气消去，而且他需要我的帮助的时候，我会立即把事情翻过去。当我说他是傻瓜和懒虫的时候，并不是想要给他永远地贴上这一类的标签。然后，当我说他老实正派的时候，也并没有觉得自己有什么出尔反尔。

所有品行都没有办法把我们全部简单地概括。如果自言自语不是疯子才有的举动，那么，人们可以天天听到我在责骂自己“蠢货”。但是，请你不要以为这就是我对自己所下的定义。

哪个人要是看到我对我的妻子有时候脸色冰冷，有时候又恩爱有加，便觉得其中之一是假装的，那么他便是傻瓜。尼禄派人淹死他母亲，但是当他和母亲在告别的时候却又因为这诀别因此而震动，敬畏以及怜悯之情因此油然而生。

据说阳光不是连续的，太阳不断地向我们发射新的光线，一束接着一束，互相之间非常紧密，以至于我们看不出来光束间的间隔。

> 太阳这一直滔滔不竭的光明的源泉，
> 分分秒秒地一直交换着璀璨的光线，
> 每时每刻把新的光芒推向天空，
> 普照万物渐渐长大。
>
> ——卢克莱修

相同的是，我们的心灵也这样无声无息地放射着各种各样的箭矢。

阿尔塔巴努突然之间抓住他的侄子泽尔士，责怪他为何突然之间变了脸色。泽尔士正在观望他那庞大的军队赫然之间渡过赫莱斯蓬托去讨伐希腊。他首先是看到数百万人马受他指挥愿意为他效劳，他首先感到十分得意，而且喜形于色，一脸轻松和愉快，然而他同时想到那么多的生命都会在最多百年的时间内相继消失，便立刻皱起了眉头，一下子伤心得潸然泪下。

我们用一种坚强的意志因此去洗雪耻辱，取得胜利之后，所以我们欢欣鼓舞的时候却经常禁不住流下泪来。我们并不是为雪耻而哭，事实并没有改变，仅仅只不过我们的心灵用另外一种眼光来观察各种各样的事物，从另外一个侧面去回顾它。一件事都有很多个方面。亲情、故交以及友谊都可能会影响我们的想象，都可能会依据各自的境况激励我们的想象。然而，他们的整体形象却依旧忽隐忽现，让我们没有办法捉摸。

快捷迅速，莫过于那些
思想的运筹以及实施，
因此思想的转易并且变更，
也远胜所有肉眼可见的事物。

——卢克莱修

因为这个原因，如果想把一连串的感情变成一个连续的整体，那么就大错而特错了。当蒂莫莱昂正在为他那经过深思熟虑处于一种高尚动机而实施的暗杀痛哭的时候，他并不是因为祖国重获自由而哭泣，同时也不是为死去的暴君而哭，他只是为自己的兄弟而哭。他早就已经尽了他拯救民众于水火之中的那些义务了，我们就应该让他也尽一些其为人弟者的义务吧。

39　论隐逸

我们暂且撇开那关于活动以及孤寂生活的详细的比较；至于那些隐藏着野心和贪婪的漂亮话："我们一生来并不是为自己而是为大众"，让我们大胆地去诉诸那些在漩涡里生活的人们；请他们扪心自问，与那些漂亮话相反，到底那对于职位、任务，跟世上那么多纠纷的营求是不是反而正是为了假公以济私的目的。现在常人借以上进的坏方法特别的清楚地告诉我们那目的特别的不值得。让我们告诉野心，正是它使我们产生离群索居的愿望，由于还有更比它需要避开人群的吗？还有更比它需要寻找到处活动的余地的吗？不管什么地方都有为非作歹的机会；但是，如果比雅（Bias）这一句话说得不错——"险恶成了主流"，或者是书本《传道书》里的这一句话：千人之中也找不到一个好人。

善人何其少？充其量仅仅

只是如梯比的城门，
或者是尼罗河的出口。

——郁文纳尔

跟群众接触简直是再危险不过了。我们不学习变为恶人便得憎恶他们。二者其实都危险：由于他们占多数，并且效颦多数；或者因为相去太远而憎恨他们，反正都是危险。

那些航海的商人十分留意那些跟他们同舟的人是不是淫佚、亵渎或者凶顽，假如有这种人，就可能把这些伴侣看作是不祥的，确实是很对。

因此比雅开玩笑似的对共同面临暴风雨的危险，向诸神求救的人说：“请你们住口，以免他们知道我跟你同在这里。”

还有另外一个更雄辩的例子：一位代表葡萄牙王爱曼奴尔（Emanuel）驻印度的总督名字叫作亚尔卜克克（Albuguerque），他在海上遇到生死攸关的暴风雨，于是肩扛一个小男孩，这样做唯一的目的是：他们的命运不仅仅是联在一起，幼童的天佑能够作为他关于对神恩的保证，使他可以转危为安。

这并不是说哲人不可以随遇而安，而且在大庭广众中也依旧是一个孤独者；不过，如果可以选择的话，他一定会避之唯恐不及，连看一眼都不愿意。不得已的时候，他可能会忍受前者；但是假如由他做主，那么他就会选择后者。

他不可能会妄自以为他全部免除了恶，假如他还得跟别人的恶抗争。

夏龙达（Charonda）像惩罚坏人一样惩罚经证实常与坏人来往的人。

再也没有什么东西能够比那么不宜于交际但是又善于交际的：前者由于他的恶，后者是由于他的天性：

我认为安提思典（Antisthenes）并没有圆满答复那个责备他喜好交结小人的人，当他说“医生们应该常常生活在病人当中”，因为，医生固然改善着病人的健康状况，他们自己的身体也由于接触、观察和处理疾病而日益受损。

到了现在。所有的一切隐逸的目的，我坚信都像是如出一辙一样：要更加安闲、更加舒适地生活：但是我们并不经常找着正当的路。我们往往以为已经放下手中的事务，实际上只是把它们改变了一下而已。治理一家过程中的烦恼其实并不比治理一国轻松多少：如果心有牵挂，那么就整个儿放在上面；家务虽然没有那么重要，但是却不因此而减少了烦恼。此外，我们尽管摆脱了司法和商业等事务，但是却没有摆脱我们生命的主要烦恼。

> 我们心灵的宁静，因为理性还有智慧并非因为汪洋大海的旷观。
>
> ——贺拉斯

野心、贪婪、犹豫、恐惧和好色，不会因为我们换了地方就放过我们。

> 忧愁的影子总是一直坐在骑士的背后，
>
> ——贺拉斯

它们甚至还一直追随我们到修道院还有哲学院里。不管是沙漠还是石头的山洞，也不管是扎人的粗衣还是斋戒的饥饿，都不可以帮助我们摆脱，

> 他肋下带着一种致命的利矢。
>
> ——维吉尔

有些人对苏格拉底说某一个人旅行之后不管哪方面都不见得有什么改进。他回答说："我早就想到了，那毛病是跟着他一起走的。"

在别的太阳下面我们能够有何所求？

> 哪个人放逐自己。可以放得下自己？
>
> 贺拉斯

假如我们不先把自己以及灵魂的重担卸下，行动起来将会更加增加它的重量：就好像船停泊的时候，所载的全部货物便看起来没有那么的壅塞；你挪动病人的位置，害处大于益处。移动可能会把恶摇到囊底，如同一根木桩愈摇愈牢固一般。因此单是远离众生还不足够，仅仅是迁离地方

也不够，我们还必须得把我们里面的凡俗之恶习全部洗涤除净。必须远离存在于我们身上的老百姓的生活方式，必须把自己隔离起来，必须重新控制自己。

你说："我早就已经打破我的桎梏！"
没错！试试看那亡命的狗，
就算它已经咬断了铁链
但是圈儿可不是还挂在颈后！

——柏尔斯

我们把自己的那根桎梏带走，这不是完全的自由，我们透在回头看留在身后的东西；我们的脑袋还一直给充塞着。

除非是心灵澄净，否则是什么险都不要去冒，
任何的冲突也不在我们胸中乱捣，
所有的焦急以及恐怖也不把我们煎熬，
另外还有奢侈、淫佚、恼怒和骄傲，
以及那懒惰、贪婪、卑鄙与无行，
将如何地把我们践踏蹂躏！

——鲁克烈斯

我们的恶深植于灵魂之中，但是灵魂又避不开自己，

病植根在灵魂里，她怎么可以逃避？（贺拉斯）因此我们必须把灵魂带在身边，隐居在我们自己的躯体里面，这才算得上是真正的隐逸。在城市以及宫廷里，他能够享受，但是离开则更加的如意。

目前，我们既然试图独自生活，而且要息交绝游，使我们的满足全部靠我们自己吧，让我们割断所有的把我们维系于别人的羁绊吧，让我们克服自己以便可以真正独自活着而且快乐幸福地活着吧。

司梯尔彭（Stilpon）避过城中的大火，他在火灾中失去了妻子儿女和财产。狄密提犁·波里阿尔舌特（Deme·triasPoliorcetes）看到他站在故乡的废墟中间，脸上一点也不变色，问他到底有多少损失，回答道："没有，感谢上帝，大火没有带走任何属于他个人的东西。"这恰恰是哲学者安提

思典的意思。当他自己十分诙谐地说："人应当带些可以浮在水面的粮食，以便在沉船的时候能够借游泳来救人及自救。"

确实，聪明人只要保全自己，他就什么都没有失去。当娜拉城被野蛮人毁坏以后，保连奴司（Paulinus），那个地方的主教：丧失了所有而且身为俘虏，于是祈祷上帝："主啊，不要让我因为失去的东西而耿耿于怀，你知道，他们并没有什么触着我。"那令他富裕的财富，那让他善良的产业还没有丝毫损失。这就是所谓擅长选择那些能够免除灾劫的宝物，把它们藏在无人可以触及，并且除了自己，没有人能泄漏的地方了。

我们应当有妻子、财产，特别是健康，假如可以；但是别要粘得如此厉害以至于我们的幸福全部倚靠它们。我们必须保留一个完全属于我们的完全空置的后院，使我们得以真正自由地隐匿其中，在那儿，我们树立我们的真正自由，更主要的是退隐还有孤寂。那里，我们平常的晤谈是跟我们自己，并且那么秘密，几乎不存在为外人所知或者是泄露出去的事情；在那儿，我谈笑如一妻子、产业还有仆从全都一无所有。那么，即使我们万一失去这些东西，也不会觉得遇着了新问题。我们拥有一颗能够环绕自己，能够给自己做伴，而且有着攻守以及予取的器械的灵魂；我们没有必要担心在这隐逸里我们会沦于那样一种无聊的闲散：

> 你应该在孤寂里面然后自成一世界。
>
> ——梯布勒

"德行，"安提思典说道，"自足于己：无需理论、无需言语、无需行动。"

我们平常的举动，其中没有和我们相干的。你看到的那个爬着颓垣，狂怒并且失了自主，冒着像雨一样的枪弹；还有那个浑身疤痕，饿到打噤并且面如土灰了，宁可丢了性命也绝不打开城门的人。你觉得他们是为自己吗？因为一个，或许，他们从没有见面而且对于他们的命运一点也不关心，而且还沉溺于荒淫以及佚乐里的，还有另外一个，你以为他在书中寻找如何做一个更加幸福更加聪明的善人吗？绝对不是。他将会死在那里面，不然的话就会教后代如何读蒲鲁特（Plaute）的一句诗或一个拉丁字的准确写法。谁不在心甘情愿地用健康、休息、生命换取名声和荣誉，这一种最无用、最空虚而且最虚伪的货币呢？我们因为自己的死还不足够使我们畏惧，我们还需要愁我们妻子、奴仆的死。我们觉得自己的事情还不够烦；那就把邻居和朋友的事情揽过来，为他们坐立不安、头脑发胀吧。

啊！一个人为何居然会溺爱他人和外物甚至比自己还要亲切、殷勤？

——梯布勒

我认为隐逸对于那些早就已经把他们生命的最活泼、最强壮的时期献给世界的那些人更加的适宜，更加的合理，按照达列司的榜样。

我们为别人活得够了，起码也得为自己活一段时间吧。最起码在这短促的余生中间。让我们把我们自己的思想以及意向带回给我们还有我们的安逸吧，需要十分妥当布置我们的隐逸其实并不是一件小事，由于即便不掺杂别的事，我们其实也已经够忙的了。既然上帝让我们为离开作准备，我们就去准备一下吧：准备行李，及时地与社会告辞，打破各种各样把我们纠缠以及那些让我们分身分心的种种羁绊。我们必须解开这些强有力的枷锁，从此随心所欲，但是又情归自己。但是只是为了自己。也就是说，其他的身外之物也都能够笼络我们。然而并不紧紧黏附在我们自己的身上，以至于我们拿开它们的时候，还必须得剥去我们自己的一层皮，甚至连带撕去身上的一块肉：世上最大的事情是懂得属于自己。

这刚好是我们跟社会断绝关系的时候，既然我们再不能够对它有什么贡献。尽管不能借出，最起码也得想办法不要借入。我们渐渐年老力衰，我们应该把力气保存和集中起来。哪个人能够把友谊以及社交且全部都排斥而是仅仅注重自己的话，那么让他做去吧，在这使得他对于别人变为没有用的。累赘以及骚扰的衰落情况里，让他最起码不要对自己是累赘、骚扰或者是无用吧。要自信，要安慰自己，尤其要自制，尊重并敬畏自己的理智和良心，以至于不能够在它们面前走差一步而不感觉有什么羞耻。“因为可以自重的人确实很少见。”（景提里仁 Quintilien）

苏格拉底说，年轻人应该多学习，成熟的人应该努力做好事情，老人们卸去所有军民职务，起居所有的全部从心所欲。不需要受什么固定的生活秩序所约束住自己。

有些人的气质比较能适应退休的观念。比如说那些理解力薄弱、情感以及意志敏锐，并且不愿意服役或者是承担任务的人——我自己就是其中的一个。他们因为天然的倾向还有自我的反省都十分容易相信这忠告，比起那一些活泼忙碌的心灵，什么都管，事事插手，干什么事都热情洋溢，一有机会就自告奋勇，挺身而出，全身投入。我们应当利用这一些身外的偶尔机缘，做到适可即止，而不必要把它们当作自己的命脉一样；它们原本不是这样的，不管理性还是天性都不愿意这样，我们为什么要反对自然规律，置幸福于别人的权力之下呢？还有的为防止命运之不测，剥夺我们既可以得到便利（像很多人由宗教的热忱以及有些哲学家受理性的驱使而出此）。惩罚自己，身体力行，睡硬地，挖眼睛，把财产扔进河里，或者是自寻痛苦（或者想由此生的苦难获得来生可以得到的欢乐，或者是想把自己放在最下层避免再有下坠之苦），这些都是不一般的美意的行为，让那些更加坚定更加倔强的天性连同他们隐居的一隅也从这里显赫而树为模范吧：

在我运气不佳的时候，
啊！我多么希望过那俭朴寒微的生活：
怎样的富贵荣华都不能够把我诱惑！
但是如果命运待我稍好一点，让我富裕一点，
我将声言世上唯一的一个福乐明哲
是购置田地以及成家立业。

——贺拉斯

对我来说不必走这么远，手上的事就已经做不完了，我只希望在命运的恩宠之下，打算看它如何翻脸，并且在我感到舒适的时候，按照我自己想象之所及去模拟那未来可能的厄运：就像是我们在太平之际居然用竞技以及比武来模拟战争一样，

我并不由于哲学家亚尔舍路施（Areesilaus）依照他的家境使用金银的器皿因此就把他看得没有如此的贤德。我甚至还把他看得更崇高，由于他慷慨并且十分的得当地使用它们，这些远胜于全部摒弃它们。

我明白人的地位所受的限制程度，看着可怜的叫花子站在家门口，往往比我活泼比我健康，我便把自己设身处地，试着依照他的尺度去装扮我自己的灵魂。我还按照这样的方法比较过其他各种各样的榜样，我能够想象死亡、贫穷、轻蔑以及疾病早就已经迫在眉睫，我也很容易下定决心，

连远远不如我的人都毫不抱怨地接受这些事情，我还有什么可怕的。我绝对不相信一个低下的理解力甚至比那高强的更加的能干，或者说理性不能跟习惯达到一样的效果。而且既然知道这些外来的福泽有多么的无常。我总是不由自主。在最得意称心的时候，我也会向上帝提出最高的请求，让我满意自己，满意产生在我身上的美好事物。我看到很多的青年尽管非常的壮健，但是却依旧准备了一大堆药丸放在他们的衣箱里面，以便伤风的时候服用，由于既然有药已经在手，心里就不会特别地害怕。我们也应当这样做；并且，如果自己觉得很容易患某一种更严重的病症。就应该带些能够使患处麻醉或者是使自己沉睡的药品。

我们为了安逸因此应该选择的事业，肯定是那些既不辛苦又不厌烦的，不然的话隐居的目的就完全落空了。这应该由每个人的趣味来决定：我自己就一点也不宜于农作。那些喜欢农事的自当然和缓从事：

> 要使财产成为我奴。
> 不要使我为财产奴。
>
> ——贺拉斯

耕种原本是一种奴隶干的工作，这是沙路士曾经对它的称呼。但是它有一些部分则是特别可人的。比如说是园艺，根据冼诺风说，那是西路生前最爱好的，我们而且能够在这里找到一种折中，介乎与我们常常在那些完全埋没在艰苦劳作中的人的身上所看到的低微和下贱、紧张和充满着不安，革命我们在另一种人身上看到的那放任一切的那种深固的而且特别极端的疏忽之间。

> 狄墨克里屠的灵魂早就远游于云天，
> ——任凭羊群恣意嚼食他的麦田。
>
> ——贺拉斯

然而我们试听一下那小披里尼（Pline）给他的朋友名字叫作哥尼奴士·鲁夫（CorneliusRufus）关于隐逸的一些劝告：“你所在的地方既充实又富足，我建议你把低级和可恶的家务工作交给仆人去做，自己就一个人专心致志去研究文艺，以便可以从那里取得一些属于你自己的东西。”他所说的意思其实是指名誉。他跟西塞罗一个鼻孔出气，当西塞罗说道，他准备卸去所有的公务归隐。以换取不朽的功名：

君之学问几乎等于零，
藏之深闺哪个知晓？

——柏尔斯

既然说应该遗世隐逸，好像应该瞩目于世外才合理；有些人半途而废。他们为离开世界的那一天整理好东西，可是由于一种可笑的矛盾，他们工作的却但愿在他们早就已经遗弃的世界里来采摘。那些因为宗教的虔诚求隐逸，相信圣灵的期许可能来生应验的人的想象合情合理得多了。他们把目光投向充满无限善意和全能的上帝，灵魂通过他可以完全自由地满足自己的愿望。痛苦以及悲愁之来临是一种利益，借此能够获得永远的健康以及欢乐；死亡其实是一件切盼的事，是用来超度到这美满的境界的一个过程。他们的严格的戒律因习惯而被清除，肉体的欲望被拒绝、抛弃和麻醉，由于唯有常思常用才能够保持它的活跃力。仅仅是这未来的福乐永生的展望就值得我们抛弃现在的所有安逸与甘美了。谁可以确切并且永恒地用这强烈的信仰以及希望的火焰燃烧他自己的灵魂。他可能会在隐逸里面度过美妙并且愉快的一生，超越任何其他生活方式、快乐的高尚的享受。

因此披里尼这忠告的目的与方法都不能够使我满意，这仅仅是永远由疟疾转变发烧而已。啃噬书籍的生涯也跟其他一样辛苦，同样是我们健康的大敌，但是健康是我们必须关心的主要问题。我们应该留神不要给某一件事情的快乐让我们昏昏欲睡，拖累那一些经济家、贪夫、色鬼以及野心家的正是这种快乐。智者教我们提防欲望，不要让它出卖我们，跟辨认那真正单纯的快乐以及那些混着很多痛苦的斑斓的快乐。由于我们大部分的快乐，他们说，大部分的快乐抚慰和拥抱我们，目的是想掐死我们，跟那些埃及人称为菲力达的强盗相同，假如我们头疼在醉酒前面，我们或许会留心不再贪杯。但是愉快，因为欺骗我们，常常走在前头，把跟随着它来的不幸全部给掩住了。

书是好的，但是，如果经常和书打交道最终使我们失去欢乐和健康，失去我们所能拥有的最美好的东西，那么离开它们吧。很多人觉得它们的果很难抵偿那个损失，我也这样认为。就像那久病的人身体渐渐衰残，全部听任医生摆布，应该遵守很多规定的起居规律；同样，脱离世界的人，厌倦了常有的世俗生活，那就得按照理性的法则来策划，从深思熟虑然后去安排他的隐逸。他想要辞退各种工作，不管它戴着怎样面具，逃避所有能够妨碍身心安宁的情感以及选择最适合自己口味的道路。

每个人选择最适宜自己的路吧。

——柏尔斯

我们应当读书、佃猎，以及从事各种各样的活动，直至获得全部的乐趣，同时小心不要越过极限，从那里开始快乐将慢慢变成痛苦。我们应当保留相当的事业以及工作，但是又应该适度的活动，不让我们流入极端的懒惰以及闲散的恶果。

有一些贫乏和困难的知识，大部分是为大众所用的，我们应当让给那些把自己献身于公务的人去做。而我，我所喜欢的事要不是很容易、充满兴趣以及可以引起我自己的幻想的。便是那些能够慰藉我并且指导我如何去调理我自己的生死的：

独自逍遥在一片静谧的林里，
追怀着那些贤人哲士的幽思。

——贺拉斯

比较明智的人，因为他们的灵魂更强大更有活力，可以为自己创造心灵上的安宁：而我，有着一颗特别平凡的灵魂，于是就得求助于肉体上的舒服。年龄不仅剥夺了那些差不多合我脾胃的娱乐，于是培养和提高更适合新时期的兴趣。我们不得不要用爪牙并用以抓住那些时光从我们手里——夺去的那些生命的娱乐：

及时去采撷生命的甜蜜，否则到了明天呀，
你就只是灰烬、影子、空洞的字眼。

——柏尔斯

而把光荣当作是我们的目标，像披里尼跟西塞罗给我们的建议，但是离开我的计划甚远。跟隐逸最不同的脾气就是野心。光荣以及无为是两件截然相反的东西。依我所见，他们只是置手和脚于社会之外，他们的灵魂跟意向却比任何的时候都更加粘着在里面。

> 那龙钟的老朽，
> 难道你活着仅仅是为取悦人家的耳吗？
>
> ——柏尔斯

他们后退只是为了向前跳得更远，为了蓄积更大的力量脱颖而出。你们乐意知道他们如何差之毫厘吗？试着把两个派别根本不同的哲学家的建议和他们比较，两个人的劝告都是分别写给他们好朋友的。一个（伊壁鸠鲁）是给衣多明纳，另外一个（洗尼卡）给路西里乌，为了说服他们放下公共事务并隐居起来："他们说你从开始到现在都是一直浮游着，现在来港口接受死吧。你早就已经把前半生的时间献给光明了，把那里剩下的一半献给阴影。如果你不放弃结果，你就放不下种种烦琐的事务；所以，撇开所有光荣与名誉的操心吧。估计你过去的功业会把你炫耀得太过厉害，会不停地追随你到墓穴里。把那经过别人的赞赏而得来的愉快以及其他愉快全部抛弃吧；关于你的学问与才能，不要为它们牵挂，如果你感觉到新的生活更加惬意，它们只会发挥更大的作用。铭记有人当人家问他为何费许多心血在一种仅仅只有几个人能够了解的艺术上，回答道：'几个于我而言已经足够了，一个，不，比一个还要少的话也足够了。'他说的是实话：你和另外一个人，或者是自己跟自己。便可以互相表演的角色了。让群众和你等同一个人，让一个人跟你就是全部群众。想从闲暇以及隐逸取得荣名简直是极可悲的野心。我们应该像野兽一样把家门口的足印抹干净。你所应该关心的，不是社会如何说你，而是你如何对自己说。归隐在你自身里。但是先要准备好在那儿迎接你自己。假如你不能够自治就信赖自己，那是疯狂的行为。遁世隐居和投身社会，都可能犯错误。'除非你早就变成了一个让你不敢在自己的面前有什么轻举妄动的人，除非你对自己羞惭以及尊重——在心里想着道德的楷模。'（西塞罗）——你得经常在心里铭记卡都（Catou）、福史安（Phocien）以及亚里士提（Aristides），在他们面前甚至疯子也需要藏起他们的过错。你要把他们看成你某些思欲的管理人；如果你的图谋偏离了常规，你对这些人物的尊重会使它们重拾正道。那些人会扶助你走上自足之路，使你不管怎样都只向自己索取，使你的心灵回归在那些有边际的思想上，在那里面心灵能够自娱，因此，在了解了真正的幸福——越是认识也更加享受——以后，使你十分知足，不再希冀延长生命或名气。”

这是真正并且自然的哲学的建议，并不是什么炫耀或者是空言的哲学。

40 论西塞罗

对上面所说两对人的比较（西塞罗与小普林尼、伊壁鸠鲁与塞涅卡）还可再说几句。从西塞罗跟小普林尼（我认为他的性情和他的舅父跟养父大普林尼甚少相似之处）的著作里，能够找出很多特别虚荣的证据。中间有一条，正是他们堂而皇之地需要那时的历史学家在史册中不要忘记他们。但是，仿佛命运并不买账，偏把这些虚荣的请求传到了今天，却把那些历史学著作远远地抛诸脑后了。

然而这些高官显爵的品位低端还陷限于此，他们会在家长之间的闲谈中，而且还利用寄给朋友的信件去沽名钓誉。那些私信有的错过了机会没有寄去，也居然拿来发表，还冠冕堂皇地称不想白白浪费了劳动和熬夜的辛苦。两位罗马帝国的执政官，负责世界事务的两名官员，利用闲暇时间，十分客气编写一封好看的信札，从而赢得深谙奶妈语言的美誉，这难道不是妙事一桩吗？以这个为生的平常小学教师也不会做得比这儿更差劲吧？

假如色诺芬跟恺撒的功绩不是远高于他们的文才，我不相信他们会写。他们寻求传阅后世的不是他们的言辞，确实他们的所作所为。假如完美的语言表达能够给一位大人物带来合适的名声，那么西庇阿跟列里乌斯就肯定不会放弃在戏剧方面的荣誉，把拉丁语言的优雅拱手让给一名非洲的奴隶，由于这部作品是他们两人著作，写得精美绝伦可以证明这点，甚至署名作者泰伦提乌斯本人也承认的。要我不坚信这件事，就会跟我闹得十分的不愉快的。

要称赞一个人，但是却提出不合他身份的什么优点（尽管值得一提）以及一些并不是主要的优点，实际上是对他的一种嘲弄和贬低。就好比赞扬一位国王，说他是一位好画家、好建筑师、好火枪手或者是好夺标骑手。所有的这些赞词只有与其他相匹配的赞词一起或者是随后提出，比如说公正严明，在战争与和平时期领导有方，等等。如此说了之后再谈论居鲁士精通农业、查理曼大帝有口才以及文才，才可以让他们脸上很有光彩。

我看到在我生活的这个时代这种风气特别盛行，那一些以写作成名以及作为天职的大人物，全部都否认自己一直刻苦学习，而且装得文理不通，故意表现自己不懂这种下等人才应该具备的本领，我们老百姓也觉得以为大作家才不会去做这种普通的事。

在晋谒腓力二世的使团当中，有德摩斯梯尼的伙伴称赞国王长得好看，非常善辩，嗜酒；德摩斯梯尼说那些赞词适合于女人、律师和酒鬼，而不是国王。

让他面对反抗的那些敌人所向披靡，
当对方匍匐在地的时候你应该宽宏大量。
——贺拉斯是否擅长狩猎与跳舞，全部都不是国王的职责，
让别人去学习打官司，用仪器去测量
天体在运动，那些命名闪闪发光的星星，
他的韬略正是治国安邦平天下。

——维吉尔

普鲁塔克还补充说，在一些非必需的品质上表现卓越，反而证明自己没有用好时间，没有把精力用到更正经更有益的事情上去。由于马其顿国王腓力听到他的儿子就是亚历山大大帝在宴会上唱歌的时候，和最好的音乐家一比高下，因此对他说：“你唱得那么动听，不觉得自己丢脸吗?”同样也是这一位腓力，和一位音乐家探讨他的艺术的时候，音乐家对他这样说：“陛下，但愿上帝保佑，在这些问题上你千万不要比我懂得更多，但愿这种倒霉的事不要发生在你的身上。”

一位国王应当可以像伊菲克拉特一样回答。有一位演说家骂骂咧咧这样询问他：“你是谁，你在这里充什么好汉？你是一位军人吗？你是一位

弓箭手吗？你是一位长矛兵吗？”“这些我自己都不是，我是指挥所有这些人的人。”

伊斯麦尼亚被别人夸赞是杰出的吹笛手，安提西尼斯觉得这不能显示伊斯麦尼亚价值。

当我听到有人想要对《随笔集》的语言说些什么时，我自己有自知之明，宁愿他一直沉默。要损害词义时绝对不去刻意追求辞藻华丽，特别是平铺直叙肯定要胜过转弯抹角。我或许是错了，如果在我之外还有很多人能够让读者在书中获取更多的东西，不管用什么方式，不管是好是坏，可以在纸上撒播下更加的充实，最起码更具体的种子。为了写出更多的文章，我仅仅只是放上了各篇文章的开头部分。我如果再加以发挥的话，就可能把这部书的篇幅增加到几倍的长度。

除此之外，我在书中讲了不少故事，没有加入任何评论，谁乐意整理，不担心写不出无数的《随笔》。不管是那些故事，还是我自己的引证，都仅仅只是作为范例、权威或者花絮使用的。我对那些文章的看法并不局限于对我有用这方面来说的。它们在主题之外包含着一种更丰富更大胆的物质的精髓，发出一种更细腻的声音，对我这个不乐意借题发挥的人是这样，对其余的听懂我的曲调的人也是这样。再回来谈论说话的道德，我不认为尽说坏话跟尽说好话之间有什么选择余地。“咬文嚼字是一种对人无益的装饰品。”（塞涅卡）

哲人说，说到学问就是指的是哲学，说到行为就是指的是道德，常理来说这对所有的门第以及等级全部都是适用的。

这在另外两位哲学家的身上也有相类似的地方。他们在写给朋友的信件中也做出了要流芳百世的许诺，但是，他们用的是另一种方式，抱着一种良好的目的去可以迎合其他人的虚荣心。由于他们对朋友那样写道，假如只想流芳百世准备继续掌管国家大事，担心别人劝其准备接受退隐或者是退休，那么大家就不必为此担心了；因为他们作为哲学家对后人的影响力之大，已经哪怕只是通过他们所写的信，已经可像他们为国效力那样使自己能够名扬天下了。

除了这点差异以外，这也不是什么意义空洞、内容单调的书信，里面字字句句经过认真选择，精心的排列，抑扬顿挫到好处，充满了隽智，人们读了以后不一定长口才，但是会变得更加聪明，不仅仅教会我们说得好，而且还做得好。让我们自鸣得意之外但是于事无补的伶牙俐齿见鬼去吧。除非是像人们说的那样，西塞罗的辩才简直是登峰造极，演说全篇有血有肉。

另外我还要说一个关于他的故事，这样让我们真正触摸到这个人的性格。他准备在大庭广众演说，可是时间太紧迫所以来不及做好充分的准备。他的一名奴隶名字叫埃罗斯突然跑来通知他说演讲推迟到第二天举行。他听了之后特别的高兴，因为这好消息给那个奴隶恢复自由。

关于书信，我想要说的是我的朋友坚持觉得我在这方面能够有所作为。假如我有谈话的对象，也很愿意用这种形式来表达豪情壮志。我应该有我以前有过的那一种交往形式，吸引我，支持我，激发我。由于像有些人一样对着风谈论，我也只能够陷入空想。我是一个弄虚作假的死敌，不可能捏造出一些假名来进行严谨的讨论。如果有一个伟大的朋友可以倾诉，我会更专心和更自信，可以胜过看着一群人不一样面孔。我如果不取得好的成就是会悲观的。

我写文章全部随个人的个性，天性诙谐含蓄，跟人议论则十分的拙劣，不论如何我的语言就是太急切，凌乱，而且断断续续，有些与众不同；而且我不会写满纸客套话却没有任何内容的信。我毫无天赋，也不希望写热情洋溢殷勤周到的长信。我不看重这套，也不喜好说过头的话。这跟现行的做法相差很远。如今，糟蹋礼貌用语，说得如此卑鄙下流和奴颜婢膝，其程度为前所未有：关于人生、心灵、虔诚、崇拜、农奴、奴隶，那些词俯拾即是，以至于当他们再要让人觉得一种更强烈、尊敬的意愿的时候，就不明白用怎样的方式表达了。

我憎恨被人看来像一个阿谀者；这使我特别自然地说话语气变得干巴巴的，而且直率生硬，对于不认识我的人看来还有一些轻侮。我对我最尊敬的人特别不讲礼节，心里轻松因此定得快，往往会忘了走路的规矩；对我向往的人骄傲地奉献自己的力量；对我可以推心置腹的人也很少自我说明。我认为他们见了我的诚心就会明白这点，用嘴巴表达出来的话，反而损害了内心隐藏的那份感情。

欢迎光临、告辞、感谢、致意以及愿意效劳，所有这些我们待人接客中间使用的礼仪客套。我不明白还有哪个人比我更加笨口拙舌，找不到什么话说。

我也曾经写过一些求情信以及推荐信，但是当事人都觉得文字干瘪和冷淡。

意大利人是一位尺牍的大出版家，我觉得我已经搜集了一百多种，认为阿尼巴尔·卡洛的书信集最好。以前我在真正热情冲动之下，也曾经提笔给好几位女士涂写过几封书信，假如还存在世上的话，很有可能还能够找出几页让那些闲来无事，而且热衷于此道的青年人读一读。

我的书信一直都是即写即发，如此的匆忙仓促，尽管书法潦草得让人不能忍受，还是宁愿自己写而不愿意他人代书。因为我觉得没有人能跟得上我的口述，而且我从不誊清。我已经让认识我的那些大人物，能够容忍我的涂涂改改、不折叠而且不留边白的信纸。我最花工夫写的信反而写得最糟糕；我如果是写得拖泥带水，那说明我心不在焉。

我乐意不打腹稿然后就起笔，第一句完了马上接上第二句。现在的书信里花絮和前言要多过实质内容。因为我喜欢一个时候写两封信，并不是在写完一封封好之后写一封；一直让这个任务交给另外的人去做。同样，当主要的步骤完成以后，我把那些长篇大论，把在信后面的祝愿和敬语交给别人去写。希望有什么新的建议让我们省掉那些啰唆话。以及一连串的身份头衔。很多次为了不出差错，就空着不写，特别是给司法以及财政部门的官员。

在职位方面总有新的创造和变化，颁授和分类各种荣誉称号是那么困难，得来也十分的不容易，出错以及遗漏全部都是一种冒犯。我还觉得在我们印刷的书名页以及扉页添上那些头衔，也是一种庸俗的表现。

41 论荣誉不可分享

人们千思万虑，无非就是关心名望以及荣誉。他们坚持不懈，甚至愿意为此放弃财富、休息、生命和健康，丢开那些有用和根本东西然后追求没有用处的形象和没法捉摸的甜美声音。

> 自以为是的人的名声看起来是多么的美好，
> 那动听而且迷人的声音，只不过是一个回声，
> 一幅影子一样的虚无缥缈的梦境，
> 微风一起，梦幻的影子将瞬间消散，变得无影无踪。
>
> ——塔索

这样看来，在人类不合理性的那些倾向当中，名声甚至连哲学家们也是不愿意丢弃的。

那是最难办、最顽固的倾向。“由于它不停地引诱灵魂，阻止灵魂继续进步。”在谈及名声的时候，很少有人和他们那样准确无误地指责那些虚荣的。但是它在我们身上变得根深蒂固起来，我不知道有谁曾经摆脱过它的纠缠。当你为了否定它因此而公开说出来以后，它又会让你不顾及你的言论在内心身处喜欢上它，折磨的你没有办法应付它。

由于就像西塞罗所说，即使那些在努力克服虚荣心的人，他们写书论述虚荣心，依旧想着在书名页上留下自己的名字，乐意凭借自己去蔑视荣耀因此而变得荣耀。在与人交往中，别的所有都无足轻重；出于朋友的需要，我们能够拿出财产和生命；不过，假如与他人分享荣誉，把荣耀让给他人，那就不多了。卡图鲁斯·卢塔蒂乌斯在与钦布里人作战的时候，尽了自己最大的努力去制止士兵们溃逃。到了后来他自己跑到了逃跑的士兵中间，装出一副胆小害怕的样子，给人一种假象，仿佛士兵们并没有逃跑，他们仍在他的指挥下作战。这是不要自己的名声去掩饰他人的耻辱的实例。有人称，在查理五世皇帝进军普鲁旺斯的时候，安东尼·德莱弗看到他的主上决定要远征，也认为这次远征对他来说极具光荣的意义，但是他发表了反对意见，建议他不要出征。这样做目的是让他的主上享有做出决定的那份荣誉，让他人去说皇上的意见如何正确英明，可以力排众议完成丰功伟绩。牺牲自己以成全主人的名誉，这又是一例。色雷斯的那些使节们在布拉齐达斯死后劝慰他的母亲，他们大大地赞颂布拉齐达斯，而且说从此之后再无人能够与他相比。阿基利奥尼德不赞成这种私下里的赞颂，不同意将它公开出去。她回答说：“请不要说这样的话，我完全知道斯巴达有许许多多比他更伟大更勇敢的公民。”在克雷西战争中，年轻的英国王自己任前部先锋。主要战事在此展开。跟随的爵爷们觉得战局艰难，建议爱德华国王靠拢那些救援。国王打听清楚儿子的处境，因为前方送来的报告说他活着，自己骑在马上。他说：“这场战斗他坚持了那么长时间，我这会儿去抢走他的功劳简直就是害了他。不论有多大危险，胜利将完全属于他。”他自己不愿意前去，也不希望派人去，因为他知道如果前去支援，别人就会把功劳记在他的名下。“确实，所有任务总是最后一支援军自己完成的。”

不少罗马人觉得，并且大家全部这么说，西庇阿的丰功伟绩其中一部分属于莱利乌斯。但是莱利乌斯一直努力提高并且维护西庇阿的地位以及威望但是从不考虑自己的得失。

有的人恭维斯巴达王泰奥鲍普斯称，国运昌盛是由于他治理合适。他这样回答："主要还是因为老百姓懂得服从指挥。"继承贵族爵位的那位女人尽管是女性，但是有权参与贵族权限范围内的事务并且发表意见。相同，教会中的高级人士有义务协助国王打仗，不仅派自己的朋友或仆人参战，甚至连他们自己也需要这样做。在布维纳的那场战役中，博韦的主教一直待在菲利普·奥古斯特身边。他特别勇敢地参加了战斗。但是他觉得自己不应该染指那场激烈的流血冲突的成果以及功劳。那天，他亲手制服了几个敌人，接着随手将他们交给了他所遇到的那些人，全凭他们去处死或者是充作俘虏。他自己不去处决一个。纪尧姆·萨尔斯贝里伯爵曾经对那位让·德内斯尔也是按照这样办理。他处事的手法很微妙，与以下所说的手法大抵相同，他宁可把人打死而不是打伤。仅仅只是他打仗用狼牙棒。我年轻的时候，有人被国王责备，说他曾经对神父动了手，但他坚决予以否认。本来他打神父，踩在他自己身上的是脚。你不管你的言论内心喜欢上它，让你没有办法应付它。

42 论人与人的差别

普鲁塔克在哪里说过，他觉得人与人之间的距离远大于动物与动物之间的距离。他所指的是生命力及其内在的品质。事实上，在我看来，甚至就连我所熟悉的人——我指的是关于通情达理——也和我想象中的一样，距离伊巴密浓达那么遥远。因此我愿意比普鲁塔克走得更远一些，我要说认为人与人之间的差别远大于人与动物之间的差别：

啊！人与人居然能够差得多远！

——泰伦提乌斯

天到底有多高，那么智力的差别就会有多少个等级。

但是，说到对万物的评价，有一点特别的奇怪，万事万物都以它们本身的品质来衡量，仅仅只是人是例外。一匹马，我们总是称赞它的强壮和灵巧：

> 人们称赞快马，是由于它
> 在全场的欢呼中获得了胜利。
>
> ——尤维纳利斯

不是称赞它的鞍辔；甚至一条猎兔狗，我们称赞的是它的速度，而不是因为它的项圈；一只鸟儿，我们称赞的是它的翅膀，并不是它的牵绳或者脚铃。关于一个人，我们为何根据一个人自身的价值来评断他呢？民众的随从以及华丽的大厦，还有巨大的威望、大量的年金，全部是他的身外之物，而不是他内在的东西。你不可能买一只装在袋子里的猫，你如果就一匹马在那里讨价还价，你会先卸下马具，看看它裸露无遗的身躯。你看到的是一匹不遮不盖的马；如果像从前让君王挑马一样将马盖住，盖的部分则是次要部位，目的是不让你仅仅只是注意它那漂亮的毛色以及宽阔的臀部，而是让你主要注意它的腿、脚、眼睛那些最有用的器官。

> 君王们相马常常将马盖住，
> 免得头俊脚软之马，
> 用它华美的外表，
> 来迷住购马的君王。
>
> ——贺拉斯

在评价一个人的时候，为什么要把他包起来裹起来呢？我们所能够看到的，仅仅只是他的外在部分，唯一真正能够作为依据对他做出评价的那一部分却给遮住了。你所渴求的是剑的锋利而不是剑鞘的价值：如果剑不精良你很有可能一个子儿也不掏。看人应该看人本身，并不是他穿戴的如何。一位古代的作者说得非常有趣：“你知道为何你觉得他长得高吗？你把他脚下的木屐都算上啦。”塑像的基座应该不算在塑像之内。所以量度一个人的高矮是不能算高跷的。让他自己丢下那些财富、头衔，穿着衬衣那些东西。他的体格以及他的职务十分相称吗？健康、灵活吗？他的内心怎么样？是不是高尚呢？各种各样品质都具备吗？它原来就高贵还是依仗别的而高贵？财富不起任何一点的作用吗？面对那种剑拔弩张的挑战，他能够镇定自若吗？一个人失去生命，是始于嘴巴还是始于喉咙，他在乎这个问题吗？他那么的沉着冷静吗？他懂得知足吗？所有这些都是应当注意到的，我们能够借此评价人与人之间的巨大的差别。

他那么的贤明，那么的自制，
穷困以及压迫吓不倒他，
他敢于控制情感淡泊荣誉，
他藏而不露，八面玲珑，
他是一个滚动光洁的圆球。
他会一直不败，不接受命运的摆布吗？

——贺拉斯

这样一个人比王国和公国高五百尺：他自己本身就是一个属于他的帝国。

我可以对着双子座发誓，
哲人通常都是自己命运的主宰！

—普劳图斯

他还想要祈求什么呢？
难道我们看不见造化只要求我们，
有一个没病没灾的身躯，
有一颗可以平静地享受人生，
而且无忧无虑的心灵？

——卢克莱修

就拿我们的那伙人跟他一起比较一下吧。他们不仅愚蠢，而且下贱、低三下四、动摇不定，在各种感情的旋涡里浮沉，完全依赖他人。简直是天壤之别啊。但是我们习惯上居然如此的盲目，对所有的很少注意或者是不去注意，但是每当我们观察农民和君王，贵族和平民，担任公职的人和普通人，尽管说话没有区别，只需要穿的裤子不同，我们就可以看出很大的差别来。

在色雷斯，国王和老百姓的区别十分有趣，甚至有点儿夸张。他有自己专门的信仰，臣民不可以信奉只属于他的上帝，那么就是商神墨丘利。臣民们所敬奉的战神玛斯、酒神巴克科斯、月神狄安娜，那些是他是看不上的。

然而，这些都只是一些表面现象，其实并不构成质的差异。

这就如同演戏的戏子一样，你看着他们在台上扮演大公、皇帝，但是一会儿工夫以后，在你面前又变成了可怜的仆人和脚夫。这才应该是他们的本来身份。因此，在观众面前故意排场阔气得那个让人眼花缭乱的帝王——

> 是由于他身上一直闪光的大块翡翠，
> 那翡翠镶嵌在黄金的托架上，
> 他自己还穿着一件鲜嫩欲滴的海蓝色衣裳。
>
> ——卢克莱修

请观众到幕后看看他吧——其实也只是一个很普通的人，也许比他的任何一个侍从还要渺小。“那一位内在幸福，这一位仅仅只是表面幸福。”

胆怯、踌躇、野心、怨气以及嫉妒，让他和别人一样心烦意乱：

> 因为不管是财富还是执政官的权棒，
> 全部都驱除不了，
> 压在头顶的痛苦以及不安。
>
> ——贺拉斯

就算是他在军队之中，忧虑和恐惧却照样紧紧地掐着他的脖子，

压在心头的担心以及操心，
不畏惧叮当的兵器、飞驰的箭矛，
它们有胆量待在君王、显贵之中，
并不崇拜金子的光芒。

——卢克莱修

他不也和我们一样，同样会发烧、痛风以及偏头痛吗？当老年落到他肩头上的时候，卫队里的弓箭手们能帮助他卸掉这个负担吗？当死亡的恐惧来临并且折磨他的时候，他房中的那些侍从可以叫他宽心吗？在他满怀妒意而且失去理智的时候，我们大家脱帽致敬能够使他平静下来吗？这一个镶满了金片和珍珠的床顶华盖，一点也无法减轻他那阵阵发作的腹痛：

你觉得你的高烧会因为，
你的床上有一个大红毯子以及绣花被单，
就要比你睡百姓的被单退得更加的快？

——贺拉斯

有人阿谀奉承亚历山大大帝，一定要他相信他自己是朱庇特的儿子。有一天他受了伤，他看着伤口流出的血的时候说："喂，如何？这鲜红的血不全是人血吗？可是不像荷马说的神仙伤口流出的血一样呀。"诗人赫尔莫多鲁斯曾经写诗歌称赞安提柯一世，在诗中称他为太阳之子。但是他却说："那些替我倒便桶的人心里明白得很，原本就不是那么回事。"人终究只是一个人，如果生来就没有什么才干，那么统治整个世界也不可能使他高贵：

让那些姑娘们去紧随其后吧，
让玫瑰花在他的脚下面开放吧。

——佩尔西乌斯

如果这是一个粗野和愚蠢的人，那么他凭什么享受那些？没有魄力以及才华，欢乐以及幸福就无法消受：

人的情操究竟有多高，那么这些就值多少，
如果用得恰当那就好，但是如果用得不当就糟。

——泰伦提乌斯

财富的好处在于不论有多大，总之还有灵敏的感觉去品尝。事实上的享受使我们感到幸福，而不是事实上的拥有：

房子以及财产还有大堆的钱币黄金，
无法治愈你身上的病，
无法退掉你体内的烧，无法去掉心头的烦恼，
享用财富身体必须要好。
那些心存缺憾恐惧的人，家是什么样子的概念？
那是一副给害眼病者看的画，一剂给痛风者贴的膏药！
如果壶里不干净，那么倒进去的东西等于零！

——贺拉斯

这是一个笨蛋，味觉弱而迟钝。他好像患了感冒，不能品尝希腊美酒的醇香；又像是一匹乘马，无法欣赏身上鞍鞯的富丽堂皇。柏拉图说过，所有好的东西，健康、美丽、力量、财富，一切被人称之为好的东西，对公道公正的人来说是好东西，对不公道不公正的人来说都是坏东西，反过来也是一样的道理。

再者；身体以及精神二者都不好，身外的财富有什么作用？如果身上被针扎痛，心里很郁闷，是否会使我们失去对君权的兴趣。如果痛风一旦发作，那么他就妄为皇上以及陛下了，就算他：

有的是银子，有的是金子。

——提布卢斯

难道他还能够想起他的宫殿以及他的威严吗？当他自己发怒的时候，他作为一个君王难道就会不被气得面红耳赤，而且脸色发白，好像疯子一样咬牙切齿吗？如果他是一个聪明人，有天赋，那么王位并不可能会为他的幸福增添什么东西：

> 如果你有健全的五脏以及肢体，
> 那么国王的财富丝毫不能增加你的幸福，
>
> ——贺拉斯

他可以看出，那仅仅只是过眼烟云。确实，他或许赞同国王塞勒科斯的意见：明白权杖分量的人，如果权杖掉落了在地上，也不会弯腰去捡它。他所说的话，是表明肩负的重大而且又十分艰巨的责任。很明显，管辖他人其实并不是小事一件，由于我们自己看管自己还有如此之多的难题。至于指挥权，看起来好像轻而易举，但是因为人的判断力十分低下，因为捉摸不定的新事物让人没有办法做出决断，我是特别赞成这样的观点的：跟随比领导要容易得多，舒服得多；只是走现成的路，那么仅仅只对自己负责则是特别好的精神休息。

> 因此，与其希望治理国家，
> 还不如心平气和地服从。
>
> ——卢克莱修

在此补充一句，居鲁士也曾经说过：那些不比接受命令者强的人自己是不配发号施令。

但是，按照色诺芬的记载，名叫希罗的国王还说过：就算是在安享欢乐方面，他们也比不上普通人。由于富裕以及懒散使得他们品尝不出普通人品尝得到的美味。

> 菜如果吃多了那么胃受不了，
> 不顾所有的爱爱够了让人厌倦。
>
> ——奥维德

我们想唱诗班的孩子特别喜欢音乐吗？实际上唱多了可能会使他们厌烦。宴会、舞会、化装舞会、比武大会，不经常看的人、即使想看的人看了高兴；但是对于把这些东西当家常便饭的人来说，事情变得既乏味又无趣。那一些处惯了女人的人，即使见了女人也不会动心。那些从不让自己渴着的人根本就不会尝到喝水的快乐。街头艺人的闹剧令我们敞怀大笑，但是它对演出的人来说是真正的苦役。事情往往就是这样，对君王们而言，偶尔之间乔装打扮丢下王位体会一下百姓的生活，却是高兴的事。

> 大人物常常喜欢变化。
> 净桌以及陋屋，不仅无挂壁而且又无红毯，
> 使得忧心忡忡的额头可以得到舒展。
>
> ——贺拉斯

没有比富足有余更令人讨厌和恶心了。土耳其皇帝在深宫里面养着三百多名佳丽，看到那么多的女人任他摆布，他怎么还会有兴致？他自己的那位祖先，出猎的时候必带七千鹰奴，你说还有什么欲望去猎取什么野兽？

除此之外，我还觉得如此的显赫排场可能会大大妨碍他们享受最甜美东西时候的乐趣：由于他们处在众目睽睽的环境之下，所以最容易遭人非议。

不知道是怎么搞的，人们更多地要求王公贵族藏匿和掩盖他们的错误。由于在我们身上称之为失误的事，如果发生在他们身上，那么老百姓就觉得那是专制，而且蔑视法律。在犯罪之外，老百姓似乎还觉得他们以嘲弄和藐视公共法规为乐事。

对啊，柏拉图在他的著作《高尔吉亚》一书中，就曾经将专制君主定义为能够在城邦中随意胡为的人。因此，常常由于这个原因，暴露并且公开他们的过失甚至比过失本身更加的伤人。任何人都害怕被窥视被管制，由于连他的举止还有想法都有人盯着看着，百姓们也全部觉得有权同时也有兴趣对之评头论足。再者，污斑的位置愈高愈亮就愈是放大，长在额头上的痣比在别处的刀痕更加显眼。

这就是为何诗人们描写朱庇特的爱情时候总要将他换一种面孔，在他

们讲到的他的那么多的风流逸事中间，用他主神的高位谈论的似乎只有一件。

让我们回过头来谈一谈希罗国王吧。他说当一个像他这样的国王真是弊端多多，不可以自由行动还有旅行，整天憋在国内就像是一个囚徒，干什么事情身后都围着讨厌的一大堆人。坦白说，我们的那一些国王，孤零零地坐在餐桌前，但是周围却围着很多的陌生的说话人以及围观的人。每当看到这些，我总是觉得可怜并不是羡慕。

阿尔方斯国王曾经说过，驴子在这方面的命运比国王要好：毛驴的主人可以让它们那样自由自在地吃草，但是国王的仆人们却不给国王这种自由。

我一直以来都不认为，如果一个智力健全的人，身边有二十个人照看他的便桶，在我心里从来不认为这对他的生活有特别的好处；也不觉得一个有一万法郎年金，曾经攻占过卡扎尔，守过锡耶纳的人会认为服务机构要比一个尽职的有经验的侍从提供更有效更舒适的服务。

君王的特权能够说名不符实。有权有势者不管大小，似乎都在称王。那年恺撒就把法国有司法权的领主全部都称为小国王。实际上，除了陛下这个称号，他们和国王没有什么差别。你瞧，在那些远离王室的省份，诸如布列塔尼，全部退隐林下、深居简出、那些奴仆前呼后拥的领主，车马、扈从、管家，各种各样的职司服务以及各样礼仪全部应有尽有；可以看看他们的想象力之广阔，与国王的派头相比，完全有过之而无不及。他自己一年一度听别人提起他的主子，就好像是提及波斯国王一样。他自己承认这位主子，仅仅只是因为有某一种更加久远的、由他的亲信记录所一直备查的亲戚关系。实际上，我们的法律是十分自由的，一个贵族一生当中受王权的影响仅仅不过两次。而且只有受人之请并愿意以效力获取荣誉以及财富的人才认真地称臣服从。由于谁要是愿意深居简出、善于治家和与世无争的人，他就会跟威尼斯大公那样自由。“奴隶地位不能约束很多人，很多人仅仅只是甘当奴隶。”

但是希罗尤其看重那样一个事实：他发现自己失去了友谊和互助，然而这是人生最好而且最甜蜜的果实。某些人的所有成就，不论他愿意或者是不愿意，全部都是我给的，我可以指望他怎样表示友情呢？我能够由于他一定会对我尊重，就看重他说话时的卑微口气，他对我的态度彬彬有礼吗？害怕我们的人表示的尊敬不是尊敬；那种敬意敬的是王权并不是我自己：

> 统治者所能获得的最大好处是，
> 那些百姓在忍受你的反复无常的时候，
> 又必须对你赞颂。
>
> ——塞涅卡

我注意到，好国王和坏国王，受人憎恨的国王和受人爱戴的国王，都同样可以得到赞颂。我的前任所得到的，是相同的客套，相同的虚礼；我的继承人也可能会得到一样的对待。我的臣民他们不中伤我，并不证明他们对我有好感。即使他们想害我，但是无能为力，我为何要把这看作爱戴的表现呢？那些跟随我的人都不是由于他和我有怎样友情：交往接触如此少是不可能建立友情的。我的高位仅仅使我不能经常与人来往，我们之间的差别和距离太大。他们追随我是因为礼貌与习惯，如果要说是追随还不如说是追随我的财产，这样增加他们的。他们对我的说法做法，全部都是装的。我巨大的权力处处压制他们的自由，因此我看到周围的所有全都是遮遮掩掩的。

有一天，皇帝朱里安的一名朝臣称赞他主持公道，但是他却说："如果有一天我做出相反的判决，说这些赞扬话的人敢于责备或者敢于提出异议，我会由衷地觉得自豪骄傲。"

君王们其实真正拥有的所有优越条件跟普通人没有什么差别（骑飞马、吃神馐仙肴那是神仙享受的福分）。他们和我们一样睡觉和吃饭；他们佩戴的刀剑并不比我们的更坚硬；他们的王冠不遮阳而且又不挡雨。戴克里先当皇帝特别的受人尊敬又十分幸运，最后决定退位，返回私人生活的乐园。在不久之后，国家大事命令他重登皇位，他这样回答说："我亲手栽下的那些树木整整齐齐，我种的瓜儿特别香甜，你们如果见过，就不会建议我这样做。"

阿那卡齐斯觉得，一个有序社会的最佳状态，是事事平等，舍弃恶行，其余的可以不分主次。

皮洛斯国王准备进军意大利。他的谋士居奈斯特别高明，他有意让皮洛斯感受到自己计划的虚荣，于是问他：我的陛下啊，这次伟大行动的目的是什么？要为我主宰意大利。他忽然答道。接着呢？居奈斯又接着问。

我再进军高卢以及西班牙。然后那一位说道。再然后呢？然后控制非洲。在征服全世界以后，我就可以休息，过我满足而且自在的生活。看在上帝的面子上，陛下，居奈斯又接着问道，希望您告诉我，为何您不从现在开始就进入这一步呢？为什么你现在不能去你向往的地方？这样您就不会在这两者之间产生出那么多的辛苦以及危险来了。

由于他弄不清欲望应该有的界限，
真正的快乐可以延续至无穷。

——卢克莱修

我将用下面的这句古诗来作为结语，我认为它对这个问题非常合适："个性锻造着每个人的命运。"

43 谈论限制奢侈法

我们的法律试图解决饭桌和衣着方面疯狂而无益的开支，但解决的方法好像与其目的背道而驰。真正的方法是唤起人们对黄金以及锦缎的蔑视，让大家把这些看得一钱不值。但是我们为了让人不喜欢这些东西，事实上我们却愈来愈看重它们，不断地夸大它们的价值，这真的是一种十分荒唐的做法。比如说，规定君王才能够吃大菱鲆、穿大鹅绒、佩金饰带，同时又禁止老百姓也这样做，这难道不是抬高这些东西的身价，吊大家的胃口又是什么东西呢？既然君王们可以勇敢地放弃那些显示地位的标志，其余的标志也有的是。这些过度的行为发生在君王之外的人身上还比较可以原谅。我们能够通过很多国家的例子，学到很多更容易的办法来从外表上显示出来我们自己，显示出我们的地位（说实话，我认为这是正当的要求），也不会由于这个而滋生这一类明显的腐败以及失误。在那些没有什么关系的事情上，习惯如此容易如此快地站稳脚跟，真让人觉得诧异。我们在宫廷的时候戴孝悼念亨利二世国王不到一年的时间，绫罗绸缎在大家的眼里一定已经变得特别不值钱，如果你看见还有人穿着这种质地的衣服，你一定立即把他当小市民了。那时候穿绸缎都是内科以及外科医生。就算每个人穿的都一样，人的品格上还是有很大的差别。

在我们的军队里面，身上穿肮脏的皮、布军衣的将士很有可能在突然之间大受尊敬，但是而穿着华贵的人又招来了指责和蔑视！

君王们已经停止了这种耗费，这件事一月的时间内就能够办成，不需要诏书也不需命令。我们大家也同样会跟着照办。相反，法律可以规定，所有的人不可以穿着红衣，不可以披金挂银，除非是妓女以及街头卖艺人。查莱库曾经用那种巧妙的办法治理好了洛克里人的腐败风气。他下达命令：有着一种自由身份的女子，除非是在喝醉酒的时候，不可以带有一名以上的侍女；夜间不得出城；不管是妓女还是谁，全身不得佩金饰银，也不可以穿绣花裙子；男子如果不是皮条客，那么不允许戴金戒指，不准穿着用类似于米莱城出产的薄纱做成的衣服。就这样，他采用这些不光彩的种种例外，巧妙地让人们不追求那些没有一点用处的物品和有害的乐趣了。

用名利诱惑让人俯首听命，是个特别有效的办法。君王们能够通过这种外在的激励从而来为所欲为。他们的个人爱好就是法律。“君王们不管做什么，都如同是在颁布旨意一样!。”整个法国都拿宫廷的规则作为自己的规则。那丑陋的大开裆，假如没有遮盖，就可能会露出我们那秘密的器官；那粗笨宽大的紧身衣，让我们换了一个模样，佩上刀剑特别不方便；那么长的发辫给你一副女人样子。还有一些习惯：送朋友的礼物需要你亲吻一下，跟朋友致敬需要吻吻手，这种礼节以前仅仅只是用于国王的；一位贵族在举行典礼时不挂宝剑，解开纽扣，袒胸露腹，就像是刚从厕所出来一样；凡此种种，只要君王们放弃，就会立即销声匿迹分文不值。这些虽然说是表面上的谬误，但是却是不好的兆头。听说，当我们看到墙壁的灰浆以及涂层开裂的时候，墙体就早已经受损了。

柏拉图在著作《法律篇》中认定，仅仅听年轻一代在服饰、举止、舞蹈、体育、唱歌等等方面自己随心所欲地变换许多的花样，任由他们的判断从一个立场转向另一个立场，追逐新东西，赞扬标新立异，这对他的城邦甚至比最坏的瘟疫还要有害。风气会因为这个变坏，所有的传统的制度都可能会遭到轻视以及蔑视。

在任何事物中，变化是很值得担心的事情，比如说季节、风、食物以及性情的变化。所有的法律，仅仅只有那上帝令其长存，一直到无人知其出处，没有人知道它如何产生、如何发生过变化，才具有真正意义上的权威。

44 论睡眠

理智告诉我们要看准目标往前走，但是没说步伐必须前后一致。虽然哲人不能够容许人的感情偏离正道，但是他却能够在不失本意的情况之下让感情去断定是加快还是放慢自己的步伐，不必做一个面无表情，静止不动的石头巨人。即便他是一个勇敢的化身，我猜想他的脉搏在冲锋的时候也会比就餐的时候跳得要更快。他特别会发热和激动。所以，有时候看到大人物们面对重要行动重要事件，却一副镇定自若，甚至照常睡觉，我觉得特别难得。

亚历山大大帝将和大流士进行一场激战，早上迟迟不愿醒来，眼看马上就要开战，帕尔梅尼奥只好进入他的卧室，来到床边甚至叫他两三次最后才把他唤醒。

奥东皇帝下定决心在夜里自刎。他整理好屋里的东西，把钱分发给仆人，而且磨快了准备自杀的剑刃；接着，由于只等弄清每一位朋友是不是都已安全撤离，于是他便睡起觉来。此时，浓重的睡意把他带入了梦乡，随身侍从甚至听到了他打鼻鼾的声音。

这位皇帝之死以及伟大的加图之死有着很多相同的地方，而且还有这样的事：加图已经准备自杀了，开始他布置了元老院元老们的撤离计划，在等待那些元老们准备离开乌提卡港的消息的时候，他竟然沉沉地睡去了，在隔壁的房间里都可以听见他呼吸的声音。他已经派往港口的人过来叫醒了他跟他报告，说元老们遇上风暴因此很难起航。他另外派了一人，自己重新钻进被窝，一直睡到那人回来报告元老们已经平安离开为止。

他跟亚历山大也有一点相同。护民官梅特鲁斯准备趁卡提里那的骚乱发布命令的时机召庞培带兵回城。梅特鲁斯发起煽动使加图遭遇一场十分危险的大风暴。仅仅只有加图一人反对这项公告，因此梅特鲁斯曾经同他在元老院互相谩骂并且威胁。然而，命令在第二天的时候就要当着民众付诸实施了。那个时候，梅特鲁斯除了有民众以及偏向庞培的恺撒的支持以外，肯定将带有很多的外籍奴隶以及一些刀剑手，但是加图那里只有他的毅力。以至于他的父母、亲朋好友、许多正直善良的人，都非常担心他的安危。有的人预测到事态险恶，夜里大家待在一起既不吃不喝而且也不睡。甚至连他的妻子、姐妹也全部都在他家里一个劲地在那里发愁甚至是哭泣。但是他呢，却反过来安慰别人，他像往常一样吃过晚饭，上床睡觉，一觉睡到第二天清早，直到他的一位行政长官署的同事来叫醒他，他才准备去参加争论。看到这个人今后一生中显现出伟大勇气，我们完全能够断定，他之所以可以正确无误地得出这样的结论，是由于他有一颗崇高的心，因此他既不希望为这类事情，也不愿为平常事情伤心难过。

在奥古斯都战胜塞克斯图·庞培的西西里海战争中，在就要开战的时候，他居然一下子沉睡不醒。是他的朋友把他叫醒才发出了战斗的信号。这使得马可·安东尼后来找到借口指责他，称他甚至连睁眼看看自己军队阵容的那些勇气都没有，称他在阿格里巴的时候跑来向他报告战胜了敌人的消息以前，不敢前去看望自己的士兵。关于小马略，表现更糟糕（在同苏拉作战期间的最后一天，最后给部队下了命令，下达战斗口令以及口号以后，然后躺在树荫下休息，而且很快就睡着了，战斗情况一无所进，部下溃败逃跑也差不多未将他惊醒），有人说那是由于事情多、但是睡眠少，所以身体吃不消了。对此，医生将做出他们的判断，看看睡眠是不是真的那么必不可少，甚至关系到我们的生命；由于我们的确看到，关在罗马的那个马其顿国王佩尔塞乌斯是被人剥夺睡眠最后弄死的。但是普林尼却提到了，有的人不睡也活了很长的时间。

在希罗多德的历史书中，有的民族一睡就是半年。

一位哲人埃庇米尼得斯传记的作者曾经说，他睡了五十七年的时间。

45　谈论德勒战役

在我们进行的德勒战役中，出了许许多多空前绝后的事件。可是不大照顾吉斯先生名声的人经常提出，在敌人用炮兵攻破陆军统帅的防线的时候，他命令队伍停止不前，结果贻误战机，犯下了不可原谅的错误；而且，应当大胆攻击敌人的侧翼，而不应该等待敌人暴露了后尾的时机因此而遭受那么惨重的损失。但是，战役的最后结局不必再说，在我看来，任何人是心平气和地进行讨论，哪个人就会愉快地承认，不只是统帅，而且每个士兵的目标和意图，都应和全局的胜利联系起来；所有特殊的事件，不管有多么重大的意义，都不能转移这个目标。

菲洛皮门在一次和马卡尼达的交战的过程中，开始派出很多弓箭手以及投枪手去攻击敌人的开头部队。敌人开始是将他们冲倒，接着又催马追逐他们取乐，得胜以后又继续沿着菲洛皮门的队伍溜了过去。虽然士兵们看到眼前的情景十分焦急，但是他还是不答应挪动地方，也不愿意冲向敌人去救援自己的那些士兵。然而，在眼看着他们被追、被剁之后，一直等到敌人的步兵完全失去骑兵的支援，他才下令发起冲锋。虽然那是拉栖第梦人，但是进攻刚好是在敌人觉得稳操胜券逐渐松懈的时候所发起的，因此轻易地就战胜了敌人。然后，他就开始追击那个马卡尼达。这一场战争和吉斯先生的战例有点类似。

阿格西劳斯跟彼俄提亚人的那一场激战，参战者之一的色诺芬说，这是他从未见过的最残酷的战斗。阿格西劳斯刚好遇到上天赐良机，能够放过彼俄提亚人的队伍，然后从背后攻击他们。但是他却觉得那样做是靠诡计并不是靠勇气，所以虽然胜利已经十拿九稳了，他却还是放过了大好的机会。为了展现他的军事才华，发挥非同寻常的勇气，他宁可选择正面攻击的方法。到了最后他遭到痛击而且还受了伤，最后必须脱离接触，采用最开始被他拒绝的办法，逐渐分开队伍放过彼俄提亚人的洪流。然后，等他们过去之后，他发现他们行进得零乱无序自认为已经完全脱离危险，就下令从两翼追击和扰乱。但是这样一来，他就没有办法打得他们溃不成军了。他们慢慢撤退，毫不示弱，一直退到安全的地方。

46 话说姓名

蔬菜品种繁多，但是，蔬菜两个字就把它们概括无余了。一样，在姓氏研究这个问题的名下，我这里需要把好几篇的文章全部放一起搞成个大杂烩。

也不明白是怎么搞的，每一个民族都有一些不好的名字。比如说我们自己就有让啦，以及纪尧姆啦，或者是伯努瓦呀。

相同的是，在王族们的谱系里，似乎也有一些横祸不断的姓氏。比如：在埃及有托勒密，在英国有亨利，在法国有查理，在佛兰德尔有博杜安，之前的阿基坦有吉尧姆。据说，吉耶纳这个名字就是从那儿来的：难怪甚至连柏拉图的书里也没有如此生硬的名字。

再者，有一件事尽管不大，但是由于事情奇特，而且又是记述人亲眼目睹，所以倒也值得一提：英王亨利二世的儿子名字叫诺曼第公爵亨利在法国举行盛大宴会，一时间冠盖云集，十分热闹，一些闲着无事就按名字进行分拨。第一拨名字叫吉尧姆，叫这个名字的仅仅在座的骑士就有一百一十个，这个数目还不算普通贵人以及仆役。

按宾客的姓名安排座位虽然没有趣，而且皇帝盖塔下旨按照荤菜名的头一个字母按顺序上菜也非常有意思。以 M 开头的菜按顺序上桌：羊肉、小野猪、鳕鱼以及鼠海豚等等。其他客人照此类推。

再次，人们常说，名——指名望、名声——指好且有益。不仅这样，说实话，有一个好听、好念、好记的名字确实很好。因为国王和大人物会因此更容易认识和记住我们；在我们那些仆役中间，我们也常常更多指派以及使唤名字最容易叫上口的人。我看见亨利二世国王一直都叫不准一位名叫加斯科尼来的侍从的名字；他赞成陪伴王后的女官使用其家族的一个通姓，因为觉得她父亲的姓太复杂。

苏格拉底则觉得，父亲应当用心给自己的孩子取一个好名字。

再次，听说当初建造普瓦提埃的大圣母院是由于这么一件事情：那个地方原来住着一个生活放荡的年轻人，一次他招来一名妓女，一问起名字原来叫玛丽亚。小伙子一下子听到救世主圣母的神圣名字，刹那间肃然起敬。他不仅仅立刻打发姑娘离去，而且由此终生受益。因为这件让人赞叹的事，那些小伙子住的地方，后来造就了名为圣母院的教堂，也就是到后来的教堂。

这种有声的警告能撞击人的耳膜，鼓励他忠于信仰，是直接深入人的心灵的。另外的一种劝恶从善的方式，则通过人的身体的感官从而打动人心：毕达哥拉斯发现，和几个青年人在一起，发觉他们在纵情玩乐之余，正打算去一户正道人家闹事。他就下命令提琴师改变了调子，以一种沉闷、严肃的扬扬格乐曲来控制住他们的欲望，使他们可以平息下来。

再次，我们的子孙后代是否会说我们现在的宗教改革苛刻甚至是严厉呢？由于它不仅仅横扫错误以及流弊，使世界充满了虔诚、谦虚、服从、和平，以及其他种种的美德，并且甚至连查理、卢瓦、弗朗索瓦这一些旧教名也必须革除，使马蒂萨兰、埃泽希埃尔以及马拉希等更能够体现信仰的名字全部布满天下。我有一位邻居通过比较现在与过去来评价旧时代的种种优越性，他总是不能忘记当年唐·格律姆当、凯德拉冈、阿格西朗等贵族名字是那么的响亮有力，只需要听听这一些名字，他就觉得他们并不是皮埃尔、吉约、米歇尔那一类的人。

还有，特别感谢雅克·阿米奥，在一篇演说的法文版的文章中完全保留了拉丁人名的拼写，并不由于法语韵律因此将它们打乱或者是改动。

47 谈论判断的不确定性

有一句诗歌说得好：

> 语言有充分的余地说好或者是说坏。
>
> ——荷马

不管什么事情，我们都可以说是，也可以说非。比如：

> 胜利的汉尼拔不知
> 怎样去获取胜利的果实。
>
> ——彼特拉克

如果谁要赞同这个观点，跟我们的民众说明最近这段时间没有乘胜追击到蒙孔都是不对的；或者责备西班牙国王不知道利用他在圣康坦相比于我们的优势，他就能够说犯这个错误是因为心灵陶醉于他自己的好运，心态满足因此出师大捷，已经取得的胜利已没有办法消化，因此也就不思去扩大战果。他双手已经抱不住了，已经容不下更多的果实了，也就承受不起命运把那么一份贵重的财富再次交到他自己的手里。

他如果给敌人重整旗鼓的时机，又能够得到怎样好处呢？当敌人溃不成军、心惊胆战的时候还不敢或者是不知道追击，当他们重新集结起来进行休整，怀着一种愤怒以及复仇的心理反攻的时候，又怎么可以希望他敢于痛击呢？

当命运逐渐逆转的时候，恐怖笼罩一切。

——卢卡努

说到头，除了刚刚失去的东西，他还能期待什么更好的结果吗？这不像是击剑，凭着击中的点数来判断出胜负；打仗只需要敌人不倒下，就要重新开始，不彻底结束战争就谈不上胜利。在奥里库姆城附近的战役中，恺撒遭到惨败的程度，最后被逼入绝境，他对那些庞培的士兵批评说，他们的统帅不明白克敌制胜，不然的话他就完蛋了；轮到他有如此的机会的时候就一直穷追不舍了。

可是为何不反过来说，只有冲动和贪得无厌的人才不懂得适可而止；是随便用上帝的恩宠，需要突破对凡人所规定的限度；胜利之后再一次冒险，是再一次让胜利随意让命运摆布；军事艺术中间最智慧的一条规则就是不把敌人逼人绝境。苏拉跟马略联合作战而且打败了马尔西人，看到敌人还有一支残余部队的时候，他们在自己绝望之余会如同像疯狂的野兽一样反扑过来，全部都主张不要等着他们走过来。索瓦殿下赢得了拉文纳一仗后，如果不是太过分热衷于穷追那一些残余部队，也就不至于在胜利的旗帜上留下死亡的遗憾。但是他的例子让人觉得记忆犹新，反倒使思古安殿下在塞里索勒免受一样的不幸。攻击一个被你自己逼得仅仅只是一战求生的人，这是很危险的事；由于事出无奈会命令人奋不顾身；“困兽往往咬人咬得狠。”（波西乌斯·拉特罗）

张开大口一副凶狠的样子，必将为胜利竭尽全力。

——卢卡努

这说明为何斯巴达国王白天的时候战胜了曼蒂尼亚人，法拉克斯劝说他不需要追击那一些逃出重围的一千来名的阿尔戈斯人，让他们十分自由地离去，免得让他们有机会考验经受了失败磨砺和激发的勇气。阿基坦国王克洛多米尔打赢那场战争之后，并且还在落荒而逃的勃艮第王爷贡德马尔后面一直紧追不舍，迫使他正面交锋。可是他的固执使得他失去了品尝胜利果实，由于他这次差点送掉了性命。

一样的是，或者装备士兵使其应有尽有，或者使其仅仅符合基本的需要，如果要选择的话，同意第一种主张的有塞多留、菲洛皮门、布鲁图斯、恺撒等等。他们觉得装备充足始终是令士兵引以为荣的事情，鼓励他们作战更加的勇敢顽强，就像是保护自己的财产一样保护盔甲。色诺芬曾经说，亚洲人因为这个原因带了妻妾以及细软财物跟随军队上战场。反之，另一个论点说应当加强士兵舍命但是并不是保命的思想；前面一种方法可以使士兵加倍地担心去冒风险；还命令敌军更加渴望夺取这些丰富的战利品。

有的人指出，以前这件事大大鼓励了罗马人去攻击那些桑尼恩人。叙利亚国王安条克指着准备攻击罗马人，装备充足而优良的部队，问汉尼拔："罗马人现在对这支军队应该满意了吧？"汉尼拔这样回答："他们现在对这支军队感到满意吗？我觉得肯定十分满意，无论他们怎样地贪婪。"利库尔戈斯不仅仅禁止他的手下装备如何的华丽，而且不准夺取敌人的武器，他称让艰苦朴素也在战斗的过程中一直闪闪发光。

在围城以及其他的场合，我们一般都会放任士兵的行动，让他们任意冲撞、蔑视、用最恶毒的语言咒骂敌人，能够平白无故，而且不需要理由。由于这个道理是不可以忽视的，就是让自己人放弃之后所有的宽恕以及妥协的希望，对他们说明对于被自己那些横加侮辱的人不需要抱侥幸心理，唯一的解决办法就是取得胜利。

然而维特里乌斯对奥东这样做的时候遇到了挫折。奥东的士兵实力比较差，长期缺乏实战经验，被优裕的城市生活磨灭了锐气。维特里乌斯对他们进行百般的辱骂，说他们甚至胆小如鼠，不忍抛下罗马的女人以及还有花天酒地的生活，这些伤人自尊的言语终于激起了对方的愤怒情绪，他用这个办法使他们恢复了勇气，比所有激励的话还要有效，做到了别人没有办法做到的动员，这时候向他扑了过来。事实上，当咒骂击中一个人的痛处时，会使那些本来无心为国王的争吵卖力的人，转而之间为自己的争吵变得卖命了。

保存一支军队的首领特别地重要，敌方的主要目标是挑取他的首级，其余的目标全部都取决于它的成功与否；考虑到这两个方面，似乎对这条意见不容怀疑：很多重要将领在激战之前都需要乔装改扮一番。但是这种做法的弊端并不比他们想避免的麻烦来得小，由于部下认不出来将领，也就没有办法从他的表率作用以及同甘共苦中获得勇气，士气就可能会大大低落。见不到他的独特风采和旗帜，他们或者会认定他死了，或者是感觉到大势似乎已去而逃之夭夭。

从以往的经验来说，我们发现这有时候对己方有利，有时候对敌方有利。在意大利和执政官列维努斯的作战的过程中，皮洛士遇到的事情既可以为前者辩护，也可以为后者辩护。由于他把自己的盔甲交给了那位德摩加克里，因此随即躺在德摩加克里的盔甲下，由此保全了性命，但是也因此差点儿招致另一个麻烦，即随时可能打败仗。亚历山大、恺撒以及卢库卢斯在作战的时候喜欢穿着华丽，颜色鲜艳越是发亮，就越是引人注目。亚基斯、阿格西劳斯还有那位伟大的吉里波斯恰恰相反，穿着毫不显眼，也没有任何军官的披挂。

在法萨卢斯那场战争中，庞培受到的责怪中有一条就是说他按兵不动，安营扎寨，等着敌人攻上门来，以至于（我在这里照抄普鲁塔克说的原话，他说得比我说的好）“这削弱了最开始冲锋激发的猛劲，同时消除双方士兵的冲动，按常理说来锐气比所有的都重要，当双方在急促对撞中的时候，锐气让心中充满了威势以及怒火，在奔跑过程中间杀声震天，勇气一下子被激发了起来，但是今天则压制士兵的斗志——能够这么说——让它荡然无存”。

上面所说的是普鲁塔克对这种打仗方式的叙述。但是，如果是恺撒打了败仗，也会有人这样反过来说，那种最强大稳固的阵地是一种坚守不动的阵地，而且停止进军，能够按照需要收缩战线，并且保存力量，这样做比不停地运动，跑得上气不接下气的做法更为有利，难道不是这样吗？除此之外，军队是由如此多不同的部门一起组成的大团体，它在急速转移的时候行动步调没有可能做到那么一致，不允许阵形变样或者是切断，领头的部队也不可能等着同伴前来支援之后才和敌人交手。

在波斯两兄弟之间那场丑恶的内讧中，斯巴达人克莱亚科斯指挥关于居鲁士那方面的希腊部队，不急不忙地悄悄地进攻，可是离开还有五十步距离的时候他下令跑步，希望靠着短程进行突击；希望因为缩短了距离而控制好队形和呼吸，而且也可以利用人体冲撞跟箭矢发射来占一些优势。有的人在他们的军队中间采用这种方法解决那一个难题：敌人冲了过来之后，你们军队严阵以待；敌人按兵不动，你们要奋不顾身地冲上去。

在查理五世行军进入普罗旺斯的时候，弗朗索瓦一世可以做出两种选择：抢先来到意大利去迎击他，或者留守自己的地方。他觉得保护自己的家园以免遭受兵燹之灾，在他的兵力掌握之下也可以源源不断地得到金钱和援助，这才是上策。然而因为战争的需要肯定随时造成很多的破坏，这样的事情在自己的土地上发生就特别不好说；例如农民看到自己的财产被自己的军队并不是被敌人的军队掠夺的时候，就不可能逆来顺受，特别有可能在我们中间引发一场暴动或者是骚乱；在自己的地方不可能允许士兵们纵情烧杀和抢掠，但是却对付战争严酷的一种补偿的方法；除了军饷之外再也没有其他收入，距离妻子以及老家才两步远的距离，这就特别难让士兵全部履行职责；谁铺桌布谁掏钱，攻击比防御给人更大的喜悦；在腹地打仗失败的时候引起一场震动，它的影响之大不可能不牵动全局，由于恐惧比任何情感都更具传染性，也特别容易让人相信，以很快的迅速扩散，听到城门外响起这个风暴的城市之后，很有可能已经准备让他们还在发抖、喘不过气来的那一些将士退回来，但是在这一个惊心动魄的时刻，很难说居民们不会一时冲动做出某些不好的决定。无论怎样弗朗索瓦一世选择了并且召回阿尔卑斯山那边的军队，等着敌人自己过来。

但是他也能够反过来想，因为他在自己国土上，身边全部都是朋友，他肯定拥有大量的有利条件，河流道路全部向他效忠，给他运输粮食饷银全部万无一失，而且不用护送；愈是危难，老百姓愈是紧密地团结在他的周围；有如此多城市以及屏障可以确保安全，将由他按照机会以及利弊来随意支配战局；如果决定等待时机，既然处境安全和不受牵制，他完全可以看着敌人挨饿受冻，被各种动摇军心的困难弄得自己焦头烂额；如果闯入到一块处处充满敌意的土地上，左右前后都需要防范攻击；如果遭到疾病袭击，部队将得不到休息，连任何可以疏散的地方都找不到，甚至没有办法安置伤病员；不能得到饷银，不能得到军粮，除非是靠抢劫的方式，而且没有时间休整或者是喘息；对地点以及地形什么都不知道，没有办法使他们避免偷袭以及埋伏；他们打了一场败仗，没有办法拯救残部。这两个例子从来不少见。

西庇阿觉得去非洲在敌人的土地上攻击敌人，比在意大利保卫国土打击敌人更好；他这样做赢得了胜利。但是相反的例子是汉尼拔在这同一场战争中间，为了达到保卫自己的国土的目标因此放弃攻占异国所以垮了台。雅典人横渡西西里，在自己的国土上置敌人于不顾，结果“命运不济”。然而叙拉古国王阿加托克里不顾国内的战事一直进军非洲，但是最后却遇上了好运气。

所以我们常说的那句话特别不无道理，事态的发展以及结果，特别是在战争的过程中，很大一部分全部取决于命运，命运不可能会迎合或者是屈从我们的推断以及算计，有几句诗是这么说的：

> 常常，鲁莽者往往成功，谨慎者往往失败。
> “运气”不赞成不帮助，值得赞成和帮助的事情。
> 还像是闭着眼睛在四下乱走一样。
> 冥冥之中像是有一种力量，
> 支配、主宰以及驱使得世人受制于它的法则。
>
> ——马尼利乌斯

如果可以很好理解，似乎我们的意图和决定同样取决于“运气”，命运把它的混乱还有不确定性全部带进我们对事物的判断当中。

在柏拉图著作《对话集》中，蒂迈欧称我们的推理太过匆促轻率，因为像我们一样，我们的推理在很大的程度上有偶然性的成分。

48 谈论战马

我历来不按陈规学习语言，连什么是形容词，虚拟式，什么是夺格都不懂，这下子反而倒成了一个语法学家。似乎听人说过，罗马人把有的一些马称为是“辕外马”或者是“右牵马”，让别人用右手牵着或者是用于驿站，充分休息之后以备不时之所需。这也是我们通常把战马叫作“destrier”（用右手牵的）的典故所在。我们的骑士传奇中往往“走在右边”，同时也有“陪伴”的意思，有些马经过训练，成双地并排全速奔跑，不用缰绳，没有鞍子，罗马贵族甚至还全身武装也能够在狂奔中从——一匹马一下子跳到另一匹马背上。纽米迪亚骑兵一手牵着第二匹马，在激战当中随时可以换马："我们的骑士在奔跑的过程中间换马，他们也一样习惯每个人带两匹马，常常在鏖战中间从略显疲态的马跳上另一匹生龙活虎的马，那些骑者身手矫健，而且良驹又是那么的善解人意。"（李维）

很多坐骑经过训练之后会救助它们的主人，在生死关头冲向敌人，脚踢嘴咬来犯或顽抗之敌；然而它们更多的伤害到的是主人的那些朋友，并不是敌人。它一旦和敌人纠缠在一起，你会束手无策，很难把他们分开。波斯将领阿尔底比乌斯在和萨拉米斯国王奥奈西卢斯一对一进行厮杀的时候，骑上了那么训练的一匹战马，结果遭到了大不幸；由于这叫他送掉了性命。当他的坐骑一下子扑向奥奈西卢斯的时候，奥奈西卢斯的提刀马童突然一枪刺进他的两肩之间的地方。

至于意大利人所说的事，在福尔诺瓦那次战役中，国王被他的敌人紧追，国王的那匹坐骑举起蹄子又蹦又踢的，把国王救出了重围，否则的话，国王早就完了：如果是真的，倒真的是一大幸事。

马木路克人自夸说拥有世上最聪明的战马。听说，出于天性和习惯，这些马懂得按主人的手势和命令，可以用牙齿叼起长矛还有标枪，在激战的过程中递给主人，可以辨认并且识别敌人。

谈到恺撒，还有那位伟大的庞培，听说他们那些超群绝伦的本领中间包括十分精湛的骑术。恺撒年轻的时候有不用缰绳、不配马鞍、双手背在身后策马疾驰的本事。

因为天公有意把这位人物跟亚历山大造就成军事奇才相比较，你也能够说还特意为他们准备了两匹良驹。大家都明白亚历山大的"牛头驹"，由于那匹马头就好比是牛首，除了主人，谁都别想坐上它的脊背，它只接受主人的调教。它死了之后得到追封，造了一座用它的名字来命名的城市。恺撒也拥有一匹良马，前掌就好像人脚，蹄子也修成趾甲的形状。它也只受恺撒一人管教，死了之后恺撒画了一副图像献给了女神维纳斯。

我坐上马背就不愿意再下来，由于觉得不论身体好不好，这是最舒服的坐姿。柏拉图推荐骑马，说骑马有益健康，普林尼也说能够改善肠胃与关节。既然我们已经骑上去了，那么就那样赶着走吧。

色诺芬的著作中能够读到一条法律，不允许有马的人可以徒步旅行。特洛古斯以及朱斯提努斯说，帕提亚人不仅习惯于骑马作战，而且在马背上处理各种公共和私人事务：做生意、谈判、聊天以及散步。自由人以及奴隶之间最显然的差别就是自由人骑马，以及奴隶走路；那是居鲁士国王的规定。

罗马历史上有很多实例（斯威托尼乌斯在提到恺撒的时候尤其强调这点），称将领在紧急的时刻下命令他们的骑兵下马，断绝他们逃跑的后路，使形势朝有利的方向变化；李维曾经说："罗马人毫无疑问是最擅长这样做的。"

罗马人为了防止不久之前征服的民众叛乱，他规定的第一条措施就是夺取武器和马匹，因此我们在恺撒的书里常常读到："他下命令交出武器，而且牵来马匹，送上了人质。"今天土耳其皇帝至今都不准他管辖下的任何人拥有自己的马匹。

我们的祖辈，特别是抗英战争期间在所有重大的以及约定日期的战斗中间，很多的时间都是所有队员全部下马步战，只相信自己的力量，只相信自己跳动的心脏和强健的四肢——这一些是跟荣誉以及生命一样珍贵的品质。不论在色诺芬书里克里桑塔斯曾经说了什么，你等于是把自己的价值以及命运押在了你的坐骑身上；它的伤口还有死亡也同样影响到你的死亡；它的畏惧或者是暴躁也会让你感觉到胆怯或者是不顾死活。如果它不受鞍辔和马刺的控制，你的荣誉就将毁于一旦。所以依我看来难怪步战肯定要比马战更顽强激烈了：

> 他们一起后退着，而且一起进攻，
> 战胜以及战败，没有任何一方准备逃跑。
>
> ——维吉尔

他们打仗看起来争夺得更加的激烈，我们现在是差不多一触即溃："第一声吼叫以及第一次冲锋往往决定了胜负。"（李维）我们完全有能力使用最好的武器和马匹来应对危险。所以我建议选择最短的，而且用起来最得心应手的那种武器。很明显凭手中的一把剑，肯定要比短铳打出去的子弹更加的可靠，短铳包括很多部件：火药、火石、枪机，不管哪一样东西出了毛病就可能会让你死于非命。

你也没有办法保证这一颗子弹在空中会落到哪个地方：
让风决定子弹的路线，
力量往往来自宝剑，擅长作战的民族，
全部都用双刃剑打仗。

——卢卡努

说起短铳，我将在古今两种武器的比较中再详细地谈一谈；这个武器除了让人听了之后耳边一震之外——大家对此已经有所习惯——我坚信并没有多大的效果，但愿有朝一日能够放弃使用。

意大利人使用可以弹射火药的武器，比较可怕。他们称之为"法拉利卡"（Phalarica），一种类似投掷武器，头上面装三叉铁杵，能够穿透铁甲兵的身体；有时候在野战中用手投掷，有时候在保卫城池时可以使用机关发射。枪杆一头裹紧那种废麻，而且蘸有树脂和油，飞出去之前被点燃了火，打在人身还有盾牌上，烧得武器与四肢都没有办法施展。但是我觉得徒手搏斗同样可以阻止敌人的进攻，如果战场上满地火柱，对攻防双方都是不利的：

法拉利卡从空中呼啸而来，
落地的时候声如霹雳。

——维吉尔

他们还有其余的手段，用惯了特别顺手，我们从来没有见过，感觉特别不可思议，他们也用这个弥补自己缺少火药弹丸的一些劣势。他们发射重型投枪的力量极大，可以穿透两副盾牌和两个全副武装的敌兵，把他们两个串在一起。他们的投石器关于准确性以及距离上也不稍差："他们使用投石器把卵石很远地打向大海中的那颗小圆环，熟练之后不仅仅能够打到敌人的头颅，而且想打哪里就打哪里。"（李维）

他们的排炮也像是我们的排炮那样雷声隆隆："炮弹打在墙上的时候惊天动地，那些困在城里的人一下子吓得心惊胆战。"（李维）我们的高卢兄弟历来接受靠勇气近身肉搏的教育，在亚洲地区，最恨那些捉摸不定而且一直飞来飞去的武器。“伤口大的吓不倒他们；伤口大并且深更加引以为荣；如果一个箭头或者是一颗石弹就可以钻进肉里，只在表面留下一个小小的伤口，这时候想到为这样一点小伤就死去，就会觉得又羞又恨，遍地打滚。”（李维）这情景和中了火枪十分相似。

上万的希腊人在著名的大撤退中遭受重创，对手使用强劲有力的弓给他们造成了巨大的损失。特别是箭身之长，如果用手捡起来能够当作标枪投掷，穿透盾牌还有铠甲。狄奥尼修斯在叙拉古发射实心粗箭以及巨石的投射器，不仅仅射程远，而且速度快，很像我们的发明。

还不要遗忘有一位皮埃尔·波尔先生那种滑稽的骑骡姿势，他是一位神学家，蒙斯特尔莱说他习惯像女人一样侧坐在骡背上在巴黎四处游览。他还在其他方面说加斯科涅人有些马特别了得，会在奔跑的过程中急转弯，法国人以及庇卡底人还有佛兰德人以及布拉邦特人都看作是奇迹，按照他的原话说：“因为他们很少见到这种场面。”

恺撒在谈到施瓦本人的时候说：“在马战过程中，他们常常会跳下马背进行一次步战，马匹按习惯立于原地，遇到危急的情形，他们立即跳上马背。按照习惯，使用马鞍的全部都是最卑鄙胆小的一些行为，他们看不起那种使用的人，所以也不担心以寡敌众。”

我以前有一次特别地惊讶，即把一匹马调教得十分听话，缰绳耷拉在耳朵上，乖乖地依着小棍子的指挥做出各种动作，这在马西利亚人简直就是家常便饭，他们骑马甚至都不用鞍子以及缰绳。

马西利亚人专门骑光背马，
驾马不使用马鞍而用鞭子。

——卢卡努

纽米迪亚人骑马不使用马鞍。

——维吉尔

“不系马鞍的马走路姿势很不漂亮，奔跑的过程中好像颈子发僵头朝前一样。”（李维）

阿尔丰沙的国王，在西班牙建立了一个红绶带骑士团，给他们订了好几条的规则，其中有一条就是禁止骑骡，而且不分雌雄，违者罚一银马克，这是我刚刚从格瓦拉的书信集中读到的一段。有的人说他的书信可以是“金玉良言”，他的看法和我完全不同。

《侍臣》书中说，以前一位贵族骑骡要遭受指责（阿比西尼亚人却跟这个相反，地位越是高，就越是接近他们的主子普鲁斯特·约翰，越是觉得骑骡是一种体面的事情）；色诺芬说亚述人总是一直把马拴在马厩里，由于这些马全部都顽劣凶悍；还由于解缰绳以及上鞍子花费时间，为了防备敌人突然袭击，避免出现手忙脚乱的情形，从来不在没有壕沟以及屏障的地方安营扎寨。

他的那一位居鲁士国王，擅长骑兵战术，他对待马匹如同战友一般，在训练项目的过程中一定得流大汗才能够得到应该有的那份喂料。

斯基泰人在遇到粮荒的时候抽取马血，靠饮马血维持生命，
萨尔梅舍人用喝饱马血的方式求生存。

——马提雅尔

克里特人被米泰勒斯全部围住，缺水缺粮，不得不喝马尿解渴。

为了证明土耳其军队的维持管理费用要大大低于我们，他们称士兵只需要喝清水，仅仅只吃米饭以及一些腌肉米，这样每个人比较容易随身携带一个月的军粮，除此之外还要如同鞑靼人和莫斯科人一样，懂得在马血里加盐过日子。

在西班牙人来到的时候，新大陆的居民看到外国人和马匹，都看作是高于他们种性的那种神与兽。在被征服之后，有的人前去求和告饶，带给那些征服者黄金以及肉食，也没有忘记给马匹送去一份同样的贡品，像对人一样说上一通话，把马的嘶叫当作是和解以及休战的语言。

在最近处的印度地方，自古以来乘大象是王公的一种荣耀，其次是乘坐四匹马拉的马车，第三等就是骑骆驼，最低的哪一个等级就是骑马以及坐一匹马拉的小车。

我们生活的这个时代，有的人亲眼看见在那个国家的一些地区里以牛代步的情景，在牛的身上鞍子、脚蹬、笼头每一样都不少，骑着特别舒服的样子。

昆图·法比乌斯·马克西姆斯·吕蒂里亚努斯在和桑尼恩人作战的时候，眼看自己的骑兵发动了三四次冲锋都无功而返，无法冲破敌人的阵线，因此听取了意见卸下马笼头，用马刺狠狠地刺了一下马，到最后什么也挡不住它们一直狂奔，把那些敌人冲得一下子人仰马翻，武器也全部落了一地，给自己的那些步兵打开了一条通路，灭了敌人的威风，杀得敌人陈尸遍野。

以前，鞑靼人给莫斯科大公派去使节的时候，大公要使用这样的礼节方式：他走到他们前面，敬上了一杯马奶（他们喜欢的饮料），在喝马奶的时候，谁不小心把奶滴在马鬃上，谁就要用舌头舔干净。巴雅塞特皇帝派了一支军队到了俄罗斯，但是遭遇一场恐怖的雪暴，简直是苦不堪言，很多人为了找东西来进行御寒，居然主张杀死那些马匹，他们剖开马的肚皮，藏身其中并享受这生命所需的温暖。

巴雅塞特和帖木儿进行一场苦战失败后，本来能够骑了他的阿拉伯母马然后逃走，可是他不得不让马匹在一条小溪边上喝得足够的痛快，结果，却因为他的马喝饱了水变得四肢软弱无力，终于被追兵轻而易举地赶上并做了俘虏。据说让马撒尿可以使马松劲，这句话是对的；然而让它饮水，我倒是觉得这使它歇歇力，更加的有劲头。

克里瑟斯顺着萨尔迪斯城，发现大片草场上有许许多多的蛇，部队的军马在那里吃得胃口大开，希罗多德称这对他的战事来说是一种不祥之兆。

我们说那种有鬃毛还有耳朵的马才是一匹完整的马，缺少任何一部分都不能在市场贩卖。斯巴达人在西西里将雅典打败了，班师全部回叙拉古，在路上耀武扬威，其中有一件事情是把败军的马全部剃光鬃毛，牵着它们带在凯旋的队伍里。亚历山大和一个名字叫达哈的部族曾经打过仗。他们两人组成一组一组骑了马去参加战争；可是在交战的时候，一个人走下了马，两个人轮流着有时候骑在马上作战，有时候徒步作战。

谈到骑术精娴高超，我不觉得有哪个民族可以胜过我们。我们常常习惯称呼一名好骑手的时候强调他的勇敢要超过强调他的技巧。我所知道的最有学问最镇静、把马匹控制得最好的骑兵是一位名字叫作卡尔纳瓦莱的先生，他曾经给我们的亨利二世国王当过差。我看到过他两脚立在马鞍上以此来让马奔驰，接着卸下马鞍把它抛在地上，转个圈子回来又把鞍子捡起来放回原来的位置，然后稳稳当当地坐在上面，一直始终不需要抓马缰绳；他骑着马跨过一顶帽子，接着转身一箭射中帽子；只见他一脚点地，另外一脚挂在马镫上，随意捡起落在地上的东西；还有很多其他的特技，他是以做这个谋生的。

我曾经在君士坦丁堡也看到过两人同骑一匹马，就在马跑得飞快的时候，他们轮流着一会儿跳下地面，一会儿跳上马背。还曾经见过一人用牙齿给马套笼头、上鞍子。同时也还见过另一人在两匹马中央，其中一脚踩一个马鞍，胳膊上面还站着一个人飞奔；这另外的第二人站得笔直，奔跑的过程中表演百步穿杨的绝技，有很多人在飞奔的马鞍上可以拿大顶，马具周围还插着尖刀。

在我的童年时代，看到过苏尔莫纳亲王在那不勒斯曾操练一匹烈马，要求它做各种动作，在他的膝盖以及脚趾下夹着好几枚硬币，似乎钉在马身上一样，这表明他的坐姿纹丝不动。

49 谈论古人的习惯

除了习惯与习俗，我们的老百姓没有别的行为范例，似乎就没有其他的好坏标准以及规范了，关于这点我认为是情有可原的。由于，按照生来就已经有的生活方式来看事或者是作决定，这不仅仅是一般人会犯的错误，而且也几乎是所有人的通病。大家见到法布里蒂乌斯或者是莱里乌斯会认为他们的举止穿戴看起来很粗俗，由于他们的穿着打扮和我们差别很大。当然，我对这个特别轻率的结论是不满的，因为他们受时尚欺骗，而且十分盲目；时尚一变化，他们的看法还有意见就很有可能月月改变；他们对自己的看法也会随着日子改变。从前胸衣的衣撑是安在双乳中间的，他们就找出了充足的理由，称它安得正是一个对的地方。过了几年，流行在臀部衬一个垫子，他们又嘲笑从前的做法，认为它简直是荒唐可笑，叫人没有办法忍受。他们现今更换了这种穿着，立刻就指责以前的穿着方式，大家言之凿凿，坚定不移，您会说他们肯定疯了才会如此扭曲自己的才智。我们关于这件事情的变化既快而且又突然，搞得世间全部灵巧的裁缝都加在一起，而且都来不及提供充足的新款式，因此结果肯定是，被人鄙弃的旧款式重放光彩，正在流行的样式很快受到冷落。关于同一件事情的评价上，十五一直到二十年的时间会有两三种不仅仅只是有差异，而且是截然相反的看法，看法的多变以及轻率简直是难以置信。我们中间再怎么精明的人，又有谁没有像猴子一样受这些相互矛盾的观点的要弄，可以不被弄得头晕脑涨。

我宁愿在这里罗列一些我自己所知道的古人的做法，有一些和现在的一样，有一些却迥然不同，为了使我们对世事的反反复复的多变有一个概念，以便在想到世事变幻无常的同时，我们可以做出更高明更坚定的判断。

现今所提到的提剑着披风作战的那些方法，在罗马人当中早就已经实行了。恺撒曾经说过："他们将会披风缠在左手之后再拔出剑来。"到了后来他又指出当时在我们这里也流行此种毛病——至今还有——那就是在半路上截住遇到的任何行人，一定要人家说出是什么人，假如人家拒绝做出回答，那么他们就要挨骂并且引发争斗。

古人每天在吃饭之前都洗澡，就好像我们用水洗手一样的平常。开始时只是洗手洗脚，后来，依据在世界大部分国家里延续了几百年时间的习惯，他们使用混有药物以及香料的水洗遍全身，洗的方式就如同使用普通水洗一样特别的简单。最讲究最挑剔的人，每天还在全身抹三四次香粉香水。他们就如同一个时期以来法国的妇女所养成的修面习惯一样，经常让人拔去她们自己全身的毛：

> 除去你胸前、臂上还有腿上的毛。
>
> ——马提雅尔

虽然他们有着专门用来去毛的香膏：

> 她往皮肤上抹香膏或者是用滑石去打磨皮肤。
>
> ——马提雅尔

他们喜欢睡软的床垫，睡硬板床只是为了考验吃苦耐劳。他们习惯躺在床上来吃东西，和现代土耳其人相似，因此，埃涅亚斯躺在他那足够高的床上就那样开始了。

——维吉尔

有的人在谈及小加图的时候说，从法萨罗战争开始，加图一直为政局感觉焦虑，从此坐着吃饭，采取一种更加严厉的生活方式。他们一直习惯吻大人物的手以此来表示敬意以及亲热；朋友之间互相问候的时候，就像是威尼斯人一样互相亲吻：

我将会亲吻以及甜言蜜语来向你问候。

——奥维德

和一个大人物打招呼或者提出什么请求，还有一种摸膝盖的礼仪。克拉特斯的兄弟，也就是哲学家伯西克里并不是将手放到了膝头上却是放到了生殖器上。对方狠狠地推开他的手："怎么呢?"他问道，"这不是和膝盖一样，都是属于你自己的东西吗?"

他们跟我们相同，在饭后吃水果。他们使用海绵擦屁股（女人才没有一点道理地忌讳这般的话）：

这就是为何拉丁文里的海绵一词包含着猥亵的意思。有一个人的故事可以说明，那一块海绵是绑在棍棒的其中一端的：哪个人被带去当着民众的面喂野兽，半路上要求去出恭，他想自杀但找不到办法，于是他就把那棍子和海绵一起塞进了自己的喉咙里面，到最后只是窒息死去。古人在干做完那件事情之后，用撒了香粉的一种羊毛擦那阳物：

我不能够为你做什么，仅仅只是给你洗洗擦……的羊毛。

——马提雅尔

罗马的街口可以看见一些缸和盆，供行人小便之用。

睡着的儿童经常梦见，

在小便罐前面撩起了衣裳。

——卢克莱修

他们在吃两顿饭之间吃点心。夏天的时候，有小贩来卖雪供人冰镇葡萄酒；冬天的时候也有人认为酒不够凉，一样用雪来冰镇。贵人老爷有的人给斟酒并且切肉，还有的小丑供他们取乐。冬天的时候，他们在桌子上放个小炉子边煮边吃；他们还有能够携带的炊具，和我看到过的一样，全部的饭菜都在里面，不管走到哪里都会带到哪里。

啊！那些上流社会的富翁们，你们留着菜肴自己用吧；
我们不喜欢这些流动的饭食。

——马提雅尔

夏天的时候，他们经常往楼下客厅中间他们脚下的沟渠里面灌注一些清凉的水，渠里面养着很多的活鱼，由助手们负责挑选，抓上来以后送去按各人的口味烹调。鱼过去跟现今都有这样一个好处，那就是显贵们经常都会烹煮：因此鱼的味道尝起来要比肉好得多，起码对我是这样。但是，在各种各样的铺张浪费、挥霍无度、淫乱放荡和奢靡的生活中，我们确实是在尽全力向他们看齐，由于我们和他们是一样的，心地确实不怎么善良了。但是我们的本领却没有他们大；不！我们在扬善积德方面赶不上他们，从事歪门邪道方面同样也赶不上他们，由于在这两方面都首先必须要有毅力，这是我们没有办法同他们相比的一点。精神力量如果越是薄弱，那么就越是没有办法把事情做得特别好或者做得特别糟。

女人睡觉的时候靠着墙边的过道，因此恺撒被称之为“尼科梅迪国王的过道”。

他们喝一会儿酒歇一会儿，并且还在酒里掺水。

哪一位小伙子嫌弃法莱里酒太热，
立刻用我们身旁的流水兑凉。

——贺拉斯

我们那一些仆人们所有丢人现眼的作为，在那个时候同样地存在。

哎，伊阿诺斯，人家不可能用雪白的手，
在你身后摆一个犄角装个驴耳朵的，
也不可能像阿普利亚的渴死狗一样朝你伸舌头的！

——佩尔西乌斯

亚哥斯跟罗马的女人一样穿白色丧服，我们的贵妇们也养成了这种习惯，假如我说得正确的话，到了后来也继续这样穿过。

你不信吗？但是整本整本的书都是这样写的。

50 论德谟克利特以及赫拉克利特

不论谈什么问题，判断力都是一个工具，而且我们到处会用到它。正因为这样，我在这里写随笔的时候，也利用所有的机会进行各种判断。哪怕对那些一点都不懂的问题，我也要试一试，远远地测一下水深，探测蹬水能够蹬到多远；然后发觉水太深简直要把我淹了，我于是就回到岸边；察觉到不能再往前面去了，这就是判断力发挥了作用，而且是它最引以为荣的作用之一。

有时候遇到一个没有什么实际内容的题目，我尝试着找论据使它看起来有血有肉；有时候判断一个重大而且有争论的问题，会找不到任何一种属于自己个人的观点，由于走的人多了，你只能踩着别人的脚印前进。这时候判断要做的就是选择它觉得最佳的道路，从上千百条道路中间说出是这一条到底还是那一条才是我们最好的选择。

我总是碰到什么问题就谈什么，全凭偶然。对我而言所有的论点都是好的。我也绝对不可以把它们说透，由于我看不到任何一种东西的全貌。那一些允许让我们看到全貌的人也做不到这一点。任何事物都具有千姿百态，我只是取其中之一，有时候一眼带过，有时候略加触摸，有时候紧紧摁到骨头。我并不往最宽的地方，但是尽我所知往最深的地方探索。常常喜欢从前人没有加以注意的方面着手。遇到不熟悉的事物，我会大胆地进行彻底的探讨。在这里写上一句，在那里写一句，就像是各篇文章拆下来的样品，一起零零星星的，没有规划，也不承诺，也不在意必须要写得好，也不因为做来有趣就一成不变继续做下去。我可能怀疑和犹豫，尤其是坚持我的无知。

所有的活动都暴露我们自己的本性。这一个恺撒的心灵，从他组织以及指挥法萨卢斯战役能够看得出来，在安排闲暇活动和谈情说爱时同样地表露无遗。判断一匹马的优劣，不仅仅要看它在练兵场上操练如何，而且还要看它平常的步态，甚至它在马厩里休息的样子。

心灵往往有高尚的同时也有低下的，任何一个人看不到这点，就不能够对它有所认识。心灵平静的时候，也许对它观察得最明白。情欲的风暴可能会吹着它往高处飘升。除此之外。我们的头脑对每一个问题总是全情投入，不遗余力，绝不一心二用。心灵处理事情的时候并不是根据事情的本身，反而是根据事情自己本身。

事物本身也许有其自己的分量、大小和特性。然而事情临到我们的时候，心灵就会依照自己的意思去随意修饰。死亡对于西塞罗而言是可怕的，对于加图而言则是可盼的，对于苏格拉底自己是无所谓的。健康、良心、权威、科学、财富、美丽以及与之相反的事物，在进入心灵的时候全部都脱去了自己外面的衣衫，但是接受心灵所给予的新衣衫以及它喜欢的颜色：褐色的、绿色的、浅的、深的、刺目的、柔和的、深刻的或者是表面的，总之是各人的头脑所喜爱的颜色。由于它们不是共同一起去检验它们的特点、规则以及形式：各个心灵关于自己的领土上全部都是王后。因此不要再以事物的外观为借口了，我们应该责怪我们自己。

我们自己的善与恶也全部在于我们自己。烧香许愿的时候要面向我们本人做，不需要面向命运做，命运对我们的行为是没有作用的。相反，性格可以牵着命运的鼻子，按自己的模式改变它。我为何对餐桌上唠唠叨叨以及吃吃喝喝的亚历山大不作任何的评论呢？他下象棋的时候，还有哪一条神经不受这种幼稚和愚蠢的游戏控制呢？（我不喜欢和躲避下棋，这其实不能算是种游戏，要玩但是又过于严肃，费那么大的功夫不去做一些正经事那才真的是难为情。）他在准备那一场光荣的印度远征的时候都没有这么紧张忙碌；还有另外那一个人在讲解《圣经》的过程中那段有关人类永福的章节的时候也是这样的。

暂且看看我们的头脑把这种可笑的游戏夸大和抬高到了何种程度；它

的每一根神经是不是都绷紧了；它怎样给每个人充分地来认识自己，并且正确判断自己的一些依据。在任何其他的时刻我全部不能够把自己审察得那样的透彻。有哪一种激烈的情绪能例外呢？愤怒、伤心、仇恨、急躁还有急于求成的野心，关于这件事情更可原谅的反倒是急于求输。把一种旷世奇才挥霍在雕虫小技上面，这其实并不是大丈夫的所作所为。我举这个例子所作的说明也适用于别的地方人的每一个部分。每个人的一举一动以及一言一行都在突出或者是显示这是怎么样的一个人。

德谟克利特跟赫拉克利特两位都是哲学家，前者觉得人生虚妄可笑，所以在公众面前从来就面露嘲弄的笑容；但是赫拉克利特，对这样的人生却悲天悯人，整天脸带愁容，两只眼睛总是含泪。

跨出门槛离家的时候，
一个笑容可掬，一个暗自流泪。

——朱维纳利斯

我更加欣赏第一种品性，不是由于笑比哭更加让人喜欢，而是由于它更加的瞧不起人，更加的严厉谴责我们；我有一种感觉，似乎我们受到任何蔑视都不会过分。关于惋惜的事情，惋惜跟同情之间又带有一些欣赏；关于嘲讽的事，又觉得它无比珍贵。我不觉得我们心中的苦恼会超过虚荣，机灵会超过愚蠢；我们没如此多的不幸，然而确实空虚，我们没那么的可悲，但是确实下贱。

所以，第欧根尼总是独自一人做一些无聊的事，比如滚酒桶等等，对亚历山大大帝却表现出嗤之以鼻的态度，[①] 把我们看作是苍蝇或者是充满气的尿泡；他是一个严厉和尖锐的法官，我觉得比外号“人类憎恨者”的蒂蒙更加的公正。由于被人恨的东西才能够被人认真地对待。那一位希望我们遭难，巴不得我们倾家荡产，像躲避瘟疫一样远离我们，就像跟恶毒堕落的人一起充满危险；但是第欧根尼根本不把我们这些人看在眼里，我们打扰不了他，就算是接触也不能改变他，他避免和我们打交道，不是因为害怕，而是因为不屑与我们为伍。他觉得我们不仅干不出好事，也干不出坏事。

---

① 指第欧尼根在路上遇亚历山大大帝，不但不回避，还令对方让路，别挡住他的阳光的轶事。

布鲁图斯邀斯塔蒂里一伙组织阴谋反对恺撒，斯塔蒂里关于他的回答如出一辙。他认为此举是正义的，然而不觉得参与的人值得他费力一起去做。这完全符合赫格西亚斯的观点，他说贤人做事情都应当只是为本人；因为只有智者自己才值得别人效劳；这也和狄奥多罗斯的观点一致，他说贤人为了国家利益冒险，如果不惜为愚人去牺牲自己的聪明才智，这是不对的。

我们这些人固有的处境是既可笑又好笑。

51 谈论言过其实

以前有一位雄辩家说他的工作是捡芝麻小事，并把它们放大变大。这可称得上会给小脚做大鞋的鞋匠。如果在斯巴达，吹嘘自己以欺骗和撒谎为业是要受鞭刑的。我觉得，斯巴达王阿尔吉姆听到修昔底德的回答的时候绝对大吃一惊：阿尔吉姆曾经询问修昔底德，他跟伯里克利交手哪一个会赢？“至于这个嘛，”他回答说，“是特别难以验证的，当我把他摔倒在地的时候，他可以说服在场的人，让他们相信他没有倒地，那他就胜利了。”有的人让女人戴上面罩，并且给她们涂脂抹粉，那些人为害不那么大，由于不能看到她们的本来面目，没有多么大的损失，但是前面的那些人欺骗的不是我们的眼睛，而是欺骗我们的判断能力，使事情的本质发生改变和败坏。就像克里特、斯巴达那一类国势安定、治理有方的国家是不怎么看重那些雄辩家的。

阿里斯托给雄辩术下了一个十分聪明的定义，那是：说服民众的学问。苏格拉底、柏拉图却说是骗人术、拍马术；有些人笼统地说道它的时候否定这种说法，但是在他们的训示、命令中间却到处在确定这种说法。

伊斯兰教禁止给哪些孩子们教授雄辩术，因为它毫无用处。

至于雅典人，他们发现在城里极有影响力的修辞学实际上是一种有害的学问，就下命令将打动人心的那一个主要部分以及开场白、结束语全部删去。

那是一件为操纵、煽动不守规矩的群众因此而创造的工具，一件如同药一样用在病态国度的工具；在雅典、罗得岛以及罗马等等，在公共事务处于不间断的风暴之中的国家里，演说家们蜂拥而至。确实，在那一些国家里，很少有人不依靠伶牙俐齿因此而平步青云的；庞培、恺撒、克拉苏、卢库卢斯、兰图卢斯以及梅特鲁斯等人，无不从中得到巨大的支持，最终如愿以偿，建立最高的权威，他们更多的是依靠能言善辩但是并不是依仗刀枪剑戟；这和太平盛世的那种情形刚好是相反的。沃卢姆尼乌斯当众演讲支持克·法比乌斯和帕·德基乌斯氏族的人担任执政官的时候就曾经说过："他们是天生善战，以行动证明其伟大的人；打起嘴仗来的时候特别地厉害，他们简直是真正的执政官的人选；不仅精明，而且能说会道还有学问的人对城邦有益处，能够担任主持正义的大法官。"

当公共事务一塌糊涂，内战闹得满城风雨的时候，罗马的雄辩术特别的盛行：就像是一块没有被开垦的荒地，野草特别的茂盛。这样看来，帝王主宰的政府好像并不和其他政府一样需要雄辩术；因为在老百姓身上所见的愚蠢和轻信使他们容易被人操纵，听见顺耳的话就盲目跟从，不能够用智力去思考并且弄清事情真相的愚昧或者是轻信，在我看来，在每个人自己身上是不容易全部都有的，并且通过良好的教育和良好的观念，使人免受这种毒药的毒害并不困难。在马其顿以及波斯就没出过任何一个有名的雄辩家。

我在上面说的雄辩家那一个字眼和一名意大利人有很大的关系。不久之前我和他交谈过，他曾经当过已故红衣主教卡加夫的一位膳食总管，直至主教故去为止。我请他讲讲他的任务，于是他把他那糊弄嘴巴的那些学问对我演讲了一大通，一副正经、神气活现的样子几乎像是在向我宣讲某一个重大的神学问题一样。他描述了几种胃口：当人饥饿的时候、吃过第二顿或者是第三顿饭之后；用任何一种办法满足它，又有什么样的办法能够引发并且刺激它；还有掌握调味品的方法，先是一般的方法，然后是怎样突出各种成分的特性和效果；讲各种的季节做什么样子的色拉，什么样的色拉要加热，什么样的色拉要冷吃，还有怎么装点美化使它们看起来赏心悦目。之后，他谈到上菜的次序，许多周到和重要的考虑：

> 那自然不简单，知道
> 怎样切鸡，怎样切兔子！
>
> ——尤维纳利斯

这所有的还都加上了特别丰富的辞藻，而且甚至还用上了谈论帝国治理的字眼。我突然之间想起了我的一位老相识：

> 太咸啦！这个烧焦了！这个味道不够！这个还可以！
> 下一次就照这么做！尽我自己的浅薄见识
> 我尽力教导他们。
> 到了最后，德梅亚，我让他们
> 拿起碗碟当镜子一样照，什么都教给他们啦。
>
> ——泰伦提乌斯

但是，在埃米里乌斯·保路斯从马其顿归来的时候为希腊人举行的宴会上，宴席的规格和安排受到了高度的评价；但是我这里谈论的并不是宴会的具体做法，而是指宴会上讲的话。

我不明白别人是不是有过我一样的情况；我听到建筑师们煞有介事地大谈壁柱、额枋、挑檐、科林斯和多利安柱式还有诸如此类的一些行话术语的时候，我总是会情不自禁地联想到阿波里东宫；其实，我觉得，那本来就是我厨房门上的那些没有一点价值的一些条条块块。

听听那些人谈论换喻、暗喻、讽喻，还有其他类似的语法名词，你不是认为在说某一种罕见陌生的字眼吗？但是这都是用来描写你的贴身丫鬟唠唠叨叨地说的那一堆废话的。

尽管说我们国家的官职同罗马人的没有任何的相同之处，而且更没有他们那样大的权力，但是我们却要用罗马时代令人肃然起敬的名号来称呼我们的公职人员，这几乎是骗人的把戏，和下面的骗局是一样的货色：古人曾经把几个最体面的称号一起用到一两位要人身上，以便让他们荣耀了几百年的时间，我们看任何人顺眼也给他胡乱加上。这一类骗局，在我看来，终有一天可能会变成证据，表明我们这个世纪简直是荒唐透顶。柏拉图称自己为神人，这是众望所归，没有任何人提出异议；但是关于意大利人，他们自己自吹他们头脑清醒，而且语言表述清楚，比同一个时代的别的民族全部都要高明，这样说似乎是有点道理，但是不久之前他们将这一个称号安到了阿雷蒂诺头上。那一位除了浮夸的风格，满篇俏皮话，虽说相当巧妙，不过难以理解和过分刻意，总之除了尽其所能做到能言善辩以外，我看不到有什么高明的地方能够压倒当代的普通作家；如果要同那古代的神人称号作比较，他自己还差很多呢。还有哪一个“大”字，我们也时时把它和王公贵族联系在一起，实际上他们也没有一般之上的伟大。

52　论古人的节俭

罗马的一位非洲远征军的将领名字叫作阿提利乌斯·列古鲁斯，与迦太基人作战，所向披靡，战绩彪炳，那段时间他给政府，说希望可以留在国内一个人替他经管产业（一共是为土地二点五公顷）的唯一仆人偷走农具逃跑了，他担心妻儿受难，请求准许回国处理此事；元老院委派另外的一个人为他管理产业，还派了人给他添置了一些那种失窃的农具并下命令由国家赡养他的妻子和子女。

当老加图从西班牙回国任担任政官的时候，卖掉了他的役马以此来节省将马从海路带回意大利的一些费用。在撒丁岛担任总督的时候，他自己徒步外出，随身仅仅只有一名公务员同行，帮他拿拿随身衣物和一个供奉祭品用的盆子，并且他还常常自己提箱子。他骄傲地说，他从来没有过价值超过十埃居价格的袍子，整整一天的花费也从来没有超过十个苏；至于他所有的村屋，他说没有一间是经过粉刷的。西庇阿·埃米利乌斯曾经两度凯旋、担任两届执政以后，赴任省督仅仅只带七名奴仆。有的人断言，荷马一直都仅仅只用一名奴仆；柏拉图曾经用三名；斯多葛派的首领芝诺一个仆人都没有。

提比留·格拉古在替国家出差一天的时候仅仅只得五个半苏，但是他那时候却是罗马的头号人物。

53　论恺撒的一句话

如果我们有时候用心地看看自己，把研究身外之物的时间用来摸索我们自己的底细，那么我们就可以特别容易感觉到，每个人的禀性的方方面面全部都是有缺陷，而且有毛病的。不管在什么事情方面，都不能够是称心满意的；在欲望和想象力的作用下，没有能力选择我们所需的东西，不也是一个标记吗？每个人的最大幸福是什么，这一场哲学家的大争论过去、现在以及将来都需要一直争下去，不仅没有结论，而且也不会统一，那也是一个十分好的证明：

自己得不到的东西才是最好的。
自己想要的东西到了手，那么就想要另一样。
人的欲望还是那个样。

——卢克莱修

无论我们遇上什么，或者是享受到什么，我们还是感觉不满足，还是不断地追求未知的事物，因为眼前的事物没有办法给我们带来丝毫的满足：在我看来，这倒不是因为现有的东西不能够满足我们，反而是因为我们自己在胡抓乱拿。

他看到别人所需要的一切，
世人差不多都能够得到。
有些人富贵荣华享不尽，
还有一些值得自豪的显赫儿孙。
人人都怀着一颗焦虑的心，
在精神上抱怨不已！
他知道毛病就出在器皿上，
从外面倒进去的就算是玉液琼浆，
器皿脏了浆液就可能会在里面坏掉。

——卢克莱修

我们对于自己究竟想要什么，一直犹豫不决，一直把握不定；它不懂得保留和善用好东西。有的人觉得那都是这些东西不好，因此就醉心于不明白不了解的别的东西，把自己的愿望和期待附着其中，对这个大加赏识，而且奉为至宝。这就应验了恺撒的那句话：“人是出于本性，常常更加相信并且畏惧那些从来没有见过，而且隐秘陌生的东西。”

54 谈论虚浮的精明

有一种虚浮的精明，人们往往通过它来谋取荣誉；比如说诗人写诗，全篇的诗句都全部用同一个字母开头；我们还注意到古希腊人，写成蛋形的、球形的、鸟翼形或楔形的诗歌，他们拉长或缩短诗句，构成这种那种图形。还有的人把兴趣放在那些计算字母能够有多少种排列，意识到这个数目多得简直让人难以置信，这在普鲁塔克的著作当中也是有记载的。

某一些人训练有素，抛出手中的小米粒，能够分毫不差地穿过一个细小的针眼，而且屡试不爽；当有些人介绍他的时候，请求对方送他礼物当作对这一绝技的一种奖励，那个人特别的有意思，我觉得也非常恰当，叫人给这位灵巧的表演者送去两三袋小米，免得如此高超的技艺后继无人。我认为这人的做法是特别对的。

如果事情因为罕见或新鲜，或高难度就去推荐它，但是并不问它是有无益处或者是用处，这表明我们关于事物的看法有缺陷。

不久前在我家里，我们曾兴致勃勃地找出许多集两个极端于一身的事物。诸如 Sire，这是一个称谓，能够用于我们国家内地位最高的那一些人——国王，也能够用于那些普通的可怜虫，比如说商人，不用于那些处于两者之间的人。我们使用 Dame 称那些高贵妇女，使用词语 Damoiselle 称那些中层妇女，又使用 Dame 称为地位最底下的女人。

张在桌子上面的天盖仅仅只能够用在王府以及客店里。

德谟克利特称，神和野兽的感觉比人类更加敏锐，人排在当中。罗马人在节日以及丧日都穿一样的衣服。特别恐惧与特别奋勇都搅乱肠胃，以此来增加排泄。

那瓦尔第十二位国王就是桑丘的儿子名字叫作加西亚五世，外号是“哆嗦汉”，这个绰号告诉我们，胆大和胆小同样地可以使我们手足无措。还有另外一位，别人侍候他穿盔甲的时候，看到他皮肤发颤，故意把他要冒的风险说得小一些试图安慰，他跟他们说：“你们太不了解我了。如果我的身体知道我的勇气将把它带去什么地方，肉体可能就会吓得趴下了。”

阳痿能够是做维纳斯游戏的时候的冷淡并且乏味，也能够是纵欲以及亢奋过度引起的。极冷或者是极热都可能会灼伤烤熟。亚里士多德曾经说，铅制的玩具人遇到高温和低温同样地会融化和流淌。欲望以及满足都可能会使快感部位上下感觉隐隐作痛在忍受人生的不幸的感情以及决心当中，不仅有愚蠢而且也有智慧。智者控制和驾驭不幸；其余的人对苦难却浑然不知；后者简直可以说是面对坎坷，前者可以说是背对坎坷；前者面对坎坷十分认真掂量轻重，做出一种如实的调查与判断，接着鼓足勇气一跃而过。

他们没有把那些不幸放在眼里，反而是把它踩在脚下，因为他们有一颗坚强有力的心，命运之箭常常打在上面，肯定会反弹并且磨去锋芒，不能造成伤害。人们平常的状况一般都位于两个极端的中间，当他们看到苦难，或者是感觉苦难，但是忍受不了苦难。童年跟老年在头脑简单这一方面其实是一致的；悭吝与挥霍也有同样的欲望，即占有和攫取。

或许能够从表面上来说，在没有获得知识之前有一种愚昧型的无知，在获得知识之后往往有一种知识型的无知。知识破坏和摧毁无知，知识也引起和生成无知。

那些头脑单纯，而且求知欲不强、知识不多的人，能够培养成好的基督徒，他们不仅虔诚顺从，而且真心实意信任，并且遵守清规戒律。具有中等活力和能力的人会产生错误的见解。他们经常停留在那些字句的表面意义上面，把我们当作是不学无术的人，当他们看到我们按照老传统行事，就说我们思想简单和愚蠢。那些才华出众的人更加稳重更加有远见，是另外一类的好的基督徒。经过长期周密的研究，这些人在圣书中发现更加深邃更加玄妙的光明境界，能够感受到教廷行政法所体现的神意。

正因为这样，我们发现其中有一些人带着出色的成果以及坚信，从第二级甚至达到最高的境界，就像达到了基督教的最高智慧，带着宽慰以及感恩还有洗心革面的习惯以及谦虚，享受那种胜利的喜悦。我认定有些人必须排除在外，那一些人为了摆脱大家对他们以前错误的怀疑，为了想要别人对他们放心，遂于我们进行的事业采取各种极端、不慎重以及不公正的态度，一直不断地横加指责普通的农民是有常识的人。哲学家们也是这样，或者是按照我们这个时代的称呼，不仅性格坚强，而且头脑清醒，受到各种良好教育的人。那些中庸的人，不仅不屑坐上第一排那些愚昧无知的位子，又比不上坐另一排位子（屁股坐在两张椅子之间，我和许多人都是这种人），他们是十分危险的，不仅成不了大事，而且又惹人讨厌；这一些人给世界添乱。但是，对于我来说，我总是后退，而且还坐上第一排那天然位子；我以前曾经尝试着离开那里也是一种枉然。

那种纯朴自然的民间诗歌往往稚拙清丽，关于这方面可以与符合艺术标准的完美诗歌的主体美相比较，加斯科涅的田园歌是这样的，从那一些没有学术传统，甚至也从那些没有文字的国度传播过来的歌谣也是这样。介乎于两者之间的诗歌不受重视，既无荣誉，同样没有价值。

然而，心智开放之后，我注意到常常都会发生这种情况，把本来并不困难，普通人都可做的事情，当成困难而非少数才子才能做的事情；当我们自己的创造力被激发了以后，它会发现很多这般的例子，我在这里也就仅仅只说这么一句话。这一些随笔如果值得一评的话，在我看会出现这种情况：它们不怎么符合普通人的兴趣，也不怎么获得那些俊彦英才的青睐；前者可能理解不够，后者可能过分理解；我的那些随笔很有可能在中间地带进行艰苦度日。

55 谈论气味

听说有些人，比如说亚历山大大帝，因为出奇的不同体质，汗水散发出沁人心脾的香味；普鲁塔克以及其余的人还探究过其中的奥秘。一般人的身体结构却恰恰相反，那种最好的情况是没有气味。气息洁净好闻也差不多就是闻不得刺鼻的气味，就如同健康的婴儿的呼吸一样。因此普洛图斯称：

> 一个女人最好的气味是没有气味。

这也就如同常言说的一样，女人最悦目的动作是无意之间不知不觉的那些动作。闻到那种添加的香味，人们有理由怀疑使用的人，有理由认为他们想遮掩这方面的自然缺陷。古代的诗人就曾经写过这种俏皮话：散发香味其实几乎等同于散发臭味：

> 科拉西努斯，你大声笑吧，我们身上闻不着任何的气味。
> 我宁可没有气味，也不愿意一身香气。
>
> ——马提雅尔

另外：

波斯图莫斯，香味扑鼻的人实际上是气味刺鼻。

——马提雅尔

但是我还是非常喜欢身上有香味，对那种臭味却深恶痛绝，还比哪一个都可以远远地就闻到：

我的鼻子简直是举世无双，不管嗅章鱼
或者还是胳肢窝的麝香，
甚至比猎犬搜寻躲藏的野猪还灵光。

——贺拉斯

我认为气味越是纯净自然就愈好闻。整天想着喷洒香水，那主要是贵妇们的事。在远古蛮荒的时候，斯基泰女人洗澡之后，在全身以及面孔扑上一层厚厚的在当地产的草药，想要接近男人，她们卸去化妆品，展露出嫩滑的皮肤，散发出阵阵的香气。

有一件奇妙的事情，就是不管什么气味一旦沾上我的身子就不容易散开，我的皮肤特别容易将它们吸收。有的人埋怨大自然，为什么不让人于生就有器官向鼻子一直送香味，这个人弄错了。因为气味自己会进入鼻子。然而与众不同的，我有满把的胡子可以用来做这件事。我如果把手套或者是手帕凑到胡子前，香味就会全天的时间留在那里。这些味道会暴露我去过什么地方。青年的时代搂紧了互相接吻，而且亲热缠绵，好像有滋有味的，一旦一沾上胡子好几个小时的时间都不散。

此外，我基本上不受由人际接触散播的，由空气传染的流行病的影响；以前在我们的城市以及军队里面曾经有过好多种流行病，我自己全部都得以幸免。在苏格拉底的著作里曾经读到，曾经有很多次瘟疫肆虐雅典城，甚至他都没有离开，也只有他没有得什么病。

我觉得医生能够对气味做出更多的用途。由于我发现气味可能会改变我，按照它们的性质来影响到我自己的心情。这也使我赞成一般人的意见：在教堂庙宇里面烧香并且撒香料，自古以来就在所有国家以及所有宗教中间普遍实行，这显然在于愉悦、激起并净化我们的感觉，使我们能够更加专注地静修。

为了对这个做出判断，我多么的愿意参加那些大师傅的厨艺，他们善于在食物的原味中加入异国的风味：烘托各种肉食的味道；尤其是在突尼斯国王的宴席上，那一次他到那不勒斯和查理五世皇帝进行会谈。他们在肉里面塞进了各种各样香料植物，奢华的程度令人咋舌，依据他们的配制，有一只孔雀以及两只野鸡要花上一百杜加托的价钱；当禽鸟切片的时候，香味不仅仅飘溢宴席厅，而且甚至扩散至宫殿内其他房间以及邻近的宅第，而且久久地不肯消散。

我选择住宿的时候，最先关心的就是远离那些恶浊臭气。威尼斯跟巴黎，这是那两座美丽的城市，一个因为海潮的咸味，一个因为污泥塘所以气味难闻，影响了我对它们的好感。

56 论祈祷

我提出一些笨拙和没有定论的看法，供大家在学校里讨论，好像是有些人向大家公布了一些有疑问的命题，供大家来讨论。这么做呢，不是去证明什么真理，只是为了探寻真理。我把自己的看法说出来，让不仅有权修正我的行为和写作，还会调整我自己的思想的人提供判断。不论是谴责或者还是赞扬，对我来说都是能够接受并且是有用的，因为万一由于无知或疏忽，我说的话冒犯了罗马教会的神圣旨意，那我就该认罪，因为我的生命是属于天主教的。我从来就尊重教会的权威审查，并可对我任意处置，但是，我还是希望在这里大胆的进言。

无法知道自己言行是否有错，但既然是蒙受圣恩，一些祈祷词就是上帝亲自口授笔录的，我个人一直觉得我们应该更经常地使用它。要是我说了算数的话，饭前饭后、起床就寝以及所有习惯上又来进行祈祷的特殊活动中，都愿基督徒念主祷文，即使不是单独地用，起码在任何时候都不要把它忽略了。

教会是可以根据宣教的需要，去选择范围更加广泛、内容不相同的祈祷文，原因在于，我知道他的实质与宗旨仍然一致。但是我们应该给圣父经以特殊的地位，使老百姓经常地念诵。因为应该说的话主祷文里全部都说到了，适合于任何的场合。而这就是我走到哪里都在使用的唯一一种祈祷文，反复地念，从来都不改变。

所以，在我大脑中记得很清楚的就是这个。

我们每每有个念头和图谋就会求助于天主；遇到任何需要，不论何时何地，都会由于自身的软弱而需要帮助，而从不考虑时机是否合适，就是想要呼唤上帝；无论我们处于怎样的境地，有什么样的行动，就算是见不得人的勾当，也呼唤上帝保佑；我一直在想这样的错误到底是怎么产生的。

上帝确定的是我们唯一的保护人，因为在每件事上都可以给我们帮助。我们很幸运订下那份天父以及人之间的亲密盟约。主是公正、慈爱和万能的。他更多地使用公正，而不是权力，他按照人间的公理，而不是个人的要求来给我们爱。

柏拉图在他的著作《法律篇》中，得出了关于信仰神的三个有害观点：1，神是不存在的；2，不让诸神管我们的事情；3，面对我们的许愿以及祭祀和牺牲，神通常都有求必应。根据他自己说，第一种错误在于人从童年到老年的那段时间内不是一成不变的；后两个错误则可能十分顽固。

神的正义以及万能，就像天和地，是不能够分的。在做坏事的时候，你怎么求助于神力也是枉然。我们的心灵必须纯净，起码在祈祷的时候。还要摒除邪念，不然反会自取其辱。如果我们请求神宽恕的时候假仁假义，满含不敬还有憎恨，这不仅仅不能赎罪，反倒可能会罪上加罪。我看到有些人祷告起来特别勤快，但是祷告过后依然故我，没有好的变化，这种人我是不会赞扬。

> 夜间常常外出偷情，
> 用高卢帽子去盖住额头……
>
> ——朱维纳利斯

信教然而行为却是可憎的那些人，他的作风就似乎要比生活更加的糜烂；那些我行我素的人更应该指责。但我们的教会每天都在宽容那些极其堕落而一误再误的人。

如果我们按照规定做祈祷，说得更为恰当一点是在嘴上念诵祈祷文。

说到底只是一种表面的姿态。

令我不高兴的，是发现他们饭前祝福、饭后谢恩每次都要划三个十字礼（特别叫我不开心的是这个我尊敬并且是经常用的手势，在他们打哈欠的时候也用），而一天中中间的其他时刻看到他们充满仇恨、贪婪和非正义。上帝自己的时间给了上帝，而其他的时间则干坏事，似乎是在进行调配或者补偿一般。一个人做出那么不同的事来，在这些事情的衔接以及交替上，丝毫没有给人一点儿停顿和突兀的感觉，意识到这点真让人叹为观止不得不“佩服”。

想想，罪恶以及公义可以这么自然的存在于同一人身上，他还能够做到心安理得，那需要有多么不一样的心肠啊？一个人的脑袋若时时受淫念的控制，而且明知这是神十分憎恶的东西，当他和上帝说话时又会说什么呢？是的，这个时候他改邪归正了，但是一旦离开，又往往会故态复萌了。倘若就像他说的，神的公正形象、神的出现会震动他的内心，甚至是惩罚他的灵魂，不管补赎是多么的短暂，畏惧都会使他自责，立刻摒弃他身上久积难弃的罪恶。

怎么有人明知是死罪，却依然把整个生命之宝押在虚幻的好处和利益之上，对他们又如何办呢？我们都知道，世间有很多为世人接受的职业行当，它们的本质却是罪恶的！

曾经有一个人向我坦诚，他的一生都献给了一个宗教的宣扬，而这个宗教，据他说是可恶的，和他的信念完全相反，而他这样做的目的，是为了不至于丧失声望和体面的职位，然而他在心里如何为这番话受罪的呢？关于这件事他如何向神的公义交代的呢？我想，如果他们心生悔意，就应该有实实在在改正错误的表现，对神也好，对我们也好，他们已无任何遁词可以利用。我觉得这些人跟前面所说的人差不多一样；顽固之心是很难克服的。他们的做法看起来是那么的假惺惺，我简直就不敢相信。他跟我们摆出的是一种没有办法消除的病死状态。

我认为这些人的想象力非常的了不起，在过往的几年里，只要哪个人在宣扬天主教义的时候表现出一种十分清醒的头脑，他们就很自然地说这是假装的，他们甚至相信，不管他嘴上怎么说，心底里一定有着按照他们的尺寸改革了的信仰。这就是为什么人家不得去信奉相反的东西，这简直是一种无可奈何的病态。还有比这儿更加让人觉得无可奈何的，那就是他们在思想上那么的肯定，他们还相信这个人一定宁可接受今世的命运安排也不愿考虑将来有无永生的希望。我说这样的话他们能够相信，假如说我青年时期曾经有怎样的抱负，那么就是下定决心去克服随着由于近年宗教改革而带来的一些危险和困难。

我认为教会禁止对《大卫诗篇》中圣灵口授的圣歌给予任意、贸然而且是不恰当的使用，我觉得不是没有道理的。在日常生活当中提到上帝，都必须怀着敬畏、庄严和尊重之心。这一种声音是神圣的，不能仅仅只是为了练习嗓音或者是取悦耳朵而去唱。这些诗篇应该用心去唱，而不是用舌头去读。让充斥着无聊和虚荣思想的伙计高高兴兴地哼着它解闷是很不好的。

如果把这本满是神迹、关乎信仰的圣书，随意的放置在过道或是厨房，都是没有道理的。以前这是奥秘，现在却成了玩耍和消遣。对圣书的研究不可以放到一个闹哄哄的环境，几个人凑在一起就可以的，这是不得不静心钻研的工作，这里还应该加上祈祷书中的这些序言："潜心祈祷"。并且全身保持一种特别专注和恭敬的姿势。

研究圣书不是任何的凡夫俗子都可以做的，而是奉上帝之召那些专务研读的人的学习。恶人和愚昧的人投身其中，他们会变得更坏。这也不是可以到处说到的趣事儿，这是需要恭恭敬敬顶礼膜拜的那些经史。有些人可笑得很，自以为用民间语言把圣书翻译了，以为这样就可以让老百姓读懂了，他们不理解，圣书的精华不是在于文字？还需要我多说吗？稍微地拉他们去接近，他们就朝着后退缩。一点都不知道，完全无知而只能依靠他人，实在是有益和聪明得多了。

我还认为，如果人人都用一种自由的方式来宣扬研习这样一本神圣的宗教书籍，是利小于弊的。犹太人、穆斯林还有差不多所有其他的民族，都支持并崇敬记录宗教奥义的原始语言，不容许有任何篡改和变化。这很正确啊。我们明白在巴斯克和布列塔尼不是有特别能干的法官能够承担这项翻译工作吗？万国基督教会没有做出过任何比此更加严格更加庄严的判决了。我们在讲道的时候，在说话的时候，语言交换是那么的含糊不清的，自由，变动，也零星；所以这不会是完整的原意。

希腊的一位历史学家曾经据理指责他那个时代，他说："基督教教义落在没有任何教养那些的艺人手里可能会在大庭广众宣扬，每个人都能够随心所欲地解说。"他还说："我们那些托上帝之福领会神圣教义的人，特别应当感到羞耻，居然让那样一些无知之徒随意亵渎，就如同以前贵族禁止苏格拉底、柏拉图还有其他贤人议论以及调查德尔菲岛的教士做了一些什么"。他权贵集团对神学问题缺乏热情，并充满仇恨；热诚来自神的理性以及公义，行动上似乎有条有理；然而热诚受人的情欲支配，可能会变成仇恨以及嫉妒，不再生产出小麦和葡萄，反而是稗子与荨麻。

好像另外有人也说过这样的话，他曾经向罗马提奥多修斯皇帝进言，讨论不能平息教会的分裂，相反只会挑起分裂和扶植异端，并且鼓动异端邪说；应该避免所有的教义上笔墨官司还有争辩，直接干脆回归到古人制订的对于信仰的那些规矩条例。拜占庭皇帝名字叫作安德罗尼库斯，在皇宫中见到两位大臣正在和洛帕迪乌斯就信仰中的一个重大问题争论不休，就把他们训斥了一通，并且还威胁说，如果再不停止要把他们全部抛入河中。

我们今天会给年龄更大、经验更加丰富的人讲解那些教会法规，关于这方面柏拉图的著作《法律篇》第一条就是不允许他们去追究那些民法制订的理由，民法相当于神的法令。柏拉图甚至还加了一句，允许老人们互相或和城邦的高官谈论法律，前提是年轻人以及那些不信教的人不在场就可以。

有一位主教曾经写过，讲述在世界的另一端，有一座古人称之为迪奥斯科里德岛①的岛屿，岛上盛产各种各样的树木果蔬，空气清新，岛民都是基督教徒，有教堂还有祭台，只需要十字架装饰，没有其他图像；他们严守斋戒和瞻礼等规矩，按时缴纳十一税，并且洁身自好，一生中只娶一个女人。他们对自己的命运十分的满足，身处大海当中但是却不知道使用船只，他们淳朴天真，关于他们那么笃信的宗教，不会问一句其来历。异教徒们呢，则是一些热烈的偶像崇拜者，让人难以相信的是他们对自己的神所了解的仅仅只是名字与塑像。

欧里庇得斯的悲剧著作《美那里普》老本子的开场白这样写道：

> 啊，朱庇特，除了你的名字以外，
> 我对你一无所知。
>
> ——普鲁塔克

在我年轻的时候，他们抱怨某些文章只谈人性，只谈哲学，不谈神学。但是，我想这话反过来说也是有道理的。神学有非常特殊的地位，就好像王后和女当家；她所到的地方都以她为大，绝不给人从属和次要的感觉。由语法、修辞、逻辑的例子，以及戏剧、娱乐还有公开演出的题材，更应该来自别处，并不是一部那么神圣的著作我们单独地按其本身的特征来思考神的道理，不要掺杂人的感想，这样可以做得更严肃更恭敬。神学家把文章写得像文学，这样的错是很多的，但是，反而少见的是，文学家没有几个把文章写得像神学。

---

① 即今印度洋中索克特拉岛。

圣克里索斯托姆曾经说：“哲学就好像是无用的奴仆早已经被逐出了神学院，当他从这座典藏神圣学说的圣殿经过的时候，连朝里面望一眼琳琅满目的宝库的资格都没有。”人的口头交流语言有它自己的表达方式，使用的时候不应该像神的话语那样尊贵、威严和有权柄。因此我就使用“未经规范的词句”（圣奥古斯丁）按照其固有的方式，说出比如：“运气”“命运”“不幸”“幸运和厄运”“诸神”，以及其他种种的表达方法。

我说的这些，都是我个人的想法，也仅仅是个人的浮想和独自思索，绝不是受命于天而定出的法则和不容许怀疑与争论的。实属意见，无关教义。就像孩子提出自己的想法，我按照自己的思路和想法去论述，而不跟着上帝的意思去做；这么做的目的是供给大家来指正，而不是去批评别人；并且我采用世俗的方式，不是僧侣的做法。但是，不管怎么样，总有带着浓厚的宗教色彩。

人家说这话其实很有道理的，他们说，除了那些明确宣布信教的人之外，其他的人只许规规矩矩地写关于宗教的事。这个规定其实并不有损于实际的好处与公义，也许是在警告我还是闭嘴为好吧！

有的人对我说，那些叛离天主教的人禁止在日常交谈中使用神的名字。他们也不愿意在感叹以及惊呼中使用上帝的名义，就算是作证或是比喻。我觉得他们这么做是正确的。在我们平常的人际交往过程中间，不管以哪一种形式提到上帝，都应该十分严肃和认真。

好像有这么一段话在色诺芬的著作中，他参加指出“我们应当少向上帝祈祷，由于要祈祷就要保持平静、智慧和虔诚的状态，让心灵常常进入这种状态特别不容易；否则我们的祈祷不仅仅无用还有害”。我们说：“请原谅我们吧，就像我们宽恕别人的伤害一样。”如果不能向神献出一颗不记仇恨不抱怨的心的时候，这样说没有任何的意义啊！这不就是我们在呼唤上帝的帮助，协同我们完成见不得人的勾当吗？

这只能偷偷地告诉诸神。

——柏修斯

守财奴为保存他那多余的财富而祈祷上帝；野心家会祈求战无不胜，控制情绪；盗贼利用上帝帮助他克服那些实施罪恶勾当时遇到的心理上的险阻与困难，或者是对自己轻而易举割断了过路人的脖子表达谢恩。他们躲在困难和苦惑的前一刻，祷告着，充满着凶残、淫荡和贪婪的意图和期望。

如果要在朱庇特耳边祈祷的话，
那么不妨向斯泰乌斯去说。
——天哪，好心的朱庇特！
他会叫道；朱庇特对我会说这样的话吗？

——柏修斯

那瓦尔的王后玛格丽特讲述一位青年王子的故事，尽管她没有说出他的名字，但是他那显赫的地位，人们稍微的一想就会知道他是谁了。他出门去跟巴黎一位律师的妻子偷情，路上必经一座教堂。可是，在他干这个勾当的时候，每次都不会在这个往返的圣地祷告和补赎。我能够让你们去猜，他的心里念念不忘为这件好事祷告，会把神恩用到什么地方？然而王后说起这件事儿，是想去证明他异常虔诚。由此我们再一次的证实女人不适合谈论神学。

那些心灵肮脏，而且还受撒旦控制的人，不可能突然之间去做一个真正的祈祷的，更不会在信仰上归属上帝。生活在罪恶之中呼唤上帝的帮助，犹如扒手求助于司法部门，或者就像是说谎者以上帝的名义作证：

我们轻声做罪恶的祈祷。

——卢克莱修

很少有人敢于光明正大地说出他们在暗中对神的请求。

在神庙里不允许悄声许愿，
反倒是要大声祈祷，这不是每个人都可以做得到的。

——柏修斯

所以，毕达哥拉斯派要求祈祷一定要当众进行，让每个人都能听到，使得人们不再向上帝提出不正当和错误的请求，如同这一位。

他高声喊：阿波罗！接着蠕动嘴唇，
担心别人听到：那一位美丽的拉凡娜女神①！

① 小偷毛贼的保护神。

请允许我去骗人，装得公正善良的样子，
用黑夜来遮盖我的罪行，用乌云来掩饰我的偷窃。

——贺拉斯

诸神同意俄狄浦斯的不正当的祈求，同时残忍地惩罚他。他曾经祈祷，希望他的儿子使用武力解决王位继承的问题。看到自己的那一些话说中了，那是怎样的一种可悲啊。我们不该也没有办法要求每件事儿都遵循我们的意愿，而是应该遵循正确的智慧。

事情似乎是，我们在祈祷的时候，好像在说一种谁都听不懂的话，就像是那些人用圣言圣语来施展巫术魔法。我们根据字句结构、声音、词的排列或者是我们的表面态度，来制造想要的效果。由于我们的灵魂浸透了贪欲，既不悔恨，也无回归天主之意，我们呈献的仅仅只是凭记忆因而还留在嘴上的话，并希望可以以此来补赎我们的种种罪过。

神的充满温情，与人为善的旨意比什么都容易做到；虽然我们屡屡犯错，可憎可鄙，可是神召唤我们；不管我们现在或者将来会如何卑微、无赖、名声扫地，他依旧向我们伸出双臂，向我们敞开怀抱。而我们应当好好珍惜以作为回报。我们还应当怀着感恩的心情接受宽恕。最起码在心中要对自己的错误感到愧疚，当我们向神走去的那一刻，把唆使我们触犯神的律法的情绪为仇敌。柏拉图说："神还有好人都不会接受那些恶人的礼物。"

那伸向祭台的手没有还没有沾上罪恶，
不需要用高贵的牺牲，
只需要一块面饼以及少许食盐，
也可以平息宅神的敌意。

——贺拉斯

57 论年龄

我不能接受大家确定寿命长短的方法。因为我发现先贤圣人和一般人的看法是天壤之别啊，他们的算法远远的缩短了人的寿命。小加图在准备自杀的时候，有的人一直极力加以劝阻。他却对劝阻的人说："怎么呢，到我现在这个年纪，还有人责怪我早死吗？"然而他那个时候才 48 岁呢。

他自己觉得这个年龄已经是很成熟的年龄了，应当作高寿，认为能够活得这么久实在是凤毛麟角；据说有人认为，根据他们对人的自然寿命（我不懂得应该称之什么）的看法，如果能够幸运地免遭如此之多的大自然中不幸事件的袭击的话，人是可以期盼多活数年的。我们每个人都可能成为自然因素造成的不可避免的种种意外伤害的牺牲品，而它们常常就会中止人的生命。很多人都希望在年老体弱时自然的死去，这应该是一种多么美妙的梦想！然而在给生命提出这样的目标的时候，是不是应当明白这样的死极少发生，极其罕见的呢？想想，人们仅仅只是把老死称为自然死亡，却把其他的那些死法看作是违背自然的：假设有人从高处坠下折断了脖子，遇到海难溺毙水中，忽然之间死于瘟疫或是胸膜炎等，去认为这些灾害似乎是不应当出现在我们日常生活中的。然而我们也不应当迷惑于那一些天真的看法：我们更应该把一般的共同的普遍的东西称之为自然。老死善终，这才是一种罕见的不同寻常的少有的死法，也并不会比其他的死法更显得多自然；这是那种最后的、极端的死法；它离我们最远，因此也最不能预料；这也是我们不可能跨越的界限，是自然规律铁定的不能够超越的界限；假如人能活到那个时候，那是它得到的特别恩准。这是在两三百年的时间当中它特许给某个人的一种特殊的豁免权，使这个人在生命旅途的始末之间免受障碍和困难。

因此，我个人的意见在于：我们应该看到，我们达到的年龄是极少数人能达到的。既然在平常的情况下人们达不到那个年龄，那不刚好表明我们走在他们前面很多了。而且更应看到，正是由于我们已越过了平常的年龄限度，我们就不应当再希望能多活下去了；我们就应该明白，既然别人绊倒在死亡面前，自己却无数次侥幸地逃脱了厄运，我们的这样一种超越常规的好运是没有办法长期存在的。

可能是源于法律本身的一大缺陷，人才有了这些脱离实际的想法：它不承认一个人在二十五岁之前有能力管理自己的财产；二十五岁以前仅仅只能勉强管理自己的生活。奥古斯都把罗马古法中的规定减掉了五年，宣布二十岁后的人便能够出任法官职务。塞尔维乌斯·图里乌斯免去了年满四十七岁的骑士的兵役；奥古斯同时都又将这个年龄缩短为四十五岁。但是在我看来，在五十五岁或者是六十岁前让男子退休可能性没有多大的。我赞成为了公众的利益尽可能地延长我们的职业和工作。然而我却发现，我们的缺点是我们开始从事工作的时间有些迟了。奥古斯都才年仅十九岁就当上主宰世界的法官，如果要判决一个檐槽安装在什么地方的纠纷案，仅仅只有年满三十岁的人才能够开庭执法。

要是想知道我的意见，我认为我们的身心在二十岁时已经发育完全，它已经有显示实力的可能。在二十岁这个能够为未来做出担保的年龄上，如果还不能够显露力量的人，往后也不太可能表现出来。与生俱来的优点和品德要么在此时显示其刚劲和美好，要么就永远黯然失色：

假如刚长出来就不刺人的荆棘，它就有可能永远不会刺人。多菲内人以前就曾经这样说。

在我看来，人类的所有光辉业绩，不分什么种类，不管是古代所做或现在所做，绝大部分都是从三十岁以前开始而不是由三十岁以后的人创建的。很多人的一生就可以证明这一点。难道我们不是能够从汉尼拔和他不共戴天的敌人西庇阿的一生中引出类似的结论吗？

他们的大半生是躺在年轻时获取的光荣之上度过的；他们是那样一个时代的显赫人物，但是付出代价的却全是别人——完全不是他们自己。至于我，我绝对肯定从这个岁数开始，我的精神和身体状况是衰退多增强少的，下降多上升少的。有人如果是善于划分并使用时间，知识以及经验随着年龄增长而增长的可能性不是不存在的；但是活力、反应、坚定性，以及其他种种我们本身更重要更基本的优点，终究失去了原有的光彩，变得愈来愈衰弱无力。

当无情的时光使我们弯腰驼背的时候，
日渐衰弱的力量很难支撑四肢，
判断力会变得渐渐地不可靠，
理智以及言语会不听使唤。

——卢克莱修

有时候，最先是身体走向衰老；有时候精神首先衰老。我见过很多人，他们智力的衰退甚至比内脏和腿脚的衰退来得要更早。这种病症越是很不容易感觉，症状非常隐蔽，所以也特别危险。在此，我对法律发出的种种抱怨，不是由于法律规定我们退休的时间太迟了，而是由于它让我们最开始工作的时间太晚了。我更愿这么认为，考虑到生命的脆弱，要碰到那么多惯常的自然的暗礁，我们不应当让出生成长、闲玩消遣以及学习做人花去人生太大部分的时间，并且是在年轻的时候。

卷　二

1 论人的行为变化无常

致力于检视人类行为的学者，遇到的最大困难莫过于把个人的行为放在阳光下进行拼接和分析。因为通常人的行为是自相矛盾和复杂多变的，简直会让你无法相信某些行为会是同一个人所为。有时候小马略会是马尔斯的儿子，但是有时却又是维纳斯的儿子。据说博尼费斯八世教皇在获取权力时像只狐狸，在位时是狮子，死的时候又变成了一条狗。没有人会相信，尼禄皇帝一向残暴无比，但是当臣子按照惯例要他在罪犯判决书上签名时，他竟说："噢，我真希望我自己从来都不会写字！"判一个人死刑竟会使他如此为难。

诸如此类的例子数不胜数，而且每个人身上都会有这些复杂的行为。因此我们经常会感到很奇怪，为什么有些明白人居然也费心把人的复杂行为一一分类。他们认为优柔寡断是天性之中最共同和最明显的毛病，这一点可以从滑稽诗人普布利厄斯的诗句中得到见证：

只有人类的恶习才会一直都不变。

一般来说，从一个人日常的行为举止来判断这个人是非常有道理的。但是，鉴于习惯和观念天生的不稳定性，我常常认为，即使是最优秀的作家也会有失误的时候，他们试图把人塑造成始终如一、坚忍不拔的模式就是一种错误。

他们选择普遍的样板，然后根据这个模式去诠释这个人所有的行为。如果此人的某些行为有悖于这种模式，他们便称之为虚伪。实际上奥古斯都就不符合他们的模式。因为他的身上突现了行为的多样性，而且是那么鲜明、突发和连续地贯穿他的一生，叫人无法想象。即使是洞察力最强，最有见解的评判家也不敢对他妄下评论。我相信和其他德行比起来，人类最难做到的就是始终如一。而与此相反，人类却很容易变化无常。

详细地个别地评论每一个行为，才能更多地反映真实。

尽管持久永恒被视为智慧的来源，但是我们很难从历史中找到一些一生行为都恒久不变的人。有位先人为了把智慧归结为一个词，把人生的全部规则总结为一条规则，他曾说过：

诚然，我以前曾经听说过，恶行只不过是事不规范，没有节制的行为，因此不可能有始有终。

迪莫斯西尼曾经说过：所有的美好德行都始于请教和深虑，其完结则因为持之以恒。理智地选择一条道路，而且坚定不移地走下去，这将是一条最好的路，但却从来没有人认真考虑过自己的选择。

> 曾经努力寻求的事情他不希望去做，
> 刚刚放弃的事情他却又想重新捡起。
> 他瞻前顾后，左右摇摆，他的一生都充满着矛盾。
>
> ——贺拉斯

我们行事一般都是随心所欲，向左，向右，向前，向后，听凭性情的变化和机缘巧合。

不到十分紧迫的时候，我们不会预先计划自己想要的东西。我们随波逐流，像变色龙一样，随遇而安。我们在此时此刻提出建议，但是一会儿又改变了主意和方向，一会儿又改回来。翻来覆去，左右摇摆，反复无常：

> 我们是旋转的陀螺，任凭别人的抽动和摆布。
>
> ——贺拉斯

我们不是用脚在走路，而是在随波逐流，时急时缓，任凭水流冲动。

> 我们还看到：有些人弄不清楚自己在追求什么，

只是不停地寻找，不停地更换地方，
仿佛如此就可以卸下背上的重负。

——卢克莱修

每天都会滋生新的想法，而且随着时间的推移我们的性情也会产生变化。

人的思想闪烁不定，仿佛是阵阵闪电，
也好像是天神朱庇特射向人间的道道光芒。

——荷马

我们摇摆在不同的意向之间。我们对所有的事情都不愿做出自由的、绝对的或者是恒定的抉择。如果谁能够按自己的想法给自己制定和颁布一些恒定不变的规范和准则，我们就可以说，在他的生活中，他品行一贯，处事有序，肯定在他的行为和这些准则之间存在着一种牢不可破的关系。

但是，恩培多克勒却在阿格里真托人的身上看到了充满矛盾的方面：一方面他们纵情寻欢作乐，纸醉金迷，仿佛第二天他们的末日就会来临；另一方面却又大兴土木，仿佛他们永不死亡。

而小加图的性格则是简单明了、一目了然的。他前进的每一步，都是前后一致的，彼此照应，像是一首完整和谐的乐曲，不会发生任何差错，但我们与他比起来却是截然相反。我们在做每一件事的时候都会有不同的判断方式。依我之见，最可靠的办法是把这些行为和周围的具体环境联系起来，不需要瞻前顾后，最好也不要借题发挥。

我听说正当我们这个贫穷的国度处于秩序混乱的时候，在我所住的地方附近有一个女子，因为想要逃避驻扎在他家附近的一名下等士兵对她的强求，便从窗口纵身跳下。但她并没有摔死，于是她便拿起刀子刺向自己的喉咙，虽然受了重伤，还是被人救了回来。她自己也承认，其实那名士兵并没有强迫她，只是对她说了一些甜言蜜语，然后给她送了一些礼物，并热切地恳求她答应。但是她担心对方最终会付诸武力，于是她就用自杀的方式来寻求逃脱。这位少女面容端庄美丽，言辞恳切，品德贤良，就像另一位洁身自好的姑娘柳克丽西亚①一般。

---

① 罗马贵妇，受骄傲者塔克文之子赛克斯都的凌辱，自杀身亡。

但是我知道，无论从任何方面来说，她都绝不是那种会拒人于千里之外的少女。

正如阿里奥斯托的一则故事中所说：不管你多么英俊和诚实，如果一时不能成功，你不要马上断定你的情人一定贞洁无暇，说不定她会对你的车夫有很大的兴趣。

安提柯见他手下的一名士兵勇猛善战，十分的勇敢，于是倍加喜爱，还特意命令医生无论如何要把这位士兵缠身已久的病痛治好。但是，他发现士兵在病愈以后失去了过去的热忱。安提柯于是问他为什么变成了现在这个状况，士兵回答说："将军，一切都是因为您治好了我长期的病痛，让我不再像从前那样对生活充满绝望了。"卢库卢斯的士兵遭敌人抢劫一士兵以牙还牙，狠狠地把他们教训了一顿。因此卢库卢斯对他赞赏有加，便决定派他去执行一项十分危险的任务，并对他再三鼓励，寄予厚望。

> 即使是懦夫听了也会勇气倍增。
>
> ——贺拉斯

但是坚决不服从调遣，回答说："派那些被敌人掏走了钱包的小兵去执行这项任务吧。"

> 那些丢了钱包的可怜虫会十分愿意去执行任务的。
>
> ——贺拉斯

然后他就这样很干脆地拒绝了卢库卢斯。你可能会感到非常奇怪，为何昨天所见的那个士兵英勇无比，第二天却是胆小如鼠。其实，或是愤怒，或是需要，或是伙伴，或是酒精，或是号角，所有这一切都能激起人无畏的战斗热情。勇敢的行为绝对不是没有任何理由的，是环境造就了那时的坚定不移和勇猛直前。因此，在相反的环境中又出现另一种情景，完全不足为奇。

鉴于我们自己身上所表现出来的种种矛盾和变化多端，有人觉得我们人类有两个灵魂存在，还有一些人认为有两种截然不同的力量一直伴随并支配着我们的行为。一种力量鼓励我们向善，一种力量唆使我们从恶。如果只有一个灵魂和一种力量，我们就不会有这么大的变化和行为差异。

对于我自己来说，即使是偶然的一件小事也会像一阵风吹来般，使我随风摇摆，心神不宁。

无论是谁，只要静下来仔细聆听自己的内心世界，就会发现自己从来都没有过一模一样的心境，哪怕是一点点的相同。根据情景角度的不同，我们的心灵有的时候会转到这个方向，有时候又转到那个方向。我说自己多变，因为我从不同的角度来看自己。人类所有的差别都来自于内心世界的某个角落：胆怯、傲慢；纯情、荒淫；健谈、沉静；勤劳、懒惰；灵巧、迟钝；忧郁、乐观；虚伪、真实；博学、无知；慷慨、吝啬、挥霍等这些本身相互矛盾的方面都多多少少地在我身上出现过。谁认真地研究自己，都可以发现自己具有这种多变性和不一致性，甚至包括判断力在内。我没办法证明自己是纯粹简单和坚定不移的，我逻辑中的通用信条是“各不相同”。

虽然我会经常尽最大努力把好的事情说得更好一些，把不好的事情说成比较好的。但是有的时候人的情况很复杂，往往是恶习促使我们去做好事，如果好事的判断标准不仅仅是依据我们的主观意愿。所以，不能仅仅从一次勇敢的行动就做出这个人是勇士的最后的判断。一个真正英勇的人，他应该自始至终地英勇，不论时间和场合。如果一个人拥有勇敢无畏的精神，而不只是一次鲁莽的行为，那么这种精神会促使人在任何时候都表现出同样的决心、意志和行动：不论他是单独行动还是结伴而行；不论是在军营里还是在战场上，他都会像平常一样表现出超人的胆识和过人的行为。因为对于他们来说不存在只属于生死拼杀、战火纷飞的战场而不表现在平常的英勇，他会在病床上勇敢面对疾病，在军营里勇敢面对受伤，在家中不畏惧什么，在战场上同样也能视死如归。依此而推，一个人在攻城时能够奋不顾身，在输掉一场官司或痛失一个孩子时也不会像软弱妇人一样捶胸顿足。一个声名极坏的懦夫，却能坚强地面对贫穷；被理发师的剃刀吓得胆战心惊，却可以毫不犹豫并无所畏惧地冲向敌人的刀剑。值得称道的是行动，而不是人。

西塞罗说：很多希腊人从来都不敢正视敌人，却可以忍受住病痛的折磨。辛布赖人和凯尔特人却恰恰相反。

没有坚定的原则，就没有一致的行动。

——西塞罗

没有人敢说自己比亚历山大更勇猛，但亚历山大也只是一时一地之勇，他并不是在任何场合下都始终贯穿的勇猛。不管它怎么无与伦比，都明显地存在着瑕疵。

他疑神疑鬼，因为害怕会遭到部下的陷害而经常惶恐不安，甚至到了差点就失去理智的程度；为了查明内情，他竟然采取了非常激烈而且草率的不正当手段；他还非常迷信，对谋害克里斯图一事始终忏悔不已，同时这也说明他的勇猛并不是贯穿始终的。

有人说，我们的行为，都是用不同的部件拼装起来的，我们所追求的是一种虚情矫饰的荣誉和虚荣。为追求美德而获得的美德才能够长久，如果有人借它到处招摇撞骗，它会立即扯下这个面具。美德一旦沁入人心，就会与心灵紧紧地融为一体；失去它就意味着心灵的缺失，会严重伤害我们的心灵。因此，要想判断一个人，一定要长期地认真地跟着他的脚印：

> 经过深思熟虑，选定人生道路。
>
> ——西塞罗

如果环境的改变可以引起人类行进步伐的变化（我的意思是说人的社会行进步伐可以加快也可变慢放缓），那就任凭他跑吧，就如同塔尔博特的箴言里所说的那样：它将随风摇摆。

一位先人曾说：我们的出生纯属偶然，所以我们的生活受偶然的支配也是很正常的。如果一个人如果不在大致上确立生活的目标，那么他就不可能把自己的行动有条不紊地组织起来。就仿佛一个人头脑中从来都没有一个总体的轮廓作指导和参考，怎么可能将一堆凌乱的碎片拼凑起来？如果不知道画什么，买来一大堆颜料有什么用？没有人可以绘出一生的蓝图，我们只是在注重人生的细节和各种片断。弓箭手首先必须知道要瞄准的对象，才能按照这个方向搭弓引箭，调整动作和力度。我们给别人的忠告之所以不被接纳，是因为漫无边际，没有做到有的放矢。航海的人如果没有目的地港口，那吹什么风都没有用。我不敢苟同人们对索福克勒斯的评判，只要读过哪怕一部他的悲剧，就可以驳倒他儿子对他没有治家能力的指控。[①]

我也非常不同意佩里伊塞人的做法：他们被派往顿米利都岛去管理各种事务，查看那里把农田种得最好的，把农舍管理得最井井有条的人家，记下这些农户的名字，然后召集所有岛民，宣布任命这些户主为岛上的新总督和法官。他们认为善于处理私事的人也一定擅长管理公务。但我却对这种做法持否定，我们都是分散的个体，我们之间的联系松散而多样，每个部分所发挥的作用的不同，就像人与人之间的差别一样大。

> 做一个从始至终始终如一的人是一件非常了不起的事。
>
> ——赛内加

即便是野心也可以教人勇敢、克制、自由和正义；贪婪也可以使平庸懒散的小店员发愤图强，远闯他乡，不辞劳苦，不畏艰难，小心谨慎地闯荡江湖，任凭风吹雨打；爱情可以指引求学的少年下定决心并勇往直前，还可以使刚刚离开母亲温暖怀抱的少女经受锻炼。

> 维纳斯引导着这个少女，
> 小心地躲过哨兵的视线，
> 独自一个人穿过茫茫黑夜，
> 奔向她心爱的情郎。
>
> ——提布勒斯

不能仅凭借一时的表象来判断和定位自己，必须深入进去，看清楚是哪一根弹簧引起的震动。但是因为人的内心高深莫测，这项工作做起来难度很大，还是少做为妙。

---

① 据西塞罗记载，索福克勒斯受到儿子指控，说他丧失理智，索福克勒斯要求法官阅读他的最后一部悲剧《科洛诺的俄狄浦斯》，表示思路清晰，为自己申辩。

2 论饮酒

世界存在多样性和差异性，但是所有罪恶作为中的罪恶却是大同小异的，毫无疑问这是伊壁鸠鲁学派对世界的理解。但是，虽然都是恶习，毕竟程度有所不同。如果一个人走出界限百步：

> 越过界限或没有到达界限，都不存在美德。
>
> ——贺拉斯

不一定就比走出界限十步的人更坏，这句话是没有根据的。在菜园子里偷一棵白菜比亵渎神灵更加罪大恶极。

> 在人家的菜园里偷几颗小白菜，
> 跟黑夜上去教堂偷圣物一样罪大恶极，
> 这种主张是不能得逞的。
>
> ——贺拉斯

其实和其他事物一样，罪恶也是各种各样的，对罪恶的程度和范围不加区分是很危险的。那样，杀人犯、叛徒、暴君就太占便宜了。也不可以因为别人懒惰、好色或者诚意不够，就有理由减轻自己良心上的负担。每个人都强调别人的罪过，对自己文过饰非。即使是教士，我也觉得，他们不会区分罪恶的轻重。

苏格拉底说，智慧的主要功能是明辨善恶，而在我们这些人中，即使品格最好的人也都会有罪恶的一面，因此应该说还要学会区分不同的罪恶。如果没有正确的区分，就会把善人和恶人混为一谈，我们就无法识别他们。

我觉得酗酒应该被定义为一种严重与粗暴的罪恶。酗酒时，人基本上没有理智。虽然我知道不能将罪恶赋予一种赞美之词，但是我真的认为在某些恶习中还能看到某些崇高的东西，有的罪恶中掺杂着机智、灵敏、英勇、谨慎、巧妙和高雅，而酗酒则完全是肉体的、混乱的和粗俗的。因此，今天世界上最粗鄙的国家，也是唯一推崇这一恶习的国家①。其他罪恶可以损害智力，而酗酒这个罪恶则摧残智力，损伤身体：

> 酒精的力量深入身体，人的四肢变得异常沉重；两条腿如同灌铅般，瑟瑟发抖；舌头打结，意识混沌；目光游移不定；喊叫，打嗝和争吵。
>
> ——卢克莱修

通常人在失去理智和自我控制的时候，往往会做出最丑的行为和表现。

有人还说，就像葡萄汁在罐子里发酵，向上翻起沉在罐底的渣滓一样，饮酒过度也会使一个人心里隐藏已久的秘密不知不觉地吐露出来。

> 纵使是圣贤纵酒作乐，
> 也会表现忧虑和暴露出内心的秘密。
>
> ——贺拉斯

约塞夫·弗拉维说起他如何把敌人派遣过来的大使灌酒，获得了外交秘密。然而，奥古斯都向色雷斯的征服者卢西乌斯·比索倾诉自己最大的隐私，从来没有被他出卖；同样提比略向科索斯泄露自己的一切计划，也没有被他背叛，虽然我们知道他们都嗜酒如命，经常在元老院中烂醉如泥，被人抬了出来。

> 像往常一样，杯酒入肚，血管膨胀。
>
> ——维吉尔

卡西乌斯只饮水，桑贝尔喝酒，还经常喝醉，然而把暗杀恺撒的计划

---

① 影射德国。

告诉他们两人，同样不用担心泄露。对此，桑贝尔还风趣地回答，“我没有酒量，哪里还有暗杀暴君的胆量！”我们看到我们的德国人狂饮时还记得他们的营地、口令和队形：

要战胜他们还真不容易，
虽然满口酒气，说话结巴，走路踉跄。

——朱维纳利斯

要不是在历史书中读到下面的故事，我真不相信人还会醉得这样失去理智、昏迷不醒的：阿特吕斯邀请那个波桑尼赴宴，目的是让他丢丑出乖。席间对他拼命灌酒，以致客人不知不觉把一身好皮肉，如同在野地交媾的妓女，任凭府上一大群赶车夫和低微的奴仆享用。也是这个波桑尼后来在同样的场合，把马其顿国王腓力杀了，那位国王却是气宇轩昂，说明在伊巴密浓达那里受过良好的教育。

有一位我特别敬重和喜爱的夫人告诉我，在波尔多附近，朝她的家乡卡斯特尔去的路上，有一名村妇寡居在家，名声很好，觉得自己有妊娠的预兆，对她的女邻居说，她若有丈夫的话，一定相信自己是怀孕了。但是随着日子过去，这一点已经不容置疑，她不得不在教堂主日布道那天当众宣布，谁坦然承认这事是他干的，她答应原谅他，他若乐意也可以娶她。有一个年轻的庄稼汉听了这话大胆站了出来，承认有一天节日他看到她喝了许多酒，在宅门旁边沉睡不醒，样子非常不雅，他也没有弄醒她就跟她干起那个勾当来了。他们俩现在还生活一起。

古代对这个罪恶肯定没有大声斥责。许多哲学家的著作讲到这点轻描淡写；斯多葛派中甚至有人主张有时不妨喝个醉，宣泄一下内心：

传说从前在这种高贵的豪饮中，
伟大的苏格拉底独占鳌头。

——马克西米安

为人师表的加图就因爱杯中物而受人指责：

有人说老加图经常用酒

培养他的道德。

——贺拉斯

声名卓著的居鲁士大王，人家对他赞誉有加，他却只说他胜过兄弟阿尔塔泽尔士的地方，只是酒量比他大。即使在治理有方的国家，这种劝人喝酒的做法也是很普遍的。我听巴黎名医西尔维厄斯说过，为了使胃保持良好的消化能力，最好每月痛饮一场，刺激肠胃蠕动，防止退化。

有的书中说波斯人在酒后才处理国家大事。

我的情趣与气质要比我的理智更讨厌酒。因为除了我的信念很容易受古代人的影响以外，我还觉得喝酒是一种无聊和愚蠢的罪恶，但是不及其他罪恶那么阴险，危害性大。其他罪恶差不多都直接危害到公共社会。一切恶习给我们带来欢乐，但也使我们遭受损失，我觉得染上这个恶习要比染上其他恶习，在良心上少受责备；也因为这一切都是不难得到和提供的——这是一个不可忽视的因素。

有一位德高望重的老人对我说，他的生活中还有三件乐事，其中就有饮酒。但是他不善于处理。他必须不挑剔，也不能精心选择。因为要满足喝美酒的口福，有时不得不尝一尝劣酒的苦楚，口味必须更粗更随便。豪饮的人嘴巴不能太刁。德国人差不多喝什么酒都觉得香。他们的目的是吞下肚子，不是细细品味。他们较为迁就。乐趣也更实在和更容易满足。

其次，按照法国人的习惯，考虑到健康只是在两顿饭时少许呷几口，过分限制了上帝的恩赐。这需要有更多的时间和更多的悠闲。古代人饮酒通宵达旦，经常第二天继续进行。那样伙食必须更丰富更耐饥。我见过当代一位大老爷，战功彪炳的将军，他平时一餐喝四升多酒不在话下，酒酣耳热以后处理公务依然不输于最贤明的官员。

我们一生中追求的欢乐，必须给予更大的时空。要像店员和工匠一样，绝不放过痛饮的机会，念念不忘这个欲望。现在这个习俗好像一天比一天衰落。我童年时看到我们这些家里，要比现在更普遍盛行午宴、晚宴和点心。难道我们要对什么事情都进行某种改良吗？当然不是！这是我们比父辈放浪得多的缘故。有两件事相互销蚀精力，一方面好色败坏我们的胃口，另一方面节食又使我们生活更风流，欲火更旺盛。

我从父亲那里听到了许多在他那个时代的贞节故事，由他讲述这类事最为合适，他的天性和风度很讨女人欢心；他话不多，说来娓娓动听；时而穿插几句主要从西班牙通俗小说中看来的花哨话。西班牙小说中他引用得最多的是马库斯·奥利里乌斯。他外表庄重，但是温和，谦逊和平易近人。不论步行还是骑马，他全身穿着讲究朴实得体。他绝对看重诺言，做一切细致自觉，倾向于迷信而不走极端。他身材不高，但是挺直匀称，充满精力。面孔好看，皮肤带棕色。贵族玩的技艺无不精通。我看到过他的灌铅的手杖，据说是锻炼胳臂准备投石、弄棒、舞剑用的。我还看到过他穿上练习跑步和跳高的铁底鞋。至今人们还记得他惊人的跳跃本领：他已六十开外，嘲笑我们这些人手脚不利落，穿了棉袍飞身上马，撑在一根大拇指上纵身跳过桌子，一步三四个台阶登楼走进他的房间。

他跟我说过，全省有身份的夫人几乎没有一位不是名声良好，他提到他跟那些正派女人都有密切的往来，然而绝不引起风言风语。谈到他自己还庄严起誓说直到婚期他还是个童身，他长期参加阿尔卑斯山那边的战争，给我们留下了一部日记，战争的经历，不论是个人的还是军队的，事无巨细都有叙述。

因此，他在一五二八年结婚时已经很成熟，那年他从意大利回来已三十三岁。让我们谈酒的事情吧。

人到晚年，产生种种不便，需要有支持和提神的东西，自然有理由引起我饮酒的欲望；因为这差不多是岁月要偷自我们的最后一个乐趣。据酒友说，天然的热量首先是从双脚开始的，从童年以来就是如此。然后上升到腹部，热量停留很久，据我看来这是肉体的真正乐趣；其他的乐趣相比之下差了一截。到了最后又像一股气，向上散发到了喉间，在这里作最后的停留。

可是我不能理解，人家怎样解渴以后还能喝得津津有味，在想象中去创造一种人工的和违反自然的兴致。我的胃不会超过这条界线，满足需要后就适可而止。我的体质只能在饭后喝一点酒，因而我喝最后的一口也是最多的一口。希腊人在饭后用的酒杯比饭前用的酒杯大，阿那卡齐斯觉得奇怪。我想，德国人在开始战斗前拼命比赛喝酒，也出于同样原因。

柏拉图告诫孩子在十八岁前不要喝酒，在四十岁前不要喝醉；但是对于过了四十岁的人，他又劝他们尽情享用，在宴饮中大肆宣扬狄奥尼修斯的主张，这位好心的神，给青年人带来快乐，给老年人恢复青春；他使灵魂的情欲变得温柔婉约，像火使铁软化。在他的戒律中，这样聚在一起畅饮是有益的（只是要有一位头儿加以调节），因为醉酒对每个人的性格实在是一种良好积极的考验，同时也可鼓动上了年纪的人的勇气，参加歌舞作乐，这是些有益的、然而在他们心情平静时又不敢做的事情。酒可以调节心灵，增强体质，然而，如军事远征时期杜绝饮酒，官员和法官在执行公务或谈论国事时不得开禁，要做正事的白天和生儿育女的夜晚都必须避免，这些部分从迦太基人那里学来的限制，他也乐于遵守。

他们说，哲学家斯蒂尔波老迈年高，有意饮烈酒以求早日离开尘世。哲学家阿凯西劳斯本来已经年老力衰，也是同样原因窒息死亡，但不是有意如此。

圣贤不论如何聪慧，最终也会在酒的力量面前败下阵来，这早就已经是一个古老而有趣的问题了。

> 再强的智力也敌不过酒力。
>
> ——贺拉斯

自命不凡促使我们做出了多少虚荣事啊！天下最遵纪守法的人为了克服头重脚轻、飘飘然不知所以的缺点，就已经足够自己忙活的了。在一千个人里面，没有一个能够每时每刻都站直且站稳的；甚至值得怀疑的还有就是人的本性能否可以做到这一点。所以说能够做到始终如一，就是他达到的最终的完美；我认为即使没有任何力量做得到，却有千千万万的意外可能动摇我们的灵魂。大诗人卢克莱修徒然无功的用哲学辞藻夸夸其谈，他一旦饮下爱情的甜酒就失去了理智。谁会反对苏格拉底遇到中风结果还不是跟脚夫一样昏昏沉沉？有人在重病之中忘记了自己的名字，有人因为受了一点小伤动摇了自己的判断力。人不管如何聪明睿智总是人，还有什么比人更容易衰老、更可怜、更虚妄的吗？智慧对人的处境也不能强求。

> 在恐惧中，全身湿透，脸色苍白；
> 舌头抖索，声音微弱；
> 目光模糊，耳朵嗡鸣；四肢无力，
> 总之一切都垮了下来。
>
> ——卢克莱修

人在威胁之下眼睛眨个不停，推到深渊边上像孩子似的会哭。这全是天性使然；天性保留了这些细微的反应，也象征了自己的权威，是我们的理智无法克服和斯多葛派的道德无法取代的，说明人的易朽性和我们的虚妄性。他害怕时脸白，害羞时脸红，患上急性痢疾不是抢天呼地，就是鬼哭狼嚎。

人的一切对他都不陌生。

——泰伦提乌斯

诗人可以在诗歌中虚构一切，却不敢让主人翁不落眼泪：

他边哭边说，放开缆绳任其漂流。

——维吉尔

人只能控制和压抑自己的天性，却永远没有办法消灭天性。即使伟大的普鲁塔克对于人类的行为有完美和杰出的评论，但是当他看到布鲁图和托尔夸杜斯杀死亲生子的事实的时候，也不禁怀疑美德能否达到这样的地步，是不是还有别的情感在背后推动？我们往往把所有这些异乎寻常的行动说得阴暗可怕，是因为我们的看法既不能接受超过常性，也不接受低于常性的行为。对于另一个颂扬高傲的学派，我们暂且将它搁置一旁。但是即使在公认最温和的派别里，我们也能听到类似梅特罗道吕斯这样的豪言壮语："命运之神啊，我抢先一步，终于把你抓住了，我切断你的一切进路，不让你走近我的身边。"

当我们听到斯多葛持有的坚定不移的信条"我宁可变成疯子，也不愿淫逸"。这是安提西尼说的话；当塞克斯蒂厄斯对我们说，他宁愿选择痛苦欲绝也不愿沦落于纸醉金迷；当伊壁鸠鲁说风湿那种令人痛痒痒的感觉让他觉得非常舒服，他拒绝休息和康复，心甘情愿地挑战疾病，蔑视轻微的病痛，认为这种痛苦根本就不值得一提，他甚至还宣称说希望出现值得他去对付的大灾大难。

他从来就不把小猎物放在眼里，祈求可以从山上奔过来一头口吐白沫的野猪或另一种凶猛的野兽。

——维吉尔

谁不认为这是一颗猛烈跳动、随时会冲出胸膛的心？以人的常情来说，我们的灵魂永远达不到那样的升华和境界。只有思想灵魂摆脱常理，冉冉上升，指导着人激情澎湃、振奋腾飞，连它自己都会在事后感到惊讶不已。如同在异常激烈的战争中，战斗的炽烈经常会推动慷慨激昂的士兵奋不顾身地勇往直前，但是等他回过头来一看也会第一个吓得不知所措。诗人也有诸如此类的情况，他们经常会对自己的作品大力称赞，想不明白自己如何会有这样的神来之笔。原因也可用他们心中的燃烧的热情和疯狂来解释。柏拉图说，沉着的人敲不开诗歌的大门；亚里士多德又说，任何杰出的人物都免不了有点儿疯狂。任何一种超越我们平时判断和日常言辞的奋进行为，不论能得到大家多少赞扬，我们都有理由称之为疯狂。尤其是智慧，这是对我们心灵和思想的正常调节，以心灵为标准来和谐并有把握地引导我们的灵魂。

柏拉图曾经论证过，我们的能力不足以预测未来，我们必须在超越自己才能的基础上去洞察未来。那样，我们的谨慎小心，不会被睡眠或疾病堵塞，而是被灵感驱逐前进。

3 塞亚岛的风俗

如果说哲学问题的讨论——倘若如哲学家所说——本质上就是怀疑，那么，我这样信口开河，高谈阔论，更有理由被大家认为是怀疑。没有经验的新手提出问题进行讨论，最后一锤定音的是老师。我的老师代表着神意权威，他不容我们置疑地指导我们，超越了这些凡人的无谓争论。

马其顿腓力国王率领他的军队开进伯罗奔尼撒半岛，有人向达米达斯报告，如果没有他的帮助，斯巴达人将蒙受无穷的苦难。达米达斯回答说：“懦夫，死都不怕的人还痛苦什么？”也有人问亚基斯，一个人怎样才能活得自由和快乐，他回答说：“做到视死如归就可以了。”

所有这些话以及在这个话题上发表的无数类似的话语，很明显的说明了一个道理：除了耐心等待死亡之日来临之外人生中还有别的一些事情。因为在人生之中会发生许多事情，甚至还有比死亡本身更糟糕的事情需要承受。比如一名被安提柯俘虏，随后又被出卖给其他人当奴隶的斯巴达少年，主人逼迫他干贱活，他回答说：“你马上就会看到你买来了什么。自由就在我的眼前，要听你吩咐随时供你使唤，对我来说是奇耻大辱。”他说完这话就从屋顶纵身跳了下去。

安提帕特凶狠地威胁斯巴达人就范，那些斯巴达人回答说：“要是你威胁我们做事，这简直比死还令人难以忍受，我们会自愿地选择死亡。”当腓力下书说他会阻止斯巴达人的一切企图，他们又说：“开玩笑！你阻止得了我们选择去死吗?”

俗语说，智者是应该活多久就活多久，而不是能够活多久就活多久；还说，大自然赐给我们的最有利而且不需要埋怨自己处境的礼物，就是那把打开土地之门的钥匙。大自然只给了我们一个进入生命的入口，却给了我们成百上千个离开生命的出口。

可能我们没有足够的土地生存，但是一定会有足够的土地死亡；像博约卡吕斯对罗马人说的，我们绝不会缺少葬身安眠之地。你为什么总是在埋怨这个世界？它又不会苦苦留下你：如果你生活在痛苦之中，那是因为你的懦弱；死不死全凭你的意愿。

> 到处都是归程：这是上帝的赏赐，
> 生命都可以被夺去，而且死亡不能免除：
> 千条道路畅行无阻。
>
> ——塞涅卡

死亡是一种药：它不仅仅治一种病，而且能治疗所有的病。这是一座最可靠、最好找的港口，只要你用心去找，不用担心找不到。人无论是自己创造末日，还是忍受末日；走在日子前面，还是在耐心地等待日子来临，结局都是一样的。末日不论来自何处，来自何时，总是他的末日。不管生命之线断在哪里，它都是完整的，所断之处便是线团的终端。

心甘情愿的死是最美的死。生存要依赖他人的心态，但死只取决本人的意愿。在世上所有一切事物中，什么都比不上死那么适合我们的意愿。名声与此毫不相干，如果谁不是这么想，那么他一定是丧失了理智。如果选择死的自由都没有，都需要和人商量，甚至听从别人的控制，那么活在世上便无异于做奴隶。

治病的实质就是在消耗生命：开刀，烧灼，截肢，禁食，放血；如果向前再走一步，我们岂不是一劳永逸！为什么咽喉部位的静脉不像前臂正中静脉那么听从指挥？重病要用药性猛烈的药来治。语法学家塞维厄斯患了风湿症，他觉得最好的治疗方法就是敷上毒药，让两条腿彻底烂掉。腿不管怎么佝偻都行，只要自己没有感觉！上帝常常让陷入生不如死的境地，但是他同时也给了我们许多回旋的余地。

屈服于病痛是软弱的象征，选择延长病痛却是疯狂。

斯多葛派说，生活要顺其自然，尊重生活自身的规律。对于贤人来说，也就是应该在适当的时候离开人间。而愚人不管生活多么不幸，只要大部分生命要素在他们眼里合乎自然，他们还是迷恋生命。

我拿走自己的财产，划破自己的钱包，不算犯盗窃罪；我焚烧我的树林，也不触犯防火的条例，所以以此来看，我选择剥夺自己的生命，也不会被判谋杀罪。

赫格西亚斯说，选择生存还是死亡都应该取决于我们自己的意愿。

哲学家斯珀西普斯长期受慢性水肿的折磨，不论到哪里都要由人抬着行动。一次出去遇到第欧根尼，斯珀西普斯就对他喊："第欧根尼，祝你幸福！"第欧根尼回应说："你可是不太好啊，看你如此苦不堪言仍在忍受生命。"

确实，不久以后的一段时间里，斯珀西普斯无法忍受生活的磨难，自杀结束了他苟延残喘的生命。

肯定有人反对我在上面所说的话。许多人认为，我们由上帝安排在世间，不能没有上帝的正式命令就擅自离开这个岗位，上帝派我们来的目的不仅是为了我们自己好好生活，还也为了他的荣耀和服务别人，时间到了上帝自然会批准我们离开的，所以这个时间不应该由我们自己做主，要记住，我们不是为自己而是为国家而生的。法官会从法律的角度要求我们解释，然后又会以杀人罪起诉我们。否则，我们会在这个世界或另一个世界像渎职者那样受到相应的惩罚。

他们站着的地方就在附近，
那里充满忧伤，他们自戕而死，
用对岁月的憎恨把自己的灵魂投进地狱。

——维吉尔

对于我们来说，磨断身上的锁链要比挣断天更需要韧性，勒古鲁斯也比加图经受更多坚定的考验。匆忙和急躁使我们草率行事。无论遇到任何变故也不能背离生活的美德；美德永远在寻求不幸与痛苦作为养料。暴君的威吓，酷刑和刽子手，只会鼓舞它，使它生机勃勃。

在山上肥沃的黑森林内，
硬斧子往橡树上砍，
但是断枝、伤痕、甚至铁斧，
反而会使树木更加蓬勃盎然。

——贺拉斯

还如同另一个人所说的：

父亲，美德并不像你说的那样，
它不应害怕生活，
而是在苦难前决不转身。

——塞涅卡

在对抗之中，做到蔑视死亡并不难，
能够忍受苦难才是豪迈英雄的行为。

——马提雅尔

为了躲避命运的打击和生活的苦难，寻求一处洞穴和一块墓碑躲起来，这是胆小鬼的所为，不是勇敢者的作为。不论现实多么残酷，美德绝不应该因此半途而废，而是要继续走自己的道路。

任凭天崩地裂，美德岿然不动。

——贺拉斯

很多时候，我们为了躲避一些不幸而落入其他不幸，甚至有时会因为躲避死亡却不经意奔向死亡。

因为害怕死亡而死亡，岂不是疯上加疯？

——马提雅尔

就像害怕悬崖但是又朝悬崖扑过去的人，
害怕不幸却反而向危险扑去：
我想说最勇敢的人
不仅敢正视迎面而来的危险，
也善于避开偶然的危难。

——卢卡努

害怕死亡使人憎恨生命，憎恨看到光明，
会选择一死了之，
在绝望之中忘了苦难
才是害怕死亡的根源。

——卢克莱修

柏拉图在《法律篇》一书中宣称，每个人都是自己最亲密的朋友；在人的一生中，谁都不会一帆风顺，既不可能不受到公众评论的压迫，也不可能逃避命运造成的可悲而不可避免的意外，更是会遭到不可忍受的耻辱。那么如此就让胆小怕事，怯懦软弱，去剥夺那个最亲近的朋友的生命，切断人生的延续，这样的人应该得到可耻的葬礼和指责。

那些轻视生命的言论则更是可笑至极。因为我们的存在才是我们的一切，只有存在才能决定一切。除非出现另外一个更可贵、更丰富的存在，可以否定我们现在的存在；但是，如果我们轻视自己，如果我们不把自己当一回事，这却是一件违背自然的事情；这是一种特殊而独特的病，在其他任何生物中都不会看到这种相互憎恨、相互轻视的现象。

我们渴望自己可以脱胎换骨，渴望重新选择，做一些其他别的什么，但是这些都同样是一种妄想。这种渴望正由于自相矛盾和受到无法实现的现实的驱使而形成的，其结果也跟我们无关。希望把人变成天使的人，不会对自己有什么帮助，因为即使变成天使，也不会比原来更好。因为，他自己的生命已不存在，谁还会对他的改变感到兴奋和激动呢？

> 谁希望体验未来的痛苦和磨难，
> 那么他在痛苦来临的时候就必须存在。
>
> ——卢克莱修

用死的代价来换取这一生的平安、麻木、无动于衷和远离痛苦，这不会给我们带来任何好处。不能安享和平的人，即便是避开了战争也是无用。对无力享受安宁的人来说，想方设法避开辛劳也同样的没有意义。

持第一种想法的人，对下述一点非常地没有把握：什么样的时机才可以算是一个人决心自杀的最佳时机？他们称这是“理性的出路”（斯多葛派箴言）。道理很简单，虽然他们说使他们自己死的原因无足轻重，但是让他们继续活在世上的理由不是非常充分，但是我想这里面必然有一个尺度。

有时不仅仅是几个人，而是整个集体，在荒诞离奇的狂热下选择自杀，关于这些我已在前面举过例证。现在我们还可来谈一下米利都的少女，经过疯狂的策划，她们一批又一批地上吊自尽，以致事发后一位法官到达现场办理这件事大怒，下令以后如果有被人发现悬梁自尽的少女，将用绳子把尸体绑起来，赤裸着在全城游街示众。

克里昂米尼治军无方，他打过一场败仗，但是他并没有光荣殉职。斯莱西翁敦促他自杀，接受另一种十分体面的死法，不要让胜利者有机会强迫他忍受一种可耻的生或死。克里昂米尼满怀斯巴达和斯多葛的勇气，认为斯莱西翁的建议是一个只有懦夫与女子才能说出的忠告，因此明确地加以拒绝，他说：“对我来说，这种结束方法什么时候都是现成的，但是，只要有一线希望，我就不应该使用它；生活有时需要坚韧和勇气，让死亡也能精忠报国，成就一桩人们口口称赞的充满光荣和美德的行为。”斯莱西翁按照自己的意愿在那时自杀而死。克里昂米尼在经历尝试了命运的一切机会以后也那样做了。不是所有的痛苦都值得用死相抵的。

还有，人间总是会有那么多出人意料的变化，很难确切地说什么时候就到了希望的尽头：

被打败的角斗士躺在竞技场上心中还在盼望，
虽然观众把大拇指朝下，意识上让他死定了。

——邦达迪乌斯

古人说：一个人在世的时候可以期望任何事物。塞涅卡说："是的，这就是为什么我的头脑中一直记得的只有这句话'命运对生者可以无所不能'，而不是另一句话'命运不能为要死的人做什么'。"

我们还可以看到约塞夫陷入万分危急的危险境地，全体人民都起来反抗他，从常理来说他已经穷途末路，根本无法逃脱厄运；然而，像他说的，有时事情会违反一切情理，出现转机，那时候他有朋友劝他自杀，但是他一直毫不气馁，抱着最后一丝的希望，最后他摆脱了困境，一点都没有受伤。卡西乌斯和布鲁图斯则恰恰相反，他们只因事出仓促和决定的过于鲁莽，便过早地结束了自己的生命，这种行为使得他们有责任保卫的罗马自由政体毁于一旦。我看见无数的兔子逃脱了猎兔犬的利齿。"有人比他的屠夫活得长久。"（塞涅卡）

时代变幻不定，日子不计其数，
经常会给人带来更好的命运，
然后把它曾经打倒的人再扶起来。

——维吉尔

普林尼说，人类有权以自杀的方式来逃避的疾病有三种：其中最严重的就是尿道结石，这种病使尿不能排出；而塞涅卡则说，只有患了长期的严重的心理疾病才可以这样做。

也有人秉承着这样的观点：为了避免惨死，有人主张见机行事。伊托利亚人领袖达摩克里特斯，被押解到罗马，他趁黑夜逃了出来。但是身后卫队紧追不舍，他为了不再落入敌人的手掌，用剑刺穿了自己的胸膛。

伊庇鲁斯城被罗马人攻打，濒临绝境，安蒂努斯和西奥多图斯主张让老百姓集体自杀；但是，最后赞成投降的意见占了上风，他们一意孤行，朝敌人冲了过去，只想出击，却不思自卫。

几年以前，在戈佐岛被土耳其人攻下以后，一个西西里人亲手杀死他的两个待嫁的美丽女儿，接着又杀了闻讯赶来的母亲。这些事都做完以后，他带了一支弩和一把火枪上了街，一连两枪杀死两名朝着他的家门过来的土耳其人中的前面两个，接着又手持利剑，愤怒地朝人群冲过去，最后他受到团团包围，被踩得血肉模糊，他这样做，既可以使亲人避免奴役，又让自己也得到了解脱。

一个犹太妇女，在为孩子行了割礼之后，带着他们跳下悬崖以逃避安条克的酷政。有人对我说起这样一个故事：在我们的监狱里关了一名家庭出身很好的罪犯，他的父母得知他肯定要被判极刑后，为了不要死得太难堪，便托付一名神父对他说，最好的解脱办法就是祈求哪个哪个圣人，许一个怎样怎样的愿，八天内不管如何虚弱萎靡都要滴水不进。他相信了这些话，这样不知不觉地摆脱了生命，躲过了极刑的耻辱。

斯克里博尼亚给他的侄子里波出建议，与其等待法律下手，不如自己了断。斯克里博尼亚这样对他的侄子说，他现在保留了自己的生命，不选择去死，这只是待三四天后把生命交给来找他的那些人手里，那完全是成全别人，留着自己的血并拱手相让，去践踏他的生命和尊严。

据《圣经》记载，上帝法律的迫害者尼卡诺尔，派了卫队去抓慈祥善良的老人亚撒，亚撒品格高尚、受人尊崇，被大家敬称为犹太人之父。在抓捕过程中，他的门起火了，卫队士兵准备抓他，这位老实人发现自己已无路可退，他想选择慷慨就义，这样胜过落到坏人手里遭受凌辱百倍。他举起宝剑朝自己刺了下去。可是在匆忙之中这一剑没有刺准，随后亚撒老人从一堵墙上奔走，朝一群士兵中间跳下去。那些士兵往两旁闪开，给他留出一块空地，亚撒老人的头于是直接撞到了地上。虽然如此，他觉得自己尚未死去，用尽余力站了起来，全身鲜血淋漓，可谓遍体鳞伤。他分开人群，来到一处陡峭的岩石上，但是即使在最后一刻，他也不允许自己受到侮辱。他用自己的双手在身上扒开一个伤口，从里面掏出肠子，然后又撕又揉，朝着追上来的人直扔过去，要求在天作证的复仇之神为他报仇。

依我看，在所有侵犯和强制他人意志的暴力中，首先应该避免的是对女子贞操的暴力侵害，因为此种暴力侵害必然含有肉欲成分；因为这个原因，她们的拒绝可能不会十分坚决，被迫之中多多少少总是会有点儿自愿。佩拉吉亚和索弗洛尼亚两人都得到圣位，佩拉吉亚为了逃脱士兵强暴，和母亲及姐妹一道跳河自尽；索弗洛尼亚为了逃避马克桑修斯皇帝的威逼胁迫，也自杀而死。宗教史颂扬很多诸如此类的圣女事例，她们用死亡来保护自己，抵抗暴君侵犯他们的道德心。

未来的世界可能会庆幸这个时代出了这么一位学者，巴黎的学者，不厌其烦地劝告我们所处的这个世纪的妇女，如果遇上这类事并且感到绝望之后，千万不要做如此可憎和绝望的事。以前我在图卢兹曾经听到过一个有趣的故事，但是他没有把那个故事编在他的集子里，这使我感到非常的遗憾。那是一位落入几名士兵手中的妇女说的："感谢上帝，这辈子总算可以有这么一次。我不会有很强的负罪感但是却着实满足了一番!"

的确，法国人的仁慈与这些暴行是水火不容的；所以，我们也要感谢上帝，自从有了这个有益的忠告以后，我们的风俗的确也得到了净化。依据好心的诗人马罗的说法，她们只要在受到此类强迫的时候说声："不!"就可以了。

历史上随处可见这样的人，他们千方百计用死亡去结束自己痛苦的人生。

卢修斯·阿伦蒂厄斯，他自己曾经说，他是为了逃避未来和从前而自杀的。

格拉尼乌斯·西尔瓦尼斯和斯塔蒂乌斯·普洛克西缪斯，他们在被尼禄赦免以后自杀了；是因为不愿意受恶人之恩继续生活下去，也是因为尼禄生性多疑，动辄陷害耿直磊落的人，他们不愿经受他的第二次宽恕。

托米里斯王后的儿子斯帕加比斯，被抓住成了居鲁士的战俘，居鲁士下令给他松绑，他抓住这次松绑的机会就自杀了，原来，他对自由并无别的期望，只求一雪被俘的耻辱。

博盖兹是泽尔士国王派驻在伊翁的总督，一次他受到西门率领的雅典军队的包围。他拒绝在包括允许他带着全部财产安全返回亚洲等条款的和约上签字，他不能辜负主人的重托而苟且偷安。博盖兹守卫城市直到生命的最后一刻，在城里粮食一点都不剩的时候，他率先把所有的黄金和其他一切敌人可争抢作为战利品的东西都投入河中。然后，博盖兹命令点燃一大堆柴火，杀死他的妻子、孩子、女佣和仆人，然后扔进火里，最后他自己也跳了进去。

印度国王尼那切杜斯听到风声说，葡萄牙总督要剥夺他在马六甲的职权，然后把它交给冈巴国王，但是这些所作所为并没有明确的理由。尼那切杜斯于是私下打定主意。他命令手下建造一个狭长的高台，下面用柱子支撑，并且将它布置得花团锦簇，香气袭人。然后，他穿上一袭绣金长袍，长袍上面缀满了金光灿灿的贵重宝石。尼那切杜斯走到路上，然后走上台阶登上高台，在高台的一角燃烧着用香木堆成的火堆。人们纷纷前来，想知道他这些不同寻常的举动到底是为了什么。尼那切杜斯神色毅然，然后很不满意地愤恨的指出葡萄牙欠他的情，他那么忠于职守，他浴血沙场，向世人证明了荣誉比生命更加宝贵，他不能在自己身上违背了这个原则；虽然命运使他无法反抗强加到他身上的侮辱，至少他有勇气自由可以选择不让侮辱降临到自己身上，不要成为老百姓的笑料，不要让不如他的人因此趾高气扬，说完他就投入了火中。

赛克西里亚是斯考鲁斯的妻子，帕克西亚是拉贝奥的妻子，她们的丈夫都已经大难临头，她们其实完全可以置身事外，但是纯粹出于深厚的夫妻之情，她们为了支持和帮助丈夫躲开危险，在危急关头陪伴他们给予他们力量，甘心把自己的生命赔进去。

她们为丈夫所做的事情，科塞乌斯·纳瓦也为他的祖国做了，效果虽然不是特别的明显，但这些都出自爱情。这位大法学家，身体非常健康，声名卓著，对皇上具有很大的影响力，但是当他看到罗马国政每况愈下的时候，不由得幽愤自杀。

奥古斯都有一位近臣弗尔维乌斯，他妻子的死因十分微妙，我们也说不出什么新东西。一天早晨弗尔维乌斯去探望奥古斯都，在谈话中奥古斯都发现弗尔维乌斯把他告诉给他的一个重要秘密泄露了出去，虽然没有过多指责，但是脸上露出不悦之色。弗尔维乌斯回到家，感到十分绝望，神情凄惨地把一切都告诉了自己的妻子，还说事情落到如此地步，他已决心一死了之。他的妻子一片坦诚地说：“这不能怪你，是我平时不知检点，不约束自己的言语，使你习以为常，说话也就忘了分寸。等一等，你得允许我走在你的前面。”她不由分说，提起剑往自己身上刺去。

维庇斯·维里乌斯看到自己的城市被罗马军队重重围困，既得不到救援，也不可能得到罗马人的慈悲，在参议院最后一次辩论的时候，在多次发言之后，做出总结说现在最有意义的做法就是大家用自己的力量逃避这场厄运：如果他们这样做了，不仅会得到敌人的敬重，而且汉尼拔也会后悔他抛弃了多么忠诚的朋友。他邀请那些同意他的看法的人去家里聚餐，饱餐以后，他们又在一起喝送上来的饮料：“解除肉体上的痛苦、摆脱灵魂的侮辱，看不见听不见那些无情粗暴的征服者施加在被征服者身上的种种暴行。”他还说：“我还早就安排好了人，我们断气以后，有专人负责把我们扔进火堆。”

同意这项高尚决定的人有很多，但是照着他说的话做的人不多。一共有二十七名议员追随着他，他们竭力借酒消愁，宴会结束端出了这道死亡之菜；他们在一起悲叹国家民族的命运后相互拥抱，一部分人选择离开屋子，另一部分人选择留下来跟他一起葬身火海；由于酒进入血管阻延了毒药的发作的原因，他们死得非常慢。在第二天卡普亚就被攻占了，有的人只差一小时就会看到敌人出现在城内，他们几乎就要遭受花了如此代价希望逃脱的灾难。

执政官弗拉库斯·弗尔维乌斯曾经一手策划杀害了二百五十名议员，当他从那场血腥的大屠杀回来的时候，附近一名公民图莱亚·朱伯里乌斯傲慢地直呼他的名字并且还拦住他说：“你杀了那么多人，不妨把我也杀了吧，那样你就可以到处吹嘘，一个比你勇敢得多的人也被你干掉了。”弗尔维乌斯不屑一顾，把他当成了疯子（也因为他刚收到罗马传来的消息，指责这种做法不符合人道，这也束缚了他的手脚和行动），朱伯里乌斯继续说：“既然我的国家败亡了，我的朋友都死了，我又亲手杀死了妻子和孩子，免得她们遭受亡国之痛，我又不能像我的同胞那样去死，让我用高尚的德操来惩罚这个丑恶的人生。”只见他抽出暗藏的匕首，一刀砍向胸膛，仰天倒下，死在了执政官的脚下。

亚历山大围攻了印度的一座城市，城里的人看到兵临城下，就下定决心不让亚历山大尝到凯旋的乐趣，尽管亚历山大宣称会实行人道统治，但是全体居民还是宁愿跟城市一起在烈火中消逝。这是一场新的战争：敌人进行战斗是为挽救被围困的人，但他们却努力要毁灭自己；常人为了活着而做出一切行为，他们却为死在奋斗。

西班牙城市阿斯塔巴，城防不固，基本上挡不住罗马人的进攻。城中居民把他们的财富，把他们所有的家具堆积在广场上，在堆积物顶上有一排排女人和孩子，四周都铺满了木材和点火即燃的东西，再留下五十名身体强壮的人来执行他们的计划：他们为自己安排了一个出路，如果无法战胜就发誓要在一起自杀。这五十名壮士，把分散在城市各个角落的活人全部杀光后，点燃广场上的家具堆，自己也投身火堆，慷慨激昂地归于沉寂，而不愿忍受痛苦与耻辱；同时又向敌人表明，如果命运眷顾，他们是有勇气和力量打败他们的，就像他们有能力让敌人感觉到胜利得不偿失和令人厌恶。被熊熊烈火中的黄金惹红了眼的敌人，还因此送了性命，他们蜂拥而至，退路却被后面的人堵住，最后他们都在大火中窒息而死。

阿比杜斯人受腓力的包围，也下了同样的决心。但是可以任由他们支配的时间非常少，计划分散到各处火烧或水淹的金银财物很早就已经被敌兵缴获了。腓力国王担心他们在仓促中胡乱砍杀，下命令军队撤退，给他们三天时间自由决定自杀的时间和方式；这三天真是无法形容的恐怖，血流成河，尸堆如山，残酷和血腥程度远远超过敌人可能施加的对待，凡有力气自杀的居民没有一个人愿意苟活。

类似的民众集体自杀的例子不胜枚举，而且由于影响极普遍而更让人觉得难以接受。理智没有办法对个人产生深刻的影响，却可以影响众人的情绪和举动；在群情澎湃中无法保持个人的看法。

在提比略时代，被判决执行极刑的囚犯会丧失他们所有的财产，也失去了埋葬的权利。但是以自杀的方式提前结束生命的人却可以得到安葬，并且享有订立遗嘱的权利。

但是在有的时候，有人想死是希望得到更多的好处。圣保罗说，“情愿离世与基督同在”“谁能救我脱离这求死的身体呢。”克利奥姆布罗特斯·安勃拉西奥塔读了柏拉图的《斐多篇》后，对未来的生活产生了强烈的憧憬，而且没有别的理由，便跑去跳了海。从上面这些可以看出，我们常把这类自愿的结束生命的行为称为绝望是多么不恰当，经常是炽热的希望、高深的修养和内心的渴慕才诱使我们这样做的。

苏瓦松主教雅克·杜·夏斯特尔跟随圣路易到了海外，当他看到国王带领整支军队在返回法国，让传教活动半途而废的时候，就下定决心宁愿进入天堂也不愿离开。他向所有人告别以后，在众目睽睽之下，孤身冲入敌阵，结果被乱刀砍死。

在新大陆的某一个王国的一次庄严肃重的赛神会上，人们把崇拜的偶像放在一辆巨型的车子上走遍大街小巷，这时就会看到许多人会从身上切下一片肉献给偶像，还有其他许多人匍匐在广场上，等待车轮把他们的身子碾得粉碎，死后可以升天。

雅克·杜·夏斯特尔主教身执武器死去，我们更多地看到了崇高，而不是伤痛，因为他的很大部分的感情已被战斗的热诚代替。

有的政府致力于管理有关主动死亡的合理性和时机。在我国马赛，以前会由国家出资配制一种用毒芹制成的毒药，供给想要自尽的人使用。首先这些想要自尽的人须向他们的六百人议会陈述自寻短见的理由，并只有在法官宣布同意和选择合适的日期后才可以动手。

这样的法律在别处也有。塞克斯图·庞培到了亚洲并且经过内格勒蓬的塞亚岛。他的一名随从告诉我们说，庞培在那里时恰有一位威严的夫人，向同胞们讲述了她决心自尽的理由，她请求庞培参加她的葬礼，这样会使她的死增添一份光荣，庞培按照她说的这样做了。在答应她之前，庞培努力说服她放弃死的念头，煞费苦心地劝她改变初衷，但是没有成功，最终无奈之下才让她满足自己的要求。她在非常幸福的精神和身体状态下生活了九十年；那时候，她躺着并用单臂撑在布置得比平时精致许多的床上，她说："哦，塞克斯图·庞培，我要离开的灵魂比我要去见的神灵更加感谢你没有拒绝做我生时的谋士，死时的见证！对我个人来说，命运一直待我不薄，由于担心活得太久会看到事物的另一面，我度过了幸福的晚年生活，尽享了天伦之乐，再向我的余生告别，留下两个女儿和一大群外孙。"随后，她又谆谆告诫家人要团结和睦，接着，在分配财产和把家里供奉的诸神介绍给长女以后，最后她用一只手稳稳地举起盛满毒药的杯子；她向墨丘利神许愿，还祈祷墨丘利神把她引导到另一个世界，坐上一个好位子，然后，她很快喝下了那杯毒药。她完全可以意识到药性的发作，她的四肢和躯体一点点的慢慢地变冷，最后她说感觉到药性已经到达心脏，叫来女儿尽最后一份孝心，为她阖上眼睛。

普林尼曾经谈到北方一个国家，说那里气候温和，人的生命通常都由人们自己决定；这样一来他们到了很大的年龄之后通常会厌倦人生。有这样的习俗：宴庆一顿以后，走到专为结束生命的悬崖上跳入海中。

为了避免难以忍受的痛苦和更为悲惨的死，很多人选择提前离开人世，我觉得都是可以宽恕自杀的理由。

4 公事明天再办

在我们所有的法国作家之中，我认为有理由把棕榈枝献给雅克·阿米奥，不仅仅因为他的语言自然和纯洁——在这方面他可以说是鹤立鸡群，在工作长期不懈，兢兢业业，知识博大精深，还因为他竟然能够那么通畅地解说一个如此棘手和难懂的作者的思想（你完全可以跟我这么说：这是因为我对希腊语一窍不通；虽然我不懂，但是我感到他的译文中处处文采飘逸，结构严谨，这如果不是他确切地理解了作者真正的思想，便是他长期阅读普鲁塔克的著作，使普鲁塔克的思想深深扎根在自己的灵魂中，至少没有歪曲他的思想或是增添什么）。

此外，我尤其感谢他的分辨能力，懂得选择一本十分高贵十分适时的书，献给自己的国家；如果这部书还不足以让我们明白事理，那么我们真是愚笨的没有办法了。有了这部书，我们才敢在这个时刻既能说又能写；妇女用它指导学校教师；这是一本应该和我们日日相伴的书。

如果这位好人仍然存活于世间，我一定会请他帮忙翻译色诺芬的作品，这是一件更轻松、也更适合老年人做的工作；虽然他遇到难题时总是能够应付自如，但是也不知道为什么我总觉得在困难不大而且允许他自由驰骋的地方，他的风格更见自然。

这时刻，我正读到普鲁塔克谈到他自己的一个章节。他说拉斯蒂克斯曾经参加他在罗马举行的一次演讲，其间收到皇上的一封信，直到会议结束他才打开，（据他说）全部参会人员都高度赞扬这位人物的严肃。的确，普鲁塔克在这一章讨论的是好奇；对意外事物的贪婪和难以抑制的热情，经常使我们为了讨好一位陌生的来客，冒冒失失、迫不及待地放下手头的事情和新来的人交谈；我们不论在哪里，都经常会不顾礼节的贸然拆开送上来的信函；他称颂拉斯蒂克斯的稳重是有很大道理的，同时还可以对他不愿打断演说的礼貌行为和周到表扬一番。

但是我怀疑人们是否应该称赞他的智慧；因为突然间收到信件，尤其是皇帝的信函，迟迟不启封很有可能会造成损失和遗漏重大事件。

好奇心的反面是漫不经心，显然，我的气质决定了我是后面这种人，而且我也曾见过许多人漫不经心到了极致，他们收到信后往往会在口袋里放上三四天还不想去拆开它。

我从不开启别人托我转交的信，也不偷看由于种种原因落入我手中的信；当我和一位大人物在一起的时候，偶尔不小心瞟到他正在阅读的重要信件，我在良心上会非常不安。再也不会有谁比我更不爱打听和干预别人的事。

在我父辈的时代，德·布尔蒂埃尔先生镇守都灵城，有人交给他一封信，信里面提到一个妄图夺取这座城市的阴谋，当时他正与客人在宴席上高兴地吃着，没有及时阅读手下送来的情报，差点丢了这座城市。我也是在普鲁塔克的书里读到，朱利乌斯·恺撒在被阴谋者密谋杀害的那天，如果他在去元老院的路上读一读别人交给他的密函，他也许就完全可以逃脱。底比斯的暴君阿基亚斯亦是如此，佩洛庇达企图在国内恢复自由制度，想要阴谋杀害他，另一位雅典人也叫阿基亚斯，闻讯之后马上给他写了一封信，把这些策划详详细细地告诉他，但是他哪里想到晚上信送到时阿基亚斯正在用餐，他准备稍后再看，还说了一句后来成为希腊一句名言的话："公事明天再办。"

照我的看法，贤人如拉斯蒂克斯可以为了其他人的利益，为其他人考虑，不想失礼的中断会议，或者为了避免打断正在进行中的大事，立即去看清楚看明白人家给他捎来的消息；但是所有公务在身的人，为了他自己的个人利益或偏好，不让别人打断他的宴席或中止他的好梦，这么做就是不可原谅的。我补充一句，在古代罗马，被称为"执政官席"的是宴席的上座，居于最方便到达最显著的位置，这样就会方便让有事而来的人向坐在席上的人报告事宜。这说明，即使是在餐桌上也要片刻不忘国家大事和时刻提防意外事件的发生。

话虽这么说，但是如果用理智的推理来给人的行动确立一条确实的规则，同时又不让命运行使自己的权利，这是很难两全其美的。

5 论良心

内战时期，有一次我和我的兄弟勃鲁斯领主外出旅行，途中遇见一位风度翩翩的绅士，他属于我们的敌对派别，但是我并不知道，因为他掩饰得天衣无缝，这场战争有一个最糟糕的地方，就是局面异常复杂，无论是从外表、语言还是穿戴来说，敌人和你都基本上差不多，双方共同遵守同样的法律和同样的习俗，呼吸同样的空气，相互混淆。我很害怕在人地生疏的地方遇到自己的部队，这时必须要说出自己的名字，但还是生死难卜。以前我就曾经遇到过这样的事，在那次不幸的遭遇中，我损失了很多，不但如此，他们尤其凶残地杀害了我悉心照料的一名意大利随从，我很细心地培育过他，但是一个年轻的生命、一片光明的前程就这样消失了。

但是我们遇见的这位绅士显得惶恐不安，他每次遇见骑马的人向他奔过来，穿越这片效忠于国王的城市时，都吓得几乎晕死过去，我终于可以猜到他的恐惧是从他的心里来的。这个可怜的人仿佛感觉到，人们透过他的面具和外套上的十字看到了他心中的图谋。心灵的力量竟是那么奇妙和强大！良心使我们背叛，使我们控诉，使我们战斗；在没有外界证人的情况下，良心会谴责我们，反对我们：

它心如铁石，挥动无形的鞭子抽打我们。

——尤维纳利斯

这已是众所周知的故事：一名帕奥尼人贝苏斯，被人指证说他故意打下一个鸟窝，还杀了小鸟，他觉得自己做得有理，因为这些小鸟片刻不停地指责他害死了自己的父亲。到此时为止，并没有任何人揭发这桩弑父案，案情始终无人知晓；但是他的良心开始申冤，使这个背上沉重赎罪包袱的人无法自制。

柏拉图认为，惩罚紧随在罪恶之后，希西厄德纠正了柏拉图的说法，他说惩罚是与罪恶同时起步的。等待惩罚的人已经备受惩罚之苦，应受惩罚的人必受惩罚。恶意给满怀恶意的人带来痛苦，做坏事的人最容易吃尽做坏事的苦！

正如黄蜂蜇人伤害了别人，但是它自己受到最大程度的伤害，因为它从此失去了自己的刺和力量。

它们在伤人的同时失去了生命。

——维吉尔

由于自然界的矛盾对立关系，斑蝥身上可以分泌一种自身毒液的解毒素。所以，尽管人在作恶时感到很高兴，良心上却会截然相反，产生一种罪恶感，引起许多痛苦和联想，令他寝食不安。

这样的罪人不仅仅是几个，他们在睡梦中或在谵妄中自怨自艾，泄露了长期隐藏的罪过。

——卢克莱修

阿波罗多罗斯梦见自己被斯基泰人剥掉了皮，继而放进汤镬里煮，他的心悄声抱怨说："你所有的痛苦都是因为我引起的。"伊壁鸠鲁说："坏人无处藏身，因为无论他们躲在哪儿都不会得到安宁，良心使他们无法躲避自己的眼睛。"

没有一名罪人能在自己的法庭上得到赦免，这才是主要的惩罚。

——尤维纳利斯

良心使我们充满畏惧，也同样使我们安心和充满信心。在人生道路上我敢说我经过许多险阻，但是我步伐始终不乱，就是因为我对自己的意图了解得很透彻，自己的计划光明正大。

人的内心充满恐惧还是希望，全凭良心的判断。

——奥维德

这样的例子不胜枚举，只需举出同一个人物的三个例子。

有一次西庇阿在罗马人民面前被指控犯了一桩人罪，但是他既不为自己辩护，也没有讨好法官，反而却对他们说："好哇，归根结底你们还不是靠了我才有权利审判每个人，如今竟要起我的脑袋来了。"

又有一次，人民法庭要对他起诉，他也没有为自己辩，只是侃侃而谈："来吧，我的公民们，去拜谢神祇，在今天这样的日子里，让我战胜了迦太基人。"说完，他朝寺庙走去，所有在场的人，甚至包括指控他的人，全都跟在他的后面。

又一次人民法庭应加图的要求，传讯西庇阿，要求他对安蒂奥克省的一切开支做出汇报，西庇阿专程为此事来到元老院，从袍子下面取出账本，说账本里列明了确实的收支账目；但是他不同意把它转交给法院档案室保存，说他不愿意自取其辱，于是在元老院他当着众人的面亲手把账册撕成碎片。我不相信，如果心灵处于煎熬之中，他还能够保持如此地镇静。李维说他天性慷慨豪爽，一向虚怀若谷，他绝不会像一个罪人一样，低声下气的去声辩自己是无辜的。

刑罚是一种危险的创造，它似乎更多的是考验忍耐，而不是考验真理。能够忍受苦刑的人会隐瞒真情，不能够忍受苦刑的人也会隐瞒真情。痛苦能够使我供出一切事实，为什么就不能使我供认非事实的一面呢？反过来说，如果说一个人没有做被人控告的事，他会有足够的毅力忍受痛苦的折磨，罪有应得的人难道就没有耐性忍受这些折磨，去获得更加美好的生命的补偿吗？

我相信这项发明的理论依据是建立在良心力量的基础之上的。因为，对罪犯来说，良心的折磨足以使他坦白罪行，使他心力交瘁；但是与此相反，无罪的人则会变得更加坚强，绝不会畏惧苦刑。说实话，这个方法充满不确定性和危险性。为了逃避如此严重的苦痛，什么话不会说，什么事不会做呢？

痛苦会迫使无辜的人撒谎。

——普布利流斯·西鲁斯

审判者折磨人的目的是为了不让他清白死去，而结果是他让那个人在受尽无尽折磨后清白死去。成千上万的人受不了拷打，他们的脑袋里产生出假的忏悔。我想到亚历山大审判菲洛特斯的情景，以及菲洛特斯受折磨的整个过程。我这次要特别以菲洛特斯作为例子。但是有人却说，苦刑充其量只是软弱的人类所能创造的最无害的东西。

但是依我看来苦刑也是最不人道、最没有意义的发明！有许多被希腊和罗马称为野蛮的国家，在这方面却远远不及希腊和罗马野蛮，他们认为折磨和杀害一个对自己的错误还只是心存怀疑的人，是非常可怕和残忍的事情。你不想毫无缘由地杀他，但是你对他做的事却比杀他还糟糕，你不是一直都很公正吗？事情就是这样：很大程度上他不明不白地死去，也不愿知道处死他的原因，这种审讯往往比死刑还令他痛不欲生，这等于在执行死刑以前就已经把人处决了。

我不知道从哪儿知道的这个故事，但是它正确地反映了司法的良知。

一名村妇在一位军队司令兼大法官面前控诉一名士兵，说这名士兵抢去了她喂几个小孩的仅存下来的一点点面糊，这支军队早就已经把四周村庄掠夺一空。但是她没有证据来证明她所说的一切是真的。将军要妇人好好想想她说过的话，如果她撒谎的话将要承担诬陷的罪责，这名妇女坚持不改口，确定无疑。将军于是下令剖开士兵的肚子验证事实真相。结果证明这名妇女说的话是对的，罪证确凿。

6 论身体力行

推理与学识，即使我们有意识地对这两种能力赋予全部的信任，这也不足以指导我们的行动，除非我们的心灵还曾经经过实践的考验与培育，勇敢面对生活的历程；不然，在真正行动的时候，我们仍会感到左右为难。

所以，那些梦想着取得更大成就的哲学家，不甘心在和平和荫庇中等待命运的残酷，害怕一旦时乖运蹇，他们自己在人生斗争中尚为一个缺少经验的新手。他们主动地迎上前去，自愿接受困难的考验。有的人抛弃家中一切，心甘情愿过贫困潦倒的生活，有的人去做工，节衣缩食，磨炼自己吃苦耐劳的精神。还有人舍弃身上最宝贵的肢体和器官，比如说眼睛和生殖器，因为他们担心纸醉金迷、声色犬马的生活会腐化他们的意志和腐蚀他们的灵魂。

死亡是所有人一生中要完成的最大的事业，但是对此我们却无法身体力行。我们可以通过习惯和经验变得坚强，克服痛苦、耻辱、清贫或者其他逆运；但是死亡，无论是谁都只能试验一次。我们在经历死亡的时候全部都是没有经验的新人。

古时候有一些人非常善于利用时间，他们试着体会和品尝死亡，他们聚精会神地观察走在死亡道路上究竟是怎么样的感觉和情况；但是他们从来没有一个人回来向我们提供任何信息：

没有人可以在冰冷的死亡中
安息后又再醒过来。

——卢克莱修

加尼乌斯·朱利乌斯是罗马贵族，一个极有道德极其坚强的人，被恶魔卡里古拉皇帝定为死罪时，他表现坚韧不屈，令人叹服，在他即将遭受到刽子手的大刑时，他的一位哲学家朋友问他：“加尼乌斯，你此时此刻的心情怎么样？在做些什么？在想些什么？”加尼乌斯·朱利乌斯回答说：“我的思想在聚精会神的作准备，要知道在这个稍纵即逝的死亡时刻，我要了解一下，能不能看到灵魂远去的情形，会不会有灵魂离我而去的感觉，如果我以后又能回来，我会告诉我的朋友。”这个人一直到死还对死亡进行哲学探讨。在如此紧要关头还有心思想到其他，要把死亡作为课题研究，这是多么自信，是多么勇敢和自豪！

他在临终的一刻依旧牢牢地控制着自己的灵魂。

——卢卡努

但是，我似乎觉得有某种方法可以让我们亲近死亡，也可以一定程度上体会死亡。我可以进行试验，虽不完整也不完美，但是至少不是毫无用处的，这可以使我们更加坚强和自信。若不能亲身体会死亡，但是可以接近它，可以仔细观察它；若不能进入死亡国度，至少可以看到和踏上进入这个王国的道路。有人叫我们多看我们自己的睡眠状态，那不是没有道理的，因为睡眠和死亡确有一些相似的地方。

我们从清醒状态进入睡眠是多么容易！我们失去光明和意识又是多么不在意！

睡眠使我们失去一切行动和感觉，表面看来这是没有一点功用和违反自然规则的，除非大自然想通过这个现象告诉我们：它可以让我们生，也可以让我们死；自从我们有了生命，它就在向我们展示它给我们这辈子准备的不朽状态，为了使我们对此习惯并且适应，解除不必要的害怕心理。

但是依我的看法，那些遇到突发事故猛然间心力衰竭的人，那些失去一切知觉的人，他们是凑近并且看到了死亡的真正面目；因为，说到过程中的瞬间和某一点，我们无需害怕它包含着痛苦或者悲伤，因为根本就没有时间去感觉。受痛苦是需要时间的，但是因为死亡的时间是非常短促的，所以必然人无法体会那种感觉。我们害怕的是走向死亡的过程，因为接近死亡是可以体验的。

有许多事物在想象中好像要比在实际中夸张很多。我整个生命中大部分时间都身体健康；甚至可以说得上是精神抖擞，热情奔放。这种充满青春活力和快乐的状态，使我一想起生病就觉得十分恐怖，然而到我真的得了病，却觉得病痛跟畏惧比起来简直就显得微不足道。

我天天有以下的这种感觉：如果我在一间舒适温暖的客厅里，而外面黑夜中风雨交加，我为那些滞留在旷野中的人们感到不安和悲伤；但是如果我自己也正在遭受风雨的袭击，就绝不会去想其他别的事情了。

整天关在房间里，似乎是我唯一无法忍受的事，有时迫不得已在里面待上一星期、一个月，就忧心忡忡，衰弱无力，这时我会发觉健康的时候往往会比生病的时候更容易同情病人；因为生病时我要同情的是自己。我的想象力把事情的本质和真实特点几乎扩大了一倍，我希望我对死亡的想象也是如此，不值得我兴师动众，大惊小怪，只怕承受不了死亡带来的沉重的压力；不管怎么样，我们在面对死亡的时候是不可能占有优势的。

我已记不清了在我们第三次还是第二次宗教战争中，有一天我离家走出一里地。法国内战时期，我的家处在兵家必争的位置。但是那次我觉得自己离住所很近，不会有危险，也就没有必要全副武装，只是拣选了一匹容易驾驭、但是稍嫌单薄的马。在回来的路上，突然这匹马变得不听驾驭，使我对它无可奈何；我的一名仆人粗壮有力，他骑在一匹棕色骏马上，马不听使唤，雄赳赳脾气暴烈；为了表现自己胆量过人，他跑在别人前头，策马朝着我直冲过来，像座大山般沉重地压向我和我的马，于是人仰马翻，那匹马躺在地上晕头转向，我跌出十几步远，仰天躺在地上昏死了过去，脸上血肉模糊，手提的宝剑也摔在十步以外，我的腰带断成几截，我不能动弹，也没有知觉，就像一段朽木。

这是我这辈子唯一的一次昏迷。跟我同行的人想尽一切办法要叫醒我，但是他们都没有成功，于是就以为我已死去，抱着我好不容易才回到了半里外的家。

整整两个小时他们都以为我真的已经死了；后来在路上我开始动弹和恢复呼吸；由于胃部贮血太多，身体的自然反应要调动体力把血吐出来。他们扶我站起来，我站着吐出来满满一桶血块，一路上这样反反复复好几回。我也因此恢复了一点生命和精力。但是在很长一段时间里我隐隐约约感觉到我的原始感情接近死亡大大超过接近生命。

灵魂还没有找到归路，
惊慌失措，飘忽不定。

——塔索

这件事深深地印在我的脑海里，十分贴近地向我展示了死亡的面孔和形象，在我和死亡之间建立了某种协调的关系。当我开始注视死亡时，我的视线那么模糊、微弱和暗淡，除了光以外什么都无从辨别。

眼睛时而张开，时而闭上，
人处于睡眠与清醒的半道中。

——塔索

心灵的反应跟肉体的反应是一致的。我看见自己满身是血，因为我的紧身短上衣上沾满了我吐的血。我第一反应是头上中了一枪；的确，在我们周围有人同时放了几枪。我觉得我的生命悬于一线；我闭上眼睛，好像是自己把自己的生命向外推，很乐意就这样懒洋洋地让生命消逝。这个想法浮现在脑海里，一个轻轻的淡淡的想法。实际上不仅没有不愉快的感觉，甚至还掺杂慢慢入睡时的舒适感。

我相信，临终前奄奄一息的人大概就处于这种状态；我还觉得，我们通常情况下认为他们一定是全身痛苦不堪或者灵魂深感不安而同情他们，我想都没有什么道理。这一直是我的看法，不管其他人甚至艾蒂安·德·拉博埃西的意见如何。我们看到有些人倒地毫无知觉，接近死亡；或长期卧床不起，或者因中风或者因癫痫而虚弱和昏沉，或者伤及头部的人……我们可以听到他们的呻吟，有时还唉声叹气，声音刺耳，让我们把声音和动作看作是他们身体的反应；我们会觉得他们的灵魂和肉体已经麻木，已经被埋葬。

一个人经常抵不住病魔的暴力，
像遭受雷击一般，在我们的眼前倒下，
他口吐白沫，痛苦地呻吟，四肢发抖；
他谵妄、肌肉抽搐、挣扎，喘气，在全身乱颤中衰竭。

——卢克莱修

他活着，但是没有意识到自己活着。

——奥维德

我不会相信身体在受到无比大的震动，感觉受到无比大的摧残的时候，灵魂还能有足够的力量使自己保持清醒；我也不能相信他们还有理智可以感到痛苦，感到自己不幸的处境，综上所述我认为他们没有什么需要怜悯的。

一个人的灵魂感到悲伤但却又无法表达，我想象不出还有更难以忍受的可怕状况。就像我说的那些被割了舌头送上刑场的人，沉默无语，再加上一张严肃没有任何表情的脸，这简直就是死亡的最好写照。我还要说说那些可悲的俘虏，他们落入卑鄙下流的现代刽子手——士兵之手，受尽形式多样的残酷的苦刑，屈从一些骇人听闻的勒索欺诈行为，而且在他们的那种处境之下，根本就不能对自己的思想和苦难有任何表达或者是流露。

诗人却创造了一些神，让那些正在慢慢死去的人说出他们心里的想法。

按照神意，我把这根头发带给普路托，
帮助你离开你的躯体。

——维吉尔

有人冲着他们的耳朵大声喊叫，呼天抢地；他们被迫发出一些不相连贯的片言只语，做出好像招供的样子，这些都不能说明他们还活着，至少他们不是完全活着。我们在真正入睡前口出呓语，我们会像在梦中一样看到周围发生的事情，我们会模模糊糊地听到别人说的话，好像这些话停留在大脑的边缘；另外，对于别人跟我们说的最后几句话做出地回答，我们也是胡诌地多，有意义地少。

现在我有了经验，毫不怀疑在此之前我没有做出比较好地判断。首先，昏倒的时候我用指甲撕裂我的紧身衣（盔甲已经溃乱），在我的印象中也感觉不到疼痛，因为有许多行为是不受我们控制的。

半死不活时，手指痉挛，抓住那把剑。

——维吉尔

倒下的人由于自然的推力，会把双臂朝倒下的方向伸出去，这完全是一种本能的反应，说明四肢配合大脑一致行动，有时它们的行动不受到理性的控制。

> 有人说，战车上的大刀砍断四肢，
> 肢体落在地上还在动，
> 伤害来得是那么快，
> 灵魂与身体甚至来不及感觉痛。
>
> ——卢克莱修

凝结的血块压迫我的胃，无需大脑的指示，我的双手本能地揉着胃部，如同挠痒一般。有不少动物，甚至是人，在死亡以后，还可以看到他们的肌肉伸缩抽动。每个人都有以下这样的体验：身体的某些部位在运动的时候，或者直起或者倒下，是不需要得到同意的。这些动作在表面上呈现，这些不能说是我们的动作；要使这些动作成为我们自己真正的动作，必须整个人都投入进去，实际上我们睡眠时手脚感到的痛不是我们的痛。

离家愈来愈近，我坠马的消息早已传开，我回到家里去时，家里人全部都过来迎接我，遇上这类事他们总是喊喊闹闹的。他们说，我不但回答了几句别人的问话，而且当我看到妻子在那条凹凸不平的小路上磕磕绊绊的时候，还想到要给她准备一匹马，这种意识和考虑就好像是头脑特别清楚的人才会有的，实际上，我的脑袋是空的，我的思想模糊不清。其实这完全是无意识的、飘离的想法，全是耳目的感觉引起的，这不是我内心的真正的意识。我不知道自己从哪儿来，也不知道自己要到哪儿去，也不能对别人的要求进行斟酌思考，这是感觉产生的轻微反应，这些反应就像一些习惯动作一样；灵魂的作用非常微弱，就像在梦中一般，感觉里只留下淡淡的、水一样的痕迹。

然而，我的状况说实话是相当美妙相当平和的。我既不为别人难过也不为自己难过，这是一种疲倦，还可以说是一种极度的衰弱，然而却没有一点痛苦。我能看见自己的家但喊不出来，别人让我躺下，我感觉到休息当中有着无限的温馨，因为我被这些可怜的人折腾得半死，他们辛辛苦苦的用双臂抬着我走了很长时间，道路凹凸不平，中途累得换了好几次手。

他们要我吃好多药，但是全被我拒绝了，我坚持认为自己头部受了致命的伤。说实话这样死去会很幸福的；因为思维上的损伤使我对什么都不能做出判断。我虚弱的身体令我没有任何感觉。我任由自己的思想到处漂流，那么温柔淡然，我不觉得还会有其他什么动作比这个动作更加飘飘然。我在两三个小时后又活了过来，恢复了力气和思维：

终于我的感觉又恢复了活力。

——奥维德

我同时重新有了疼痛的感觉——我在堕马的时候四肢伤得不轻，接下来的两三个夜晚都是非常难受，仿佛又死了一回，但是这回死得却不是那么平静，现在还感受到那时辗转难眠的情景。

有一件事是我不想忘记的，就是我最后想到的事竟是回忆这次意外；在我恢复意识以前，我总是要别人复述好几遍——我到哪儿去，从哪儿来，这件事是什么时候发生的。至于关于我是怎么跌下马的事情，为了保护肇事人，他们全都瞒着我，另外编了一套说法来骗我。但是到了第二天之后，我的记忆渐渐开始恢复，我想起了那匹马冲向我身体的那一刻（因为我看到马紧紧跟在身后，我当时以为自己已经死了，但是因为这个想法来得太突然，我根本没有时间害怕），我觉得是一阵闪电使得我灵魂战栗，便从另一个世界回来了。

这是一件无关紧要的事，除了从中我可以得到我所要的体会，提起它根本就不能说明什么问题。因为事实上，我认为要习惯死亡，必须要接近死。像普林尼说的，每个人都是自己最佳的研究对象，只是他必须有能力从近处去观察自己。这里谈的不是我的学说，而是我的研究，这不是给别人上了一课，而是给自己上了一课。

我把这件事告诉大家，大家不要因此而责怪我。对我有用的东西，也非常有可能对别人有用。同样我没有糟蹋东西，我只是很好地利用自己的东西。我若做的是蠢事，只会对我自己造成伤害，而跟别人的利益没有任何关系。因为这种疯狂正从我身上消失，它不会产生任何后果。我们知道即使是古人，他们中也只有两三位曾在这条路上探索过。我们知道的仅仅是他们的名字，也就没有办法判断他们的经验跟这次经验是不是相像。之后，也没有人踏着他们足迹继续前进。

捕捉飘移不定的思想，深入漆黑一团的心灵角落，选取和抓住细微闪烁的反应，的确是一种棘手的、比表面复杂得多的尝试。这也是一种特别的打发时间的新方法，使我们摆脱世间惯常的甚至最被看重的事务。近些年来，我只是按照我自己的思想设定自己的目标，我只想检验和研究自己；如果我研究其他什么事，也是为了在自己身上——或更确切地说——在自己心中得到印证。我并不觉得自己有什么错，就像在其他那些如果不比较就一点用处都没有的学问中，虽然我对自己的努力不是很满意，但是我会把学到的东西公之于众。

和任何其他描述比起来，自我描述是最困难的，当然也最有意义。我们去公共场所的时候还要梳头，还要梳妆打扮呢。我不停地在描述自己的过程，也是不停地修饰自己的过程。夸耀经常是令人厌恶的，因为它总是与自我吹嘘同行，大家习惯上把谈论自己看作是一种恶习，这种行为历来遭人忌讳。

给孩子擤鼻涕，结果却把他的鼻子给拧了。

害怕错误反而导致恶癖。

——贺拉斯

我觉得这帖药弊大于利。但是，即使在公众面前谈论自己真的是一种自负的举动；根据我自己的总计划，我不可能隐藏住我内心存在的一种病态的品质，也不会隐瞒我不但在习惯上而且在工作中的种种缺点。无论如何，我把自己的想法说出来，不管怎么样，如果只是因为有人喝醉酒就去谴责酒的一切，这是没有任何道理的。只有好东西才会让人产生不加节制的冲动。我相信这条规则仅仅是针对大众酗酒而已。

绳子是用来套牛的，我们经常听到圣人、哲学家和神学家高谈阔论，他们都不会受其束缚。虽然谈不上我是哪一种人，但是我也不需要绳子。虽然他们现在没有写到自己，但是至少时机一到，他们不会犹豫，会当着众人的面冲上这条轨道。苏格拉底谈什么会比谈他自己还多？他教导他的学生讨论什么比讨论他们自己还多？他们谈的不是他们书本中的东西，而是关注灵魂的本质和活动。我们向上帝、向忏悔师很虔诚地谈论自己，但是我们的邻居新教徒却在向全体教徒来谈论自己。有人说，我们在忏悔的时候只讲自己的罪恶。因为我们的美德也会有缺陷，也需要忏悔，所以无论什么我们都谈。

我的职业和技艺是享受生活。谁禁止我依据自己的判断方式，禁止我依据自己的经验和实践来发表议论，就如同他命令一名建筑师不坚持自己的见解，而是听从他的邻居的意见，不调动他本人的知识，而是根据其他人的见解来谈论房屋建筑一样。如果说到谈论自己就被认为是骄傲，那么西塞罗和霍尔坦修斯两个人都认为自己的辩论才能不及对方，这又怎么解释呢？

也许，人们希望我通过作品和行动来证明自己，而不是空洞的言辞。但是我主要描述的是思维这种看似虚无缥缈的东西，不可能将它展示在行动上，如果能诉之于笔端就已属不易的了。在最智慧最虔诚的人中间，有人毕其一生避免任何有形的行动，我自己则更是谈论命运多于谈论自己。这些证实了他们各自的作用，但是却不是我的作用，即使是有也是偶然和不确定的，仅仅是作为一个特例而已。我把自己和盘托出：这是一具骷髅，只要一眼就可以看到血管、肌肉、腱，这些器官都在各自应在的部位上。咳嗽一声可以彰显出身体的一部分，而面色苍白和心跳显现另一个部分，而且显现得并不清晰。

我即将要写的不是我的行为举动，而是关于我和我的本质。我认为必须谨慎地判断自己，举例证明时要认真，不论夸奖还是贬损态度都应该没有任何差别。我如果觉得自己善良、聪慧或是差不多如此，我就会大声说出来；贬低自己，这是愚蠢，不是谦虚。按照亚里士多德的说法，低估自己是一种怯懦和吝啬的表现。任何美德都不可能通过造假来抬高自己，真相也绝不会为错误提供口实。高估自己，并不总是因为自负，还经常是由于愚蠢。按我的看法，过度的自我欣赏，不恰当地自怜自恋，才是这种恶习的本质。

治疗这种病的最好办法是不理会别人开什么药，你要反其道而行之，也就是说不但不谈论自己，更要做到想都不想到自己。骄傲一般都是存在于思维之中的，语言实际上只起了很微弱的一部分作用。他们思想中坚持认为独自过日子是自我欣赏，自我行动更是一种自恋行为。这是可能发生的事，但是这只是在说一些对自己不做深入要求、事后聪明、一直活在幻想和懒散中的人，是自我膨胀和追求虚无缥缈的梦想的人：总之就是把他自己看成在自己之外与自己无关的一样东西，这样的人才会产生上述的自恋行为。

如果一个人自我欣赏，一味地看着别人不如自己，那么请他转过头去看看已经过去的无数个世纪，看看在历史长河中可以把他踩在脚下的英雄豪杰何止千千万万……如此他会自愧不如，羞愧难当。如果他沾沾自喜，感觉到自己勇气过人，那么让他阅读两位西庇阿的传记，还有那些勇猛的军队和民族的历史，所有的这些行为和英勇都会让他深感惭愧。没有任何一种品质就足以使人踌躇满志，他必须清醒的知道自身还有许多弱点和缺陷，最后还应该记得要忘记人生的虚妄性。

历史上只有苏格拉底曾经严肃认真地探究过有关上帝的训诫——人要自知。这样的研究可以使人清楚地认识到人应该学会自贬，所以，人们认为他是唯一一个称得上是智者的。他通过自己的嘴勇敢地说出要学会剖析自己，让别人认识自己。

7　论授勋

所有的传记作家，都会重点强调他的治军方针的其中一条：他在执行军事纪律时对有功人员的物质奖励十分慷慨，但是授勋时却非常地吝啬小气。不错，在奥古斯都自己还没有正式走上战场之前，他的叔叔已经向他颁发了所有的军功奖。

为了尊重和表彰美德，统治者常常会建立一些虚的、没有任何实质价值的标志，比如说，桂冠，栎树叶冠，爱神木叶冠，特殊款式的礼服，隆重的乘车游行，举火炬夜游，公共集会中高居贵宾席，赏赐特殊的功名和头衔，族徽标志等等。根据各国国情不同，其他诸如此类的东西，纷繁复杂，种类众多，而且延续至今。这的确是一桩非常了不起的发明，并且从古至今一直被世界上大多数政府所接受和采用。

我们和许多邻国一样，建立了一整套颁发骑士团勋章的制度，这些勋章全都是为这个目的而创立的。这的确是一种效果良好而有益的制度，采用一种特定方法去承认和表彰少数杰出人物的价值，使他们感到高兴和实现内心的满足，但是却并不增加群众的负担，对国王而言也不是很大的支出。从古人的经验和历史总结中我们可以看到，杰出人物对这类勋位的渴望和羡慕要远远超过物质报酬的奖励，这当中必有缘故，而且显而易见。如果在一份纯粹的荣誉奖励基础上再添加其他物质钱财作奖励，这种混合物不仅不会增加褒奖的意义，相反只会贬低它，只会削弱它。

很长时间以来圣米歇尔勋章在我们中间享有极高盛誉，它除了自身价值以外没有任何其他价值，也不跟任何价值有任何联系，但是它却使贵族追求勋位的欲望和热忱，根本比不上对这枚小小的骑士团勋章的向往，任何头衔都不可能比它更高贵，更受人尊敬；有美德的人通常都愿意选择和追求一种纯之又纯、荣耀多于物质实用的奖赏。确实，其他形式的奖赏永远不会那么高尚，况且其余那些奖赏是可以在任何场合都能使用的。我们用钱支付仆人的劳动、迅速传递的邮件，酬谢跳舞的人、演空中杂技的人、演讲的人和一切可以听我们吩咐的人；同时还可以赏给做坏事的人——奉承拍马，拉皮条，背信弃义的人。如此说来有德行修养的人不选择这类普通的财富，而选择为他们专门设置的高贵豁达的财富，这是完全不足为奇的。相对于物质来说，奥古斯都对勋位更加吝啬和计较，实际上这样做很有道理，因为荣誉是一种特权，它的基本特征是稀有，正如才华出众的人一样。

> 看不到坏人的人，会知道和觉察出谁是好人吗？
>
> ——马提雅尔

我们不会因为一个人重视子女教育而颂扬他，尽管这属于正常和高尚的行为，但是这种行为却太普通了；就像森林中到处是参天树木，也很难辨别彼此。我不相信斯巴达人中间会有人以勇敢为荣，因为在他们的国家里这是人人具备的美德；忠诚、不贪恋钱财也复如此。无论美德多么高尚，当它成为日常行为之后也不会得到奖赏。同时，我也很迷惑，当美德变成了普遍常见的东西，以崇高美德相称是否合适。

因此对荣誉的奖赏也仅仅是荣誉而已，它们的价值和品位在于只有极少数人才可以获得；如果想灭绝它的作用，我们只需慷慨大方地颁发就行了。即使现在获得勋章的人比过去要多很多，也不能因此降低勋章的品位。

如今获得勋章的人越来越多也是容易理解的，因为没有一种美德可以像勇敢作战那样很轻易地就散布开来。另外有一种真实、完美和有哲学意味（这个词是根据我的习惯来使用的）的美德，在此暂且不提；其实它要比勇敢作战更高尚更充实，这是来自灵魂的一种力量和信仰，同样蔑视任何艰险阻碍。它镇静、坚定、不骄不躁，相比之下，英勇无畏只是一道细小的亮光。在促成我所提到的这种勇敢中，习惯、教育、榜样和风俗可以起到极大的作用，使这种勇敢很容易就被大家效仿，正如我们凭经验所看到的内战的结果一样。

在这种时刻，如果我们能够使老百姓团结起来，激发他们的热情为共同的事业努力，那么我们的国家也就可以重振军威。

完全可以肯定，在以前不是只从这个角度来考虑授勋的，那时的视角更为广阔。那时不是奖励一名勇敢的士兵，而是奖赏一名杰出的军事将领，单纯地服从命令并不配得到那么光荣和崇高的奖赏。以前战功的含义比现在更加广泛，往往会涉及一名军人大部分的重要的品质："因为士兵的才能和指挥官的才华不是一回事。"（李维）不仅仅如此，他还需要具备可以胜任如此高位的经验。但是在这里我要说的是，即使比从前有更多的人符合奖励的条件，也应该防止滥竽充数，应该遵循宁可让该得到的得不到，也不能让不该得到的人得到的原则，就像我们不久前所说的那样，不要让那么有益的创造发明失去它应有的作用。在这个世界上，任何品行高尚的人都不屑于从平庸之中获得好处。而现实情况是，不配得到这项荣誉的人，反而比谁都会要姿态，对这种荣誉极度地表示蔑视，这是为了把他自己成功包装成应得而未得荣誉而受到错待的人。

现在，在取消和废除骑士团勋章之后，希望在突然之间树立和更新一个类似的机制，以我们如今所处的颓废病态的时期来说，是不太可能实现的；新勋位几乎是从颁布时刻起就已经提前预设了引起老勋位废除的那些弊端。新勋位如果想要具有权威性，颁发规则就必须极其严格和精确，但是在现在这个动乱年代我们不可能予以严密和定期的监督；这时的任务除了树立它的权威，还必须在树立权威之前忘记前一个勋位的存在以及它所遭受到的鄙视。

这一章文字本来还可以发展一下，谈谈英勇品质的重要性，以及这种品质和其他美德之间的区别。但是对这个题目普鲁塔克常常有阐释，我就不在这里浪费大家的时间陈述他的看法了，但是在这里必须指出的是我们的国家一直把勇敢看作是第一美德。其实从词源上也可以看出来，勇敢（vamance）一词来自价值（vaeur），在我们的习俗中，从法庭和贵族的语言来说，称一个人有价值或是正直，不是指别的，而是指这个人勇敢，罗马人也一样。因为在罗马人的词汇中，泛指"美德"的这个词语，来自"力量"。

法国贵族特有的和基本的——也是唯一的——形态是军人。在很大程度上，男人之间首先表现的美德是勇敢，勇敢可以使一部分人胜过另一部分人，最有力最勇敢的人借以控制弱者，获取特殊地位和名声的力量。这可能是因为这些国家的人骁勇善战，他们喜欢把犒赏和最高头衔奖给他们最熟悉的美德和承载此美德的人。我们迷恋女人，热烈关注她的贞操，以至于判断一个女人是否善良，一个女人具有身份、荣誉、美德，都不会是指其他别的什么，首先是指一个贞节的女人，为了使她们尽到贞洁的责任，我们会忽略所有其他的美德，对这些妇女任何其他错误都听之任之，只要她们不逃避这个责任，一切都是可以商量的。

8 论父子情

——致德·埃斯蒂萨克夫人

夫人，如果不是新奇的事物转移了我的注意力——事物新奇，也就有了价值——我不会从我现在正在进行的工作[①]中解脱出来。相反，它是那么古怪，看上去那么不同寻常，我还是一步一步走过来了。近几年来，我常常因为孤独伤感情怀而被忧郁心绪所左右，这与我的天生气质是互相排斥的，它对我产生的最初影响，就是使我陷入渴望写作的欲望之中。然而，我没有任何其他的题材可写，我就请自己当了书中的主角。这是一部清新且与众不同的书，内容独特而又不落俗套。因为它的主题是如此的虚幻和如此的繁芜，所以我相信没有任何的书可以像它那样凭借新奇而吸引读者，即使是全世界最优秀的工匠都无法用文字作品的形式把它表现出来。但是，夫人，如果我只顾一味地表现自己，而不把我对您崇高品德所怀有的敬意表达出来，那我就是忽略了生活中一件非常重要的事情。我在这一章的开头特别说这些话，因为在您的诸多美德中，您对您的孩子们的慈母之爱是位居首位的。谁都没有想到，在您那样的年龄，您的丈夫德·埃斯蒂萨克先生便早早离开了人世，这种突变使您过上寡居生活。像您这位法兰西夫人有多少德高望重的追求者的人；但您总是守情依旧，毫不动心，这么多年来历尽无数艰难险阻，跟随孩子们奔走在法国各地，尽心尽

① 指本书《随笔集》的写作。

力地照顾他们，直到今天还在为他们操劳和忙碌着。因为您的谨慎从事，或者说由于幸运之神的眷顾，您的家庭生活万事顺利；他们会跟我一起说，在这个时代里找不到如您这样确实无疑的母爱的范例。

夫人，我赞美上帝，您的母爱得到了上天如此圆满的回馈：您的爱子德·埃斯蒂萨克先生如今已开始显露出无可限量的美好前程，这一切都在表明，他在长大成人之后会成为一个懂得服从和感恩的好儿子。当然，他现在仍然处于幼年阶段，还不可能深刻地体会到您给予他的无比伟大的细致周全的照顾和关怀。所以我希望，当我再也无力讲话、无法用语言向他阐述这一切的时候，但愿他能读到我这些完全符合事实的证词，使他从中知道全部事实，那时他的心中一定会激起层层波澜；如果上帝有灵，他一定会深深地铭记在心：在法国，还没有哪位贵族可以像他那样受到母亲如此大的照顾和恩惠，在未来的日子里，他在未来只有承认您是这么一位母亲，才能确实地证明自己的善良和勇敢。

如果有一条真正自然的规律，换句话说，也就是说除了本能之外，还有某种同时存在于人类和动物界的特定本质的话（关于这一问题不是没有争议的），依我看，在每个动物除了自我保护的本能和逃避危险的意识之外，占第二位的便是它们对自己后代的爱心和照顾。因为大自然似乎就是这样劝谕我们的，它最关心的事情是使自己这架机器不断地延续和光大；但是当我们回过头去看的时候，孩子们对父辈的爱和感情总是不那么深，用这种理由去解释，就不是什么奇怪和令人疑惑的事了。

再补充一个看法，这是亚里士多德说的话，即真心爱别人的人，爱人的程度远远要深过被人爱的程度；爱人者的付出比被人爱者的收获要多很多；如果作品也具有灵性的话，那么每一位作者爱作品的程度绝对胜过作品爱作者。因为一般情况下，我们热爱生命，而生命存在于运动和行为之中，因此我们每个人总是会多多少少地出现在自己的作品中。热衷于付出的人，做出的是美好而真诚的贡献；但是接受恩惠的人，其收获往往只是得益于他人而已。可是，人们更喜欢受尊敬。诚实的价值和收获是稳定和流传久远的，言行诚实的人得到的回报是一种心灵上持久不断地满足和陶醉。好处则会慢慢失去，很容易被遗忘，回忆受益不可能日日常新，不可能永远那么温馨。越是我们在心中感到珍贵的事物，就越要求我们额外为之付出更多的努力。做到有益于人永远要比得益于人难得多。

一定要凭借自己高尚的美德——善于知足、为人慈爱和品性优雅让人觉得可亲。即使是化成了灰的贵重物品，它的价值仍会永存；过世的德高望重者的遗骸同理也会赢得我们的尊重。一个人光荣体面地度过了一生，他的老年绝不可能变质和腐朽到不再受人尊敬，特别是受到他的子女们的尊敬。如果想要让子女们不忘记做晚辈的职责，尽到他们该进的义务，最好的办法就是明之以理，而不是诱之以物，更不是通过粗暴和高压的手段达到目的。

> 我隐约有这样的感觉，他错了而且还在这条路上走得太远：
> 他竟然相信建立在暴力上的权威比爱心孕育的权威更可靠、更持久。
>
> ——泰伦提乌斯

我们培养年轻人懂得荣誉和自由，我谴责在教育中使用任何暴力。我一直认为，在所有暴力和强制性的行为中，有一种我不知应该怎样定义的奴役人的性质；我认为靠理智、靠智慧和技巧做不到的事情，靠武力更加做不到。我就是在一种理智的教育环境中长大成人的，他们对我说，我小时候一共只挨过两次打，而且都是很轻的那种类型。我对自己的孩子也是这样做的，但是很可惜的是他们大多在吃奶的时候就已夭折，只有我的爱女莱奥诺尔逃过了此种厄运，现在她已经六岁多了。在对她幼稚行为中的错误进行教育和责罚的时候，我的妻子都是轻言细语，循循善诱。即使我有时候感到希望破灭，也是由于许多其他可以责怪的原因，而绝不是我的教育方法出了问题，我相信我们的教育方法是非常正确并且合乎天性的。我认为对男孩子的教育还需要谨慎细心，他们生性好强，比女孩子更加追求自由自在；我希望他们心里充满崇高和自由的精神。直到现在为止我还没有发现鞭打会产生哪怕一点点好的效果，那样做，不是使孩子更加懦弱无能，就是使他们更加桀骜不驯。

我们不是希望孩子爱我们吗？我们不是希望他们不要总是诅咒我们早死吗？（不言而喻，这种可怕的愿望在任何情况下都是错误的和不可饶恕的："任何罪恶都缺乏理性的基础。"）那么，在我们能力所及的范围内，我们应该尽可能地帮助他们理性地处理和安排好他们自己的生活。为此，我们不要太早结婚，如果过早结婚的话，我们的年龄和他们的年龄相差就会非常小，而这种可怕的现实会将我们引入重重困难之中。我特别要对贵族阶级强调这一点，他们的日子过得轻松闲适——正如人们常说的那样——靠年金生活。而社会上其他阶层的生活往往会成为很大的问题，大部分家庭需要孩子们帮贴来维系生活，身边的孩子是家庭的纽带，同样，也是发财致富的一种新工具。

我在三十三岁时结婚，我同意三十五岁结婚的看法，据说这是亚里士多德的建议。柏拉图反对人们在三十岁以前结婚，不过他也会经常嘲笑那些在五十五岁之后才结婚的人，他认为这些人的子女不值得喂养，不应该存活。

泰利斯提出了一个真正的年龄界限：年轻时，他对不断催促他结婚的母亲说还没到时候；到了合适的年龄他又说时候已过了。人们对一切不愿意做的事总是可以找到理由拒绝事情来临的适当时机的。

古代高卢人认为，在二十岁之前和女人发生肉体关系应该受到斥责，高卢人还特别告诫男人说，高卢的男子是为战争而特别培养的，所以在成年之前一定要好好保持他们的童贞，因为男女之欢会使人意志消沉，使人偏离正确的轨道。

> 他与年轻妻子结合，幸福无限，
> 满心丈夫的情，满怀父亲的爱，
> 但他却丧失了昔日的勇气和气魄。
>
> ——塔索

一个贵族到了三十五岁，这不是让位给二十岁的儿子的时候，理由是：他仍然常年随军征战在外，对内还得效忠君主、侍奉朝廷，所以说他还需要财产，虽然应该分出去一部分，但是也不能因为别人而忘了自己。那些已经做父亲的人们常挂在嘴边的一句话，用在这位贵族的身上是最合适的：“我不能在我自己躺下之前就让人剥光了衣服。”

但是，一位疾病缠身已到垂暮之年的父亲，由于虚弱和健康的原因不能再与人进行一般的交往，还不忘死守着一大笔财产，这对他自己或是对他的家人来说都是有害而无任何好处的。如果他足够聪明豁达，那么他就应该选择一个合适的时机并且高兴地主动脱掉衣服去躺下：当然他没有必要连贴身衬衣都脱去，完全可以换上暖和的睡袍；对于其他一切自己没有能力再次支配的财产，应自愿高兴地按血缘关系分给那些应该得到这些财产的人。既然老天爷已经剥夺他享用的权利，那么，把这些东西留给别人享用便是合情合理和正当的做法，否则，怀有罪恶、愤怒和妒忌心的悲剧就可能发生。在查理五世皇帝的一生中，他最让人普遍称赞的行为就是他模仿先贤帝王的那种从善的品质，他清楚地知道当身着的皇袍令人感到沉重和不舒服的时候，就遵从理性的安排将它及时地脱下来；当双腿发软的时候，就及时躺下来让自己休息；当他意识到处理国事力不从心、缺乏决断能力，几乎丧失以往的那种荣耀时，他便把财富、地位和权力给了儿子。

但愿你会是个明智的人，
及时放弃老态龙钟的坐骑，
不要等待让人取笑它最终失蹄倒地。

——贺拉斯

下面所说的这种错误曾使世上许多大人物的名誉丧失殆尽：不懂得早早地承认，感觉不到岁月自然而然地销蚀着我们的精神和肉体，会使我们无能为力和极端退化（依我看，身体和心灵永远都是在对等地衰退，有些时候心灵会比身体衰退得更厉害）。我在年轻的时候曾见过和密切接触过一些极具权威的人，他们在自己走红的年代里可谓是蜚声国内外，但是一段时间后他们就眼睁睁地从我们的生活中消失了。为了他们的声誉考虑，我想说一点对他们有益的话：在逐渐衰老之后，继续驰骋疆场或是活跃于公众事务之中，已不是他们能力范围以内的事了，还不如趁早回家安享天伦之乐。我曾经是一个贵族家庭的座上宾，这位贵族丧偶独居，年事已高，但是精力充沛。他有好几个待嫁闺中的女儿和一个即将踏入社会的儿子；家中开支名目烦乱，每天来访的客人络绎不绝，他对这些事毫无兴趣，但是他不仅要考虑到节省开支等各项事宜，更因为年龄的缘故，他采纳了一种与我们截然不同的生活方式。有一天，我大胆地向他建议（过去我常常这样向他进言），最好的办法就是把位置让出来，把现在的这座住宅（他只有这么一栋适合居住的房子）留给他的儿子，他自己应该退隐到附近属于自己的田庄，在那里没有人来打搅他的休息。根据儿女们的情况，他只有这样做才能避免受到各种干扰。他听从了我的建议，搬到庄园里面以后生活得很舒心。

老年人有许多不足，他们是那么无力；于是他很容易被人看不起，那么在这种情况下他能得到的最好回报就是子女们的体贴和关爱了，支配财政和统管家人再也不是他的武器了。我见过一位在年轻时十分专横的父亲，慢慢进入老年以后，尽管他努力地约束自己，但他仍然是经常打人、咬人和咒骂家里人，完全可以说是法国那种脾气最暴跳如雷的家长作风；他日夜担心和提防，但这一切仅是一场闹剧而已，他的所有家人都串通起来欺骗他：他们随意打开他的粮仓，自由出入食物贮藏室，甚至使用他钱柜里的宝藏，尽管他像保护眼睛一样把钥匙收藏在腰包里。他诸事节俭，一日三餐要求普通简单，但是他的家人却在他家其他房间里肆意挥霍浪费，想尽一切办法玩闹取乐，同时在取笑他徒劳的愤怒和预言。每个人都在细心地提防着他，但是却不把他放在眼里。如果有哪个多事的仆人表示忠心，向他打个小报告，他就会立刻怀疑起仆人的动机：老年人的怪癖使他很容易上钩。他曾经无数次自豪地向我炫耀，他为家里人立下了各种规矩，家里所有人都顺从他，尊重他，他是多么“明察秋毫”啊。

实际上被蒙蔽的仅仅只有他一人。

——泰伦提乌斯

我不知道还有谁比他更具备先天和后天的维持权威的品质，然而，在老年期他却可叹地回到了童稚时代。在我所熟知的许多个相类似的故事中，仅仅将这个故事引入本书中，是经过了我的一番认真思考的。

虽然上述欺骗行为没有发生在我身上，至少我很清楚人们可以轻而易举地欺骗我。曾经有人反复地强调朋友才是如何的可贵，但是照此说来家庭关系又算得上是怎么一回事呢？看见动物间纯洁的友好关系，我是多么羡慕啊！

如果有人欺骗我，我不会说我有能力防止上当受骗，也不会费尽心思地去这样做。我只凭借自身的力量回避欺骗者对我施行的背叛行为，做到明哲保身；我不会跃跃欲试又忐忑不安，而是避免想它，坚决地不想它。

当我听到某人处于某种处境之时，我不会是去看他的笑话，而是会尽量多想想自己，检视一下自己处于一种什么样的状况之中。如果他的遭遇与我有很大的关联，他的遭遇提醒我，引起我的注意。每时每刻，我们都在谈起其他人的事，但是实际上，如果我们能够打开自己的思路，由此及彼地想想我们自己的处境，就会发现我们谈论的其实就是我们自己。

许多著作者不是努力捍卫自己的事业，却轻率地谈论他们所攻击的事业。有谁知道，他对别人进行的攻击不会被别人拿过来对他进行反攻呢？

现在，我们爱孩子是因为我们生育了他们，把他们称为另一个我们；同时好像还有另一种东西也来自我们，同样值得我们去珍惜。因为由我们的灵魂所产生，由我们的头脑、心灵和才干所造就的孩子，比肉体部分要重要得多，更有资格被称作是我们的孩子；我们在养育他们的同时肩负着无比重大的父母亲的职责，我们在它们身上耗费的心血更多，如果他们最终可以闯出一番事业的话，也将给我们带来大得多的荣耀。因为我们生育的孩子的价值主要取决于他们自身，而不是由我们来决定；我们在其中起的作用是非常微弱的；但是上面我所说的第二类孩子，他们的一切美感、一切优雅和全部价值都是遗传我们的。所以，他们更能代表我们，可以比任何人更生动地反映我们的面貌。

柏拉图还补充说，这样一来，他们就成了永世长存的孩子，而且使自己的父辈永垂不朽，甚至被奉若神明，就像鲁库格斯、梭伦和米诺斯那些人一样。

史书上记载了无数父辈爱子女的事例，我在此引用一个故事应该不会犯离题的错误。

赫里奥道鲁斯是特里加的一位德高望重的主教，为了不失去自己的女儿[①]，他宁愿丧失在教会中的崇高地位，失去令人向往的高级神职人员的种种好处。他的女儿仍然存留于世，优雅美丽，当然，她作为教士的女儿，应该是那种非常注意修饰、情感和外观的。

我有时甚至自己也说不清楚，我到底是愿意和我妻子生下一个正常完美的孩子，还是更愿意跟文艺女神缪斯生下一个这样的孩子。

---

① 指他撰写的《埃塞俄比亚史》。

对于现在所写的这部书，如他现在这个样子，我对他毫无保留，我给予他的也绝不收回，就像对待亲生的有血有肉的孩子一样。我为这部书费尽心思和体力，但它却并不受我的控制，它知道的事可能是我以后不再知道的，它保留住的事可能是我完全没有能力保留的，当我有需求的时候，我会像陌生人一样向他借用被他拿走的东西。虽然我比它聪明，但它比我更富裕。

对诗歌有所偏爱的人，很大一部分会为自己成了《埃涅阿斯》[①] 的父亲而非罗马最美少年的父亲而高兴，也会有很多人因为失去这部作品而比失去了最美少年更悲痛欲绝。这是因为，根据亚里士多德的看法，在所有的创造者中间，正是诗人最疼惜他的作品。

下面所述的这个传说似乎是让人无法相信：据称，伊巴密浓达曾自我吹嘘为后世留下了几个必将为父亲争光的女儿，她们将会给他带来荣誉，此处指的是他两次打败斯巴达人的伟大胜利，有人说他非常愿意用他自己的这些女儿去换取全希腊最有文采和修养的女儿；也有人说亚历山大大帝和恺撒都曾经说过，他们宁愿失去显赫的地位和绚烂的成功，换取几个孩子和继承人，这样他们才会感到功德圆满。我同时十分怀疑，菲狄亚斯或是其他某位杰出的雕塑家，经过长时间的精雕细琢，创造出一座优秀的塑像，但是他们能像喜爱这些作品那样，去爱自己的骨肉子女，或者会希望他们和塑像有同样的寿命吗？

9 论帕提亚人的盔甲

当代的贵族有一个很不好的习惯——一个显示软弱的习惯，那就是直到最后关头才会穿上盔甲，而危险稍一过去便即匆忙卸去盔甲。这样形成许多无关的忙乱。因为在冲锋号吹响的时刻，大家大喊着跑过去杂乱的穿盔甲，有人还在系护胸甲，而同伴却已经落荒而逃。而我们的祖辈，只要他还在当值期间，他做的仅仅是把头盔、长矛和护手甲交给随从，其余装

① 维吉尔的诗篇。

备还是会继续留在身上。如今辎重和随从不分，又由于看管主人的盔甲，随从不能远离，所以眼下的军队十分混乱和涣散。

当李维谈到我们的军队的时候他说："他们完全吃不了劳累之苦，他们的肩膀会被盔甲压得抬不起来。"

以前会有许多国家的战士上阵冲锋不穿盔甲，或者穿一些无济于事的护身衣，至今仍是如此。

他们扯下树皮盖在头上。

——维吉尔

历史上最英武的领袖亚历山大就极少携带防身武器。我们中间也有人对盔甲不屑一顾，认为穿不穿并不影响他们的作战能力。如果说有因为穿盔甲而被杀的人，那么是因为盔甲的重量压的动作舒展不开，由于反弹或别的原因闪腰伤肩，这样送了性命的人占多数。老实说，看看我们又重又厚的盔甲，好像我们只想保命似的；它们保护我们，但是也大大地加重了我们的负担。因为承载着盔甲的这份重量，我们的手脚变得不灵活，这些状况就足够我们应付得了，仿佛我们打仗就是在跟盔甲打，仿佛盔甲有义务保护我们，我们却没有义务保护它们一样。

塔西佗曾经对我们古代高卢战士作过如下一番有趣的描述：高卢人披上盔甲后所能做的只是留在原地不动，既不能攻击别人也不会受到敌人的攻击，一旦被人打倒在地，就再也别想重新站立起来。卢库卢斯看到跟泰格雷尼斯军队对阵的米底业军人，全身上下盔甲又笨又重，仿佛受到铁的禁锢，相信打败他们无比容易，于是就开始组织反攻最后夺取了胜利。

现在我们的火枪手无法让我们满意，我相信不久将会有一种新发明，用厚厚的墙保护我们，然后躲进小堡垒里去打仗，像古人装备战斗的大象一样。

这种心态与小西庇阿相比实在相差太远，他十分尖锐地批评他的士兵把铁蒺藜撒到护城河一角的水下，防止围城内的人冲出来袭击他们的行为；他告诉士兵，进攻的人应该想到前进，而不是害怕，他有理由担心这种预防措施会麻痹手下士兵的警惕心理，造成自卫不当。

他对一名给他看美丽盾牌的年轻人说："孩子，你的盾牌确实十分美丽，但是罗马士兵应该更应该把希望放在右手，而不是左手。"

我们觉得盔甲无法忍受，这只是一个习惯问题：

我歌颂的两位战士，
他们身穿铠甲，
头戴柱形尖顶盔；
自从进入城堡之后，日夜不脱下，
穿在身上就像普通衣服般轻松自在，
这是因为两人都习以为常了！

——阿里奥斯托

卡勒卡拉皇帝全身披戴盔甲，走在他的军队前面穿过整个城市。

罗马步兵头上戴盔，手持利剑和盾牌，此外还要携带十五天的干粮和安营扎寨所需要的木桩，总重量达六十斤。马略的军队披着这身配备，还可以做到在五小时之内行军五法里，在紧急情况下甚至达到六法里。他们的军队纪律要比我们要严格很多，所以产生的效果也就完全不一样。曾经有一名斯巴达士兵在一次军事行动中躲进一幢房子里，最后他受到了严厉的批评，这件事发人深省。这些士兵具有很强的吃苦耐劳的本领，所以不管刮风下雨，被人发现躲在天空之外的掩蔽物里是一件十分羞耻的事情。西庇阿在西班牙训练军队的时候，命令他的士兵原地站着吃生的食物，但我们是不可能让自己吃这样的苦头的。

还有，马西利纳斯参加过所有罗马人的战役，因为帕提亚人穿盔甲的方法跟罗马人很不相同，所以他好奇地记录了下来，但是帕提亚的盔甲跟我们很接近。他说："他们的盔甲是用轻柔的小羽毛编织做成的，既不影响行动，而且极其坚固，箭矢打在上面就会反弹出去。"（这是我们的祖先以前常用的鳞皮甲）在另一方面："他们的马匹强壮挺拔，马身上包上厚皮，他们自己则从头到脚盖上铁片，做得十分巧妙，在四肢的各个关节部位伸展自如，他们简直可以说是铁做的人，他们的头盔与面形十分吻合，十分贴切地表现出自然的线条，只是在眼部留出两个小圆孔看外面的东西，还有就是在鼻孔处留有两条小缝，可以呼吸但仍然不太顺畅。除了这些很小的孔隙以外，可以说百分之百地刀枪不入。"

这样的盔甲舒展自在，它使四肢有了生命力，
叫人吃惊，以为是铁做的雕像在走路。
金属竟然可以跟战士的身体浑然天成。
马匹的穿戴也一样，铁制的前额居高临下；
腰身披上铁甲，左右移动躲开攻击。

——克劳迪乌斯

上述描写很像全身铁甲的法国骑兵的装备。

普鲁塔克说，德梅特利乌斯下令给他和他的第一副官阿尔西努斯，每个人定做了一副马铁甲，重量竟然达到六十公斤，而当时一般的铠甲重量只有三十公斤。

10 论书籍

我毫不怀疑自己往往会谈论大师们已经论述得非常透彻非常真切的一些问题。本文纯粹是我凭天性而非凭学问而写就的，如果有人觉得这简直就是信口雌黄，我也不会太过在意，我的文章，我的论点不是写给别人看的，而是给自己看的，而我也不一定就对自己的论点感到满意。谁想寻求知识，请到知识所在的地方去寻求，这是我感觉最无所谓的事情。这篇文章里都是我的奇谈怪论，我并不试图让人凭借这些来认识事物，而是来认识我。或许有一天我会真正认识这些事物，或许因为我恰好身临它们得到解释的地方，从前就已经了解。但是，我已经记不得了。

我这个人博览群书，但是总是读完皆忘。

所以除了说明在此时此刻我有些什么认识之外，我做不了任何其他的保证。不要期望在我谈的事物中，而要从我谈事物的方法中去得到一些什么东西。

请读者明察，我是否善于选择所引用的文字，因而对文章的内容有所帮助。因为，有时因为拙于辞令，有时由于思路混乱，我没有办法适当合理的表达意思时就会援引其他人的话。我对引证不以数计，而以质胜。如果我想依靠数量取胜，我可以用上三倍的东西。除了极少数以外，这些引

证均出自古代名家，不用我介绍大家也应该相当熟悉。由于要把这些说理和新观念运用于自己的文章之中，与我的说理和观念相互交织，偶尔我会刻意隐藏起来被引用作者的名字，目的是要警告那些动辄训人的批评家不要总是那么鲁莽冲动，他们只要见到文章就会去攻击，尤其是对仍然活在世上的青年人写成的著作，他们常常会像个庸人般招来众人的非议，也同样会像个庸人般急于去驳倒别人的理念和想法。我就是想要他们错把普鲁塔克当作我来嘲笑，然后骂我骂到了塞涅卡身上之后丢人现眼。我必须依赖这些信誉卓著的权威来掩盖我的弱点。

我很欣赏有人知道应该如何在我的身上挑刺，我的意思是说他会用清晰富有逻辑的判断力去辨别文章包含的力量和美。因为，我这个人记性不好，历来没有办法原原本本地分门别类地加以整理，然而我很清楚地知道我的能力非常有限，十分清楚我的土地上不会开出我播种种子在那里的绚丽花朵，我生产的果实绝对无法和他们相比。

如果我不能正确表达出我的意思，或者如果我的文章虚构矫饰，我自己却没有感觉到甚至经人指出仍不醒悟，我应该对这些承担很大责任。因为有很多错误往往可以逃过我们的眼睛，但是在别人向我们指出错误后我们仍不能正视，这就是判断上的弊病了。学问和真理不一定会与判断力一起并存于我们身上，判断力也不一定就与学问和真理并存在我们身上。甚至我这样认为，承认无知是具有判断力的最美和最可靠的特征。

我设置自己的论点也是随心所欲毫无章法的，随着思绪所至堆砌而成。这些想法有时候蜂拥而来，有时候姗姗来迟。尽管正常自然的步骤有点凌乱，但是我愿意走这样的路线，当时心情如何就照实如此这般去写。所以，在此没有任何非知道不可的东西，也没有任何不准随意或轻松谈论的话题。

我当然非常愿意对事物进行一番全面的了解，但是我无法承担起这样昂贵的代价。我的想法就是悠闲而非辛苦忙碌地度过余生。没有任何事情值得我绞尽脑汁，在学问方面亦如此，尽管做学问是一件光荣无比的事。我在书籍中寻找的也是一种游玩岁月的乐趣。如果去做研究，寻找的也只是应该如何正确认识自己，教我死得安乐活得快活的学问：

> 这是我这匹流汗的马应该朝之奔跑的目标。
>
> ——普鲁佩斯

在阅读中遇到困难，我也不觉烦恼；经过一两次的思考，得不到答案也就会这样结束。

如果我从来就不曾学会放弃，我会浪费无数的精力和时间，因为我的性格属于冲动型，如果思考一次不能找到合适的解释，再思反而会使我更加糊涂。我在心情愉悦的时候才有可能将事情做成功，高度的精神集中会令我头晕眼花，判断能力下降和弛懈。我的视觉模糊了，心里迷茫了。我必须及时地收回视线并且再度对准焦点，就像观察红布的颜色，我们必须先把目光放在红布上面，然后上下左右移动，直到眼睛眨上好多次才能看准。

如果一本书不好看，我会拿起另外一本，而这一本我就只会在无所事事并且开始感到无聊的时候才拿来再次阅读。我很少品读现代人的作品，因为我认为古代人的作品思想更丰富更现实；我也不大看希腊人的著作，因为阅读儿童或学徒都能理解的东西，无法满足我的判断能力。

在那些纯粹是消闲的书籍中，我认为现代人薄伽丘的《十日谈》、拉伯雷的作品和让·塞贡的《吻》（如果可以把他们归在这类的话），值得大家玩味。至于《高卢的阿马迪斯》和诸如此类著作，我在小时候就不屑一顾。我还要很冒昧地说，我这颗老朽严肃的心，不仅不会为亚里士多德也不会为善良的奥维德战栗，在以前奥维德的流畅的文法和诡谲的故事曾经很令我赞叹不已，现在几乎让我读不下去了。

我对一切事物都自由地表达我的观点，包括那些超过我的理解能力范围和不属于我涉猎范围的事物。一旦我有所表示，我所发表的意见，仅仅表示我的视野所及，而非事物本身的宽广程度。当我对柏拉图的《阿克西奥切斯》一书感到厌烦的时候，感觉这种作品对这样一位作家来说简直就是苍白无力的，我也不觉得我的见解一定是无可批判的。我不至于愚蠢到如此地步，反对古人著名的权威的评论，还不如随声附和才会使自己心安理得。我只是否定自己的看法，我只是停留在表面却没有深入去窥探深处的奥秘，或是没有从一个正确角度去看待和分析。只要不是黑白颠倒、语无伦次也就不会考虑其他的了；看清楚了自己的弱点也坦诚的接受。对观念以及这些观念所表现出来的现象，如果想到就给予恰当的阐述，但是通常这些现象是不是明显的和完整的。伊索寓言的大部分通常都包含几层意义和无数种理解。那些认为它们具有讽喻意义的人，只是撷取了故事的某个侧面；但是在大多数情况下，这些都只是寓言的最肤浅的表面含义，在寓言中往往还有其他更生动、更主要和更内在的含义，这是大多数人不懂得深入探究的部分，我的情形和这些人一样。

我顺着思路继续说下去，我始终觉得在诗歌方面，维吉尔、卢克莱修、卡图鲁斯和贺拉斯远超于众人之上。特别是维吉尔的《乔琪克》，我认为这简直就是一部完美无缺的诗歌作品，从《乔琪克》和《埃涅阿斯记》的比较中我们很容易就看出来，如果维吉尔有时间，他就可以对《埃涅阿斯记》中的一些章节进行精心的修改。我认为《埃涅阿斯》的第五卷写的是最成功的。卢卡努的著作也经常令我爱不释手，而且很愿意将他引为同道，主要不在风格方面，而在于他本身的价值、他的意见和评论的正确性。至于写作高手泰伦提乌斯——他的拉丁语写得妩媚高雅——我认为他的作品最适合于表现人们的心灵活动和我们的风俗习性，每当我看到很多日常行为的时候，我就经常会回想起他。对于他的书我久读不厌，然而，次次都能发现新的优美动人的东西。

在维吉尔时代以后的人，经常抱怨说不可以把维吉尔和卢克莱修相提并论。我的看法是，这实际上是一种不公平的比较，但是每当我读到卢克莱修所写的最美的篇章时，却不自主的也产生这样的想法。如果他们对这种比较感到不快，那么现在一些人把他和亚里士多德作荒谬的比较，不知道他们对这些人的愚蠢看法又会说些什么呢？亚里士多德本人呢？他又会怎么想呢？

哦！这个没有判断力、没有情趣的时代。

——卡图鲁斯

相对于把卢克莱修跟维吉尔比较，我觉得把普劳图斯跟泰伦提乌斯（他很有贵族气）等同起来，古人会更加哀叹不已了。罗马雄辩术之父西塞罗经常把泰伦提乌斯挂在嘴边，说他举世无双，而罗马诗人的第一法官贺拉斯则对他的朋友大力称赞，这些促成泰伦提乌斯声名远扬，备受推崇。

在现在的这个时代一些写喜剧的人（意大利人在这方面得心应手），剽窃泰伦提乌斯或普劳图斯剧本中的三四个情节合成他们自己的一个情节，这种情况经常叫我无比惊讶。他们可以把薄伽丘的五六个故事压缩然后堆砌在一部剧本内。他们借用别人的题材，因为他们不相信自己有能力发挥本身的魅力，他们必须凭借情节来做支撑。他们自己苦苦搜索，已经找不出来什么可以使我们看得入迷或者说是看得津津有味的东西了。这跟我说的作者大相径庭。泰伦提乌斯的写法简直是完美无缺，使我们完全不必理会内容；他的优雅与细腻处处吸引我们，他随时随地都是那么有趣。

清澈见底如一条纯洁的大河。

——贺拉斯

我们整个心灵都陶醉在语言的美丽之中，以至于我们竟然忘了故事本身的美。

以上的评价还让我想起了其他许多人：我看到古代那些优秀的诗人毫不矫揉造作，不仅没有西班牙人和皮特拉克信徒的那种夸夸其谈，也没有之后几世纪诗歌中篇篇都有的绵里藏针的尖刻的语言。因此，好的评论家并不因为古人的作品里没有这些东西而感到遗憾。人们对卡图鲁斯的清新明快、隽永自然的短诗无比欣赏，程度远远超过对马提雅尔每首诗后的辛辣词句的欣赏。如上面所述，出于同样道理，马提雅尔也这样说到自己："不必大伤脑筋，主题已解决一切问题。"前一类人不动声色，也不故作姿态，就可以轻易地写出令人感动的作品，他们信手拈来都是笑料，而不必要勉强自己挠痒痒来取得灵感。后一类人则需要外力帮忙，他们不够才智，只好更多地依靠肢体。因为他们的两腿不够有力，所以他们骑在马上。就像在我们的舞会上，舞艺基础很差的教师，因为他们无法表达出贵族的气派和高贵，所以他们就做一些危险的跳跃或怪模怪样的动作来突出自己。对于妇女来说也是同理，有的在进行舞蹈时身子颤动，而一些典雅性舞蹈却只是漫步轻移，舒展自然，保持平日本色，前者的姿态实际上要求比后者容易得多。我见过许多杰出的演员，他们穿着普通，举止如同常人，却以他们的技艺给了我们尽可能多的欢乐；而那些没有达到最高修养的新人，必须在脸上抹上厚厚的脂粉，套上奇装异服，左摇右晃的扮鬼脸，才能达到引人发笑的效果。

我的这个观点可以在许多地方得到印证，例如在《埃涅阿斯记》和《愤怒的罗兰》的比较中。《埃涅阿斯记》振翅翱翔，踏实从容，稳定的朝着一个目标飞去。而《愤怒的罗兰》内容纠结复杂，从一个故事跳到另一个故事，像小鸟从一个枝头跳到另一个枝头，它的翅膀只能承载短途飞行的压力，一段路后就要停下来休息，害怕乏力而喘不过气来。

它只敢飞飞停停。

——维吉尔

在这类题材中，以上所提到的那些作家是我喜欢的作家。

还有另一类题材，不仅内容有趣而且还非常有益。阅读可以陶冶我的性情，而使我获益最多的是普鲁塔克（自从他被介绍到法国以后）和塞涅卡的作品。他们两个人都出奇地适合我的口味，在他们书中我追求的知识都是分成小段来议论的，就像普鲁塔克的《短文集》和塞涅卡的《道德书简》，不需要耗费很长时间进行阅读（花长时间我是一定做不到的）。我认为《道德书简》是塞涅卡所有作品中写得最好的篇章，也是最有益的。我想读就可以读，不必鼓起勇气；想什么时候放下就什么时候放下，因为在篇章之间并无关联。在处世哲学上这些作家大部分是相同的，而且他们的命运也出奇的相似，都出生在同一个世纪，都当过罗马皇帝的老师，都在国外出生和并且有钱有势。他们教的是哲学中的精华，深入而浅出。普鲁塔克前后一致，平稳镇静。塞涅卡则心情起起伏伏，爱好广泛。塞涅卡不喜言笑，总是提高道德修养去克服懦弱、畏惧心理和不良欲望；普鲁塔克则似乎并不是特别在意这些缺点，不愿一本正经地加以防范。普鲁塔克遵从柏拉图的学说，温和而较为适应公民社会；塞涅卡则追随斯多葛和伊壁鸠鲁的观点，与生活实际不相切合，但是按照我的看法，他的观点特别适用于私人生活，也更坚实。塞涅卡好像更顺从于他那个时代的那些皇帝的暴政，因为我敢确定他谴责谋杀恺撒的壮士的那次事业，是在很大的压力下做的；普鲁塔克走到哪里都自由自在。塞涅卡的文章冷嘲热讽，无比辛辣；普鲁塔克的文章则内容充实、言之有物。塞涅卡令你读了之后热血沸腾，心潮澎湃；普鲁塔克则使你心旷神怡，有所收获。一个在前面引导我们，另一个在后面推动我们。

西塞罗对我的目标有很大帮助的方面是那些以伦理哲学为主的作品。但是，大胆地说一句真话（既然已经越过礼仪界限，也就不必有所顾忌了)，我非常讨厌他千篇一律的写作方法，在他的作品中，序跋、定义、分类、词源占据了他作品的很大部分，所有生动的精髓的东西，全被冗长的准备工夫所淹没。如果花费一个小时的时间来阅读——这对我已很长——然后再回想从文章中可以得到什么切实有用的东西，大脑中大部分时间是一片空白。因为他还没有涉及正题，还没有真正触及我所寻找的关键问题。我只要求做人应该明智，而不是博学雄辩，这些逻辑学和亚里士多德哲学的药方对我来说可以说的上是毫无用处，我希望作者文章开始就先谈结论，我明白什么叫死亡，什么叫享受，不需要他们津津有味的进行逐条分析。我需要他们提供坚实有力的证据，来指导我事情发生时应该如何正视和应对。细腻的语法、字句的排列和章法的巧妙配合等等都无助于事，我渴望他们的文章可以开门见山，而西塞罗的文章却是拐弯抹角，使人讨厌。这类文章适合用于教学、诉讼和说教，那时我们就会有足够的时间打瞌睡，一刻钟以后还来得及清醒过来继续听讲。对于不论是否有理你都要争取说服的法官，对于必须说明白才能懂得道理的孩子和凡夫俗子，才需要按照这种方式说话。我不愿意别人死命提醒我专心，不愿意别人像传令官一样老是对我喊叫：嗨，听着！罗马人在祭礼中喊："注意啦！"而我们则喊"鼓起勇气"，对我来说这些都是废话。我既然来了就早已经做好了准备，就不需要调动食欲或添油加醋，全生的肉我也能吃，那些虚文浮礼的作用恰恰相反，不但起不到提起胃口的作用，反而败坏了我的胃口。

我觉得柏拉图的《对话录》同样拖沓，甚至窒息了谈话的内容。像柏拉图这样的一个人，应该有很多更有益的话可以说，但是他却浪费时间去写那些无关紧要的、不着边际的长篇大论，这使我感到遗憾。我这样冒昧地亵渎不知是否会得到时尚的宽恕？我完全感觉不到他的语言的美，原因也可能在于我的无知。

我一般希望见到的是将学问作为内容的书籍，而不是用学问作为内容点缀的书籍。

我最爱读的两部书，还有大普林尼和其他类似的著作，他们的书中没有要人"注意"这种说法。这些书都是写给心中有数的人来看的，或者说就是即使有"注意啦"这种词语，也是需要言之有物，可以独立成篇的。

我同样很愿意读西塞罗的《给阿提库斯的信札》，这部书不仅包括他那个时代的丰富史实，还记述了很多他的个人脾性。因为，就像我在其他地方说过的那样，我对于作者的灵魂和他们天生的判断力，一向是非常好奇的。通过他们世代相传的著作，透过他们在人间舞台上的表现，我们可以很清楚地了解他们的行为，但是却不能熟悉了解他们的生活习惯和为人。

我感到万分遗憾，我们遗失了布鲁图论述美德的那本书，通常从行动家那里学习理论是很有意思的事情。但是说教与说教者是两码事，我既喜欢在普鲁塔克写的书里，也喜欢在布鲁图自己写的书里去观察布鲁图。我要了解布鲁图在阵前对士兵所做的讲话，然而我更愿意详细了解他在某一场战斗之前，他在帐篷里对私人朋友所做的展望，我想知道他在论坛和议院里的发言，更希望了解他在书房和卧室里的谈话。

至于西塞罗，我同意一般的评论，除了知识，在他的头脑里没有很多杰出的东西。他是个好公民，天性随和自然，像他那样一个爱开玩笑的胖子，大多数都是这样。但是说实话，他这个人贪恋享受，虚荣且充满野心；真不知该怎么原谅他，他竟然会觉得自己的诗歌值得公之于众：写诗拙劣不可以说是一个大缺陷，但是他居然如此缺乏判断力和审美力，一点也没有觉察到这些劣诗对他的英名会有多大的危害。

至于辩论技巧，那是完全无人可及的，我想今后也无人可以达到他的水平，小西塞罗只有名字和他父亲相像。在他当亚细亚总司令的时候，一天他看到他的桌旁有好几个陌生人，其中有塞斯蒂厄斯，他坐在下席。在那个时候大户人家设宴，经常会有人潜入坐上那个位子。小西塞罗就问手下此为何人，仆人把塞斯蒂厄斯的名字告诉了他。但是小西塞罗就像一个心不在焉的人，一下子又忘了，接着又问了两三次。那名仆人，把同样的话说上好几遍感到很烦，就特别提到一件事好让他牢牢地记住那个人，他说："他就是大家经常跟您说起的塞斯蒂厄斯，他对您父亲的辩才很不以为然，认为还不及他的水平。"小西塞罗听了之后大怒，下令把可怜的塞斯蒂厄斯捉起来，当众痛殴了一顿，他真是一个不懂礼节的主人。

就算高度评价他无与伦比的雄辩技巧的人，不管怎么说，还是有人指出了他的不足之处。就像他的朋友——伟大的布鲁图说的那样，这是"关节上有病的"辩才。跟他处于同一时代的演说家也指出，他令人无法理解地在每个段落最后使用长句子，还不厌其烦地频繁使用这些字——"似乎如此"。

我本人更喜欢较短的节奏，把句子分成短长格。偶尔他也会把音节重新随意组合，但是这种情况不多。我身边经常响起这句话：“对我来说，我宁愿老了不久留也不愿意未老先衰。”

我最喜爱历史学家：他们有趣而易读，一般来说，我希望要了解的人物，在历史书中会比在其他地方表现得更生动、更完整，他们的性格思想被细细勾画，各具形态；面对威胁和意外的时候，他们内心活动往往复杂多变。然而，那些写传记的人总是强调意图而忽视事实，强调内心而忽略已经表现在外的东西。所以，历史学家更加适合我，这就可以解释为什么普鲁塔克从各方面来说都是我心目中伟大的历史学家。

我很遗憾我们没有很多像第欧根尼·拉尔修这样的人物，或者说是他这种类型的人物没有被更多的人接受和了解。因为我对这些哲人贤者的命运和人生，不亚于对他们形形色色的学说和思想的兴趣。

做此类的历史研究，应该不加区分地博览各类作者的著作——古代的、现代的、文字拙劣的、语言纯正的，这些都要读，从这些作品中获得作者从各种角度对待和阐释的史实。但是我觉得最值得我们深入研究的是恺撒，不仅仅为了认识历史，而且还因为他本人，是一个完美的典型，超越于其他人之上，包括萨卢斯特在内。

当然，我阅读恺撒的时候，会比别人阅读人文著作更怀着一份深厚的崇敬和仰慕之心，有时会对他的行动和名耀千古的奇迹，有时对他纯净优美、无与伦比的文笔大加敬佩。就如同西塞罗说的那样，不仅是其他所有历史学家，可能同时也包括西塞罗本人，都很难超越他。恺撒说到敌人的时候，他的评论真诚直率；如果有什么值得我们批评的话，那就是他除了对他自己所做的罪恶事业和见不得人的野心可以掩饰并且美化之外，还有就是对自己本身也讳莫如深。因为，他个人的参与比他在书中所反映的更深更广，否则的话，那么多伟大的业绩是无法实现的。我喜欢的历史学家，如果不是非常纯朴，那就是非常杰出的。纯朴的历史学家绝对不会在书中掺入自己的观点，只会细心地把搜集到的资料汇集罗列，既不进行选择，也不刻意剔除，真诚地照收一切，然后就完全让我们去判断事实和真相。善良的让·傅华萨就是这样的历史学家，他在进行历史写作时态度诚恳真挚，如果有哪一条史料失实，只要有人给他指出来，他就会毫不犹豫地认错和更正。他告诉我们满天飞的流言，转述他收到的各类报告。这是赤裸裸、不成型的真正的历史材料，每个读者可以根据自己的领悟各取所需。

优秀的历史学家有足够的眼力，懂得分辨哪些事情值得知道，他们可以从两份史料中辨别哪一份更为真实，从亲王所处的地位和他们的脾性出发，对他们的意图做出判断并给出结论，并让他们说出恰当的话。他们完全有理由利用自己的权威性，按照自己的想法来规范我们的想法，但是这仅仅是极少数历史学家才享有的特权。在这两类历史学家之间还会有人（那样的人占多数）只会耽误我们的事；他们给我们吃他们嚼过的馍；他们乱下结论，从而按他们的狂想来翻转历史；因为如果评论向一边倾斜，那么后人在叙述这段历史事实时，就一定会不可避免地受到这种评论的影响。他们企图选择后人应该知道的事情，经常会掩盖可以为我们提供更多实情的某些私下的谈话和活动，把他们自己不能理解的事视为怪事剔除，把自己无法用流利的拉丁语或法语表达的东西也尽最大可能地删除。诚然，他们可以大胆地施展雄辩术和演讲的技巧，他们可以随意评论，但是他们也应该给我们留下一些未经删节和修改的真实的东西，允许我们在他们之后进行评论；也就是说他们应该一字不差地保留历史事实的真相。

人们往往为此挑选一些会讲通俗语言的人，尤其是最近这几个世纪，唯一的考虑是他们是不是能说会道，就好像是我们从历史中要学的应该是写文章！他们也有他们自己的道理，既然他们是由于这种原因而被雇用的，出卖的是他们的嘴皮子，那么也就要主要操心那个方面了。所以他们在城市的十字路口听来无数的流言蜚语，然后再用几句漂亮的话就可以串联成一篇美文。

唯一好的历史，是那些亲自领导事件的人，或者亲身参加过类似事件的人编写而成的。这样的历史书基本上都出自于希腊人和罗马人之手。因为有很多目击者共同编写同一个题材（就像现在这个时代不乏有气魄有才华的人），即使有失实也不会太严重，或者因为事件本身确实存有非常可疑之处。

让医生来处理战争或让小学生讨论各国亲王的图谋，这样人们可以学到什么东西呢？

如果我们想知道罗马人在这方面的信念，只需举这个例子就行了——阿西尼厄斯·波利奥发现恺撒撰写的历史中有些地方失实，而失实的原因是恺撒根本就不可能对自己军队的各个方面都亲自过问，他相信了手下送来的未经核实的报告，或者在他外出时他的副官代办的事没有向他进行充分汇报。

从这个例子我们可以看出来，类似追求真相的工作是多么的细致，探听一场战斗的实况，既不能只相信指挥将士所提供的信息，也不能只向士兵询问发生的所有一切。只有严格按照法庭的审讯，然后在认真衡量证人提供的证词，最后还要要求事件的每个细节都要有物证作为凭证。说实话，我们对自己做的事并不是十分清楚的。这一点博士讲得很透彻，都与我不谋而合。

我不止一次地拿起同一本书，但是每次都好像从来没有见过一样，实际上却是我几年前仔细研读过的，并且还写满了注释和心得。为了弥补错误的记忆和健忘，我最近以来又恢复了以往的老习惯，在一部书的后面（我指的是我只阅读过一次的书籍）写上阅读完毕的日期和我的大致评论，至少这可以让我回忆起阅读时对作者所述观点的大致想法和大概印象。我在这里转述几个这样的评语。

下面这些是十年前我在圭查尔迪尼的一部书内做的注释（不论我读的书是用什么语言写成的，我总是习惯用自己的语言来写注释）：这是一位勤奋的史学官，依我所见，他在他的著作内提供的他那个时代的历史真实性，是其他人无法比拟和超越的，因为在很多情况下，他自己就是身居前线的参与者。没有任何迹象表明，他出于仇恨、争宠或虚荣而掩盖事实，他对当世的风云人物，尤其是对那些提携和重用他的人，如克雷芒七世教皇等人，所做的自由评论都是值得我们相信的。至于他本人特别引以为荣的著作，也就是杂谈和演讲部分，确实精彩纷呈，确实多有神来之笔，但是他过分在此耽搁；再加上他不愿留下一些东西不说，资料又是那么的丰富，几乎是取之不尽，用之不竭，所以他就变得非常啰唆，有点像话很多的学究。我还注意到一点，他评论那么多的人和事，评论那么多的动机和行动，都没有一个字提到美德、宗教或是良心，仿佛这些在世界上是不存在的一般。对于一切行动，不论表面上如何高尚，他都会把原因归之于私心和邪恶的意图。在他评论的无数行为之中，竟然没有一件是理性的行为。不能说普天之下每个人都是坏心眼，没有一个人可以洁身自爱；这些使我怀疑他自己心术不正，可能他是在以己之心在度他人之腹吧。

在读完菲利普·德·科明的书之后，我是这么写的：语言清新流畅，自然质朴；叙述朴实，作者的诚意跃然纸上，提到自己的时候没有一点虚荣心，说到别人不偏执不嫉妒。他的演讲与劝导都充满激情与真诚，严肃庄重，绝不是自我陶醉，这可以看出作者是一位出身高贵、成就大事业的人。

我对杜·贝莱两兄弟撰写的《回忆录》写过以下这样的话：看到那些努力驾驭事物的人写下他们的经验，真是一桩赏心悦目的事情。但是我们不能否认的是这两位贵族身上，缺乏古人如让·德·儒安维尔（圣路易王的侍从）、艾因哈德（查理曼大帝的枢密大臣）以及近代菲利普·德·科明撰写此类书籍时所表现出来的那种坦诚和自由。这不像是一部历史，更像是一篇弗朗索瓦一世反对查理五世皇帝的辩护词。我不愿意相信他们对重要事实做过什么篡改，但是，为了使我们接受他们对事件的违背常理的评述，他们故意掩盖国王一生中敏感的东西，确实达到了登峰造极的地步。比如没有提到德·蒙莫朗西和德·布里翁的失宠；对埃斯唐普夫人只字未提。私密的事情可以掩盖，但是众所周知的事，尤其是那些对公众生活产生巨大后果的事，闭口不谈是不可饶恕的缺陷。总之，要想完整地了解弗朗索瓦一世和他所在的时代发生的事，不妨听我的建议到其他地方去查找。这部书的优点是对这些大人物亲身经历过的战役和战功有他们自己的特殊看法，还记载了他们那个时代一些王公贵族们私下的谈话和活动，还有朗杰领主纪尧姆·杜·贝莱主持下的交易和谈判，其中有不少值得知道的东西和非同一般的见解。

11 论残忍

我觉得，美德不同于我们从善的本性，它更加高尚。出身不错、通情达理的人和具有良好美德的人，生活方式相同，行为也相同。但是，前者只是因为幸运的天性所致，他们所做的只是跟着理性平静地向前走。相互比较之下，美德更有一种说不出的伟大和积极之处。一个天生非常平易近人、非常友善的人不会在乎其他人触犯自己的行为，他会表现得非常大度，做出值得世人称道的反应；但是，如果被人伤害而且触到了痛处，仍能拿起理性的武器装备自己，压制内心愤怒的报复心理，经过内心的激烈斗争但最终成功控制自己的情绪，他所付出的就远远超过了前者。前者做得好，后者表现出很大的美德；前者的行为可以称之为善，后者的行为便是德；因为，我认为德这个字好像是以困难和对立作为前提的，没有对立面就没有权利论德。所以，我们说上帝仁慈，全能，宽容，正义，但是，我们从来都不说他有美德：因为他的行动完全是自然的，不需要任何额外的努力的。

哲学家们，无论是斯多噶派，还是伊壁鸠鲁派（我采用此种顺序虽然是错误的，但这却是最普遍的说法；有人责怪阿尔塞齐拉斯，说许多支持他的学派的人改换门庭，都转投到伊壁鸠鲁学派，但是却从来没有发生过相反的事情。不管他巧妙的回答所包含的实际含义如何：“我相信你说的是对的！公鸡可以变成阉鸡，但是，反过来，阉鸡却绝对不可能变成公鸡！”实际上，从言论和观点的坚定性和严格性的角度来说，伊壁鸠鲁学派是丝毫不比斯多噶派差劲的；那些喜欢争论的人为了推翻伊壁鸠鲁，为了手握一副好牌，他们歪曲他的谈话，把他想都没有想过的话强加于他，利用语法规则强加给他的讲话一种实际上他的头脑或行动中根本不可能存在的解释；有一位斯多噶派学者的表现要比其他人诚实得多，他说他之所以考虑放弃成为伊壁鸠鲁派其中的一员，是因为考虑到该派的方法太高不可攀：那些被称为贪图享受的人，实际上期望的是诚实和正义，他们尊重并且积极实践所有的美德）（西塞罗），在斯多噶派和伊壁鸠鲁派的所有哲学家里，我认为，许多人都认为光有随时随地准备实践美德的心，仅仅有克服命运残忍并挑战它的决心和想法是远远不够的，而且应该找寻机会考验自己。他们期望发现痛苦、贫穷和蔑视，然后勇敢地战胜它，让灵魂得到安静：使美德在奋斗中成长（塞内克）。正因为如此，当时还是两派之外的埃帕米农达斯婉拒了从天而降，但是非常合法的巨额财富，他宣称说他要与贫穷战斗一辈子，确实最终他也彻底地穷了一辈子。我还认为，苏格拉底仿佛接受了更加严峻的考验，其中包括他凶悍的妻子：那可是真真正正的考验啊。罗马的护民官萨图尔尼努斯曾经想不择手段地想通过一项不公正的法律为地方图利，但是，单枪匹马的罗马参议员梅代吕斯，希望以德行来对抗暴力，但是因此他触犯了萨图尔尼努斯订立的专门针对反对派的法律，于是招来杀身之祸，但是即使在这样危险的情况下，他仍然对押解他去广场的人说：“做坏事太容易，也太卑鄙；做不冒风险的好事太平常；只有做有危险的好事，才是一个品德高尚的人的真正的责任。”梅代吕斯的这些话，清楚明确地表达了我想证明的东西——美德拒绝与唾手可得为伍；这种便捷轻松的下坡路是给天性善良的人准备的，是让他们规规矩矩地走的，但这并不是真正的美德的道路。美德要求一条陡峭的，布满荆棘的道路；它期望可以克服外来的困难，就如同梅代吕斯遇到的困难那样，结果是运气不好而最终半途夭折；或者去克服因为混乱的欲望和我们自身的不足造成的内在困难。

我十分顺利地写到这里。但是讲完这段话，我突然发现苏格拉底的灵魂才是我所认识的灵魂中最完美的，但是，如若按照我的评价标准，他却又会变得没有任何长处可言了；因为，我无法想象在他身上会有什么邪恶在作怪。依照他的品德，我无法想象他遇到过任何困难和约束。我清楚地知道他的理性：那么强大和那么的有主宰力，这种理性是绝不会允许任何罪恶的欲望冒头的。在像他这样有着高尚美德的人面前，我无法设想有任何障碍。我仿佛看见他迈着胜利的步伐，雄赳赳气昂昂地向着前方行进，豪气万丈，从容不迫，勇往直前。如若美德只能通过和对立的欲望做斗争才能闪耀其独特的光芒，那么如此说来，是不是说它必须要得到罪恶的协助，必须求助于罪恶才能得到尊重和荣耀呢？那么，伊壁鸠鲁派要求在自己的怀抱中哺育美德，让它手拿羞耻、狂热、贫困、死亡和苦难当玩具戏耍作乐，我们又应该如何评价这种美好和高尚的享受呢??如果我事先假设，完全的美德必须在克服和忍受痛苦中才能得到确认，那么它就必须坚定地对付风湿病的侵蚀；如果我把它必然的目标设定为困难和险阻，那么，最后提升到不仅蔑视痛苦，而且以苦为乐，甚至认为肠绞痛发作所造成的那种剧痛也是一种欢快的刺激，伊壁鸠鲁的传人们定下的这种德行，其中有许多人用真实的行动为我们留下了十分肯定的证明，那么这样的德行又是怎样的德行呢？我发现还有很多别的例子，实际上已经远远超过了学派所确立的规矩。小卡东也是一个例子。我见过他慷慨赴死的场面，被撕裂五脏六腑的情景，我不仅想到此时他的灵魂完全不会慌乱和恐惧，我也不能相信他这么做仅仅是因为斯多噶派的教条，坚定、平静和沉着；我仿佛觉得，在这个人的美德里存在着太多的冲劲和活力，使他能够一直坚持到底。我绝对相信他在如此崇高的行动中体会到了快乐和享受，比起人生中的其他任何行动，他都会更加心甘情愿：他远离生命，很高兴自己找到了死的理由（西塞罗）。我对此深信不疑，以至于我想他不会愿意让人夺走这个创造伟业的机会。如果不是他那种将公众利益置于个人利益之上的善良本性的引导，我一定会落入下面这种想法里：他感激命运安排他的品德接受如此美好的考验，他感激命运帮助这个强盗（恺撒）来蹂躏祖国古老珍贵的自由。我从他的行动中似乎感觉到他的灵魂无比的喜悦，在他的灵魂看到自己无比的尊贵和高尚的时候，他肯定有一种与众不同的快感和强烈的满足：

> 她决心去死，更觉得分外地骄傲。
>
> ——贺拉斯

与有些人做出的庸俗无力的评论不同（如此评价一颗慷慨、高贵和正直的心，实在是太低级了），他的灵魂不会受到名利的驱使；而是努力追求事物本身的美好：他看得清楚得很，而且要完美得多，他手中操纵着机关，这是我们无法达到的。

我很高兴哲学界做出的这种判断。除了小卡东，如此美好的行为不会同样地发生在其他任何人身上，只有他的生命才可以像这样结束。正因为这个道理，他要求陪伴他的儿子和参议员们根据各人的不同情况行事。“卡东，天生就具有令人难以置信的严肃性，他始终不渝的、坚定的意志使他看起来更加严肃，在原则问题上绝对不让步，所以，他宁死不屈，与暴君不共戴天。”（西塞罗）

死和生其实是一样的。就算死了，我们也仍然是原来的那个人。我总是习惯用生来解释死。如果有人告诉我说某人的死看上去非常壮烈，但是却活得很窝囊，我就很肯定他的死一定是轻于鸿毛的。他的死和他的生应该是一致的。

因此说，从容地死，通过灵魂的力量获得视死如归的精神，我们能说它使美德的光辉削弱了吗？头脑中真正有一些哲学思想的人，谁可以想象苏格拉底在经受牢狱、枷锁和死刑之灾的过程中，表现出来的只是不怕死、不怕苦的精神？谁不承认在他身上不仅表现出坚定和顽强（这是他一贯的作风），在他的谈话和对待死亡的态度中，还有一种说不出的新鲜的幸福感和幽默的愉悦感？除去镣铐后在腿上自由挠痒带来的快感使他的身体为之一震，因为摆脱了过去的苦难，并得以认识未来的事物，他的头脑中不也在呈现着同样的轻松和快乐吗？请卡东多多原谅我，可以说他的死的确悲惨，让人揪心，但是苏格拉底的死，我不知道怎么描述，应该是更加壮丽吧。

阿里斯迪普对哀悼的人说：但愿诸神让我像他一样死得其所！

人们从这两个人物以及他们的模仿者（因为，我一直在怀疑是否真的有同样的人）的灵魂中看到，那是一种习以为常的美德，已经成功变成了他们性情的一部分。它不再是令人痛苦的美德，也不再是强迫你绷紧神经贯彻理智命令的美德；这是他们灵魂的精华所在，这是美德自然而真实平常的行动。这是他们长期坚持实践哲学的教条，而哲学的教条又恰好遇上了美好和丰富的天性的最终结果。我们心中产生的从恶的欲念，在他们那里无门可入；恶念刚一萌芽，就被强大和坚韧的心灵力量所窒息和扑灭了。

依照我的观点，通过崇高和神圣的决心，阻止诱惑产生，培养美德从而使罪恶的种子无地生根，这比起花大力气阻止罪恶发展，等到遭到情欲突袭时才匆忙拿起武器，阻止它并克服它的行为来说，显然是更好的办法；而后一种情形，也肯定比只是因为天性随和及善良，天生讨厌堕落和罪恶为好。因为，这第三种和最后一种情况，它们似乎可以使一个人清白，但是不能使他具备任何美德；可以使他们免做坏事，但是也不足以促使他做好事。不仅如此，这种天性非常接近于缺点和弱点，我甚至都不清楚该如何划分界限，从而将它们正确的区分开来。正由于这个原因，善良和清白在某种程度上来说是两个贬义词。我见到过许多德行，比如节欲、吃喝有度等，可能是因为我们的身体出了毛病的结果。临危不惧（如果这也叫坚定），宁死不屈，忍受命运的打击和苦难等，很有可能是由于在判断不幸事件时出了一些差错，或者是没有实事求是地思考困难所造成的。不明事理和愚蠢，有时候会模仿德行。例如，我经常见到下面这样的情形，明明应该受到责备的人结果却受到了赞扬。

一位意大利的绅士，有一次对我说了以下对他的同胞们大不敬的话："意大利人性格的细腻，他们思想之活跃，使他们可以很早地预见到危险和麻烦，如果你见到他们在证实危险以前就已经早早做好了安全准备，你千万不要大惊小怪；我们和西班牙人都不是那么精明的人，我们就会做得更加过分，必须亲眼看到并且亲手触摸到危险，我们才会感到害怕，但是到了这种时候，我们可以做的除了束手待毙之外已经别无选择；德国人和瑞士人更加粗鲁也更加笨拙，他们直到大难临头之际才会如梦初醒。"他说的很可能就只是笑话而已，但是千真万确，在战争这个行当中，不顾一切横冲直撞的通常是新人，在被蛇咬过之后他们就不会如此轻率了：

凡是当兵的都知道新的胜利、首次凯旋的温馨希望有多大的力量。

——维吉尔

这便是为什么判断一个人的行为，我们必须在综合考虑各种环境因素和完成行为的那个完整的人之后，然后才给它一个结论的原因所在。

现在来说说我自己。我有时候听见朋友们把本来是运气的东西说成是我的智慧；把本来是判断力和思想上的优点说成是我非常勇敢和坚韧；他们还给我各种各样的头衔，有的对我有益，有的对我非常不利。但是无论怎么说，我距离佼佼者这个比较完美的第一种情形，就是美德已成为习惯的阶段还非常遥远，也没有表现出第二种情形里的应有的能力。我还没有尽全力控制一直在困扰我的欲望。我的美德，实质上只是某种品德，或者说得更清楚明了一些，仅仅是一种偶然的突然的纯洁。如果我天生再放荡一点儿，我怕我的一生将变得十分可悲。因为，在我的心中还没有坚定地对付哪怕是稍微激烈一点的欲望的经验。我不知道应该如何争论和抗争。所以，我在今天能够避免很多的毛病，实在不觉得自己有什么功劳：

如果我的天性在整体上说是正直的，
缺点平常且不多，就像美丽的面庞上有几处淡淡的污点，
我将它归功于我的运气，而不是我的理智。

——贺拉斯

命运将我降生在一个以诚实著称的家庭里，我有一个非常好的父亲，我不清楚他是否把他的一部分好性格遗传给了我；或者说，家庭的好榜样和我童年时代所受的良好教育在无形中起了很大的作用；我出身如此，或者说还有别的原因：

也许是受到天秤座或天蝎座的眷顾，
他们用严厉目光注视着我的诞生；
也许是因为摩羯座赫斯贝里海的暴君……

——贺拉斯

不管怎么说，我憎恶大部分的不良习惯。有人问安蒂斯坦纳学什么才

是最好的，他说：不要学坏，他似乎很特别注重地强调这一点。我说，我厌恶那些毛病，完全是出于一种十分自然，完全个人的趋向的驱使，我把襁褓中带来的本能和印记一直保存了下来，而且在任何环境之下都没有变化过；甚至我都没有改变我个人的判断，由于我的判断在一些事情上的确会偏离常规，如果有所改变的话，是很容易让我做出我天生憎恶的行为的。

我现在想要说一件丑恶的事，不管它怎么丑恶都得说：我发现，实际上我的行为比思想更严格、更规矩。我肉体上的堕落远不及理智的堕落。

阿里斯迪普发表过非常大胆的意见，支持肉体享受和财富，在整个哲学界掀起了轩然大波。但是关于他的品行，有以下这样一种说法：暴君德尼曾经送给他三位美女，让他随意挑选，他说三个都要，而且还说在三个女伴中最偏爱其中一个，结果帕里斯最后倒霉了。但是，当阿里斯迪普把这三位美女带回家以后，碰都没有碰就把她们打发走了。他的仆人背着大袋的钱，不能承受如此大的重量，他就命令仆人把钱袋扔了，把那些碍手碍脚的东西全部都丢掉。

至于伊壁鸠鲁，他的教条是反宗教的，是柔弱的，在他的一生中他表现得非常虔诚和勤奋。他写信给他的朋友说，他仅仅依靠面包和清水度日，他请求他的朋友寄一点奶酪给他，让他可以在某一天想做大餐的时候使用。为了做一个完全的好人，必须通过个人的、内心的、天生的、全身心的、没有规矩、没有理由、没有榜样的方式才能够做到，但是真的是这样吗？

感谢上帝，我的放纵还不算是最坏的。因为，我的判断能力还没有被它们完全破坏。我在心里毫不留情地谴责它们；相反，我抨击我自己放荡的行为的时候，比抨击别人的更加厉害。但是，事情到此结束；因为，不管怎么说，我的抵御力太弱，除了为节制放纵，阻止它们同别的毛病掺杂在一起之外的目的外，我特别容易倾向于天平的另一端，因为很大一部分的坏习惯都是盘根错节、相互纠结的，如果哪次不小心，它们就串联在一起了。我自己的那些毛病，我竭尽全力将它们分开，尽可能地使它们变得孤立和简单。

我不过分纵容陋习。

——郁文纳尔

再说说斯多噶派的观点，他们说智者在行动的时候，会动用所有的美德，虽然根据每种行为的性质不同，其中某一种美德会显得相当地突出（拿身体做这方面的比较也许可以清楚地说明问题，一个人在愤怒的时候，必须调动所有的情绪，虽然愤怒占据主导的地位），但是如果他们由此就得出类似的结论，说坏人在犯罪的时候一定会集中所有的恶习，我不会毫无保留地相信这种说法，或者说我不太明白，因为凭经验我感觉到事实是完全相反的。哲学界在这些十分微妙和抽象的问题上已经争论了很久。

我对有些毛病听之任之，不加理会，但是对另一些毛病，却像圣人一般唯恐避之不及。

同理，亚里士多德的支持者们怀疑所有恶习之间存在着不可割裂的紧密联系；但是亚里士多德认为，一个谨慎和正派的人也可能在欲念方面无所节制。

曾经有人在苏格拉底的相貌中看出他有某种罪恶的倾向，而苏格拉底本人也承认自己确实有这种自然的倾向，但是他通过行为守则改正了。

与哲学家斯蒂尔蓬关系密切的人说，他天生就喜欢美酒和女色，但是最终他通过努力和坚持将两者都成功地戒除了。

相反，我所有的优点都幸运地来自于出身很好。既不是得之于法律教条，也不得之于其他的教育。我身上的清白，是一种与生俱来的清白：没有活力，欠缺艺术。在形式多样的罪恶中，我最憎恨的就是残忍，无论是先天的还是后天的结论，我都认为残忍是最大的罪恶。我敏感到甚至不能看别人杀鸡，听不得野兔在猎狗的撕咬下呻吟，那样我会感到恶心，虽然在很多人看来打猎是一种非常刺激和有趣的活动。

那些希望达倒肉体享受的人，很自然地会使用以下这个论点，用来证明肉欲是十分罪恶的和不合理的——当它无限膨胀的时候，就会完全控制我们，使理性根本就无法发挥其应有的作用。他们的依据是在我们和女人交往中得出的经验。

快感到来的瞬间，维纳斯亦将为沃土播下种子。

——卢克莱修

他们觉得快感令人忘乎所以，使理智在享受肉欲中麻痹和陶醉，并慢慢地失去作用。我知道，假如你愿意的话，也可能发生另外一种事情，在你的心里会同时产生另外一些想法。但是，你的心必须同时紧张专注地去捕捉所有。我知道有人能够控制快感的诱惑；我本人就有这种本领，所以，我并不认为维纳斯是个激情澎湃的女神，虽然有很多比我更加洁身自爱的人是如此的想法。和一个心仪已久的情人自由自在地共度良宵，严格遵守只可以亲嘴和轻抚的承诺，我觉得并不像纳瓦尔的王后的《七日谈》（从内容来说是一本很好的书）这本书里所说的那样是奇迹和一件非常困难的事。我相信，打猎的例子更贴切一些（因为没有那么多快感，但是会有更多的乐趣和惊喜在里面，我们的理智常常会因为兴奋而没有时间准备或应付突发的事件），在长时间的搜索以后，猎物突然蹿到你的面前，而且是在最令我们意想不到的地方。这种震动和猎人们的激动欢呼给我们非常深刻的印象，钟情于此类狩猎活动的人在这个时候是不会想到别的事情的。所以在诗人们的笔下，黛安娜战胜了丘比特的火把以及弓箭：

置身其中，怎么能不忘记爱的痛苦和烦恼？

——贺拉斯

回到我自己的话题上来吧，我十分同情别人的痛苦，不论是什么原因造成的。能哭的话，我会很容易就和大家哭成一团。没有任何东西比眼泪更容易使我流泪，不仅仅包含真实的眼泪，而是不管什么眼泪，装的也好，假的也罢。人死了，我不怜悯，我羡慕他们；但是，我可怜那些奄奄一息的人。我不认为野蛮人那种烧烤和吞食死者的遗体的行为比那些折磨和迫害生者的行径更加令人震怒。执法处决，不管多么有理，我都没有十足的勇气观看。曾经有个人为了证明恺撒大帝的宽容，对别人说：恺撒的报仇方式是非常温和的。他迫使曾经抓捕过他，并且强迫他付出赎金的海盗投降。最后他判他们钉十字架，因为他曾经对他们这么说过，不过他是事先把他们掐死以后才钉上去的。他的秘书菲洛蒙妄图毒死他，他惩罚的办法也就是最普通的处死罢了。且不讨论提出恺撒只杀那些冒犯他的人并以此证明恺撒的宽容的拉丁作家是哪一个，我们可以很容易地猜测到，罗马暴君们惯用的下流而恐怖的残忍手段对他的影响极深。

对于我来说，我认为在法律的范围之内，一切超越于自然死亡的手段之上的行为，都是绝对残忍的，特别是在我们这里，我们特别关心灵魂离开时的完整性；但是，如果一个人受到无以复加的折磨之后的动摇而绝望的灵魂，是无法做到这点的。

有一天，一名被俘的士兵从关押他的塔楼里，远远看到有很多木匠在广场上搭建高台，并且有很多老百姓聚集在一起，他在心里肯定高台是为他而搭建的。于是他绝望了，但是手边没有任何东西可以帮助他自杀。偶然间他找到了一颗大车上用的已经生锈的钉子，就随手拿起来朝着喉咙用力捅了两下。但是他发现这样子根本就死不了，于是他又朝着肚子狠狠地捅了一下，终于他昏死过去了。有个卫兵进来看他，发现他昏迷不醒。他们把他救活以后，就利用他再次昏厥之前的时间，找人即时宣读了砍头的判决书。这个士兵高兴万分，原来不肯喝酒，现在也肯喝了；他甚至还感谢法官们的判决手下留情，解释说他轻率的自杀行动完全是由于他亲眼看到广场上在做的那些准备工作，他害怕他会遭受比这更残忍的酷刑。

我的建议是，迫使老百姓安分守己的这些严酷的例子，可以拿来对付罪犯的遗体：因为，看到他们的遗体被剥夺宗教的葬礼，然后用镬煮，被人用刀剐，对于所有凡夫俗子来说，这样做和令活人受罪的效果基本上是相同的，虽然实际上这并不算什么，或者说根本什么都算不上，正如上帝所说："那杀身体以后，不能再作什么的。"（路加福音）而诗人们却大肆宣扬恐怖的画面，这种行为甚至在死亡的恐怖之上：

唉！国王的遗骸被烧焦了一半，
骨头暴露在外，满身黑污的血迹，
在地面上惨遭拖刑。

——埃尼厄斯

我有一天在罗马，刚好见到要处决著名的盗窃犯加特纳。他首先被绞死，围观的人群一点反应都没有；但是，到了刀剐尸体的时候，刽子手的每一个动作都会使人群中发出阵阵叹息声和惊叫声，仿佛每个人都对这具尸体怀着一分感情似的。

这种非人道的过分举动，只应该施加于树皮等无生命的食物，而不应该施加于有生命的肉体。因此，在处置类似的案子的时候，阿尔达泽尔泽斯改变了古代波斯国的严酷法律。原来犯渎职罪的贵族一律施以鞭刑，他命令脱下衣服，用衣服替代肉体来受刑；原来拔头发的刑罚，也变成了削冠以代罪。

虔敬神灵的埃及人认为，供奉彩绘的猪，就已经足够满足神的要求了。这是十分大胆的发明创造，用颜料和模样来收买真实存在的神明。

我生活在这么一个时代，内战绵延不断，残忍的例子数不胜数；在古代历史中，我们根本没有见过比目前的情况更加糟糕的事。但是，我却没有一点习以为常的感觉。在亲眼目睹之前我总是勉强地劝服自己，有一些魑魅魍魉，专门以杀戮为乐，它们存心犯这种罪行：砍掉别人的脑袋和四肢；费尽心思发明新的酷刑和新的杀人方式，不为仇恨，不为金钱，就只是为了享受那些垂死挣扎表现出来的有趣情景，以及临死前的呻吟和哀号，在极度痛苦中说的凄惨的话语。因为，这是残忍所能达到的极点，无法再继续超越。“一个人杀另外一个人，既不是出于仇恨，也不因为恐惧，只是为了看看死亡的场面。”（塞内克）

从我而言，每次看到追逐和杀害无辜、无助、对我们不造成任何伤害的小动物，我都感到心情无比沉重。就像通常出现的情形那样，一只筋疲力尽、走投无路的小鹿，最后逃回来自动地匍匐在我们面前，泪水涟涟地苦苦哀求。

> 它似乎是用悲鸣和鲜血在哀求。
>
> ——维吉尔

对我来说，这始终都会是一幅令人非常难受的画面。

我不大去抓活生生的动物，抓住了一般也会放他们走。毕达哥拉斯甚至向打鱼的和捕鸟的人买来这些被抓住的动物来放生：

> 我想，这是第一次短剑沾上了野兽的血。
>
> ——奥维德

对待动物的血腥行为和手段，反映出人性残忍的天然趋向。

在罗马稍稍习惯了斗兽的场面以后，我们来谈谈人和斗士。我一直担心，大自然本身就赋予了人某种不人道的天性。没有人会去看动物间的嬉戏和爱抚并以此来消磨时间，但是人人都会很乐意见到它们互相撕咬和残杀。

希望大家不要嘲笑我对动物的这种同情心，因为神学一直也在教导我们要爱护动物；要想一下是同一位主人安排我们住在这座宫殿里，我们在这里伺候他，动物和我们都是这个大家庭的一员，这个家有理由要求我们尊重和爱护这些动物。毕达哥拉斯借用了埃及人的灵魂转世说。后来，这种学说又被很多民族，特别是被我们的德洛伊教派所接受：

灵魂是不死的，他离开原来的家，
就会去一个新家，在新家安顿和居住下来。

——奥维德

古代高卢人的宗教认为，灵魂是永恒不灭的，它会不停地迁移，不断地变换地点，从一个人身上迁移到另一个人身上；而且，他们的想法里还加入了神的意志。因为，他们说根据灵魂的品行，当它还停留在亚历山大身上的时候，神就已经为它指定了另一个要去的身体。一个多多少少会有点辛苦，但是与他的身份相称的地方：

他把灵魂关在野兽的身体里：
残忍的灵魂关在熊的身上，
窃贼的灵魂关在狼的身上；
他把狡猾的灵魂关在狐狸身上；
然后经过年年月月的轮转和千万次的变化，
他把它们放进叫雷德的冥河里净化；
再让它们回到源泉的地方：
如果灵魂是英勇的，就去雄狮的身上；
如果是贪欲的，就去猪的身上；
如果是胆小的，就去鹿或者是兔子身上；
如果是狡猾的，就去狐狸身上：
依此类推，遭此惩罚之后再回到另一个人的身体。
至于我自己，我还记得，
在特洛伊战争期间，我是潘德的儿子欧福伯。

——奥维德

至于人和动物之间的亲缘关系，我没有太多的根据；同样，有很多民族，特别是那些历史悠久的和文化比较高雅的民族，他们不仅接纳动物，和动物为伍，甚至还给予它们远在自己之上的地位，时而把它们看作是神的私交和宠儿，对它们顶礼膜拜，超过一般人所能得到的待遇；时而直接把它们奉为神明。

> 野蛮人将动物神化，因为动物给予他们好处。
>
> ——西塞罗

> 有人崇拜鳄鱼，
> 有人看见嘴里叼着蛇的白鹳就惶恐万分。
> 这里矗立着长尾猴的塑像，
> 那里是河里的一条鱼，
> 还有全城的人敬仰的小狗，
>
> ——尤维纳利斯

普鲁塔克在解释这种谬误的时候——非常理智地解释——对它们还是十分尊重的。因为，他说埃及人崇拜的不是猫或牛（只是举例），而是这些动物所体现出来的神的能力。牛代表着坚韧和有用，猫则代表着活力。或者就如同我们的邻居勃良第人和所有的德国人一样，没有办法承受被围困的局面，那么对他们来说这就代表了自由他们所热爱所崇拜的，压倒了任何其他的神力的自由，还有许多其他的例子。但是，在最温和的言论当中，我曾经听到过一种试图提出我们和动物之间紧密相似的推理，动物同样也应该享有一份与我们相同的特权，动物和我们比较是多么相像，我的傲慢心理大受打击。我也开始自觉地脱离自认为比其他物种均高一等的梦想王国中。

即便动物没有这些优越的地方，人类对有生命和感情的动物，甚至对树木和花草，都有某种尊重和普遍的义务在里面。我们所有的人都应该平等待人，善待和关爱其他的有感受力的生命体。我们和它们之间存在着某种社会联系，我们相互之间承担着责任。我不怕说这些观点出来，我天性温情如孩童，我从来都不会拒绝我的小狗和我亲热或者要求我和它亲热，不管是否符合时宜。土耳其人有施舍给动物的习惯，有为动物治病的医院。罗马人建有喂养鹅的公共机构，因为他们得益于鹅的警觉性①，所以卡皮托尔山因此而得救；雅典人下令：凡是参加过埃加彤贝东神庙建设的骡子，不论公母，一律获得自由，可以不受阻挠地随处觅食。

阿格里根特人都普遍地有厚葬宠物的习惯，比如那些对他们有特殊贡献的马匹、狗和益鸟，甚至给孩子们当宠物的小动物。他们习以为常地铺张地对待任何东西，从众多多少个世纪以来高高耸立供人瞻仰的豪华的陵墓中可见一斑。

埃及人在圣地里埋葬狼、熊、鳄鱼、狗、猫等动物，给它们的遗体涂上香料，为它们举行隆重的丧礼。

西蒙曾经三次赢得奥林匹克运动会的赛马比赛，他为马匹在死后举行了隆重的葬礼。老克桑蒂普把他的狗葬在海边，此后海边的这个地方也因此而闻名。普鲁塔克踌躇再三，他说，才最终决定以低微的价钱将为他服务多年的牛卖给了屠宰商。

12　雷蒙·塞邦赞的辩护书

确实，科学是一个非常有益、非常重要的元素。谁轻视科学就只能说明他自己很愚蠢，但是我也不会轻易地就把科学的价值夸大到如某些人所说的那种程度，例如哲学家埃里吕斯，认为科学能使我们聪明和幸福等，我对此未敢苟同；我也很怀疑有一些人所说的，科学是一切美德的源泉，任何罪恶都属于无知的产物。如果真的如此，倒是值得我们详尽讨论一番。

很长一段时间以来我家的门历来向有学问的人士敞开，而且为他们所熟悉，这是因为我的父亲五十多年来一直在主持这个家；弗朗索瓦国王一世非常崇尚文艺，他也因此沾染了这份新的热忱，慷慨结交博闻强识之人，在家里接待他们，把他们奉为特殊的受过神的智能熏陶的圣人，并且把他们的言论当成神谕；特别是他自己没有多少判断能力，也没有比他的

① 据普鲁塔克一书的记载，日耳曼日夜袭罗马，被城里的鹅发现，惊醒卫兵，奋勇保卫。

前辈具备更多的知识，所以就对他们更加敬重和虔诚。我喜欢他们，但是我不顶礼膜拜。

这些人中间有皮埃尔·布奈，在当时他曾经是大名鼎鼎的学者，在父亲的陪伴下，他和几位同道在蒙田领地住了几天，在他临去时他送给我的父亲一部书，书名叫《自然神学，或称创造物之书》，雷蒙·塞邦所著。父亲掌握意大利语和西班牙语，而这部书是用一种很不纯粹的中间夹杂着拉丁语的西班牙语写成的，布奈认为只要对父亲稍加指点父亲就可以读懂，推荐说这是一本非常有益，而且切中时弊的书；因为在那个时候路德的新见解开始风靡一时，以往的旧信仰中的许多原则都受到很大的冲击。对于这方面他有一条非常中肯的建议，从理性的推理出发，他预测到这场风暴一旦蔓延开来，将很容易变成万恶的无神论；因为普通人没有足够的智商对事物做出实事求是的判断，而是会受表面现象的迷惑从而随波逐流。一旦涉及可以拯救他们个人灵魂的宗教他们就会无限崇敬，但是一旦他们有了胆量藐视和批评曾经遵循的信念，怀疑和评价宗教的条条框框，他们就会很快对信仰中的其他很多信条表示怀疑；因为剩下的部分在他们的心中并不比那些已经动摇的信条更具权威性，或者说更有基础；用不了多久他们就会像推翻暴政的桎梏那样，去推翻那些只是出于法律的权威性和对习惯的尊重传统而接受的各种其他限制。

从前怕得要死的东西，如今狠狠地踩在脚下。

——卢克莱修

从此以后，凡是他们都想发表意见，不经他们点头认同都休想通过。

父亲在去世的前几天，偶然在一堆即将要销毁的废纸中发现了这部书，他嘱咐我把这本书翻译成法语。翻译像他这样的作家的作品是一件快乐的事，因为他们的文章都是言之有物的。但是有一些作者特别重视语言的优美雅致，接触他们的作品就很难应付，尤其当我们想要用一种意思较贫乏的文字来表达他们的意思时，就更是难上加难。对我来说翻译这本书是一件新奇的工作。我当时恰好有时间，完全不可能拒绝这位世界上最好的父亲的任何要求，所以就只好勉力而为。这下父亲喜出望外，然后他还吩咐我要把翻译完的书刊印出版，但是那件事是在他故世以后我才做到的。

我觉得这位作者具有十分美好的思想，作品的结构十分严谨，目的也很明确、虔诚。因为有很多人，尤其是那些需要我们服务的太太们，都喜欢读像这样的一部书，我有时可以给他们解疑答难，针对人家对它发起的两大责难进行辩护和反击的目标大胆果敢，力图通过人类和自然的理性与无神论针锋相对，建立和证明基督教的全部信条。说实话在这方面，他表现得非常地坚定和出色，我认为不会有人可以跟他匹敌，不可能会有人提出更有力的论证。我认为这部作品简直是太丰富太完美了，但是我没有想到这么伟大的一部作品竟出自一位默默无闻的作家之手。我们只知道他是西班牙人，两百年前曾经在图卢兹行医。以前我曾经向阿德里安·图纳布斯打听过这部书，阿德里安·图纳布斯是个万事通，他回答我说，他认为这是从圣托马斯·阿奎纳斯作品中摘录出来的最精华的部分；说句实话，只有这位才智出众、学识渊博、感情细腻的大师才能拥有这样的思想。但是，无论写这部书和创建这些思想的人是谁，他总是一位非常了不起的、在各方面都非常有成就的人（没有更多的论据就轻率的认为塞邦不是这部书的作者，这是说不过去的）。

对他的著作的批评之一，是说基督徒妄图以人的理智支撑信仰。信仰是需要依靠心诚、依靠天恩对人的启示而得到的。这条责难里面包含着一种虔诚，因为这个原因，如果我们想要说服提出这个责难的人，就尤其应该持一种平和的、尊重的态度。这项工作最好由一位精通神学的人来做，而我则对此一窍不通。

然而，我是这么看的：对于一桩如此神圣和崇高，并且超越人类智慧的事情，就像上帝用来照亮我们心灵的真理一样，为了能很好地在我们心中孕育并且生根，还必须依靠上帝的协助、开恩和照顾。我不相信纯人类的手段有什么效力。如果人们可以的话，那么在过去几个世纪以来，那么多高人贤士、人中俊杰，不至于一直空谈议论而达不到这样的认识。唯有信仰才有力量可靠地掌握宗教的深层奥秘。但是这也不是认为，利用上帝赋予我们的自然的和人体的工具来为信仰进行服务，就不是一项十分美丽和可敬的事业。通过学习和思考去赞扬、传播和丰富那些信仰的真理，是最值得基督徒追求的工作和目标，没有其他的工作和计划更值得一名基督徒去做了，这也是坚信不疑的。我们不仅应该在智慧和灵魂上为上帝服务，还应该把身体也同时贡献给他。我们还要用肢体和动作等外在的表现表示对神的敬仰。在信仰中注入了我们所有的理智，但是我们始终不能忘了这一点，这些超自然的神圣的奥秘，不是仅仅靠我们，也不是仅仅靠我们的努力和论断就能够知晓的。

如果信仰不是以潜移默化的特殊方式慢慢渗入我们的心灵，而是通过后来的理念和人力来接受和完成的，这种信仰就不会达到至美完善的境界。当然我认为我们现在还是只能通过这种道路享受信仰给我们带来的乐趣。如果我们通过生动活泼的信仰热爱上帝，如果我们不是因为我们自己而热爱上帝，而是因为上帝而热爱上帝，如果我们的立足点和基础全部都是以神为主的，来自人的困扰就会失去它原有的那种可以动摇我们的力量。我们不会因微弱的炮火的一次攻击就把这座堡垒拱手让人；新奇的追求，权贵的淫威，各种派别的建立，我们的想法急剧而随意的改变，所有这一切就都不能动摇和改变我们的信仰，我们不会因为只是听到了新颖的论据和听从巧言善辩的人的劝说就使我们的信仰发生混乱，我们可以做到在风口浪尖坚定不移。

像一块巨大的岩石屹立在水中，
顶住袭击而来的风浪，
击碎四周咆哮的波涛。

——阿侬

神性的光芒轻轻地拂过我们的身体，立竿见影的效果将随处可见，不仅仅是我们的语言，还有我们的行动也都会晶莹剔透。我们所做的一切，全部都染上了这种崇高的光明。实行他的学说虽然说是艰苦卓绝，不管什么派别，不管他们的学说多么艰深和奇特，都未曾有信徒以此规范自己的行为和生命；然而基督徒对于这些天条圣训就仅仅是停留在口头上，对这一点我们应该感到羞耻。

你们想见证事实吗？把我们的生活习俗与一名穆斯林或是一名异教徒相比，我们就远远比不上他们。从我们宗教的长处来说，我们更应该出类拔萃，使其他人都望尘莫及。大家不是经常说："他们就是那么公平，那么仁慈并且那么善良吗？毋庸置疑，他们一定是基督徒。"其他所有的表现在一切宗教中都是一样的：希望、信任、节日、仪式、救赎、殉道。我们的真理的最大特点是我们的德行，它既是最高、最难的标记，也是真实和庄严的证明。善良的圣路易这样做是非常有道理的：那位鞑靼国王在皈依基督教后，计划着到巴黎来亲吻教皇的脚，并且亲眼目睹我们风俗中的那种圣贤流韵，圣路易对他再三进行劝阻，担心我们放荡的生活方式会使鞑靼国王改变初衷，放弃原来十分神圣的信仰。

但是后来却有一个犹太人出于截然相反的原因皈依了天主教。这个犹太人怀揣着同样目的到罗马去，看到僧侣和民众的堕落和放荡，但是这些都更坚定了他留在教内的决心，他坚信在这些堕落和罪恶的人中间可以保持宗教的尊严和辉煌是需要很大的力量和无比的虔诚的。

“我们若有点滴虔诚，就有力量移动一座大山，”圣经上这样说：如果我们的行动受到神灵的指引和相随，那么这就不仅仅是人的行动了，它们就会像我们的信仰一样包含无限的神奇。“如果信神，你的人生很快将变得善良和幸福。”

有的人试图要大家相信他们对自己不相信的东西是应该相信的。有些人——占大多数——强迫自己相信自己是相信的，但是他们弄不清什么是真正的信仰。

我们会感觉很奇怪，在这战火纷飞的年代，我们对很多事件的发生和事态变化都早就已经习以为常了。这是因为我们只是在用自己的眼光来看待这些问题。所谓的正义存在于交战的一方的说法，只是一种装饰和刻意掩盖；人们引证正义，但是并不接纳、欢迎和信守它；正义仿佛是律师嘴里的字眼，但是它不是教徒心中的信仰。上帝只是对信仰和宗教，而非对我们的情欲给予神奇伟大的帮助。人类本来应该为宗教服务，但现在却利用宗教发动战争。

现在不妨想一想，如果宗教掌握在我们自己的手中，岂不就如同用蜡去塑制很多不同的形状，最终跟不偏不倚的尺度是格格不入的吗？在法国的历史上，什么时候能比现在更加一目了然吗？有的人会这样解释，有的人又会那样阐释，有的人把它说成是黑的，但是同时又会有人把它说成是白的，然而所有这些都同样是在利用宗教去完成自己暴力和充满野心的事业，以至于在关系人生的行为和法则等大事上，我们怀疑甚至完全无法相信他们在观念上有丝毫的分歧？哪怕是在同一个学派内，我们又何曾看见过比现在更为协调一致的做法？

还可以看一下我们是多么厚颜无耻地在玩弄着神圣的学说，又是多么亵渎神圣般地根据政治风暴中变幻无常的命运的现状，时而抛弃，时而重拾神意。下面这条庄严的宣言：为了捍卫自己的宗教信仰，臣民可以拿起手中的武器来反抗他们的君主。首先让我们好好地想一想，去年是谁在说肯定的答案是某党某派的基石，否定的答案是另一党派的基石，现在我们再来看看当初说这些"赞成"和"反对"的人又分属于什么阵营；为了这项事业是不是比为了另一项事业能更加少动干戈。一些人说真理必须服从需要，然后我们就判处这样的人以火刑。在法国实际做的又比说的要坏多少呢？

我们还是承认事实吧：即使是在一支合法的、温顺的军队中去抽调仅仅是因为宗教热忱而选择冲锋陷阵的士兵，然后再抽调怀着为了保护国家法律或效忠君王的心理的士兵，要想把所有这些人联合组建成一支完整的军队是不可能的。在公众服务中可以保持相同意志和进取心的人怎么竟然会那么少？我们可以看到他们一会儿在踱着方步，一会儿又快马加鞭；同样是这些相同的人，他们一会儿粗暴贪婪，一会儿又变得冷漠、软弱和迟钝，否则就是在个人的和暂时的利益驱使下瞎干，把我们的事情搞得一团糟，这些又是为什么呢？

我心里十分清楚，我们信教是因为它迎合我们的情感。世间没有哪一种仇恨能够像基督徒的仇恨那样深。我们在通往仇恨、残忍、野心、贪婪、诽谤和反叛的斜坡上冲劲十足，反之，除非是出现奇迹这个人天生就是好脾气，没有人会向着善意、宽容和节制的道路奔腾而去。

宗教的目的本来是铲除邪恶，但是现在我们却在遮掩罪恶，培养罪恶和鼓动罪恶。

俗话说："不要将枯草献给上帝。"如果我们相信上帝——我不说出于虔诚，而是说是出于一种非常普通的信仰（我说这话会令大家非常惭愧）——如果我们相信他，甚至把他当作另一段历史里的一个人物，把他当成我们的朋友，为了他的无限慈爱和慷慨仁慈，我们就一定会爱他胜过爱其他任何东西，最起码不亚于爱财富、玩乐、光荣以及我们的朋友。

我们之中的很多佼佼者会害怕得罪他的邻居、亲戚或主人，但是却从来不怕得罪上帝。一方面是可供邪恶享受的实物，另一方面是同样千真万确的永恒的荣耀，两者都同样熟悉，同样诱人，然而会有人头脑那么简单，去用欢乐来交换光荣吗？往往我们对两者都不屑一顾，如果不是冒犯本身的乐趣吸引着我们去亵渎神灵，那么还会有什么样其他的乐趣呢？

有一个教士向哲学家安提西尼传授俄耳甫斯的神秘教义，这个教士对他说，为教团献身的人将被指定享受永恒的天堂之福，然而安提西尼回答他说："既然如此，那为什么你不自己去死呢?"

第欧根尼更加干脆——这是题外话——祭司同样鼓励他加入教团，以便日后去天国享受永福，第欧根尼回答他说："你是想要我相信，阿格西劳斯和伊巴密浓达那些伟人下一世都将会非常悲惨，而你这头水牛就仅仅由于当了教士就会活得非常称心如意?"

这些将会得到至福的庄严许诺，如果被换成另外一种哲学课题被我们所接受，我们就不会像现在这样惧怕死亡了。

临死的人不会再哀叹自己的消亡，

而是会庆幸自己像蛇蜕皮或鹿换角一样摆脱了肉身。

——卢克莱修

有人说，我情愿解体也要和基督永远在一起。柏拉图大力宣扬灵魂不灭，激情澎湃，慷慨激昂，诱导他的几名弟子去寻死，只是为了及早享受到他暗示的那种希望。

这一切都是十分明显的例子，我们完全在按照自己的方式，用我们的双手接受基督教，这与别人接受别的宗教没有什么区别。我们都是十分偶然地出生在信仰某个宗教的国家里的，或者是我们尊重先辈的宗教传统和维护宗教权威，或者因为害怕它对异教徒的诅咒；或者因为我们追求它许下的承诺。这些考虑对我们的信仰起了很多的作用，但却只是补充作用，这些都属于人与人的关系。换一个地方，换一批左右邻里，可以用相似的许诺或者是威胁，使我们沿着相同的道路信仰另一个可能完全对立的宗教。

即使我们做了基督徒，我们也同样可以做佩里戈尔人或日耳曼人。

柏拉图说，非常坚决地不信神的人十分少，遇上紧急的危难的情况他们都会承认神的威力，这不是真正的基督徒的处事方式。凡人的所作所为所能接受的宗教，仅仅是只属于一些凡人的宗教。在人心卑劣或懦弱的时候而抱有的信仰可能会是一种什么样的信仰呢?因为没有勇气说不相信，所以才相信自己所信的东西，这样的信仰岂不可笑！一种不良的情欲，例如说反复无常，惊慌失措等，这些能使我们的心灵正常发展吗？

柏拉图说，无神论者凭着理性判断，确认关于地狱和来世受难的说法纯属虚构。但是随着老年或疾病的来临，在他们与死亡越来越接近的时候，想到死后恐怖的情景内心就会充满恐惧，然后就又会有了信仰。

由于这些渲染会使人失去勇气，所以柏拉图在他的《法律篇》中闭口不谈这种威胁，他坚称神不可能给人带来伤害，即使有苦难降临，也是为了人的最大好处，最大限度地为人着想，有一个好地治疗效果。

他们还提到比翁的故事，比翁受到西奥多勒斯的无神论的深深毒害，长时间以来一直在嘲弄那些宗教人士，但是当死亡向他走近时，他却陷入了极端的迷信，仿佛神是会依照比翁的意愿消失和出现似的。

以上提到柏拉图和这些例子是要得出下面这样的结论：我们信神，或者是出于热爱，或者是因为被迫。作为一种学说，无神论似乎是荒诞和违反自然的，尽管无神论势头凶猛并且难以驾驭，但是它很不容易在人心中生根发芽；有很多人因为虚荣和自大的心理，刻意提出改造世界的新主意，追求不同凡响的新方法，从容镇定地到处宣扬无神论，尽管他们十分大胆勇敢，但是他们却没有力量使他们自己在良心上深信不疑。如果你在他们的胸前捅上一剑，他们绝对会马上合拢双手并且举向天空。等恐惧和疾病平息一时失控的情绪时，他们就会恢复镇定，悄悄地接受信仰和榜样的控制。认真研究探讨教义是一回事，肤浅的浮想又是另外一回事，那是来自某个人的想入非非，它漂浮不定并且漫无边际。那些可怜并且没有头脑的人，他们企图当个乱世英雄但是却又做不到！

归根结底，柏拉图的心灵十分伟大也只是从人的高度来说的，因为固有的谬误和对我们神圣的真理的无知，他犯了另外一个很相似的错误，他认为儿童和老人是更容易接受宗教的，就好像宗教是由于人的蒙昧而创造和发扬光大的一般。

连接我们的判断力和意志力，使我们的灵魂靠拢造物主并合二为一的结，应该是一个松紧自如的结。它的伸缩和力量不应该来自于我们的考虑、我们的理智和情感欲望，而应该是来自于神圣的和超自然的动力，它只有一个形状、一个面孔和一个外貌，就是神的权威和恩泽。我们的心灵和灵魂一旦受到信仰的支配，身体的其余部分都会相应地随之调动，按照各自的能力共同为信仰服务，这是顺理成章的。所以我们没有办法相信地球上没有留下这位伟大的建筑师如同鬼斧神工般的痕迹，在世界万物中没有留下与这位创造者和建设者相似的影子。他在这些崇高伟大的创造物中注入了无限的神性，只是因为我们自己的愚昧才没有能发现。上帝亲自对我们说他通过可以看见的事物来阐释他的不可见的工作。塞邦致力于这项崇高的研究，告诉我们为何世上的一砖一木都在维护造物主的声誉。如若宇宙不契合我们的存在，那就可以说是违背了上帝原本的善意。天、地、各种元素、我们的肉体和我们的灵魂，大家为此同心协力，剩下的就是要找到利用的办法。如果我们能够领悟的话，它们就会很好的开导我们。因为这个世界在本质上是一座十分圣洁的神庙，人们得到指引进入里面来凝视神像，所有这些神像不是通过凡人的手创造的，而是由于神圣的思想而可以感觉得到的神像；太阳、星辰、月亮、河流和土地，使我们拥有了灵性。圣保罗说："自从开天辟地以来，神的力量和神性是冥冥可知的，虽然是眼不能见，但是凭借他所造之物我们就可以知晓，这是令人无法推却的。"

> 上帝没有朝向大地来遮掩天空的面目，他让天空在我们的头顶不停地转动，向我们展现他的面孔和身体，他把自己全部都呈献在我们面前，全部思想灌输在我们身上，为了我们能够清楚的认识他，也为了使我们可以在看见他时学习他的步伐，引导我们注意他的法则。
>
> ——马尼利乌斯

人的解说和推断，就像是没有价值的原料一样，上帝所赐予的圣恩是物质的形式，是圣恩给予了它们以形状和价值。苏格拉底和加图的各种德行，因为他们的行动从来没有真正的目标，没有朝着热爱和服从万物真正的创造者靠拢。我们的各种想象和观念也是这样；它们存在有一定的实质，但是没有包含上帝的信仰和圣恩，就仅仅是一堆不成形的、没有外观、没有光明的物体。塞邦的论据只有有了信仰才会声色具备，四平八稳，他的理论可以作为新入教者的拐杖和指导，引领他们走上获取真知的道路；经过长期的理论地塑造，能领悟到上帝的圣恩；我们的信仰是通过领悟圣恩之后才建立和完善起来的。

我认识一位很有学问的重要人物，他向我坦言说通过塞邦的理论介绍，他修正了自己无宗教信仰的错误。即使我们去除其中关于神佑和信仰宣传等修饰的成分，将它们看作是纯粹的人的观念，而去反驳那些不信教而后跌入可怕黑暗深渊中的人，还是要比其他任何人提出的类似理论更为扎实和坚定，以至于我们可以这样向我们的对手说：

> 如果你们还有更好的理由，请你们赶快说出来，不然就接受我们的权力。
>
> ——贺拉斯

他们或者是承认我们的论据的力量，或者是在其他的方针对别的问题提出内容有条有理的论据。

我已经在不知不觉中就提到了我想要替塞邦回答的第二个责难批评。

有的人批评说他的理论缺乏说服力，不足以证明他想证明的观点，他们还准备十分轻易地来动摇这些理论。实际上对这些人应该更加严厉地驳斥，因为他们和前一种人比起来显得更加危险和狡猾。我们解读别人的文章，一般都愿意强调原来所持的观点，无神论者喜欢把任何作者的书都向无神论的方向上拉，用他自己的毒汁去毒化很多本来很无辜的内容。那些人的判断经常带有偏见，会把塞邦的理论说得毫无新奇可言。不过，我们让他们使用纯粹人性的武器放开手脚攻击我们的宗教，在他们看来这是一个可乘之机，他们绝对不敢去攻击充满威严和戒律的宗教。我觉得要清除这种狂热的最有效的办法，就是打落这些人的骄傲和自负，将他们踩在脚下，令他们感受到人的虚妄、虚荣和虚无；从他们的手中夺下他们残破的理性的武器，要他们低下脑袋，要他们趴在地上，接受并且敬畏神圣的权威。知识和智慧只可以属于上帝，只有上帝可以对他自己做出评价，只有他可以赋予值得我们骄傲的有价值的品质。

> 因为上帝不允许除他之外有人骄傲自大。
>
> ——希罗多德

一定要打倒这种想法——这是恶魔暴政的最重要基础。“神阻拦骄傲的人，赐恩给谦卑恭敬的人。”柏拉图说，诸神都有智慧，有智慧的人则绝无仅有。

但是基督徒还是应该感到很大的安慰，他们应该看到自己早就已经腐烂易朽的工具多么适用于他们神圣的信仰；如果说把工具用在腐烂易朽的事业上，它们才不会那么紧密的结合，蕴含有那么大的力量。不妨看一下，人类在他的能力范围内是否可以找出比塞邦更加强有力的理由，或者看看他能否通过推理和论证达到某种明确的结论。

圣奥古斯丁在驳斥和反击这些人时，完全有理由谴责他们的不公正，因为他们将人的理智无论如何都不能理解的那部分信仰定义成是虚假的。为了说明许多事物可以存在并且曾经存在过，虽然我们的理性仍未确定其本质和原因，他举出了某些公认的、不可以回避的，但是每个人又承认无法进行解释的事实。这一切如同其他事情一样都经过细致严密的研究。还应该要做的是提醒这些人，不需要花费时间找一些特别的例子，我们就可以明确无误地证明他们的理性的弱点，理智是那么的有缺陷和盲目性，再明白不过的事理对它来说也是不够明了的；易与难也相互混淆，因此一切事物和大自然对于它的失误和公正都同样地毫不在意。

真理告诉我们要远离虚妄的理学，反复教导说这世界的智慧在神的眼中只是愚拙；在所有的虚荣中最虚荣的就是人；人总是以为他们自己知道什么，但是按照他所应该知道的，他仍然是不知道。人若无有，自己还以为有，就是自欺欺人；这些是在劝说我们什么？圣灵的这些话非常清楚生动地表达了我想要表述的话，我不需要其他的论点来驳斥他们，他们一定会顺从谦卑地接受他的权威。但是这些人宁愿挨打，也不愿意别人用理性的武器去克服他们所谓的理性。

让我们想一下那些孤独的人，没有外部援助，赤手空拳，得不到任何上帝的圣恩和眷顾，所以也没有形成他自身的尊严、力量和根基。看看他这副模样能够存在多久。人们通常是引经据典地使我理解，人认为自己远远胜过其他创造物是多么的证据充分。但是谁说服他相信，一望无际的美丽的天空，长年流转不息的日月星辰，无边无际的大海波涛汹涌，自从开天辟地以来就只是为了人类的方便和福祉才存在的？这个可怜的脆弱的创造物，不仅无法控制他自己，而且受尽其他事物的欺凌，但是却经常把自己描述成他不但没有能力认识、也没有能力统率哪怕是其一小部分的宇宙的主宰，还有什么会成为比这个更可笑的狂想吗？人还自称在浩渺的太空中唯有他是独特的，只有他能够认识宇宙和宇宙之美，只有他可以向创造主表示感恩的心情，计较土地的得失，那么又是谁给了他这个特权？请他出示委托他如此重任的证明。

这些诏书是不是仅仅发给了贤人？如此说来收到的人不会有太多。傻子和坏人有资格得到如此特别的恩典，世界上最坏的一小撮人有资格比别人更受宠爱吗？

我们会去相信这个人说的话吗："如果要问这个世界是为谁创造的，自然是为那些头脑灵活并且善于运用理智的人创造的；他们是神，是人，是最值得肯定的最完善的创造物。"这种荒唐的提法，我们怎么否定都不为过。

但是，可怜的人，他值得获取如此的厚待吗？仰观天体里面这些不朽的生命，它们是那么巍峨壮丽华美，它们又是那么有规律地不停地运转：

> 当我们凝视头上浩瀚宇宙中的苍穹，
> 高高在上闪闪发光的星星；
> 当我们思索日月星辰的运转。
>
> ——卢克莱修

想到这些天体不仅主宰我们的生命和我们全部的命运。

> 人的行动和生命都取决于日月星辰。
>
> ——马尼利乌斯

它们还主宰我们的爱好、我们的推断、我们的意志；它们的影响所及可以任意摆布，我们的理智也是这样告知我们并且我们也是这样感觉的。

> 我们的理智承认，遥遥相望的星辰却可以通过秘密的法则支配着人，地球通过有序规则的行动在旋转，命运的变化也受到一定的信号调节。
>
> ——马尼利乌斯

星辰稍稍转动，不仅是一个人，不仅是一位国王，而是整个君主制度，整个帝国，整个世界都随着变化。

> 这些不容易被觉察的行动会产生多么大的效果……
> 甚至可以向国王发号施令！
>
> ——马尼利乌斯

如果我们的美德，罪恶，智慧和知识，还有我们对星辰力量的所有理解，将星辰和人类相联系，从我们的理智来判断，以上这些都是通过星辰的启发和恩惠而来的。

> 有一个人怀揣着疯狂的爱，跨越过海洋摧毁了特洛伊，另一个人的责任是制定法律；这里甚至有孩子会杀害自己的父亲，父母会伤害自己的子女；兄弟之间拿起武器互相残杀，这场战争不取决于我们，命运强迫人互相惩罚，互相厮杀，搞得天下大乱……如果我谈到命运，那也是命运要我这样做的。
>
> ——西塞罗

如果我们认为理智来自于上天的分配，那么，我们怎么和上天相比呢？怎样才能把天的精神和原则包含在我们的知识之内呢？我们观察到的天体里面的东西令我们十分吃惊。"是一些什么样的工具、杠杆、机器和工人，才能建成如此一座壮丽恢宏的建筑？"

为什么我们要剥夺他们的灵魂、生命和理智呢？对于它们我们除了服从之外并没有其他任何交往，如何能够认为天体是愚蠢的、静止的和没有任何感觉的呢？我们怎么可以这样说，除了人之外没有其他创造物能够合理地运用理智呢？正是我们在太阳里看到某种类似的东西了吗？仅仅是因为我们没有见过它就不存在吗？仅仅是因为我们没有亲眼见过太阳旋转，太阳就不旋转了吗？假如说我们从来都没见过的东西就是不存在的，那么我们的知识就相当地贫乏："我们的思想将变得多么狭窄啊！"

比如说阿那克萨哥拉将月亮看成是天空中的一颗地球，上面分布有高山河谷；还有柏拉图和普鲁塔克，他们还在地球上面设置居民点和住房，建立对我们有利的移民村，将我们的地球建成一颗发光闪亮的星球，那些岂不是人的虚荣造成的幻象？

"在人性的各种谬误中，心灵的盲目性也应该算上，它不仅使人犯错误，而且使人喜欢这些错误。"——"会腐烂的身体束缚住了灵魂，这个沉重的躯壳，压抑了人的雄心壮志，把人永远地留在了地面上。”

自以为是是我们生而有之的毛病。在所有的造物中，最不幸、最脆弱的是人。他看到自己降落在蛮荒荒僻之地，四周全部是污泥杂草，生生死死都处在宇宙最阴暗和最死气沉沉的角落里，远离苍穹，然而他自以为是，还把自己置于月亮之上，把天空置于自己的脚下。就是这种妄自尊大的虚幻的想象力，使人自喻为上帝，自认为自己具有神性，自以为是万物之灵，与其他任何的创造物都不同；与本来是同行和朋友的动物相切割，随心所欲地把一小部分才能和力量划分给它们。他只是凭自己的小聪明怎么会了解动物的内心思想和秘密？他对人和动物做过什么样的比较就轻率的下结论说动物是愚蠢的？

在我和我的小猫玩耍的时候，谁知道是小猫更愉快还是我更愉快？柏拉图在描述萨特纳黄金时代的时候说，那时人的主要优点中有一条是向动物了解情况和学习，他们了解每个动物的真正品质和特征；人因此培养成一种充分理解和谨慎的态度，同时也使自己的生活过得远远比我们现在幸福。在动物的问题上，还需要什么更好的证据来证明人类的厚颜无耻吗？这位伟大的思想家非常赞成这个观点：大自然造物时赋予动物的形体，大部分是用来预测的，以便使人到了时候可以很好地利用它们预测未来。

阻碍动物和我们之间交流的缺点，为什么不是双方同等地分担呢？我们不能相互沟通了解，这到底是谁的错也只能凭猜测。因为我们对它们的了解也没有比它们对我们的了解多了多少。如果像我们一样思考，它们也可以认为是我们愚蠢，犹如我们对待它们一样。我们听不懂它们的话语，这也不是什么令人惊讶无比的事，我们不是也一直都听不懂巴斯克人和洞穴人说的话吗？

然而，有些人自诩听得懂动物的语言，例如阿珀洛尼厄斯、蒂亚纽斯、墨兰普斯、蒂勒西亚斯、泰利斯和许多其他的人。如宇宙专家所言，有些民族将狗封为国王，如此一来他们就必须对狗的吠叫和各种动作给予详细准确地说明。我们应该注意到我们彼此之间的相同点。我们对动物的意思有一点了解，动物对我们的意思也有一些了解，两者程度相差无几。它们奉承、威吓和央求我们，我们也同样地对待它们。

现在，我们会发现它们之间的交流显然是很全面充分的，不但在它们同类之间如此，在不同类之间也是这样。

不会说话的动物和野兽，它们发出的叫声是不同的，依据它们感到的恐惧、痛苦，或者是快乐都会有所区别。

——卢克莱修

从狗的叫声中，马能听得出它是不是在发脾气，而它对其他吠叫声即使是听了也不会害怕。还有不发出声音的动物，从它们完全可以协调一致的工作来看，我们可以非常肯定的判断，它们之间存在着某种无声的交流手段，而它们的动作就是他们之间的语言和商量。

这就如同不能说话的孩子用手势来表达自己的想法一样。

——卢克莱修

我们的聋哑人不就是用符号来争吵、辩论和讲故事的吗？为什么动物就不可以这样做呢？我见过非常灵活、非常熟练且具备一切能力使人明白自己的动物；谈情说爱的人无论生气、和解、求情还是感谢、约会——总之他们表达一切事情，靠的都是眼睛。

即使仅仅是沉默本身也会传达出求情和让人理解。

——塔索

难道手不是这样的吗？我们需求、答应、呼唤、辞退、威吓、祈祷、请求、否认、拒绝、询问、赞扬、计量、表白、后悔、害怕、不好意思、怀疑、教导、下命令、敦促、鼓舞、诅咒、作证、控告、谴责、宽恕、辱骂、轻视、挑衅、气愤、谄媚、喝彩、祝福、耻辱、讥讽、劝解、嘱托、激励、庆祝、享乐、埋怨、伤心、灰心丧气、绝望、惊讶、喊叫、沉默……所有这一切不都是用千变万化的手势来表达的吗？即使是舌头也不过如此。

我们还可以用头部表示邀请、辞退、承认、否认、反驳、欢迎、庆贺、尊重、鄙视、要求、拒绝、高兴、诉苦、安慰、训斥、服从、抗拒、煽动、威胁、确保、打听。那么还有眉毛呢？还有我们的肩膀呢？所有的动作都在说一种无师自通的大众语言。由于这些和其他的语种和用途非常不同，所以可以视作是人性的固有物。

我在这里要特别提一句，人在特殊情况下忽然需要学习的语言：如手势语言，姿态语言，和依靠它们来完成并且表达的学问，还包括有普林尼所说的没有其他语言的国家……

在阿布代勒城中有一位大使，他在向斯巴达的埃吉斯国王发表他的长篇大论以后，问国王说："陛下，你有什么话需要我带回去传达给我的人民吗？…'我需要你带回去的话，就是你怎么说都可以，所谓你怎么说都可以，也就是说你一个字都别说。"这难道不是最雄辩和最聪明的沉默吗？

总之就是说，动物的行为如此灵巧能干，有什么地方不如人类吗？还有什么工作会比蜜蜂的工作更加循序渐进和有条不紊的呢？这种各司其职、紧密配合的协作，我们如何能够认为这即使是没有理智、没有规划也可以进行的呢？

> 看到这些信号和例子，有人说蜜蜂接受过神灵的光和来自天外的启迪。
>
> ——维吉尔

春回大地，我们看见燕子在屋前屋后四处搜索，寻找最适宜筑巢的地方，难道会是完全没有判断和识别的吗？再来看看那些美丽迷人的鸟巢结构，这些飞禽选择一个方框但却不是一个圆圈，使用钝角而不是直角，难道它们不考虑建筑的质量和效果吗？它们有时含水，有时衔泥，难道它们不了解泥掺上水会变软吗？它们在窝里铺上青苔或软软的绒毛，难道不是因为它们预见到小鸟的细爪子躺在上面会更加柔软舒适吗？它们为躲避风雨，把窝建在朝东的地方，会不知道风雨的特性，会不考虑有的风比别的风更有益身体吗？为什么蜘蛛织网的时候是一处厚而另外一处薄？在某个时刻打这样的结而不打那样的结，难道它们会不相互讨论，不认真思考和下结论吗？

在大多数生物工程中，我们可以看到足够多的例子，无一不说明这些动物的智慧都远远超过我们，我们的技术是多么落后，根本模仿不了它们。我们动用全部的智慧和技巧，如此做出来的东西还是远远比不上它们的细致。为什么我们不能做到它们那样？动物的成就超越我们通过自然和后天的手段所做的一切，为什么我们把它们的成就归结为一种固有的缺乏自主性的习性呢？

如此这般，我们就在无意中承认了它们比我们优越得多，大自然就像慈母一般，在生活中的各方面和各种场合都陪伴它们，拉着它们的手认真指引它们；对于大自然则任我们自生自灭，要求我们为了谋取生存而费尽心思的去做一切。即使是凭借勤奋和用心也不让我们达到动物生来就有的那种神奇的本领，即使是愚拙的动物在一切美丽实用的事物上都超过了我们天赋的智慧。

说实话，在这个方面，我们完全有理由说大自然是一个十分不公正的后母，但是这没关系，我们的脑子也不至于如此畸形和反常。大自然将所有创造物都放在同一个宇宙内；没有哪一种创造物不充分具备为了谋取自身生存而必需的手段和能力。

大家众说纷纭，时而将人捧到九霄云上，时而又把人贬斥得根本就无地自容；但是我听到的人的普遍抱怨是，在所有动物中，我们是唯一被赤裸裸地遗弃在光秃秃的大地上，手脚被捆绑，我们没有任何武器可以自卫，只能依靠其他动物的皮毛蔽体；而其他所有的创造物，大自然都根据它们各自生存的需要，赏赐给它们贝壳、厚皮、毛发、针芒、裘皮、绒毛、羽毛、鳞片、浓毛、细丝等；为它们装备了用于进攻和自卫的利爪、利齿和犄角；还教它们生存必需的本领：泅水、翱翔、唱歌；但是人呢？人一出世既不会走路，也不能说话，还不会吃，倒是天生的就会哭：

> 从上天用力地把他从娘肚子里拽出来，让他看到光明的岸边，他就像被惊涛骇浪抛上了沙滩，一丝不挂地趴在地上，不会说话，没有生活所必需的任何物品；他的痛哭声响彻他的整个出生地，他这样做是有很大道理的，因为在整个人生中他需要承担多少苦难！然而大大小小的家畜和野兽却都在毫无不困难地生长；它们不需要任何的玩具，也不需要一名慈祥奶妈的温柔的话；它们不需要按季节更换衣服，总之就是它们武器和高墙保护财产，既然它们的一切和各种恩赐都是由大地本身和丰富的大自然所提供的。
>
> ——卢克莱修

这些非难都是没有根据的，在整个世界的构造中包含有更大的平等和更加和谐的关系。

实际上我们的皮肤也跟动物的皮肤一样的坚实，足够抵御岁月无情的侵蚀；许多尚未穿过衣服的民族可以作证。我们古代高卢人穿得就非常少；我们的邻居爱尔兰人，他们居住地的气温要比我们冷得多，但是他们也是如此。

如果我们通过自己来看判断得还会更准确：因为我们按各地的不同习惯喜欢裸露在外并任由风吹日晒的身体部位都可以忍受寒冷，如面庞、脚、手、腿、肩膀、头，证明这些都是可以忍受寒冷的。我们身体上也有虚弱的部位，例如特别畏惧寒冷的应该进行消化作用的胃部，我们的祖先是让胃袒露在外面的；还有那些妇人，虽然她们十分温柔娇嫩，现在也露到肚脐眼了。儿童也没有必要全身紧紧包裹起来；斯巴达的母亲在抚养孩子的时候，会让他们四肢自由活动，既不扎紧也不会弯曲。像人一样，大部分动物在出生时也会啼哭；即使出生后很长时间，哭泣呜咽的也有很多；尤其是当这种姿态跟他们感觉到虚弱无力相一致的时候。至于需要吃，都是天生而成，不是后天教育的结果。

每个动物都感到自己的力量。

——卢克莱修

一个孩子成长到可以自己吃东西，就会去寻找食物，难道谁会怀疑吗？土地上不需要种植和技术就会盛产果实，这些果实足够供应他的需要，虽然土地不会是一年四季都有出产的，但是对动物来说是不会缺乏的。我们看见蚂蚁和其他动物在一年中非生产的季节里辛勤地储备食物就是明证。不久前我们发现的一些国家[①]，不用细心经营管理，肉类和天然饮料就会十分丰富，到处都是；我们从那里知道面包不是人类唯一的食物，在那里不用耕种大自然母亲就会使我们拥有一切；仿佛那里的出产比我们现在依靠技术的时代还要富饶和丰裕。

大地一开始就自动地为人类生产金黄的粮食和丰盛的葡萄；

① 指美洲新大陆。

土地主动地奉献香甜的水果和绿草丰盛的牧场，
如果需要苦心经营才会勉强长出庄稼；
耕牛和农民在上面一定干得气喘吁吁。

——卢克莱修

我们的过分贪婪远远超出我们为了满足需要而获得的所有成就。

至于武器，我们天生拥有的武器比大部分动物更多，肢体的动作姿态也比它们多很多，天生不用学习就可以做很多事情；而那些受过赤身裸体的搏斗训练的人，也会像我们一样奋不顾身去冒险。如果说个别的野兽在这方面超过我们，我们同时却超过很多其他的野兽。我们天生还有强身护体的本领。

为了证明事实如此，看看大象磨砺只在打仗时才使用的长牙就行了（它的长牙是专门为了搏斗备用的，平时绝对不会作其他用途）。当公牛冲上前去交锋时，周围会扬起滚滚尘埃；野猪将牙齿磨得无比锋利，獴也一样，它和鳄鱼交手的时候很注意保护自己，会在全身都涂上厚厚的一层污泥，干燥后就会像一层坚固的铠甲。为什么不可以说这跟我们用木头和铁器武装自己一样自然呢？

至于语言，确实这不是一种天生的能力。但是，我们相信，一个孩子如果出生在荒野之中，远离人际交往（虽然这样的事情很难验证），还是会有某种语言准确的表达他的意思；大自然把这个特殊的能力给了其他很多动物就是不给人，这是难以设想的，因为我们看见动物使用声音表示哀怨、欢欣，相互求救，邀请做爱的时候，用的也是声音，这种才能如果不是语言，那么它是什么呢？它们同我们说话，我们跟它们说话，它们之间怎么就不会说话呢？我们和自己养的狗说话的方式是多么丰富啊，狗都会回答我们。我们跟它们与跟鸟、跟猪、跟牛、跟马都会有不同的语言和不同的叫声，因为物种不同而有不同的表达方式：

黑压压一大群蚂蚁，
有几个走到一起，
可能在打听行走的路线和得到的食物。

——但丁

我觉得，拉克坦希厄斯曾经说过动物不仅会说话，还会笑。我们的住处不同，语言也不相同，连同类的动物也是如此。亚里士多德曾经提出山鹑会因为栖息地不同，歌声就会有很大的区别。

许多鸟因为季节不同叫声也不尽相同，

有的鸟由于气候的变化声音会变粗。

——卢克莱修

但是，剩下的问题是知道那个在孤独的环境里成长的孩子说何种语言，而且只是依靠猜测就没有多大意义了。如果有谁对这点提出异议，向我提出天生聋哑的人就不会说话，我需要回答的是这不仅是因为耳朵没有受过专门的语言的培训，更多的是因为他们所丧失的听觉是和语言联系在一起的，这两种能力在生理上紧密相连、密不可分。以至于我们想要说的话，首先应该对我们自己说出来，使声音进入我们自己的耳膜，然后才达到他人的耳朵。

我说这话的目的是在强调人间的事都是相通的，应该把人类融入大环境中去。我们并不高于也不低于任何其他的创造物。智者说，天下万物皆服从同样的法规，面临同样的命运。

一切都处在命运的束缚之中。

——卢克莱修

有差别，有高低，有优劣；但是大自然的面貌是一样的。

每种创造物都在按照自己的特征发展，

但是同时每个创造物又保持大自然的固有法则给它们确定的区别。

——卢克莱修

应该把人限制在社会秩序的栏杆之内，即使是可怜的人也不能越雷池一步。他受到各种束缚和阻挠，跟其他同类的创造物一样都要服从相近的义务，享受同样的条件，没有什么地位，没有任何特权，也没有任何真正的实际的优势。人对自身想入非非，既没有实质也没有任何意味，说来也是，动物之中只有人才拥有这种想象的自由，毫不实际地对自己提出什么是，什么不是，要什么，不要什么，真真假假——这种花了极大的代价才换来的优越性，也不值得他引以为荣，因为正是因为这个才产生了痛苦的源泉，使得他困扰不安：罪恶、病痛、犹豫、骚乱和失望。为了能够回到我们的主题，我想要说的是，没有理由认为动物的行为是由本能驱动的行为，而我们的行为则是选择性、创造性的行为。我们应该如此下结论说，相似的效果出自于相似的天赋，因此也必须承认，在工作的时候我们有推理和方法，动物也会有推理和方法。我们为什么非得想象动物们先天受到束缚呢！为什么我们感受不到类似的约束呢？此外，受到天性的引导而走正道做正事，这会更接近上帝，比匆忙任意地自由行事更加光荣，由上帝指导我们的行为比由我们自己指导更加可靠。虚荣和自负令我们忘记了神的慷慨赠予，令我们觉得我们的价值来自于自我的力量；说到其他动物就说是幸亏它们得到了天生的好处，而自己则全凭后天的才能才会显得高贵荣耀；我觉得这纯粹就是天真幼稚的想法。从我个人来说，我重视与生俱来的品质，也看重我通过学习研究修得的素养。除了获得神和大自然的恩宠之外，我们无权得到更受人称道的任何称号。

因此，色雷斯的居民在想要通过一条水面结冰的河流的时候，他们就会先把狐狸赶在前面引路。我们会看到狐狸在河边把耳朵贴近冰面，它可以从水流声判断出来水面离冰块有多大的距离，探测出来冰块的厚度，然后再决定后退还是前进，我们不是一直认为就像我们所做的一样，狐狸也在动脑筋做推理吗？这是从自然感觉得到的推理和结论：有声音，就表明有动静；有动静，就表示还没有结冰；没有结冰，就说明水还在流动；水在流动，就说明还经不住任何重量。因为，如果把狐狸的行为全部归集于听觉的特殊灵敏性，而没有任何推理，没有任何结论，这简直就是胡说，我们绝对不能这样去想。同理，我们在捉捕野兽的时候有种种做法，野兽也就相应的会有保护自己的种种诡计和发明创造。

如果我们有能力占有、对付和随心所欲地利用禽畜，这样就认为我们人类比它们优越，实际上人与人之间也是有这种优越的。我们的奴隶同样也是听从我们指挥的。叙利亚女奴克利玛西特人不就是匍匐在地上，作为贵妇人上马车时的脚蹬和阶梯使用吗？大部分自由人同样为了蝇头小利而放弃生命和人格，听凭别人指挥。色雷斯人的妻妾争先恐后地要在丈夫的墓前殉葬。暴君从来就不愁没有足够多的人对他们一直忠心耿耿，还有人自告奋勇情愿在暴君死后像在生前那样的去侍候他们。

还有整支保证效忠长官的军队。严格的角斗学校内的角斗士还会发表至死不悔的誓言，誓言中经常会包括这样的承诺：我们发誓让人戴上镣铐，受到烈火灼烧，用匕首刺杀，默默忍受他们的师傅要求的真正的角斗士应该忍受的一切；保证全心全意为师傅效力。

> 你如果愿意，可以用火灼烧我的头，用刀剑刺破我的身子，用鞭子抽断我的背脊。
>
> ——提布卢斯

这是真正的誓言，有一年曾经有一万人发誓进入这所学校而最后没有出来。

当斯基泰人在给国王举行葬礼的时候，他们会在国王的尸体上掐死他最喜欢的王妃、国王的司酒官、马夫、内侍、掌门官和厨子。在国王的忌日上，他们挑选了五十名年轻的侍从，用木棍刺穿背部，从脊柱一直到咽喉，然后就这样将他们绑缚在五十匹马背上，绕着国王的陵墓转圈示众，最后是连人带马统统都杀死。

仆人廉价地为我们提供服务，既不受重视，也得不着什么好处，获得的待遇竟然还远远不及我们对飞禽、马匹和狗那么的细心周到。

我们为了能够取悦宠物哪一点没有想到做到？王爷得意扬扬地为这些动物做的事，我认为即使是最卑贱的奴仆也不见得就很乐意为他们的主人这么做。

第欧根尼的父母处心积虑要为他赎身，他看在眼里，心想："他们疯了，如今是我的主人在照料我，养育我并且侍候我。"应该说那些驯养动物的人是在侍候动物，而并非是被动物侍候。

此外，牲畜有一个比人更加高贵的地方，从来没有因为缺少勇气，一头狮子就去侍候另一头狮子的，一匹马去侍奉另一匹马的。我们猎捕动物，老虎和狮子也追捕人，野兽之间也做同样的事情：狗追逐兔子，白斑狗鱼追逐冬穴鱼，燕子追逐蝉，鹰追逐乌鸦和云雀；

鹳在偏僻的地方猎捕到小蛇和壁虎，用来喂养自己的子女。

珍贵的飞禽，朱庇特的驯鸟——苍鹰，在森林地带追逐兔子和鹿。

——尤维纳利斯

我们和猎狗猎鹰分享猎物，就像分担辛劳和努力；在色雷斯的安菲波利斯山上，猎人和野鹰平分猎捕的猎物；在米蒂特的沼泽地里面，假如渔人不真心实意地把他的捕获物分一半给狼，狼就会马上冲破他的渔网。

我们有一种依靠敏锐的思想甚于依靠强壮的体力的捕猎方式，例如结网、套索和钓饵，在野兽中间也存在着这样的情况。亚里士多德说墨鱼会从脖颈里吐出一根长长的像线一般的肠子，然后把它抛得很远，但是它随时都可以把这个收回。它看见有小鱼游过来，它让小鱼去咬肠子的一端，自己身子藏在沙土或洼坑里，然后一点一点地把肠子往回拉，直到小鱼距离它很近，然后就一扑而上把它捉住。

说到使用武力，任何动物受伤的机会都不如人大，仅仅是一条鲸鱼、一头大象、一条鲤鱼或者是一个其他类似的野兽，就可以轻易地伤害到一大群人；虱子就足以使得苏拉的狄克维多职位出现空缺①。伟大的战无不胜的皇帝的心脏和生命都可以成为小小虱子的盘中美餐。

为什么只是因为人可以分辨什么东西可以养身治病，什么东西不可以修身养病，了解大黄和水龙骨的药性，我们就下结论说人因为聪明和思考就有了知识呢？我们看见，康迪的山羊在受到箭伤的时候，它们会在漫山遍野的野草中挑选白鲜为自己疗伤。乌龟如果吞下了毒蛇，就会立即寻找牛至来清理自己的肠胃；蜥蜴使用茴香明目；鹳用海水灌肠；大象不仅会拔掉自己的同类身上的、甚至是主人在作战时身上所中的标枪和箭矢（以亚历山大大帝所杀的波鲁斯国王的大象为例），而且动作之灵巧，把疼痛降低到最低的能力，连人类都难以做到。为什么我们不说这也是一种知识和谨慎呢？就只是为了要贬低它们就说它们知道这样做是得之于天赐的教育，但是这抹杀不了它们有学问有智慧的事实，反而使我们更有理由认为

---

① 苏拉，罗马政治家，传说他的死是由于一种虱子传染的病。

它们从无比可信的教师那里学习得比我们好。

在很多事情上克里西波斯跟其他许多的哲学家一样，瞧不起动物的能力，但是他注意到狗的很多行动，狗在寻找失散的主人或者是追逐逃跑的猎物的时候，每当到了三岔路口，先后试了两条路都没有发现主人和猎物的行踪时，它会毫不犹豫地朝第三条路冲过去。克里西波斯不得不承认这条狗也有过如下面这般的推理："我一直追踪我的主人到这个三岔口；他一定会走这三条路中的一条路；但是既不是这一条，也不是那一条，那么，他一定是走这第三条路了。"经过这样一番推理，得出这样的结论后，它对第三条路再也不需要多想，也不再探测，而是凭着理智向前直奔而去。这简直就是辩证法，对各种前提进行分析研究和综合的能力，这条狗都是通过它自己来掌握的，这岂不是不输于特拉布松的乔治？①

然而，禽兽不是不可以按我们的方式进行教育的。乌鸫、乌鸦、喜鹊以及鹦鹉，我们可以教它们学会说话；我们可以看到它们的声音和呼吸是那么的舒展自在，我们还可以对它们进行训练，迸发出某些字母和音节，这证明它们愿意学习，并且具有足够的适合于学习的思考能力。我相信每个人都会非常愿意看到街头艺人教他们的狗玩很多的花样，用语言指引它们做各种动作和跳跃，狗跳舞从来都不会踩错任何一个拍子。我看到一件虽然说是很常见的事，但是令我感到无比钦佩的，那就是在乡村和城市专门给盲人带路的狗。我观察到它们带领盲人在经常接受施舍的门前停下来；它们又是怎样带着主人避开马车和大车的冲撞，虽然说这中间会有足够的空间能够供狗自己通过；我也看到过有一些狗会沿着城里的一条沟，它舍弃一条宽阔平坦的路不走，却选了一条比较糟糕的路，给主人留出平坦易行的路，防止主人跌进沟里。这条狗是怎么知道它的责任不仅是保护主人的安全，还有要不顾自己的不方便也要侍候主人呢？它怎么知道对它来说可以轻而易举通过的一条路，对它的主人来说却不容易呢？这一切如果没有思考和推理它们会知道吗？

我们还不应该忘记普鲁塔克提到的他曾经和韦伯芗老国王，在罗马马塞吕斯剧场见到的那条狗。一个街头艺人表演几幕剧目，扮演了几个不同的角色；有一条狗作为辅助，也扮演了一个角色。特别是要演一段因为误食毒药而死的戏；狗咽下了用面包做的毒药后立刻开始发抖和摇晃身子，

---

① 特拉布松的乔治，语法学家、逻辑学家，亚里士多德作品的译者和注释者。

就如同是药性发作全身不舒服一样；最后直挺挺躺在地上就仿佛是死了一样，然后让人拉着它，按照剧本的要求从一个地方拖到另一个地方；最后当它知道时间已经到了的时候，就又开始轻轻地动了起来，仿佛是刚从熟睡中醒来一般，抬起头左顾右盼，看了的人无不称奇。

在苏萨的御花园里面，有几头牛在转动大轮子车水，以灌溉花园，轮子上都系了水桶（在朗格多克地区是很多的），人们要求每头牛每天转动水车一百次，而这些牛已经习惯了一百这个数字，不论你用什么力量都没有法叫它们多转动一圈；它们在完成任务后干脆就是停步不动。我们直到过了童年才可以数到一百，而我们不久之前还发现现在有的国家竟然根本不知道数学。

教育别人比受教育应有更多的学问。根据德谟克利特的判断和证实，我们还有很多技术还是由动物教给我们的：蜘蛛教编织，燕子教授盖屋，天鹅和夜莺教音乐，还有很多动物用实例教我们怎样治病。亚里士多德说夜莺教它们的子女唱歌，又费时又费心，而被我们锁在笼子里的夜莺，没有任何机会跟父母学习，歌声相比之下就会逊色很多。从这件事也可以看出歌唱水平的提高是因为接受教育和自身的努力。

即使是野生的夜莺，歌声也不是完全一样的，每只夜莺都根据自己的能力来学唱；它们在学习的时候还会互相嫉妒，争吵得不亦乐乎，甚至因竞争失败而丢了性命也在所不惜，即使喘不过气来也不能输了嗓子。那些小鸟心有所思地蠕动身子，开始学习那些唱腔；学员一边听着教员的讲授，一边用心牢牢地记住；它们依次停顿不唱；让人感觉它们在听教员的纠错和训斥。

阿利亚诺斯①说，以前他曾经看到过一头大象在屁股上放一片钹，在鼻子上也同样系了一片钹，其他的大象随着钹的敲击声翩翩起舞，在乐器的指引下，跟着节拍忽上忽下，很高兴可以听到这种和谐的声音。在罗马的演出中，大象的表演是非常常见的，它们通常会跟着人声走动，以跳舞队形来回穿梭，变化不定，而有的节拍其实还是非常难学的。我们还见过大象为了避免主人的训斥和鞭打，在家里仔细认真复习和排练的情景。

还有另外一则喜鹊的故事尤其离奇，普鲁塔克可以为我们证明。这只喜鹊被养在罗马一家理发店里，它聪慧非凡，能够轻松模仿一切它听到的

---

① 希腊历史学家、哲学家。

声音。有一天，有几支喇叭停在理发店门口并且吹了很久；从那天开始，以及第二天，喜鹊便陷入沉思，变得沉默寡言，而且看上去显得非常忧郁，大家都十分地奇怪。有人觉得是喇叭的声音吓坏了它，使它在同一时间里失去听觉和发声的功能。但是最后他们发现这只喜鹊却是在韬光养晦，一直在心里在琢磨和练习喇叭吹出来的声音。结果是它重新开口第一声就是非常逼真地重现了抑扬顿挫的喇叭声，经过这次新的学习，它蔑视并放弃了从前会说的那些话。

我也不想省略去另一条狗的故事，同样也是这位普鲁塔克说这是他亲身经历的（我知道我在叙述时没有次序，但是从今往后在这部作品中叙述这些故事时也不见得我会遵守）。普鲁塔克坐在一条船上，那只狗想从油罐里偷油吃，但是罐口太小它的舌头无论怎么样就是舔不到，于是它就去衔了几块石头扔进水罐里，直到油浮到罐口它可以成功的舔到为止。这件事，如果不是头脑敏锐的一种表现，那又是什么呢？有人说巴尔巴里的乌鸦在要喝的水太低时也是如此这般做的。

这件事跟大象之国国王朱伯叙述的大象故事非常的相似。猎象的人设下诡计，预先设置了又深又大的坑，上面铺了树枝杂草以掩人耳目，有一头象中计不小心跌了进去，然后它的同伴就急忙搬来石头和木条，抛进洞里成功的帮助它爬了上来。

这种动物在灵巧方面非常像人，如果要我详尽叙述这些亲身经历的例子，我可以非常轻易地证实我一贯主张的那个观点：人跟人的差别要远远大于人跟动物的差别。

在叙利亚的一个私人的地方，主人命令驯象师饲养和训练大象，驯象师每顿都会扣下一半的食物；有一天，主人亲自来喂养大象，把他要求的大麦定量全部倒进了食槽之中；大象狠狠地看了驯象师一眼，然后用鼻子拨开一半定量，用这种举动来揭露别人对它的亏待。另外有一个赶象人在大象的食料里掺入石子来增加分量，就走到驯象师用来烧煮午餐的肉罐前，然后在里面放满了灰尘。这都是一些非常特别的例子。有目共睹、每个人知道的事实还不止如此，在来自东方国家的军队里，力量最强大的队伍是他们的大象队，其发挥的影响和作用要远远超过今天我们阵地战中的所有炮兵部队（凡是熟悉古代史的人都对此不难判断）：

的确，这些大象的祖先都是久经沙场，服务迦太基的汉尼拔、我们的将军以及莫洛沙国王，它们既是士兵征战的代步工具，又直接参加战事。

——尤维纳利斯

如果把整支部队的性命交给这些动物，那么对它们的忠诚和智慧必须要有充分和完全的信心，在这种情况下，因为它们的躯体过于庞大笨重，在前进中只要稍一停顿，稍一慌乱，转过身去就会使部队阵脚大乱。事实上它们向后退而扑向自己的队伍的这类事件，要远远少于士兵之间自相践踏、全体崩溃的例子。它们不但可以在战斗中执行简单的行动和命令，而且还能够担当好几项任务。

同样，在西班牙人征服新大陆上的印第安人的时候，他们也使用狗，而且他们为军犬发军饷，与军犬分享战利品，这些动物表现出来的机智善战，奋勇顽强，懂得分析时机乘胜追击或者是停止前进，冲锋或撤退，并且善于分辨敌友。

我们欣赏外来事物，并且比本地的事物看高一等，否则我也不会对这样一篇长篇大论津津乐道。因为依据我的意见，如果谁能仔细观察那些我们日常见到的、生活在我们周围的动物，将很快发现它们那些值得赞赏的行为，而且与我们在外国在过去用心收集的例子同样精彩。因为天性是相同的，绵延不断。只有对现状有了足够的了解，才可以对过去和未来做出相应的正确的判断和结论。

从前，我见过从海外很远的国家被带回来的人。我们完全听不懂他们说的话，而他们的礼节、姿势和穿着也和我们截然不同，我们几乎所有人都把他们当野蛮人和未开化的人看待。见到他们沉默不语，不会说法国话，不懂我们的吻手礼和扭来扭去的屈膝礼，我们的所有穿着和我们的一切举止，谁不觉得他们是愚蠢和痴呆的呢？好像是所有人都应该以我们作为楷模效仿。

凡是我们觉得离奇的东西，我们一概予以排斥，也包括我们不明白的事情。我们对动物进行的评论也是这样。动物和我们相比有许多共同点；从比较中我们可以得出一些推测；但是它们有很多特点，我们清楚那是什么吗？马、狗、牛、羊还有鸟，同我们一起生活的大多数动物，都可以辨认的出我们的声音，会听从我们的号令。克拉苏甚至还养有一条海鳝，当他叫一声它就会应声游到他的面前。还有阿瑞托萨泉水里的鳗鱼也是这样。我还见过许多鱼塘，只要养鱼人一吆喝，鱼儿就蜂拥而来抢食了：

> 它们都有一个名字，主人一呼，各个都应声而来。
>
> ——马尔希埃

我们可以根据这个来做判断。我们还可以认为大象也具有某种宗教感情，在经过了好多次洗手和净身礼之后，大象到了一定的时间就会高高地举起鼻子，就像人类举起手臂，眼睛紧紧地盯着上升的太阳一样，长时间地站在那里进行沉思和默祷，不用教育和警告，都是出于自发的行为。我们在其他的动物身上就没有看到过这些举动，但是也不能就凭借着一点说它们没有宗教意识，就下结论说它们没有宗教。

哲学家克莱安西斯看到的这件事，跟我们的事非常相像，从中我们可以发现一些问题。他说：他看见一群蚂蚁抬着一只死蚂蚁，离开蚁穴去另一个蚁穴。然后从第二个蚁窝又走出来一群蚂蚁，它们走到第一群蚂蚁面前，好像是在跟它们谈话一般。在一起待了一段时间之后，第一群蚂蚁好像是回去跟同伴们商量，因为达成协议的过程十分艰难，这些蚂蚁来来回回走了两三趟。最后第二群蚂蚁从洞里拖出来一条小虫交给了第一群蚂蚁，仿佛是把这个作为死蚂蚁的赎物；第一群蚂蚁扛着小虫回到自己的洞里，就这样把尸体留给了第二群蚂蚁。

以上这些是克莱安西斯对这件事的解释，以此来说明那些不会说话的动物互相之间一样可以沟通和交流，我们无法参与其中这是我们的缺点，我们不应该愚蠢地对这件事说三道四。

动物还有很多其他的活动，要远远超过我们的理解力，甚至于我们完全模仿不了，完全无法想象的行为。很多人以为在这场安东尼败给奥古斯都的大海战中，他的旗舰在行驶的时候被一条小鱼搞得动弹不得；拉丁人把这种鱼称作是闸门鱼，因为这种鱼有一种特征，任何船只被它吸住以后就会动弹不得。卡利古拉皇帝曾经率领他的大船队在罗马尼亚沿岸游弋，他的船只那次也是被这种鱼堵住了。由于这鱼贴在船底，于是他下令把这条鱼捉住，并且发了很大的火，不相信这么一点小小的东西，仅仅靠着一张小嘴吸附在船壳上（这是一种带鳞甲的鱼），海水、风浪及全船的桨橹就都被降伏了。但是他还感到无比奇怪，这种鱼一旦被捉到了船上，竟然就完全丧失了在海水中的威力。

有一个锡齐克斯人因为研究了刺猬的习性而因此获得星相数学家的美名，他建造了一间小屋，在很多地方朝风向凿开了很多的窗洞，看见风从哪边吹过来，他把哪儿的窗洞关上；这位市民根据他对刺猬的观察，向城里发布准确无误的风向预报。

变色龙只要躲到哪个地方，就会变成那个地方相应的颜色；但是章鱼却依据时机，选择是要避开担心的危险还是要捕捉寻觅的食物。变色龙是被动地改变颜色，而章鱼则是主动地改变颜色。我们有的时候也变色，害怕、愤怒、羞愧或者是其他情欲一直在改变着我们的脸色；但是这也仿佛变色龙是根据环境而变化的。黄疸病会使我们变黄，但这不是根据我们的意愿而定的。

我们在别的动物身上看到的这些能力都比我们强大，这就证明在它们身上暗藏着我们不知道的更高级的能力；很可能还有很多其他的功能或者是特性，还没有完全对我们表现出来。

在从前所有的预言中，最古老、最准确的预言是根据鸟类的飞行姿势得出的。这件事真是无法相比，让人叹为观止。可以从鸟的翅翼振动中来预测未来将会发生的事件，有固定的规则和程序。只有技术精湛的人才有可能完成这项高尚的工作。因为如果把它归于动物固有的本性，这其中没有存在创造这个形态的鸟类表现出的智慧、意愿和相关推理，这是一种大错特错的看法。鱼鳐就有如此的功能，不仅能够麻痹触及它的肢体，而且能够隔着各种渔网令抓它的人双手感到麻木和沉重。甚至有人说，即使只是水泼在手上，这种感觉还可以通过水往上传。这种功能非常的奇妙，对鱼鳐本身来说也不是没有用的。鱼鳐可以感受到和使用这种功能，如果鱼鳐要捕捉猎物，它就会趴在海底的淤泥上，等着小鱼从它的上方游过，其他鱼类在受到它的冷气袭击之后，会变得萎靡不振，听凭它的随意摆布。

鹤、燕子和其他候鸟，它们按季节变换栖息的地方，这也表明它们有很强大的预测的能力，并且还会很好的运用。猎户还对我们保证说，如果想要在一窝狗仔中选择最优良的狗仔留种，这件事让狗妈妈来做就行了。如果把这些狗仔全部都赶到户外，那么第一只被母狗衔回来的一定会是最优良的。如果故意在狗窝外面到处点火，狗妈妈抢救出来的第一只小狗也一定是最优秀的。这些就可以证明母狗有一种我们没有的审察判断能力，或者说它们辨别后代的本领要远远超过我们人类。

动物的出生、繁殖、饮食、行为、运动、生活和死亡等方式，都和我们非常相像；如果我们故意贬损它们天生的主动性，反过来夸大自己的能力，将我们居于它们之上，那么这绝对不是我们出于理性的思考而得来的。医生建议我们学习动物的生活方式，以此作为健康的原则；所以在任何一个时代老百姓口中都会流传类似这样的话：

头脚保温暖，生活学野兽。

传宗接代是最主要的自然活动：人的四肢分布特点十分适合实行这个目的；但是我们如果想要行之有效，就必须要采取动物的姿势。

一般认为，采用四足动物的姿势最容易使妻子受孕，因为这时她们的胸脯横陈，乳房挺起，种子最容易投中目标。

——卢克莱修

女人自创的种种大胆调戏的动作是非常有害的，应该抛开，让她们学习雌性动物的温柔顺从：

因为女人在淫荡的时候，反而使自己不会怀孕，她扭动身体刺激男人的爱情，从他酥软无力的身体里流出黄色黏液；她将使犁头偏离笔直的犁沟，使种子偏离目标。

——卢克莱修

假如大家都可以公正地得到应有的那一份，那么动物也会服务、爱护和保护它们的恩人，追逐和攻击不速之客及外来者；在这方面它们也是在替我们执行正义，仿佛它们照顾自己的子女也是不偏不倚的一般。

至于友谊，它们的表现更是比人鲜明和忠贞不渝。利西马科斯国王的爱犬希卡纽斯，在主人死后的日子里，很固执的留在他的床上不吃不喝；直到火化国王遗体的那一天，它腾地从床上站起来，奋力一跳跳进火堆烧死了。有个人名叫皮勒斯，他的那条狗也是如此，自从主人死后就再也没有走下他的那张床；有人来搬尸体的时候，它也随同这张床一起被搬走，最后也是跳进焚烧主人尸体的烈火中。我们心里有时候会不受理智控制，这时某些感情倾向便会油然而生，有的人称这个为同情：动物如同我们一样也是会产生同情的情绪的。我们看到马匹之间相互是那么的亲密，以至于我们很难把它们分开生活或者是旅行。我们可以看到它们会摩擦同伴的毛皮，就如同我们抚摩彼此的面孔，表示亲昵一般。不论在哪里遇见，它们都会立即跑过去，表现出快乐的样子和非常亲切友好的态度，也会用别的方法表示不满和憎恨。像我们一样动物在爱情中也会有取舍，对雌性动物也会进行选择。它们中间也避免不了有我们这样的嫉妒、痴情或者是说难以排遣的占有欲。

有些欲望是天生的而且是必需的，如同饮食，也有天然的和非必需的，如同与女性交媾；也有非自然的和非必要的，那基本上包含人的所有其他欲望；这些都是无聊的和人力促成的。大自然并不需要这些欲望，因为没有它也一样运行自若，也没有让我们觉得有什么不妥，美味佳肴不属于天然需要的类别。斯多葛派说一个人一天仅仅需要一枚橄榄就可以填饱肚子；追求酒的香醇和性爱的花样全部都不是天然需要的。

要女人不一定要出自名门。

——贺拉斯

因为我们是非不辨和观念错误，大量外在的欲望逐渐深入我们的心里，几乎把天然的欲念都驱赶跑了。就好像在一座城市里，外来者太多，反而把原籍居民都赶到城外一样；或者是夺去他们原有的权力，彻底的取而代之。

动物的行为比我们规矩得多，它们大部分都在自然法则的范围内安分守己，当然这也不是说就没有发生像我们这样穷奢极侈的事情。就如同人有时候疯狂地爱上了动物，动物有时候也会爱上我们，催生出人兽之间的荒唐恋情一样。比如说语法学家阿里斯托芬的那头情敌大象。阿里斯托芬的情人是亚历山大城的一位卖花姑娘，一头大象也爱上了她，求爱者该做的事情它都做了，热情和技巧一点都不输给对手。如果走进水果市场，它就会用长鼻子吸取水果献给她；眼睛一秒钟都不肯离开她，有的时候会把长鼻子穿过胸衣，放到她的胸前，去触碰她的奶头。还有人传说一只蜥蜴爱上了一名少女，一只鹅爱上阿索布斯城里的一名少年，公羊爱上弹琴的姑娘格鲁西亚，同时还有猢狲疯狂地爱上女人的故事。还有动物搞雄性同性恋的；奥皮阿奴斯和别的人举出一些例子说明动物在交媾中如何尊重血缘关系，证明事实上恰恰相反。

> 小牛毫不羞耻地委身于父亲；马的女儿最后可以成为马的妻子；母羊与它所生的小羊交配，小鸟与给它生命的老鸟怀上了孕。
>
> ——奥维德

谁曾经见过像哲学家泰利斯的那么精灵乖巧的公骡？有一次，这头骡子驮着盐巴过河，不小心一脚踏空把盐袋子浸湿了，发现盐化了之后背上的重担就会马上减轻好多，于是在以后遇到河流时总是要带了驮包跌进水里。直到有一天主人发现了它玩的把戏，从此只让它驮羊毛，不再让它驮盐巴为止，骡子看到自己的诡计被揭穿后，就再也不玩这个小计谋了。

我们还可以从很多动物的身上看到我们自己守财的一面，它们总是在非常努力的偷窃东西，虽然它们从来不用，仍然还是小心翼翼地藏起来。

说到家庭经济，它们不仅深谋远虑和节俭，而且做得非常科学。蚂蚁如果看到它们储存的谷物和种子开始发霉和生味的时候，会很害怕它们腐烂变质，于是就会放到蚁穴外去吹风晾干，它们这种防止种子发芽的方法可靠又巧妙，远远超过人类谨慎有限的想象力。因为小麦不可能一直保持干燥和完全不变质，它会变软，分解，受潮，出水，一直到发芽和生长。蚂蚁担心谷物变成种子，就会失去原有的品质，变得不能储存，它们会在发芽的部位啃去一块。

至于战争，这是人类最隆重、最自命不凡的行动，我不知道我们挑起战争是想证实人类的伟大，还是反过来要证明人类的愚蠢无知；的确，同室操戈，互相摧残，斩尽杀绝的秘诀，动物是不知道的，同时这也引不起它们多大的兴趣：

> 一头狮子因为更勇敢一些，那么它就必须夺取另一头狮子的生命？在哪一片森林里，一头野猪会死在另一头野猪的更尖利的

牙齿之下？

——尤维纳利斯

但是，也不是说动物之间绝对不发生战争，例如蜜蜂的激烈交战，两个敌对的蜂群的蜂王[①]争霸战等：两个蜂王之间常常产生非常激烈的争斗，远远望去可以想象得到那些蜜蜂的愤怒和好战。

——维吉尔

我曾经读到过下面这段精彩的描述，我就会想到一幅幅描绘人类的愚蠢和虚荣心的图画。

因为这些令我们如痴如醉的战争恐怖行为，这场喊杀声震天的风暴，

铁器的闪电直刺向云霄，金属的雷鸣声遍布在整个大地，

战士的脚步声震得地球隆隆作响，厮杀声在山谷里面久久的回荡，传至星辰上。

——卢克莱修

千军万马齐集阵前的这些杀气，那么多的愤怒、激情或者是勇气，想到他们为一点小事而兴师动众，或者为一点小事而偃旗息鼓，这想起来令人感到非常的好笑：

有人说希腊和野蛮人之间发生的残酷战争，起因是因为帕里斯的爱情。

——贺拉斯

由于帕里斯的好色多情，他让战火燃遍了整个亚洲。仅仅是一个人的欲望、怨恨、快乐、私人的嫉妒，这种事使两个捕鱼的人拳来脚去还说得

---

① 西方古代不识蜂群的领袖是峰后，习惯称为蜂王。

过去，但是结果却引来了这样一场浩劫。我们要不要相信那些主要肇事者提出的动机呢？那么现在来听一听这位雄才伟略、傲视四方的皇帝奥古斯都，当他说起在海上和陆地上发生的那几场大战的时候，说到跟随他的五十万士兵的鲜血和生命，以及为了他的战争行动而消耗殆尽的两个世界的人力和物力的时候，他谈笑风生，轻描淡写：

因为安东尼迷恋上了格拉菲拉，菲尔维乌斯就要求我也去和她好，把这个作为报复！安东尼非常的不忠诚。什么，安东尼的过错应该由我来承担？我跟菲尔维乌斯好！她有没有这种欲望？这样，不懂得满足的妻子就会成千上万向我扑过来。就像马尼厄斯要求我去跟他干，不，我这么想，如果我还聪明的话！“要么就爱我，要么就选择打仗，”她说。什么，我的生殖器对我来说比我的生命还重要？她太丑了……现在把军号吹起来吧！

（蒙殿下恩准，我使用拉丁文时会感到更为自在。[1] 这个战争狂魔，有那么多的面庞，那么多的行为，好像是对天与地的威胁。）

> 当残酷的俄里翁躺在冬天的波涛之上，数不清的浪潮在利比亚海上滚滚涌来；当阳光再次照亮埃尔缪平原上的茂密的麦穗、利比亚金黄色的田野的时候，盾牌在士兵们的手中铿锵作响，大地在士兵们的脚下震动呼号。
>
> ——维吉尔

> 这个有那么多臂膀、那么多脑袋的愤怒魔鬼——也就是人，软弱无力的、多灾多难的和卑贱低下的人。这只是一个躁动的、处在热锅上的蚂蚁窝。黑色兵团在平原上推进。
>
> ——维吉尔

一阵逆风，乌鸦聒噪，马匹失足，从天而降的老鹰，一时分心，一种声音，一个信号，一团晨雾，都能够将人掀翻在地，怎么爬也爬不起来。只需要在他的脸上打一道阳光，他就会昏迷眩晕过去；只要撒一把灰尘蒙蔽它的眼睛（如同我们的诗人维吉尔写到蜜蜂时一样），于是我们所有的

① 殿下指玛格丽特·德·瓦罗亚公主，这篇文章原是献给她的。

旗手和军队，哪怕是伟大的庞培所率领的，也都立即溃不成军：塞多留在西班牙仿佛就是使用这些犀利的武器在西班牙打败了庞培①。其他人也使用过这种武器，比如说欧迈尼斯反抗安蒂戈纳斯，苏勒那对阵克拉苏的时候。

只需要一小撮尘土，就会扑灭三军的愤怒，遏制激烈的战火。

——维吉尔

放一窝蜜蜂去对付一支由人组成的部队，它们完全有力量和勇气去熄灭战火。对于这件事我们仍然记忆犹新：在夏达姆的领土上葡萄牙人包围了塔姆里城，城里的居民每家每户都养蜂，他们把蜜蜂带到城楼上。然后，他们点上火，对着敌人放出蜜蜂，很快就击退了围城的敌军，因为他们顶不住蜜蜂的攻击，受不了蜜蜂的针蜇。仰仗这支生力军，城市获得了胜利和自由，更令人无法相信的是这些蜜蜂在战斗归来之后，竟然一只都没有少。

帝王的灵魂和臭皮匠的灵魂流入同一个铸模。如果想到王爷们行动的重要性和代表的分量，我们坚信一定有非常重要和紧急的原因促使他们如此做。但是我们错了：他们做事的动机翻来覆去实质上和我们一样。我们和邻居吵架的理由，也正是王公贵族之间打仗的理由。也由于同样的道理，我们命令打仆人一顿鞭子，而国王则派军队把一个省踏为平地。他们需要什么也像我们这般随意，但是他们做什么却要比我们严峻得多。记住：蛆虫和大象都同样会饿得发慌的。

至于忠诚，没有比人更加不讲信义的动物了。我们的历史上有很多义犬替被害的主人报仇的故事。皮洛士国王看见一条狗守在一个死人的身边，并从旁人那里听说它已经守灵守了三天，于是就下命令埋葬了那具尸体，将那条狗带了回去。一天，当他正在检阅部队的时候，那只狗突然见到了杀害主人的凶手出现在现场，于是那条狗就大声吠叫，愤怒地追了过去，国王于是就从这条线索开始追查这件谋杀案件。没过多久，通过法律程序凶手得到严厉的惩罚。圣人希西厄德的狗也有同样杰出的表现，那条

① 据普鲁塔克《塞多留传》的记载，塞多留利用蜜蜂打败的是西班牙境内的恰拉西达尼人。

狗使得诺帕克特斯人加尼斯道尔的儿子被法律判定为谋杀罪，给自己的主人洗清冤屈。

还有一只狗在雅典的神庙做看守工作，见到一名亵渎神灵的小偷盗走了庙中最贵重的神器，就开始不断地高声吠叫；但是神器看守仍然没有醒过来，于是那条狗就跟踪小偷，天亮了，它仍保持一定的距离跟在后面，始终不让小偷脱离自己的视线。当小偷给它食物的时候，它坚决不吃；路上如果碰上其他人，它就对着他们摇头摆尾，从他们的手中吃到一些施舍的食物；如果小偷停下来睡觉，它原地站着监视。这条狗的事情慢慢地传到教堂看守的耳朵里，于是他们开始追踪，沿途打听这条狗的消息，终于有一天在克劳米翁城里找到这条狗，同时也抓到了小偷，小偷被押回雅典城并受到了应有的惩罚。法官为了酬谢这条狗的伟大功劳，从自己的官饷中拨出一份麦子作为狗的口粮，并把它交给教士由他来饲养。普鲁塔克敢肯定这则故事是完全真实的，因为它就发生在他所处的这个时代。

说到知恩善报（因为我觉得我们必须尊重这个词），只需要列举埃皮昂叙述的一个例子就足够了，他本人就是事件的目击者。他说有一天罗马为老百姓组织了一场奇兽格斗会，这场格斗会里主要是身躯异常庞大的狮子，其中有一头显得尤其凶猛，四肢特别强壮有力，吼声如雷惊心动魄，顿时就吸引了所有观众的眼球。在要参加与野兽格斗的奴隶中间，有一名从达斯（今罗马尼亚境内）来的安德罗杜斯，属于一位执政官级别的奴隶。狮子开始一见到他，首先就猝然停步，好像是在对他表示敬重，然后又慢慢走近他，温柔和善，好像是想要和他打招呼；走进他之后它肯定没找错人的时候，便像小狗为了取悦主人一样摇起尾巴，亲他的手，舔他的腿。安德罗杜斯看见这头狮子并没有恶意一会就恢复了神志，定睛一看就把这头狮子辨认了出来。见到人和狮子相亲相爱的情景实在是一种少有的乐趣。观众席上发出了欢乐的呼声，皇帝下令招来那名奴隶，听他解释这件神奇的事件的由来。这名奴隶给皇帝讲述了一个新奇的、令人惊叹和无法相信的故事。

这名奴隶说："我的主人是一位驻非洲的行省总督，他对待我十分的残酷苛刻，每天都会派人来打我一顿，有一天我终于忍无可忍，只得从他家里逃了出去。他这个人在省里很有权势，我如果想要成功的躲开他，唯一的捷径是单独行动，去当地人烟稀少的沙漠，要是寻觅不到吃的东西，就下定决心找到一种可以了结自己一生的方法。中午的时候阳光非常毒辣，我热得几乎都无法忍受，这时我发现有一个暗藏的很难进入的洞穴，我挤了进去。不久之后就进来了一头狮子，它的一只爪子受了伤在淌血，并且发出痛苦的呻吟。我见到它进来非常惊讶；可是看见我蜷缩在角落里，就慢慢地走了过来，把受伤的腿伸过来给我看，好像在向我求救一样；我帮助它拔掉了爪子上面一根木刺，当我在它面前逐渐地恢复了镇静之后，就开始挤它的伤口，把里面的污物都给它挤了出来，尽我自己最大的力量擦得干干净净；这时狮子可能感到痛苦减轻了一些，就完全放心了，然后慢慢静下来就睡着了，但是爪子却始终抓在我的手中。从那个时候起，我们就一直共同生活在那个洞穴里，生活了整整三年，吃同样的东西。它猎捕来动物，就会把最好的部位留给我，由于没有火的原因，我就在阳光下烤一烤，作为食物来吃。长时间之后我对这种动物的穴居生活感到十分地厌倦，有一天趁着狮子照例外出觅物的时候，我离开了那个洞穴。在外面走了三天，最后又遇到了一队士兵，从非洲押解回到了这个城市，被交给我的主人，主人立刻就判我死刑，喂给野兽来吃。但是现在看来，这头狮子也是在我离开不久之后就被捕的，现在它希望报答我做的好事，因为是我治愈了它的伤痛。”

以上这段就是安德罗杜斯向皇帝叙述的他与狮子的故事，同时也转达给普通的老百姓听。这样一来应大家的要求，他得到了赦免并且获得了自由，后来，在老百姓的请求下，那头狮子也送给了奴隶。埃皮昂还说，以后我们就会看到安德罗杜斯用一根小绳子牵着这头狮子在罗马到处溜达，人家不仅给他施舍，还会在狮子身上抛掷花朵，每个遇到他们的人都会说：“狮子是他的主人，这就是人，狮子的医生。”

> 我们经常因为失去自己所爱的动物而痛苦流泪；同时动物也会因为失去我们而哭泣，然后他的战马埃顿走过来，背上早就已经卸去了鞍子，满脸是大颗大颗的泪珠。
>
> ——维吉尔

在某些族群里，女子属族人共有，有的国家却是一夫一妻的情况一样，动物之间不也是这样的吗？它们的婚姻不是还存在比我们的还坚固的吗？

动物之间建立起姻亲和族群关系，形成集团，互相支持；如果我们看到哪头牛、猪或者是其他动物受到了敌人的冒犯，只要它一叫，就会马上奔过来一群同伴救援它，保护它。鹦嘴鱼一旦咬上渔夫的钓饵，它的伙伴们会立即聚集在它的四周，同心协力，一齐奋力咬断鱼线；如果有一条不小心钻进了捕鱼篓，其他的鱼就会令它的尾巴露在外面，然后用牙齿死死地咬住，将它拉出来一起游走。鱼如果见到同伴被人钓住了，就会把渔绳靠在背上，然后竖起锯齿状的背鳍，用背鳍把鱼丝锯断。

至于说到我们生活当中的相互之间的特殊服务，动物之间也可以见到很多。据他们说，在鲸鱼游动的时候，前面总是会有一条像鲍鱼似的小鱼在引导，正因为如此，这种小鱼也叫领航鱼。鲸鱼跟在它后面游动旋转，十分灵活，仿佛是船随舵转动一样。而鲸鱼对它也是有回报的，其他东西不论动物还是船只，一旦进入了这条庞然大物的嘴里就从来不会有生还的道理，而当这条小鱼进去了之后就是在里面睡觉；在它睡觉的时候，大鲸鱼会一动不动地停在原地；当它从鲸鱼的嘴巴里面出来之后，鲸鱼就会不停地跟着它游。如果鲸鱼偶然与它失散了，鲸鱼就会随波逐流，甚至像失去了舵轮的船只一样撞上礁石；普鲁塔克证实他在昂蒂西尔岛上曾经见过这种事情。

有一种叫作戴菊莺的小鸟和鳄鱼之间也有这种协作的关系。戴菊莺给这个大家伙放哨；如果有鳄鱼的敌人走过来想要跟它搏斗，这只小鸟担心它在睡觉中会遭受到袭击，它会大声叫喊，用喙啄鳄鱼，把它吵醒，用这种方式向它报警。这种鸟靠这头巨兽残剩的食物生存，鳄鱼会张开嘴，任凭这种小鸟在上下颚和牙缝之间任意啄食残留在那里的肉屑。假如鳄鱼想要闭上嘴，就会首先告诉它出来，然后再慢慢地闭上嘴巴，绝对不会伤害小鸟一丝一毫。

还有一种叫珍珠母的贝壳动物，它跟豆蟹之间也是这样生活的。豆蟹是一种像黄道蟹似的小动物，它坐在张开的贝壳上，为它充当信使和门卫；贝壳始终半合半开的状态，看到小鱼游进门来时，立即爬进门里，向它的肉咬上一口，这就迫使珍珠母将贝壳合上。然后珍珠母和豆蟹就会在它们的城堡中尽情地享用猎物。

在金枪鱼的生活习惯中，我们发现它们对科学的三个部分有特别的认识。首先是星相学，它们将星相学教给人类；因为它们往往是游到一个地方就不动了，这一天恰是冬至，这时它们就会留在原地不动，一直到下一个春分为止。这就可以表明为什么亚里士多德也承认它们掌握了星相学的真谛。

至于几何学和算术，金枪鱼在游动前行的时候会始终保持立方体队形，从而形成坚固封闭的兵团，在任何一面看去都是正方的，每一个面都相等，前后也都是一样的，因为鱼群的高度和宽度是一样的，宽度和长度也是一样的，只要数一数其中一行鱼的数目，就很容易计算出整群鱼的数目。

要说到精神高尚，将那条大狗作为例子是最明白不过的了。有人从印度带来一条狗将它送给了亚历山大国王。他们首先放出来一头鹿来跟它决斗；然后是一头野猪，接着又是一只狗熊；但是这条狗从始至终都毫不在意地留在原地一动都不动；最后，看见狮子上场了，它才腾地站了起来，很显然这种现象表明这下他遇到了愿意与之较量的劲敌了。

至于认错和悔过，这里又有有关一头大象的故事。在盛怒之下这头大象杀死了它的主人，之后它一直因为这件事无比哀伤，于是不再进食，最终在悔恨之中饿死了。

至于宽大，则可以举一只老虎的故事。老虎是野兽中最凶猛残暴的；有人将一只小山羊关进了它的笼子里面，但是这只老虎饿了两天仍然不愿意去伤害它。到了第三天，它冲破笼子到处寻找食物，它将小山羊看作是它的朋友和客人，不想去伤害它。

至于通过交往和相处而形成的和睦关系，我们通常只是把猫、狗和兔子一起来饲养；然而那些航海的人，尤其是那些经过西西里海的人，听到的关于翠鸟的见闻，都远远超出人的想象力所能到达的地步。从受孕分娩到成长，还有哪个种类的动物能得到大自然的如此厚待呢。因为诗人说，只有德洛斯岛在以前是漂流不定的，为了让拉托那安静的分娩于是就固定不动了；然而上帝却要全部海洋都像一片平川那样停滞不动，风平浪静，让大海平静如镜，只是为了让翠鸟平安生产小鸟，这恰恰是在冬至时分，是一年中最短的那一天；倚仗了翠鸟的特权，我们在严冬的七日七夜的时间里，我们可以平平安安地航行。雌鸟只追随自己的雄鸟，整个一生都在帮助它，从来都不抛弃它；雄鸟体弱无力没办法飞翔的时候，雌鸟在飞到任何地方的时候都会把它驮在背上，侍候它直到死亡。

此外，我们还没有任何办法揭开翠鸟筑窝养育幼雏的技巧，也弄不清楚它使用的是什么材料。普鲁塔克曾经见到它们筑窝的过程，他相信这是鱼骨，翠鸟将它们集中一起，经纬编结，然后锁边褶裥，最后会做成一只可以在水面上漂浮的小船。当翠鸟把这只小窝全部做完以后，就把它放到海面浪涛中，让它经受海浪的拍击，如果看到编结不牢、在海水冲击下就会散架的地方则重新加固；相反，那些编结牢固的地方，经过海水一拍打反而会变得更加收缩扎实，除非遇到过分的撞击，一般的石头或铁块都不可能造成损害。最令人称奇赞叹的是内部的比例和那些孔穴的形状；那都是完全依照筑窝的翠鸟的身材大小做成的，因此对于其他与这个尺寸不符合的东西，这个窝完全就是封闭的、密不透风的，即使是海水也没有办法渗入。

以上是对翠鸟的巢的真实描写——资料的来源十分可靠；但是我仍然觉得对于鸟窝结构的难度没有给出足够的披露和说明。对于一些我们没有办法模仿和了解的东西，就刻意地加以贬低和嘲弄，这岂不是表明我们自己是多么的虚妄自大。

现在，我想更进一步说明我们和动物之间平等一致的关系。我们的灵魂自诩存在着这样的优越性：想法永远会与实际协调一致，在经过思考之后事物都摆脱了有声的和有形的品质，把值得注意的各个方面都进行排列，把所有会腐蚀的条件统统去除掉，像旧衣服一样将它们摆在一边，就像厚薄，长短，深浅，重量，颜色，气味，精细度，光洁度，硬度，软度以及其他一切可以触摸的偶然的特性，只保留其中无生和无形的本质部分。罗马或巴黎，以巴黎举例来说，在我灵魂中存在的巴黎仅仅是我想象中的巴黎，在我想象和理解中的巴黎是没有大小，没有地点，没有石头、没有粉刷、没有木头的地方。我想要说的是这种抽象思维的特点动物很显然也是有的；因为一匹驰骋疆场、出没于枪林弹雨中的战马，即使是它在睡觉的时候，躺在马厩里，也会像在冲锋中一般身子扭动发颤，可以肯定，它的脑子里听到了没有战鼓的战鼓声，看到了一支没有武器和士兵的部队：

> 这样你见到威武的骏马，即使是在睡觉的时候，也是浑身出汗，常常喘气，肌肉紧绷，好像是还在争夺冠军。
>
> ——卢克莱修

当猎狗在梦境中见到野兔时，我们有时会看到猎狗在睡觉时也气喘吁吁，伸长尾巴，转动腿弯，摆出一副完全是奔驰时才会有的姿态，但是这只野兔却是既没有毛也没有骨头的野兔。

> 通常，猎狗在做美梦的时候会突然间挥动四肢，会突然间大声吠叫，还经常在空中嗅来嗅去，好像是找到了猎物的踪迹一样。它们还经常在醒来之后，去追逐一头想象中的小鹿，好像看到小鹿正在逃逸似的，直到这种幻觉消失，猎狗才会逐渐恢复神志。
>
> ——卢克莱修

看门狗也时常会在睡梦中呜呜地叫，然后又忽然唁唁而吠，直至突然惊醒过来，好像出现了陌生人一样。它们的灵魂看到的这个陌生人，是一个没有形状的、看不见的人，没有体积，没有颜色并且没有生命。

> 养在家里样子温柔善良的小狗开始激动起来，眼睛里朦胧的睡意也消失了，它突然站了起来，如同是看到陌生的面孔和人影一般。
>
> ——卢克莱修

说到美丽的身躯，我首先必须知道我们对于美丽的概念是否一致。我们好像并不是十分清楚自然的美和普通的美的区别，因为我们说到的人体的美是存在着各种不同的形态的；不像对于自然的秉性，例如说火是热的这一点，大家都会有相同的认识，我们随心所欲地想象出各种类型的美。

> 比利时人的肤色如果长在罗马人的脸上就是丑的。
>
> ——普鲁佩斯

印度人把美丽描绘成黑色和棕色，厚实的嘴唇，宽而平的鼻子。在鼻孔柔软的部分插上金环一直下挂到嘴边；下嘴唇也要挂上宝石圆环，并且要盖住下巴；暴露出牙齿直到牙根这样也是一种娇态。在秘鲁，耳朵越大越美，他们还尽最大努力地用人工的方式往下拉。今天甚至有人说，曾经见到某个东方民族想方设法撑大耳朵，把沉重的珠宝挂在耳朵上，以至于最后耳孔大到可以将一条手臂连同衣袖一起都同时穿过去。有一些国家会把牙齿细心地染黑，看到白牙齿就会耻笑。还有一些地方的人把牙齿染成红色。不仅仅在巴斯克，在其他别的地方也是，女人认为光头更美一些；据普林尼说，甚至在一些冰天雪地的国家也是这样的情况。墨西哥女人把额头窄小也列为美的标志之一，她们祛除全身的体毛，然后再巧妙地移植到前额上；他们还特别欣赏大奶子，会故意地将奶头提到肩头上给孩子喂奶。在我们看来这些都是丑的。

意大利人认为魁梧肥胖是美，西班牙人则视干瘦为美；而对于我们法国人来说，有人觉得白色皮肤美，有人却认为褐色皮肤美；有人认为纤弱温柔是美，有人认为健康丰腴才是美；有人希望孱弱温顺，有人希望庄重豪放。在谈到什么是美的时候，柏拉图说是球体，而伊壁鸠鲁认为是角锥体方型，他们绝不会容忍神的形状像只球一样。

不管怎么样，大自然在这方面给予我们的特权并没有超过一般的规则。如若说我们觉得自己还不错，那么我们也可以看到有的动物在这方面比我们差得多，也有的动物——并且还是大多数——在这方面比我们要好得多。

“许多动物在体态的优美方面超过我们。”特别是那些陆地动物，我们的同类。至于说海洋动物（我们不谈形状，这是一点都不同的，没有办法类比），我们在肤色，光泽，平滑，柔软等方面与它们相差太远；对于空中动物来说，我们更是远远不如。诗人们强调我们可以直立，来仰视天空——这块我们出生的地方。

> 所有别的动物都是面朝黄土，看着地面，然而上帝赐给人一张高仰的脸，允许他举目凝望着星辰，凝视着天空。
>
> ——奥维德

这种说法是真正充满诗意的说法；因为有不少的小动物是眼睛向上的；我认为骆驼和鸵鸟的脖颈伸得比我们要更长更直。

有哪些动物不是脸孔长在上面和前面，如同我们这样地直看，在正常姿态下和我们看到一样多的天和地？

柏拉图和西塞罗提到的我们在体格方面的优点，又有哪一个不是其他千百种动物所共同拥有的优点？

和我们最相像的动物，也是整个群体中最丑陋、最可鄙的一伙：因为如果从外形和脸型来说，那是猕猴和狒狒：

> 猴，这个丑陋的动物，跟我们是多么的相像！
>
> ——西塞罗

从内部结构和生命器官来说应该是猪。是的，当我想到赤裸裸的男人（女人也是同样，虽然她们要更美一些），他的缺陷、自然束缚和瑕疵，我觉得我们比动物确实有更多的理由穿上衣服。我们将大自然赐予其他动物的东西，例如羊毛、羽毛、兽毛以及发丝，都拿过来自己使用，利用它们的美来修饰自己，用它们的外衣来遮掩自己，这是情有可原的。

不过，请大家注意，我们是唯一因为自身的毛病和缺点而冒犯我们的同类的动物。我们是唯一一种在满足自然需要的同时还回避同类的动物。还有另外一种值得考虑的是这样一件事，为了能够治疗相思病，只需要让病人对着他无比渴望的身体，称心如意地看个够，他的恋情就会渐渐地冷却。

> 处于热恋中的人，见到了所爱的人的赤裸裸的私处，亢奋的心情会戛然而止。
>
> —奥维德

这个处方最终可以用一种微妙的厌倦的心情来解释，不过，这的确是我们的弱点的另一种明证，经常来往会引起相互讨厌。所以这并不是因为难为情，而是由于做人的艺术和谨慎，女士们非常有心机不让我们进入她们的小屋，只有经过化妆才出现在公众面前。

> 女性都清楚这一点：如果她们想要将情人牢牢地套住，就需要小心翼翼地不让他们看到她们生活的背面。
>
> ——柳克里希厄斯

而在很多动物的身上，处处都是我们喜欢，令我们的感官愉悦的东西，以至于它们的排泄分泌物，我们都甘之如饴，还将之用作饰物和香料。

这番话只是涉及人的一般生活，还没有限制地要包括这些神圣的、超自然的和不同凡响的美；这种美偶尔会在我们之间看到，就仿佛是在朦胧天幕下闪烁的星辰。

此外，我们也证实动物有得天独厚的地方，这对动物来说很有好处。而我们却不断地教授给自己一些空想或者是虚无缥缈的优点，未来和不存在的好处，这些都是人的能力没有办法回答的，或者说是我们信口开河自己创造的，例如理智、科学和荣誉；而我们给动物的优点却是主要的并且可以触摸的：平安、悠闲、和平、无辜以及健康；健康，这是大自然赠予我们的最美好、最宝贵的礼物。因此斯多葛派哲学敢说出这样的话，患了水肿病的赫拉克利特和全身长满虱子的佩雷西德斯，如果懂得利用他们的智慧去交换健康，促成这笔交易，如此他们才能说得上是做对了。他们把智慧和健康相比较，衡量两者孰重孰轻，认为智慧是更为重要的，如此这样也比他们做出的任何结论都要明智。据说喀耳刻向尤利西斯推荐两杯饮料，一杯可以把愚蠢的人变得聪明，一杯可以使聪明人变成疯子；尤利西斯宁愿接受发疯的状况，也没有同意让喀耳刻将他的人脸变成一张兽皮；据说智慧本身也可能会对他说这样的话："离开我，我宁可你不要管我，也不要把我放入驴子的身体里去。"什么，哲学家宁愿为了存活在这张朦胧的天幕之下，就会舍弃这些伟大而神圣的智慧吗？如果是这样，就不是我们在理智、推断和灵魂上胜过一切动物了。而是我们俊美的肉体，红润的面色和身体各部分的默契配合。为了美丽，我们必须得放弃我们的智慧、我们的谨慎和其他所有的一切。

我可以接受这种天真率直的说法。当然，哲学家意识到我们如此大加渲染的这些长处，纯属于子虚乌有的。即使是动物拥有了这些德行、学问、智慧和如同斯多葛般的知足，它们仍然属于动物，还是没有办法同可怜、讨厌和无理的人相比。最后，一切与我们不同的东西全都毫无价值。即使是上帝，也必须要像我们才可能会受到尊重，关于这点我们以后再继续谈。由此可见，我们自认为比动物优越，从而贬低它们，不同它们交往，这种行为不是出于理智，而是傲慢自大，顽固不化的结果。

但是，言归正传，我们自己又是什么样的呢？反反复复，犹豫不决，游离不定，痛苦，迷信，担心未来之事，甚至还总是担心身后的事，野心，贪婪，嫉妒，仇恨，战争，谎言，不忠，诽谤以及强烈的好奇。自然，还有自我吹嘘的这种纯属于高超推理能力和判断认识的能力；但是就是因为这样，我们不停地陷入无法数清的情欲纠纷之中，那么可以肯定，这样的代价实在是太大了。而且，就像是苏格拉底说的那样，还存在一个明显的优点能够使我们超越其他动物，这是值得我们欣慰和高兴的，那就是大自然使得其他动物都有一定的有限制的发情期，但是对我们却完全放任自流。

“对于病人来说，酒有百弊而无一利，酒的害处明显的多于好处，所以，最好不让病人喝酒，希望他不喝酒或许可以痊愈，减少一次显而易见的危险；同样的，对于人类来说，我们宁愿大自然从来都不曾慷慨大方地赋予我们这种被称之为理智的思考力、洞察力和机灵性，没准儿那样会更好，既然这种能力，只是对于一小部分人来说是好事，但是对大多数人是个灾难。”

我们可不可以看一下学识渊博给瓦罗和亚里士多德带来什么样的结果？有没有让他们解除人生道路上的艰辛？是不是让他们摆脱了遇到梁上君子的意外事件？他们可以因为熟谙逻辑关系而缓解痛风的症状吗？由于认识到关节中渗入了这种体液，就减轻了风湿痛？由于了解某些国家将死亡看作一桩喜事于是就和死亡妥协了？因为知道有些地方女人是男人的公共财产，人们就不在乎戴绿帽子了吗？那才不可能呢，他们一个处在罗马人中间，一个位于希腊人之中，都是文明鼎盛时代出类拔萃的学者，我们却也没有听说过在生活中他们有什么特殊性可言。希腊人甚至还在为自己辩解人生中的一些众所周知的污点。

> 有谁曾经看见过，只是因为你会观测星象和精通语言，在享受肉欲和健康的时候就会比别人更加有滋有味？有谁因为不识字而在性爱方面表现逊色吗？
>
> ——贺拉斯

> 认为羞耻和贫穷更加容易忍受？
> 毫无疑问，你这样可以躲过疾病和残废，
> 你可以不发愁不焦虑，你可以长命百岁，好运连连。
>
> ——尤维纳利斯

我在年轻时见过无数的工匠和农夫，他们比大学校长活得更聪明、更幸福，我宁愿做这样的人。依我看来，学问是生活中必需的东西，就像光荣、高贵和尊严，或者更进一步说是美貌、金钱以及这一类其他的品质，它们对生活也是真正有用的，但是间接地，存在于想象中更多于实际中。

我们生活在社会中，并不需要像鹤群和蚂蚁一样有明确的分工、规则和法律。它们没有任何学问，但是我们看它们同样也生活得非常有秩序。如果人聪明行事，那么他对每种事物也会根据它对生活是否切实有用这一点来给予它们正确的评价。

如果按照我们的行为和品格来衡量，就能够看出来没有学问的人做的好事要远远多于有学问的人做的好事，我的意思是说不论是在哪一件好事上都是如此。我认为不论是打仗还是和平，古代罗马比现在这个有学问却自趋灭亡的罗马产生了更多的伟人。即使在别的方面不分上下，但是至少古代罗马正直和无辜，所有的一切简单纯朴，非常自在。

但是，这些事情说来话长，我只能暂时打住。我要说的仍然是这句话：只有屈辱与服从才能够影响一位正直的人。一个人有怎么样的责任，不应该由他自己来评断。的确应该向他确定，但是绝对不是由他任意选择；否则的话，由于我们的理智和观念虚弱多变，我们最终会想象出一些责任，如同伊壁鸠鲁说的那样，结果会使得我们一口相互吞掉对方。上帝给人制订的第一条戒律就是要绝对服从；这是一条绝对不容置疑的戒律，人不需要去探究原因和进行争辩，因为对于一颗理智的心灵来说，服从是一种主要责任，要承认至高无上的天主，使得服从与退让产生一切美德，正如一切罪恶产生于傲慢自负一样。因此，魔鬼对人的第一个诱惑，即给人的第一个毒药，是它通常都是转弯抹角地对我们承诺说，我们将有学问和知识：“你们便如神能知道善恶。”在荷马的作品中，那些女妖塞壬为了能够诱惑尤利西斯，使得他自己跳进她们早就已经设下的危险陷阱一样，这就是所谓的献给他学问的礼物。

人类的不治之症是他总以为自己什么都知道。这表示为什么我们的宗教谆谆教导我们说愚昧无知才是信仰和服从的最根本前提。“你们要学会谨慎，可能会有人用他的理学和虚无的妄言，不照着基督，而是照人间的遗传……就把你们轻松地掳去。”

五花八门的哲学家在下面这个问题上大体是一致的：所有的根本都在于心灵与肉体的宁静。但是到哪儿去得到这种宁静呢？

一句话，圣贤只是赶不上朱庇特；他富有，自由，受尊敬，英俊，总之，他是国王的国王；特别是身体健康，神采斐然，只要黏液不使他心乱。

——贺拉斯

说实话，大自然为了安慰我们这些可怜和虚弱的人，把自以为是的品性分了一点给我们，这就是伊壁鸠鲁说的：除了自以为是之外，人没有什么是自己固定拥有的。我们大家共同的东西就是美梦和幻想。

哲学家说，健康是诸神实在拥有的东西，而有病是虚的，然而人有好事是虚的，有坏事却是实的。我们努力地发挥自己的想象力是非常有道理的，因为我们的财富全都在梦幻之中。

听一下西塞罗是如何提到这个可怜的多灾多难的动物的吧。他说："没有什么工作会比搞学问更加美好，通过学问，我们可以展现一个无穷的大千世界，无限伟大和崇高的大自然，人世间的天空、大地和海洋；我们通过学问了解了宗教、节制、勇敢行为，这就使我们的心灵摆脱了黑暗，可以看到人间万象，世事沧桑；通过学问我们可以获得生活幸福的保障以及欢度人生的引导。"他说的不是活着的全能的上帝？

事实上，很多小妇人在村子里过的一生，都要比他的一生更加宁静、甜蜜和稳定。他是一个神，是的，一个神，高雅的孟尼厄斯，他首先找到这条被现代人称为睿智的生活准则，通过学问他们使我们的生活从此走出黑暗和风暴，进入一个十分宁静光明的境界。

——卢克莱修

这些话说得特别好，确实字字珠玑；但是尽管这样，神传授给他以最高的智慧，然而一桩小事故就使得他精神错乱，甚至都还不如最低微的牧童。①

德谟克利特书中的这个许诺同样的大言不惭："从此以后我可以无事

① 卢克莱修晚年发疯。

不谈。”还有亚里士多德留给我们的听起来简直是愚不可及的头衔：寿命有限的神灵。还有克里西波斯的评论：狄翁和神一样有道德。塞涅卡承认上帝给了人生命，但是如何安排好人生则靠的是人自己。这与西塞罗的说法是相一致的，他说：“我们为自己的品德感到骄傲；如果我们的品德来自于神，而不是来自于我们自己，最终是不会有美德产生的。”塞涅卡也说过这样的话：“贤人坚韧不拔丝毫不亚于上帝，但是有着人的弱点还能够做到这一点，可以见得他胜过上帝。”

类似的蠢话其实都是老生常谈。我们之间绝对没有人，会因为看到自己跟上帝相比，就会感觉到像把自己贬为其他动物那样受了冒犯。因为我们更注重我们本身的利益，甚至于置创世者的利益于不顾。

然而我们应该清除这种愚蠢的自负行为，雷厉风行地去动摇那些错误的看法得以生存的让人感到可笑的基础。只要人类认为自己有手段，有力量，他就永远不可能接受导师的教诲。俗话说：蛋一定是会变成鸡的；应该让人回到无足轻重的状态中去。

让我们来看一看人在哲学理论上的几个相关的例子：

波塞多尼乌斯生了重病，疼得他满地打滚，将牙齿都咬碎，他认为对病魔应该大喊一声，来表示他对它的鄙视：“你疼吧，你尽管疼吧。反正，永远不会说疼痛是个坏东西。”他还不是像我的仆人一样受苦受难，但是在嘴上他还自吹着坚决恪守自己的教规。

> *不要在语言上吹嘘，而在事情上屈服。*
>
> *——西塞罗*

阿凯西劳斯患有风湿病，卡涅阿德斯去看望他，然后十分难过地告辞，他把他叫回来，指给他看他的双脚和心胸，并且对他说：“从这里是不能到那里的。”卡涅阿德斯听了感觉好受一些。因为他感觉到即使病人受疾病的折磨，但是还没有失去战胜疾病的信心，病人的意志并没有被疾病削弱和摧毁。另一位则表示坚强，——我认为——口头上要多于心底里的。赫拉克利奥特斯的狄奥尼修斯患眼疾痛得死去活来，最后不得不放弃斯多葛的信仰。

当学问真的产生他们所说的效果的时候，它使我们十分淡漠厄运中的痛苦，但是这样还是赶不上没有学问更能泰然处之。哲学家皮浪在海上遇到风暴，在他的旅伴看来，他表现出的平静充其量只和与他们同行的那头猪一样，它看着风暴没有一丝畏惧。说到底，哲学的信条就要我们模仿大力士和那些骡车把式，他们那些人平日里对死、痛苦以及其他艰辛从来不曾那么的大惊小怪，就会变得更加坚定；超过了生来没有这些品质，后天也没有自觉地受过训练的有学问的人。别人的孩子的娇嫩肢体要远比自己孩子的娇嫩肢体更容易切开，这不是由于无知还因为什么？对待马匹也是如此。仅仅是想象力就使多少人患上了疾病？我们通常见到有人使用放血、催泻、服药等手段，只是为了治愈他们说不明白的毛病。当我们真正病的时候，学问只会让我们病上加病。这样的气色表明你有了卡他性充血预兆。这个热季会使你心情无比激动。你左手上断开的生命线预示你的身体在不久将可能发生严重不适情况。总之，学问在肆无忌惮地打击你的健康和心理。你的青春朝气没有办法得以长期保持，你必须给它放掉一些血和精力，否则它会对你十分的不利。

下面请比较一下他们的生活，一个是受到想象力困扰的人，一个是受自然习性的引导，按照即时的感觉衡量事物的庄稼汉；后者思考任何事情从来都是直来直去，不瞻前顾后，也不会察言观色，他直到有病的时候才会感觉到痛；而前者却在腰里还没有长上石头的时候，就经常是心灵已经压上了石头的状况。就好像是他们到了痛时来不及痛一样，他在想象中已经预感到疼痛，他已经迫不及待地迎上前去。

我谈论的是医药，这方面的例子也适用于一切的学问。这就需要提到怀疑论哲学家的一种老看法了，他们坚信承认自己判断的弱点会有最大的益处。我的无知给了我希望，也同样给我带来了担心，我如果想要认识自己的健康，除了从他人的事件或者是我在其他地方相似情况下看到的事件中去认识之外，就没有其他根据了；这样的事例可以说层出不穷，我总是特别留意对我最有利的比较。我张开双臂臂膀去迎接健康——自由的、全身心的健康；我刺激我自己的胃口去尽情享受健康，特别是在当我现在健康的日子更不经常有的时候；我十分不情愿让一种新的限制性的生活方式无故地扰乱我正常的休息和安静。动物可以向我们证实，心烦意乱会引起无数的疾病。

据说，巴西的土著只有老死没有病死的，大家将这种情况归之于那里的空气明净纯洁，我宁愿将这个归之于他们心灵的明净纯洁，他们摆脱一切欲望、思虑、紧张或者是不愉快的工作，那些人，他们在简朴和无知中度过一生，不刻意追求精神的修养，没有法律，没有国王，同时也没有任何的宗教的限制或束缚。

我们还可以从经验中看出来，最粗俗、最愚钝的人往往是性交时最强壮、最受欢迎的人，赶骡的人做爱远远要比多情的人更受欢迎，这些难道是因为心灵的激动干扰和挫伤了肉体的力量吗?

心灵的激动是否也会扰乱和挫伤心灵的本身?心灵的力量在于灵活、尖利以及敏捷，但是否也因为灵活、尖利、敏捷而使心灵不断被困扰，最终陷入疯狂?如果最敏锐的疯狂不是来自最敏锐的智慧，那它又从何而来呢?就如同大爱之后会产生大恨，健壮的人非常容易患上致命的病；因此，我们的灵魂激动的次数越少就会越强烈，养成最神奇、最畸形的怪癖；转眼之间就可以从一个状态转入到另外一个状态，从失去理性的人的行动，可以看出他们的疯狂与我们健全的思想方式是非常一致的。有谁会不清楚任凭思想放浪不羁疯疯癫癫，和严守德行一丝不苟臻于极点，这两种情况的区别基本上就是不可察觉的，柏拉图说有忧郁气质的人是最优秀、最容易接受教育的人，但是因此也会是最容易陷入疯狂的人。多少英雄之士都是毁在了他们自身的力量和聪慧上面。塔索是意大利最明事理、最聪慧的诗人之一，他的作品晶莹剔透，古意盎然，长期以来其他诗人都是望尘莫及，就因为他才华横溢，思想活跃，到最后却反而成了疯子。毁掉了他的神志的这种敏锐，使他失明的这种光辉，使他失去理智的强大的理性的力量，使他变得痴呆的那种对学问孜孜不倦的追求的态度，使他既不需要操练也不需要思想的这种罕见的思想操练，在这一切中间有什么是值得他感激的呢?当我在弗拉拉看见他的状况十分可怜，虽然人还活着，但是已经不知道自己是谁，也丝毫认不出自己的作品，这种现象引起我的愤怒远远多于同情；他的作品未经修改也未加整理就已经出版，虽然他看在眼里，但是却已经不知道这些文章是出自何人之手了。

你们想找一个健康的人吗?你希望他行为规律，做事踏实，那就让他不懂事吧，让他游手好闲以及蒙昧无知。人只有笨了之后才会变得聪慧；眼睛瞎了之后才会让人帮忙引路。

如果有人对我说凡事有利必有弊，一个对痛苦和坏事感觉无比迟钝的人，对欢乐和好事也不会享受得十分充分，确实是这么一回事；但是作为人类的悲哀就是：许多事情可以供我们享受，但是，更多的事情需要我们避免，极度的快乐也比不上轻微的痛苦感觉深。“人对于欢乐远远比不上对痛苦的那种敏感。”我们体会全身健康不可能像是体会轻微的病痛那么强烈。

> 健康的时候我们谁都不会在意，而在皮肤上轻轻扎一下就会全身都不舒服。我只有一件很高兴的事，那就是不得肋膜炎，也不患风湿病；此外，人们对健康一般没有什么感觉。
>
> ——拉博埃西

我们的福只是避祸而已，这就表明为什么最崇拜快乐的哲学学派，要将没有病痛算成是真正的快乐。没有一点病痛，就是人所能期盼的最大的福气；就如同恩尼乌斯说的那样：

没有不幸就是最大的幸福。

有一些欢乐是伴随着挠痒和针刺的感觉的，这种感觉就仿佛使我们超越了简单的健康和没有一丝病痛，这种欢乐是积极的和流动的——我不知道为什么——却也是灼人刺骨的，除了分散痛苦之外再也没有别的目的。我们期盼和女人做伴的欲望，只是驱除尽欲火给我们带来的困扰，但这只是使欲火平息，不再继续思念而已。其他的欲望均是如此。

我想要说的是，假如思想只是单纯的指引我们走向没有病痛的境界，那么它是在引导我们走向一个对人来说的最美好的境界。

然而，不应该把简朴想象成愚钝，以至于完全失去情趣。如若伊壁鸠鲁的无病痛思想基础被说得无比玄秘，病痛既不会来自于外界，也不会生自于内心，那么如此说来克朗道尔反对伊壁鸠鲁的无病痛论是非常有道理的。我不赞成那种既不可能也不值得向往的麻木态度。我很高兴不生病；但是，如果我病了，我很高兴知道我确实是病了；有人给我灼烧或者做手术，我宁愿有感觉。说实话，如果使病痛的感觉消失，欢乐的感觉最终也会消失，最后造成的结果是会把人毁了：“只有心灵的残酷、肉身的麻木才会换来这种无知无觉的后果。”

有时候病痛对人是非常好处的。我们对待痛苦不必总是采取躲避的态度，见到快乐也不应总是穷追不舍。

当学问没有办法使我们挺起胸膛抵御病痛的压力的时候，它也会将我们投入无知的怀抱中，这也可以说是无知的一大荣耀；学问被迫采取折中的态度，任凭我们自生自灭，不再来帮助我们，使得我们可以躲在无知的卵翼下逃避开命运的鞭挞和凌辱。

今天说的无非就是：学问鼓励我们把思想从束缚它的病痛中解脱出来，利用迷失的肉欲转移我们的思想，利用回忆逝去的幸福缓解眼前的痛苦，找回昔日的幸福去消除迫在眉睫的心事："为了减轻我们的忧虑，我们应该做的是要（按照伊壁鸠鲁）在脑海中去除掉一切悲哀的想法，只留下愉快的思想。"这实在是学问在无能为力的时候才会使用的诡计；当身体和胳臂的力量无法满足需要的时候要利用两腿做灵活动作。因为，不仅是哲学家，即使是普通人，当他身上发热、口渴难熬的时候，如果你要求他去回忆希腊葡萄酒的美味，这算是怎么一回事呢？这样做只会弄巧成拙，

回想过去的幸福只会令人加倍痛苦。

另外还有一条哲学思想，那是隶属于同一性质的；在记忆中保留以前的幸福，而去除曾经经受过的苦难，就好像是我们有能力掌握遗忘的本领。这样的思想最终只会坏事。

回忆苦难是一桩甜蜜的事。

——西塞罗

哲学本来应该为我提供与命运抗争的武器，应该增强我的勇气将人间的所有不平之事都踩在脚下，怎么能够这样软弱无力，使得我们像兔子一般的胆小怕事，遇事拔腿就逃跑呢？因为记忆再次显现在我们面前的东西，绝对不是我们的选择，而是它自己想显现的东西。所以任何东西都比不上遗忘的欲望，会无比深刻地留在我们的记忆中。越是你努力想要遗忘的东西，就越是会在记忆中保留的更加长久和完整。

"在脑海中将我们的不幸忘得干干净净，永远都想不起来，只是愉快地回忆我们喜欢的事情，这完全取决于我们。"这句话是十分错误的。"我可以回忆我不想要起来回忆的东西，但是我却不能忘掉我想要忘记的东西。"这句话是完全正确的。是谁发出了以下感想？就是"敢独自宣布自己是贤人"的那个人，

他的才华超过整个人类，他就像旭日东升一般，使星辰黯然失色。

——卢克莱修

扫除和清空我们的记忆，是一条引导我们走向无知的正路吗？“无知仅仅是我们痛苦的时候的一张狗皮膏药。”我们还可以看到很多相似的格言：当健全的理智无所作为的时候，只得向庸俗求助，来做一些十分无聊的表面上的文章，求得内心的满足和宽慰。当创伤不可以被治愈的时候，减轻痛苦和麻木的感觉也就令人十分满意了。我坚信他们不会否定我的这句话的：在判断力不足或者发生偏差的时候，这些说法可以维持快乐和安宁的生命状态，如果哲学家能够在这样的生活中增强秩序和稳定，他们仍然还是可以接受这样的做法的：

我会学着开始饮酒和撒鲜花，我被当作疯子的时候会感到十分的难过。

——贺拉斯

有很多的哲学家赞同里卡斯的看法：他的行为通情达理，过着平静而甜蜜的家庭生活，他对家人和客人从来都不会失礼和失责，对于有害的东西会避而远之；但是因为精神异常，总是会有一种十分奇怪的幻觉；他感觉他永远是在一座剧场内，总觉得自己坐在戏院里看着一出出戏，看着世界上最美好的演出。他的医生费了很大的力气给他治愈了这种怪病，但是没想到他却将他的医生上告到法院，要求他们恢复他的无比美妙的幻想的能力。

他说，我亲爱的朋友，你们这是杀了我，却不是救了我！你们夺走了我的幸福，破坏了我无比甜蜜的幻想……

——贺拉斯

毕达哥拉斯的儿子斯拉西拉乌斯，也曾经有类似的幻觉；他坚信进入和停靠在比雷埃夫斯港口的船只都只是为他自己服务的：他分享它们的航运所得，对它们的到来感到高兴。他的兄弟克里托费尽力气使他的神志恢复正常，但是他认为非常遗憾他丧失了以前的那种状态，那时候他的生活简直可以说是无忧无虑，充满了欢乐，就如同下面这句希腊古诗说的那样：

> 不聪不明，一切省心。
>
> ——索福克勒斯

根据《传道书》记载："多有智慧，就多有愁烦。"另外还有："加增知识的，亦加增忧伤。"

哲学上一般也十分同意这一观点：无论哪种忧患，总是会有最后一张药方可治愈的，那就是当我们感到生命确实是无法忍受的时候，我们就可以选择去结束它："你过得好吗？那就乖乖地这么过下去吧。你不再喜欢你的生活吗？那从哪条路离开就一切都听从你自己了！"

"你感觉到痛了吗？要想到它最后还会将你撕碎。你如果不能防卫，那么就伸出脖子任人宰割；你如果有伏尔甘的武器护身，也就是说你无畏无惧，那就坚决抵抗下去。"希腊人在宴席上通常用的是这句话："或者喝酒，或者离席。"

> 如果你不懂得像圣贤一样生活，那么你就把位子让给懂生活的人；你玩够，吃够，喝够，就到了你该离开的时候了，以免喝过了头，这样你就会成为年轻人的笑料和作弄的对象，快乐对他们来说比对你更加合适。
>
> ——贺拉斯

承认自己软弱无能；为了能够保护自己，不仅要回到无知，还应该回到愚蠢、没有感觉、不存在，除了这些还有其他别的吗？

德谟克利特很清楚岁月不饶人，他的智力在直线下降，毅然伸出头颅平静地接受死亡。

——卢克莱修

安提西尼曾经说过这样的话：我们必须积聚判断的能力才能明白，保存一根绳子去自己吊死；克里西波斯曾经引用诗人提尔泰奥斯的话：

或者展现你的勇气，或者去死。

克拉特斯说过，时间或者是饥饿能够治愈爱情，如果这两种方法都不可以，那么还有上吊的这种方法。

塞涅卡和普鲁塔克在谈到这位塞克斯蒂厄斯的时候就会肃然起敬；塞克斯蒂厄斯放下一切牵挂，全身心地研究哲学，他发现自己的研究工作进展地过于缓慢，时间过长，就选择了毅然决然地投入海中。他学不到学问，就选择了死亡。以下是关于此事的结论：当遇上了无法解决的大麻烦的时候，海港就在你的附近；人一旦脱离自己的身体，就会如同脱离一艘沉船一般；愚人会紧紧地抓住自己的身体不放手，这种行为不是出于对生的欲望，而是因为他对于死的畏惧。

正如我刚开始时所说的，简朴使人生变得愉快，也更加无辜，更加淳朴善良。圣保罗说，纯朴的人和无知的人最后会上升到天国，而我们则会带着我们的学问永久的沉入黑暗的地狱之中。现在我不谈公开与学问以及文艺作对的瓦伦蒂尼恩，也不谈利西尼厄斯，他们两位都是罗马皇帝，都认为科学和文化是危害一切政治形态的毒药和瘟疫；同时也不谈穆罕默德，我听说他不允许他的信徒有学问；但是现在我要谈的是这位伟大的利库尔戈斯，他的权威绝对有举足轻重的威力；还要谈一下对这个神圣的斯巴达政体的崇拜之情，这个国家不倡导文艺活动，却在道德和事业上保持长久繁荣，那么令人惊叹，国力繁荣昌盛长久不衰。在我们祖辈所处的那个时代，西班牙人探索发现了新大陆；从那里回来的人可以向我们证明，那里的国家之中没有官僚，没有法律，但是他们的生活方式更符合正义，比我们更有规矩；我们这个国家的官员比老百姓还要多，法律比事务还要琐碎。

他们的手中和口袋里装满了传票、诉状、资料、委托书、成卷的注释书、咨询单和案卷。凭借着这些，可怜的老百姓在城里才会有一个安静的日子：在他们前面、后面以及两边，存在的都是一群群公证人、诉讼代理人和律师。

——亚里士多德

上几个世纪有一名罗马的元老院议员说了类似的情形，从他们的前辈嘴里吐的是大蒜的味道，肚子里装的是一颗善良的心；而在他所处的这个时代的元老身上却是香气扑鼻，腹内是藏污纳垢的地方；我想这就是在说，他们很有知识、很有才华，但是他们缺乏善良。不懂礼仪、无知、单纯并且粗鲁，一定是与无辜连在一起的，然而好奇、精明以及知识后面跟着的是狡猾；谦卑、小心、服从、善意（这些都是人类社会遗留下去的主要品质）必然要求一个人心灵纯洁、顺从和不自以为是。

基督徒特别清楚，好奇心是一个人与生俱来的毛病。提高智慧和增进学问，是人类的最原始的堕落；顺着这条道路跌入万劫不复的深渊。骄傲令人失足，让人腐化，骄傲使人远离众人走的道路，使他标新立异，使他要做一个领袖，带领一群迷途的乌合之众，一起走向沉沦；宁可成为异端邪说的教主，也不愿进入学习真理的学校，让别人携着自己的手走上一条光明大道。这可能就是这句希腊古诗的含义：迷信追随骄傲，对它敬重如父。

傲慢啊！你真是一块绊脚石啊！自从苏格拉底听说智慧之神赠给他智者的称号之后，他就万分惊讶；他苦思冥想，也没有发现这句神圣判决的根据到底在哪儿。他认识的人中，有的人跟他一样的正直、温和、坚强和睿智，有的人甚至比他更加雄辩、更高尚并且更有益于国家。他最后得出一个结论，他只是不自大自傲，才与众人不同的，才会成为智者的；他的上帝觉得人们自以为聪明和有才，是一种非常愚蠢的奇怪想法，并且觉得对人来说最好的学说是无知，最好的智慧是简朴。

《圣经》说，在我们中间如果谁自以为了不起，那么他就是可怜的人。“尘土，你有什么值得自豪的呢？”在另外一处：“上帝在造人像影子；当光明移走的时候，影子也就消失了，谁将对他做出正确的判断？”[①] 事实上，我们都是虚幻的。

如果只是单凭我们的力量很难想象神的崇高，还差得非常远，我们创

① 这两句引语的意思出自《圣经》，但不完全相符。

造主的工作都带着他的印记，是我们最不容易窥其奥秘的工作。遇到一件没有办法相信的事，对于基督徒来说，是一次绝好的信仰的机会。越是和人的理智相悖的事物，也越是符合理性。如果符合人的道理，那就不能说是奇迹了；如果符合某种例子，那就不是奇异的事了。圣奥古斯丁说："不去理解上帝才是较好地理解上帝的办法。"塔西佗说："有人想过，相信神做过的事比完全地认识神更具神圣和崇高的意义。"

柏拉图坚信，如果对上帝、对世界、对万物的起因，都过分好奇地去探听，就会带有不信宗教的罪恶在里面。

然而西塞罗说："说实话，我们很难认识创造世界的天父；人如果可以发现他，使得他暴露在凡人面前，那么这是一种亵渎行为。"

> 我们说：权力、真理、正义，这些词语确实都表示某种伟大的东西；但是对于这些东西，我们既看不到，也想象不出来。我们说上帝担心，上帝发怒，上帝爱，用世俗的字眼表述不朽的东西。
>
> ——卢克莱修

所有这些动作和情绪不可能按照我们的设想出现在神的身上；我们也不能想象在他的身上是怎样表现出来的。那些就只有上帝自己才知道，并且最终由上帝来阐述的工作。他即使降低身份靠近在地面生活的我们，也无法十分确切地使用我们的语言来阐释清楚。

以谨慎为例，谨慎是对善与恶所进行的选择，既然恶从来都是与上帝无缘的，谨慎怎么可能会用在他的身上呢？以理智和聪明为例，我们运用理智和聪明是为了更好的辨明模糊不清的东西，那么既然上帝绝对不会模糊不清，理智和聪明又能怎么样呢？正义分给每个人应该属于他的东西，它的产生是社会和群体的需要，上帝的心中又怎么会有它呢？节制又是怎么样的呢？它指肉欲的适度调控，这在神性中来说是没有位子的。在痛苦、劳累和危险中坚忍不拔，和他也是毫不相关的，因为他这三样东西根本无法靠近神。因此亚里士多德坚信上帝跟美德和罪恶都是没有任何关系的。

他不会恨，不会爱，因为这些都是弱者的情欲。

——西塞罗

我们都应认识真理，不管这种认识如何，都不是仅仅依靠我们自己的力量就得到的。上帝已经对我们进行了很多的教育，他通过选择平凡的人、心地单纯善良的人和无知的人作为证人的行为，向我们展示他的惊人的秘密：我们的信义不是我们自己得来的，它纯粹是别人慷慨赠送的礼物。这说明不是我们的推理和领悟使得我们接受了宗教，而是通过外界的权威和训诫我们才接受的。促成我们如此这般做的，是我们很弱的判断力更多于强烈的判断力，盲目比明白更多。我们认识神，更多的是因为我们无知，而不是因为我们懂科学。如果凭借我们先天和后天的智力，还不能想象这种超自然和天上的事，也没有必要大惊小怪：我们只要表明我们的顺从和皈依。因为，像《圣经》上所记载的："我要灭绝智慧人的智慧，废弃聪明人的聪明，智慧人在哪里？文士又在哪里？这个世界上的辩士在哪里？神岂不是被这世上的智慧变成十分愚拙么？凭自己的智慧世人不认识神，神就乐意用人所当作愚拙的道理，用以拯救那些信的人。"

然而，我最终还是要看看人到底有没有能力找到他寻找的东西，人这么多世纪以来一直寻找真理，是否也使自己获得一些新的力量和更加坚实的真理。

我相信，如果他愿意说真心话，就会向我坦承，他这么多年来的追求所得到的，只是他知道了要认识自己的弱点。我们天生的无知，经过我们很长时间的探索，得到了最终的肯定和证明。真正有学问的人就像麦穗一样：在麦穗空的时候，麦子长得非常快，麦穗就会骄傲地高高的昂起；但是，当麦穗成熟饱满之后，它们就开始变得谦虚，垂下麦芒。同样，人们经过种种尝试和探索，在一大堆洋洋洒洒的学问和知识中间，去找不到哪怕一点扎实有分量的东西，发现的都只是过眼烟云，也就不会再继续自高自大，会老老实实承认人的本来地位和身份。

这同时也是维莱乌斯对科达和西塞罗的责难：他们从法伊洛身上没有学到任何东西。

希腊七贤之一的佩雷西德斯在临死之前写信给泰利斯："我嘱咐家里的人在将我埋葬之后，将我的著作带给你；如果你和其他几位贤哲觉得可以，请把它们公开发表，否则就直接销毁它们；这本书里面没有一条信念是我自己感到十分满意的。所以我不能宣称说我了解真理和收获真理。我仅仅是提到这些问题，而不是发现这些问题。”

自古以来最睿智的人①，当有人问他知道什么的时候，他就会回答说他知道的只有这件事，那就是他什么都不知道。他还证实曾经有人说过的这句话是对的：哪怕我们知道的东西再多，也仅仅是我们不知道的东西中极小极少的一部分；也就是说，即使是我们自以为拥有的知识，也只占无知的一个小小的角落。

> 柏拉图说，我们知道的东西是虚幻的，我们不知道的东西才是实际的。基本上所有的古人都说，我们不可能认识什么，理解什么和知道什么；我们的感觉是十分有限的，我们的智力是微弱的，我们的人生又实在是太短暂了。
>
> ——西塞罗

即使是西塞罗，他的所有的价值在于他学识渊博，弗利里厄斯说在年老之后开始蔑视文学。当西塞罗做学问的时候，他也不接受任何一方的约束，他如果感觉哪个学说实在，就会时而跟随一个学派，时而跟随另一个学派，但是他却始终受到学院派宣扬的怀疑论的深远影响。

“我应该说话，但绝对不会表示任何肯定；我将不断地探索，时时事事怀疑，包括怀疑我自己。”

如果我想要从一般和笼统的角度来分析人，那我就是在避重就轻。我可以按照人的特有的规则来做，这种规则不是根据权位的轻重，而是根据正反双方人数的多寡。普通人暂时不提。

> 他醒着的时候还在打呼噜……对他来说生基本上就是死，虽然他还活着，眼睛仍然可以看得见。
>
> ——卢克莱修

他们没有自我意识，不作自我评价，大部分才能被闲置。我现在要以

① 指苏格拉底。

精英人物为例。现在让我们考虑那些极少数的百里挑一的优秀的人物，他们天生就精力充沛，聪慧过人，然后又经过精心培养，知识渊博，更显得神采飘逸，不同凡响，在智慧上达到登峰造极的地步。他们的心灵也同时上下探索，拓展思路，古今中外，兼收并蓄，所有的一切都是务求多得；性的最高形式恰恰就表现在他们身上。他们凭借制度和法律来治理世界，他们用文艺和学问来教育天下，他们还用自身的良好品德来劝导大家。我只考虑这些人以及他们的表现和经验。让我们来看一下他们达到什么样的成功，他们得出了什么样的结论。在这个精英集团中如果还存在什么邪恶和缺点，大家也能够毫不在乎地坦承自己也在所难免。

任何有所追求的人都会得到这个结果：或者说他已经达到目的，或者他说根本就没有找到什么东西，或者他说他仍然还在找东西。所有的哲学都是属于这三类中的一类。哲学的目标是寻求真理、科学和事实。逍遥派、伊壁鸠鲁派以及斯多葛派和其他人相信他们现在已经找到了。这些人都承认我们现在拥有的学问，将它们视为确实无误的知识。克利多马修斯、卡涅阿德斯和学院派在寻找的过程中弄得灰心绝望，得出结论说我们没有能力去认识真理。他们的结论是人就是软弱和无知的，这个主张受大多数信徒，特别是最高尚的一部分信徒的支持。

皮浪以及其他怀疑论者或者是未定论者（他们的学说，全部都是古人从荷马、七贤人、阿尔基勒克斯、欧里庇得斯，还有芝诺、德谟克利特以及色诺芬尼那里摘录的），他们说他们仍然还在寻找真理。他们认为，那些自诩已经找到真理的人实在是大错特错；至于第二类人确定人的力量没有办法达到真理，他们也觉得这个结论下得太过于仓促和虚妄。因为，对于测定人的能力范围，认识和判断这些事的困难性来说，这是一项非常巨大和十分艰难的学问；他们怀疑人类是否具有掌握它的能力。

> 既然说什么都不可能被认识，那么谁又可以说人是不可能认识什么的，其实他自己也不一定知道这是不是可能的。
>
> ——卢克莱修

自知无知，自觉无知，自判无知，这样的无知不是完全的无知；完全的无知，是永远都不知道自己无知的无知。因此皮浪派宣扬的是犹豫、怀疑以及探询，什么都不确定，什么也都不保证。心灵的三个功能：智力、情感、判断，他们只接受前两种；至于说最后一种功能，他们使得它处于模糊不清的状态，不对任何一方表示哪怕是一点点的偏向和倾斜。

芝诺用手势表达他区别灵魂功能的观点：手掌张开就表示可能性，而手掌半张、指头微曲的时候，则表示同意；抓紧拳头就表示理解；如果用左手把这个拳头抓紧，就是表示知识。

皮浪派的这种判断能力是正直的、不可弯曲的，既接纳所有的事物，又对它们不作任何理会，不置可否，引他们进入不动心的境界，保持一种平和安静的生活态度，不因对事物的看法和认识而产生躁动并导致恐惧、吝啬、羡慕、过分的欲望、雄心、骄傲、迷信、追求新奇、反抗、不服从、顽固以及大部分肉体的痛苦，他们甚至对自己的学说也不面红耳赤的不允许有任何异议。他们辩论的时候都是温文尔雅的。他们不担心在争论时发生矛盾。当他们说到重物往下坠落的时候，如果别人相信了，他们不仅仅是感到过意不去，甚至还要求人家驳斥，这样就可以对他们的判断产生怀疑和不做出结论，这是他们要达到的目的。他们提出异议，只是为了反对他们以为我们觉得正确的意见。如果你采用了他们的论点，他们也非常愿意去支持截然相反的论点：所有一切对他们来说都是一样的，他们没有什么需要选择的。你如果说雪是黑的，他们将努力证明雪是白的。你如果说雪既不是黑的也不是白的，那么他们就会坚持认为雪既是黑的又是白的。如果对某一判断，你说自己什么都不知道，他们就一定会十分的肯定你是知道的。是的，假如你对一条公理表示怀疑，他们将马上提出异议，说你其实没有什么怀疑，或者说你根本没有能力怀疑这个问题。这些极端的怀疑，动摇了怀疑的本身，他们自己也会分成很多不同的看法，甚至与那些曾经从各方面都主张怀疑和无知的看法也是不相同的。

他们说，为何不能像独断主义者一样，让他们有人说绿色，有人说黄色，那他们为什么就不能表示自己的怀疑呢？难道有这样的论点，经人提出来后如果不接受就必须得拒绝，就是不能认为是折中的？

当其他人因为地方上的传统，或者是父母的教育，或者常常在懂事以前没有任何判断和选择能力，仿佛是遇到一场风暴似的非常偶然，选择了这个或者是那个看法，斯多葛的或伊壁鸠鲁的学派，以后就永远附在上面再也不能脱身，就像鱼儿咬住了鱼钩一样："他们依附无论哪个学派，就如同风浪把他们抛上一块礁石一般，就会紧紧抱住不放。"但是为什么不能让这些人保卫自己的自由，让他们不受约束，完全自由地观察事物呢？“他们的判断力越是不受影响，他们就越是自由和独立。”自己可以逃避开其他人所受的必要束缚，难道不是一种优势吗？什么事都疑而不决，不是强过陷入幻想所产生的种种荒谬之中吗？与其参与骚动和争斗，把信仰暂时搁在一边不是更好吗？

我将会选择什么？只要你选择，什么都会听你的！这是一个十分愚蠢的回答，可是我认为独断派就是这样进行回答的，他们不允许有一些我们不知道的东西。

请赶快下决心吧，没有人能够肯定，为了捍卫你的决定，你必须攻击或者打倒无数的反对意见。如此说来不如置身事外，落得个清净？你完全可以采纳亚里士多德的灵魂不灭学说，把它当作你的荣耀和生命，这样就必须要反驳和否定柏拉图；难道他们就不允许别人去怀疑了吗？

珀尼西厄斯完全可以不对内脏占卜术、解梦、神谕以及卜卦等提出自己的意见，而斯多葛派在这些问题上没有表示过任何怀疑。珀尼西厄斯敢于对老师教授的学说阐明不同看法，这些学说还是他参加的这个学派全部都同意的，他自己来参加讲课的。为什么一位贤人就不敢如同他那样在一切事情上都表示怀疑呢？

如果做判断的人是个孩子，可以说他年少无知；如果由一位学者来做判断，他早就已经有先入为主的看法了。皮浪派从来不必顾虑保护自己，这也就在交锋中取得了一种很重要的优势；他们只管打击别人，不必再顾忌自己挨打；怎么样也可以达到他们的目的。如果他们赢了，你的看法就是不成立的；如果你赢了，他们的看法就不成立了。如果他们弄错了，这就证明他们无知；如果你也闭口不言，那么就是你证实了无知。如果他们证实没有东西是可知的，这就好；如果他们不能够充分证明这点，那也挺好。“如果发现因为同样的理由却做出相反的决定，我们可以更容易暂缓做出结论。”

他们更加钟情于引证为什么一件东西是错的，而非引证一件东西为什么是对的；喜欢指出它不存在，而不是它存在；提起他们不相信的东西，而不是那些他们相信的东西。

他们说话的方式是这样的：我什么都不能确定；这个并没有比那个更实在；也没有哪一个比另一个更实在；我什么都不懂；一切的可能性都是相同的；赞成与否定的表述方式也是相同的。任何不像是假的东西好像也不是真的。他们的箴言是：我讨论，但不作任何结论。

这是他们的旧调重弹，还有别的内容也相差不远。结果就是纯粹的、完全的、十足的敷衍了事。他们应用自己的理性去研究，去辩论，但是从来不作决定，不作任何选择。谁可以想象得出不论在什么场合，一直没完地表示无知，在任何环境下不做具有倾向性的判断，他就是理解了什么才算是皮浪主义。

我尽可能表达出这个观点，因为很多人觉得这理解起来很困难，哪怕是那些学者也是自己说自己的，含糊不清。

说到他们的生活行为，仍然是跟平民百姓没有什么区别。他们赞成和遵循天生的倾向，感情上或冲动或压抑，遵守并服从风俗习惯，敬重文艺传统。“因为上帝是要求我们使用事物，而不是要求我们认识事物。”在日常行动中他们听凭这些原则的引导，不表述任何意见或者是评论。这使我没有办法把一些人对皮浪的看法跟这条道理凑在一起。他被描绘成这么一个人，愚蠢和迟钝，接受愤世和孤僻的生活方式，不会学着躲开小车的碰撞，伫立在悬崖之前，不愿意服从生活规律。这远远超越了他的学说。他不希望变成石块或者是木头；他想做一个活生生的人，一个会思考会理论，并且享受生活中的所有的快乐的事，趁着年轻健康的是胡利用和发挥肉体和精神上的所有潜力。有人随意使用想入非非和虚无缥缈的这种特权，去随意支配真理、安排真理并且创立真理，皮浪开诚布公，对这些特权敬谢不敏。

此外，宗派内的智者如果想生存下去，一定要关注许多未被了解、未经验证、未被接受的东西，而且任何宗派都会允许他这么做。举个例了说，当他去航海的时候，他会依照这张图，但是却并不知道这张图对他到底有没有用，同时假想一下船是好的，船长是十分有经验的，季节是最合适的——一切的航行条件都具备之后，他就开始出海，听凭事物的表面现象的摆布，除非这些现象都是十分明显的矛盾的。因为他有身体，他有灵魂，所以感官才能驱动他，思想才能鼓舞他。他没有能够在心中找到这个本来就有的奇异的判断信号，他发觉他不可以对什么做出任何允诺，因为有很多事情就是似是而非的，他还是十分充分和自在地挑起生活的责任。

有多少种知识承认自己更多地依赖猜测，而不是凭借科学，承认自己无力区分真伪，而只是一直追求表面现象，这样的学派到底有多少？皮浪派说，真与假是一定存在的，我们可以去寻找，但是却没有办法用试金石去做出什么决定。

我们不必刻意追求，只要跟着世界的步伐前进即可。一个不抱任何成见的灵魂可以迅速地实现宁静。所有评判和监视他们的法官的人从来都不会俯首称臣。那些心灵纯洁、不喜欢管闲事的人，要远远比那些以教育家自居监管着神圣和人间事物的人更加婉柔顺从，更容易接受宗教和政治的那些法则！

在人类的发明中，没有任何东西比庇隆学说更真实和有用。它宣称说人是赤裸裸的，虚无的，认清楚天生的弱点，更好地从上天吸取外界的力量，摒弃人间的知识，为了能够更好地在心中接受神的知识，祛除自己的判断，给信仰留出位置；并不是没有宗教信仰，但是也绝对不会建立反对大家奉行戒律的一些学说；谦卑，顺从，接受教育，热情，视异端邪说如寇仇，对旁门左道所宣传的异端邪说丝毫都不理会。他就像是一张白纸，上帝可以用手指可以在上面任意的打上任何印记。我们愈是依靠神、信赖神，我们愈是抛弃自己，我们自身的价值也就会愈高。《传道书》说，年复一年，事情发生在你的面前，不论什么情况，不论是什么滋味，你都要从好的方面接受它们；其余的都不是你能够认识的。“上帝熟知人们所想，他知道人的思想只是吹过的一阵风。”

在三大哲学学派之中，有两派崇尚怀疑和无知，第三派属于独断派，我们很容易的就会发现其中大多数信徒摆出的那些不怀疑的面孔，只不过是为了让人看得舒服一点罢了。他们实际上并没有想到要提供某种证据，向我们说明他们在这场追逐真理的过程中已经达到了什么样的阶段：“这些学者都是在假设真理，但是却没有在认识真理。”

当提麦奥斯要告之苏格拉底他对上帝对世界对人的认识的时候，提议他们应该像两个普通人那样的谈话，假如说他的道理和另一个人的道理都是同样的说得过去，这就足够了：因为确信无疑的道理不掌握在他的手中，同时也不掌握在任何一个人的手中。

与他同一学派的人说过类似的话：“我尽我最大的可能来说明自己的意思，并非我的话就像阿波罗的神谕那样值得肯定，不容任何置疑：作为一个弱小的凡人，我会通过推测努力地发现真实的东西。”这里谈到的是一个自然的大众的话题——对于死亡的蔑视。另外他又根据柏拉图的话表述提麦奥斯的观点：“我们有时候会谈到神的本质和世界的起源，如果没有实现预先的目的，这也没有什么可奇怪的；我们只需要记住：我在说话，你们在听，我们都是人；我如果跟你谈的只是可能性，你也不应该有更进一步的要求。”

亚里士多德通常为我们提供许多不同的意见和信仰，同我们自己的看法与信仰作比较，为我们指出他已经走出多么远，他又是如何更加接近准真理，由于真理不是由别人的权威和见证就能够判断的。所以伊壁鸠鲁严格地避免在自己的著作中引用与己相反的观点。亚里士多德属于独断派的王子；但是，我们也会从他那里得知，知识越多，怀疑也就越大。我们发现他故意用暧昧晦涩的语句来掩饰自己，使我们完全没有办法辨别什么是他真正的观点。事实上，这是以肯定形式的面貌出现的皮浪主义。

听一下西塞罗的论点，他用自己的思想来解释别人的思想：“谁想要了解我们对每个事物的看法，只会越打听越好奇。有一条哲学原则是这样的：对所有都进行争辩，对任何事情都不作结论，这条由苏格拉底创建的，由阿凯西劳斯重新提到的，由卡涅阿德斯来进行加强的原则，在今天仍然非常流行。我们属于这样的一群人，认为真和假总是纠缠在一起的，两者是如此相像，没有什么肯定的标志可以用来判断和区分它们。”

不仅仅是亚里士多德，还有大部分哲学家都指出真理非常难找，这又是为什么呢？难道是为了夸大问题的重要性，满足我们好奇的头脑，让哲学家白浪费时间，让他去啃一块没有肉没有骨髓的骨头。

克利多马修斯说他已经读了卡涅阿德斯的著作，但是他从来都不知道他是持一种什么样意见。伊壁鸠鲁在自己的著作里尽可能不让人觉得流畅可读，而赫拉克利特的外号竟然叫“黑暗”？学者就仿佛是变戏法的魔术师，他们为了不暴露出自己理论的空洞，把没有办法理解作为一块硬币来摆弄，人往往因为愚蠢又非常容易上当受骗。

> 他以其晦涩难懂的语言而闻名希腊……由于愚人认为在他们神秘的符号下找见了什么而更加欣赏和赞美。
>
> ——卢克莱修

西塞罗责备他的一些朋友，认为他们在天文学、法学、辩证法和几何学方面花费了过多的时间；这一切都使他们顾不得去实践更有益和更加真实的生活责任。昔兰尼加哲学家也是非常轻视物理和辩证法。在芝诺的

《共和国》的那些书中，他公开大胆地称一切自由学科都是没有用处的。

克里西波斯说，柏拉图和亚里士多德关于逻辑的著作，是他们写来玩的习作。他不认为他们对如此空洞的课题还有什么可以研究的。普鲁塔克对形而上学的学说也这样说，伊壁鸠鲁在谈论修辞、语法、诗歌、数学和除了物理以外的所有学科的时候，同样也是抱有这种态度。除了风俗和生命研究，苏格拉底不承认一切学科。不管别人问他什么问题，他总要提问的人首先说说自己目前和过去的生活状况，他凭借这个作为提问和判断的内容，认为所有其他的一切都是附属的和衍生的。

“如果这类书不能使撰写者的美德增加，那么也就不会使我感兴趣。”很多的学科遭到知识本身的藐视。但是，他们认为通过一些没有实质利益的事情，锻炼或娱乐一下思想也不应为世所诟病。

更何况，有的人认为柏拉图是独断派；有的人判断他为怀疑派；此外还有人说他在一些事上是独断派，但是在另外一些事上却是怀疑派。

苏格拉底是《对话集》中的重要人物，他总是提出问题，令谈话气氛生动活泼，从不停止，从来也都不满足，他下结论说除了相互对立的学问之外就没有其他的学问了。

荷马是他们的开山祖先，已经奠定了所有哲学学派的基础，但是我们应该朝着哪个方向去，在他看来是没有什么可以不可以的。据说，柏拉图之后有十个不同的学派。因此，在我看来，既然他的学说左右摇摆，不置可否，那么所有这些衍生的学说也不可能相差太多。

苏格拉底说，接生婆以助人生产为业，放弃了自己生产的权利；而对于他，既然神给了他以智者的称号，他也负有育才的任务；他放弃用男性的爱情生育的孩子，而是去帮助别的人生育他们的孩子，为他们打开生殖器官，润滑生殖管道，产出孩子，判断孩子的性别和健康，然后给他洗礼，努力地喂养他，使他更加强壮，最后裹上襁褓，对他施以割礼，让他运用他自己的智慧去应对生命中的荣辱福祸。

第三类哲学家大部分是这样的，古人早就已经在阿那克萨哥拉、德谟克利特、帕尔梅尼迪兹、色诺芬尼和其他人的著作中读到了这些。在他们的笔下，总是对实质表示很大的怀疑，在他们的意图中探讨比教育要多得多，字里行间也会穿插着独断派的论点。这些在塞涅卡和普鲁塔克的文章中不也是常见的吗？如果谁看得认真，就能够看出他们一会儿是这个面目，其他时间却又是另一个面目！为法学家调停的人，首先应该为他们和他们自己调停。

我认为柏拉图深知这其中的缘由，喜欢用对话形式探讨哲学问题，这样就能够通过各人的嘴来说出他自己的各种各样的想法。

以不同的方式阐述问题，相比一种学说一种阐述方式，两者的效果一样，甚至还会更好，能够更丰富更有益。以我们的国家作为例子，国家法令展示出了独断派结论性文章的最高形式；我们的国会转达给老百姓的法律条款是最有典型性的，使得老百姓对这个由各种能人组成的权威机构始终都保持敬重，它们的美不仅仅在于结论如何；对组成权威机构的人来说，结论是平常的事，对执行法律的人来说是共同的事；美妙就在于法律事务能够容忍那些不一样的、矛盾的歪理，使人一刻不停地清谈。

每一位哲学家都陷在事物的矛盾和多样性之中，或者故意表现思想的摇摆不定，有的哲学家因为某一事物本身的流动性和不可知性而最终承认无知；这时产生的这些矛盾和分歧，为所有哲学学派的论战提供了最大的战场和最坚固的基础。

在光溜湿滑的地方，让我们的信仰稍停片刻，这句老话难道不就是这个意思吗？就如同欧里庇得斯说的，上帝的著作都各不相同，这使得我们无所适从。

恩培多克勒心中就如同充满圣火似的在追逐真理，他曾经在书中很多次的提到：“不，不，我们没有任何感觉，我们什么都看不见，对我们来说一切东西都是隐蔽的，没有什么东西我们可以肯定的说是怎么样的。”现在再来看：“世人的思想是很狭隘的，他们的企图和预测总是变化无常。”但是一直都抓不到猎物的人对打猎的兴趣仍然有增无减，这也没有必要感到奇怪：学习本身就是一桩乐事，既然这件工作这么愉快，在斯多葛派禁止的所有乐趣中，就存在着追求学问引起的种种乐趣。当人处在学习中的时候就会忘乎所以，不懂得收敛。

有一次德谟克利特在饭桌上吃到几颗带有蜜糖味的无花果，他突然心生异想，希望可以弄明白这种不同寻常的美味到底是从哪儿来的。他离开桌子想要去看一看结这些无花果的果树；女佣人明白了他起身的原因，便笑眯眯地告诉他不必劳动身体，这些都是因为她把无花果放到了一只盛了蜂蜜的陶罐里。女仆使他丢失了一次深入探索的机会，剥夺了他的好奇心，他非常的懊丧，说：“滚开，你令我讨厌；即使是这样，我还是要将它看作天然甜味来寻找原因。”他无比兴奋地要给这个实际上不存在的、假想的问题来找到一个真正的原理。

上面这则出自一位著名的伟大哲学家的故事，鲜明地描绘了我们在绝望之中仍不倦地寻根问底的勤奋精神。普鲁塔克曾经叙述多一个相似的例子，有一个人不高兴人家帮助弄明白他自己怀疑的东西，这样就会永远失去追求的乐趣；就仿佛另一个人为了不想放弃借酒止渴的乐趣，就不让医生给他开退烧药一般。“即使学习一些无用的东西，也好过什么都不学。”

就像是我们的食品，有的纯粹就是好吃，同时我们喜欢吃的东西不是所有的都是有营养和对健康有利的。同样，我们的头脑在科学中也汲取到许多美味的东西，虽然不一定有营养，对健康有利，但是可以非常的有乐趣。

哲学家们是这么说的：“观赏自然，是在给我们的精神提供养分；使我们得到提高和升华，同高尚的和天上的事来比较，我们会无比轻视卑微的和地上的事。探索不为人知却伟大崇高的事物，是一件愉快的事情，即使最后这个人也是如此想法，因为从此以后会引起他对知识的敬畏之情。”这是他们的表白。

从下面这个例子里也很容易看到这种自命不凡的病态好奇心。欧多克修斯向神请愿并且祈祷，希望有一天可以走近太阳去看一看，清楚太阳的形状、大小和美丽，即使因此他被烧死也在所不惜。他愿意以生命为代价获取知识，即使他同时被剥夺使用和拥有这种知识的可能；他为了获取这个瞬息即逝的知识，宁愿失去他已经获得的和今后还有可能获得的其他的各种知识。

对我来说使自己信服不是一件很容易的事，伊壁鸠鲁、柏拉图、毕达哥拉斯为我们提出的他们的原子、概念和数字，所有这些都是不移之论。他们都是有智慧的人，不至于把他们的信条建立在如此不确定、如此具有争议性的事物之上。然而，每一个这样的大人物都在努力地工作，希望能够给这个混沌无知的世界带来哪怕一丝光明，他们转动脑筋，至少发现了一个愉快精密的假象；即便是虚假的，但愿它经得起对立意见的质疑：“这些学说都是各个哲学家的天才的假想，而不是他们最终的发现的结果。”

曾经有人指责一位古代的学者，说他自吹有哲学天赋，但是他却不重视哲学的判断，这位古人却回答说，这才是真正的哲学上的探讨。他们十分愿意思考一切，比较一切，他们认为这件工作最可以满足我们心中那种天生的好奇心。有些东西是他们为满足公共社会的需要而形成文字，就如同他们的宗教著作；对于大众接受的思想他们绝对不会作剥茧抽丝般的细细评论，这是非常明智的，因为他们不希望在国家遵纪守法的方面制造哪怕是一丝的混乱。

柏拉图态度鲜明地处理了这个问题。有关他的个人著作，他对什么都不会做出肯定。他当立法者的时候，他的文章就是斩钉截铁，不容置疑的；有的时候，也掺杂着他的稀奇古怪的创意，这对于说服普通人十分有用，但是在说服他自己方面却又十分可笑，因为他了解我们这些人非常容易受到外界的影响，尤其是那些奇特强烈的影响。因此在他的《法律篇》之中，他十分注意让人们在公众场合中唱诗，诗里虚构的故事都有一个实际有用的结局；人的思想是十分容易接受光怪陆离的事的，那么既然如此为何不用有益的谎言去让他咀嚼呢？这远远要比用无益或有害的谎言更有道理。他在《共和国》一书中说得特别的露骨，有的时候为了大家的利益考虑，他不得不经常的欺骗他们。

我们很容易看到，在各个哲学学派中间，有一些更注重寻找真理，而有的哲学学派却十分讲究有益，讲究有益的学派最终得到了很大的信誉。这简直就是人的悲哀，在我们的想象中最真实的东西，通常不一定就是在生活中最有用处的东西。即使是最大胆勇敢的学派，如伊壁鸠鲁派，皮浪派和新学院派，最后都不得不屈服于民事的法律。

还有别的课题经由哲学家的筛选，他们有的这样筛，有的却那样筛，不论是否有道理，每个人都会尽量给它勾勒出一个轮廓。因为发现不了什么精深的含义是值得一谈的，他们通常就会制造一些无稽和疯狂的猜测；他们提出这些猜测的最终目的不是将这些猜测作为基点，也不是为了确立某条真理，而是为了他们的学术练习：“他们写作的目的，好像不是表达个人的信念，而如同是在找个难题来锻炼自己的思维。”

如果不是这种认识的话，那么我们看到的这些看似是出类拔萃的心灵提出的看法总是如此的反复无常，变幻莫测和虚妄无谓，这叫我们应该怎么去进行解释呢？我们企图以类比和推测的方法猜度神的想法，以及按照我们的能力和法律控制神和整个世界，利用自己有幸得之于上帝的渺小的智力却去干那些有损于神性的事情，世界上还会有什么比这些更加虚妄的吗？仅仅是因为我们的目光没有办法看到上帝的圣座，就把圣座从上帝那里拉到人间肮脏的尘土中来？

在古代所有涉及宗教的议论中，我认为其中有一条看法最接近真实，也最能被人接受，这种看法承认上帝是一种无法被世间理解的力量，是一切事物发端和维持的力量所在，是所有一切善良和完美的直接体现，善意的接受人类无论以何种面目，以何种名义，以何种方式贡献的荣誉和敬重。

万能的朱庇特啊，万物、国王和诸神的父母。

——弗利里厄斯·索拉纽斯

天底下的人无不以赞许的眼光看待这种虔诚之心。一切社会都从虔诚中捞到了好处：不相信神的人和行动也处处受惠于命运。异教徒的历史也开始承认尊严、秩序以及正义，神圣的宗教中的奇迹和神谕也使得他们收益颇多。人的天生的理性只是使我们通过梦幻的假象去肤浅地认知上帝，上帝出于仁慈，愿意通过一时的恩惠，维持粗浅的认识的基本准则。

世人自己创建的宗教不仅仅是虚假的，也是对神灵不敬的和有害的。

在雅典圣保罗看见很多宗教十分盛行，其中一座神坛敬拜一位人们所不认识的神，他认为这是最容易接受的。

毕达哥拉斯比较贴切地描述了真理，他认为对于上帝这个万物之本、万众之神的认识理应是不确定的，不限制的并且不用语言来表述的；这并不是其他的什么，而仅仅是我们的想象力向完美靠近的时候所作的最大努力，每人都在按照自己的能力发展自己的想法。如果纽默妄图把他的臣民的信仰全部都纳入这种模式，使得他们全部都依附于一个纯粹的精神的宗教，但是没有任何确定的目标，同时也没有物质的成分，那么这样一来他的期望就一定会落空。人的思想绝对不可能在很多的不成形的想法上毫无目的地漂移。一定要把想法转化成他可以模仿的形象。从某种程度上说，神的威严就这样被纳入了肉体的范围之内：神的超自然和天上的圣事具备我们世俗社会的标志，对神的崇敬都是通过诉之于感觉的仪式和祈祷的；因为信仰和祷告的全部都是人。

我把用于论证这个题目的其他理由放在一边。但是在面对那些十字架和耶稣受难图，教堂礼拜朝圣时的那种庄严的装饰以及虔诚祷告时的呢喃声的时候，因此而引起的感官上的冲击，这都不会使各族人民的心情激昂，宗教感情激扬，人心向上，这样说的话是很难说服我的。

在被人们实体化的神性中，这是为满足人们的需要所必需的，在普世的盲目中，我觉得我更愿意结交崇拜太阳的人。

宇宙的光明，
太空的眼睛；上帝头上如果长了眼睛，
那么这一定是光辉明亮的太阳，
万物依靠它才有了生命，我们靠它才有了保护，
人间万象没有什么不在它的视线下。
美丽伟大的太阳为我们划分四季，
它不停地来回穿梭在十二间屋里；
宇宙飘逸着它世人皆知的美德，
只见她明眸一转万里乌云马上就会散开，
世界精神和灵魂全部都辉煌灿烂；
只需要一天就会环绕天空一圈，
无限伟大，圆满，变化多端又坚定稳固，
世上所有的一切都受到它的管辖；
貌似不动，其实永动；貌似慵懒，实质奔波，
大自然的长子，时间的父亲。

——龙沙

暂且不说太阳的广袤和美丽，这是到目前为止我们发现的最远的、也因此对之最不了解的星球，他们对它如此的顶礼膜拜也就在所难免了。

泰利斯是第一个提出这个问题的人，他认为神是一种精神，神用水创造万物；阿那克西曼德说神永远是随着季节而生生死死的，世界是没有穷尽的；阿那克西米尼说实际上上帝是空气，它到处都存在，永远都在流动。阿那克萨哥拉是世上第一人，任何事物的形状和方式都受无限的精神力量和理性的控制。阿尔克米昂称太阳、月亮、星辰和所有的灵魂都是神。毕达哥拉斯把上帝描述成是存在于万物之内的神灵，我们的灵魂是从万物之内来的。帕尔梅尼迪兹把它视为围绕天空，靠着阳光的热力托起整个世界的一个圆圈。恩培多克勒说神其实就是四种元素（火、水、土、气），万物皆是由此而产生的；普罗塔哥拉从来都不说神是否存在，也不

说如果神存在它会是什么样的。德谟克利特说有时候星座及其运行是神，有时候抛出这些星座的大自然是神，后来又说我们的认识和智慧是神。柏拉图在谈到他的信仰的时候简直是五花八门，他在《蒂迈欧篇》中说，宇宙之父是不可以被称呼的；在《法律篇》中又说不可以探究上帝的本质，但是也就是在这两部书中他又把宇宙、天、地、星辰以及我们的灵魂全部都称为神，另外他还搜罗了各个共和国时期旧习俗中的所有的神。色诺芬尼告诉我们，在苏格拉底的教诲中存在着同样的不确定的说法，他有时说不能探究上帝的形式，然后又会坚信太阳是上帝，灵魂也是上帝；开始说上帝只有一个，但是后来又会说上帝有好多个。柏拉图的侄子斯珀西普斯说上帝是一种可以统制万物的具有生命力的量；亚里士多德一时说神是精神，一时又说神是世界；一时给宇宙另外一个主人，一时却又说上帝是来自天空之中的热量。芝诺克拉特说存在八个神，五个是取自于星辰的，第六个拥有全部到底恒星作为它的四肢，第七个就是太阳，第八个是月亮。彭杜斯的赫拉克利德斯还是在这些说法中飘移不定，最终他认为上帝是没有任何一种感觉的，能够从一种形式转变到另外一种形式，然后他又说天与地才是上帝。泰奥弗拉斯图斯面对不同的观念同样地犹豫不决，时而把管理世界的任务交给人的智慧，时而交给天，时而交给星星；斯特拉托宣称说大自然是上帝，有孕育、增大以及减小的能力，但是他本身并没有任何形式，没有任何的感觉；芝诺认为，神是自然规律，扬善避恶，是一种具有生命力的规律，而取消了传统意义上的神，如朱庇特、朱诺以及维斯太；阿珀洛尼亚的第欧根尼说时间才是上帝；色诺芬尼说上帝实际上是圆的，善视能听，但是他却不会呼吸，跟人比起来没有什么共同点。阿里斯顿说对于人类来说，上帝的形式是不可捉摸的，他没有感觉，我们永远都不会知道上帝是有生命的还是其他别的什么东西；克莱安西斯有时说神即理性，有时说神即世界，有时说神即自然之灵魂，有时又说神是围绕和包裹大千世界的最高热力。芝诺的学生佩尔修斯则认为，凡是可以给人类的生活带来方便和有用的物质的人都可以被称为神。克里西波斯汇编前人的说法，做成了一个大杂烩，在他所封的各种各样的神之中还包括很多不朽的伟人。迪亚戈拉斯和狄奥多罗斯明确否认神的存在。伊壁鸠鲁思维中的神是发光的，是透明的，它融合在空气中，并且住在两个宇宙之间，仿佛是住在两个堡垒之间不受任何打击，他的模样和人一样，他也有四肢，但是这四肢对他们来说一点用处都没有。

至于我自己，我总是想神是存在的，以后我也还是会这样认为，但是我坚信神是不理会人间的事的。

——恩尼乌斯

看到这么多的哲学精英闹得那么热闹，现在可以相信你的哲学了吧，你终于可以夸耀觅到了金元宝啦！这个世界的混乱习俗令我不得不作此哀叹；各种风俗和想法各不相同，这些都使我明白而绝对不会使我感觉不快。将它们相互对照，这些使我谦逊，却不会令我骄傲；任何选择，只要不是来自于神的指示，都让我感到它不会带来多少好处。

我现在不谈论那些丑恶的、违背自然规律的生活方式。在这方面各国政府也如同各个学派一样各行其是。因此我们可以清楚地了解到命运本身不比我们的理性更多彩易变，也不会更盲目和轻率。

最想不明白的东西最适合将它当作神来对待。如同古人一般把人尊为神，这是最没有道理的了。我宁愿追随那些崇拜蛇、狗和牛的人；这样一来，我们将会有更大的想象空间，去了解这些讨人喜欢的动物的优点，以及它们的非凡才能。我们非常了解世俗之人的各种缺陷，但是古人还是照样把他们尊奉为神，这使得神也有欲望、怒气、报复心理、婚礼、传宗接代、家庭氏族、爱情和妒忌，并且还拥有我们这样的四肢，我们这样的骨骼，还有我们的狂热和快乐，我们的死亡以及我们的葬礼，简直是人类的智慧陷入了惊人的不清醒状态才可能想出这一切来的。

这些事跟神的威力比起来简直就是相差太远，根本就不配算是神的所作所为。

——卢克莱修

“大家都清楚地知道他们的面貌、他们的年纪、他们的服饰、他们的装束、他们的家谱、他们的结合以及他们的婚姻，因为所有的这一切全都表现出虚弱的人类模式；甚至我们还可以说他们也有精神错乱；传统竟然还向我们提到神的欲望、神的忧郁以及神的愤怒。”

我们以同样的方式，不仅将神性赋予了信仰，道德，荣誉，和谐，自由，胜利，虔诚；还需要让神有肉欲，欺诈，死亡，妒忌，老年，贫困，害怕，狂热，噩耗以及我们脆弱腐朽的人生中存在的其他苦难。

为什么要把我们的习俗放入神殿？哦，那是因为匍匐在地上的心灵中，不藏有任何的天机！

——佩尔修斯

埃及人荒诞到极点，谁如果敢说他们的神塞拉比斯和艾西斯原来是人这种话，他们就会对他处以绞刑，然而，谁都知道他们曾经是人。瓦罗说，他们的头像是将手指放在嘴上的，表明这就是对他们的祭司下的一道密令，不许向世人谈及他们凡人的起源，唯恐泄露此事将导致他们失去人类的崇敬。

西塞罗说，既然人这么渴望跟上帝争来争去，如果是想要把神拉到人间，跟凡人一起过日子，还不如把人间的腐败和苦难带去天上；然而，仅仅从这事上也可看出来人在虚妄自负方面是十分一致的，每个人都依然在按照自己的方式来对待所有的信仰问题。

哲学家们层层研究诸神的等级，急切地区分他们的盟友、权限分配和各自的权力的时候，我没有办法说服自己相信他们这样说是一本正经的。是在柏拉图给我们详细的介绍普路托的果园的，以及在我们的肉体消失之后还可得到的快乐和痛苦的时候，他仍然还是将这些感觉描述地和我们在世的时候的感觉是完全相同的。

偏僻的小路分散了人们的视线，香桃木树林把他们包围起来；但是即使在他们死后，他们依旧会受到爱情的煎熬。

——维吉尔

当穆罕默德允诺给他的信徒一座铺着地毯，镶满黄金和宝石，美女如云，随时供应佳肴美酒的天堂的时候，我认为这是一些玩世不恭的人在低头哈腰的迎合我们的愚蠢，说出一些会使贪婪的世人听了十分受用的虚假的甜言蜜语，来对我们进行利诱和迷惑。

同样，我们中间的一些人恰恰掉进了这样的错误，他们自以为会在复活之后有另外一种世俗生活，可以使他们尽情享受人间的赏心乐事。柏拉图竭尽全力的宣扬天和神的观念，终其一生都一直保留着“神”这个外号，你真的会相信他觉得人这个可怜的创造物，有什么资本能够窥探这个不容易被理解的威力吗？他真的认为我们萎靡不振的思想可以分享真福或者承担永恒的苦难——我们将有足够的判断力吗？人的理性应该像这样一般对他说：

“如若你答应给我们的来世的欢乐，就像是我今世可以感受到的这些欢乐一样，这和无限相比就没有什么共同之处。即使我的感官感受到欢乐，灵魂里充满了自己所希望、所渴求的幸福，我们很清楚会达到什么样的一种境界：到头来这终究还是虚空。这里面存在着我的东西，但是却没有神的东西。如果它仅仅属于我们目前的地位，它就算不上什么幸福。即将要死的人，他再怎么欢乐也终究是会死的。重新看见我们的父母，我们的孩子以及我们的朋友，如若这些在另外一个世界也可以使我们感动和心里充满欲望，如果我们依恋这么一种快乐的感觉，这也只是一种世俗的、有限的快乐。如果我们可以对这些上天以及神许下的诺言想象一二，我们却不能对它们想象一切；如果想要想象万全，就一定要把它们想象成不可想象，不可言状和不可理解的，跟我们这些不足挂齿的尘世经验是完全不同的。圣保罗说：‘神给爱他的人所准备的，是眼睛没有看见的，耳朵没有听见的，人心也不曾想到的一样。’如果想使我们具备这种能力，我们就必须重铸和更换我们的本质（如同柏拉图说的“用你的净化”），这就将会是一场彻底并且全面的变化，从本质上说，我们将永远不会再是我们自己。”

那个时候在战斗的是赫克托耳，但是那个阿喀琉斯的马匹拖曳的尸体，已经不再是赫克托耳了。

——奥维德

“可以得到这些报偿的将是其他一些东西。”

所有的一切都在变化，溶解，因此也在逐渐的死亡；身体的各部分已经不在原位，并且转换功能。

——卢克莱修

“因为，在毕达哥拉斯的灵魂转生说之中，最终灵魂是会转变住所的，我们可以认为居住在恺撒灵魂中的那些狮子会原谅那些想要折磨恺撒的情欲吗？这真的就是恺撒吗？如果狮子是恺撒，那么这些人就会是正确的：他们不赞同柏拉图的这种看法，反驳说儿子能够披了一张骡皮然后骑在母亲的头上，怎么可能有这样离谱的事。”

“我们会不会想，动物的身体可以变形，那么后来者不可以变成它的前辈吗？比如说，从凤凰的骨灰中，生出了一条蛆虫，之后又生成了一头凤凰；对于这第二头凤凰来说，谁能够想象它跟第一头凤凰没有任何区别？为我们吐丝的蚕虫，我们可以说看着它死去，然后从这个尸体中又生出了一只飞蛾，之后又是另外一条昆虫，相信这第二条还会是那第一条昆虫，这种想法将会是非常可笑的。凡事一旦停止生存，将永远不复存在。”

> 纵然在我们死亡之后，时间可以把我们的肌体复原成现在的样子，可以重新给我们照亮生命之光，这也不会再是我们自己，因为记忆的线索已经断裂。
>
> ——卢克莱修

“柏拉图，你在别的场合说，可以享受来世补偿的永远只会是人的精神部分，你这些话也是说得不切实际。”

> 切断的神经、已经脱离眼眶的眼睛，自己永远是看不清任何东西的。
>
> ——卢克莱修

“因为，根据这种说法，享有新生命的已经不再是人，也不会再是我们自己；因为我们是由两个主要部分所组成的，一旦将这两部分切开，就将会是我们最真实的死亡与毁灭。”

> 确实，当生命断线的时候，行动会到处飘浮，不会再有任何的感觉。
>
> ——卢克莱修

“当人之前活着的时候其肢体受到虫子的啃啮以及泥土的腐蚀的时候，我们不能不承认人是在受苦。”

这与我们毫无关系，我们是灵魂和肉体结合在一起的整体。

——卢克莱修

“还有，人死了以后，诸神要确定他做了什么行善积德的好事，神对于这种评价的基础又会是什么呢？既然是神自己指引他的良心如此这般做的；他在做了坏事之后又为什么会因为它愤怒和惩罚？既然是神自己指引他们误入歧途，他们只要做一个小小的动作就可以使人避免错误。”

伊壁鸠鲁能够用人的坚实的理性来反驳柏拉图，他自己不是经常会用到“人性没有办法确定神性中的东西”这句话来为自己开脱罪名的么？

人性随时随地都会迷失方向，当它去管神的事情的时候，还有谁可以比我们更明显的感到这方面呢？虽然我们替人性确立了一些肯定并且万无一失的原则，虽然我们利用上帝赐给我们的真理的神圣之灯照亮了它的道路，我们还是每天都看到理智迷失道路，感到迷惑和障碍重重，在无边的大海中回旋和漂流，神志不清，人云亦云，没有方向和目标。它立刻就会失去这条康庄大道，分裂和消散在千百个方向之中。

人只可能是人，他的想象再高明也不能超出人的想象。普鲁塔克曾经说，那些毫无顾忌地谈论什么是神和半神的人，正如一个从未参加过军事行动的人讨论武器和战争，一个完全不懂音乐的人评价别人唱歌唱得好不好，凭借自己一知半解的揣测对一门毫不精通的技术装得仿佛是非常精通。

我是十分相信这一点的，古人认为这样做是在赞扬神的伟大；将神比作人，让他具有人的特长，优良的品质，甚至不喜外扬的需求；献上我们的食物供它享用，献上舞蹈喜剧供它欣赏，如同我们一般装鬼脸，恶作剧，好玩闹，穿我们这样的衣服，住我们这样的房屋，焚香奏乐恭迎他，设宴上酒供奉他；为了适应我们的坏情绪，以一种非人道的复仇行动赞美它的正义，把暴殄天物看成是对神的逢迎（例如泰比里厄斯·桑普罗尼奥斯，为了要祭祀火神伏尔甘，就将他在撒丁岛一役中所缴获的无比贵重的遗物和武器全部都付之一炬；例如波勒斯·伊米利厄斯，将马其顿的战利品向战神玛斯和智慧女神密涅瓦作为祭礼上缴；当亚历山大抵达印度洋的时候，往大海里扔进了好多个金质大罐子，贡献给了忒提斯）。他还在祭台上大开杀戒，祭祀的不仅仅是无辜的牲畜，竟然还有活人；并在许多民族中形成了一种习俗，尤其是我们自己。我坚信没有一个国家不这么做过的。

> 埃涅阿斯抓捕了四名年轻的战士，他们全部都是苏尔莫的孩子，还有另外四名是乌芬斯抚养的孩子，他把他们都活活杀死，贡献给了帕拉斯。
>
> ——维吉尔

吉泰人相信自己永生，他们的死只是走向神萨莫尔克西斯的一个步骤。每隔五年他们就会在自己人中间选出来一个人，派遣他去询问神的需求。这位使者会由抽签进行选定。而派遣的方式是下面这样的：对使者口授任务之后，在所有的助手之中，找三个人各自直竖一根投枪，其他人就徒手将使者往标枪上用力抛起；假如他落在标枪上而且伤及到了要害部位，且当场毙命，那么这就是将要获得神恩的好兆头；如果他没有被投枪叉住，他们会认为这名代表是个十恶不赦的人，他们就会另外再派一位。

薛西斯国王的母亲阿梅斯特里斯年老以后，按照当地的宗教规定，一下子活埋了十四个出身名门望族的波斯小伙子，是要遵照本国宗教的仪式向阴间的什么神来许愿。

即使是现在，泰米斯蒂坦的偶像也是用儿童的鲜血黏合而成的，他只喜欢幼稚单纯的灵魂作为祭品：甚至连正义也会对无辜者的鲜血如饥似渴。

> 迷信能唤起多少罪行啊！
>
> ——卢克莱修

迦太基人把自己的孩子奉献给农神，没有孩子的人买孩子来祭神，然后做父母的还要兴高采烈地来参加这场祭祀。利用我们的痛苦向神来表达我们的好意，这简直就是一种怪念头，例如斯巴达人，为了向他们的雅典娜神献媚，就会用鞭子抽打少年，有时候甚至把孩子给打死了。为了逢迎创造主却选择去毁灭他的创造物，为了拯救有罪的人却选择去惩罚没有罪的人，这是一种疯狂的精神状态。可怜的伊菲革涅亚在奥里特港自我了结，替希腊军队犯下的暴行来向神赎罪：

> 恰恰就是在结婚的时刻，这名纯洁善良的少女成了罪恶的牺牲，她永远地倒在了父亲的屠刀之下。
>
> ——卢克莱修

迪希厄斯父子两人，他们都有美丽而高尚的灵魂，为了召唤神帮助他们完成罗马的大业，奋不顾身地冲进了敌人兵力最集中的地方。

“神十分的不公正，不希望降福给罗马人，除非罗马可以奉献这样的人来牺牲。”补充说一句，罪犯无权决定在他认为适当的时间用适宜的方式接受鞭笞；只有法官才可以将他的判决看成是惩处，却不可以把受刑者愿意做的事也看作是刑罚。可以把神的报复看作我们完全不同意他的正义和他对我们所实施的惩罚。

萨摩斯岛暴君波利克拉特斯的脾气十分地可笑，他觉得事事顺利的生活过于平淡，于是希望有所改变，决定把自己最珍贵的金银珠宝扔进大海，他认为可以借这件有意造成的灾难使自己的命运得到补偿，这样就不会影响到世事盛衰福祸难料的更换。但是命运却在嘲笑他的荒唐，硬是让他在鱼肚子里找回了被他扔掉的珠宝。古代科里邦特人、曼那特人以及现代马霍曼坦人的自残行为实际上会有什么意义，他们在脸上、胃上和四肢上划开一道道刀口，以此来向他们的神献礼，但是，冒犯神的事发生在人的意念里，与人的胸脯、眼睛、生殖器、全身的肥肉、肩膀和喉咙无关。“误入迷途的神志，竟然是那么的疯狂，他们竟然相信人出奇的残酷可以使神不发怒。”

人体的自然构造不仅仅关系到我们自己，而且关系到它对神对别人的效用：恣意妄为有违公道，仿佛是自杀，任凭什么借口都是错误的。不让心灵按照理性去引导肌体的功能，却选择愚蠢地、奴役性地去污辱和糟蹋它，我认为这是十分严重的懦弱和背叛的行为。

付出如此代价以换取神的宠爱，他们害怕神的愤怒往什么地方发泄吗？为了能够满足王上的淫威，有的人被阉割；但是却从来都没有人，即使是在主子的命令之下，会选择自己动手来净身的。

> 因此，他们对宗教起了十分恶劣的效果。通常，一些罪恶和渎神的行为就是由宗教本身造成的。
>
> ——卢克莱修

因此说，不管用什么方式，任何与人有关的东西都无法和神的本性相配合、相联系，否则就会给神性带来一样程度的不完美。这种无穷尽的美、威力以及仁慈，它如何能够忍受与像我们这样下贱的造物保持这种关系，而不感觉极度的遗憾和降低身份呢？“即使是神的愚拙也是总比人聪明，神的软弱也总会比人更加强壮。”

对于哲学家斯蒂尔博，当有人问他神对我们的歌颂和祭礼是否高兴的时候，他回答说：“你说话简直就是不知分寸，如果你真的想谈这个问题，让我们到一边去谈吧。”

但是，我们还是给神设定了限制，我们利用自己的种种理由来包抄神的威力（我说的理由是指我们自己的梦想和幻想，是从哲学定义上来说的，疯子和恶人的疯狂有它自己的理智，是一种特别形式的理智）。

神创造了我们，并且给了我们智慧；然而我们却一直想把神局限在我们肤浅、虚而不实的认识之内。因为没有任何物体可以生自无物，即使是上帝也不会不需要物质就创造了这个世界。什么！难道上帝把钥匙和最高的权力交给我们了吗？难道他不能够突破我们理解的极限吗？啊，人啊！即使是你在这个世界上看见了一些圣迹和灵验，你就可以认为上帝早就已经在这件神工中耗尽了他的能力、他的所有的形式和他的一切的想法吗？即使是你看见了，你只看到神管理下的小小的世界的秩序。在另外的世界神仍然拥有巨大的法力；这个尘世是无法与之相抗衡的：

> 天、地、海加在一起，也是没有办法与之相比的。
>
> ——卢克莱修

你引用的依据是城市的法规，你根本不明白什么是宇宙的法规。你束缚在你自己而不是他所从属的范围之内；他不是你的同行、同乡或者是同伴；他如果跟你通灵，不是迁就你的微小，也不是想要让你考验他的威力。人体不可能飞上天空，因为这是关于你的规律；太阳一刻不停地按照惯有的路线转动；海洋和陆地的边界永远都不能混淆；水是流动的，不会有聚合性；墙没有裂缝，固体物就不可能穿透它；人不能在火焰中生存；人永远都不能上天和入地；肉体不可能同时分散在各个地方。上帝是因为你才制定了这些法则的，所以法则是用来限制你的。上帝向基督徒们显示过，他在高兴的时候可以克服所有这些法则。说实话，上帝既然是万能的，他为什么要把自己的力量一直约束在一定范围之内呢？他是为了谁的利益想要放弃他的特权的？

> 你的理性使你无法接受天外有天的事实，在其他别的事物上也没有更多的准真理和基础，大地，太阳，月亮，大海，所有存在于世的事物都不是唯一的，相反是不计其数的。
>
> ——卢克莱修

古代的圣贤，甚至是今日的人才俊杰，在人理性的指导下没有办法不信。特别是在我们这块大地上，没有任何一件东西是独一无二的。

> 万物浩瀚，不会有任何一件单独生成，单独成长，并且在同类物中还是唯一的。
>
> ——卢克莱修

所有的物种都被乘以某个数字，因此说，似乎神从未创造过唯一的作品，在创造各个人的时候就一次用尽了材料：

> 你应该明白，别的地方还有其他相似的物质结合，以太将它们嫉妒地拥抱在一起。
>
> ——卢克莱修

如果这是一个生命体的话，由于它的运动使人觉得可信，连柏拉图也肯定有这么一回事。我们之中有很多人或者是确信，或者是不敢不信；也不排斥古人的看法，天、星辰和宇宙的其他组成部分全部都是灵与肉结合的创造物，从它们的构成来说，这些东西必然有死亡的一天，但是从创造主的决心来说他们是永远都不会死的。

如果如同德谟克利特、伊壁鸠鲁和基本上所有其他哲学家所想的那样，存在着好几个宇宙的话，我们怎么知道这个世界的本原和规律与别的世界也有关系呢？它们很有可能拥有其他的面貌和组织。在伊壁鸠鲁的想象中它们是既相像又不像的。在我们这个世界内就可以看到地区距离的不尽相同，事物就会有多少的不同和差别。不管是小麦还是葡萄酒，不管是哪一种禽畜，在我们的父辈发现的新土地上都是没有的，因为一切皆不相同。以前世界上有多少地区没有听说过酒神巴克科斯和谷神刻瑞斯；谁又有可能会相信大普林尼和希罗多德说的，在一些地方甚至还存在跟我们不是十分相像的人种。

在人性和兽性之间也存在着一些混杂和过渡的形式。一些地区的人生下来就无首，眼睛和嘴全部都长在胸口；有的地区的人生下来就是两性人；有的人天生就是用四肢走路的；有的人会在额上长着一只眼睛，头会更像狗但是却不像人；人的下半身是鱼，而且在水中生活；有的女人生产就需要五年，但是她的寿命才八年；有的人头非常硬，额上的皮肤甚至连铁器都刺不进去，反而却会卷口；有的男人没有胡子；有些种族的人从不用火；有的地区的人的精液是黑色的。

还有人自然地会变成狼，变成马，最后又变回人，这又怎么解释呢？还有如同普鲁塔克说的，在印度的某些地方，有的人是没有嘴巴的，他们完全靠呼吸食物的味道为生，如果真的是这样的话，我们这些轶闻又有多少会是错误的呢？如果人不会继续再笑，也不进行推理和交际，那么我们内脏的排列和由来，大多数就又当别论了。

我们将这些美好的规则视为金科玉律，但是据我们所了解的又有多少事物否定了这些规矩呢？我们又能如何凭借这个去束缚上帝呢？又有多少事被我们称赞为奇迹和违反自然的呢？这都是每个人每个民族根据自己的愚蠢程度而干的事。我们找到了多少神秘和原质？因为，按照自然的引导走，对于我们来说，只是在按照我们智慧的引导走，智力达到哪里，我们的目光也随之达到哪里；凡是超出我们智慧的，便都是怪物，就是超出规则。同样道理，眼明心亮的人所看见的一切都是荒诞不经的：因为他们已经深深地相信人的理性是没有任何的基础和根据可言的，甚至无法保证雪是白色的这个事实（阿那克萨哥拉就说过雪是黑的）；是否有东西；是否有知识（基奥的梅特罗道吕斯开不认为人能够说得出来）；我们是否还活着。欧里庇得斯对最后这一点表示深度的犹豫：

> 我们活着的日子叫作生命，还是我们称之为死亡的东西才是真正的生命。
>
> ——欧里庇得斯

不是说一点点理智都没有：因为我们凭什么要把无穷尽的漫漫长夜中闪光的那一刹那，我们永垂不朽的自然状态中最终停顿的那一瞬间，看成是生呢？死亡霸占了这片刻的前前后后，也霸占了这片刻非常大的一部分。有的人，就如同墨利索斯的信徒，曾经发誓说，世界上不存在任何运动，没有任何东西是运动的（因为，就如同柏拉图所证明的那样，如果都是这样的，球形运动就永远都是不可能的，从一点到另外一点的易位运动是不会形成的）。另外一些人说，自然中没有不存在延续也不存在灭绝的问题。

毕达哥拉斯说，自然界里只有疑问，大家可以讨论任何事物，甚至可以讨论是否进行讨论。瑙西法纳斯说，在一切好像是存在的事物之中，不存在要远远大于存在；只有不确定才是能够确定的；帕尔梅尼迪兹说，似乎存在的事物没有普遍性，它们只有统一性；芝诺说过，甚至就连一也是没有的，只有无才是。

如果有“一”的存在，它可能存在于另一个事物之中，也可能存在于自身之中；如果它存在于另一个中，那么就是二；如果它存在于自身之中，仍然是二；就是容与被容的关系。按照这样的理论推断，宇宙只是一个虚假或者空洞的影子。

我一直认为，曾经一位基督徒说上帝是永远都不会死的，上帝是永远都不会改变的，上帝不能一会儿做这个一会儿做那个，这种说法非常地不谨慎以及不恭敬。我觉得把神的威力纳入人类语言的法则之内是错误的；在我们这些谈论之中出现两种可能的真理，然而在谈到这点的时候应该要更加尊敬和虔诚。

我们的语言和其他东西一样，有其弱点和不足。世界上很多麻烦的缘由都是来自语言。对法律的不同阐释引起诉讼，国王之间相互订立的协定和条约，因为他们没有办法予以十分清楚的阐述，最后就引发了大多数的战争。关于 Hoc 这个音节的疑问，在世界上造成了多少争执，无数重大的争执！①

教内争论不停，你如果把对方逼紧了，他们会干脆地说，神的力量不足以使他的身体同时出现在天上地下和其他的地方。那位古代讽刺大师大普林尼是怎样利用这段话的呢？他说，见识到上帝也不是万能的，对人也是一个非常大的安慰。是啊，他不可能自杀，即使想自杀也做不到，这是我们所处的地位的最大特权；上帝没有办法让会死的人不死，让死的人重新拥有生命，让活过的人不再继续活，让接受过荣誉的人从此不再拥有荣誉，他对于过去除了遗忘之外也没有其他任何的权力。他还用更加有趣的例子加强人和神之间的紧密关系，他还没有办法让十加十最后不等于二十。以上这些都是他说过的话，一位基督徒本来应该避免这样去说的，反过来说，似乎人们同时努力寻找这种愚蠢而放肆的言语，希望把上帝拉下来跟人一样的生活。

> 明天，当朱庇特在苍穹下布满乌云或打出闪电的时候，他仍然还是没有办法把存在过的东西消散尽，也不能改变或者是阻止早就被时间所带走的一切。
>
> ——贺拉斯

我们说，无论是过去抑或是未来的岁月全都无穷无尽，对神来说都只是瞬间而已；上帝的精髓在于慈善、智慧和威力，我仅仅是在嘴上这么说，然而我的内心是没有办法掌握其真谛的。但是，我们自我狂妄，竟然想要让上帝通过我们的审察。由此而产生了种种荒谬绝伦的错误，世人想要用自己的尺度去衡量那些远远不可以丈量的东西，结果搞得自己束手无策。“人只要稍有成功，就会立刻趾高气扬，他虚情假意的程度简直是令人见了就会非常吃惊。”

---

①《新约·马太福音》第二十六章第二十六行。

当伊壁鸠鲁坚称只有神是仁慈的和吉祥的，智慧的人类对此只有一个模糊的印象的时候，斯多葛派对待他的态度是多么粗暴！他们又是多么荒诞地把上帝跟我们的命运相联系（据我所知，哪怕是自诩为基督徒的人也还从来都没有这样做过！）。泰利斯、柏拉图和毕达哥拉斯认为神受必然性的控制！一心希望可以用我们的眼睛去发现上帝的那种狂妄，以至于我们这个时代的一名出名的人物给神性塑造了身躯。结果就是每天都有人把重要的大事件归因于神。有些事对于我们来说是重要的，仿佛对上帝来说也很重要，在平常的琐事方面上帝也一定要看得更加全面，更为留心。“上帝只管大事，不管小事。”听一下这句话，你就会懂得道理：“国王也不可能会降低身份去操心政府的琐碎小事。”

好像对上帝来说，想要动摇一个王国非常难，动摇一张树叶却十分容易；仿佛神在改变战场上胜负的天平或者跳蚤弹跳的方向，他的意志将以另一种方式表现出来！上帝掌控着万物，一视同仁，毫无偏倚之心。我们的私心不会起到任何作用，我们所有的行为和准则对他是没有任何的约束的。

“神啊，成就大事且事事精通的巨匠。”我们自傲自大，每时每刻都在冒犯上帝，将自己与他相对比。因为我们自己认为工作十分辛苦，斯特拉托为诸神豁免了所有的义务，大致就是教士们所享有的豁免。他让所有一切都自然生长，世界的每个角落都是自然的遗迹和踪迹，让人类可以没有必要担心神的审判。“一个可以长久幸运的人是要使自己不忧虑，同时也不让别人忧虑。”

自然界希望同样的事物有同样的联系。例如说，有很多的朽者但是同样也有很多的不朽者。有无数置人于死地、伤天害理的事，同时也有很多保全生命、对人非常有益的事物。例如说诸神没有舌头，没有眼睛，没有耳朵，他们之间可以感觉到另一个神的感受，也可以判断我们的思想；其实人的灵魂也都是这样，当它们自由的时候，在睡梦之中或者是欢乐中摆脱肉体的时候，也会猜测，预见和看见它附着在人体时所看不见的事物。

圣保罗说，人“自称是聪明，却反而成了愚拙；将不能够朽坏之神的荣耀，变成为必朽坏的人的偶像。”

现在请看一出古代议论神化的滑稽剧。在庄严隆重的葬礼举行之后，当金字塔顶的死者的灵床被人用火点燃的时候，他们就会放出一只老鹰，这只老鹰如果会飞往天空，就表示死者的灵魂正在飞向天堂。我们直到现在还保留着一千来枚像章，这其中就有那位非常贤惠的福斯蒂纳像章，上面就是这只老鹰背了这些即将要上天的灵魂飞向天空。我们利用这些模拟和发明来欺骗自己，这说起来十分的可笑。

> 他们害怕他们扮演的角色。
>
> ——卢卡努

正如孩子们看见自己涂得黑乎乎的脸，本来是为了吓唬小伙伴的，却吓到了自己一样。“最可悲的事莫过于人做了自己幻想的奴仆。”赞扬我们创造的那个人，跟赞扬创造了我们的那个人，两者相差的是多么的远啊。奥古斯都和朱庇特拥有同样多数量的信徒，创造同样多的奇迹，但是奥古斯都比朱庇特的寺庙要多很多。泰西安人为了回报阿格西劳斯对他们的恩惠，告诉说他们已经将他奉为神明，但是他对他们说：“难道你们的国家就有权力把称心如意的人尊捧为神？你们先把你们之中的一个人尊捧为神试试看，然后我来看看结果会怎么样，到那个时候我再对你们说一声谢谢。”

人简直就是不可理喻的。他们根本就创造不出一条小虫，却想要去创造大量的神。

暂且听一下特里梅吉斯图斯是怎么赞扬我们的能力的吧：在所有值得大家佩服的事物中，特别值得佩服的是人竟然能够找到神的品质，并且成功地创造了神的品质。

> 以下是这个哲学派别的解释：
> 只有哲学可以知道什么是神，什么才是天的威力，
> 也只有哲学才会明白人是没有办法认识神和天的威力的。
>
> ——卢卡努

假如确实有神，那么他应该是一个生命体；假如他是动的，他就一定会有感觉；假如他有感觉，那么他就一定会消逝。假如上帝没有形体，那么他也就没有了灵魂，因此也没有了行动；假如他有躯体，他就不会持久。这有什么值得神气的呢？

我们不可以创造世界，那就会有一个更加伟大的天地之物来动手创造它。这样如果把我们自己看成是天地万物之中最完美的创造物未免有些冒失；所以说，应该有一种更优秀的东西；那就是上帝。当你看见一幢金碧辉煌的房子的时候，即使你不知道这座房子的主人是谁，但是至少你不可能说这幢房子是给老鼠建造的。至于我们眼中神圣的天庭，我们不应该觉得它的主人一定远远比我们伟大得多吗？难道最高的不就是最高尚的吗？我们一直处在最低层。没有灵魂并且没有理智的无形体不可能会创造出一个拥有理智的有形体。世界创造了我们，因此世界是有灵魂、有理智的。我们的每部分都会小于我们。我们只是这个世界的一部分。世界拥有智慧和理性，它远远要比我们丰富得多。有一个伟大的人管理统治是一件美好的事情。世界的政府因此属于幸运的大自然。星辰永远都不会给我们造成任何的伤害；它们从来都是充满好意的。我们需要食物，诸神也需要食物，他们食用下界的蒸汽。世上的财富不属于上帝的财富；因此这些财富也不是我们的财富。冒犯上帝以及受上帝冒犯都是一种十分软弱的证明；由此说来害怕上帝是没有必要的。上帝的本质是十分善良的，人是因为勤劳而逐渐变得善良的。神的智慧和人的智慧，它们的区别在于前者是不朽的，仅此而已。但是时间的长短却跟智慧是没有关系的；所以在这点上上帝和我们是同行者。我们拥有生命，有理智以及自由，我们重视善良、仁慈以及正义；同时这些品质也存在于他的身上。

总而言之，建设和破坏神的意识、神性的特征，都是人按照自己的面貌想象的结果。真是一种绝妙的模具和榜样！将人的品质随意地塑造、拔高并且一再地夸大；可怜的人，不断地在吹嘘自己，一而再，再而三地：

> 即使吹破了，你也达不到那种水平。
>
> ——贺拉斯

“人是永远都不可能想象出上帝是怎样的，人自以为可以想象出上帝的样子，但是实际上想到的是自己而不是上帝，他们看见的只是自己，而不是他；他们用自己与之进行比较的也是自己，而不是上帝。”

在自然的事物中，后果只反映一般的原因，这是为什么呢？原因处在自然的秩序之上，它的条件太高、太远并且太不可违背了，它不可能会容忍我们的结论去约束它，去限制它。我们的这条路太低洼，不是仅仅通过我们就可以达到那里的。我们无论是在塞尼山还是在海底，都不会距离天空更近一些，如果你不相信不妨问一下你的星盘。

人们贬低神，甚至于说他和女人厮混，多少次，几代几世？例如说萨特奈纳斯的妻子，罗马闻名千里的收生婆波里娜，觉得自己跟塞拉比斯神在一起睡过觉，她通过一个神庙祭师的拉皮条，毫不犹豫地投入了一名多情的神的怀抱。

瓦罗是最机敏、最博学的拉丁作家，他在《神学》一书中曾经说过，赫丘利的圣器管理员跟赫丘利在一起掷骰子打赌，用一只手掷就算是自己的，另外一只手掷就算是赫丘利的，赌注是一餐晚饭和一个姑娘，如果赢的话，他就从贡品中提取钱物；如果管理员要是输了，他就自付。结果他输了，他一起付了饭钱和女人的钱。这个女人的名字叫作洛朗坦，在夜间她搂着这位神睡觉，她听见他对她说，第二天清晨她遇见的第一个人还会付一大笔钱给她。而那位有钱的青年就是塔伦蒂厄斯，他把她带回了家，而且后来还要她做了他的继承人。她然后又要给这位神再次做件好事，她让罗马人做了她继承人：这就是人们给予她神的荣耀的来龙去脉。

柏拉图既是神的后代，又拥有着尼普顿作为他的一族的共同祖先，仿佛这还不够，雅典人普遍相信，阿里斯顿想要和美丽的佩里克肖纳一起来完成好事，但是他却不知道应该怎么办，最后阿波罗神托梦给他说，必须保证她在分娩之前保持清白之身；他们就是柏拉图的父亲和母亲。在历史上曾经有多少这样的奸情，那些神对这些可怜的人进行玩弄？又有多少父亲因为孩子而受到斥责和伤害？

皈依穆罕默德宗教的这些民族中，我们发现按照这个民族的信仰，有许许多多名叫“麦林”的孩子，这是在他们的语言中十分独特的一个词，意思就是童贞女与神的精神共同结合所生的孩子。

我们必须注意这一点，每一个造物都认为自己应该占有世上最宝贵、最值得尊敬的地位（狮子、老鹰、鲸鱼就仅仅是因为他们是狮子、老鹰、鲸鱼而受到人的赏识）；将别的东西的品质与自己的品质相比，是贬低了这些品质；我们对品质能够增加和减少，但是却仅此而已；我们的思想不可能超越这种关系和这种原理，也没有办法创造其他的东西，想象力想要脱离这些并且穿透这些是永远都不可能的。古人于是就得出了下面这样的结论：在所有的形态中，人的形态最美；神具有人的形态。人希望得到幸福但是却不可能没有美德，拥有美德但是不可能没有理智，而理智只可能存在于人体之内，所以也要赋予上帝以一个人体。

“我们的思想是这样事先安排和形成的，只要我们想到上帝，就不可能不把他想象成人的样子。”

于是色诺芬尼打趣地说，“它们也会模仿自己的样子来创造诸神的形象，还像我们这样引以为傲，这种可能性还是很大的。”为什么小鹅仔不这样说呢：“宇宙万物都看着我；地球为我铺路，太阳为我照明，星星把它们的影响施加在我们身上；风给我这样的方便，水给我那样的便利；天底下就数我日子过得最为美好，我是大自然的宝贝，人要给我事物，给我住所，还要伺候我，不是吗？他们为了我种麦子，磨麦子；他吃我，但他不是还吃他的同伴吗？好像我也吃蛆虫，而蛆虫最终也杀死他们，吃掉他们。”鹤也能够说这样的话，而且说得尤其骄傲，因为它可以自由飞翔并拥有美丽辽阔的土地：“自然是那么正直宽容，世间万物在其中相亲相爱！”

> 所以，由于同样的理性思考，命运对我们有利，世界对我们有利；甚至光明和雷电也是因为我们而诞生的；创造主和创造物，一切都是因为我们出现的。这里集中宇宙万物的目光，是万物的焦点。看看哲学家在两千多年前所写的星象记录：神的言论和行动无一不是为了人类；哲学也没有给神其他的高见和作用，神于是对我们开始了战争，大地的儿子，曾经使老萨特纳的光明之屋战栗不已，却战败在赫丘利手下。
>
> ——贺拉斯

> 神参与了我们的纷争，我们也多次参与了他们的纷争，这也算是一报还一报，尼普顿高举他的三叉戟，捣毁城墙，连根拔起房屋，使整座城市东倒西歪。此时，残暴冷酷的朱诺，首先占领了斯凯城的城门。
>
> ——维吉尔

科尼人，妒忌他们自己的神独断专行，在他们的献礼日扛起武器向城外奔去，用刺刀前后左右做出敲击天空的姿势，用这种方式追逐和赶走异族的神祇。

神的威力是根据人的需求而安排的：有的能够医马，有的医人，有的能够医治鼠疫，有的治疥疮，有的还能治咳嗽，有的治疗这一类的癣，有的治疗另一类的癣（“什么鸡毛蒜皮的事情上，迷信都认为在这里面蕴含着神的作用。”），这一位神管葡萄，那一位神管大蒜，这个神管房事，那个神管交易（每个行当都有一个神），这个神的管辖的范围在东方，那个神的管辖的范围在西方。

> 这里有他的武器，那里又有他的战车。
>
> ——维吉尔

> 哦！伟大的太阳神阿波罗，你居住在宇宙的中心！
>
> ——西塞罗

> 塞克洛勒的后裔崇拜帕拉斯；弥诺斯的王国克里特顶礼膜拜狄安娜；利姆诺斯则敬拜伏尔甘；伯罗奔尼撒的城市斯巴达和迈锡尼对朱诺则是敬畏推崇；戴柏枝冠的潘是梅那尔的神；而玛斯是拉丁姆的神明。
>
> ——奥维德

> 有的神只管一个小镇或者一个家；有的神孤身独处；有的神或自愿或被迫跟其他的神共处一座神殿，孙子的神庙跟祖宗的神庙建造在一起。
>
> ——奥维德

有的神地位卑微，名不见经传（因为神的数目竟有三万六千之多），以致一株麦穗上就需要有五六位神明保佑，各有各的名字；一扇门上有三位神仙：管门板的神，管铰链的神和管门槛的神；一个小孩又有四个神保佑着他的襁褓、饮水、进食和吸奶；有的神身份明确，有的神身份含糊，并尚未有明确的定论，有的神甚至未曾进住过天堂。

既然他们还没有资格荣登天庭，就让我们暂时留他们居住在人间。

——奥维德

有不同的神管理自然科学、诗歌和法律；有的神又介于神性与人性之中，是我们与上帝的传导和中间人，受到较低级别的供奉；有各种各样数之不尽的头衔和职责：有些善良，有些作恶，有的老朽，有的短命。因为克里西波斯认为在一场毁灭性的宇宙烈火之中一切神明都会死亡消亡，除了朱庇特之外。人在上帝与自己之间建立千百种有趣的交通，如此人和神不就成同胞了吗？

克里特岛是朱庇特的摇篮。

——奥维德

斯凯沃拉是一位伟大的教皇，瓦罗是一位神学家，他们在探讨这个问题时给予我们的解释：平民百姓不明白许许多多真实的事情，相信许许多多虚假荒诞的事情，这很有必要："人追寻的只是使自身获得解放的真理，因此也能够认为受骗也是符合自身的利益的。"

只有在已知事物形状的情况下，人的眼睛才看得见这种事物。我们不要遗忘可悲的法厄同企图用凡人的手段去驾驭他的父亲战马的缰绳，遭遇如何的厄运。我们的思想太激进了，也会同样跌进深渊，灰飞烟灭，香消玉殒。如果你们问哲学家是什么物质构成了天空和太阳，除了铁以外你还能得到什么别的答案呢？也许阿那克萨哥拉会告诉你是石头或者其他日常什么材料。如果问芝诺什么是大自然？他则会答案道："是火，火是万物的根本，它的燃烧符合自然规律，生产一切。"若问阿基米德，他是几何学的开山鼻祖，认为这门学科在认识真理和建立信念方面都要超越其他一切学科，他会答案："太阳是燃烧的铁神。"这不就是完美的和完全必要的几何学论证出来的妙想吗？然而不是那么必要和有用了，以致苏格拉底认为只要有足够的认识，我们可以测量赠予和接受的土地面积；还有波利埃纽斯，他曾是一位著名的几何学学者，自从尝过了伊壁鸠鲁的懒人花园里的丰盛的果实后就瞧不起什么论证，他认为它们漏洞百出，毫无可用之处。

古代人都认为，阿那克萨哥拉对天国和神的认识超越所有的学者。在色诺芬的书中，苏格拉底说阿那克萨哥拉的头脑混乱，其他一切无节制地探索不属于他们知识范围的事的人，无不如此。

阿那克萨哥拉把太阳看作一个熊熊燃烧的石球，他没想过石头在火中完全不会燃烧，更糟糕的是还说石头烧得灰飞烟灭；他把太阳和火看成是一样东西，他没想过火会把人灼烧致瞎，我们能够盯着火看，火会烧掉草木和庄稼。苏格拉底有这个意思，我也有这个意思，那就是要对天发表议论，最明智的办法就是不议论。

柏拉图在《蒂迈欧篇》中提到精灵，他说："这是超出我们的能力的事情。这方面应该信任古人，他们自称为神鬼的后代。不相信神鬼的孩子，那是违背理智的，即便他们的说法不是建立在必要的和似真的理智上，可是他们发誓说谈的都是些发生在家庭里的常事。"

现在我们来看一看，我们对人类和自然的认识是否更清晰了。

我们自己承认有些事物是我们的知识无法企及的，而我们却要凭空为它们臆造一种资质，提出一种虚假的详细，这么做难道不可笑么？如同见到星辰的运行，我们既不能登高远眺，也没法想象什么是原动力，我们就信口胡诌一些粗俗鄙陋的物理的原理：

> 操纵杆是金的，轮轱也是金的，辐条是银的。
>
> ——奥维德

这好像是我们派遣出去的车夫、木工和漆匠，他们到了上面，按照柏拉图的指引制造出了不同用途的器材，安装了齿轮和主轴，制成了天上行驶的彩舆。

> 世界是一个无边无际的住所，五个区域围绕着它，黄道带横贯而过，分成了十二个闪光的星座，一切都以高高在上的太阳为中心，其中还有月亮车和两匹奔马。
>
> ——瓦罗

这是纯粹的梦呓和妄想。说不定有朝一日大自然会对着我们敞开它的怀抱，让我们看清里面到底有些什么样的机关，那时让我们睁开眼睛看吧！哦，上帝！我们就会发现自己如此孤陋寡闻，漏洞百出，如果我们的知识还弄清楚一件事的话，那就证明我错了；我从这个世界离开的时候，至少明白自己是多么无知可笑。

我记不得是否柏拉图说过这样一句名言：自然只是一首谜一般的诗，仿佛大自然是隐藏在千万道斜光之后一幅扑朔迷离的画卷，锻炼我们的猜谜的能力。

“所有这些事物全都包裹在厚厚的黑暗之中，人绝对没有足够敏锐的思想穿透天空或者深入地下。”

当然，哲学只是一首充满诡辩的诗篇。这些古代哲学家若不是诗人，哪里还有什么权威性呢？第一批哲学家首先就是诗人，他们的哲学是用诗篇书写而成的。柏拉图只是一位补文缀字的诗人。蒂蒙却谩骂他是伟大的奇迹编撰者。

好像女人掉了牙，镶上了象牙；为了恢复面庞的好气色，就用其他材料涂上一层；还有谁人不知，谁人不晓，她们利用棉布和绒布垫在身上使自己显得丰满。

知识也是如此；据说即便我们的法律也有合法的幻想的成分，以此建造了司法的真理。知识于我们是直言不讳的，说有许许多多的东西毫无凭证就肆意断定，就像天文学上用来演示星体离心和向心运动的本轮，科学用最好的方法把它灌输给我们。哲学也是如此，它向我们提出的不是切实存在的甚至不是主观相信的东西，而是杜撰的、从表面看来最能自圆其说的东西。柏拉图在谈及人的身体与动物的身体时说：“假定我们说的都是事实，而且我们有神谕为证，才能确保是真实可靠的；现在我们只能够确保我们说的事情最接近表面现象。”

哲学不仅将缆索、车架和轮子送上天空。还谈到了我们，谈到我们的身体结构。哲学对这微不足道的小小的人体，不亚于对宇宙天体那样反复捉摸，多次论证……确实，他们有理由把人体称为“一个小小的世界”，因为人体也是用不同的零部件和面孔拼合而成的。为了归纳他们看到人体内的行为，我们感到人体内的不同作用和功能，他们把我们的心灵分割成多少部分？分属在多少区？在自然和有形的人之外，他们把这个可怜的人儿划分成了多少个等级和层次？什么样的职责，什么样的天职？真是极尽想象之能事。人成为任意自由拨弄装扮的玩偶。大家让他们有一切权力按照每一个人的心意把人拆散、排列、组装和充实。

可是，他们还是没有掌握人。不仅在事实上，甚至在他们的梦中，他们无法把人说得面面俱到，不管他们如何长篇大论，怎样费尽心思广引博征，总有什么跟整体不能合拍和协调的地方。为他们找寻理由编造借口是不必要的。当画家画天空、大地、海洋、山脉、远方的岛屿，我们允许他们画上一些稀稀疏疏的影子，因为这是一些不可名状的事物，只要寥寥几笔也就够了。可是当他们对着我们熟悉的一样东西写生，我们就要求他们使用完美和正确的线条和色彩把它表现出来；稍有错失就有不可原谅的罪过。

我赞赏那位米利都姑娘，她看到哲学家泰利斯不停地高举双目凝望天空出神，走过去撞得他一个踉跄，警告他在应该注意脚底的事情没有办完的时候两眼朝天想入非非没有好处。她劝他先思考自己以后再去考虑天，因为像西塞罗转述德谟克利特的话：

人人探索天空的景象，没有人注意脚下的事情。

人的认识就是如此。我们认识的手中之物，其实与天体一样距离遥远——同样高高地处于云端之上。柏拉图提到苏格拉底时说，哪个研究哲学的人，都能够像泰利斯那样挨姑娘的责备：他看不到他眼前的东西。因为任何哲学家都不知道邻居在做什么，也不知道他自己在做什么，也不清楚他们俩是什么，是野兽还是人类。

那些人觉得塞邦的论点太柔弱了，他们无所不知，他们万事皆通，他们统治世界：

> 谁控制潮涨潮落，谁推动四季轮替，星辰是按照自己的意愿行动，还是从外界接受指令，从而消亡和流动的？月盘为何有朔望；不同元素的组合有怎样的目的和效果？
>
> ——贺拉斯

在他们的书里不是时而探测过认识自身的困难吗？我们看到手指会转动，脚会走动，有的肢体不用我们指令便会动，有的肢体接受了指令才会动；有的反应会使我们脸红，有的反应会使我们脸变得惨白；有的思维令人伤脾胃，有的思维又令人伤脑筋；有的事引我们发笑，有的事引我们落泪，而另外一桩事又使我们胆战心惊，四肢瘫痪。我们看见某些东西会反胃，看见另一些东西会感到羞愧。可是心理活动如何对一个坚实的身体有穿透力？身体的各个器官又如何会串联沟通？像所罗门说的至今还没有人洞悉察觉。普林尼说："人的理智无法穿透这些事物，它们始终深藏在威严的自然里。"圣奥古斯丁曾经说过："心灵与肉体组合一致，真是一件奇妙的事情，人是无法理解的，也正因为这样才有了人。"

但是，我们并不因此而怀疑灵与肉之间的关系。因为人的想法是从古代的信仰中衍生的，像宗教和法律如此具有权威性和信用度才被大家接受。广泛流传的东西会像俗语那样被肯定而接受；这条真理连同它的全套论据和证明也会得到接受，就像一座稳固和坚实的建筑，人们不再去摇动不再重新评价。相反，所有的人都争先恐后地尽一切理智的力量——理智是一个得心应手、灵活自在的工具——给这个已被大家接受的信仰涂脂抹粉。这样世界上傻话谎言漫天飞舞。

很少有什么事情可以让人怀疑，造成这种情形的原因是人们从不把共同的看法拿去检验；大家不在根基之处寻找哪里有错误和缺点；而只在细枝末节上争论不休；大家不问这是否是真的，而只问这是否是这样听到的。大家不问盖仑说了什么有意义和价值的话，而只问他是否是这么说的。

确实，对思想自由的控制和约束，信仰上的专制，扩散到了哲学和艺术。经院派哲学的开山鼻祖是亚里士多德，他的学说神圣不可侵犯，如同在斯巴达不可对利库尔戈斯的学说有什么争议。他的学说已经变成专横的法律，因为它或许和别的学说同样地荒谬。说到大自然的原则时，我很容易理解和接受亚里士多德的想法，我不清楚我为何总是不能同样自得其乐地接受柏拉图的思想，伊壁鸠鲁与他的原子说，柳西帕斯和德谟克利特的实与虚，泰和斯与水，阿那克西曼德的自然的无穷性，第欧根尼的空气，毕达哥拉斯的数与对称，帕尔梅尼迪兹的无穷，穆萨乌斯与他的一，阿波罗多罗斯的水与火，阿那克萨哥拉的同位素，恩培多克勒的分离与聚合，赫拉克利特的火，还有由于人们美丽的理性在它所参与的事情中表现出来的明确性和先见性，形成了无数不同的看法和意见。

亚里士多德的自然原则有三条：质料、形式和无质料形式。把空作为物质生成的原因，还有比这个更为不费力气的吗？无质料形式是一种否定；无物质形式是一个否定的概念，是什么思想推动它，把它变成事物存在的原因和起源？这种说法除非进行逻辑的演算，否则不会有人敢去动摇它的基础。此外，没有人进行讨论，对它表示质疑，反而有不少人保护这个学派的创始人，对付外界的异议：他的权威就是目的，不容许对此有任何异议。

在普遍认同的基础上建立心中想建立的东西是很容易的。因为沿着开创的原则和规律，余下的部分的建设是不难的，也不会自相矛盾。沿着这条路我们认为自己的道理有根有据，说起话来也信心十足；因为大师们已经在我们的信仰中赢得了足够的地位来事先达成他们的愿望，如同几何学家的还原论证。我们肯定和同意这些信仰和教条，这些信条支配我们往左还是往右，任意摆布。谁的前提得到我们的相信，他就是我们的主人，他就是神；他规划的基础如此的深厚宽阔，他若愿意能够把我们推上九天云霄。在实践和商讨这门学问时，我们不妨把毕达哥拉斯的话语作为是能够相信的：每一位学者只有在谈论自己的专业时才是能够信赖的。辩证论者在词意方面求助于语法学家，修辞学家要向辩证学家借用论证的办法和原理；诗人向音乐家请教节拍；几何学家向算术家学习比例；形而上学者拿物理学的猜想作为自己的基础。因为每一门学科都有其特定的预设的原则，在这些原则上人的断定处处受到限制。如果你碰到了存在原则错误的这条栏杆上，他们嘴里早已准备好这样一句话：不要和否认原则的人争辩。

如果神没有向人提出，人又从哪儿来什么原则不原则。随后所有的初期、中期、后期，也全是一派胡言。对那些靠着预先的假定进行战斗的人，就要把争论重点的命题作为你的假设来跟他针锋相对。因为所有人的假设都有同样的权威性——如果理智不加以区分的话。所以应该把所有假设都放在天平上，先设原则性假设和强迫性假设。确信的感觉是一种愚蠢，也是极度不确信的表现，没有比柏拉图的“固执己见者”更疯狂、更加缺乏哲学意味的人了。火是否是热的，雪是否是白的，我们的认识中什么是硬的或者是软的，都是必须了解的。

至于答案，也就是古代故事的主题：对于质疑有热的人，就说他能够往火里跳；对于不相信水是冷的人，就说他能够把水放在胸前。可是这类答案不配是从事哲学的人说的。除非哲学家让我们保留自然的状态，用感官来感受外界的异物；或者除非他们让我们追随在出生条件下确定的基本的人生要求，他们这样说还是有道理的。可是现在我们是向他们学如何评判世界，我们从他们那里得到的是这样一个幻想：人的理性是天下万物的总监，是包罗万象的世界的总监，无所不能，通过理智，一切都是能够认识和了解的。

这个答案在食人者部落中是对的，因为他们有幸长命百岁，生活安适太平，没有了亚里士多德的这些训诫，甚至也没听说过物理这个名词。这个答案也许比他们从理性和臆造得来的任何东西更有价值且更加实在。这么一个回答，至少我们所有这些动物和所有依旧受原始的单纯的自然法则支配安排的人是能够理解的。可是他们哲学家不能用这样的答案。他们不应该对我说："这是真的，因为这是您的亲眼所见和亲身感觉。"他们理应对我说的是，我认为感觉的东西是否是真的感觉了。假如我感觉了，他们对我说为何我感觉了，怎样感觉的，感觉到了什么，然后请他们告诉我这样东西的名字、来源、冷热的来龙去脉、施动者和被动者的生存方式。否则，请他们给我留下他们的做法，这就是除了通过理智外任何都不能接受，任何也不同意；这是检验一切的试金石；可是，这也是充满假象、错误、弱点和偏差的试金石。

我们希望从哪儿入手，比理性本身更好地检验理性呢？如果谈到理智时还不相信理智，那么用理智判断其他东西就更不合适了；理智总还认识一点事物，至少这是理智的本真和领域。理智属于心灵，是灵魂的一部分，或者说是它的后果；我们用理智这个词也只是一种借代，因为真正的理智是一切的本源，它存在于上帝的广阔的胸怀。那里才是理智所在的地方，当上帝高兴时，理智就离开那里让我们看到些许理性的光芒，好像帕拉斯钻出父亲的头顶跟世界交流。

现在让我们来看看人的理性怎么说自己和灵魂。我们不谈笼统的灵魂，在这方面差不多所有的哲学流派都认为天体和各种元素都是有灵魂的；也不谈泰利斯的灵魂，泰利斯认为即便不动的东西，因受磁性的吸引而有了灵魂；我们谈的是属于我们的灵魂，是我们最应该透彻了解的灵魂。

> 的确，大家不清楚灵魂的实质到底是怎样的：它是伴随肉体一起产生出来的？还是在出生时注入了肉体的？它和我们一起死亡吗？它是否是也进驻了奥尔库的黑夜深川大谷，还是按照神的

意旨投生到别的什么人身上。

——卢克莱修

克拉特斯和狄凯阿科斯曾经说过，世界上根本没有灵魂，但是人可以行动，这是一种自然的行为；柏拉图说灵魂是一种自动的物质；泰利斯说是无休止的自然体；阿斯克勒庇亚德斯说是感觉的运动；希西厄德和阿那克西曼德说是用泥和水混合而成的东西；帕尔梅尼迪兹说是土与火的组合物；恩培多克勒说是血：

他的灵魂随血吐了出来。

——维吉尔

波塞多尼乌斯、克莱安西斯和盖仑认为是一股热气或热的复合物，灵魂有火的气势和天的根源。

——维吉尔

希波克勒蒂兹说灵魂是遍布于体内的精灵；瓦罗说是从嘴巴里吸进去、在肺部加热、心内提炼出来，最终在体内流动的一种气；芝诺说是四种元素的精华；彭图斯的赫拉克利特觉得是光；色诺克拉特和埃及人说是一种流动的线；迦勒底人认为是一种没有固定形状的力量。

身体中一种维持生机的气质，希腊人把它称为“和谐”。

——卢克莱修

不要遗忘亚里士多德，也说灵魂使肉体自然地活动，他称它为“隐德来希”（entelechia，即“完成”的意思），这又是跟其他一样的冰冷的没有情感的发明，因为他根本不谈灵魂的本真、起源和天性，仅仅指出了灵魂的作用。拉克坦希厄斯、塞涅卡和独断派的精英人物都承认他们不清楚灵魂为何物。了解到这些看法以后，西塞罗说：“在所有的观点中，只有神知道哪一种才是正确的观点。”圣贝尔纳说道：“我的切身经验告诉我上帝是多么不可理解，即便是我自己身上的各个部分我也没有办法理解。”赫拉克利特虽然认为天地万物都充满了灵魂和魔鬼，但从不否定对灵魂的认识是无穷无尽的，因为灵魂的本质实在太深奥了。

至于灵魂所在的位置同样也众说纷纭。希波克勒蒂兹和希罗菲吕斯都曾经说过是在脑室；德谟克利特和亚里士多德则认为是遍布全身的。

> 如同人们常说身体健康，健康并不等于健康的人的身上的一部分。
>
> ——卢克莱修

伊壁鸠鲁说是在胃部。

> 人感到惊恐和胆战心惊的时候，感到高兴和激动的时候，那里就会跳动。
>
> ——卢克莱修

斯多葛派认为灵魂位于心脏及其周围；埃勒西斯特勒塔斯说在帽状腱膜的结合处；恩培多克勒说在血里；摩西也这样理解的，这说明为何他禁止喝野兽的血液，因为里面蕴含着它们的灵魂；盖仑认为身体的每个部分都有灵魂；斯特拉托则认为灵魂存在于两条眉毛之间。西塞罗说：“灵魂的外表是怎样的，灵魂生长在哪里，这些不应该过分深入地探讨。”我想他愿意怎么说都是可以的。我怎么胆敢损害他的辩才呢？他的想法不能够经常被听到，也不是很严格，却是非常出名的，证明偷梁换柱是不可能得到什么好处的。

可是克里西波斯和他的学派中的其他人，想证明灵魂位于心脏四周，这个道理是不应该被忽视的，他说：“这是因为我们要确保某件事时，我们把手放置在胃部；当我们说（希腊文）‘我’的时候，我们会将下颌靠拢胸前。”听到这段话，没法不看到这位大人物的愚不可及。不说这些看法本身是多么浅薄，后面那个论点也只能叫希腊人信服他们的灵魂是长在哪个部位的。不管多么用心地判断，人都有打盹的时候。柏拉图对人就有这样的看法和认定。

有没有我们不敢说的事情？斯多葛派是人类智慧之父，他们认为如果一个人被压在一堆废墟之下，他的灵魂是没有脱身的可能性的，只会长期挣扎着要往外钻，像跌入陷阱的老鼠。

有人断言，在创世纪的初期，天地之间是无物质性的，后来精神犯了罪，失去了最原始的纯洁性，于是神便创造了这个世界，让精神借托形体在世上赎罪。按照它们距离灵性的远近，神将它们纳入或轻或重的躯体，由此而产生了造物的多样性。可是灵魂为了赎罪而居住在太阳下的形体之中，这是一种罕见的沦落。

我们调查的最终结果是模模糊糊的，普鲁塔克在谈论到历史起源时说，好像地图上的接壤地带都是沼泽地、密林、沙漠和荒草丛生之地。这说明为何对待事物愈是刨根究底的人，愈容易陷入无穷无尽的自命不凡，并越发不着边际，越发想入非非。学问太浅与太深都使人显得愚蠢。看看柏拉图飞腾到诗歌之巅的过程吧，看看他使用的诸种神秘的语言吧。当他说人是无毛的两足动物的时候，他绝没想到会成为一些存心讥讽他的人的笑柄：他们把一只活鸡的毛拔掉，称为柏拉图的人。

那么伊壁鸠鲁学派呢？在他们的想象之中，他们所说的原子竟然成了一种具有重量，自然地向下运动的物质。直到后来经过他们的对手提醒才联想到，原子的坠落是垂直的，形成平行的直线，这样说来原子就没有可能结合在一起，这样，他们随后不得不补充他们的描述，还有一种偶然性的斜线运动，再给原子添上尖而弯的尾巴，让它们能够相互紧紧勾住。

尽管如此，持有另一种看法的人还是找他们的麻烦。如果原子偶然形成各种各样的模样，为什么碰在一起不形成一栋房子或一只鞋子呢？同样为何大家不愿意相信把无数的希腊字母堆到纸张上去，也可形成《伊利亚特》呢？

芝诺说，能够使用理智比不能用理智好，什么地方也比不上宇宙好，因此宇宙是有理智的。科达运用同样的论点，把宇宙比作是数学家，还用芝诺的另一个论点，建立了音乐和管风琴的世界：整体总是要大于部分；我们能用智慧，我们是宇宙的一个小部分，因此宇宙是有智慧的。

哲学家们因观念和宗派的不同而相互指责，我们看见数不清类似 的例子，论证不但错误，并且更是不伦不类，不能自圆其说，说明创造者的愚蠢远多于无知，从这些哲学家以为意见不合和门户之别而相互攻讦来看可见一斑。如果我们把人类智慧中的缺失巧妙地捆在一起，真是堪称一部奇书。

我很乐意把一个一个样品收集起来，而且，收集的方法亦将有助于人们认识健康审慎的内容。从中能够对人及其感觉和理智做出判断，既然这些大人物踌躇满志的时候，表现出如此多明显而又严重的缺点。而我宁可相信他们只是偶尔涉猎学问，就像手中传来传去的玩具，对待理智好像对待一把随意拨弄的乐器，什么荒谬不可思议的想法都可提出来，有的经过深思熟虑，有的不堪一击。同时，这位柏拉图，他把人类比作母鸡，又在什么地方同苏格拉底说，他实在不清楚人是什么，人是整个世界中最难认识的一个零件。他们自己的意见纷纭不一，却要指引我们，无须清楚地说明，我们也能立即感到这只会是一场无结果的闹剧。他们采用一种方法，避免一次次明确和坦白地表达他们的意见；他们把自己的真面目有时隐藏在诗篇的浓雾后面，有时掩盖在另一副假面具之下；因为人的不完美还囊括了这一点：我们的胃并不总是适合食用生肉。应该把生肉晾干，煮熟，烧透。他们有时候模糊其词地掩盖真实的想法和判断，甚至掺假以适合公众的习惯。‘为了不至于吓坏孩子，他们不愿意坦白地承认人的理智是无知和愚蠢的；而是让我们在杂乱无章和反复无常的学问的表面下看到足够的理智。

有个朋友一直努力地学讲意大利语，我劝他不要过于为难自己，他若只要人家能够听得懂而不求精通，能够想到什么字就说什么字，拉丁语、法语、西班牙语，或加斯科涅语都能够，只是加上意大利语的词尾；他总会遇到意大利境内托斯卡纳、罗马、威尼斯、皮埃蒙特或那不勒斯的方言，他永远可以用其中一种方言与人交谈。我对哲学也可讲这句话：哲学家有那么多不同的样子，说过那么多不同的话，我们一切稀奇古怪的想法都可在那里找到。在好与坏两个方面，人的想象力完全无法明白哲学中的任何问题。“说话再蠢，也蠢不过某些哲学家说过的那些话。”我在人前坦陈我的念头，即便这些念头没有师承，完全从我的头脑里钻出来的，可是我知道跟古人的想法会不谋而合，那时就有人说：“瞧，它的出处在这里！”

我遵循的人生准则是顺其自然；我无须模仿古人。可是无论我的生活方式多么渺小而卑微，一旦我想向谁提起，为了在人前表现得斯文高雅一点，我有责任将它们条理化和举例说明，有时候我自己看到也不禁感到吃惊，跟许许多多哲学家的范例和言论何其相似。我的生活属于哪一类，只有对我的生活探究和实践后，才会知道。新型人物：一位没有预谋和率性的哲学家！

还是回到我们的灵魂的问题上来。柏拉图认为理智来自于头脑，愤怒来自心，贪婪来自肝，这更像是对灵魂活动的解释，而不像他那样剖析灵魂，好似在把身体区分成了许许多多肢体。他们中间最接近真理的论断，是把灵魂看作一个完整的整体，它的功能是思考、记忆、理解、判断、欲念，都是通过身体的不同器官进行其他一切反应（如同舵手根据他的经验驾驭船只，有时拉紧或放松绳索，有时又会抬起船头或划桨，通过唯一的力量产生不同的效果），灵魂来自于大脑，如果头脑受到伤害和意外后，灵魂的功能必然会受到一定的损害；从头脑再转移到身体的其余部分也不是没有任何道理的：

福玻斯一路上从未偏离过天空的中央，然而遍地都有他的光芒。

——克劳笛乌斯

宛若太阳从天空把光芒和力量传导到宇宙的四面八方：

灵魂的另一部分分散到全身，一动一静完全遵照精神的意图和刺激。

——卢克莱修

有些人说世上存在着一种普遍的灵魂，宛如一个大身体，许许多多小灵魂都是从大灵魂中衍生的，然后又返回到那里跟这个宇宙物质相结合，上帝存在于星球大地的任一地方，海洋空间，云天深处；无论大小牲畜、人类和野兽都向它请教难以捉摸的生命准则，所有的生命在变态以后都回到他那里，死亡则是根本不存在的。

——维吉尔

另有一些人说特殊的灵魂只是聚合和依附在普遍的灵魂上；有的说它们是神圣物体产生的；有的说是由天使用火和空气创造出来的。有的说自古就存在了，有的说需要时才能有。某些人说灵魂来自月亮又返回月亮。一般古人认为小灵魂跟其他自然物一样是代代传承的，品质与生成过程都相差无几，孩子跟父母长相相似就是这个道理，父亲的美德伴随生命遗传给你。

勇敢并且兼有美德的父亲生出勇敢的孩子。

——贺拉斯

父亲遗传给孩子，不止是身体的特点，还有秉性、气质和癖好：

为何狮子的凶暴遗传给了小狮子？狐狸的狡猾，鹿的疾驰都是它们的父亲遗传给它的。祖传的恐惧使它们的肢体发颤；因为每个物种都有一定的灵魂，伴随身体成长。

——卢克莱修

神的公义建立在此基础之上，在孩子身上惩罚父亲的过失；同样，父辈的罪恶也会在孩子的灵魂中得到体现，父辈的骄奢淫逸也会传染到孩子。

然后，他们说如果灵魂来自遗传之外的地方，来自身体之外的其他物体，它们会回忆起原始的本质，因为讨论、推理和记忆是它们的天然的性能：

如果灵魂在人诞生的时候就已悄悄进入肉体，为何我们对前世没有一点记忆？为何我们过去的行为没有一点痕迹？

——卢克莱修

为了随心所欲地提高灵魂的地位，前提是我们的灵魂必须学识渊博，即使在天生非常单纯和洁净的阶段亦如此。由此来说，灵魂在肉体内时还是应该有记忆的，像柏拉图说的我们学习到的东西其实只是对从前认识的东西的回忆。每个人从自觉的切身经验来看都知道这样说是错的。首先，我们只确切地记得那是别人教我们的，如果记忆只是单纯地起到记忆的作用，至少记忆还涉及一些学习之外的东西。其次，灵魂在单纯洁净的阶段所学到的东西，那才是真正的科学，到了世上，如果学习到的是谎言和罪恶，学到的也是谎言和罪恶！这方面灵魂不能启用回忆，因为这种形象和观念从来没有在灵魂中存在过。至于说肉体的牢笼窒息与生俱来的才能，使它们完全熄灭，这种说法最初与另一种信念是背道而驰的。那种信念承认原始性能的力量是如此的强大，人在今生中运用得那么出色，从而得出这样的结论：这是种在历史上永恒在未来不朽的神性：

> 如果灵魂的作用遭到彻底地破坏，以至于对过去没有一点回忆，我的意见是这种状态已经离死亡也不远了。
>
> ——卢克莱修

此外，灵魂的力量和作用应该表现在我们这里，在人世间，不应该在别的地方，一切的完美对它而言都是空洞和无用的。灵魂的不朽性应该在目前的状态下得到承认和体现，也只有这样对人的一生才是有价值的。可是因此否定灵魂的禀性和威力，剥夺它的神功，在它处在肉体的桎梏下萎靡不振、无可奈何的时候，宣布审判结果和没有时间限制的惩罚，这些都是不公正的做法。考虑到这段时间十分短促，最短也只有一两小时，最长的不过一个世纪，对于无穷无尽来说只是一个微小的瞬间；以一瞬间来安排和决断未来的一切，这也是不公平的。如此短促的生命，却要承受如此严厉的惩罚，那岂不是极为巨大的失衡的行为吗?

柏拉图为了弥补这个观念的缺点，要让未来的赏罚不得超过百年，这跟目前的人的寿命是相适合的；我们中间的很多人都为此设置了时间的界限。

> 伊壁鸠鲁和德谟克利特在这方面的意见使得他们拥有的信徒最多，他们强调灵魂的成长跟人间万物的成长遵循同样的条件；他们发现，人们在肉体的能力范围内看到灵魂的诞生；灵魂的力量也像肉体的力量这般增长；童年时代幼弱，伴随岁月强壮成熟，然后衰退，老迈，最后消亡，我们觉得灵魂伴随肉体诞生，跟人的身体躯干一同长大衰老。
>
> ——卢克莱修

他们看着它接受不同的情绪，因为各种困难的行动而动荡不安，陷入无穷无尽的厌倦和痛苦之中；也会感情变化，欢欣鼓舞，消沉和颓唐；也会像胃或者脚那样患病受伤：

> *我们看到人的精神也如同病体那样，通过药物治疗得到痊愈和康复。*
>
> *——卢克莱修*

也会因不胜酒力而丧失神志，因为发高烧而茫然失措；服用了某种药而昏迷不醒，服了某种药而精神抖擞：

> *灵魂一定具有肉体的本质，因为肉体受到打击折磨，灵魂也感觉到打击折磨的痛苦。*
>
> *——卢克莱修*

人们发现，人一旦被疯狗咬了，灵魂的功能将全部瘫痪和混乱；没有了果断思想，没有了傲气，也不再拥有美德，不再拥有哲学决心，没有了力量积蓄，没有办法使灵魂免受事故之累；人们看到把一头可怜的看门狗的唾液放在苏格拉底的手心上，它竟然打乱了这位大哲学家的智慧和他伟大、有条不紊的思想，导致他的天禀聪颖分崩离析。

> *灵魂的力量受到了打击……毒性发作会使灵魂全面崩溃。*
>
> *——卢克莱修*

他的灵魂对付毒素不会比四岁孩童的灵魂更有抵抗能力；如果哲学是具体的，一种可以改变整个哲学的毒药，也可以使哲学变得愚蠢和失常；加图能够对死亡和命运不屑一顾，可是他受到疯狗的感染，患上了医生所描述的恐水症，看到一面镜子或一潭水都会惊慌失措受不了：

毒性扩散到四肢，来势汹涌，搅得灵魂诚惶诚恐，如同劲风吹来，白沫浪花浮动在海滩上。

——卢克莱修

我们现在来说一说，哲学已经在这一点上很好地把人武装起来，去容忍所有其他意外事故；如果痛苦不堪忍受的话，也会面对不可避免的失败从而排斥所有的感情；可是这种态度适合一颗有主见、有魄力、善于思索和推理的灵魂；可是当一位哲学家的灵魂也会变得疯疯癫癫、精神失常的时候，就做不到这一点。在许多因素形成的环境下，比如过于强烈的情绪，过于激烈的骚动，都可能给人的某个部位留下创伤，或者在胃部产生一种气体，使我们神志不清，晕头转向。

肉体生病时，神志也不再清醒，悠悠忽忽；病人思维混淆，说胡话；有时昏昏入睡便再也醒不过来了；紧闭眼睛，脑袋也耷拉着。

——卢克莱修

我认为哲学家还没有去碰这根弦。也很少拨动另一条同样重要的弦。他们为了安慰我们这些会腐败的人，嘴里老是提到这个难题："灵魂既是腐朽的，也是不朽的。因是腐朽的，它将不会有任何痛苦，如果说灵魂永存，它就可以不断改进。"他们从来不触碰另一种说法："那么要是灵魂不停地恶化呢？"而让诗人去描摹今后的苦难。可是他们给自己留下的是一份舒适的工作。在他们的论述中，我常常发现有两处故意的遗漏。我先讲第一个遗漏。

斯多葛派的主导思想亘古不变，这样的灵魂对它是不会有兴趣的。我们美丽的智慧在这些领域一定会缴械投降。然而，由于人的理智的虚妄性，哲学家也认为，把两样差异如此之大的元素结合在一起是不可想象的：

肯定的，将腐朽与不朽结合在一起，以为它们有共同的感情，共同的功能，这是疯狂。这两个物质，一是必然死亡的实体，一是不朽的永恒的实体，还有什么比它们两者更加不同、悬殊和不和谐，我们怎么能够认为它们能够共同抗御暴风骤雨呢？

——卢克莱修

此外，他们觉得灵魂也像肉体一样最终会走向死亡，它被时光的重担压垮了。

——卢克莱修

据芝诺说，睡眠的形象非常清晰地显示出这件事；因为他认为，这是灵魂和肉体同时的一次沉沦："他相信灵魂在收缩，也可说向下垂落。"我们看见有些人的体力和活力一直维持到生命的结束，他把这点归结为病的不同，如同我们看到临终时有的保持这一种感觉，有的维持另一种感觉，有的是听觉或嗅觉丝毫不见减弱；我们不会看到全面的衰退，总还是有某些部位保存着生命力：

如同一名病人患了脚疾而脑袋却安然无恙。

——卢克莱修

亚里士多德说，我们的判断能力面对明晃晃的事实，好像猫头鹰眼睛里看到的阳光。在强烈的阳光下看到的是一片茫茫然，我们又如何用来劝服别人呢？

因为，相反的意见，灵魂不灭的意见，按照西塞罗的说法，至少依据古籍提供的证据来看，是塔勒斯国王时代的佩雷西德斯提出的（也有人说是泰利斯，也有人说是别人），这是人文科学中存在的最大限度保留和令人质疑的部分。这方面，立场最坚定的独断论者，主要是在这一点上，不得不找半明半暗的学院派来保护自己。没有任何人知道亚里士多德持有怎样的观点，古人一般是如何想的；古人的观点模棱两可："他们的承诺比他们所证明的更多，这是一件让人听着非常舒服的事情。”亚里士多德的语言暧昧难懂，躲藏在这层云雾后面，让他的信徒对灵魂本身和他对灵魂的看法一起争论不休。

有两件事可以证明这种意见是可信的：第一，如果灵魂不是不朽的，荣誉就会失去基础，大家就不会再有什么期望，荣誉对世界的赞美是一个非常重要的因素。第二，这是一个很有用的概念，如柏拉图所说，即使罪恶逃过了人间法律和靠不住的眼睛，也躲不了神的制裁，神会追逐有罪之人，乃至在他们死亡以后也不停止。

人一心一意要使自己存在的时间变长；他会用尽一切办法去追求这个目的。储存肉体的是坟墓，保存名声的则是荣誉。

人不甘于自己的命运，所以动用所有的思想资源，通过各种发明创造来重塑和支撑自己。灵魂由于自身的彷徨和柔弱，不可能有立足点，它就要流浪他乡去依附和扎根，到处寻求慰藉、希望和基础；无论编撰的东西如何无聊荒诞，灵魂还是得到了更为安全的依附，也就更加乐意沉溺其中。

有人坚持灵魂不灭这个最正确、最鲜明的信念，可是对这种说法最执迷不悟的人也充满了疑虑，因为他们要以人的力量去证明则显得束手无策。一位古人曾经说过，“这是一个满怀希望，但是不能说明任何问题的人的梦想。”从这条佐证来说，人能够认出他个人发现的真理完完全全是出于偶然和侥幸，因为当真理攥在他的手里时，他还无法抓住和把握，他的理智也没有力量承受。我们的认知力和判断力为我们提供的一切事物，真的也好，假的也好，都是需要讨论的。这是对于我们的骄傲和自负，我们的渺小和无能，上帝创造了巴别古塔，引起混乱和差错。我们在没有上帝的援助后所做的任何事，我们在没有了上帝恩惠的明灯后所看见的东西，只能说是虚妄和疯狂的。真理的本质是恒定不变的，当命运恩赐给我们机会掌握它时，我们也会由于自己的柔弱而把它玷污和破坏了。人自身无论怎么做，上帝都总是让他陷入同样的混乱；上帝为打击尼禄不可一世的气焰，破坏了他建筑巴别塔这个狂妄自大的计划。这个罪过招来惩罚生动地说明了一句话——“我要灭绝智慧人的智慧，废弃聪明人的聪明。”——上帝让他们用不同的口音，说不同的语言，从而阻止了这项工程，岂不就是在观念和理性上制造永无休止的争论和不协调，时时刻刻阻碍人在学问上有所建树，有效地搞乱了我们的努力。如果我们有了一点智慧，还有什么能够阻挠我们呢？我爱听那位圣人的话："看不到自己的长处，这能够锻炼我们的人性，帮助我们减少傲慢。"我们的盲目和愚蠢又会引起何等的傲慢无礼！

可是回到我的话题，我们皈依上帝，信仰上帝的恩惠和那么值得信任的真理，是很有道理的，因为只有上帝的慷慨宽容，才能使我们获得不朽的果实，享受永久的幸福。

真诚地承认吧，只有神告诉过我们，我们还有信仰。谁若不凭借神的启发，对自己的本质和力量作几次检验，谁若对人有实事求是的看法，就可看到人的能力和天赋无不归于死亡和尘土。我们愈要向上帝奉献感激和答谢，我们愈要在行为中做个基督徒。

这位斯多葛哲学家的所说来自于公众舆论偶尔达成的一致意见，如果说它来自于神不是更好吗？"当我们争议灵魂的不朽时，那些恐惧或崇拜阴界鬼神的人一致赞同，这提供给我们一个有分量的论据。我很好地利用了这个普遍信念。"

我现在想说一点，人们为确实不朽的本质所提出的虚构的条件，突现了他们在这个问题上的观点虚弱无力。斯多葛派的观点是灵魂在今世以后还有来世，可是这个来世是有限的："他们觉得我们像乌鸦那么长寿；他们声称灵魂的生命长久，但不会永久。"

最为大众接受和认同，并在许许多多地方继续流传的观点，据说是毕达哥拉斯的。因为这个意见得到了权威人士的青睐和支持——灵魂脱离我们以后，从一个身体投到另一个身体，从一头狮子投到一匹马，从一匹马投到一位国王，这样无休止地挨家挨户地投生。

毕达哥拉斯说他记得自己曾经是埃达里德斯，后来是欧福布斯，埃尔穆蒂缪斯，最后又从皮洛士成为毕达哥拉斯，依据记忆共历时二百零六年。有的人还说，这些灵魂有时升上天空，然后又重返人间：

> 哦，我的天父教育我们该不该相信有的灵魂从尘世升天以后，还期盼回到那个笨重的躯体？为何这些可悲的灵魂那么渴求

见到光明？

——维吉尔

奥里詹说灵魂的状态时好时坏，瓦罗提出这样的想法，灵魂每隔四百四十年的一个轮回后，回到最早的躯体。克里西波斯则认同中间相隔一段不确定的时间后再发生。

柏拉图说他的想法来自于品达和古代的诗歌，相信灵魂无穷的曲折变化都是事先预定的，在另一个世界中的苦难和报偿只是一时的，因为它在这个世界的生命也是暂时的，因此得出结论说灵魂本身熟悉天堂、地狱和人间的所有事务，因为它来回停留了好几次：问题在于记忆和回忆。

以下则是他的灵魂转生的说法："一个生活在善心中的人将被指派去他该去的星体；一个生活放荡的人将变成女人；如果他不知悔改，再变成牲畜，其品性跟他的恶行是完全一致的；假若他还是不能改邪归正，通过理智的力量改掉身上的粗暴、愚蠢和原始的本性，恢复最初的性情，他的惩罚就不会结束。"

可是我不愿忽略伊壁鸠鲁派反对灵魂迁徙的声音。这种异议是很有趣味的。他们问，如果死者要多于生者的话，会产生怎样的秩序呢。因为脱离肉体的灵魂要相互拥挤，伺机第一个夺取新的躯壳。等待新躯体准备就绪前，那些灵魂将怎样打发时间。再反过来说，如果出生的动物要超越死亡的动物，伊壁鸠鲁派说它们的躯体在等候灵魂的投生时，会慢慢腐朽，以致有的在有生命前就已死亡了：

灵魂在伺机等候动物的交配和生产，无数不朽的灵魂互相挤压，等待将死的躯体，然后你争我夺地投生到它们肉体中去；这种想法是荒诞的。

——卢克莱修

另外一些人认为，灵魂继续停留在死者的肉体里，等待把生命传给蛇、昆虫和其他动物，据说这些动物是靠肉体腐烂、甚至变成尘土后而变成的。有的人把灵魂分为腐朽部分和不朽部分。有的人说它是有形的，可以是不朽的。最后还有人认为灵魂不灭，但是无知无觉。还有人认为有罪人的灵魂会转变成魔鬼（我们基督徒中也有这样的看法）。普鲁塔克相信得到拯救的灵魂变成了神；这位作家在许许多多问题上保持着一种怀疑和暧昧的态度，这次也难得他在一桩事上说得那么肯定。他说，“依据大自然和神的正义尺度评出有美德的人，他们的灵魂能够使人变成圣人，由圣人变成半神；而半神经过炼狱的救赎，得到完全的净化和洗礼，摆脱了一切痛苦和欢乐，得到永生，他们才变成完全而又完美的神，得到一个非常幸福和光荣的结局，这不是通过民间的法律法规，而是按照实情和理性的必然；我们必须坚决这样相信才对。”

普鲁塔克还是本学派中最克制、最温柔和顺的哲学家，可是你要是愿意看他在这个问题上是如何大胆地发表奇怪的言论，我请你朗读他的文章《苏格拉底的月亮和魔鬼》。我们可以比在任何别的地方都更清楚地看到，哲学与诗歌一样神秘，具有不可思议的共同之处，人对一切事物都要问个水落石出，必然破坏自己的理解，如同人来到漫漫的人生尽头，筋疲力尽，又回到孩童时代。以上才是我们在探究灵魂时应该汲取的教训。

他关于肉体各部分的教导，也有不少轻率的成分。让我们选择一两个实例，不然我们会落入医学错误的大海中而迷失方向。我们必须明确至少在这点上大家是否一致：人是用什么材质制成的。

至于最早的传宗接代；要追溯到洪荒时代，人对此当然已不能够很好的了解。物理学家阿尔基莱厄斯——依据亚里士多塞诺斯说苏格拉底是他的得意门生的说法——人和动物都是由一种乳白色的泥土在高温的大地挤压下形成的。

毕达哥拉斯说我们的种子是我们最纯粹的血液的泡沫。柏拉图说是背脊的骨髓汁，他的论据是这个部位首先感到疲倦和辛苦；阿尔克米昂声称，这是大脑物质的一个部分，他的证据是用脑过度的人往往会感到两眼模糊；德谟克利特则认为是全身提炼的一种物质；伊壁鸠鲁说是灵魂和肉体的提炼物；亚里士多德说这是从血液的营养中提取的一种物质；其他有人说是由生殖器的热量煮熟和消化的血液，他们这样说是因为人在最后的危难关头吐出来的每一滴都是纯血。这些看起来倒有点相似。

为了给精液下一个结论，他们发表了多少互相对立的意见啊！亚里士多德和德谟克利特认为女人是没有精液的，她们在性欲亢奋时身体会排出一种汗，这对于繁衍后代完全没有用处。盖仑则有相反的看法，他和他的信徒认为精液不交流是不能够生育的。

此外还有，医生、哲学家、法学家、神学家纷纷跟女人们争辩妊娠期要多长。我则支持那些认为怀胎要十一个月的人。世界各国莫不如此：稍微有些知识的女人都能够对这些异议谈出自己的看法，然而我们还是要争论不休。

我们已经说得够多了，人对于肉体的认识并不比对精神的认识更多。我们让人来谈人，让理智来谈理智，为了看看它能给我们说些什么。我觉得这已足够表明理智自己也不明白理智。

如果人们连自身都无法了解，那还能了解什么呢：

“好像人能够衡量一切，却不能衡量自己。”

是的，普罗塔哥拉曾经给我们说过这样的妙语，人从来不清楚衡量自己，却会衡量一切。如果人不能衡量自己，他的尊严是不会允许别人做这种事情的。人本身充满矛盾，一个人有了观点后会不断地有人驳斥，可这种兴高采烈的讨论仅是一场闹剧，不得不使我们得出这样的结论：测量者和他的测量工具全都一文不值。

当泰利斯认为人要清楚做人是一件很难的事情的时候，他是在告诉人去认识别的什么东西也是不可能的事情。

我违背规律，对您喋喋不休地说了这么一大通，相信您也会以您每天耳闻目睹的方式来捍卫您的塞邦，在这件事上应用您的智慧和才学。这是我的最后一招，作为最后的灵丹妙药来使用。这是垂死的挣扎，把最后防身的法宝都施展开来了，为了使对手失去他的法宝，这是一个绝招，这秘密的一招不能经常使用，必须用得其所。这是非常大的冒险，伤不了别人就会伤害自己。

我们不应该像戈布里亚斯一样宁死也要复仇。当他与一名波斯贵族紧密地搂在一起搏斗时，大流士提着宝剑出现了，可是不敢挥剑，怕伤着戈布里亚斯，戈布里亚斯对着他喊，叫他无所顾忌，勇敢劈杀，即使他的剑会同时刺中两个人。

有时激战已经达到了白热化的程度，任何一方都没有可能幸免于难，我就见过这些人是如何壮烈自戕的。葡萄牙人在印度洋上俘获了十四名土耳其人，这些俘虏心急如焚地要摆脱囚禁，便用船上的钉子摩擦锁链，迸出的火星落到船上的火药桶上，竟然把船只毁之一炬，让自己和主人都葬身于火海之中。

此事可引申出知识的范围和极限的问题。其实，凡事都不可过分，甚至道德亦如此。您要随大溜，过度糊涂与精明都没有好处。您可还记得托斯卡纳那句成语："过细者易折。"无论对事物的看法还是生活习惯或者其他事情，我劝您的主张和思想要保持克制，避免标新立异。任何怪模怪样的事情都使我生气。夫人门第显赫，德高望重，对任何人都可颐指气使，您本来应该把这个任务交给职业的文人，他将支持和丰富您的这些思想。这样也有您做也做不完的工作。

伊壁鸠鲁说，法律即便是最坏的，对于我们也是必要的，没有法律人会相互吞噬。柏拉图说的话也相差不远；他认为没有法律，我们将像野兽一样生活；他写过论文证实这一点。我们的思想是一个不易驾驶、危险和爱惹是生非的工具，很难让它遵守秩序和尺度。在我年轻的时候，那些比别人优胜些许和在某些方面力量过人的人，差不多每个人都高谈阔论，放荡不羁。遇到一位知书达理的规矩人，可堪称是出现了奇迹。所以对人的思想围上栏杆，不许再越雷池一步，也不是不曾有过的道理。在学习和研究中，我们必须为思想数好步子并且随时进行调节，必须有条有理地为它确定追击的范围。于是用宗教、法律、风俗、学说，箴言、生前死后的惩罚和奖励来束缚和控制它；大家还是看出思想在得意忘形时会挣脱这些樊笼。这是一个无形的物体，不清楚往哪里去抓，去打；它是一种多变的、畸形的、根本无法用绳索捆绑的物质。当然，有的灵魂值得人家信任，凭着自己的判断，超越一般人观念的自由遐想，同时也不忘适度和克制，毕竟这种坚定、规矩和拥有赤诚之心的灵魂也太不多见了。还是把灵魂限制一下更为稳妥。

如果不懂得有条理、有区别地使用它，思想对于它的拥有者来说是一把危险的双刃剑。如同没有一头牲畜不需要戴上眼罩，要它的双眼看到脚下这条道路，不让它左右乱走，脱离习俗和法律给它的明确的车辙。因此您最好走众人都走的路，不管这条路好不好走，总好过随便发表那种过分放肆的言论。如果哪一位新派学者，不顾他自己和您的灵魂，企图在您的面前卖弄才情，这也是危急关头的一面保护伞，使您免受天天在您的院子里弥漫的这场危险的瘟疫，也防止毒素传染，伤害到您和您身边的人和事。

由于古代的思想自由和活力，在哲学和人文科学中产生了许多意见各异的派别，每个学派要判定、要选择从而来确定自己的宗旨。可是现在都在一条路上，“大家都依附和信守一定的不可更移的看法，以至于奋力捍卫他们并不赞成的观点。”我们学习各门学科也是依照官方颁布的章程规则，乃至学校也只有一种主导思想、相同的机构和限定的学科，人们不再考虑钞票的分量和价值，而是按照比较时髦的说法算多少就是多少。没有人计较什么含金量，只要能使用就行。其他东西的情况与此相同：医学被当作了几何学；诈骗、妖术、伤阳术、人鬼精神交通感应、算命、星相、卜卦，直至炼金术士们寻找的金矿石，所有这一切都毫无争议地被接受了。只需要明白火星在掌心中央，金星在大拇指上，水星则是在小指上，假如命运线穿过食指的结节，这表示性格残忍冷酷；如果心线消失在中指，幸运线与生命线在同一个地方形成角度，这表明他一定要遭横死。对女人来说，如果性格线跟生命线相隔的很开，互不相交，这表示那个妇女是不守妇道的。我请您作证，一个男人这样花言巧语，能不能在女人堆中大受欢迎？

泰奥弗拉斯图斯说，人通过感官获取的认识可以在一个限定的范围内判断原因，可是要探索事物深远的本质，人的智慧必须适可而止，不然会由于自身的缺点或事物的难度而愚不可及。觉得我们的能力可以帮我们认识某些事物，但是它确实有一定的局限性，超过这个界限会显得自不量力，这已是一种温和持中的看法。

这也合情合理，是一些温和人士提出的想法。可是要限制我们的思想则没有作用，我们的思想充满好奇，贪多务得，没有理由不认为能够走得了五十步，自然也就能够走得了一千步。我凭经验知道有人达不到目标，有人达到目标；这一个世纪不清楚的事，下一个世纪就会明白；学问和艺术不是放在模子里就能够铸造出来的，而是三番屡次仔细地捉摸切磋，缓慢形成的，就像狗熊小宝宝在家长的呵护下不断成长一样。我的能力不能发现的东西，我还是要探究和试验，我对新事物推敲斟酌，条分缕析，我对后来者提供了便利，使他们驾轻就熟，能够更好地掌握：

> 如同伊梅特山出产的蜡在阳光下软化过后，用拇指一捏变成各种各样不同的形状，愈揉愈有弹性。
>
> ——奥维德

我的后来者亦将为他的后来者提供同样的帮助，这说明为何困难不能够叫我绝望悲观，我的无能也不会令我沮丧懊恼，因为这仅仅是我的无能。人可以做任何事情，也可以说他什么都做不了。人若像泰奥弗拉斯图斯说的，承认自己对事物最深远的本质是无知的，他就会鲁莽地把其他所有的学问都抛弃；如果连基本的知识都没有，那么，他的思想就成了无本之木；任何讨论和探索的唯一目的是了解本质；假如他的思想不能够明确地去追求这个目标，就会茫茫然失去了方向。“理解一件事和理解另一件事，其中的道理是一样的，无所谓一件事物比另一件事物更容易理解或者更难理解。”

因此，很可能是这样的情况，如果灵魂知道一部分东西，首先是灵魂自己先知道；如果灵魂还认识一些自身之外的事情，首先是知道它的身体的躯壳。如果直到今天仍然看到医学之神对我们的解剖存有分歧：

> 伏尔甘反对特洛伊，阿波罗则是支持特洛伊。
>
> ——奥维德

我们漫长地等待到何年何月他们才会得到一致的答案呢？我们跟自己，自然要比跟雪的纯白之色和石头的重量更接近；如果人不能认识自己，他怎么认识他的行动和力量呢？他的心中不能说没有一些真正的知识，可是这是偶然得到的。谬误也能够通过同样途径，用同样办法输入到他的灵魂中，他的灵魂没有能力甄别真理与谎言。

学院派的人接受某些偏向性的判断，认定雪一定是白的而不是黑的，未免有点武断，我们也无法对我们手中扔出的石头的运动，比对第八层星河的运动有更准确地把握和认定。他们肯定，我们完全没有认识的能力，事实的真相隐藏在肉眼无法看到的万丈深谷里。尽管如此，事实上我们的思想中还是难以忍受这种困难和排斥性；为了挖除这个疙瘩，他们就谎称某些事要比另一些事更为真实，他们衡量的天平更向这种现象倾斜而非另一种现象；他们在禁止任何决定的同时，允许他们的判断具有这种倾向性。

皮浪派的意见更大胆，同时也更贴近事实。因为学院派提出这种对于一种建议比对于另一种建议更倾斜的说法，也就是在这两种建议中承认那个在表面上显出更多真理的建议。如果我们的智慧能够捕捉真理的形状、线条、穿着和容貌，我们看到的既可以是完整的真理，也可以是片面和残破不全的真理。这种看似真实的表面认识可以使他们向左倾斜而不向右倾斜，然后把这种表面认识扩大；这一盎司使天平倾斜的表面认识，日积月累，会变成一百盎司，一千盎司，最后的结果就是天平停摆，最终做出选择，裁定完整的真理。

他们不认识真，怎么又会屈从接近真的东西？他们不认识本质，怎么又会认识接近本质的东西？我们要么能够全面评论，要么彻底不能评论。假使我们的思维和感觉没有基础和立足点，如果我们的智能和感觉没有基础，没有根底，只是随风摇摆而已，那么，我们让自己的判断受这些影响，不论这种影响在我们看来是什么样的，这种判断都会毫无意义。所以我们在理解上采用最可靠和最适合的姿态是保持冷静、刚正、不屈不挠、不摇摆、不激动。“真实的表面和虚假的表面，都一样会影响判断。”

事情停留在我们身上，却掩盖了它们本来的形状和性质，也不会以它们的自身力量和权威进入我们的心灵和视线，这点我们看得非常清楚；假使要是这样，我们就会用相同的方式接受它们；那么，酒在病人和健康人的嘴里就应该是同一种味道。手指皲裂或患有风湿的人摸到木头或铁块时，就会跟其他人一样感觉到坚硬。然而外部事物却是听任我们摆布的，我们想怎样看待就怎样看待。

如果我们把握的力量相当强大和稳定，我们就可以利用自己的手段抓住真理，这种自主对每个人都是一样的，那么这个真理就能流传下去。不管天下有多少意见，至少有一种意见，在人看来是可以得到所有人公认的。然而事实上却是没有这样一种意见，哪种意见不被争论不休，充满歧义。这个事实清楚地表明，我们天生的判断能力并不十分明白它所明白的事情。我们的判断也不能被我们的同伴所接受，这又是一个十分明显的信号，我没有通过我本人和其他人心中具有的天然能力，而是通过其他能力才得到这个判断的。

我们暂且把哲学家之间争论不清的问题，把关于认识事物的永久和普遍的争论搁在一边。因为这已经是非常真实的前提：人——我指的是最有天分和学识的人——对于任何事，都没办法取得一致的意见；连天空在我们的头上这样的事实也不例外；因为那些怀疑一切的人对这点也是怀疑的；那些不承认我们能够认识事物的人也说，我们并不知道天是不是在我们的头上；毫无疑问持这两种意见的人在数量上是最多的。

除了事物的多样性和无穷的分裂，由于我们的判断力自我的麻烦，我们每人对自身的没有把握，更容易显出我们的基础是多么的不平稳。我们对事物的判断有多么不同？我们有多少次推翻自己的意见？我今天坚持这个想法，我今天相信这件事，我都是全心全意地坚持和相信。我全心全意坚持这样的意见，并可保证我的心意是十分诚恳的。我拥抱和维护任何真理也不会比这次灌注更多的精力。我已经全身心地投入，这是真正的投身其中；但是我不是也曾不止一次，甚至百次千次，每一天拥抱其他真理，也是这么全心全意，也是这么诚诚恳恳，事后又都通过我的判断说是错了吗？起码应该接受教训并变得聪明起来。假使我经常受到表面现象的迷惑，假使我的试金石总是失效，我的天平失偏和不公正，我如何能够证实这次是对的而其他次是错的呢？让一位向导随便欺骗我，这不是愚蠢吗？就像命运使我们来回奔波，挪动了五百个地方，就像命运把我们的大脑当成一只罐子，总是把各个意见装进去取出来，总是告诉我们现在的也就是最后的那个意见是可靠没错的。为了这种想法，我们必须抛弃财产、荣誉、生命、幸福，总之必须抛弃一切。

最近的发现否定了前一个发现，改变了我们以前对一切事物的判断。

——卢克莱修

不管别人宣传什么，不管我们听到什么，我们应该永远记得这是人在宣传，是人在接听。是从人的手中交给我们的，也是从人的手中接受下来的。只有来自上帝的东西才是唯一正直并且具有说服力的东西；唯一带有真理标签的东西；这是我们的肉眼看不见，用我们的办法捉摸不到的真理：这个神圣伟大的形象绝没办法降生在这样虚弱的人体上，除非上帝格外开恩，运用超自然的力量使它得到改造和坚强，承担起这个任务。

起码，我们所处的条件使我们有可能出错，同时使我们的行为更有节制、更留有余地。我们应该记住，不论我们理解了什么，我们总会理解到一些不正确的东西；同样都是通过这常常自相矛盾和误入歧途的心灵。

然而，它们遇到一点小事便会扭曲和拧成一团，因而出点毛病也不足为奇。我们的认识、判断和其他心灵功能都受到肉体行为和变化的影响，而肉体又是在不断行为和变化的。我们健康时不是比患病时更精神抖擞，记忆更清晰，语言更生动吗？快乐和轻松不比心事重重和愁眉不展更能让我们接受出现在灵魂面前的事物吗？您认为卡图鲁斯或萨福的诗句，在一个尖酸刻薄的老人读来，会跟一个充满朝气的青年一样愉快吗？阿纳克桑德里德斯国王的儿子克莱奥梅尼生病期间，他的朋友责备他脾气和想法跟平时不同，他回答说："我相信是这样，确实，我已经不是身体好的时候的我；我换了一个人，我的脾气和想法也就变了。"

在法院庭审的时候，常有这样一句话，说是罪犯如果碰上了心境愉快、神清气爽的法官："这家伙运气好。"因为这是一定的，有时法官判决极严，铁面无私，绝不通融，有时又非常好说话，宽大处理。如果一位法官从家里带来了痛风症的苦楚、仆人的嫉妒或偷窃，憋着一肚子的怒火，毫无疑问，他的判决必然严厉。一位可敬的雅典刑事法庭的元老在晚上审判，为了不影响他的公正而避免他看到被告的模样。空气和晴朗的天空会为我们带来某种改变，像西塞罗转述的这句希腊诗：

人的思维，根据神圣的朱庇特洒在大地的光线强弱而变化。

——荷马

不仅高烧、药剂和重大的不幸事件可以推翻我们的判断，世界上任何一件小事也会使我们的判断迟疑不定。假使持续的寒热会损害我们的心灵，持续三天的发烧一样会按照相应的程度使它产生变化，这点是不容置疑的，虽然我们还没办法察觉。如果中风可以使人暂时或永久地丧失视力，我们也不应怀疑，感冒同样可以致盲。所以我们的一生中几乎难得有一个小时，判断力彻底处于应有的健康状态，我们的肉体始终在变动，内部又有非常多的器官组织（这点我不怀疑医生的话），所以不可能没有一个处在失常状态。

不过，如果不是完全到了晚期，已经到了不可救药的地步，这样的病是不容易发现的，尤其是理智——畸形、跛腿和扭曲的理智——是可以跟谎言与真理都走在一起的。这样就非常难发现它的错误和偏差。

我总是把每个人在心中构筑的似乎是推理的东西称之为理性；围绕同一个主题可以产生上百种意见的这种理智，就像一种铅浇蜡制的工具，可以随意按照不同尺寸、不同形状伸缩弯曲，问题在于懂不懂如何使用它。

一个法官不管有多么好的意图，如果他不能谨慎小心——那是非常少的人乐于做的——不仅友谊、亲情、美貌、报复心理这些东西沉重地压在心头使他失去公正，还有不稳定的本性也会使他对某一事物产生偏爱。或者在没有理性的同意下，使我们在两个同样的问题上做出选择；或者某一种虚荣心理悄无声息地产生微妙作用，都有可能使他失去公正，做出偏颇或损害一方利益的判决。

我不放松地审察自己，眼睛时刻盯着自己，仿佛一个闲着没其他事可做的人。

他不在乎知不知道冰天雪地的熊星座下哪位国王威震一方，是什么叫蒂里代蒂兹恐惧万状。

——贺拉斯

我几乎不敢说出我在自身发现的无能和虚弱。我的两腿是那么软弱和摇晃，感觉那么容易失足和栽跟头，我的眼光又那么昏花，甚至于在饭前饭后也判若两人；假使我精神焕发，又逢上晴朗的天气，我是一个很可爱的人；假使我脚趾上鸡眼发作，我就会阴着脸，恶声恶气，叫人不敢贴近。我骑在马背上，有时候觉得很难要它前进一步，有时候又觉得很容易；同样的一段道路，这时感觉短，那时感觉长；同样一件事，这时做来让人愉快，那时做来让人不愉快。现在我什么事都愿意干，过会儿又什么事都不愿意干；眼下做的事令我兴致盎然，过一会儿又觉得苦不堪言。我内心自有无数种冒失的、意外的激动。有时我郁郁寡欢，有时我大发雷霆；这时候垂头丧气，那时候又兴高采烈，却说不出什么原因。在某一天我拿起书的时候，会发现某个美丽绝伦的段落，深深打动我的心；下一次我又翻到这篇文章，前后反复捉摸仔细推敲，它对我来说只是陌生和没有意义的一堆文字。

> 我在写文章的时候，有时候会找不回刚开始时定下的调子，因为忘记了最开始的更有价值的意义，常常发奋修改文章，增加了另一种新的意义。我只是瞻前顾后，我的判断并不因此前进一步，仍然游移彷徨，就像在茫茫的大海上，遭遇狂风突袭的一叶轻舟。
>
> ——卡图鲁斯

多少次（我愿意这样做），我针对自己的意见，提出另一个相反的意见，作为辩论的练习；我也朝着那个相反的意见去思想，去探究，当我感觉非常有道理时，竟然会忘记之所以产生原有观点的理由，而且最终将它抛弃了。我几乎总是朝着自己的倾向面对过去，随着自己的偏意而定，无论是什么样的方式。

每一个人，或者说几乎每一个人，如果他像我一样看着自己，他也会和我说一样的话。传道者知道他们布道时有激情，更引导他们走向信仰；我们在愤怒中捍卫自己的想法，慷慨陈词，不顾一切，其激烈和兴奋的程度超过我们心平气和的时候。

您只是对律师阐述一个案件，他的回答吞吞吐吐，犹疑不决，您感觉让他为哪一方辩护都无所谓；假使您给他重金相酬，要他深入研究，并且正式接受委托，他会没办法表示兴趣鼓起意志？他的理性和专业知识同时启动，这是一个呈现在他的头脑里明白而不容置疑的真理，他在里面发现一层彻底崭新的含义，他诚心诚意地相信，也诚心诚意说服自己。我不清楚是由于对法官的压力和危险的迫切性而产生的忧愤之情，还是出于维护自己声誉的私心使这么一个人不怕赴汤蹈火坚持自己的意见；他如果自由自在地处在朋友之间，恐怕为了这么一件事连小指头也没办法动一动。

因为肉体冲动而受到震荡和惊扰，这对灵魂的影响极大，甚至超过它本身的冲动所造成的影响；心灵受自身的激情控制，有时甚至可以这样去想，没有心潮澎湃，心灵就会在某刻静止不动，就像海洋中的一艘船，无风也就没办法颠簸它。遵循逍遥派学说而这样主张的人，他没办法过分责怪我们，众所周知，灵魂的大部分美好的行动需要并且源自于这种感情的冲动。他们还说，没有愤怒的参与就没办法有完美的勇敢。

阿亚克斯一直是位勇士，然而他在狂怒时最为勇猛。

——西塞罗

如果没有被激怒，我们不会奋不顾身地冲向坏人和敌人。说情人只有引起法官的愤慨才会得到公正的判决。激情让地米斯托克利振奋，激情让迪莫斯西尼兴起；激情促使哲学家通宵达旦，到处讲学；激情把我们引向光荣、知识、健康和其他有益的结果。

苦难中，灵魂表现出来的怯懦，能够在良心中产生悔恨和内疚，对上帝的惩罚和政治的压迫就像对天灾那样敏感。同情心可以激励我们待人宽厚，而小心谨慎的自我保护和克制是心存畏惧的结果；多少好事是因为野心促成的？多少是因为自命不凡带来的？总之没有一桩十足美德不附带骚乱激动。因为上帝的恩赐是要激发情欲，只有打破宁静，才会在我们身上产生作用——情欲如同刺激和鼓励，促使心灵去采用符合美德的行动。伊壁鸠鲁派要求神卸下重负，不必再管我们的事务，促使他们这么做的原因不是正在于此吗？否则就另有想法，把情欲看作是一场风暴，搅得人心神不宁，很难为情。“如果没有一丝微风掀起波涛，海面就会平静如镜；就如同，没有一点情欲扰动心灵，我们的灵魂必将同样地平静。”

我们不一样的情欲会引起我们多么不一样的感觉和理由，多么不一样的想象！在如此无常如此多变的事情里，我们能够安心吗？假使我们的判断再受疾病和头脑混乱的控制，假使它在疯狂和莽撞下接受事物的印象，我们对它又可以有多少把握呢？

在人的问题上，哲学认为人们在脱离最疯狂、最愚蠢的状态的同时会做出惊天动地、最贴近神性的大事，这样的说法不是有点不近人情吗？我们凭借理智匮乏和迷乱时才得到补救。这两条通往神的殿堂和预见人的命运的天然通道竟然是睡眠和疯狂！

仔细看看，这是一桩很有趣的事情：当情欲毁了理智的时候，我们变成了有美德的人；当疯狂或死亡的样子吓跑了理智时，我们成了预言家和先知。我从此不再相信哲学。神的真理在哲学家的心里引起一种十分纯洁的热情，恰是这种热情违反了神的本意，强迫我们的心灵处于平静稳定之中；哲学能够为它争取到的最清醒的状态，并不是它的最佳状态。我们熬夜，实际上比睡眠更加昏沉；我们的明智还比不上疯狂明智；我们的胡思乱想比我们的推理更富有意义；我们最不明智的做法是守着自己的心。

然而哲学家是不是认为，我们可曾留意有一种哲理解释过脱离了人的精神是多么英明远见，多么伟大，多么完美，还讲过与人结合的精神又那么普通、无知和蒙昧？这一种哲理就是普通、无知和蒙昧的人的思想实质；因为这个缘故，这是一种不值得信任的说法。

因为我是一个懒散迟钝的人，对这类声嘶力竭的争执没有多少经验。这些争执大部分都是在突然之间袭击我们的心灵，不让它有足够时间去认识。但是有人说，激情在青年人的心里是由闲极无聊引起的，虽然它的进展从容而又有节制，对于试图反抗它的诱惑的人来说，显然代表了这种使我们的判断感觉到为难的改变和转化力量。从前我也集中精力去克制和打消这种情欲（我远远不是那种迎合罪恶的人，除非它们挟持我，否则我不会主动地与罪恶为伍）；我感觉到情欲尽管被我努力抵抗，还是产生、滋生并且不断增长；最后我看到并切身体会到它占据我的心头，如同在醉态中，事物的景象开始显得与往时大不相同；在我的眼里，我所思念的东西的优点会越来越多，在我的想象中更加得到充分的夸张和渲染；我工作中的困难不足为惧，我的推理和知觉裹足不前；但是，这团火熄灭了，就像天上的闪电过后一样，我的灵魂在瞬间看到了另一幅景象，另一种状态，另一种判断；要摆脱的困扰又显得巨大和无法克服，同样的事物又有了不一样的意味和面貌，跟欲望炽烈时不一样。哪一种更真实呢？皮浪一点都不清楚。我们也没办法没有病；感冒有时发热有时发冷，我们也会从火热的情欲一下子跌入发冷的情欲。

我冲前多少步，也同样地后退多少步：

> 如同海潮的涨落，时而扑向地面，海水淹没了沙滩，浪花溅落在礁岩上，时而挟了卵石纷纷后退，留下光秃秃的海岸。
>
> ——维吉尔

我要补充一点，我知道自己不稳定，时而会在心中拿稳一些主意，很少再去改变。所以，不论新的想法如何诱人，我很难改变，只怕得不偿失。由于我不善于选择，我采用别人的选择，保持上帝留给我的位置，不然我就不清楚如何不使自己动摇不定。

这样我感天之幸，在经历了本世纪产生的如此繁多复杂的宗派和分裂之后，我仍然得以保持纯洁，仍然对我们宗教的传统教义，保持完整的信任。古人的著作——我指的是那些优秀著作——周密谨严，言之有物，叫我读了之后入迷，也总能按作者的想法去理解；我听到的似乎总是最强的声音，我觉得他们都有道理，虽然他们之间互相矛盾。为了敷衍我这样一个老实人，这些大才子可把事情随意渲染得似真非真，没有什么稀奇古怪的东西不能够被说得更加有声有色，这也证明他们的论点软弱无力。三千年来一直高悬天空，如星光闪烁，人人都相信这一点，直到有一天萨摩斯的克莱安西斯或者——根据泰奥弗拉斯图斯的说法——锡拉库斯的尼斯塔斯，突然想起来要证明地球在自转的同时穿越倾斜的黄道带；在我们这个年代，哥白尼为这个学说奠定了坚实的根基，有必要用他的学说来解释天文学。除了不用担心这两种意见有一种是不可信赖的以外，我们从中能够得到什么样的教训？一千年之后，谁知道有没有第三种意见来推翻前面两种意见呢?

> 斗转星移改变了事物的价值；以前珍贵的东西不再被人重视；另一件东西替代它，不再受人轻视，反而一天比一天更加受人欢迎；它得到人们交口称赞，举世瞩目。
>
> ——卢克莱修

因此，当某个新学说出现在我们面前的时候，我们有很充足的理由予以怀疑，想到在它形成以前，另一种完全相反的学说也曾流行一时；既然另一种会被推翻，将来同样也可能有第三种学说来取代它。在亚里士多德推行的原则受到人们尊重以前，其他的原理满足了人们理性的要求，就像此刻这些原则可以使我们满足一样。亚里士多德的原则凭什么旨意，有什么特权，使我们的思想探索到了这里就永远停滞不前，在以后的漫长岁月中永远抱着这样的信仰？旧原则被抛弃的命运，新原则也没办法幸免。如果有人用新的论据纠缠我，我应该这么去想，我无法令人满意地驳斥他，另一个人会给予满意回答；对一切看似有理的东西，因为我们没办法解答而匆匆相信，这过于天真单纯。从而能够这样认为，所有的普通人——我们都是普通人——将像风向标一样转个不停。因为他们的心灵十分软弱，被迫接受一个又一个的印象，后来的总是代替以前的。自认无力的人应该按照现实的做法找大家商量，或者请教贤人，听取他们的高明见解。

医学在世界上存在多长时间了？据说有一个叫帕拉塞尔修斯的人，把古代医道的规则全盘推翻，并且声称直到目前为止，传统医学只是用来杀人而已。我相信他能够轻易证实这一条；然而，为了证实他的新经验而让我冒生命危险，我觉得这不太聪明。

有一句箴言这样说，决不要相信任何人，因为任何人都能够信口雌黄。

有一个在自然科学领域里教新理论的人，他不久前告诉我，所有的古人明显弄错了风的性质和运动规律；假使我愿意听下去，他显然会让我触摸到真理的。在听了他一段头头是道的论证后，我对他说："照您的说法，从前信奉泰奥弗拉斯图斯理论的人，往东的时候其实是在往西？他们不是侧行就是后退？”他回答：“这是偶然发生的事。不管怎么说，他们是错的。”我反驳他说，我宁可相信效果，也不愿相信理智。

可是，那是一些经常互相冲突的事情；有人曾经对我说，在几何学中（这被认为是科学中最为可靠的科学）有一些不容怀疑的论证，与被经验证实的真理相悖。雅克·佩莱蒂耶在我家里说，他发现两条相互靠近的直线最后相交了，然而他也可证实它们永远没办法相交于一点；皮浪派运用他们的论证和智慧，只是去破坏经验的表象；人们可以非常惊奇地看到灵活的理性紧随其后，目的在于打败明显的事实；他们论证我们是没办法移动的，是没办法说话的，不存在什么重量和热量；这些论证强劲有力，不亚于我们再证明更实在的事物。

> 托勒密，一位伟大的人物，他确立了这个世界的边界；古代哲学家都想进行测量，除了少数遥远的小岛能够超出我们的了解；一千年前，关于宇宙的科学每个人都没有异议；谁要是对它表示怀疑，就会被认为是无事生非，承认对蹠点的存在就是异端邪说；而在我们这个世纪，一大片望不到边的土地，不是简单的一座岛屿或一块单独的国土，而是和我们已有的差不多大的一片大陆，不久前才被发现。现在的地理学家一定会信誓旦旦地保证，这下子所有的都已发现，所有的都在眼前，因为握在手里的东西最好，其他一切都微不足道！
>
> ——卢克莱修

我该清楚的是，从前托勒密推理的前提是不是错了，我现在相信那些人在同一个问题上说的话，这么做算不算愚蠢，我们叫作宇宙的这个大物体是不是非常可能跟我们的意见大相径庭。

柏拉图确信，这个世界在以各种各样的方式改变着面貌；天空、星星和太阳有时会顺着相反方向，改为自西向东流转。埃及祭司对希罗多德说，自从第一位国王以来，差不多一万一千年以前（他们还给他看历代国王生前按本人塑造的所有雕像），太阳运行的轨道改变了四次，沧海桑田互相交替，世界的诞生并非确定之事；亚里士多德和西塞罗同意这种说法。我们同辈中也有一个人说，宇宙是自古以来就存在的，历经沧桑巨变，死亡并且重生过好几回，并以所罗门和以赛亚为证；这是为了避免类似的反对意见，说什么上帝曾经是一个没有创造的造物主，曾经无所事事，他为了不至于穷极无聊才动手创造天地，所以上帝也是能够改变的。

在最著名的希腊哲学流派中，世界被看作是由一个更伟大的神创造的小上帝，存在一个肉体和一个居住在其中的灵魂，通过音符数字传到四周，神圣，十分幸运，十分伟大，十分明智，永垂千古。在这里面还有很多上帝——大地、海洋、星辰，流转跳跃——神圣和谐永久，时而相遇，时而别离，时而隐蔽，时而显身，忽而又以前为后，以后为前，互换位置。

赫拉克利特认为宇宙是由火生成的，有着命运的排列，在某一天火烧成灰，在某一天又会再生。阿皮尤利耶斯认为，人“作为个体，他们终有灭亡的一天；作为物种，他们是永恒的”。亚历山大给他的母亲讲述一位埃及祭司从他们的纪念碑中读到的故事，显示了这个国家的历史古老得找不见源头，其中还提到其他国家的诞生和发展。西塞罗和戴奥多吕斯那个时候就说，迦勒底人记录了四十万年的历史；亚里士多德、普林尼和其他人都这样说，扎拉图斯拉在柏拉图时代以前已经生活了六千年。柏拉图说萨斯城市的居民留下了回忆八千年历史的文字，而雅典城在萨斯建城之前一千年已经建立；伊壁鸠鲁说我们在这里目睹大千世界的同时，它还以同样的方式存在于别的地方。他如果看到这个西印度新大陆和我们这个旧大陆，相比之下，过去和现在都有那么多奇怪的接近相同之处，就会更有把握这样说了。

确实，我们渐渐认识了人间社会的发展进程，看到世界各地有许多骇人听闻的民间故事和野蛮的习俗信仰，相隔那么遥远的距离和那么久远的年代，竟会不约而同，我禁不住大为惊讶，这一切不管从哪点来说，不符合我们天然的理性。人的思想是一位伟大的创造奇迹的工匠；然而这其间的关系我感觉蹊跷至极。这种蹊跷的关系也存在于名字、偶然事件和其他千万种事物上。

我们在新大陆发现有一些族群，据我们所知，他们从来没有听说过我们的存在，那里也盛行割礼。那里的政权机构不是被男人，而是被女人掌握着，那里也有我们这样的守斋和封斋习惯，还加上不贴近女色。那里有数不清的类似我们的十字架，有些地方把十字架放在墓地上，有些地方把十字架（主要是圣安德莱十字架）用于夜间驱鬼；他们把它放在婴儿的尿布上以防止妖魔鬼怪作祟。在另一个深入内陆地带的地方可以见到一座木头十字架，十分高大，作为雨神崇拜的象征。还见到一张与我们的苦修士有关的清晰的图片，戴头巾，独身不婚，根据祭献的牲畜内脏进行占卜，戒食荤腥，修士在主持祭仪时不用普通的语言而用一种特殊语言。还有这样的传说，第一个神是被他的弟弟（第二个神）赶走的；人在最初被创造出来的时候拥有种种优势和特权，后来由于有罪而被剥夺了，他们的土地也变了，自然环境也恶化了；以前他们也被天上的洪水淹没过，只逃出了为数不多的几户人家，躲进了山谷地带的深洞，他们堵住了洞口，不让水往里灌，好几种动物也被关在了那里；他们听到雨停了，把狗放出山洞，然后看见它们满身是水地回来了，他们知道水还没有退尽；后来又放出狗去，看到它们浑身裹着泥浆回来了，他们就出洞住在了大地上，发现到处都是蛇。

西班牙人为了抢夺墓葬里的珍宝，把墓里的尸骨掏出来扔得满地都是，印第安人看见了怒火中烧，说这些四处分散的遗骨将很难重新聚集在一起，他们深信西班牙人会有遭到报应的一天；他们除了物物交换以外不再有其他交易方式，有专门的集市和市场；在贵族的宴席上也可以看见矮子和怪人做伴；根据当地的禽鸟品种训练猎鹰；横征暴敛；精致的花园；街头艺人的舞蹈和跳跃；乐器；族徽；网球比赛，掷骰子，抽签，他们那么热衷于这类事情，常常赌得失去了自由；巫医术；摹物象形的书写方式；相信人类始于一人，即世界各民族的父亲；崇拜一个神，他从前是个独善其身、守斋和进行苦修的人，传播自然的规律，执行宗教仪式，不通过自然死亡而离开了人间；信仰巨人；习惯喝一种特别的饮料，而且不醉不休；用头颅和尸骨制作宗教饰物，白色的法衣，洒圣水；丈夫或主人辞世，妻子和奴仆都要争先恐后地自焚殉葬；长子继承所有财产，兄弟只有听从的份儿；在升官晋爵方面也有一套特别习俗，在某一位大人物晋升官阶的时候，他必须改换姓名，放弃旧的姓名；在新生婴儿的膝盖上撒面粉，一边对他说："你从灰尘来，以后回到灰尘去。"爱好占卜术。

上述例子显示出宗教的种种毫无意义和混乱的图像，也显示出宗教的崇高和神圣。不仅通过模仿逐渐传入所有原来不信这一套的国家，也如同出于一种共同的超自然的预示出现在这些野蛮人中间。因为那里的人也相信存在炼狱，然而形式不一样；我们认为人在炼狱里受火的惩罚，他们认为炼狱里冰天雪地，他们想象那些灵魂如何受到严寒的洗涤和惩罚。

还有，这件事使我想起另一个有意思的区别，有的民族像穆斯林和犹太人，他们行割礼，让龟头露出来，同样，我们还发现另一些种族小心地保护龟头，他们用小线把包皮拉长然后盖在上面，只怕它接触到空气。还有这个相反的差别，我们对于国王和王后致敬时穿上自己最讲究的服饰，而有的地区为了对于国王表示卑下和服从，臣民穿着破烂地去朝觐。他们把破衣服罩在好衣服上面走进朝廷，为了只让国王一人穿得富丽堂皇，光鲜夺目。

让我们接着往下说。

假使大自然把人的信仰、判断和意见，如同对所有其他生物一样，限定其一定的进展过程；假使信仰、判断和意见像白菜一样，各有各的季节，各有各的生死；假使天能够随意影响和改变它们，那么我们觉得它们有什么了不起和永久的权威性呢？

我们凭经验用手指触摸到生命的形式决定于空气、气候和我们出生的土地，不仅肤色、身材、气质和行为是这样，心灵素质也是这样。维吉图斯说，“气候不仅养成人的体力，也养成人的思维能力。”建雅典城的女神选择了可以把人变得聪明的气候，因为这会使人变得聪明谨慎，像埃及教士对梭伦所说的：“雅典的空气清净，大家相信雅典人文质彬彬就是由于这个原因，底比斯空气污浊，所以底比斯人粗鲁，好斗。”以至于就像植物的果实和动物生来不同一样，人生来也各不相同，有的好斗，有的讲理，有的节制，有的顺从。这里的人爱好饮酒，那里的人贼性难改和吝啬；这里的人十分迷信，那里的人不敬鬼神；这里的人推崇自由，那里的人唯唯诺诺；有的乐于钻研学问，有的擅长艺术；有粗俗或是精巧的，有服从或是背叛的，有好的或坏的，依照他们所处的地方的朝向，如果把他们换个位置，如同树木一样，也会有新的适应；也是这个原因使普鲁士国王不允许波斯人离开他们本来居住的贫瘠的山地，搬迁到平坦和气候温和的地方，他说肥沃潮湿的土地容易使人意志薄弱，富饶的土地使人精神贫乏；假使我们看到受天气的影响一会儿有这一种做法和意见，一会儿又有另一种做法和意见；在某个世纪里产生某些特性，促使人类染上某种习惯；让人的精神时而开朗时而畏怯，像我们的田野有丰收有歉收，我们现在享有的这些美好的特权又会变成什么？既然聪明人都可能出现差错，无数的普通人，许多平民百姓，甚至包括人性在内，好几个世纪以来人的本性，不是在这件事便是在那件事上犯错误，我们又怎么保证说它会停止犯错误，在这个时代它没有犯错误呢？

我觉得，在证明我们的弱点的证据里，其中一个值得我们记住：人就是有欲望也不清楚如何找到他需要的东西；因为在想象和希望中，而不是在享用中，我们到底需要什么才会得到满足，自己也没法取得统一的意见。哪怕让我们的思想随心所欲地编织美好的心愿，也想不出什么是应该有的，什么是符合心意的：

理智可以处理我们的恐惧和欲望吗？你能想出怎样的计划，当其实施成功时只会感觉到高兴，而没办法有何必当初的遗憾？

——尤维纳利斯

所以，苏格拉底只是请求诸神赐予他认为有益的东西。斯巴达人在公开的和私下里的祈祷中，只要求得到美好的东西，至于究竟什么是美好的东西则由神进行选择：

我们盼望成家和生儿育女；至于要怎样的妻子和孩子，只有神才清楚。

——尤维纳利斯

至于基督徒，他们乞求神实现他们的意愿，避免陷入诗人们编造的弥达斯国王的困境。弥达斯国王请求神赐给他点物成金的法术。他的希望得到了实现，酒变成了金子，面包也变成了金子，床褥里的羽毛也变成了金子，里里外外的衣服也是金子做的，所以他的欲望得到了满足，然而他的生活压得他没办法忍受。他不得不对着神撤回他的祈祷。

> 这是一种奇怪而又不幸的富贵病，使他吃惊不小，他祈望逃离他的财富，他憎恨他刚才祈祷的东西。
>
> ——奥维德

说说我自己吧。年轻的时候，我祈求命运除了其他东西之外还赐我一枚圣米歇尔勋章。这是当时法国贵族的最高荣誉标志，十分稀少。命运仁慈地把勋章赐给了我。命运没有要求我发愤图强去得到它，而是真心地对待我，压在我的肩膀上的勋章，使我抬不起头来。'

克勒奥庇斯和比托向他们的神祈求，特罗弗尼・乌斯和阿加梅达他们各自请求不同性别的神奖赏他们的虔敬，结果却得到了死亡作为礼物，我们需要什么，神的意见与我们的意见大相径庭。

上帝可以给我们财富、荣誉、生命和健康，但有时却害了我们；因为我们喜欢的东西，并不一定对我们有好处。假使上帝没有使我们病愈，而是使我们死亡和病痛加剧，"你的杖、你的竿都安慰我"，他这么做的依据是神性，而且他比我们更确定地知道什么东西应该属于我们；我们应该从好的方面去看待，像从一只明智友善的手中接受恩赐。

> 你要听我的忠告吗？那就祈求神来给你思考什么适合我们，什么是有利于我们的事情，神对人比人们对自己还要亲。
>
> ——尤维纳利斯

求他们给予职位和荣誉，等于请求他们送你去战场，参加掷骰子或者这样的事情，其结局是不确定的，回报也是令人怀疑的。

哲学家之间最激烈和互不相让的论辩，是在争论什么才是人的幸福；据瓦罗的统计，这场争论总共诞生了二百八十八个宗派。

"对人的幸福没办法取得统一意见，也就是对整个哲学没办法取得统一意见。"

我似乎看到三位各执己见的宾客，他们按照自己的口味点了非常不同的菜肴。应该给他们点什么？不应该给他们点什么？人家点的菜你不要，你点的菜其他两人感觉太酸咽不下口。

——贺拉斯

对哲学家的不一样意见和争论，大自然也应该这样回答。

有人说我们的利益应该得于品德，有人说我们的利益得于享乐，又有人说归于自然；有人说它在知识里，有人说不疼不痛就是福；有人说不要受表面现象的迷惑（这种说法如同跟老毕达哥拉斯的那种说法一样，这也是皮浪派的目的）：

纽玛希厄斯，遇事处变不惊，这几乎是唯一能够保持幸福的方法。

——贺拉斯

亚里士多德认为，遇事不惊是灵魂伟大的标志。阿凯西劳斯觉得做出判断有根有据，对人态度不屈不挠是好事，然而同意和实行则是罪恶和坏事。当他把这句话作为自己坚定不移的信条时，他是与皮浪主义相悖的。皮浪派的人说至福即不动心，即坚持原来的判断；他们不是作为积极的方式而被提到的，而是他们心灵平稳的摆动，帮助他们避过深渊，保持安详泰然，如果他们有了这样的心态，也就没办法受其他的侵袭。

尤斯图斯·利普修斯是当今硕果仅存的大学问家，他待人彬彬有礼，为人聪颖机智，与我的图纳布斯同为一时俊杰。我非常希望在有生之年，可以看到像尤斯图斯·利普修斯这样一个人，有想法，有精力，还有足够的时间，兢兢业业，务求全面，搜集古代哲学家对人和人的习俗发表的意见，分门别类编成一部书；书的内容囊括了他们的分歧，他们的地位，他们分属哪个学派，学派的领袖和信徒如何为他们的学说献身的故事。这会是一部多么有益的佳作！

不过，如果归纳我们的道德法则，我们将陷入何等的窘境啊！因为我们的理智告诉我们去做最实在的事，一般来说是要人们服从各国的法律，这是苏格拉底的意见，据他说这条意见是得到神的启示的。除了在说我们的责任没有一定的准则之外，他这句话还有什么其他的意思吗？真理的面孔应该不分地域始终如一。假使人认识到正直与正义是真正有形有实在本质的，他就没办法把它们跟这个国家或者那个国家的习惯条件拴在一起；美德的形成并不取决于波斯人或印度人的想象。任何事物的持续激烈变化都比不上法律。自从我出世以来，我就看到与我们相邻的英国人把法律改动了三四次，不仅在于政治问题（这方面大家不希望是一成不变的），还在于更重要的问题，那就是宗教问题。这是令我感到十分羞愧、十分难过的事情，因为我们这里的人以前跟这个国家有过许多私人交往，在我的房里还存放着代表这些旧情谊的遗物。

哪怕在我们这里，我就看到以前犯死罪的事情成为合法的行为；还有一些觉得是合理、合法的事情，在战火纷飞变化多端的命运中，随时可能成为不是亵渎神明、就是弑君犯上的罪犯，因为，我们的法律成了无法无天的空文，存在才不过几年，就变得面目全非。

一位古代的神，如何才能更清楚地指责人的智慧就是缺少对神的认识，对人说宗教只不过是旨在密切各种社会关系的一个工具，对于祭台前聆听训诫的信徒宣称，单个的人真正的祭礼是他的居住地所奉行的祭礼呢？

哦，上帝！我们忠心感激至高无上的造物主，是您使我们的信仰不再天真，使我们的信仰脱离混乱和任性的崇拜，而建立在《圣经》的永久的前提上！

那么，哲学在这个时候对我们是如何说的呢？我们应该按照本国的法律？也就是一大堆众说纷纭后的意见？这只是出自一个民族或一位亲王之口，他们将司法涂抹成各种颜色，让它按照他们内心的变化呈现不同的面孔。我的判断力可没有如此灵活。这究竟是怎样的一件好事，我昨天看到它受人尊重，明天就被全然不当一回事了，过了一条河又变成了犯罪行为？

怎样的真理能够受到这些山岭的阻挡，越过以后又变成了谎言呢？

哲学家们真是有趣，为了赋予法律某种确定性，他们说有些法律坚实，永恒和不变，他们叫作自然法律，这是由人的本质条件确定的，被人们深深铭刻在心中，他们说这话是十分好笑的。这样的法律有的说是三项，有的说是四项，有的说多，有的说少，这意味着它们与其他的法律同样具有不确定的特性。他们真够不幸的（我除了说不幸之外还能说什么呢，在那些不计其数的法律中他们竟然找不出一项法律交上好运和得到机缘，在世界各地得到普遍的承认），我还说，他们也实在够可怜的，就是这些被选中的三项法律，没有一条不受人非议和否定，不是被本国的民众，就是被许多国家的民众，所以，要说到有什么自然法律，唯一可以使人信服的凭证是要得到广泛的同意。因为既然是大自然真正对我们的要求，我们无疑会统一照着做，任何人企图违反法律行事，不仅是国家，就是个人也会对这种压力和粗暴对待感觉到不满。让他们给我举例，哪一项法律具有这样的特征。

普罗塔哥拉和阿里斯顿没有给法律的正义提出别的基本性质，他们只说到立法者的权威性和观点；不具备这一条，任何善良与诚实都失去意义，成为无关紧要的事物的空名。

柏拉图的书中写到，斯拉西马库斯觉得，除了长官意志之外没有其他权力。

世界的多样化莫过于习俗和法律。这件事在这里简直令人发指，在其他地方却备受称赞，如在斯巴达对待比较微妙的偷窃问题。我国绝对禁止近亲结婚，而在其他地方却是一桩好事：

> 传说有的国家母亲跟儿子同床，父亲跟女儿共寝，被认为是亲情加上爱情，是亲上加亲。
>
> ——奥维德

杀子、弑父、拈花惹草、买卖赃物、淫乱放荡，没有一件事是绝对的大逆不道，以致任何国家的习俗都是没办法接受的。

存在自然法律，这是能够相信的，因为在其他创造物中就有；然而在我们中间已经绝迹，因为美好的人的理性到处插手，以主人翁的身份说话和指挥，它的过度自信和反复无常也模糊和扰乱了事物的面目。“没有什么东西是真正属于我们的；我叫作我们的东西，只是一件人工的产物。”

知识的目标具有不同的角度和方面，这是产生种种不同意见的主要原因。一个国家看到事物表现的一面，并且以此为据，另一个国家看到事物的另一面，也以此为据。

一个人吃自己的父亲，谁能想象有比这更令人恶心的事；然而一个古代民族就有这样的习俗，并且把这个习俗看作是孝心和情谊的证据，试图表示在他们的后代身上举行最隆重、最光荣的墓葬，把父辈的遗骸像圣物一样存放在自己的体内和骨髓内，通过消化和吸收，把它们变成自己的血肉而获得新生。如果把父母的尸体抛入荒郊，让野兽和蛆虫吞噬，对于有上述信仰而执迷不悟的民族，那又是多么可怕残酷的事，这也是不难想象的。

利库尔戈斯对小偷有自己的意见，他觉得偷窃邻居的财物需要敏捷、迅速、灵巧，还对公众有益，促使每人好好看管自己的东西；从攻守的双重教育中可以收获军事训练的效果（他治理国家，也要求具备类似的素质和美德）。这点远远比占有他人财物带来的混乱和不公更为重要。

暴君狄奥尼修斯送给柏拉图一件镶金嵌银香气四溢的波斯长袍；柏拉图不肯接受，说他生为男人，不愿意穿女人袍子；然而亚里斯提卜接受了，还说了这样一句话：“任何奇装异服都污染不了一颗纯洁勇敢的心。”他的朋友斥责他的卑鄙怯懦，狄奥尼修斯在他的脸上吐口水他也不在乎。他说：“渔夫为了捕捉鲍鱼，被海浪打得全身湿透也得默默忍受。”第欧根尼在洗白菜，看到他经过：“如果你能以菜代粮，就不必向暴君献媚了。”亚里斯提卜反驳说：“假使你学会跟人打交道，你就用不着吃白菜过日子了。”这说明理智对事物也有不一样的意见。这个壶上有两个把，你可以拿左边的把，也可以拿右边的把。

哦，人生居住的大地，为何战火纷飞？奔马配上鞍辔：

> 是为了备战，这些强壮的动物使我们感觉到战争的威胁。但是时而给它们套上轭具，拉一辆小车，和平的希望总是存在的。
>
> ——维吉尔

有人斥责梭伦死了儿子，只是有气无力地洒上几滴毫无用处的眼泪，他回答说："正因为我的眼泪软弱无用我才能够有气无力地洒上几滴。"而苏格拉底的妻子呼天抢地表示她的痛苦："哦，这些混蛋法官会叫他死得好冤啊！"

苏格拉底回答："你更希望他们公正地判处我死刑吗？"

我们在耳朵上穿孔戴耳环；希腊人觉得这是奴隶的标记。我们避开人跟妻子睡觉，印度人公开跟妻子睡觉。斯基泰人在寺院里宰杀外国人祭神，而在别的地方，寺院是一个庇护所。

> 每个人都痛恨邻居崇拜的神，只承认自己供奉的神才是真正的神；群情澎湃也是这样引起的。
>
> ——尤维纳利斯

我听说有这样一位法官，无论遇到巴尔托卢斯和巴尔杜斯之间针锋相对的冲突，而且关系到双方权利归属的问题，他就在书的白边上写下："友情问题"，就是说真理是那么模糊不清，遇上这种情况他只能选择哪一方对他更为有利。他只是缺少才情和聪明才没有到处写上"友情问题"。

现在的律师和法官在任何案子里都可以找到足够的转弯抹角的办法，随心所欲地安排。这里面的学问是学也学不完的，裁判既取决于那么多意见，又充满随意性，总会使判决产生极端的混乱。所以没有一桩诉讼清如水，明如镜，不引起相反的意见。一个法庭判决后，另一个法院的判决可能完全相反，第三次再做出截然相反的判决。我们从一般的诉讼中都可看到这种无视法律的行为，使我们徒有其表的司法权威和光辉露出小丑的面孔；判决以后仍然不肯罢休，而是奔走于一个又一个的法官门下，请求对同一件案子再作判决。

至于涉及善恶的哲学观方面的言论自由，这是一桩不需要延伸扩展的事情，有许多意见，对于思想枯索的人，闭口不谈比公之于众的好。阿凯西劳斯说在性爱这方面，癖好与时机其实都是无所谓的。"伊壁鸠鲁觉得，在生理需要的时候，促进性爱快乐的并不是那些种族、国家和地位，而是优雅、年龄和美。"

"斯多葛派甚至认为，圣洁合理地进行房事对贤哲有利无弊。""让我们探讨一下，什么年纪以前跟年轻人做爱是合适的。”这两条都是斯多葛派的意见，还有狄凯阿科斯对柏拉图的责怪，都说明哪怕是最神圣的哲学家，也可以容忍越出常规的特殊性要求。

法律的权威来自于拥有和使用，把法律拉回到初生的阶段是危险的。法律像我们的河流，越流越宽阔越雄伟；溯流而上，寻到源头只是一条无声的几乎看不见的细流，它们在渐渐老化的过程中变得有力和自豪。这条河流充满尊严，让人肃然起敬，然而让我们看一看当初这些汇集成大河的小溪，是多么细弱，所以，那些对什么都要权衡轻重、依靠理智的人，决不从权威和信誉去思考问题的人，他们做出的判断常常远离群众的判断，是不奇怪的。有的人以自然的最开始面目作为依据，他们大多数的意见跟大家背道而驰，这是不奇怪的。举例来说，他们中间有十分少的人赞同我们约束性的婚姻关系；他们大部分人主张共妻，不承担任何义务。他们反对我们的仪式。克里西波斯说一个哲学家甚至可以不穿裤衩，为了十二颗橄榄在公众面前翻十二个筋斗。他还建议克利斯特纳斯，不要把女儿阿加里斯塔许配给希波克勒德斯，因为曾经看到他在一张桌子上叉开双腿拿大顶。

梅特罗克勒斯在他的学派面前的一次争论中，不小心放了一个屁，他感到十分羞愧，于是闭门不出，直到克拉特斯来看望他。为了安慰他，克拉特斯对他表示自己也是个不拘小节的人，跟他比赛看谁屁放得多，此举一来使后者放下了顾虑；然后还劝诱他脱离他一直跟随的讲究礼节的逍遥派，加入到自由自在的斯多葛派。

我们所说的“正派”，也就是我们认为“正派”却不敢公开做的事情，也就是只能偷偷摸摸地做，被他们称之为“愚蠢”的事情。大自然的习俗和欲望使我们做出形之于外的行为，装腔作势地加以掩饰和否认，这在他们看来简直是罪恶。他们还感觉，把维纳斯的种种神秘搬出教堂的密室，让它们暴露在阳光之下，这是亵渎维纳斯的行为；拿掉维纳斯的遮布，这是一种贬低（难为情是一种黏合力：隐讳、含蓄、禁忌是惹人注目的一部分）；他们还觉得这是一大聪明之举，淫乐既然没办法保持传统的闺房的尊严和方便，也要戴上美德的面具，不应该在十字路口被娼妓化，受到众人的践踏和藐视。所以有人说，一些人说取缔妓院，不仅会使卖淫活动四处扩散，而且会因难度增加而刺激嫖客的欲望。

> 科尔维努斯，你以前是奥菲迪亚的丈夫，奥菲迪亚改嫁给你以前的情敌以后，你现在又做了她的情人！她是你的妻子时你对她讨厌，她成了另一人的妻子时为什么又叫你喜欢？难道爱情有了保障，你的阳具就没办法挺举。
>
> ——马尔希埃

这种经验自有成百上千种例子：

> 塞西里亚努斯，你放任老婆自由自在，罗马城内没有人对她流口水，现在你派兵严密保护她，她的追求者会排成一路长队。你实在是个聪明人哪！
>
> ——马尔希埃

一位哲学家正在交欢时被人撞见，问他在做什么。他冷静地回答："我在种人。"脸不红心不跳，就像被人看到在种大蒜一样。

我们有一位伟大的宗教作家，我觉得他的意见过于温和和死板，他说这种行为一定要偷偷摸摸躲着干，然而他也没法说服自己；为了表现犬儒学派的百无禁忌，尽情地拥抱狎昵，还要模仿放荡的行为，以此来肯定他们的学派所宣扬的厚颜无耻的行为；他想他们还是需要找个不易被发现的场所，来发泄害羞心理压抑下去的东西。这是因为他对犬儒学派的荒淫没有足够的认识。第欧根尼当众手淫：他还对旁观者解释他抚摩那个玩意儿可使小腹陶醉。有人问他为什么不找一个比大街上更方便的地方，他回答说："那是因为我在大街上就饿了。"参加他们的学派的女哲学家，也是全身心地投入一切活动，毫无差别。希帕恰同意在一切活动中遵守规章制度以后，才得以被克拉特斯学派接受。

这些哲学家极其重视道德，拒绝道德之外的一切科学，在一切行动中，把他们的圣贤的决策看成是至高无上的权威；生活上放浪形骸，除了自我约束和尊重他人自由之外不加节制。

病人觉得酒是苦的，健康人觉得酒是甜的；船桨在水里是曲折的，出了水面是直的；事物都同样存在着不同的现象。所以赫拉克利特和普罗塔哥拉争辩说，事物的本身都包含着造成上述表面现象的原因，是因为酒里就有病人尝到的苦味，船桨必然包含在水里看到的曲度。其他无不是这样。这即是说一切存在于一切中，无也存在于无中，因为有一切的地方没办法有无。

上述看法使我想起一个经验：你如果对一篇文章条分缕析，人的思想没办法不在里面发现曲、直、苦、甜的意义和形貌。哪怕文字最简洁完美，也会产生很多虚伪和谎言？有多少异端邪说从中找到了足够的依据和证明，从此抛头露面并得以维持下来。由于这个原因，犯有类似错误的作者从来没办法舍弃这种依据：以文章的解说为证。

一位贵人一心想要找到点金石，为了对我证实这项探索的权威性，他引用了《圣经》上的五六段话，说这些话是他对得起良心的主要根据（因为他是神职人员）；确实，这项发明不仅让人神往，也可说明这里面的学问是很有根据的。

占卜者通过这种方法赢得人们的信任。星相家如果有权力要大家阅读他的文章，对他的每句话仔细捉摸，没有一篇不能够让人根据他的意思来理解，如女巫的神谕一样。这些文章能够有多么多不一样的注释，一位聪明人在里面转弯抹角，总是能够直接地或间接地找到某种方法来解释他想解释的问题。

这说明从古至今隐晦暧昧的文章为什么长盛不衰的道理！作者的目的无非是吸引后代人的关注（文章本身价值，或许更由于文章迎合时人的兴趣，能够达到这个目的）；只要表达得有点隐晦和矛盾，不管是因为愚蠢或者机智，都无损于他！不计其数的聪明人自会把他的文章去伪存真，进行正面的、侧面的或是反面的评价，一切都只会用来提高他的身份。他的门生的献礼使他变得富有，就像中世纪琅地时代的老师接受学生的献礼一样。

这样使很多毫无价值的东西有了价值，让很多著作有了地位，还随心所欲地添上各种各样的含义；同一部书得到千百种应有尽有的不一样的图像和论述。荷马不可能说出一切人家要他说的话，也没办法做一个千面人；神学家、立法者、船长、哲学家，以及其他各式各样的人，无论他们的专长是多么不一样和对立，都引用他的话，参考他的理论：他是一切职务、行业、手艺的祖师，一切工程的总指挥。

凡是需要神谕和预言的人，都可以在诗人的作品里找到对他有用的东西！我的一位学者朋友，他在荷马的著作中寻找有利于我们的宗教的论据，实在是信手拈来不费工夫，他无法轻易地放弃这样的想法，即这是荷马的意图（他对这位作家则像同一世纪的人那么熟悉）。他找到的有利于我们的宗教的论据，以前已有很多人找来为他们的宗教辩护。

再看一看是怎样对柏拉图引经据典的。每个人都把自己和他连在一起，并且以此为荣，然而都以自己的想法来摆布他。世界上出现任何新思想，总是把他捧出来往里面塞。由于事物的进程不同，他们甚至使他出现自相矛盾的情形。要他根据我们的意见，去否定在他的时代是合理的习俗，只因为这些习俗到了我们的时代变成不合理的了。代言人的个性越强烈，他的僭越方式也越专横。

赫拉克利特在此基础之上，认为任何事物的面貌与人们的所见是一致的。德谟克利特也把这作为自己的论点，却得出一个彻底相反的结论，一切事物内都是要什么没什么；蜂蜜对有的人来说是甜的，对有的人来说是苦的，他从这个事实得出的结论是：蜂蜜既不甜也不苦。皮浪派说他们不清楚蜂蜜是甜还是苦，可能是既不甜也不苦，也可能是又甜又苦；因为这些人总是怀疑派的领袖。

昔兰尼加派坚称，我们无法从外部感知任何事物，只有触摸到它的核心才能够看到，就像痛苦和欢乐；他们也不承认有声音和色彩，我们只是感受到来自它们的某方面影响，人只有以此做出自己的判断。

普罗塔哥拉认为，对于每一个人来说，真理在于他怎么去看事物。伊壁鸠鲁派把所有判断——事物存在和欢乐——都归结于感觉。柏拉图觉得真理的判断，甚至真理本身，都独立于意见和感觉，而属于精神和思想。

最后这一段话使我想到要仔细地研究一下感官的问题，我们无知的主要前提和证明都包含在感觉中。所有的认识毫无疑问都要通过认识官能。因为，既然所有判断都来自判断的人的操作，理所当然他一定有他判断的手段，而且是自觉自愿地这么做，而不是在别人的强迫下进行这方面的行为，就像我们受到事物自身的力量和按照它的规律而得到认识一样。所以一切认识都是跟随我们内心的感觉而完成的：感觉是我们的主人。

> 信念通过这条路，直接进入人的内心和精神殿堂。
>
> ——卢克莱修

认识始于感官，也终于感官。我们如果不清楚有声音、气味、亮度、味道、尺寸、重量、柔软、坚硬、粗细、色彩、光洁度、宽度、深度，那么我们可能连一块石头都不如了。这些才是我们学问建立的基础和原则。不错，有的人说学问只不过是知觉。谁要是逼迫我否认感觉的存在，只能够掐住我的咽喉，然而没办法使我后退。感官是人类知识的起点和终点：

> 你能够看到是各种感觉首先提出真实的观念，感觉是没办法否定的……除了感觉之外，还有什么是更值得信赖的证据呢？
>
> ——卢克莱修

不管我们如何贬低它们的作用，有一点是永远不能不承认的：我们的一切认识都是通过感觉的道路和媒介而得到的。西塞罗说，克里西波斯试图贬低感觉的力量和功能以后，感觉到与自己提出的观点自相矛盾，对立的观点十分有力，竟然令他无言以对。卡涅阿德斯持相反的观点，自夸用克里西波斯的武器和观点打垮了克里西波斯，并且冲着他大声喊叫："不幸的人啊，你的力量毁了你自己！"据我们看来，最荒谬的莫过于觉得火是不热的，光线是不亮的，铁是没有重量，也没有硬度的；这些都是感觉带给我们的，人的信仰或知识没办法像感觉那样使我们确信无疑。

我在感官问题上的第一个考虑，是我怀疑人是否拥有自然界所包含的全部感觉功能。我看到很多动物，有一些没有视觉，有一些没有听觉，仍然不缺什么的过完一生，谁清楚我们身上是不是也少了一种、两种、三种，或者更多的感官？因为，纵使少了一种，我们靠推理也没办法发现的。各种感觉的特权达到我们认知的极限为止。达到感觉力的极限，这是感官的特权，我

们再也没办法发现什么，也就是一种感觉没办法去发现另一种感觉，

> 耳朵能够纠正眼睛吗？触觉也没办法纠正听觉；触觉可以肯定味觉是不对的吗？嗅觉，还有视觉，会扰乱其他感觉吗？
>
> ——卢克莱修

> 感官形成了我们的认识功能的最后界线，每种感觉都有一定的威力、独特的功能。
>
> ——卢克莱修

要一个天生的盲人明白他看不到的东西，要他盼望恢复视觉并且抱怨先天缺陷，这是不可能的。

因此，我们不应该在这个事实之上建立任何的确信，就是说我们的灵魂对已有的感官是满足和高兴的，因为哪怕有什么残缺，灵魂也没办法感觉到的。对一个盲人，没办法用推理、论证和比喻对他说明事情，引动他去想象光线、色彩和景物，感觉之外是没有东西能够证实感觉的。先天性盲人，我们看见他们有看见外界的欲望，并不是因为他们明白他们的要求。他们从我们这里听说，我们身上有一些东西他们没有，他们也希望有，他们能够说出这个东西的作用和结果；但到底是什么，还是不清楚究竟的。

我见过一位出身名门的贵族，先天性盲人，也或者幼年时失明，反正不清楚什么是视觉；他不觉得自己缺少了什么，谈话时跟我们一样，运用有关“看”的词句，然而有其独特的方式。有人把他的教子领到他跟前，他把他抱在怀里，说：“我的上帝！多美丽的孩子啊！看见他多高兴啊！他笑得多开心啊！”他还像我们一样说：“这个客厅十分漂亮；光线很好，阳光充足。”还不止这样，因为他听说我们从事户外活动：打猎、打网球、射击，他也被提起了热情，相信能跟我们一样投身其中；他来来回回，玩得十分开心，当然这一切都是通过耳朵来感觉的。看到他来到比较平坦的地方可以策马跑快一点了有人对他喊那边有一只兔子；然后又对他说兔子被逮住了。他听到他们为捕获到猎物十分骄傲，他也十分骄傲。打网球的时候，他左手握球，一拍子把球打出去；射箭时，他取起弓随意一拉，然

后由别人告诉他射高了还是射偏了。

谁知道人类会不会因为缺少某种官能而做出同样的蠢事，假使这个缺陷使我们看不到事物的很多面目，这有谁清楚呢？假使我们在自然界做很多事情时遇到的困难是由此而来的，这又有谁清楚呢？许多动物做出许多我们力不能及的动作，是因为它们具有我们缺少的某些官能的缘故？有一些动物是不是因为有了这种天赋，生命比我们更加充实和完整呢？

我们无论从哪个角度都可以抓住一个苹果；我们认出它色彩发红，表面光洁，有香气和甜味；除此之外，苹果可能还有其他特征，比如干燥或收缩，我们就没有办法去感觉这些。许多事物拥有我们所说的玄奥的特性，如磁石吸铁；难道自然界没有天赋功能去检测和辨别这些特性？缺少这样的天赋功能不是使我们无从得知某些东西的本质？这也可能是某种特别的感觉，使公鸡清楚半夜与天亮的时间，喔喔啼叫；教会母鸡在没有任何经验的情形下已经知道要躲避雀鹰，而不怕这些更大的动物，比如鹅和孔雀。告诉小鸡说猫生来对它们不怀好意，狗则不用它们去担心；听到甜美的喵呜声要提防，粗声粗气的狗吠则大可不必；还教大黄蜂、蚂蚁和老鼠在动口之前挑选最好的奶酪和梨子；麋鹿、大象和蛇会自己找到治疗自身病痛的草药。

每一个感觉器官管辖的范围都很大，由于它们的介入为我们提供了数不胜数的知识；假使我们辨不清响声、和谐声、人声，这会使我们对其他事物的认识陷入不可想象的混乱。因为，在每一种感官活动相联系的东西之外，我们在一种感觉与另一种感觉的相对比较中，对其他事物又能够得出多少论证、结果和理论！在一个聪明人的想象中，最初产生人性的时候是没有视觉的，他依靠思索发现这样的缺陷可以带来多少无知和混乱，我们的内心会多么黑暗和盲目；从中也可看到缺少这样一种、两种或三种感觉，对我们认识真理——如果能够做到的话——是多么重要。我们需要调动五种感觉的力量才得出对一件事物的认识；也可能需要调动八种或十种感觉的协调和参与才能真正理解事物的本质。

对人文科学的哲学流派，主要是从我们感觉的不稳定性和缺陷来抨击的；因为，既然我们所有的认识都是通过感觉得来的，假使感觉给我们的报告发生错误，假使感觉改变或扭曲从外界输入的事物，假使通过感觉注入心灵的光芒在途中暗淡了，我们就没有依据了。

从这些极端困难中产生出精神的各种景象：每件事的本质是我们要什么有什么；事实却是我们想要什么又没什么；伊壁鸠鲁派的意见是：太阳不比我们肉眼看到的更大：

> 不管怎么样，太阳在向前运行的时候，它的体积没办法比看到的大。
>
> ——卢克莱修

距离近，物体看起来就大，距离远，物体看起来就小，这两种表面都是对的。

> 我们不承认是眼睛看错了，我们没办法拿内心的错误去责怪眼睛。
>
> ——卢克莱修

显然，感官并没有出任何差错；应该让感觉发挥功效，我们发现里面有区别和矛盾，应该到其他地方寻找原因；哪怕编造谎言和遐想（他们竟出此下策），也没办法责怪感觉。

蒂马哥拉斯发誓说，不管他如何压迫眼睛，或者歪着脑袋也好，从来没有见过重影的烛光，这种重影的现象不是因为目光不对，而是由于意见不对才来的。从伊壁鸠鲁派来说，所有荒谬中最荒谬的是否认感觉的威力和作用。

> 因此，感官的接收作用在任何时候都是真的。假使理智没办法解释为什么东西近的时候是方的，远的时候好像是圆的，怎么在理智无能为力时，给这两个现象做出一个不太合理的解释，也胜过让显而易见的事实从我们的手中失去，动摇所有信仰中的第一条信仰，破坏我们的生命和幸福赖以生存的前提。不错，如果我们不悬崖勒马，避免必须避免的类似危险，不仅理智全面崩

溃，生命也会随之结束。

——卢克莱修

这一绝望和缺乏哲理性的劝告没有别的意思，无非是说明人的认识只有通过疯狂、愤怒、不理智的理智才得以维持；人为了使自己能够有所作为，运用理智或其他不论多么异想天开的诀窍，也比承认自己无可奈何的愚蠢好——愚蠢毕竟是让人泄气的实情！感官是认识的最高主宰，这是一个无法避开的事实，然而在一切时候都游移不定，易出差错。在这方面一定要无情地斗争，假使我们缺少正当的力量——这样的事并不少见——也一定要顽强、大胆、不顾廉耻地去进行。

伊壁鸠鲁派说，如果感官提供的只是一些假象，我们就毫无知识可言；斯多葛派说，感觉到的表面现象错得没办法使我们得到一切认识；假使这两个学派说的话都是对的，不论独断主义的两大家怎么解释，我们是不可能得出认识的。

至于感官的活动出现错误和不确定性，每个人都可以举出数不胜数的例子，因为感觉给我们造成的失误和迷惑比比皆是。山谷中，从远处传来的号角声如同就在眼前：

远处的山峦耸立在汹涌的波涛中，但是远远看来像一串锁链，我们的船只往前行驶时，两边的丘陵和平原如同朝着船尾逃走……当我们的奔马在河流中央停下，我们一定会觉得有一股不可抵挡的力量，在推动着战船的躯体逆流而上。

——卢克莱修

中指压住一颗火枪子弹，然后用食指转动，一定要集中心思才承认只有一颗子弹，而在感觉上就是两颗。因为，在很多情况下，感官确实主宰着理性思考，强迫它去接受它完全明白而且断定是错误的感觉，这种情况随处可见。

我姑且不提触觉问题。触觉的效用是直接的、强烈的和具体的，它给身体带来多少痛苦，多少次摧毁了斯多葛派的美好的决心，强迫不把腹泻当回事的人大叫肚子痛；那个人以前下决心包着这样的信念，觉得腹绞痛和其他的病痛一样，是一种无足轻重的事情，圣贤日夜与道德为伴，优哉游哉安闲自得，绝没办法受丝毫影响。

没有一颗心那么柔软，听了战鼓号角没办法振奋；没有一个心那么冷酷，听了甜美的乐声无动于衷；没有一颗灵魂那么麻木，看到教堂雄伟宽阔，装饰金碧辉煌，听到管风琴充满虔敬的乐声，听到令人肃然起敬和真心诚意的和谐歌声，会不感觉到肃然起敬的。哪怕当初怀着轻蔑之情进去的人，也会在心里感觉到震颤和惊恐，不由怀疑自己的意见。

至于我自己，当我听到有人一展年轻美妙的歌喉，动听地唱出贺拉斯和卡图鲁斯的诗歌，也会觉得百感丛生。

芝诺说得对，声音是美丽的花朵。有一位在法国家喻户晓的人物，他对着我朗读一些他自己创作的诗，说这些诗写在纸士和读在嘴上是不一样的，我的眼睛会跟耳朵做出截然相反的评论；作品受到声音的控制，它的价值与形式会发生巨大的变化。我听了也感觉是这么回事。菲洛克塞纽斯对于这件事的反应也挺有意思，他听到有人在野蛮地糟蹋他的作品，他夺过朗诵者手里的书板，一边用脚踩一边说："既然你糟蹋我的东西，我也糟蹋你的东西。"

为什么那些下定决心一死的人；正当别人按照他的要求要给予他致命一击时，他又扭转了头。为什么那些自愿请求开刀和烧灼治病恢复健康的人，当他看到外科大夫准备手术用具时又没办法忍受？这是因为眼睛没办法分担这份痛苦。这些例子不足以证明感官对判断的巨大影响吗？尽管我们清楚这个女人的发辫是从一位宫廷侍从或一位仆人那儿借来的，这种红色的胭脂来自西班牙，这种粉霜来自海洋，我们一眼看上去，还是没有理由地感觉她这人更加美艳动人了。在这个问题上，没有任何东西是真实的自己。

我们受到妆饰的蛊惑；金银珠宝掩饰了她的缺点，少女自身则显得无足轻重。在那么多的装饰下，我们往往很难再找到我们的所爱；爱情用富丽堂皇的盾牌蒙蔽了我们的眼睛。

——奥维德

诗人赋予感觉多么强大的力量，他们让那喀索斯不可自拔地爱上了自己的倒影：

> 他欣赏自己值得欣赏的地方，而且在不知不觉之间爱上了自己；爱慕的人是他，受爱慕的人也是他；依恋的人是他，被依恋的人也是他；他用点燃的热情烧着了自己。
>
> ——奥维德

诗人还让皮格马利翁因为看到自己雕塑的象牙女像神魂颠倒，当成活人那样爱她，侍候她！

> 他不停地吻雕像，觉得雕像也在吻他；他抓住她，拥抱她，相信感觉到她的身体在他的手指下软化，他甚至害怕压得她太重，会在她的身上留下青肿。
>
> ——奥维德

我们把一个哲学家关进用稀疏的铁丝编成的笼子，再把笼子挂在巴黎圣母院的塔顶上，他通过理性能够看到他是不会跌下来的，然而他如果从这么高处往下看，除非他是训练有素的屋外修理工，没办法不吓得惊慌失措。塔顶的走廊即使用石头堆砌，如果砌成镂空的，我们走在上面也十分难以安心。有人连想一想都不敢。在两座塔楼之间架一根横梁，宽度尽可能够我们通过；没有哪一种哲学智慧，不论怎样大无畏，能够灌输你勇气，从容走过，如履平地。

我并不是很容易怕高的人。我常常在我们的山上锻炼登高；虽然离开悬崖还足有我的身长的距离，如果不是有意冒险是绝没办法下跌的，然而我看到无底的深渊，没法不吓得两腿发抖。我还发现，不管有多高，只要在斜坡上长着一棵树或者有一块突出的岩石，阻截和间隔一下我们的视线，就可以使我们松口气，给了我们心里一些保障，如同跌下去靠它就有救似的；然而暴露无遗的陡坡，我们看一眼就会头晕眼花：“以致往下看一眼，就要目眩神摇。”这种情形明显地说明视觉在欺骗我们。那位了不起的哲学家挖去自己的眼睛，免得心灵受到它的蒙蔽，从而能够逍遥自在地探讨哲学。

但是，根据这种说法，他还应该用麻丝堵住耳朵，泰奥弗拉斯图斯说我们生来就有的器官中耳朵是尤其危险的，收到的印象非常强烈，会使我们糊涂和三心二意；还应该去掉所有其他感觉，——这也就是他的肉体和生命。因为这些感觉都可能摆布我们的理性和心灵。“某个外表，某个人低沉的声音，某一支歌，常常严重搅乱我们的心灵；就像一种顾虑，一种害怕，常常也会这样。”

医生们断言，听到某些声音和某些乐器，具有某些气质的人会变得心情激动，甚至发怒。我看到有一些人听到餐桌上啃骨头声就没办法保持耐心；听到锉刀在铁块上发出尖锐刺耳的摩擦声，几乎没有人不感觉到难受的；还有，听到身后有人咀嚼，有人嗲声嗲气地说话，很多人会生气甚至发火。

格拉库斯有一位为他定调子的提词员。当格拉库斯在罗马进行演说时，他给他的主人设计高低不同的音调，如果讲话的声调和声音的质量不能撼动和改变听众的评价，他这么做又有什么意义呢？说实在的，我们这颗完好的脑袋一有风吹草动便会改变初衷，难免让人对它的坚定性大惊小怪！

感官欺骗我们的智慧，也同样地接受智慧的欺骗。我们的心灵时而会报复；它们尔虞我诈，互相欺骗。我们在怒火中看到和听到的东西，跟实际的不一样。

> 我们看到了两只太阳，两座底比斯城。
>
> ——维吉尔

> 我们爱的东西看起来要比实际美，所以畸形的丑妇也会备受宠爱，风光非凡。
>
> ——卢克莱修

而觉得我们嫌恶的女人都特别丑。在愁肠人的眼里，明媚的阳光也显得昏黄幽暗。内心的情欲使我们的感觉不仅变钝，还会变笨。有多少东西历历在目，然而当我们另有所思时就消失不见了？

即使事情就发生在你的眼前，假使你不是神情专注，如同存在于十分遥远的绝域。

——卢克莱修

心灵好像有意隐藏起来，在嘲弄感觉究竟有多大能力。所以从内心与外感来说，人充满弱点和谎言。

有人视人生为梦，他们是对的，这一点也许是他们自己都没有完全意识到的。当我们做梦的时候，我们的心灵是活的，在活动，发挥所有功能，同清醒时一模一样；当然比较轻微缓慢，然而差别不大，肯定不像黑夜与白昼那么分明，而像黑暗与阴影的区别：那时是睡，这时是瞌睡，只是深浅程度不一。这些都是黑夜，是北欧漫长的黑夜。

我们在睡眠的时候其实是半醒着，我们在醒着的时候其实是半睡着。我在睡眠中视力模糊，然而我在清醒时从不感觉精神十足，毫无睡意。而且沉睡时会使梦想也睡着了。然而我们醒时没办法彻底清醒，把幻想抛弃得无影无踪；幻想是清醒的人的梦想，比梦想还糟。

我们的理智和灵魂接收在睡觉时自生的图像和观念，又把睡梦中的行为和白天的行为等量齐观，我们为什么不怀疑我们的想法和行为只不过是另一种梦，我们的醒只不过是另一种睡呢？

如果感官是站在最前列的法官，那么我们就不应该只听取我们自己的法官的意见，因为在这方面的天赋，动物不比我们逊色，甚至胜过我们。能够肯定的是有一些动物听觉比人灵敏，有一些是视觉，有一些是嗅觉，有一些是触觉或味觉比人还要灵敏，德谟克利特说，神和动物的感觉功能远在人类之上。他们的感觉与我们的感觉可说是天壤之别。我们的唾液能够清洗我们的创伤，也可杀死毒蛇：

在这一点上，存在着无数的差异和区别，对于某些人来说是食物，对于另一些人则是毒药。常发生这样的事：蛇沾上人的唾液，就会扭动身子死去。

——卢克莱修

我们怎么评定唾液的性质呢？是对人来说还是对蛇来说？这里有两种不同的意义，我们要探索唾液的真正本质，究竟凭哪一种来确定？普林尼说在西印度群岛有一种对我们来说有毒的海鱼，人体对它们同样也有毒。它们一接触我们就会死去，到底谁是毒药，是人还是鱼？我们应该选择相信谁？是鱼相信人，还是人相信鱼？有一些空气害人不害牛，有一些空气害牛不害人，哪种空气在本质上和从自然上来说是有害的？生黄疸的人，眼睛中东西都带有黄色的，还比我们看到的淡：

生黄疸的人看出来一切都是黄的。

——卢克莱修

有一种被医生称之为皮下渗血症的眼病，谁患这种病看出来的所有东西都是红的，带血的。这些体液会影响我们的视觉功能，我们不清楚这在动物中是不是广泛存在？因为我们看见有些动物眼睛黄黄的，像我们的黄疸病人，有一些动物眼睛发红充血；也许物体的色彩对它们跟对我们就是不一样，谁能做出真正的判断？因为没有谁说过事物的本质只是以人为标准的。软硬、黑白、深浅、宽窄，同样地关系到我们对动物的利用和认识，与人的这些性质是一样的。当我们把眼睛眯起来，我们看到的东西变得更长更扁；很多动物的眼睛就是眯成缝的：那么这个物体真正的形状是又长又扁的，不是我们眼睛平时所看到的那样。如果由下往上眯眼睛，我们看见的物体就好像加倍长了一样。

灯有两支火焰，人有两个身体、两张脸。

——卢克莱修

假如我们的耳朵被东西塞住了，鼻管憋住气，我们听到的声音就会跟平时不一样。动物的耳朵里长毛，中间只有一个小孔，所以它们听不到我们听到的声音，而且它们听到的声音与我们听到的不同。我们在节日和剧院里会看到，用一块彩色玻璃挡在火把前面，这样一来一切东西看起来都是绿的、黄的或玫瑰红的。

> 这些黄的、红的、铁锈一样颜色的幕布，高高挂在大剧场的大柱横梁上，悠悠飘拂，笼罩在幕布下的所有：舞台布景、元老院议员、妇女、神像，都淹没在流动的色彩中。
>
> ——卢克莱修

果真如此，我们看见动物的眼睛呈现出不同的颜色，它们让动物看到的事物与它们的眼睛相一致。

为了了解感觉的活动，我们岂不是应该首先与动物取得统一，其次我们之间取得统一。我们不去这样做，却对一个人听到、看到或体会到的东西，凡是与另一人不一样就争论不休；我们还为了感觉传导给我们的不一样的形象争论不休。

在听觉、视觉、味觉上，儿童跟三十岁的人不一样，三十岁的人和六十岁的老人又不一样，这是自然规律，有一些人感觉迟钝，有一些人感觉敏锐。我们对事物的感觉因人而异，也因事物本身而异。我们的感觉是多么的不可靠和有争议，以致有人对我们说我们能够觉得雪是白的，然而我们没法证实雪的实质真正是白的，这也是不奇怪的。这个大前提发生动摇，人类的所有认识也必然分崩离析。

我们怎么看感官之间互相牵制的现象呢？一幅画看起来是立体的，触摸到是平面的；麝香对嗅觉来说是一种享受，对味觉来说是一种折磨，我们说麝香这东西到底可爱还是不可爱？有的草药和香脂适合治疗身体的某些部位，对另外一些部位却有毒；蜂蜜味道十分美，外观却不怎么样。还有这种镶成羽毛状的指环，纹章学叫作“无尾羽”，看了它的宽度没有不受视觉的欺骗的，尤其套在手指上旋转时好像感觉到它一头越来越宽，一头愈来愈窄；然而用手指摸，感觉两头都是一般宽窄。

在古代，有人为了刺激情欲，利用镜子把照到的东西放大，使他们的生殖器官看上去更加粗壮，因而得到更大的满足；然而这两种感觉——看到又大又粗的视觉和感觉又小又细的触觉——哪一种会更占上风呢？

物体本身本来只有一种性质，是我们的感官给了它第二种性质吗？我们所吃的面包，在我们看来只是面包而已，然而我们吃了后它转化成骨骼、血、肉、毛和指甲：

> 同样，食物分布到全身和四肢，在毁灭中改变了本质。
>
> ——卢克莱修

树根吸收水气造就了树干、树叶和果实；空气是单一的，却可以通过铜管变成千百种声音：我想说的是，这是我们的感觉给物体增加了五花八门的特性，抑或是物体本来就拥有这些性质？既然有了这样的疑问，我们对它们真正的本质能做出怎样的解答呢？

此外，既然疾病、疯狂或者睡眠，可以使事物变得不同于健康人、智者和清醒的人眼中的事物；那么我们处在正常的心态时，我们的自然体液会没办法赋予事物另一种特性，引导事物产生偏差，就如同不正常的体液？我们的健康能够和疾病一样给予它属于它自己的面貌吗？为什么温和节制没办法像粗暴过度那样，也给事物蒙上一层虚像，同样地印上自己的标志？

伤食的人感觉酒无味，健康的人感觉酒醇和，口渴的人感觉酒甘洌。

所以，我们的身体状况具有调节的作用，能够根据需要使事物适应自己，我们不知道事物真实的性状；因为所有东西都是经过感觉的作伪和扭曲而传给我们的。圆规、角尺和直尺如果不准确，一切用这些工具量的比例、盖的房屋一定也是歪斜的。我们的感觉不稳定，使感觉的一切也不可信赖：

> 总之，如果在造房子的时候，一开始就使用了错误的标尺，假使角尺不对准垂直线，假使水平面高低不齐，所有的东西都会显得乱七八糟的：畸形、扁平、前后倾斜，比例失调；有些部分像要垮掉的样子，结果也会因设计错误而倾覆。同样，如果依靠

错误的感官，我们对事实的判断将必然是错误的。

——卢克莱修

说到头来，这些差别由谁来判断呢？正如我们说在关于宗教的辩论中，一定要有一位法官，不隶属一切派别，公正无私；基督徒中间有宗派，就没办法做到这点；这件事上也是这样；一位老人不可能对老年做出客观的判断，因为他自己已经是当事人。他如果是青年，也是这样；他如果是健康的人，也会是这样；病人、睡着的人、醒着的人都会这样。我们需要一个摆脱了所有这些生存状况的人，这样他没办法计较结果怎样，能够在判断这些意见时不存偏见；我们需要的这样的法官实际是不存在的。

为了判断接收到的影像，我们需要一个检测工具；为了检验这个衡量工具，我们需要一场论证；为了验证这场论证，我们需要一个工具：我们陷在里面循环往复。既然感觉本身充满了不确定性，就没办法解决我们的争端，那就需要理性；理性如果没有另一个理性的验证就没办法成为理性，我们永远总是兜圈子。我们的观念没有对准陌生的事物，它是通过感官的介入而产生的；感觉不清楚陌生的事物，而只理解自己的体会；所以想法与表面不属于事物，只是属于感觉的体会和感受，这种体会和事物是不一样的东西；所以通过表象判断事物的人是根据事物之外的东西在判断事物。

感觉对陌生事物是取其相似的特性而输入心灵的，然而心灵和理解力怎样去肯定这种相像性——既然它们自己与陌生事物毫无直接联系？这和一个不认识苏格拉底的人看见苏格拉底的画像，不可能说画中的人是否像苏格拉底的道理是一样的。

不论怎样也要从表面去衡量，但也不可能看到所有的现象，因为我们从自身经验清楚这些现象矛盾对立，叫人没办法得窥全貌。那么某些被挑选出来的表象能控制其他表象吗？第一个选择的现象一定要由第二个选择的现象加以证实，第二个又由第三个加以证实，这样永远没办法结束。

总而言之，我们周围事物的存在是不可靠、不持久的。我们，我们的衡量，一切会消失的东西，总是都在转动流逝。所以谁对谁都没办法建立一个固定的关系，主体和客体在不断地更替变换。

我们并没有参与任何的“存在”，因为人性永远处在生与死之间，它本身只是一个模糊的现象和影子，一个不肯定和软弱的意见。如果你的思想偶尔试图抓住人性的本质，这就像一个人手里捧着一捧水，水的本性是到处流动的，你的手抓得越紧，越是抓不住要抓的东西。所以，一切事物都会经过不止一个的变化，理性要在事物中找寻一个真正的存在会感觉到失望，不可能找到存在的和永恒的东西，因为偶尔生成的东西还没有真正站住脚，或者还没有生成就已经开始死亡了。柏拉图说事物虽然生成，然而从未存在，觉得荷马把海洋看作是诸神的父亲，忒提斯那是为了告诉我们任何事物都像波浪一样起伏，处于运动和不断地变化之中。他还说在他之前，所有哲学家都持这样的意见，除了帕尔梅尼迪兹，他不认为东西是流动的，他看重流动的力量。

毕达哥拉斯坚称，事物都是流动的光滑的；斯多葛派说现在事实上是不存在的，我们所说的现在，只是未来和过去之间的连接点；赫拉克利特说没有人可以两次进入同一条河流；埃庇卡摩斯说一个从前借了钱的人现在是不需要归还的；昨夜接到邀请而第二天去吃午餐的人，今天他去赴约相当于不邀而至，因为主人和客人都已经不再是当时的人，他们变成了另外的人；他们能够死亡的肉体不可能两次处在同一个状态，因为经过突变和渐变，肉体一会儿消失，一会儿聚合；它们说来就来，说去就去，以至于刚刚诞生的东西还来不及发育到完美的程度，特别是因为生是没办法完成的，也没办法像到了目的地似的停滞不前，就像种子一旦落地，就会永远不断地蜕变。人的种子也是这样，首先在母腹内是一种无形的胚胎，然后形成一个孩子，他在离开母亲的肚子以后变成吃奶的孩子，然后又长成男孩，然后长成少年，然后长成人，然后是壮年，最后变得老态龙钟。人生总是这样，后来的岁月否定和摧毁以前的岁月：

> 时间改变着整个世界的本质，前事一定由后事代替，没有东西自始至终保持不变；所有的一切都在演化；大自然改变一切，也使一切发生变化。
>
> ——卢克莱修

而我们这些人，我们愚蠢地害怕一种叫作死亡的东西，其实我们已经经历过死亡、以后还要经历无数次的死。像赫拉克利特说的那样，火死了产生空气，空气死了产生水，不仅这样，我们在自己身上还可以看得更清楚。襁褓后是童年，童年后是青年，中年过后是老年，青年结束是中年，昨天死去变成了今天，今天死去明天才能来到，无物能够长在，保持一成不变的。

假使我们一直存在，保持一成不变，我们怎样一时欢庆某件事，一时又庆祝另一回事呢？我们如何去爱或去恨、去赞美或去斥责截然不一样的事呢？我们如何对同样的思想不再保持同样的意见，而产生不一样的热情呢？我们自身不改变是不可能带来其他的印象的；人接受改变，就没办法保持统一；如果不再是原来的我们，原来的我们也就不再存在了。然后，这样一种存在，转化成另一种存在，改变的也只不过是存在而已。因此，由于不清楚什么是存在，就把现象错认为是存在，感觉在本质上是错误和被欺骗的。

但是，什么是真正的存在呢？永恒的事物才是真正的存在，也就是说既没有开始，也没有结束，时间也不能给它带来所有变化的东西。因为时间是一种活动的东西，如同出现在阴影中，带着永远流动飘浮的物质，从不停滞；属于时间的只有这些语言："以前""以后""以前是"或者"以后是"。它们清楚地表明，所谓的存在并非真正的存在，而是一种愚蠢的，甚至是错误的说法。

至于这些词："此时""眼下""现在"，好像就是通过它们来建立我们对时间的理解，然而理性在发现时间的同时也毁灭了时间：因为它马上把时间切割成未来和过去，好像一定要看到它分成两份才会甘心。

自然也是这样的情形，时间是衡量自然的，自然是被时间衡量的。在大自然中也不存在长期存在的事物，任何事物都被刽于诞生或死亡的过程之中。上帝是唯一存在的，所以说上帝以前或以后怎样，这是罪恶。因为所有没办法长在、没办法存在的东西有变化、过渡或嬗变，这些词是针对它们而言的。

因此，我们应该得出结论：上帝是唯一的存在，不是根据时间的测定，而是根据一种不由时间衡量、不受变化、停止不动的永恒而存在。在上帝之前没有任何存在，以后也不存在，无所谓更新或是更近。真正存在的，只有一个“现在”，充满了宇宙，千古不易；除了上帝之外，任何事物都不是真正的存在，没有人能够说：“他以前”或“他以后”。他是无始无终的。

一位异教徒得出了这样一个宗教性的结论；我要再加上一位同样情况的证人所说的这句话，结束这篇让人生厌，却引起我无穷遐想的长篇大论：“呵，污秽卑贱的被造物啊，因为不能使自己高于人类之上而应该受鄙视的人啊！”

这是一句很有价值的话，一种有益的期望，但同样也可以看作无稽之谈，因为，一个拳头就这么大，却想握住比拳头大的东西，伸臂想要超出臂长，希望迈步越过自己两腿的跨度，这不可能发生，这是胡思乱想。人也不可能超越自己，更不可能超越人性：因为他只能用自己的眼睛去看，用自己的手去抓取。只有上帝对他伸出特殊之手，他才可能更上一层；只有当他放弃自己的手段，让纯粹天国的手段来帮助他实现自己的愿望。想要完成这种神圣奇妙的变化，凭借的不是斯多葛的美德，而是我们对基督教的信仰。